INSOMNIE

Paru dans Le Livre de Poche :

ÇA (2 vol.)

CHANTIER

CHRISTINE

CŒURS PERDUS EN ATLANTIDE

DEAD ZONE (L'ACCIDENT)

DREAMCATCHER

ÉCRITURE

LE FLÉAU (2 vol.)

JESSIE

MISERY

LA PETITE FILLE QUI AIMAIT TOM GORDON

SAC D'OS

SIMETIERRE

LA TEMPÊTE DU SIÈCLE

UN TOUR SUR LE BOLID'

STEPHEN KING

Insomnie

ROMAN TRADUIT DE L'AMÉRICAIN PAR WILLIAM OLIVIER DESMOND

ALBIN MICHEL

Titre original :

INSOMNIA
(New York, Viking Penguin)

Pour Tabby... et pour Al Kooper,
lequel connaît bien le terrain de jeu.
Ce n'est pas ma faute.

PROLOGUE

LE TEMPS DES HEURES COMPTÉES

(I)

« La vieillesse est une île entourée par la mort » (Juan Montalvo, *On Beauty*).

1

Personne — et surtout pas le Dr Litchfield — ne vint déclarer tout de go à Ralph Roberts que sa femme allait mourir ; mais vint un moment où il le comprit sans qu'il fût nécessaire de le lui dire. La période entre mars et juin resta comme un épisode plein de tapage et de cris dans sa tête — entretiens avec les médecins, départs brusqués pour l'hôpital, tard le soir, avec Carolyn, ou pour d'autres établissements, dans les États voisins, afin qu'elle y subisse des examens spéciaux (Ralph passant une bonne partie de ces voyages à remercier le ciel d'avoir souscrit une couverture médicale complète *Blue Cross*), recherches personnelles dans la bibliothèque publique de Derry, tout d'abord à l'affût d'explications que les spécialistes auraient pu négliger, puis finalement par simple besoin de ne pas renoncer et de se raccrocher à la moindre lueur d'espoir.

Ces quatre mois lui laissèrent l'impression d'avoir été entraîné, ivre, dans une fête foraine diabolique, où les gens criaient vraiment de peur sur les manèges, se perdaient réellement dans le labyrinthe aux miroirs déformants, et où les pensionnaires de l'Allée aux Monstres vous regardaient avec des sourires figés aux lèvres et de la terreur dans les yeux. Ralph commença à percevoir tout cela vers la mi-mai et, lorsque juin arriva, il comprit que les bonimenteurs de l'Allée aux Médecins n'avaient que des remèdes bidon à lui offrir, et que les refrains joyeux et entraînants de l'orgue de Barbarie n'arrivaient plus à couvrir la *Marche funèbre* jouée par les haut-parleurs. C'était peut-être bien une fête — mais celle des âmes perdues.

Ralph s'acharna à nier ces images terribles — et l'idée encore plus terrible qui rôdait derrière elles — pendant tout le début de l'été 1992 ; puis, lorsque juin laissa la place à juillet, cela devint finalement impossible. La vague de canicule la plus forte depuis 1971 vint s'abattre sur les régions centrales du Maine et Derry se mit à mijoter dans un bain de chaleur humide, avec des températures avoisinant les trente-huit degrés. La ville, qui en temps normal n'avait déjà pas, et de loin, l'animation d'une métropole, plongea dans une totale léthargie ; c'est dans ce silence brûlant que Ralph Roberts entendit pour la première fois le funeste tic-tac du compte à rebours mortel et comprit qu'entre juin aux verdures pleines de fraîcheur et juillet pétrifié de chaleur, les minces chances qui restaient à Carolyn avaient été réduites à néant. Elle allait mourir. Probablement pas pendant l'été — les médecins prétendaient avoir encore quelques tours dans leur manche, et Ralph ne doutait pas qu'ils dissent vrai — mais sans doute cet automne ou cet hiver. Sa compagne de tant d'années, la seule femme qu'il eût jamais aimée, allait mourir. Il s'efforçait de rejeter cette idée, il se reprochait de n'être qu'un vieux fou morbide, mais dans le silence oppressant de ces longues journées étouffantes, Ralph entendait partout ce tic-tac ; on aurait même dit qu'il émanait des murs.

Cependant, c'était de Carolyn elle-même qu'il montait le plus bruyamment ; et quand elle tournait son visage blanc et calme vers lui — pour lui demander de brancher la radio pendant qu'elle épluchait les haricots du souper, par exemple, ou bien d'aller de l'autre côté de la rue, au Red Apple, lui chercher un esquimau — il se rendait compte qu'elle l'entendait aussi. Il le voyait dans ses yeux sombres, au début, seulement quand elle était bien, puis, plus tard, même lorsque son regard se brouillait sous l'effet des analgésiques qu'elle prenait. À ce moment-là, le tic-tac était devenu très fort, et lorsque Ralph gisait dans le lit à côté d'elle, par ces nuits d'été suffocantes où un simple drap paraissait peser des kilos et où l'on aurait cru que tous les chiens de Derry s'étaient donné le mot pour aboyer à la lune, il l'écoutait, il écoutait l'horloge de la mort égrener son tic-tac en Carolyn, et il avait l'impression que son cœur allait éclater de chagrin et de terreur. Quelles souffrances allait-elle devoir endurer avant la fin ? Quelles souffrances allait-il lui-même devoir endurer ? Et comment allait-il pouvoir vivre sans elle ?

C'est pendant cette période étrange et désespérée que Ralph prit l'habitude de faire des marches de plus en plus longues par les chauds après-midi et les longs crépuscules d'été, revenant parfois tellement épuisé qu'il en avait perdu l'appétit. Il espérait les reproches de Carolyn et l'entendre lui lancer : *Espèce de vieux fou, tu ne vas pas arrêter ? Tu vas finir par te tuer, à marcher par cette chaleur !* Mais elle ne lui dit jamais rien, et il se rendit compte, un jour, qu'elle ne le savait même pas. Certes, elle n'ignorait pas qu'il sortait. Mais elle n'avait aucune idée des kilomètres qu'il parcourait et ne voyait pas que, lorsqu'il rentrait, il tremblait d'épuisement après avoir frôlé l'insolation. Il y avait eu une époque où Ralph aurait juré qu'elle voyait tout, y compris un déplacement de quelques millimètres de la raie qui partageait ses cheveux. Plus maintenant; la tumeur qui rongeait son cerveau l'avait dépossédée de ses dons d'observation, comme elle allait bientôt la déposséder de la vie.

Il marchait donc, savourant la chaleur bien qu'elle lui donnât le tournis et fît tinter ses oreilles, la savourant d'autant plus qu'elle lui faisait tinter les oreilles; parfois, elles restaient des heures emplies d'un tel tapage, sa tête bourdonnait d'une manière si féroce qu'il n'arrivait plus à entendre le tic-tac de l'horloge de la mort de Carolyn.

Il parcourut presque tout Derry pendant cet été brûlant, vieil homme aux épaules étroites, aux cheveux blancs qui s'éclaircissaient, aux grosses mains paraissant encore capables de rudes travaux. Il allait de Witcham Street aux Friches-Mortes, de Kansas Street à Neibolt Street, de Main Street au pont des Baisers, mais ses jambes l'entraînaient plus fréquemment à l'ouest; il remontait tout d'abord Harris Avenue, où la toujours belle et tant aimée Carolyn Roberts passait la dernière année de sa vie dans une brume de maux de tête et de morphine, puis gagnait l'aéroport régional de Derry par le prolongement de Harris Avenue — subtilement appelé Harris Avenue Extension. Il parcourait tout Extension — une voie sans arbres qui l'exposait sans merci au soleil impitoyable — jusqu'à ce qu'il sente ses genoux sur le point de se dérober sous lui, puis revenait.

Il s'arrêtait souvent pour reprendre son souffle dans une zone de pique-nique ombragée, non loin du portail de service de l'aérodrome. Le soir, elle servait de point de ralliement aux adolescents qui venaient y fumer et y faire les idiots, sur fond de musique rap montant de radios portatives ; mais pendant la journée, le coin était le domaine pratiquement exclusif d'un groupe baptisé « les Vieux Croulants de Harris Avenue » par Bill McGovern, un ami de Ralph. Les Vieux Croulants se rassemblaient pour jouer aux échecs ou aux cartes, ou simplement pour se raconter des conneries. Ralph en connaissait beaucoup depuis des années (il avait même été au lycée avec Stan Eberly) et se sentait à l'aise avec eux... du moins tant qu'ils ne se montraient pas trop curieux. Ils l'étaient rarement. C'était presque tous des Yankees de la vieille école, à qui l'on avait toujours appris que les questions dont un homme décide de ne pas parler ne regardent que lui.

C'est lors de l'une de ces marches que Ralph se rendit compte que quelque chose clochait sérieusement dans le comportement d'Ed Deepneau, son voisin de Harris Avenue.

2

Ralph avait remonté Harris Avenue Extension beaucoup plus loin que d'habitude, ce jour-là, peut-être parce que des cumulus cachaient le soleil et qu'une brise fraîche, quoique intermittente, avait commencé à souffler. Il était plongé dans une sorte de transe, ne pensait à rien, ne voyait rien sinon la pointe poussiéreuse de ses chaussures, lorsque le vol 445 de la United Airlines en provenance de Boston lui passa juste au-dessus de la tête et le ramena brusquement à la réalité avec le hurlement assourdissant de ses moteurs.

Il regarda l'appareil survoler l'ancienne voie ferrée de la GS & WM, puis la barrière anticyclone qui délimitait le périmètre de l'aéroport ; il le regarda se rapprocher de la piste et remarqua les petits nuages de fumée bleue soulevés par les roues au moment où il toucha le sol. Puis il jeta un coup d'œil à sa montre et, relevant la tête, vit le toit orange du Howard Johnson, juste au bout de la route. Bon, d'accord, il avait été en transe : il avait parcouru plus de huit kilomètres sans prendre un instant conscience du temps qui passait.

Le temps de Carolyn, murmura une voix tout au fond de lui.

En effet, en effet, le temps de Carolyn. Elle devait être à l'appartement, à compter les minutes qui la séparaient de son prochain comprimé de Darvon Complex, tandis qu'il traînait à l'autre bout de l'aéroport... à mi-chemin de Newport, pour tout dire.

Ralph tourna les yeux vers le ciel et, pour la première fois, vit vraiment les cumulus d'un violet d'ecchymose qui s'empilaient au-dessus des pistes. Cela ne signifiait pas qu'il allait pleuvoir, pas encore, pas à coup sûr, mais si jamais il pleuvait, il y aurait très certainement droit ; il n'y avait pas le moindre abri entre ici et la petite aire de pique-nique, au bout de la piste 3, où l'on ne trouvait d'ailleurs qu'une gloriette minable qui dégageait en permanence un remugle lointain de bière.

Il jeta un dernier coup d'œil au toit orange, puis tâta dans sa poche droite le porte-billets en argent que Carolyn lui avait offert pour ses soixante-cinq ans. Il avait assez sur lui pour aller jusqu'au Howard Johnson et appeler un taxi... sauf qu'il imaginait sans plaisir la façon dont le chauffeur risquait de le regarder. Espèce de vieux cinglé, diraient ses yeux dans le rétroviseur. Espèce de vieux cinglé, faire une telle marche par ces chaleurs... S'il avait été se baigner, il se serait noyé.

Arrête ta parano, fit la voix dans sa tête, d'un ton

ricanant et protecteur qui lui rappelait celui de Bill McGovern.

Eh bien, il était peut-être parano, ou peut-être pas. Quoi qu'il en soit, il allait revenir à pied et courir le risque de se faire mouiller.

Et s'il ne s'agit pas simplement d'une petite pluie ? Il a tellement grêlé un jour, l'été dernier, qu'il ne restait plus une vitre intacte dans tout le quartier ouest.

« Eh bien, qu'il grêle, marmonna-t-il. J'ai la tête solide. »

Il repartit lentement, suivant le bas-côté d'Extension, ses chaussures de basket soulevant des bouffées de poussière sèche. Il entendit les premiers grondements du tonnerre, à l'ouest, là où les nuages s'amoncelaient. Bien que dissimulé, le soleil refusait de se rendre sans livrer combat, il cernait les cumulus d'un ourlet doré étincelant et brillait parfois par une faille entre deux nuages, comme le rayon fragmenté d'un énorme projecteur de cinéma. Ralph était content d'avoir pris la décision de revenir à pied, en dépit de ses jambes courbatues et de la pointe douloureuse installée dans le bas de son dos.

Ç'a au moins ceci de bon, pensa-t-il : *je vais bien dormir cette nuit. Je vais dormir comme une souche.*

Les limites de l'aéroport — quelques hectares d'une herbe brunâtre dans laquelle s'enfonçaient des rails rouillés comme les restes d'une ancienne épave — se trouvaient maintenant à sa gauche. Au loin, au-delà de la palissade, il apercevait le 747 de la United Airlines, pas plus gros maintenant qu'un jouet d'enfant, qui roulait vers le petit terminal que la compagnie partageait avec Delta.

Ralph remarqua alors un autre véhicule, une voiture, qui quittait le site de General Aviation, situé à cette extrémité de l'aéroport, et se dirigeait par les pistes vers l'entrée de service donnant sur Harris Avenue Extension. Il avait vu beaucoup de véhicules emprunter cette entrée, depuis quelque temps ; elle débouchait à moins de cent mètres de l'aire de pique-nique où se rassemblaient les Vieux Croulants de Harris Avenue. Lorsque la voiture fut près du portail, Ralph reconnut la Datsun d'Ed et Helen Deepneau… allant à un train d'enfer.

Ralph s'arrêta sur le bas-côté, sans se rendre compte qu'il avait les poings crispés d'anxiété tandis que la petite auto marron fonçait sur le portail fermé. Il fallait une carte spéciale pour l'ouvrir de l'extérieur ; depuis l'intérieur, il suffisait de couper un faisceau lumineux. Mais l'œil électronique était situé près du portail, très près, et à la vitesse à laquelle la Datsun approchait…

Au dernier moment (c'est du moins l'impression qu'eut Ralph), la petite auto marron s'arrêta dans un hurlement de freins, les pneus soulevant de petits nuages de fumée bleue qui lui rappelèrent l'atterrissage du 747. Le portail s'ébranla laborieusement sur son rail. Les poings de Ralph se détendirent.

De la vitre droite de la voiture émergea un bras agité de mouvements verticaux qui semblaient encourager la barrière à s'ouvrir et lui demander de se dépêcher. Ce geste avait quelque chose de tellement absurde que Ralph se mit à sourire ; mais il s'interrompit brusquement. Le vent d'ouest fraîchissait, et lui apportait les hurlements que poussait le chauffeur de la Datsun :

Espèce de putain de saloperie ! Que le cul te pèle ! Grouille-toi, bordel ! Magne-toi le train et lèche-toi la merde que t'as au cul, espèce de trou de chiotte à la con ! Suce, connasse ! Connerie de connerie ! Tas de merde !

« C'est pas possible que ce soit Ed Deepneau », murmura Ralph. Il s'était remis à marcher sans y penser. « C'est pas possible. »

Ed, chimiste au laboratoire du centre de recherche Hawking, de Fresh Harbor, était l'un des jeunes hommes les plus doux et civilisés que Ralph eût jamais rencontrés. Carolyn et lui aimaient beaucoup Helen, la femme d'Ed, ainsi que leur petit bébé, Natalie. Une visite d'Helen était l'une des rares choses qui arrivaient à faire un peu sortir Carolyn d'elle-même, ces derniers temps, et la jeune femme, qui l'avait senti, passait fréquemment chez les Roberts. Ed ne s'en plaignait jamais. Certains hommes, il le savait, n'auraient guère apprécié de voir leur épouse courir chez les vieux du coin de la rue à chaque fois que le bébé accomplissait une nouvelle prouesse, en particulier avec une grand-mère aussi malade. Ralph avait l'impression qu'Ed était du genre à passer une nuit blanche rien que pour avoir dit à quelqu'un d'aller au diable, mais —

Espèce de putasse ! Bouge ton gros cul merdique, tu m'entends ? Sale branleuse ! Trou à merde !

Et pourtant, on aurait bien dit la voix d'Ed. Même à deux ou trois cents mètres, il croyait la reconnaître.

Le conducteur de la Datsun se mit à faire rugir le moteur comme un gosse qui attend à un feu rouge dans une voiture gonflée. Des nuages de fumée sortaient en pétaradant du pot d'échappement. Dès que le portail se fut suffisamment ouvert pour livrer passage à la voiture, la Datsun bondit en avant, se glissant dans le passage, moteur lancé à fond. À ce moment-là, Ralph distingua nettement le conducteur. Il s'agissait bien d'Ed, pas de doute.

L'auto cahota sur le bout de chemin non goudronné qui reliait le portail à Harris Avenue Extension. Il y eut soudain un coup d'avertisseur et Ralph vit une Ford Ranger bleue, roulant vers l'ouest sur Extension, faire un brusque crochet pour éviter la Datsun. Sans doute le conducteur avait-il aperçu le danger trop tard, tandis qu'Ed, de son côté, n'avait apparemment rien vu (ce n'est que plus tard que Ralph en vint à se dire qu'il avait peut-être heurté volontairement la camionnette). Il y eut un bref hurlement de pneus, suivi d'un bruit creux de ferraille : celui du pare-chocs d'Ed s'enfonçant dans le flanc de la Ford. La camionnette, repoussée vers la gauche, se retrouva à cheval sur la ligne jaune. Le capot de la Datsun plia et sauta partiellement de ses gonds ; le verre des phares cliqueta sur l'asphalte. Les deux véhicules, immobilisés, restèrent empalés au milieu de la route, dans un enchevêtrement digne d'une sculpture contemporaine.

Ralph s'était arrêté et regardait l'huile qui coulait sous le moteur de la Datsun. Il avait assisté à plusieurs accidents de la route au cours des quelque soixante-dix ans qu'il avait vécus, accidents pour la plupart mineurs, un ou deux autres plus sérieux, et il avait toujours été frappé par la vitesse à laquelle l'événement se produisait ainsi que par son côté peu spectaculaire. Ce n'était pas comme au cinéma, où la caméra permettait le ralenti, ou comme sur un magnétoscope, où l'on pouvait voir cent fois de suite la voiture se jeter dans le précipice, si l'on voulait ; en général, tout se réduisait à une série de mouvements brouillés convergents suivis par une brève combinaison de bruits dépourvus de tonalité : hurlement des pneus, fracas du métal crissant contre le métal, tintement du verre. Et puis *voilà — tout était fini**.

Il existait même une sorte de code de conduite pour ce genre de situation : *Comment se comporter lorsqu'on est impliqué dans une collision à faible vitesse*. Bien

* Les mots en italique suivis d'un astérisque sont en français dans le texte *(N.d.T.)*.

sûr, songea Ralph, il devait se produire une douzaine d'accrochages par jour à Derry, et peut-être le double en hiver, lorsqu'il y avait de la neige et que les routes étaient glissantes. On descendait de voiture, on rencontrait l'adversaire à la hauteur du point de collision entre les deux véhicules (où ceux-ci se trouvaient encore souvent, imbriqués l'un dans l'autre), on regardait, on secouait la tête. Parfois — en fait, assez fréquemment, pour tout dire —, ce moment était ponctué de quelques paroles coléreuses : les responsabilités étaient (hâtivement) attribuées, les aptitudes à la conduite de l'autre remises en question, des menaces de procès proférées. Quelque chose disait à Ralph que tout cela servait à dissimuler ce que les conducteurs n'osaient pas avouer carrément : *Espèce d'idiot, vous m'avez fichu une frousse de tous les diables !*

L'étape finale de ce pas de deux tristounet était l'Échange des Textes Sacrés d'Assurance, stade auquel, en général, les conducteurs commençaient à retrouver le contrôle de leurs émotions… du moins dans la mesure où personne n'était blessé, ce qui semblait être le cas ici. Parfois, les conducteurs se séparaient même sur une poignée de main.

Ralph se préparait à assister à tout ce ballet depuis sa première loge, à environ cent cinquante mètres du lieu de l'accident, mais il comprit, dès qu'il vit s'ouvrir la porte de la Datsun, que les choses allaient se passer différemment cette fois — que le véritable accident n'était peut-être pas encore terminé, mais toujours en train de se produire. On n'avait nullement l'impression que ces festivités allaient s'achever sur une poignée de main.

La portière s'ouvrit à la volée et Ed Deepneau en jaillit, pour rester pétrifié sur place à côté de sa voiture, ses épaules étroites se découpant avec précision sur un fond de nuages d'orage de plus en plus noirs. Il portait un jean délavé et un T-shirt, et Ralph se rendit compte que jusqu'à aujourd'hui, il n'avait jamais vu son voisin habillé autrement qu'avec une chemise. Il avait aussi quelque chose autour du cou, une espèce de long machin blanc. Un foulard ? On aurait bien dit un foulard, mais quelle idée de porter un foulard par de telles chaleurs ?

Ed resta ainsi debout à côté de son véhicule endommagé pendant quelques instants, l'air de regarder dans toutes les directions sauf la bonne. Les petits mouvements féroces de sa tête au crâne étroit rappelaient la manière qu'ont les coqs de surveiller leur basse-cour — toujours à craindre l'irruption d'un intrus ou d'un envahisseur. Il y avait quelque chose, dans cette ressemblance, qui mettait Ralph mal à l'aise. Il n'avait jamais vu Ed ainsi, auparavant, et il se disait que sa gêne tenait en partie à cela, mais il y avait autre chose. La vérité était que jamais il n'avait vu *qui que ce soit* avoir cette attitude.

Le tonnerre gronda à l'ouest, plus fort. Et plus proche.

L'homme qui descendit de la camionnette Ford faisait bien deux fois le poids d'Ed Deepneau. Sinon trois fois. Sa vaste et proéminente bedaine retombait par-dessus la ceinture de son bleu de travail (un bleu qui était vert), il avait des cercles de transpiration larges comme des assiettes sous les bras de sa chemisette blanche à col ouvert. Il repoussa la visière de sa casquette (modèle publicitaire de West Side Gardeners) en arrière pour mieux voir l'homme qui venait de l'éperonner ainsi. Son visage aux impressionnantes bajoues avait une pâleur mortelle, mis à part des taches rouges comme du fard à joues, à hauteur des pommettes. *Voilà un candidat parfait pour une crise cardiaque*, songea Ralph. *Si j'étais plus près, je pourrais voir les plis de ses lobes d'oreilles.*

« Hé ! » lança le gros costaud à Ed. La voix qui sortait de cette volumineuse poitrine et de ces entrailles profondes était ridiculement haut perchée, presque flûtée. « Où c'est qu't'as eu ton permis ? Par correspondance, sur catalogue ? »

Les brusques mouvements de tête d'Ed s'arrêtèrent instantanément au moment où il se tourna vers la voix qui l'interpellait — on aurait dit, pour employer le langage des pilotes actuels, qu'il venait de faire l'acquisition de sa cible — et Ralph put enfin bien voir les yeux de son voisin. Il fut traversé d'un brusque frisson d'inquiétude et se mit soudain à courir vers le lieu de l'accident. Ed, entre-temps, avait commencé à se rapprocher de l'homme à la chemisette mouillée de transpiration. Il marchait les épaules levées, d'un pas raide tout à fait différent de sa démarche décontractée habituelle.

« Ed ! » cria Ralph ; mais la brise, de plus en plus forte et rafraîchie par la promesse de pluie, parut subtiliser les mots avant même qu'ils ne sortent de sa bouche. En tout cas, Ed ne se retourna pas. Ralph se força à accélérer, oublieux de ses jambes courbatues et de sa douleur aux reins. C'était de meurtre qu'il était question dans les yeux agrandis de Deepneau. Rien, dans son expérience passée, n'était là pour donner un fondement sérieux à son impression, mais il était sûr qu'on ne pouvait se tromper au foudroiement de ces yeux nus ; c'était le regard que devaient avoir deux coqs de combat au moment de se jeter l'un sur l'autre, tous ergots dehors. « Ed ! Hé, Ed, attends un peu ! C'est Ralph ! »

L'homme n'eut même pas un coup d'œil de côté, alors que, vent ou pas, Ralph était bien assez près pour être entendu. Le gros balèze, en revanche, tourna la tête et Ralph lut la peur et l'incertitude dans son regard. Puis

Gros Balèze revint à Ed et leva les mains en un geste d'apaisement.

« Écoutez, dit-il, on peut parler… »

Il n'alla pas plus loin. Ed avança d'un pas, leva la main — une main fine, très blanche dans la lumière qui déclinait rapidement — et frappa Gros Balèze sur l'une de ses énormes bajoues. Le bruit ressembla à la détonation d'un fusil de gosse à air comprimé.

« Combien t'en as tué ? » demanda Ed.

Gros Balèze s'adossa à la camionnette, la bouche ouverte, l'œil exorbité. Toujours du même pas bizarrement raide, Ed s'avança vers lui sans hésiter et vint se placer ventre à ventre avec l'homme, oublieux du fait, apparemment, que celui-ci le dépassait de dix bons centimètres et pesait dans les cinquante kilos de plus que lui. Ed le gifla à nouveau. « Allons, fais pas ta timide, mon gros ! Combien t'en as tué ? » La question s'était terminée sur un cri suraigu qu'absorba le premier roulement de tonnerre vraiment sérieux de la tempête qui approchait.

Gros Balèze le repoussa — d'un geste non pas d'agression mais de simple effroi — et Ed partit à reculons pour s'arrêter contre l'avant défoncé de la Datsun. Il rebondit aussitôt, les poings serrés, se ramassant sur lui-même pour bondir sur le conducteur de la Ford. Gros Balèze se tassait contre le flanc de sa camionnette, la casquette de travers, les pans de sa chemisette sortis dans son dos et sur les côtés. Un souvenir vint brusquement à l'esprit de Ralph — celui d'un dessin animé avec les Trois Stooge — et il fut pris d'un soudain élan de sympathie pour Gros Balèze, avec son air ridicule et mortellement terrifié.

Ed Deepneau n'avait pas l'air ridicule. Avec ses lèvres retroussées, ses yeux exorbités qui ne cillaient pas, il ressemblait plus que jamais à un coq de combat.

« Je sais bien ce que vous trafiquez, dit-il à voix basse. Alors c'était quoi, cette comédie ? Est-ce que tu t'imagines que toi et ton ami le boucher vous allez pouvoir toujours vous en tirer ? »

Ralph arriva à ce moment-là, soufflant et haletant comme un cheval de trait, et passa un bras sur les épaules d'Ed. La chaleur qui montait à travers le fin tissu du T-shirt faisait un effet désagréable ; on avait l'impression de passer un bras autour d'un four et lorsque Ed se tourna pour le regarder, Ralph eut l'impression (brève mais inoubliable) que c'était exactement ce qu'il avait sous les yeux. Jamais il n'avait vu autant de fureur brute, paroxystique, dans un regard humain ; jamais il n'aurait soupçonné qu'un tel degré de fureur pût exister.

La première réaction de Ralph fut de reculer, mais il tint bon. Quelque chose lui disait que s'il battait en retraite, Ed allait lui tomber dessus comme un chien enragé, toutes griffes et tous crocs dehors. Tout cela était évidemment absurde : Ed Deepneau était un chimiste, un membre du Club du Livre du mois (du genre à prendre *La Guerre de Crimée* en dix volumes qui semblait être toujours la seule solution de rechange si l'on ne voulait pas de la sélection du mois), Ed était le mari d'Helen et le père de Natalie. Ed était un ami, bon sang !

... Sauf que ce n'était pas Ed que Ralph, comme il le savait, tenait par les épaules.

Au lieu de battre en retraite, Ralph se pencha vers Ed, s'agrippant à son épaule (tellement brûlante sous le T-shirt, dégageant d'incroyables bouffées de chaleur), et se déplaça jusqu'à ce que sa tête vînt s'interposer entre le regard fixe et inquiétant d'Ed et Gros Balèze.

« Laisse tomber, Ed ! » dit Ralph. Il adopta le ton de voix puissant mais ferme et posé qu'il fallait employer, supposait-il, avec les personnes en pleine crise hystérique. « Tout va bien, laisse tomber, c'est tout ! »

Le regard de Deepneau resta parfaitement fixe pendant quelques instants, puis commença à explorer le visage de Ralph. Ce n'était pas grand-chose, mais le vieil homme n'en sentit pas moins une pointe de soulagement.

« Qu'est-ce qui lui arrive, à ce type ? s'exclama Gros Balèze. Il est cinglé, ou quoi ?

— Il va bien, j'en suis sûr », répondit Ralph, qui était loin de le penser. Il avait parlé du coin de la bouche, sans quitter Ed du regard. En fait, il n'avait pas osé le quitter des yeux : ce contact lui donnait l'impression d'être la seule emprise qu'il avait sur l'homme, et encore une emprise bien faible. « C'est l'accident qui l'a secoué, c'est tout. Il a besoin de quelques instants pour retrouver son calme…

— Demandez-lui donc ce qu'il a sous sa bâche ! » cria soudain Ed, avec un geste par-dessus l'épaule de Ralph. Il y eut un éclair, et un instant, les cicatrices d'acné juvénile que portait encore le visage d'Ed ressortirent vivement, comme une carte au trésor étrange et organique. Le tonnerre gronda. « Hé, hé, Susan Day ! se mit-il à chantonner d'une voix haut perchée, enfantine, qui donna la chair de poule à Ralph, combien de mômes as-tu tués aujourd'hui ?

— Il n'est pas simplement secoué, observa Gros Balèze, il est cinglé. Et quand les flics vont arriver, je vais m'arranger pour qu'ils le fassent enfermer. »

Ralph tourna la tête et vit qu'une bâche bleue était tendue au-dessus de la plate-forme de la camionnette. Une corde d'un jaune brillant la retenait aux ridelles, et des formes rondes, en dessous, la déformaient.

« Ralph ? » fit une voix timide.

Ralph se tourna de l'autre côté et vit Dorrance Marstellar — lequel, à quatre-vingt-dix ans et quelques était de loin le patriarche des Vieux Croulants de Harris Avenue — debout de l'autre côté du véhicule de Gros Balèze. Il tenait un livre de poche dans ses mains cireuses tachées de cholestérol, et se balançait sur place, l'air anxieux, faisant indûment travailler sa colonne vertébrale. Ralph supposa qu'il s'agissait d'un recueil de poèmes, car il n'avait jamais vu le vieux Dorrance lire autre chose. Peut-être même qu'il ne les lisait pas du tout ; qu'il se contentait de tourner les pages et d'admirer la manière artistique dont les mots étaient regroupés.

« Qu'est-ce qui ne va pas, Ralph ? Qu'est-ce qui se passe ? »

Il y eut un nouvel éclair au-dessus d'eux, un ricanement électrique d'un blanc violacé. Dorrance leva les yeux comme s'il se demandait où il se trouvait, ce qu'il était lui-même, ou ce qu'il voyait. Ralph, intérieurement, grogna.

« Écoute, Dorrance... », commença-t-il. À cet instant, Ed fonça par-dessous son bras comme un animal sauvage qui ne serait resté calme que le temps de reprendre des forces. Ralph vacilla, puis repoussa Ed contre le capot défoncé de la Datsun. Il se sentit pris de panique, ne sachant pas ce qu'il fallait faire ensuite, ni comment le faire. Trop de choses se produisaient en même temps. Il sentait les muscles, dans le bras d'Ed qu'il tenait toujours, vibrer avec une intensité féroce dans sa main ; on aurait presque dit que le jeune homme venait d'avaler une gorgée de l'éclair qui se déchaînait dans le ciel.

« Ralph ? fit Dorrance, toujours de la même voix, calme et inquiète à la fois. À ta place, je ne le toucherais pas. Je ne peux plus voir tes mains. »

Allons bon ! Encore un cinglé sur les bras. Juste ce qu'il lui fallait.

Ralph jeta un coup d'œil à ses mains, puis regarda de nouveau le vieillard. « Qu'est-ce que tu nous racontes, Dorrance ?

— Tes mains, répondit patiemment l'autre. Je ne peux pas voir tes…

— Tu n'as rien à faire ici, Dor. Va donc voir ailleurs si j'y suis, tu veux ? »

Le vieillard parut s'animer un peu à ces mots. « Oui ! dit-il du ton de quelqu'un qui vient de découvrir une grande vérité. C'est exactement ce que je devrais faire ! » Il commença à battre en retraite, et quand le tonnerre claqua de nouveau, il rentra la tête dans les épaules et s'abrita sous son livre. Ralph put déchiffrer les grandes lettres rouges du titre : *Buckdancer's Choice*. « C'est aussi ce que tu devrais faire, Ralph. Tu ferais mieux de pas te mêler des affaires des machrones. C'est la meilleure façon d'avoir des ennuis.

— Qu'est-ce que tu ra… »

Mais Dorrance ne laissa pas à Ralph le temps de terminer sa phrase ; il s'éloigna d'un pas lourd en direction de la zone de pique-nique, l'auréole argentée de ses cheveux — aussi fins et duveteux que ceux d'un nouveau-né — ondulant dans la brise annonciatrice de tempête.

Un problème était résolu, mais le répit de Ralph fut de courte durée. Ed s'était temporairement laissé distraire par l'arrivée de Dorrance, mais il foudroyait de nouveau Gros Balèze du regard. « Bouffeur de chattes ! cracha-t-il. Baise ta mère et lèche-lui la chatte ! »

Gros Balèze fronça ses énormes sourcils.

« Quoi ? »

Deepneau revint sur Ralph, qu'il semblait maintenant reconnaître. « Demandez-lui ce qu'il a sous sa bâche ! cria-t-il. Ou plutôt, dites à cet assassin suceur de pines de vous le montrer ! »

Ralph se tourna vers le conducteur de la camionnette Ford. « Qu'est-ce que vous avez là-dessous ?

— Qu'est-ce que ça peut vous faire ? » répliqua Gros Balèze, essayant peut-être de prendre un ton féroce. Il étudia un instant l'expression qui brillait dans l'œil de Deepneau et s'écarta de deux pas.

« À moi, rien. À lui, quelque chose, on dirait, répondit Ralph avec un coup de menton en direction d'Ed. Aidez-moi simplement à le calmer, d'accord ?

— Vous le connaissez ?

— Assassin ! » répéta Ed, qui poussa Ralph assez fort pour l'obliger à reculer d'un pas. Il se passait quelque chose, non ? Ralph eut l'impression que l'expression vide et effrayée s'estompait dans les yeux du jeune homme. Il semblait y avoir un peu plus de l'Ed qu'il connaissait qu'auparavant… à moins qu'il ne fît que prendre ses désirs pour des réalités. « Assassin ! Assassin de bébés !

— Nom de Dieu, il est complètement malade, ce type », grommela Gros Balèze. Il n'en alla pas moins à l'arrière de sa camionnette tirer sur une extrémité de la corde ; puis il releva un coin de la bâche. Dessous, se trouvaient quatre tonnelets portant la mention WEED-GO. « Du fertilisant organique », expliqua Gros Balèze, avec un bref coup d'œil en coin à Ralph, avant de revenir sur Ed. Il toucha la visière de sa casquette publicitaire West Side Gardeners. « J'ai passé la journée à travailler sur une nouvelle série de parterres de fleurs, derrière l'hôpital psychiatrique de Derry… où vous pourriez peut-être aller prendre des petites vacances, mon vieux.

— Du fertilisant ? » demanda Ed. Il donnait l'impression de n'avoir parlé que pour lui. Il leva lentement une main et se mit à se frotter la tempe. « Du fertilisant ? » répéta-t-il, du ton d'un homme confronté à une découverte scientifique simple à comprendre mais sensationnelle.

« Oui, du fertilisant », confirma Gros Balèze avec un nouveau coup d'œil à Ralph, à l'intention de qui il ajouta : « Ce type ne tourne pas rond. Vous ne voyez pas ?

— C'est de la confusion, c'est tout », répondit Ralph, mal à l'aise. Il passa une main par-dessus la ridelle de la camionnette et tapota l'un des tonnelets. Puis il se tourna vers Ed : « Des tonneaux de fertilisant. D'accord ? »

Pas de réaction. Ed leva sa main gauche pour se masser l'autre tempe. On aurait dit qu'il subissait les attaques d'une terrible migraine.

« D'accord ? » répéta doucement Ralph.

Ed ferma un moment les yeux. Lorsqu'il les rouvrit, Ralph y vit briller ce qu'il pensa être des larmes. Ed explora délicatement l'une des commissures de ses lèvres, puis l'autre, du bout de la langue. Il prit ensuite le foulard de soie par une extrémité et s'essuya le front ; dessus, on distinguait des caractères chinois brodés en rouge, juste au bord de l'ourlet.

« Je crois que peut-être... », commença-t-il. Mais ses yeux s'agrandirent pour retrouver ce regard que Ralph n'aimait pas. « Des bébés ! s'exclama-t-il. Vous m'entendez ? Des bébés ! »

Ralph le repoussa pour la troisième ou quatrième fois contre la voiture — il avait perdu le compte. « Mais qu'est-ce que vous racontez, Ed ? » Une idée lui traversa soudain l'esprit : « C'est Natalie ? Vous êtes inquiet pour Natalie ? »

Gros Balèze regardait Ralph, mal à l'aise. « Ce type a besoin d'un docteur.

— C'est possible. Mais j'avais l'impression qu'il se calmait... Pourriez-vous ouvrir un de ces tonneaux ? Il se sentirait peut-être mieux.

— Ouais, d'accord, au point où on en est. »

Nouvel éclair, nouveau coup de tonnerre assourdissant — qui se prolongea comme s'il traversait tout le ciel — et une goutte d'eau froide vint tomber sur le cou en sueur de Ralph. Sur sa gauche, il aperçut Dorrance Marstellar à l'entrée de l'aire de pique-nique, son livre à la main, qui regardait vers eux, l'air anxieux.

« On dirait que ça va sérieusement pisser, observa Gros Balèze. Pas question de laisser ce truc-là se mouiller. Ça provoque une réaction chimique. Alors regardez vite. » Il passa la main entre l'un des tonnelets et les montants des ridelles, farfouilla un instant, et en retira un pied-de-biche. « Faut que je sois aussi cinglé que lui, pour faire ça. Quand j'y pense ! Je rentrais tranquillement chez moi, tout à mes affaires. C'est lui qui m'a foncé dessus !

— Allez-y, dit Ralph. Il y en a pour une seconde.

— Peut-être », répondit Gros Balèze d'un ton amer, avant de se tourner et de glisser le pied-de-biche sous le couvercle du tonnelet le plus proche. « N'empêche, je m'en souviendrai toute ma vie. »

Le tonnerre secoua encore le ciel, si bien que Gros Balèze n'entendit pas la réplique de Deepneau. Ralph put cependant la saisir, et il sentit un frisson naître au creux de son estomac :

« Ces tonneaux sont pleins de bébés morts. Vous allez voir. »

Gros Balèze fit sauter le couvercle. Ed avait parlé avec tellement de conviction que Ralph s'attendait presque à découvrir un fouillis de bras, de jambes et de petites têtes chauves. Au lieu de cela, il vit une mixture faite de minuscules cristaux bleus et d'une matière brune. Il s'en dégageait une opulente odeur de tourbe, avec un relent de produit chimique.

« Vous avez vu ? Vous êtes content ? demanda Gros

Balèze, s'adressant de nouveau directement à Ed Deepneau. En fin de compte, je ne suis ni Jack l'Éventreur ni ce cinglé de Dahmer. C'est un monde, hein ? »

L'expression de confusion était revenue sur le visage d'Ed et lorsque le tonnerre gronda, une fois de plus, il se recroquevilla un peu sur lui-même. Il se pencha, tendit la main vers le tonnelet, tout en interrogeant Gros Balèze du regard.

Le conducteur de la Ford acquiesça de la tête — presque avec sympathie, crut déceler Ralph. « Ouais, vous pouvez toucher. Mais s'il pleut pendant que vous en tenez une poignée, vous allez danser comme John Travolta. Ça brûle. »

Ed plongea la main dans le baril, prit un peu de produit et le laissa couler entre ses doigts. Il adressa un regard perplexe à Ralph (qui crut y lire aussi un certain embarras), puis enfonça le bras jusqu'au coude dans le fertilisant.

« Hé ! l'apostropha Gros Balèze, c'est pas la foire, ici ! »

Quelques instants, le visage d'Ed retrouva son sourire madré — une expression qui disait : *Si tu crois que je vais me faire prendre par un tour aussi enfantin* —, qui laissa rapidement la place à la stupéfaction lorsqu'il se rendit compte qu'il n'y avait rien d'autre à trouver que du fertilisant. Son bras, lorsqu'il le retira du tonnelet, était enduit de la poussière laissée par le mélange et dégageait la même odeur. La foudre frappa au-dessus de l'aéroport, suivie d'un coup de tonnerre fracassant.

« Enlevez ça de votre bras avant la pluie ; je vous aurai averti », dit Gros Balèze, avant de passer un bras par la fenêtre ouverte de la camionnette, pour y prendre un sac de chez McDonald's. Il en sortit deux serviettes en papier qu'il tendit à Ed. Celui-ci commença à nettoyer son bras, l'air d'un homme plongé dans un rêve. Pendant ce temps, Gros Balèze replaçait le couvercle sur le baril et le scellait à grands coups de son gros poing constellé de taches de rousseur, non sans jeter quelques coups d'œil au ciel qui devenait de plus en plus noir. Lorsque Ed le toucha à l'épaule, l'homme se raidit et s'éloigna, l'air inquiet.

« Je crois que je vous dois des excuses », dit Deepneau. Son timbre, pour la première fois, parut parfaitement normal et clair à Ralph.

« Sans blague ! » rétorqua Gros Balèze, qui parut cependant soulagé. Il tendit de nouveau la bâche et l'attacha en quelques gestes rapides et efficaces. En le regardant, Ralph fut frappé par l'idée que le temps était vraiment le plus sournois des voleurs. À une époque, il aurait été capable d'arrimer cette bâche avec la même dextérité, la même aisance. Aujourd'hui, il y serait encore parvenu, mais il aurait eu besoin d'au moins deux minutes et de trois de ses meilleurs jurons.

Gros Balèze tapota la bâche puis se tourna vers Ralph et Ed, les bras croisés sur la vaste superficie de sa poitrine. « Avez-vous vu l'accident ? demanda-t-il à Ralph.

— Non », répondit-il sans hésiter. Il n'avait aucune idée des raisons qui l'avaient poussé à mentir, mais sa décision avait été instantanée. « Je regardais l'avion en train d'atterrir. Le 747 de la United. »

À sa totale surprise, il vit s'élargir les taches rouges qui marquaient les joues de Gros Balèze. *Toi aussi, tu l'as regardé !* se dit soudain Ralph. *Et pas seulement atterrir, parce que sinon, tu ne rougirais pas comme ça... tu l'as regardé rouler sur la piste !*

Cette idée fut suivie d'une brusque révélation : Gros Balèze estimait être responsable de l'accident, ou que les flics chargés du constat pourraient l'interpréter ainsi.

Son attention tournée vers l'avion, il n'avait pas vu Ed charger comme un fou à travers le portail de service qui donnait sur Extension.

« Écoutez, je suis sincèrement désolé », disait Ed du ton de la plus profonde conviction. En réalité, il paraissait même plus que désolé : accablé. Ralph se surprit à se demander dans quelle mesure on pouvait se fier à cette expression, et s'il avait la moindre idée de

(Hé, hé, Susan Day)

ce qui s'était passé réellement… et qui diable était donc cette Susan Day, au fait ?

« Je me suis cogné la tête dans le volant, expliquait Ed et je crois… vous comprenez, ça m'a sacrément secoué la tirelire.

— Ouais, je veux bien vous croire », admit Gros Balèze ; il se gratta la tête, leva les yeux vers le ciel assombri et boursouflé, puis se tourna de nouveau vers Deepneau : « J'ai quelque chose à vous proposer, mon vieux.

— Ah bon ?

— On échange nos noms et nos numéros de téléphone au lieu de passer par toutes ces conneries d'assurances. Ensuite, vous partez de votre côté, et moi du mien. »

Ed, l'air incertain, consulta Ralph (qui haussa les épaules) du regard et revint à l'homme casquetté aux frais de West Side Gardeners.

« Si on appelle les flics, continuait ce dernier, je suis bon pour ma dose d'emmerdements. Le premier truc qu'ils vont trouver, c'est une amende pour ivresse au volant, l'hiver dernier, et que je conduis avec un permis provisoire. Ils ne vont pas manquer de faire des histoires, même si c'est moi qui conduisais sur la voie principale et qui avais la priorité. Vous voyez ce que je veux dire ?

— Oui, bien sûr ; mais l'accident était entièrement de ma faute. J'allais beaucoup trop vite…

— L'accident lui-même n'est peut-être pas si important », objecta Gros Balèze, jetant un coup d'œil soupçonneux en direction d'un camion qui approchait en grimpant sur le bas-côté. Puis il se tourna de nouveau vers Ed, une note pressante dans la voix : « Vous avez perdu un peu d'huile, mais ça ne coule plus, maintenant. Je suis sûr que vous pouvez encore rouler jusque chez vous… si vous habitez en ville. Vous habitez en ville ?

— Oui.

— Je suis prêt à contribuer à vos réparations, jusque dans les cinquante dollars. »

Nouvelle révélation pour Ralph ; c'était la seule chose qui pouvait expliquer que l'homme fût passé ainsi de l'agressivité à quelque chose qui frisait la tentative de corruption. Arrestation en état d'ivresse l'hiver dernier ? Oui, probablement. Mais Ralph n'avait jamais entendu parler de cette histoire de permis provisoire ; pure invention, il en était presque sûr. Ce bon vieux monsieur West Side Gardeners roulait sans permis. Ce qui compliquait les choses était que Deepneau disait la vérité : l'accident était entièrement de sa faute.

« Si on règle ça tranquillement entre nous, enchaîna Gros Balèze, je n'aurai pas besoin d'expliquer mon arrestation pour conduite en état d'ivresse, ni vous pourquoi vous avez bondi de votre voiture pour me gifler et m'insulter en disant que je transportais des cadavres.

— J'ai vraiment dit ça ? demanda Ed, l'air stupéfait.

— Vous le savez bien », lui répondit Gros Balèze d'un ton sévère.

Une voix lança, avec des traces d'accent franco-canadien :

« Tout le monde va bien, les gars ? Personne de blessé ?… Hé, mais c'est vous, Ralph ? »

Le camion, qui s'était garé sur le bas-côté, portait l'inscription DERRY DRY CLEANERS sur le côté, et Ralph identifia le conducteur comme devant être l'un des frères Vachon, d'Old Cape. Probablement Trigger, le plus jeune.

« C'est bien moi », répondit Ralph qui, sans savoir pourquoi ni même se poser la question (il fonctionnait en pilote automatique), passa un bras autour de l'épaule de l'homme (il n'arrêtait pas, ce matin) et l'entraîna dans la direction de son camion.

« Ils vont bien, les deux types ?

— Très bien, très bien », dit Ralph. Il jeta un coup d'œil derrière lui et vit Deepneau et Gros Balèze qui parlaient tranquillement. Une rafale de pluie froide, de ses doigts impatients, vint tambouriner sur la bâche tendue. « Juste une histoire de pare-chocs tordus, c'est tout. Ils sont en train de régler ça.

— Parfait, parfait, répondit Vachon d'un ton satisfait. Et comment va votre charmante femme, Ralph ? »

Le vieil homme tressaillit, se sentant comme quelqu'un qui se souviendrait soudain d'avoir oublié de couper le gaz avant de partir au travail. « Bordel ! » s'exclama-t-il en regardant sa montre, avec l'espoir de constater qu'il n'était pas plus tard que cinq heures et quart, cinq heures et demie tout au plus. Il était six heures moins dix. Cela faisait vingt minutes que Carolyn attendait qu'il lui apportât un bol de soupe et un demi-sandwich. Elle allait s'inquiéter. En réalité, avec les éclairs et les grondements de tonnerre se répercutant dans l'appartement vide, elle risquait même d'être carrément terrorisée. Et s'il se mettait à pleuvoir, elle ne serait pas capable de fermer les fenêtres ; elle n'avait pratiquement plus de force dans les mains.

« Hé, Ralph ! Quelque chose ne va pa
— Rien… J'ai marché longtemps, et j
notion du temps. Ensuite il y a eu cet accident, e
riez-vous me raccompagner chez moi, Trig ? Je
paierai.

— Payer quoi, c'est sur mon chemin. Grimpez à bord. Vous pensez que ces deux types vont s'entendre ? Ils vont pas se sauter dessus ?

— Non, je ne crois pas. Juste une seconde.

— Bien sûr. »

Ralph s'avança vers Ed : « Alors, ça s'arrange ? Vous vous en sortez ?

— Oui, répondit Deepneau. On va régler ça à l'amiable. Après tout, c'est juste un peu de verre brisé. »

Ralph retrouvait tout à fait le Ed Deepneau qu'il avait toujours connu, et Gros Balèze regardait son agresseur avec une expression qui n'était pas loin du respect. Ralph se sentait encore perplexe et mal à l'aise à l'idée de ce qui venait de se passer ici, mais il décida de ne pas s'en mêler davantage. Certes, il aimait beaucoup Ed Deepneau, mais c'était de Carolyn et pas de lui qu'il avait à s'occuper cet été. De Carolyn et de la chose qui avait commencé à marteler son tic-tac dans les murs et jusque dans elle, tard la nuit.

« Parfait, dit-il à Ed. Je rentre à la maison. Je prépare les repas de Carolyn, maintenant, et je suis fichtrement en retard. »

Il voulut se retourner, mais Gros Balèze l'arrêta d'un geste de sa main tendue, « John Tandy. »

Les deux hommes échangèrent une poignée de main.

« Ralph Roberts, ravi de faire votre connaissance. »

Tandy sourit. « Étant donné les circonstances, j'en doute un peu… mais je suis vraiment content que vous

... arrivé au bon moment. Pendant quelques secondes, j'ai bien cru que lui et moi, on allait se rentrer dedans.»

Moi aussi, pensa Ralph, mais sans le dire. Il regarda Ed, examinant, encore troublé, le T-shirt si inhabituel qui pendait sur les épaules maigrichonnes et le foulard de soie blanche avec les symboles chinois brodés dessus. Quelque chose ne collait pas tout à fait dans son expression, lorsque leurs yeux se croisèrent; en fin de compte, l'ancien Ed n'était peut-être pas entièrement de retour.

«Vous êtes sûr que tout va bien?» lui demanda Ralph. Il n'avait qu'une envie, partir, aller retrouver Carolyn, et cependant quelque chose le retenait. Le sentiment que certains aspects de cette histoire clochaient sérieusement persistait.

«Oui, très bien», répondit vivement Ed en lui adressant un grand sourire qui n'atteignit pas ses yeux vert foncé. Ils étudiaient attentivement le vieil homme, comme s'ils cherchaient à savoir ce qu'il avait vu, exactement... et ce qu'il

(Hé, hé, Susan Day)

se rappellerait plus tard.

3

L'intérieur du véhicule de Vachon dégageait des effluves de vêtements fraîchement repassés, un arôme qui, pour quelque raison obscure, avait le don de rappeler l'odeur du pain frais à Ralph. Le petit camion ne comportait pas de siège de passager, et il s'agrippait d'une main à la poignée de la porte et de l'autre au bord d'un gros panier à linge.

«Bon sang, ils m'ont paru bizarres, tous les deux,

observa Trigger en jetant un coup d'œil dans son rétroviseur extérieur.

— Et encore, vous ne savez pas tout.

— Je connais le type de la bagnole japonaise — Deepneau, c'est son nom. Il a une petite femme bien mignonne, elle nous donne du travail, de temps en temps. En général, il a l'air d'un type plutôt sympa.

— Il n'était sûrement pas lui-même, aujourd'hui, concéda Ralph.

— L'avait une bébête qui lui chicotait les fesses, hein ?

— Toute une fourmilière, vous voulez dire. »

Trigger éclata de rire et frappa du poing le plastique noir usé de son gros volant. « Toute une fourmilière ! Bon Dieu, bon Dieu, elle est bien bonne celle-là ! » L'homme essuya les larmes qui lui coulaient des yeux avec un mouchoir de la taille d'une nappe. « J'ai eu l'impression que m'sieur Deepneau sortait par la porte de service de l'aéroport.

— En effet, il est sorti par là.

— Faut avoir le passe… Comment ça se fait que m'sieur Deepneau ait un passe, d'après vous ? »

Ralph réfléchit, sourcils froncés, puis secoua la tête. « Je ne sais pas. Ça ne m'était pas venu à l'esprit. Il faudra que je lui demande la prochaine fois que je le verrai.

— N'oubliez pas de lui demander aussi comment va la fourmilière. »

Cette boutade provoqua une nouvelle rafale de gros rires, lesquels entraînèrent un nouveau déploiement du rideau de scène qui servait de mouchoir à Vachon.

Lorsqu'ils quittèrent Extension pour s'engager sur Harris Avenue proprement dite, l'orage éclata pour de bon. Il n'y eut pas de grêle, mais la pluie se mit à tomber avec une intensité tropicale extravagante, à tel point que Trigger, un moment, fut obligé de rouler au pas.

« Bon sang ! s'exclama-t-il, du respect dans la voix. Ça me rappelle la grande tempête de 85, quand la moitié de la ville s'est effondrée dans ce foutu Canal ! Vous vous rappelez, Ralph ?

— Oui. Espérons que ça ne va pas recommencer.

— Mais non, le rassura Trigger qui souriait et essayait de voir quelque chose entre les passages des gigantesques essuie-glaces, tout le système d'égouts a été refait, depuis. Bon Dieu ! »

Le froid de la pluie et la chaleur de la cabine, en se combinant, provoquaient l'apparition de buée sur la partie inférieure du pare-brise. Machinalement, Ralph, du bout du doigt, y traça deux signes :

神

« C'est quoi ? demanda Trigger.

— Je ne sais pas exactement. On dirait du chinois, non ? C'était sur le foulard que portait Ed Deepneau.

— Ça me dit quelque chose », répondit Trigger, en jetant un nouveau coup d'œil dessus. Puis il poussa un petit hennissement accompagné d'un geste de la main. « Écoutez un peu ça. C'est le seul truc que je sais dire en chinois : *moo-goo-gai-pan !* »

Ralph sourit, incapable, semblait-il, de trouver en lui la force de rire. Carolyn. Depuis qu'elle avait fait irruption dans son esprit, il n'arrivait plus à penser à autre chose qu'à elle — ne pouvant s'empêcher d'imaginer les fenêtres ouvertes, les rideaux gonflés par le vent tendant leurs bras fantomatiques, et la pluie qui s'engouffrait dans le sillage de leurs ondulations.

« Vous habitez toujours dans cette maison à étage, en face du Red Apple ?

— Oui. »

Trigger s'arrêta le long du trottoir, les roues soulevant de grandes gerbes d'eau. Il pleuvait toujours aussi violemment, par paquets, les éclairs zébraient le ciel en tous sens, le tonnerre roulait.

« Vous feriez mieux de rester avec moi une minute, proposa Vachon. Ça devrait pas tarder à se calmer.

— Ça ira très bien. » Ralph avait l'impression que rien n'aurait pu le retenir une seconde de plus dans le camion, même pas des menottes. « Merci, Trig.

— Attendez une seconde ! Je vais vous filer un bout de plastique ! Juste un truc pour vous mettre sur la tête comme un ciré !

— Non, pas de problème, tout va bien comme ça, merci. Je vais juste... »

Il ne semblait pas y avoir moyen d'exprimer ce qu'il voulait dire, et il sentait la panique le gagner. Il repoussa la portière coulissante du camion et sauta au sol, s'enfonçant jusqu'aux chevilles dans l'eau qui courait le long du caniveau. Il lança à Trigger un dernier salut de la main, sans se retourner, et se précipita vers l'allée qui conduisait à la maison que lui et Carolyn partageaient avec Bill McGovern, la main déjà dans la poche pour y prendre la clef. Dès les marches du porche, il vit qu'il n'en aurait pas besoin — la porte d'entrée était entrouverte. Bill, qui occupait le rez-de-chaussée, oubliait souvent de fermer et Ralph préférait penser que c'était Bill plutôt que d'imaginer que Carolyn serait sortie à sa recherche et aurait été surprise par le mauvais temps. Une possibilité qu'il ne voulait même pas envisager.

Il s'avança vivement dans la pénombre du vestibule et grimaça sous l'effet d'un coup de tonnerre assourdissant, au moment où il gagnait le pied de l'escalier. Il marqua un temps d'arrêt, une main sur la boule de la rampe, pris de l'envie d'escalader les marches quatre à quatre, mais n'ayant plus les moyens de forcer l'allure. Son cœur battait à se rompre dans sa poitrine, ses chaussures de sport pleines d'eau étaient deux ancres moites qui lui collaient les pieds au sol et, sans raison, il ne cessait de revoir les mouvements de tête qu'avait eus Ed Deepneau lorsqu'il était sorti de la Datsun — ces brusques coups de menton en tous sens du coq qui cherche la bagarre.

La troisième marche craqua bruyamment, comme d'habitude, et ce bruit provoqua des pas rapides, à l'étage au-dessus. Il n'en tira aucun réconfort, car il comprit sur-le-champ qu'il ne s'agissait pas de Carolyn ; et lorsqu'il vit Bill McGovern se pencher par-dessus la balustrade, la figure pâle et inquiète sous le panama qui était sa marque distinctive, il ne ressentit aucune surprise. Depuis qu'il était sur Extension, il avait bien senti que quelque chose allait de travers, non ? Si. Mais étant donné les circonstances, on ne pouvait guère parler de prescience. Quand les événements tournent mal, arrivé à un certain stade, il n'y a plus moyen ni de rattraper les choses ni de les éviter ; elles ne peuvent qu'aller en empirant, découvrait-il. Sans doute l'avait-il toujours su, au fond de lui-même. Ce qu'il n'avait jamais soupçonné, c'était à quel point cette route vers le pire pouvait être longue.

« Ralph ! lança Bill. Grâce à Dieu ! Carolyn est... enfin, je crois que c'est une sorte de crise. Je viens juste d'appeler les urgences, le 911. Je leur ai demandé d'envoyer une ambulance. »

Et Ralph découvrit qu'en fin de compte, il pouvait monter les dernières marches quatre à quatre.

4

Elle gisait en travers du passage qui donnait sur la cuisine, les cheveux lui retombant sur le visage. Ralph trouva ce détail particulièrement horrible ; il faisait négligé, et s'il y avait bien une chose que Carolyn avait en horreur, c'était d'avoir l'air négligé. Il s'agenouilla à côté d'elle et lui dégagea les yeux et le front. Sa peau était glacée sous les doigts — autant que les pieds de Ralph dans ses baskets imbibées d'eau.

« J'ai essayé de la porter jusqu'au canapé, mais elle est trop lourde pour moi », expliqua Bill, embarrassé. Il avait enlevé son panama et en tripotait nerveusement la bande. « À cause de mon dos, tu comprends…

— Je sais, Bill, je sais. » Il passa un bras sous le dos de Carolyn et la souleva. Elle ne lui paraissait pas lourde, mais légère, au contraire, presque aussi légère qu'une fleur de pissenlit sur le point d'exploser et de répandre ses filaments dans le vent. « Je remercie le Ciel que tu aies été ici.

— Il s'en est fallu de peu », répondit Bill, qui suivit Ralph dans le séjour sans cesser de tripoter son ruban de chapeau. Il faisait penser au vieux Dorrance Marstellar avec ses livres de poèmes. *À ta place je ne le toucherais pas. Je ne peux plus voir tes mains*, avait dit Dorrance. « J'étais sur le point de sortir, lorsque j'ai entendu une sacrée dégringolade… c'était elle qui tombait… » McGovern se mit à parcourir des yeux la salle de séjour assombrie, une expression à la fois affolée et avide sur le visage, comme s'il cherchait quelque chose qui n'était pas là. Puis soudain son regard brilla. « La porte ! Je parie qu'elle est encore ouverte ! Il va pleuvoir dedans ! Je reviens tout de suite, Ralph ! »

Il sortit précipitamment. À peine si Ralph le remarqua. Les choses avaient pris la tournure surréaliste du cauchemar. Le pire était le tic-tac. Il l'entendait dans les murs, si puissant que même le tonnerre n'arrivait pas à l'étouffer.

Il déposa Carolyn sur le canapé et s'agenouilla à côté

d'elle. Elle respirait à petites bouffées rapides et son haleine était épouvantable. Ralph, cependant, ne s'en détourna pas. « Tiens le coup, ma chérie », dit-il. Il lui prit la main — une main presque aussi moite que l'était son front — et l'embrassa doucement. « Tu tiens le coup. Tout va bien. Tout va très bien. »

Mais ça n'allait pas bien ; le martèlement du tic-tac signifiait que *rien* n'allait bien. D'ailleurs, il ne provenait pas des murs, il n'avait jamais été dans les murs, seulement dans sa femme. Dans Carolyn. C'était son adorée, et elle lui glissait entre les mains — qu'allait-il pouvoir devenir sans elle ?

« Tu tiens bon, c'est tout. Tu tiens bon, hein ? » Il embrassa sa main à plusieurs reprises et la tint contre sa joue ; et lorsqu'il entendit la sirène de l'ambulance, il se mit à pleurer.

5

Elle reprit connaissance dans l'ambulance qui fonçait à travers Derry (le soleil était revenu et les rues fumaient) et se mit à tenir des propos tellement incohérents que Ralph crut qu'elle avait eu une hémorragie cérébrale. Puis, alors qu'elle commençait à avoir les idées plus claires et à parler normalement, elle fut prise d'une seconde convulsion, et il ne fallut pas moins de Ralph et de l'un des ambulanciers pour la maîtriser.

Ce ne fut pas le Dr Litchfield qui vint voir Ralph, dans la salle d'attente du troisième étage, mais le Dr Jamal, un neurologue. Jamal s'adressa à lui d'une voix douce au ton apaisant, et lui dit que Carolyn était maintenant stabilisée, qu'ils allaient la garder pour la nuit, par simple sécurité, mais qu'elle pourrait rentrer chez elle dès demain matin.

Il allait falloir lui administrer un nouveau traitement — le médicament était cher, certes, mais très efficace.

« Nous ne devons pas perdre espoir, monsieur Roberts, conclut le Dr Jamal.

— Non, il ne faut pas… Est-ce qu'elle aura encore de ces convulsions, docteur ? »

Le Dr Jamal sourit. Il parlait d'une voix tranquille, rendue encore plus réconfortante par son doux accent indien. Et si le Dr Jamal ne lui déclara pas en toutes lettres que Carolyn allait bientôt mourir, il lui tint les propos les plus explicites qu'il eût jamais entendus au cours de cette longue année où elle avait bataillé pour rester en vie. Ces nouveaux médicaments, dit-il, empêcheraient probablement d'autres convulsions, mais son état était tel qu'il fallait prendre tous ces pronostics avec les plus grandes réserves. La tumeur se développait en dépit de tout ce qu'ils avaient tenté, malheureusement.

« On peut s'attendre à voir bientôt apparaître des problèmes de contrôle neuromoteur, ajouta le médecin indien. Et j'ai bien peur d'avoir constaté une détérioration de sa vue.

— Est-ce que je peux passer la nuit avec elle ? demanda Ralph d'un ton tranquille. Elle dormira mieux si je suis là… et moi aussi.

— Bien sûr ! répondit le Dr Jamal avec un sourire éclatant. C'est une bonne idée.

— Oui, c'est aussi ce que je crois. » Il avait parlé d'un ton las.

6

Il resta donc assis à côté de sa femme endormie, à écouter le tic-tac qui n'était pas dans les murs, et il se disait : *Un jour, bientôt, peut-être cet automne, peut-être cet hiver, je serai de nouveau dans cette chambre avec elle.* Pensée qui relevait non pas de la spéculation, mais de la prophétie ; il s'inclina et appuya la tête sur le drap blanc qui recouvrait la poitrine de sa femme. Il aurait bien voulu ne pas se remettre à pleurer, mais versa néanmoins quelques larmes.

Ce tic-tac, si bruyant, si régulier.

Qu'est-ce que j'aimerais attraper ce qui fait ce bruit ! Je le piétinerais jusqu'à ce que tous les morceaux soient éparpillés dans la pièce. Dieu m'en est témoin, c'est ce que je ferais !

Il s'endormit dans son fauteuil un peu après minuit ; et lorsqu'il s'éveilla, le lendemain matin, l'air avait une fraîcheur que l'on n'avait pas connue depuis des semaines et Carolyn était parfaitement réveillée, cohérente, l'œil brillant. Elle paraissait presque en bonne santé. Ralph la ramena à la maison et entreprit la tâche — qui n'était pas mince — de rendre ses derniers mois aussi confortables que possible. Il se passa un bon moment avant qu'il ne repense à Ed Deepneau ; même après avoir vu les ecchymoses et les bleus sur le visage d'Helen Deepneau, il resta longtemps sans évoquer le souvenir d'Ed.

Tandis que l'été laissait place à l'automne et que l'automne s'endeuillait pour l'ultime hiver de Carolyn, les pensées de Ralph étaient de plus en plus accaparées par le temps des heures comptées, ce compte à rebours mortel qui semblait égrener ses coups de plus en plus violemment à mesure qu'il ralentissait.

Mais il n'avait pas de problème pour dormir.

Ça, ce fut pour plus tard.

PREMIÈRE PARTIE

DE PETITS DOCTEURS CHAUVES

« Il existe un gouffre entre ceux qui peuvent dormir et ceux qui ne le peuvent pas. C'est l'une des grandes divisions de l'espèce humaine » (Iris Murdoch, *Les Soldats et les Nonnes*).

CHAPITRE 1

1

Un mois environ après la mort de sa femme, Ralph Roberts commença à souffrir d'insomnies, pour la première fois de sa vie.

Au début ce ne fut pas bien grave, mais la situation se mit à empirer avec régularité. Six mois après les premières interruptions d'un cycle de sommeil qui, jusque-là, avait été normal, Ralph se retrouva dans un état de détresse tel qu'il avait du mal à le croire — et encore plus de mal à l'accepter. Vers la fin de l'été 1993, il en vint à se demander à quoi ressembleraient ses dernières années sur terre, s'il devait les passer en veilles hébétées, l'œil exorbité. *Évidemment, les choses ne peuvent pas en arriver à ce stade.* Ça *ne s'est jamais vu.*

Mais en était-il si sûr ? Il ne le savait pas vraiment, et c'était cela qui le tracassait ; quant aux livres sur la question vers lesquels le dirigeait Mike Hanlon, à la bibliothèque municipale de Derry, ils n'étaient pas très clairs. On en trouvait plusieurs sur les désordres du sommeil, mais ils paraissaient se contredire. Certains considéraient l'insomnie comme un symptôme, d'autres comme une maladie et un auteur, au moins, la traitait de mythe. Le problème se compliquait même gravement : si Ralph avait bien compris ce qu'il avait lu, personne ne semblait savoir exactement ce qu'était le sommeil lui-même : ses mécanismes, son utilité.

Il n'ignorait pas qu'il aurait mieux fait d'arrêter ses recherches d'amateur et d'aller consulter un médecin, mais il avait énormément de mal à entreprendre cette démarche. Il en voulait sans doute encore au Dr Litchfield. C'était lui, en effet, qui avait diagnostiqué chez Carolyn, à la place d'une tumeur cérébrale, des céphalées d'hypertension (sauf que Ralph soupçonnait Litchfield, célibataire endurci, d'avoir cru qu'en réalité Carolyn souffrait de banales « vapeurs »), et lui encore qui s'était fait médicalement aussi rare que possible dès que le diagnostic de Carolyn avait été établi. Ralph était convaincu que s'il lui avait demandé à brûle-pourpoint, Litchfield lui aurait répondu qu'il n'avait fait que transmettre le cas à Jamal, le spécialiste… ouvrant tout grand le parapluie. Ouais. Ralph, cependant, avait observé avec le plus grand soin les yeux de Litchfield, les rares fois où il l'avait rencontré, entre les premières convulsions de Carolyn, en juillet de l'an dernier, et sa mort, en mars ; et il lui semblait que ce qu'il avait vu dans ces yeux était un mélange de gêne et de culpabilité. Le regard d'un homme qui met toute son énergie à oublier qu'il a fait une connerie. Ralph croyait que s'il pouvait encore regarder Litchfield sans avoir envie de lui rentrer dedans, cela tenait à ce que lui avait confié le Dr Jamal : qu'un diagnostic plus précoce n'y aurait rien changé. Au moment où Carolyn avait ressenti ses premiers maux de tête, la tumeur était déjà bel et bien là, expédiant sans aucun doute ses petites giclées de cellules perverties dans d'autres zones du cerveau, comme autant de colis piégés.

À la fin d'avril, le Dr Jamal avait ouvert un cabinet

privé dans le Connecticut, et il manquait à Ralph. Il avait l'impression qu'il aurait pu lui parler de ses problèmes de sommeil, l'impression aussi que Jamal l'aurait écouté comme Litchfield ne l'aurait pas fait... ou n'aurait peut-être pas su le faire.

À la fin de l'été, Ralph en avait assez lu sur l'insomnie pour savoir que celle dont il était affecté, sans être rare, était toutefois moins commune que l'insomnie habituelle des gens qui ont du mal à s'endormir. Les personnes qui ne souffrent pas d'insomnie s'enfoncent dans la première phase du sommeil, d'ordinaire, entre sept et vingt minutes après s'être couchées. À ceux qui sont lents à s'endormir, en revanche, il faut parfois jusqu'à trois heures avant de plonger, et là où les dormeurs normaux commencent à se couler dans le sommeil de la troisième phase (ce que certains livres anciens, découvrit Ralph, appellent le sommeil thêta), environ trois quarts d'heure après leur endormissement, il faut d'ordinaire aux lents à s'endormir une heure ou deux heures de plus pour y parvenir — ce qui, bien des nuits, n'est pas le cas. Ils se réveillent mal reposés, avec parfois de vagues souvenirs de rêves confus et déplaisants, plus souvent avec l'impression trompeuse d'être restés éveillés toute la nuit.

À la suite de la mort de Carolyn, Ralph avait commencé à souffrir de réveils prématurés. Il continua à aller se coucher, la plupart du temps, après le journal télévisé de onze heures, continua aussi à sombrer dans le sommeil presque instantanément, mais au lieu de se réveiller d'un seul coup à six heures cinquante-cinq, cinq minutes avant la sonnerie de son radio-réveil, il ouvrait les yeux à six heures. Au début, il mit cela sur le compte d'une prostate un peu plus grosse que la normale et d'un équipement rénal qui fonctionnait depuis soixante-dix ans ; cependant, il ne lui semblait pas avoir une envie aussi pressante que cela, tout compte fait ; et une fois réveillé, il n'arrivait pas à se rendormir, même après avoir été se soulager de ce qui s'était accumulé. Il gisait sur le lit qu'il avait partagé pendant tant d'années avec Carolyn, attendant qu'il fût sept heures moins cinq pour se lever. Il finit par renoncer complètement à essayer de se rendormir ; il se contentait d'attendre, ses mains aux doigts longs mais légèrement enflés croisées sur la poitrine, et de contempler fixement les ombres du plafond avec des yeux qui lui faisaient l'effet d'atteindre la taille de boutons de porte. Il imaginait parfois le Dr Jamal, dans son cabinet de Westport, avec son accent indien doux et apaisant, tout à l'édification de son bout de rêve américain. D'autres fois, il pensait à des endroits que lui et Carolyn avaient visités ensemble jadis ; et la journée qu'il évoquait le plus volontiers était un après-midi ensoleillé à Sand Beach, la plage de Bar Harbor, qu'ils avaient passé assis sous un grand parasol bariolé, à manger des palourdes frites et à boire de la bière dans les bouteilles de Budweiser à long col, tout en regardant les voiliers tirer des bords sur l'océan aux eaux outremer. En quelle année était-ce ? 1964 ? 1967 ? Quelle importance ? Aucune, sans doute.

Les modifications de son cycle de sommeil ne l'auraient guère affecté si elles en étaient restées là ; Ralph se serait adapté à ce changement non seulement avec facilité, mais aussi avec gratitude. Tous les livres qu'il avait pu consulter pendant cet été semblaient confirmer ce principe de sagesse populaire qu'il connaissait depuis toujours, à savoir que l'on dort moins en prenant de l'âge. Si perdre une heure par nuit était le seul prix à payer pour connaître le plaisir ambigu de compter soixante-dix printemps, il l'acquitterait avec joie et se considérerait comme bien nanti.

Mais elles n'en restèrent pas là. Dès la première semaine de mai, Ralph s'éveillait au chant des oiseaux, à cinq heures et quart. Il tenta une parade à l'aide de boules Quies, pendant quelques nuits, mais même la première fois, il n'y croyait pas trop. Ce n'était pas la récente arrivée des migrateurs qui le réveillait, non plus que la pétarade occasionnelle d'un camion de livraison sur Harris Avenue. Il avait toujours été du genre à pouvoir dormir au milieu d'une fanfare, et il n'avait pas l'impression d'avoir changé. C'est dans sa tête que quelque chose avait changé. Il s'y trouvait un interrupteur, un truc qui se déclenchait un peu plus tôt chaque jour, et il n'avait pas la moindre idée de la façon dont il pourrait l'empêcher de fonctionner.

En juin, il jaillissait du sommeil comme un diable de sa boîte à quatre heures trente, quatre heures quarante-cinq au plus tard. Et vers le milieu de juillet — pas tout à fait aussi chaud que juillet 92, mais pas mal non plus, merci — il ouvrait les yeux aux environs de quatre heures. C'est durant ces nuits-là, longues et chaudes, n'occupant guère de place dans le grand lit où lui et Carolyn avaient fait l'amour par tant de nuits brûlantes (et froides aussi), qu'il commença à envisager l'enfer qu'allait être sa vie, si jamais il se retrouvait complètement privé de sommeil. Dans la journée, il arrivait encore à rire de cette idée, mais il découvrait certaines vérités affligeantes, à propos des « nuits sombres de l'âme » dont parle Scott Fitzgerald, et la pire de toutes était celle-ci : à quatre heures et quart du matin, n'importe quoi paraît possible. *N'importe quoi.*

Pendant la journée, il parvenait à se persuader qu'il ne faisait que connaître un réajustement de son cycle de sommeil, que son organisme réagissait d'une façon parfaitement normale à un certain nombre de bouleversements profonds intervenus dans sa vie, la retraite et la perte de son épouse étant les deux plus importants. Il employait parfois le terme de *solitude* lorsqu'il évoquait sa nouvelle existence, mais il reculait devant le mot redoutable qui commence par la lettre D, le repoussant dans les oubliettes de son inconscient à chaque fois qu'il menaçait de se glisser dans ses pensées. La solitude, c'était acceptable. La dépression, certainement pas.

Ça ne te ferait peut-être pas de mal de prendre un peu d'exercice. De marcher, par exemple, comme tu le faisais l'été dernier. Au fond, tu mènes une vie plutôt sédentaire : tu te lèves, tu manges ta tartine, tu lis un livre, tu regardes la télé, tu vas te chercher un sandwich pour ton déjeuner de l'autre côté de la rue, au Red Apple, tu bricoles vaguement dans le jardin, ou tu vas faire un tour à la bibliothèque, ou encore tu vas voir Helen et son bébé s'ils sont à la maison, tu dînes, et ensuite tu prends le frais sur le porche ou bien tu passes un moment avec Bill ou Lois Chassey. Et après ? Tu lis encore un peu, tu regardes encore un peu la télé, tu fais ta toilette et tu te couches. Tu es un sédentaire. D'un ennui mortel. Pas étonnant que tu te réveilles si tôt.

Sauf que ces explications ne valaient pas un pet de lapin. Il avait certes l'air de mener une existence sédentaire, bon, d'accord, aucun doute, mais ce n'était pas vrai. Le jardin, par exemple : ce qu'il y faisait ne lui vaudrait jamais le prix de la maison la mieux fleurie de la ville, ce n'était cependant pas un « vague bricolage ». La plupart des après-midi, il désherbait jusqu'à ce que la transpiration dessinât une forme arborescente sombre dans le dos de sa chemise et élargît des cercles humides sous ses aisselles, et il tremblait souvent d'épuisement lorsqu'il s'autorisait enfin à arrêter. Le terme de « punition » aurait été probablement plus proche de la vérité que celui de « bricolage ». Mais punition de quoi ? Parce qu'il se réveillait avant l'aube ?

Ralph l'ignorait et s'en moquait. Jardiner occupait une bonne partie de ses après-midi et l'empêchait de penser à des choses sur lesquelles il préférait ne pas s'attarder ; cela suffisait à justifier ses muscles douloureux et la danse occasionnelle de points noirs devant ses yeux. Il commença ses visites prolongées au jardin peu après la fête nationale du 4 Juillet et les poursuivit pendant tout le mois d'août, longtemps après ses premières récoltes et alors que les plus tardives restaient désespérément rabougries par le manque de pluie.

« Tu ferais mieux de laisser tomber ça », observa Bill McGovern un soir où, assis sur le porche, ils buvaient de la citronnade. On était à la mi-août, et Ralph se réveillait à ce moment-là vers trois heures trente tous les matins. « Ça pourrait être dangereux pour ta santé. Pire encore, tu as l'air d'un cinglé.

— Je suis peut-être cinglé », avait-il répondu sèchement. Et il devait y avoir quelque chose de convaincant dans son ton ou dans le regard qui l'avait accompagné, car McGovern changea de sujet de conversation.

2

Il reprit ses marches — rien de comparable aux marathons de l'été 92, mais il parcourait environ trois kilomètres, les jours où il ne pleuvait pas. Son itinéraire habituel le faisait passer par Up-Mile Hill, le raidillon qui n'en finissait pas, et la bibliothèque de Derry ; puis par Back Pages, une boutique de livres d'occasion, et le marchand de journaux au coin de Witcham et Main Streets.

La boutique voisine de Back Pages était une brocante appelée Rose Docaze/Vêtements d'Occase et, alors qu'il passait devant, par un matin de ce mois d'août de malheur, Ralph aperçut, au milieu des avis périmés d'un banquet du haricot et de réunions de paroisse, une nouvelle affiche qui dissimulait partiellement une proclamation jaunissante — PAT BUCHANAN PRÉSIDENT.

La femme que l'on voyait sur les deux photographies ornant le haut de l'affiche était une jolie blonde qui devait avoir autour de quarante ans, mais le style de ces clichés — visage de face à l'expression fermée à gauche, de profil, l'expression toujours aussi fermée à droite — était assez surprenant pour que Ralph s'immobilisât brusquement. Les photos faisaient tout à fait penser aux avis de recherche placardés dans les postes ou qu'on voit dans les reconstitutions télévisées d'affaires criminelles ; mais ce n'était pas un hasard, comme on le constatait facilement en lisant le texte.

Les photos l'avaient arrêté, mais ce fut le nom de la femme qui le retint :

RECHERCHÉE POUR MEURTRE
SUSAN EDWINA DAY

était imprimé en grosses lettres noires, en haut. Et en dessous des faux clichés de police, on lisait, écrit en rouge :

PAS DE ÇA CHEZ NOUS !

Venait ensuite, tout en bas de la page, un texte d'une ligne écrit en petits caractères. La vision de près de Ralph s'était sérieusement détériorée depuis la mort de Carolyn — il serait plus juste de dire qu'elle l'avait complètement lâché — et il dut se pencher sur la vitrine crasseuse de Rose Docaze jusqu'à la toucher avant de pouvoir le déchiffrer :

Tout au fond de sa tête, une voix se mit à chantonner : *Hé, hé, Susan Day, combien de mômes as-tu tués aujourd'hui ?*

Susan Day, se souvint alors Ralph, était une féministe engagée de New York ou de Washington, le genre de femme dont le débit frénétique a le don de faire régulièrement écumer de rage les chauffeurs de taxi, les coiffeurs et les ouvriers du bâtiment. Mais pour quelle raison ce petit bout de ritournelle lui était venu à l'esprit, il l'ignorait ; il se raccrochait à un souvenir qu'il n'arrivait pas à retrouver. Peut-être son vieux cerveau fatigué faisait-il une confusion avec le célèbre chant de protestation contre la guerre du Viêt-nam des années soixante, celui qui proclamait : *Hé, hé, LBJ*[1], *combien de mômes as-tu tués aujourd'hui ?*

Non, c'est pas ça, songea-t-il. *Pas loin, mais autre chose. C'était…*

Juste avant que ses neurones aient le temps de recracher le nom et le visage d'Ed Deepneau, une voix s'éleva, tout à côté de lui. « La Terre appelle Ralph, la Terre appelle Ralph, revenez parmi nous, petit Ralphie ! »

Arraché à ses réflexions, il se tourna vers la voix. Il était à la fois choqué et amusé de s'apercevoir qu'il s'était presque endormi debout. *Bon Dieu, on ne se rend jamais aussi bien compte de l'importance du sommeil que quand il se met à manquer. Parce que alors les planches commencent à tanguer et les angles des choses à s'arrondir.*

C'était Hamilton Davenport, le propriétaire de Back Pages, qui lui avait adressé la parole. Il remplissait le

1. Lyndon B. Johnson, président des États-Unis à l'époque *(N.d.T.)*.

présentoir de son pas de porte de livres de poche aux couvertures tapageuses. Fichée dans le coin de sa bouche, sa vieille pipe en épi de maïs — elle faisait à Ralph l'effet d'une cheminée modèle réduit de bateau à vapeur — expédiait de petites bouffées de fumée bleue dans l'air chaud et clair. Winston Smith, son vieux matou gris, se tenait assis sur le seuil de la boutique, la queue enroulée autour des pattes. Il contemplait Ralph de ses yeux jaunes indifférents, comme pour dire : *Tu t'imagines savoir ce que c'est que la vieillesse, l'ami ? Je suis ici pour te prouver que tu n'en connais même pas le b-a ba.*

« Tss-tss, Ralph, reprit Davenport, j'ai bien dû vous appeler trois fois.

— Je crois bien que je battais un peu la campagne », répondit Ralph. Il passa devant le présentoir et se pencha dans l'entrée (Winston Smith campa sur sa position avec une royale indifférence) pour attraper les deux journaux qu'il achetait tous les jours : le *Boston Globe* et *USA Today*. Il recevait directement chez lui le *Derry News* grâce aux bons soins de Pete, le petit livreur. Il lui arrivait parfois de prétendre qu'au moins un de ces trois canards le faisait bien rire, mais il n'avait jamais pu décider duquel il s'agissait. « Je ne… »

Il s'interrompit, alors que l'image d'Ed Deepneau lui venait à l'esprit. C'était Ed qui avait chanté cette sinistre petite ritournelle, l'été dernier, à côté de l'aéroport, et il n'y avait rien d'étonnant à ce qu'il lui eût fallu un certain temps pour en retrouver le souvenir. Ed Deepneau était bien la dernière personne au monde dont on pouvait attendre ce genre de manifestation.

« Ralphie ? Vous venez encore de couper la communication », observa Davenport.

Ralph cligna des yeux. « Oh, désolé. Je ne dors pas très bien, depuis quelque temps, voilà ce que je voulais dire.

— Fainéant… mais il y a des problèmes pires que celui-là. Buvez donc un verre de lait chaud et écoutez de la musique douce une demi-heure avant de vous mettre au lit. »

Ralph découvrait, cet été, qu'apparemment tout le monde, aux États-Unis, avait son remède favori contre l'insomnie, son petit truc magique, transmis de génération en génération comme une vieille bible de famille.

« Bach convient bien ; Beethoven et William Ackerman, c'est pas mal non plus. Mais le vrai secret (Davenport brandit un doigt menaçant pour en souligner l'importance), c'est *de ne pas se lever de sa chaise pendant cette demi-heure*. Pour rien au monde. Ne répondez pas au téléphone, ne remontez pas votre tocante, ne réglez pas l'alarme, ne décidez pas de vous brosser les dents… rien ! Puis, quand vous vous mettez au lit, bam ! en trois coups de cuillère à pot, c'est parti !

— Et si jamais je me retrouve dans mon bon vieux fauteuil et que tout d'un coup je me rende compte d'un besoin naturel pressant ? demanda Ralph. Ce sont des choses qui arrivent, à mon âge.

— Faites dans votre pantalon », répondit Davenport du tac au tac, avant d'éclater de rire. Ralph eut un sourire quelque peu forcé. Son insomnie perdait rapidement la maigre valeur humoristique qu'elle avait pu avoir. « Dans votre pantalon », pouffa Hamilton, donnant une claque au présentoir et secouant la tête.

Ralph s'était machinalement tourné vers le chat. Winston Smith lui rendit un regard toujours aussi neutre, mais Ralph l'interpréta comme s'il disait : *Bon, d'accord, c'est un fou, mais c'est le mien.*

« Pas mal, hein ? Faites dans votre… » Il rit encore, secoua la tête, et prit les deux dollars que Ralph lui tendait. Il les glissa dans la poche de son tablier rouge et en ressortit de la monnaie. « C'est juste ?

— Tiens, pardi. Merci, Ham.

— De rien. Mais, blague à part, essayez donc la musique. Ça marche vraiment. Elle vous calme les ondes cérébrales, ou quelque chose dans le genre.

— J'essaierai. » Et le plus diabolique était qu'il le ferait probablement, comme il avait déjà essayé la recette d'eau chaude citronnée de Mme Rapaport et le conseil de Shawna McClure sur la meilleure manière de s'éclaircir l'esprit : ralentir sa respiration et se concentrer sur le mot *cool* (sauf que prononcé par Shawna, cela donnait *cooouououlllll*). Lorsqu'on s'efforçait de venir à bout de la lente mais inexorable détérioration de son sommeil, n'importe quel remède de bonne femme finissait par paraître envisageable.

Ralph, qui avait commencé à faire demi-tour, s'arrêta. « C'est quoi, cette affiche, à côté ? »

Ham Davenport plissa le nez. « La baraque de Dan Dalton ? J'évite de la regarder, si je peux. Elle me coupe l'appétit. Encore un nouveau truc écœurant dans la vitrine ?

— À mon avis, c'est récent — ce n'est pas aussi jaune que le reste et ça manque sérieusement de chiures de mouches. On dirait une affiche d'avis de recherche, sauf que sur les photos, c'est Susan Day.

— Susan Day sur un avis de… Oh, les salopards ! » Il jeta un regard noir et dénué de tout humour vers la brocante.

« Qui c'est ? La présidente de la National Organization of Women ?

— L'ex-présidente et la fondatrice de Sœurs d'Armes. L'auteur de *L'Ombre de ma mère* et de *Les Lys dans la vallée*. Le dernier, c'est une étude sur les femmes battues qui cherche à expliquer pourquoi tant d'entre elles refusent de dénoncer l'homme qui les maltraite. Elle a remporté le prix Pulitzer pour ce livre. Susan Day est l'une des trois ou quatre femmes qui détiennent le plus d'influence politique aux États-Unis, actuellement, et elle pense aussi bien qu'elle écrit. Ce clown sait parfaitement que j'ai une de ses pétitions qui attend les signatures à côté de ma caisse.

— Quelles pétitions ?

— On voudrait la convaincre de venir parler ici, expliqua Davenport. Vous savez bien que les Laissez-les-vivre ont essayé de jeter une bombe incendiaire sur le centre de planning familial, l'an dernier à Noël, non ?

Ralph explora prudemment le trou noir dans lequel il avait vécu à la fin de 1992 et répondit : « Je me souviens vaguement que les flics ont attrapé un type dans le parking longue durée de l'hôpital avec un bidon d'essence, mais je ne savais pas…

— C'était Charlie Pickering. Il est membre de Notre Pain Quotidien, un des groupes de Laissez-les-vivre qui s'occupent d'établir les piquets. C'est eux qui l'ont manipulé, croyez-moi. Cette année, ils ne prennent pas de risques avec les produits inflammables ; ils veulent essayer de convaincre le conseil municipal de changer le plan d'occupation des sols afin de mettre le centre du planning familial, WomanCare, hors la loi, en le poussant dans un vide juridique, si je puis dire. Ils sont encore capables d'y arriver. Vous connaissez Derry, Ralph. Ce n'est pas exactement la terre d'élection du libéralisme.

— En effet, admit le vieil homme avec un sourire incertain. Et ça ne l'a jamais été. Ce WomanCare, c'est une clinique d'avortement, n'est-ce pas ? »

Davenport eut un regard agacé et, d'un mouvement de tête, montra Rose Docaze. « C'est ce que les trous-du-cul comme lui racontent, sauf qu'ils préfèrent employer le mot *usine* que *clinique*. Ils ignorent tout ce que le centre fait d'autre. » Ralph commençait à trouver à Davenport un ton de camelot qui cherche à placer sa marchandise. « Ils s'occupent de conseils aux familles, de femmes et d'enfants battus, et gèrent un abri pour femmes battues aux limites de la ville de Newport. Ils ont un centre d'urgence pour les viols dans le bâtiment à côté de l'hôpital, en ville, et une ligne téléphonique ouverte vingt-quatre heures sur vingt-quatre pour les femmes qui ont été violées ou battues. En un mot, ils s'occupent de toutes les conneries que font les machos Marlboro comme Dalton.

— N'empêche, ils pratiquent des avortements, et c'est pour cette raison que les autres font des piquets, non ? »

On voyait depuis des années des manifestants brandissant leurs pancartes devant le bâtiment bas en briques qui abritait le planning familial, semblait-il à Ralph. Ils lui avaient toujours paru trop pâles, trop tendus, trop maigres ou trop gros, trop définitivement convaincus que Dieu était à leurs côtés. Sur les pancartes qu'ils portaient, on lisait des choses comme : LES FŒTUS ONT AUSSI DES DROITS ! QUEL BEAU CHOIX QUE LA VIE ! et ce vieux classique : AVORTER, C'EST TUER ! À plusieurs reprises des femmes venues utiliser les services de la clinique s'étaient fait cracher dessus.

« Oui, on y pratique des avortements. Vous avez quelque chose contre ça ? »

Ralph pensa à toutes les années pendant lesquelles lui et Carolyn avaient essayé d'avoir un bébé — des années ponctuées seulement de quelques fausses alertes et d'une grossesse qui s'était terminée par une désastreuse fausse couche au cinquième mois. Le souvenir de leur retour

— en particulier le raidillon de Up-Mile Hill — était resté accroché dans son esprit comme par une ribambelle de hameçons. « Bon Dieu, j'en sais rien, avoua-t-il. Si déjà les gens étaient un peu moins… s'ils se calmaient un peu… »

Davenport poussa un grognement, s'avança jusqu'à la vitrine de son voisin et examina le faux avis de recherche. Pendant qu'il l'étudiait, un homme de haute taille, blême, un bouc au menton — l'antithèse absolue du cow-boy Marlboro, aurait dit Ralph — se matérialisa dans la pénombre de Rose Docaze comme un fantôme de vaudeville légèrement vermoulu aux entournures. Il vit ce que regardait Davenport et un minuscule sourire de dédain vint soulever la commissure de ses lèvres. Ralph trouva que c'était un sourire qui pouvait facilement coûter une paire d'incisives ou un nez cassé à un homme. En particulier par un temps de canicule comme ce jour-là.

Davenport montra l'affiche du doigt et secoua violemment la tête.

Le sourire de Dalton s'agrandit. Il eut un geste des mains vers son voisin — *Qu'est-ce que j'ai à foutre de votre opinion ?* — puis disparut dans les entrailles caverneuses de son magasin.

Davenport revint vers Ralph, le rouge lui brûlant les joues. « On devrait mettre la photo de ce type à côté du mot *connard* dans le dictionnaire », grommela-t-il.

C'est exactement ce qu'il pense de toi, j'imagine, se dit Ralph, se gardant bien de faire cette réflexion à voix haute.

Davenport s'était planté devant le présentoir plein de livres bariolés, les mains dans les poches sous son tablier rouge à rendre la monnaie, remâchant cette histoire d'affiche de

(Hé, hé,)

Susan Day.

« Bon, dit Ralph, je crois que je vais… »

Davenport s'arracha à sa contemplation morose. « Ne partez pas tout de suite ; signez d'abord ma pétition, d'accord ? Mettez un petit rayon de soleil dans ma matinée… »

Ralph se dandina, gêné. « En général, je ne me mêle pas de querelles de ce genre…

— Voyons, Ralph, le coupa Davenport d'un ton "soyons-raisonnables". Il ne s'agit pas d'une querelle, mais de faire en sorte que les responsables de Notre Pain Quotidien et les Cro-Magnons politiques comme Dalton ne fassent pas fermer un centre d'une grande utilité pour les femmes. Ce n'est pas comme si je vous demandais d'approuver les essais d'armes chimiques sur les dauphins.

— Non, sans doute pas.

— On espère pouvoir envoyer cinq cents signatures à Susan Day avant le 1er septembre. Ça ne servira probablement à rien — Derry n'est qu'un patelin de plus au bord d'une route, et son agenda doit être plein à craquer jusqu'au prochain millénaire — mais essayer ne peut pas faire de mal. »

Ralph eut envie de lui dire que la seule pétition qu'il avait envie de signer serait pour demander aux dieux du sommeil de lui restituer les trois heures de bon repos qu'ils lui avaient barbotées mais, après avoir jeté un nouveau coup d'œil à son interlocuteur, il préféra s'en abstenir.

Carolyn aurait signé sa fichue pétition. Ce n'était pas une fanatique de l'avortement, mais pas une fanatique non plus des hommes qui rentrent chez eux après la fermeture des bars et confondent leur femme et leurs mômes avec des ballons de foot, pensa-t-il.

Certes, mais là n'aurait pas été la raison principale qui l'aurait convaincue de signer ; elle l'aurait fait pour se donner une chance d'écouter de près, et en personne, une authentique boutefeu comme Susan Day. Elle l'aurait fait poussée par cette curiosité innée qui avait peut-être été l'un de ses principaux traits de caractère — si marqué que même la tumeur au cerveau n'avait pu en venir à bout. Deux jours avant de mourir, elle avait découvert le billet de cinéma qui servait de signet au roman laissé sur la table de nuit de l'hôpital par Ralph, et elle avait tenu à savoir quel film il avait été voir. Il s'agissait de *A Few Good Men* et il avait été à la fois surpris et déprimé de découvrir à quel point ce souvenir lui faisait mal. Encore aujourd'hui, il en souffrait horriblement.

« Pas de problème, répondit-il au libraire. Je vais signer avec plaisir.

— Vous êtes mon homme ! » s'exclama Davenport en lui donnant une tape sur l'épaule. Un sourire remplaça l'expression morose, ce qui, du point de vue de Ralph, n'amenait pas une grande amélioration. C'était un sourire dur, qui n'avait rien de particulièrement charmant. « Pénétrez dans cet antre qui sent le vice et la fornication ! »

Ralph le suivit dans la boutique qui, à neuf heures et demie du matin, en fait de parfum de vice, dégageait une odeur de tabac. Winston Smith s'enfuit devant eux, ne s'arrêtant qu'un bref instant pour les examiner de ses yeux jaunes qui avaient tout vu. *C'est un fou et vous ne valez guère mieux*, aurait pu vouloir dire ce regard. Étant donné les circonstances, Ralph ne se sentait pas très enclin à lui porter la contradiction. Il mit les journaux sous son bras, se pencha sur la feuille de papier ligné posée à côté de la caisse et signa la pétition qui demandait à Susan Day de venir à Derry, afin d'y parler pour la défense du centre de planning familial, WomanCare.

3

Il grimpa le raidillon d'Up-Mile Hill plus allégrement qu'il ne s'y était attendu, et traversa le croisement de Witcham et Jackson en se disant : *Tu vois, ce n'était pas si terri...*

Pour se rendre soudain compte que ses oreilles tintaient et que ses jambes s'étaient mises à trembler sous lui. Immobile, planté sur Witcham Street, il posa une main contre sa poitrine. À travers la chemise, il sentit que son cœur pompait avec une rage forcenée qui avait quelque chose d'effrayant. Il entendit un froissement de papier et vit le supplément publicitaire du *Globe* planer en zigzag jusque dans le caniveau. Il voulut se baisser pour le ramasser, mais arrêta son mouvement.

Mauvaise idée, Ralph. Si tu te penches, tu as toutes les chances de t'étaler. Je te suggère de laisser ça au balayeur.

« Ouais, d'accord, bonne idée », marmonna-t-il en se redressant. Des points noirs, vol surréaliste de corbeaux, envahirent sa vision et pendant quelques instants, il crut bien que de toute façon, il allait s'effondrer sur le supplément publicitaire du journal.

« Ralph ? Tu vas bien ? »

Il leva un œil prudent et vit Lois Chassey ; elle habitait de l'autre côté de Harris Avenue, à quelques centaines de mètres de la maison que Ralph partageait avec

McGovern. Elle était assise sur l'un des bancs à l'extérieur de Strawford Park et devait attendre le bus de Canal Street qui l'amènerait dans le centre-ville.

« Oui, oui, très bien », dit-il en faisant bouger ses jambes. Il avait l'impression d'avancer dans du sirop, mais il arriva jusqu'au banc sans encombre (lui sembla-t-il). Il ne put toutefois réprimer un petit soupir de gratitude lorsqu'il s'assit à côté d'elle.

Lois Chassey avait de grands yeux sombres — l'œil andalou, comme on disait quand Ralph était enfant —, des yeux, était-il prêt à parier, qui avaient dû en faire rêver plus d'un à l'époque où Lois faisait ses études. Ils étaient encore ce qu'elle avait de mieux, mais Ralph, en ce moment, se méfiait de l'inquiétude qu'il y lisait. Elle était… comment dire ? *Un tout petit peu trop amicale pour qu'il se sente à l'aise*, telle fut la première idée qui lui vint à l'esprit, sans qu'il fût sûr d'avoir raison.

« Très bien ? fit Lois en écho.

— Puisque je te le dis. » Il prit son mouchoir, vérifia qu'il était propre et s'essuya le front.

« J'espère que tu ne m'en voudras pas, Ralph, mais tu n'as pas l'air très bien. »

Justement, il lui en voulait un peu, mais ne voyait pas comment le lui avouer.

« Tu es pâle, tu es en sueur et tu es un cochon. »

Il la regarda, surpris.

« Quelque chose est tombé de ton journal. Je crois que c'est un encart publicitaire.

— Vraiment ?

— Tu le sais parfaitement bien. Excuse-moi une seconde. »

Elle se leva, alla se pencher dans le caniveau (Ralph remarqua qu'en dépit de hanches imposantes, elle avait encore des jambes admirablement galbées pour une femme qui devait avoir soixante-huit ans) et ramassa l'encart, avec lequel elle revint s'asseoir sur le banc.

« Voilà, dit-elle, tu n'es plus un cochon. »

Il ne put s'empêcher de sourire. « Merci.

— Je t'en prie. Je vais me servir du coupon de Maxwell House. De ceux de Hamburger Helper et du Coca light aussi. Je suis devenue tellement grasse, depuis la mort de Chassey.

— Tu n'es absolument pas grasse, Lois.

— Merci, Ralph, tu es un parfait gentleman, mais ne changeons pas de sujet de conversation. Tu as eu un étourdissement, pas vrai ? En fait, tu as bien failli t'évanouir.

— Je reprenais simplement mon souffle », répondit-il, le ton raide, se tournant vers un groupe d'enfants qui improvisaient une partie de base-ball dans le parc. Ils y allaient de bon cœur, riant et s'attrapant par les fesses. Ralph enviait l'efficacité de leur système de ventilation.

« Comme ça, tu reprenais ton souffle ?

— Oui.

— Tu reprenais ton souffle.

— Lois, on dirait que ton disque est rayé.

— Eh bien, le disque rayé va te dire quelque chose, OK ? Tu es tout simplement cinglé de te taper Up-Mile Hill par cette chaleur. Si tu tiens tant à marcher, pourquoi ne pas aller sur Extension, où c'est plat, comme tu faisais avant ?

— Parce que ça me fait penser à Carolyn, répliqua-t-il d'un ton sec, presque coléreux, qu'il n'aima pas, mais sans pouvoir le réprimer.

— Oh, merde. (Elle lui effleura la main.) Désolée.

— Ça va.

— Non, ça ne va pas. J'aurais dû m'en douter. Mais l'air que tu avais, à l'instant, ça ne va pas non plus. Tu n'as plus vingt ans, Ralph, ni même quarante. Je ne dis pas que tu n'es pas en forme — tout le monde peut voir que tu es même en excellente forme, pour quelqu'un de ton âge — mais tu devrais faire un peu plus attention à toi. C'est d'ailleurs ce que voudrait Carolyn.

— Je sais, admit-il, mais je suis vraiment… »

… *très bien*, avait-il l'intention d'ajouter ; cependant, il avait relevé la tête et plongé les yeux dans le regard de Lois, et ce qu'il y vit l'empêcha un instant de poursuivre. Il y avait de la tristesse et de la fatigue… ou bien était-ce de la solitude ? Tout cela à la fois, peut-être. D'ailleurs il n'y vit pas que cela. Il s'y vit aussi.

Tu es idiot, disaient ces yeux. *On l'est peut-être même tous les deux. Tu as soixante-dix ans et tu es veuf, Ralph. Moi soixante-huit et je suis veuve. Est-ce qu'on va encore rester longtemps assis sur le porche avec McGovern, le plus vieux chaperon du monde ? Pas trop longtemps, je l'espère, parce que ni toi ni moi ne sommes exactement de la première fraîcheur.*

« Ralph ? fit Lois, de nouveau inquiète. Ça va ?

— Oui, répondit-il en abaissant les yeux sur ses mains. Oui, bien sûr.

— Tu avais une expression… je ne sais pas trop… »

Il se demanda s'il n'était pas victime de la combinaison de la chaleur et de la grimpette d'Up-Mile Hill, qui lui aurait un peu brouillé l'esprit. Car c'était Lois, non ? Celle que McGovern appelait toujours, avec une petite circonflexion satirique du sourcil gauche, « cette sacrée Lois ». Et bon, d'accord, elle était encore pas mal du tout, jolies jambes, belle poitrine, et ces yeux remarquables, et il ne verrait peut-être pas d'inconvénient à partager son lit et peut-être qu'elle n'en verrait pas non plus… Mais après ? Si elle apercevait un billet de cinéma dépassant du livre qu'il lisait, le prendrait-elle, trop curieuse du film qu'il était allé voir pour penser qu'elle allait lui faire perdre la page ?

Ralph croyait que non. Lois avait certes des yeux remarquables, et il s'était surpris à laisser son regard se perdre dans le V de sa blouse plus d'une fois, alors que tous les trois étaient assis sur le porche de devant, buvant du thé glacé dans la fraîcheur du soir, mais quelque chose lui disait que même à soixante-dix ans, on peut se mettre martel en tête pour des histoires de bas-ventre. Prendre de l'âge n'était pas une raison pour faire n'importe quoi.

Il se leva, conscient d'être observé par Lois, et fit un effort supplémentaire pour se tenir bien droit. « Merci pour ta gentillesse, dit-il. Ça te dirait d'accompagner un vieux bonhomme jusqu'en haut de la rue ?

— Merci, mais je vais en ville. Ils ont une superbe laine rose au Cercle de couture, et je rêve d'un châle. En attendant mon bus, je vais dévorer mes coupons des yeux.

— Bon appétit », dit Ralph avec un sourire. Il jeta un coup d'œil aux gosses qui jouaient dans le parc. L'un d'eux, un rouquin affublé d'une tignasse extravagante, bondit de sa base et se lança dans une glissade, tête la première… pour aller se ficher contre les jambières de protection du receveur avec un *bong !* parfaitement audible. Ralph grimaça, voyant déjà arriver les ambulances, sirènes à fond, gyrophares en folie, mais le poil-de-carotte rebondit sur ses pieds avec un éclat de rire.

« T'as raté, j't'ai baisé ! cria-t-il.

— Ça me ferait mal ! » protesta l'autre, indigné — mais lui aussi se mit à rire.

« Tu n'as jamais été pris de l'envie d'avoir leur âge, Ralph ? » demanda Lois.

Il réfléchit à la question. « Parfois. Mais ça a l'air trop fatigant. Passe donc nous voir ce soir, Lois.

— Je viendrai peut-être. »

Ralph s'engagea dans Harris Avenue, non sans sentir le poids de ces yeux remarquables sur lui, s'efforçant de garder le dos aussi droit que possible. Il eut l'impression de s'en sortir assez bien, mais c'était du boulot. Jamais il ne s'était senti aussi épuisé de sa vie.

CHAPITRE 2

1

Ralph prit rendez-vous avec le Dr Litchfield moins d'une heure après cette conversation avec Lois, sur le banc du parc ; la réceptionniste à la voix sexy lui dit qu'elle pouvait lui proposer le mardi suivant à dix heures du matin, si cela lui convenait, et Ralph lui répondit que pour lui, c'était parfait. Puis il raccrocha, se rendit dans sa salle de séjour et s'assit dans le fauteuil d'où on avait vue sur Harris Avenue, pensant à la façon dont le Dr Litchfield avait tout d'abord traité la tumeur de Carolyn à l'aide d'aspirine et de notices expliquant différentes techniques de relaxation. De là, il en vint à évoquer l'expression qu'il avait vue dans les yeux du médecin, lorsque les images du test de résonance magnétique étaient venues confirmer les mauvaises nouvelles données par le scanner… une expression de culpabilité et de gêne.

De l'autre côté de la rue, une bande de jeunes qui n'allaient pas tarder à regagner l'école sortit du Red Apple, armée de confiseries diverses. Tandis que Ralph les regardait enfourcher leur bicyclette et partir à fond de train dans la chaleur de onze heures, il se dit ce qu'il se disait toujours lorsque le souvenir du regard du

Dr Litchfield remontait à la surface de sa mémoire : c'était très certainement un faux souvenir.

Car le fait est, vieille branche, que tu avais envie que Litchfield soit gêné... et plus que ça ; tu voulais qu'il se sente coupable.

Tout à fait possible, comme il était tout à fait possible que Carl Litchfield fût la crème des hommes et un médecin du tonnerre, mais n'empêche : une demi-heure plus tard il rappelait son cabinet. Il déclara à la réceptionniste à la voix de velours qu'il venait de vérifier à nouveau son agenda et de découvrir que mardi prochain, ça ne convenait pas du tout, en fin de compte. Il avait un rendez-vous avec son podologue qu'il avait complètement oublié.

« Je n'ai plus aussi bonne mémoire qu'avant », expliqua-t-il.

La réceptionniste lui suggéra alors le mardi suivant. Ralph contra en promettant de rappeler.

Menteur, hou, hou, vilain menteur, chantonna la comptine dans sa tête tandis qu'il raccrochait. Il revint lentement à son fauteuil et s'y installa. *Tu ne veux plus avoir affaire à lui, n'est-ce pas ?*

Ce devait être ça. Non pas que le Dr Litchfield aille en perdre le sommeil ; si jamais il pensait à Ralph, ce devait être un truc du genre : *Tiens, un vieux chnoque de moins pour me péter au nez pendant un examen de la prostate.*

C'est très bien, tout ça ; mais l'insomnie ? Qu'est-ce que tu vas faire contre l'insomnie ?

« Rester assis tranquillement pendant une demi-heure à écouter de la musique classique avant d'aller me mettre au lit, dit-il à voix haute. M'acheter des couches pour incontinents en cas d'appel trop pressant de la nature. »

Il se surprit lui-même à éclater de rire à cette évocation. Un rire teinté d'une pointe hystérique qu'il préféra ne pas explorer — ça fichait trop la frousse, à vrai dire —, mais il lui fallut encore un moment pour se calmer.

Il supposait qu'en fin de compte il allait essayer la méthode Hamilton Davenport (sans les couches-culottes, toutefois), comme il avait essayé tous les remèdes de bonne femme que les gens bien intentionnés lui avaient conseillés. Il pensa du coup au premier qu'il avait expérimenté, ce qui lui arracha un sourire.

L'idée venait de McGovern, un soir où, assis sur le porche, il avait vu Ralph revenir du Red Apple avec des nouilles et un pot de sauce à spaghettis ; il avait jeté un regard à son voisin du dessus et émis un petit *tss-tss* en secouant la tête d'un air navré.

« Et ça veut dire quoi ? » avait voulu savoir Ralph en prenant le siège voisin. Un peu plus loin, dans la rue, une gamine en jean, avec un T-shirt blanc deux fois trop grand pour elle, sautait à la corde en chantant dans la pénombre grandissante.

« Ça veut dire que tu m'as l'air rabougri, ratatiné et crevard », répondit McGovern. Du pouce, il repoussa le panama sur son crâne et examina Ralph plus attentivement. « Toujours ces insomnies ?

— Toujours », reconnut Ralph.

McGovern garda le silence pendant quelques secondes. Quand il reprit la parole, il le fit d'un ton tellement définitif qu'il en était apocalyptique. « La solution, c'est le whisky.

— Je te demande pardon ?

— La solution à tes insomnies, Ralph. Je ne dis pas qu'il faut que tu en prennes un bain, pas du tout. Mélange une cuillerée de miel avec une dose de whisky et mets-toi ça derrière la cravate une demi-heure avant de te pieuter.

— Tu crois ? avait demandé Ralph avec espoir.

— Tout ce que je peux dire, c'est que ça a marché pour moi, à l'époque où j'avais de sacrés problèmes pour m'endormir, autour de quarante ans. Quand j'y repense, je me dis que c'était la crise de l'âge mûr — six mois d'insomnies et une année de dépression à cause de ma tonsure naissante. »

Les livres qu'il avait consultés avaient beau tous affirmer que comme moyen de lutter contre l'insomnie la gnôle était très surfaite, qu'elle avait souvent pour résultat d'aggraver le problème au lieu de le régler, Ralph n'en avait pas moins essayé. Il n'avait jamais été gros buveur, et il commença donc en ramenant la quantité prescrite par McGovern à un quart de la dose ; comme au bout d'une semaine il en était toujours au même point, il était passé à la dose complète... puis à une double dose. Il s'éveilla un matin à quatre heures vingt-deux avec un méchant mal de tête accompagné d'un goût brunâtre altéré qui lui collait au palais... et il comprit qu'il venait de s'offrir son premier lendemain de cuite depuis quinze ans.

« La vie est trop courte pour ces conneries », déclara-t-il à l'appartement vide. Et ce fut la fin de l'expérimentation au whisky.

2

Bon, se dit Ralph tout en suivant des yeux le flot irrégulier des clients qui entraient et sortaient du Red Apple, en cette fin de matinée, *on peut résumer la situation ainsi : McGovern trouve que tu as une mine épouvantable, tu as failli t'évanouir ce matin aux pieds de Lois Chassey et tu viens tout juste d'annuler le rendez-vous que tu avais pris avec ton Vieux Médecin de Famille. Et maintenant ? Tu te croises les bras ? Tu acceptes la situation telle qu'elle est et tu te croises les bras ?*

Il y avait un certain charme oriental à cette idée — destin, karma, et tout le bazar — mais il allait avoir besoin d'autre chose que de charme pour passer les longues heures du petit matin. On disait dans les livres qu'il y avait des gens de par le monde, assez nombreux, en plus, qui vivaient très bien en ne dormant que trois ou quatre heures par nuit. Certains n'avaient même besoin que de deux heures de sommeil. Ils étaient une très petite minorité, mais ils existaient. Ralph Roberts n'était cependant pas de ce nombre.

L'aspect qu'il avait lui importait peu (quelque chose lui disait que son époque « vedette américaine » était passée depuis longtemps), son état, en revanche l'inquiétait. Or il ne se sentait pas simplement un peu patraque, il se sentait horriblement mal. L'insomnie contaminait maintenant tous les aspects de sa vie, à la manière dont l'odeur d'ail frit en provenance du cinquième finit par envahir tous les appartements de l'immeuble. Les choses perdaient leurs couleurs ; le monde commençait à prendre cette apparence granuleuse et tristounette des photos de presse.

Les décisions les plus simples — allait-il décongeler un plat tout préparé, ou passerait-il au Red Apple chercher un sandwich qu'il irait manger sur l'aire de pique-nique proche de la piste 3, par exemple ? — devenaient difficiles, angoissantes à prendre. Au cours des deux dernières semaines, il était revenu de plus en plus souvent les mains vides de la boutique de location de cassettes, le Dave's Video Stop, non pas parce qu'il n'y avait pas de films qui l'intéressaient chez Dave, mais parce qu'il y en avait trop : il n'arrivait pas à choisir entre un policier, une comédie ou quelques vieux épisodes de *Star Trek*. Après la deuxième de ces sorties infructueuses, il s'était laissé tomber dans son fauteuil et n'avait pas été loin de pleurer de frustration — et d'effroi, aussi.

L'insidieux engourdissement sensoriel et l'érosion de sa capacité à prendre des décisions n'étaient pas les seuls problèmes qu'il reliait à l'insomnie ; sa mémoire à court terme commençait également à lui jouer des tours. Il avait l'habitude d'aller au cinéma au moins une fois par semaine, et souvent deux, depuis qu'il avait pris sa retraite de l'imprimerie où il avait fini sa carrière de comptable au poste de superviseur général. Carolyn l'avait accompagné jusqu'au moment, l'année précédente, où elle avait été trop malade pour prendre plaisir à se rendre quelque part. Après sa mort, il avait continué d'y aller seul, mis à part les deux ou trois fois où Helen Deepneau l'avait accompagné, profitant de ce qu'Ed était à la maison pour s'occuper du bébé (Ed lui-même n'aimait pas les salles obscures, prétendant qu'elles lui donnaient des maux de tête). Ralph avait tellement l'habitude d'appeler le répondeur automatique du complexe de cinémas pour consulter les horaires qu'il connaissait le numéro de téléphone par cœur. Mais au milieu de l'été, il se trouva obligé de le chercher de plus en plus souvent dans les pages jaunes de l'annuaire, incapable de se souvenir si les derniers chiffres étaient 1317 ou 1713.

« C'est 1713, dit-il à voix haute, j'en suis sûr. » Vraiment ? Il en était vraiment sûr ?

Rappelle Litchfield. Vas-y, Ralph — arrête de fouiller dans les décombres. Fais quelque chose de positif. Et si Litchfield te reste trop en travers du gosier, appelle quelqu'un d'autre. Ce ne sont pas les médecins qui manquent, dans l'annuaire.

Vrai, sans doute, mais soixante-dix ans, c'est un peu vieux pour se choisir un nouveau toubib par la méthode am-stram-gram. Et il n'allait pas rappeler Litchfield. Point final.

D'accord, mais c'est quoi, l'étape suivante, espèce de vieille mule entêtée ? Encore d'autres remèdes de bonne femme ? J'espère bien que non, parce que, au train où vont les choses, tu vas te retrouver au stade des yeux de salamandre et des langues de crapaud.

La solution qui se présenta à son esprit fut comme une brise fraîche par une journée brûlante… et elle était absurdement simple. Tous les livres dans lesquels il avait fait des recherches, cet été, visaient davantage à comprendre le problème qu'à y trouver des solutions. Pour ce qui était de celles-ci, il s'était avant tout fondé sur les recettes traditionnelles comme le whisky et le miel, alors même que les livres affirmaient qu'elles étaient soit inefficaces, soit d'une efficacité limitée dans le temps. Et bien qu'il eût trouvé dans ces ouvrages des méthodes de lutte contre l'insomnie qu'on pouvait supposer éprouvées, la seule qu'il eût réellement essayée était celle qui consistait à se coucher plus tôt. Elle n'avait pas marché : il restait étendu, bien réveillé, jusque vers onze heures trente, s'endormait et se réveillait avant l'aube. Quelque chose d'autre, cependant, pouvait réussir.

De toute façon, ça valait la peine d'essayer.

3

Au lieu de passer l'après-midi à se dépenser avec frénésie dans le jardin, Ralph se rendit à la bibliothèque et parcourut certains des livres qu'il avait déjà lus. De l'avis général, il semblait que si le fait d'aller au lit plus tôt ne changeait rien, se coucher plus tard pouvait en revanche marcher. Ralph rentra chez lui (en bus, échaudé par ses aventures matinales), plein d'un espoir prudent. Ça marcherait peut-être. Sinon, il avait toujours Bach, Beethoven et William Ackerman sur lesquels se replier.

Sa première tentative par cette méthode, appelée « sommeil retardé » par l'un des livres, eut un résultat comique. Il s'éveilla à son heure habituelle de ce moment-là (l'horloge numérique, sur le manteau de la cheminée, indiquait trois heures quarante-cinq), le dos douloureux, le cou raide, sans comprendre comment il se retrouvait dans son fauteuil à côté de la fenêtre, ni pour quelle raison la télé était branchée, l'écran neigeux émettant un léger chuintement de rouleaux océaniques.

Ce n'est que lorsqu'il redressa précautionneusement la tête, se tenant la nuque de la main, qu'il comprit ce qui s'était passé. Il avait eu l'intention de rester sur son siège jusqu'à trois heures du matin, et si possible jusqu'à quatre ; ensuite, de gagner son lit et de dormir du sommeil du juste. Tel était du moins son plan. Au lieu de cela, l'Incroyable Insomniaque de Harris Avenue s'était endormi pendant l'émission de Jay Leno, comme un enfant qui cherche à rester réveillé toute la nuit pour voir l'effet que ça fait. Et, bien entendu, l'aventure s'était terminée par un réveil pénible dans ce fichu fauteuil. Le problème restait entier ; il n'avait fait que changer de lieu.

Il n'en alla pas moins se mettre au lit, espérant contre tout espoir, mais l'envie de dormir (sinon le besoin) était passée. Au bout d'une heure d'attente, il était retourné dans le fauteuil, avec cette fois un oreiller pour soulager sa nuque raide et un sourire navré sur le visage.

Son deuxième essai, la nuit suivante, n'eut rien de comique. L'envie de dormir s'empara de lui à l'heure habituelle — à onze heures vingt, au moment où Pete Cherney donnait les prévisions météo du lendemain. Cette fois-ci, Ralph lutta victorieusement, réussissant à voir toute l'émission de Whoopi (même s'il faillit bien somnoler pendant la conversation qu'eut l'animatrice avec Roseanne Arnold, l'invitée de la soirée) ainsi que le film qui suivait. C'était un vieux navet dans lequel Audie Murphy, aurait-on dit, gagnait la guerre du Pacifique à lui tout seul. Ralph avait l'impression qu'il devait exister une règle implicite, entre les producteurs d'émissions de télé, voulant que l'on ne passe que les navets d'Audie Murphy ou de James Brolin aux petites heures du matin.

Une fois détruit le dernier nid de mitrailleuses japonaises, Channel 2 tira le rideau. Ralph changea de chaîne, à la recherche d'un autre film, et n'eut droit qu'à de la neige. Il aurait pu en voir toute la nuit s'il avait eu le câble, comme Bill, au rez-de-chaussée, ou Lois, au bout de la rue. Il se rappelait même avoir mis le raccordement au câble sur la liste des choses à faire pour le nouvel an. Puis Carolyn était morte et la télé par câble, soudain, avait perdu beaucoup de son importance.

Il s'empara d'un exemplaire de *Sports Illustrated* et commença la lecture, laborieusement, d'un article sur le tennis féminin qu'il avait sauté la première fois, jetant de temps en temps un coup d'œil à l'horloge, tandis que les aiguilles se rapprochaient de trois heures. Il avait les paupières lourdes, comme lestées de ciment frais, et il avait beau lire l'article avec le plus grand soin, mot à mot, il n'avait aucune idée de ce que racontait son auteur. Des phrases entières lui passaient à travers la cervelle sans laisser de trace, comme des rayons cosmiques.

Cette nuit, je vais dormir ! Je crois vraiment que je vais dormir. Pour la première fois depuis des mois, le soleil devra se lever sans mon aide. C'est mieux que bien, les amis, c'est sensationnel !

Puis, peu après trois heures, l'agréable somnolence s'évapora. Elle ne disparut pas avec un bruit de bouchon de champagne, mais lui donna au contraire l'impression de percoler, comme du sable à travers un crible fin ou de l'eau par un tuyau partiellement bouché. Lorsqu'il s'en rendit compte, ce fut non pas de la panique que ressentit Ralph, mais un abattement sans nom. Un sentiment en lequel il voyait le contraire exact de l'espérance et lorsque, à trois heures et quart, il gagna sa chambre, traînant la savate, jamais il n'avait ressenti une dépression aussi profonde que celle dans laquelle il s'enfonçait en ce moment. Il avait l'impression d'en être suffoqué.

« Mon Dieu, je vous en prie, juste un petit somme », marmonna-t-il en éteignant ; mais il soupçonnait fortement que cette prière ne serait pas entendue.

Elle ne le fut pas. Il avait beau être réveillé depuis vingt-quatre heures, toute envie de dormir avait déserté son corps et son esprit depuis quatre heures moins le quart. Il était certes fatigué, mais, avait-il découvert, être fatigué et avoir envie de dormir n'avaient rien à voir. Le sommeil, cet ami indulgent, la meilleure et la plus sûre des nounous de l'humanité depuis l'aube des temps, le sommeil l'avait de nouveau abandonné.

À quatre heures, son lit était devenu un objet de haine, comme à chaque fois qu'il se rendait compte qu'il ne pouvait en faire bon usage. Il bascula les jambes et posa les pieds par terre, se grattant la toison frisée — presque entièrement grise, maintenant — qui dépassait de sa veste de pyjama, en partie déboutonnée. Il enfila de nouveau ses savates, se traîna jusqu'au séjour, où il se laissa tomber dans son fauteuil, et se mit à regarder Harris Avenue. La rue était disposée comme une scène où le seul acteur actuellement visible n'aurait pas été humain : il s'agissait d'un chien errant — une chienne, exactement — qui remontait lentement le trottoir en direction de Strawford Park et d'Up-Mile Hill. Elle évitait le plus possible de poser sa patte arrière droite sur le sol, boitillant de son mieux sur les trois autres.

« Salut, Rosalie », marmonna Ralph, se frottant les yeux.

On était un jeudi matin, jour de ramassage des ordures sur Harris Avenue, et il ne fut donc pas surpris de voir la chienne, qui faisait des apparitions régulières dans le quartier depuis environ un an. Elle allait sans se presser et explorait les rangées de poubelles avec le discernement d'un habitué surmené des marchés aux puces.

Rosalie — qui boitait plus que jamais, ce matin, et paraissait aussi fatiguée que Ralph — trouva ce qui était sans doute un os de bœuf de bonne taille, le prit dans sa gueule et partit au petit trot. Ralph la regarda s'éloigner, puis resta simplement assis, mains croisées sur les genoux, dans la contemplation du voisinage silencieux où la forte lumière orange de l'éclairage public renforçait encore l'illusion que Harris Avenue était une scène de théâtre désertée, la représentation terminée et les acteurs rentrés chez eux ; les lampadaires à haute intensité l'éclairaient comme des projecteurs, avec un effet parfait de perspective allant en diminuant qui avait quelque chose de surréaliste et d'hallucinatoire.

Ralph Roberts resta donc assis dans le fauteuil où, depuis quelque temps, il passait les petites heures du matin et attendit que la lumière et le mouvement investissent l'univers qu'il avait sous les yeux. Et finalement le premier acteur — Pete, le livreur de journaux — entra en scène par la droite, sur sa Raleigh, et remonta la rue sans descendre de bicyclette, lançant les rouleaux de journaux qu'il prenait dans la sacoche accrochée à son épaule ; les paquets atteignaient les porches qu'il visait avec une assez bonne précision.

Ralph l'observa un moment, poussa un gros soupir qui avait l'air de remonter du fond de ses entrailles et se leva pour aller préparer du thé.

« Jamais rien lu sur cette connerie dans mon horoscope », dit-il d'une voix creuse. Il tourna le robinet de la cuisine et commença à remplir la bouilloire.

5

L'interminable matinée de ce jeudi et l'après-midi plus interminable encore donnèrent une précieuse leçon à Ralph Roberts : ne pas faire la fine bouche sur trois ou quatre heures de sommeil par nuit pour la seule raison que l'on a cru, à tort, toute sa vie, que l'on avait le droit de dormir au moins six heures et en général sept. Cette journée joua aussi le rôle d'une inquiétante mise en garde : si les choses ne s'amélioraient pas, il devait s'attendre à se sentir ainsi presque tout le temps. Fichtre, *tout le temps*, oui. Il alla s'étendre à dix heures du matin, puis à treize heures, avec l'espoir de faire une petite sieste — voire un modeste somme, une demi-heure aurait été une bénédiction —, mais même la somnolence refusa de le gagner. Il était abominablement fatigué, mais ne ressentait pas la moindre envie de dormir.

Vers quinze heures, il décida de se préparer une

soupe instantanée. Il remit de l'eau dans la bouilloire, la posa sur le feu et ouvrit le placard, au-dessus du comptoir, dans lequel étaient entreposés les condiments, les épices et les différents emballages contenant des nourritures que seuls, semble-t-il, les astronautes et les vieux messieurs sont capables d'avaler : des poudres auxquelles il suffit d'ajouter de l'eau chaude.

Il repoussa en tous sens bouteilles et boîtes de conserve et resta quelque temps dans la contemplation muette du placard, comme s'il s'attendait à voir apparaître, par magie, un paquet de Lipton Cup-a-Soup dans l'espace ainsi créé. Étant donné que rien ne se produisit, il répéta le processus à l'envers, remettant les choses où elles étaient avant, avec, sur le visage, cette expression de perplexité distante (Ralph, Dieu merci, ne s'en rendait pas compte) qu'il affichait de plus en plus souvent.

Lorsque la bouilloire siffla, il la repoussa sur un brûleur du fond et retourna contempler le placard. Il lui vint à l'esprit — très, très progressivement — qu'il devait avoir consommé son dernier paquet de Cup-a-Soup la veille ou l'avant-veille, même s'il n'en avait pas le moindre souvenir.

« Ça vous étonne ? demanda-t-il aux boîtes et bouteilles du placard. Je suis tellement fatigué que j'en oublie mon propre nom. »

Mais non. C'est Jean Cérien. Là, vous voyez bien !

Plaisanterie bien faible, mais il sentit l'esquisse d'un sourire qui venait effleurer ses lèvres. Il passa dans la salle de bains, se peigna, et descendit. *Et voilà notre héros, Audie Murphy, qui prend la direction du territoire ennemi à la recherche de provisions. Première cible : une boîte pleine de paquets de soupe au poulet et au riz Lipton. S'il s'avère impossible de repérer cette cible et de s'en emparer, je me rabattrai sur la cible secondaire : bœuf et nouilles... Je sais que c'est une mission risquée, mais...*

« ... mais je m'en sors mieux tout seul », dit-il à voix haute en arrivant sur le porche.

La vieille Mme Perrine passait à ce moment-là et elle gratifia Ralph d'un coup d'œil aigu, sans rien dire. Il attendit qu'elle se soit éloignée — se sentant incapable d'avoir une conversation avec qui que ce fût, cet après-midi, et surtout pas avec Mme Perrine qui, à quatre-vingt-deux ans, aurait encore trouvé utile et stimulant d'aller faire un stage chez les Marines, à Parris Island. Il fit semblant d'examiner la plante qui retombait du pot suspendu sous le porche et, quand la vieille dame fut à une distance qu'il estima suffisante, il traversa Harris Avenue et entra au Red Apple. Où ses véritables ennuis allaient commencer.

6

Il pénétra dans le magasin sans cesser de songer à l'échec spectaculaire de la méthode du « sommeil retardé », et se demanda si, en fin de compte, les conseils des ouvrages de la bibliothèque ne se réduisaient pas à des versions un peu plus sophistiquées des remèdes de bonne femme que ses relations tenaient tant à lui faire essayer. Idée désagréable, mais cela voulait dire que son esprit (ou la force qui, encore plus profond, avait la responsabilité réelle de cette lente torture) lui envoyait un message plus désagréable encore : *Tu as une fenêtre de sommeil, Ralph. Elle n'a pas la taille qu'elle avait naguère, et elle donne l'impression de se rétrécir chaque semaine ; mais tu ferais mieux d'être content de ce que tu as, car une petite fenêtre vaut mieux que pas de fenêtre du tout. Tu t'en rends bien compte, n'est-ce pas ?*

« Oui, grommela-t-il tout en déambulant dans l'allée centrale en direction des boîtes d'un rouge éclatant de Cup-a-Soup. Parfaitement compte. »

Sue, la jeune caissière de l'après-midi, rit joyeusement. « Vous devez avoir de l'argent à la banque, Ralph !

— Pardon ? » Ralph ne se retourna pas. Il faisait l'inventaire des boîtes rouges. Oignon... pois cassés... bœuf et nouilles... mais où diable étaient passées les poulet et riz ?

« Ma maman dit toujours que les gens qui parlent tout seuls ont... *Oh, mon Dieu !* »

Un instant, Ralph crut que la jeune femme avait fait une remarque un peu trop compliquée pour que son cerveau fatigué la saisisse sur-le-champ — du genre *les gens qui se parlent ont trouvé Dieu* —, lorsque Sue se mit à hurler. Il s'était baissé pour explorer les boîtes de l'étagère du bas, et le cri le fit se redresser avec une telle brutalité que ses genoux craquèrent. Il se précipita vers l'avant du magasin, heurtant l'étagère des soupes en sachet, et une demi-douzaine de boîtes rouges allèrent valser dans l'allée.

« Sue ? Qu'est-ce qui se passe ? »

Elle ne fit pas attention à lui. Elle regardait en direction de la porte, les poings à la bouche, les yeux exorbités. « Mon Dieu, tout ce sang ! » cria-t-elle d'une voix qui s'étouffait.

Ralph se tourna (en renversant, ce faisant, encore d'autres boîtes) et regarda à son tour à travers la vitrine sale du Red Apple. Ce qu'il vit lui arracha un soupir et il lui fallut plusieurs secondes — cinq, peut-être — pour comprendre que la femme ensanglantée et visiblement mal en point qui se dirigeait d'un pas vacillant vers le

Red Apple était Helen Deepneau. Il avait toujours considéré Helen comme la plus jolie femme du quartier ouest de la ville, mais elle n'avait rien de joli, aujourd'hui. Elle avait un œil tellement gonflé qu'il était fermé, et une entaille à la tempe gauche qui n'allait pas tarder à se perdre au milieu du renflement violacé d'une contusion récente ; ses lèvres boursouflées et ses joues étaient couvertes de sang. Il provenait de son nez, qui saignait encore. Elle zigzagua à travers le petit parking du Red Apple comme un ivrogne, et le seul œil qu'elle avait d'ouvert paraissait ne rien voir, fixant le néant devant lui.

Encore plus effrayante que son aspect était la façon dont elle portait Natalie qui, terrorisée, braillait à tue-tête. Elle tenait négligemment le bébé contre sa hanche, comme elle devait tenir ses livres en allant au collège, dix ou douze ans auparavant.

« Oh, nom de Dieu, elle va laisser tomber la petite ! » hurla Sue. Mais, bien qu'elle fût beaucoup plus près de la porte que lui, elle ne fit pas le moindre mouvement, paralysée sur place, les mains pressées contre la bouche, ses grands yeux bruns lui dévorant le visage.

Ralph ne sentit plus sa fatigue, tout à coup. Il courut dans l'allée, ouvrit la porte à la volée et se précipita dehors. Juste à temps pour attraper Helen par les épaules au moment où elle heurtait la machine à glace de la hanche — pas la hanche qui portait Natalie, heureusement —, ce qui l'expédia dans une autre direction.

« Helen ! cria-t-il, nom de Dieu, Helen, qu'est-ce qui s'est passé ?

— Hein ? » fit-elle d'une voix vaguement curieuse, totalement différente de celle de la jeune femme pleine de vie qui l'accompagnait parfois au cinéma et roucoulait en voyant Mel Gibson. Son œil ouvert roula vers

Ralph et il y lut la même curiosité émoussée, une expression qui disait qu'elle ignorait qui il était, où elle se trouvait, ce qui s'était passé et quand. « Hein ? Raf ? Quoi ? »

Le bébé glissa. Ralph lâcha Helen et réussit à rattraper Natalie par la bretelle de sa petite salopette. La fillette hurla, agita les bras et le regarda de ses énormes yeux bleu foncé. Il passa une main entre les jambes du bébé avant que la bretelle ne cédât. Natalie resta un instant perchée en équilibre précaire, comme une gymnaste sur sa poutre, hurlant de plus belle, et Ralph sentit la masse humide des couches à travers la salopette. Puis il glissa son autre main derrière le dos de la fillette et la cala contre sa poitrine. Son cœur battait à se rompre et alors qu'il avait Natalie bien en sécurité dans ses bras, il continuait à la voir glisser, à voir sa tête recouverte d'une fine chevelure aller heurter le sol jonché de débris avec un craquement sinistre.

« Hein ? Ar ? Raf ? » demanda Helen. Elle vit Natalie dans les bras de Ralph, et son bon œil perdit un peu de son expression hébétée. Elle tendit les mains à l'enfant et, dans les bras de Ralph, la fillette mima le geste de ses menottes potelées. Puis la jeune femme vacilla, heurta le mur du bâtiment et trébucha d'un pas en arrière. Elle s'emmêla les pieds (Ralph vit du sang sur ses petites tennis blanches, et il fut stupéfait par l'éclat qu'avait soudain pris toute chose ; le monde avait retrouvé ses couleurs, au moins temporairement) et serait tombée si Sue n'avait choisi ce moment pour finalement s'aventurer à l'extérieur du magasin. Helen s'affala contre la porte ouverte et y resta appuyée, comme un ivrogne à un lampadaire.

« Raf ? » Son œil unique avait retrouvé une expression un peu plus vive, faite davantage d'incrédulité que de curiosité. Elle prit une profonde inspiration et dut produire un effort pour faire passer, entre ses lèvres enflées, des sons intelligibles. « Do… do-moi mon bébé… Do-moi Na-alie.

— Pas tout de suite, Helen, vous tenez à peine debout. »

Sue était toujours de l'autre côté de la porte, qu'elle retenait pour éviter la chute à Helen. Le front et les joues de la jeune fille étaient d'une pâleur de cendre, ses yeux remplis de larmes.

« Sortez de là et venez la soutenir, lui demanda Ralph.

— Je peux pas ! bafouilla-t-elle. Elle est t-toute cou-couverte de sang !

— Pour l'amour du Ciel, ça suffit ! C'est Helen ! Helen Deepneau, qui habite en haut de la rue ! »

Sue devait sans doute déjà s'en être rendu compte, mais le fait d'entendre prononcer le nom servit de déclic. Elle se glissa par l'ouverture et, lorsque Helen se mit de nouveau à vaciller, passa un bras autour de ses épaules et la retint fermement. Le visage d'Helen avait conservé son expression de surprise incrédule. Ralph trouvait de plus en plus dur de la regarder ; il en avait l'estomac retourné.

« Ralph ? Qu'est-ce qui s'est passé ? Il y a eu un accident ? »

Il tourna la tête et vit Bill McGovern à l'entrée du parking. Il portait l'une de ses pimpantes chemises bleues, les plis du fer marquant encore les manches, et avait la main — une main aux longs doigts, étrangement délicate — à son front pour se faire de l'ombre sur les yeux. Son aspect était étrange, comme mis à nu, mais Ralph n'avait pas le temps de se poser de questions ; trop de choses arrivaient à la fois.

« Non, ce n'est pas un accident, dit-il. On l'a battue. Tiens, prends la petite. »

Il tendit Natalie à McGovern qui l'attrapa après avoir esquissé un geste de recul. La fillette, qui s'était tue, se remit aussitôt à hurler. McGovern, qui avait l'air d'un type qui vient de se faire refiler un sac « en-cas-de-mal-de-l'air » plein à ras bord, la tenait à bout de bras, les pieds pendant dans le vide. Un attroupement avait commencé à se former derrière lui, comprenant une majorité d'adolescents en tenue de base-ball ; ils retournaient chez eux après une partie sur le terrain voisin. Ils étudièrent le visage ensanglanté et tuméfié d'Helen avec une désagréable avidité et Ralph pensa à l'histoire de l'ivresse de Noé, dans la Bible — les bons fils avaient détourné les yeux de l'homme nu, les mauvais fils avaient regardé…

Avec douceur, il remplaça le bras de Sue par le sien. Helen tourna son bon œil vers lui. Elle répéta son nom, plus clairement cette fois, de manière affirmée, et la gratitude que Ralph décela dans le timbre de sa voix lui donna envie de pleurer.

« Occupez-vous du bébé, Sue. Bill ne sait pas s'y prendre. »

La jeune fille obéit, et serra délicatement la petite Nat contre elle. McGovern lui adressa un sourire reconnaissant et Ralph comprit soudain ce qui clochait chez son voisin. McGovern ne portait pas le panama qui semblait faire autant partie de lui (l'été, au moins) que la verrue qu'il avait sur le nez.

« Hé, m'sieur, qu'est-ce qui s'est passé ? demanda l'un des jeunes joueurs de base-ball.

— Rien qui te regarde, répondit Ralph.

— On dirait qu'elle a eu droit à plusieurs rounds avec Riddick Bowe.

— Non, avec Tyson ! » corrigea l'un de ses camarades. Chose incroyable, il y en eut pour rire.

« Fichez le camp d'ici ! cria Ralph, furieux. Allez vous occuper de vos affaires ! Ne vous mêlez pas de ce qui ne vous regarde pas ! »

Ils reculèrent de quelques pas, sans se presser, mais pas un ne s'éloigna. Il y avait du sang à voir, et pas sur un écran de cinéma.

« Vous pouvez marcher, Helen ?

— Oui… ze crois… Je crois. »

Il lui fit faire le tour de la porte avec précaution et la conduisit à l'intérieur du magasin. Elle marchait lentement, traînant un pied, puis l'autre, comme une vieille femme. L'odeur mêlée de la transpiration et de l'adrénaline suintait par tous les pores de sa peau, âcre et forte, et Ralph sentit son estomac se soulever de nouveau. Ce n'était pas tant à cause des effluves qui se dégageaient d'elle que des efforts qu'il lui fallait déployer pour réconcilier l'image de cette Helen avec celle de la charmante jeune femme, agréablement sexy, avec laquelle il s'était entretenu hier pendant qu'elle sarclait ses plates-bandes de fleurs.

Il se souvint aussi d'autre chose à propos d'hier, justement. Helen portait un short bleu, coupé au ras des fesses, et il avait remarqué deux bleus sur ses jambes, l'un qui lui faisait une grande marque jaune, haut sur la cuisse gauche, l'autre, plus récent et plus sombre, sur son mollet droit.

Il l'accompagna vers le petit bureau, derrière la caisse. Il jcta un coup d'œil dans le miroir de surveillance convexe et vit McGovern qui tenait le battant pour Sue.

« Fermez la porte à clef, lança-t-il par-dessus son épaule.

— Bon sang, Ralph, en principe je ne dois pas…

— Juste pour deux minutes… s'il vous plaît.

— Bon… d'accord. »

Ralph entendit le cliquetis du verrou tandis qu'il installait Helen dans un fauteuil en plastique moulé, derrière le bureau jonché de papiers. Il prit le téléphone et appuya sur la touche marquée « 911 ». Avant que la sonnerie ait eu le temps de retentir à l'autre bout, un doigt taché de sang vint enfoncer le bouton gris qui coupait la communication.

« Non… Raf. » Elle déglutit avec peine et recommença : « Non, Ralph, non.

— Si. Je vais les appeler. »

C'était maintenant de la peur qu'il lisait dans son œil valide ; plus trace de la moindre hébétude.

« Non, répéta-t-elle, non, Ralph. Je vous en prie. Pas la police. » Elle regarda par-delà l'épaule du vieil homme et tendit les mains. Son expression humble et suppliante le fit grimacer de consternation.

« Ralph ? fit Sue. Elle veut la petite.

— Je sais. Donnez-la-lui. »

La jeune fille tendit Natalie à Helen et Ralph regarda la fillette — elle devait avoir un peu plus d'un an, il en était à peu près sûr — passer les bras autour du cou de sa mère et poser la tête contre son épaule. Helen déposa un baiser sur le crâne de son enfant. Il était clair que le geste lui faisait mal, mais elle recommença. Et recommença encore. Ralph aperçut alors, dans les fines rides de sa nuque, du sang qui s'était accumulé comme de la crasse. À cette vue, il sentit la colère monter de nouveau en lui.

« C'est Ed, n'est-ce pas ? » demanda-t-il. Bien entendu, c'était lui — on ne coupait pas une communication avec le 911 lorsqu'on avait été battue par un parfait inconnu —, mais il se devait de lui poser la question.

« Oui », répondit-elle. Sa voix se réduisait à un murmure, et le secret avait été confié au nuage délicat des fins cheveux de sa fille. « Oui, c'est bien Ed. Mais il ne faut pas appeler la police. » Elle tourna le visage vers Ralph, son œil ouvert plein de peur et de chagrin. « Je vous en prie, n'appelez pas la police, Ralph. Je ne peux pas supporter l'idée que le papa de Natalie se retrouve en prison pour… pour… »

Elle éclata en sanglots. Natalie ouvrit pendant un instant un œil rond, affichant un air comique de surprise, puis se joignit à sa mère.

7

« Ralph ? dit McGovern d'une voix hésitante. Est-ce que tu veux que j'aille chercher de l'aspirine ou autre chose ?

— Il vaut mieux pas. On ne sait pas ce qu'elle a, ni si elle est gravement blessée. » Il tourna le regard vers la vitrine, n'ayant aucune envie de voir ce qu'il s'attendait à voir, espérant s'être trompé, mais non : des visages avides s'alignaient jusqu'à l'endroit où l'armoire à rafraîchir les bières coupait la vue. Certains d'entre eux avaient les mains en coupe autour des yeux pour atténuer les reflets.

« Qu'est-ce qu'il faut faire, les gars ? » demanda Sue. Elle regardait les badauds et tripotait nerveusement l'ourlet du tablier que les employés du Red Apple étaient obligés de porter. « Si la boîte apprend que j'ai fermé pendant les heures d'ouverture, je risque de perdre mon boulot.

— Je vous en prie, Ralph », répéta Helen en lui touchant la main, elle zozotait encore un peu à cause de ses lèvres enflées, « n'appelez personne. »

Le vieil homme la regarda, incertain. Il avait vu bien

des femmes couvertes de bleus, au cours de sa vie, et quelques-unes (mais très peu, pour être honnête) qui avaient été battues encore plus sauvagement qu'Helen, mais jamais une correction ne lui avait paru aussi sinistre. Sa conception des choses s'était formée à une époque où les gens considéraient que ce qui se passait entre deux conjoints derrière les portes closes du mariage ne regardaient qu'eux, y compris les coups que l'homme portait avec ses poings et les blessures que la femme faisait avec sa langue. On ne pouvait obliger les gens à se comporter convenablement ; et se mêler de leurs affaires, même avec les meilleures intentions, finissait trop souvent par brouiller les plus vieux amis.

C'est alors qu'il pensa à la façon dont elle tenait Natalie, lorsqu'elle avait traversé le parking en titubant, sur la hanche, comme un paquet de livres. Si elle l'avait laissé tomber, dans la rue, ou sur le parking, elle ne s'en serait probablement même pas rendu compte. Il pensait qu'elle avait agi par pur instinct lorsqu'elle avait pris le bébé avec elle. Elle n'avait pas voulu le laisser entre les mains de l'homme qui l'avait battue si sauvagement qu'elle ne pouvait voir qu'avec un œil et n'arrivait à proférer qu'un magma de syllabes informes.

Il pensa également à autre chose, une chose en rapport avec les journées qui avaient suivi la mort de Carolyn, un peu plus tôt dans l'année. Il avait été surpris par la profondeur de son chagrin — après tout, sa disparition était attendue — et il avait cru qu'il ne pourrait connaître peine pire que celle qui avait été la sienne pendant les derniers jours de Carolyn ; il s'était retrouvé dépourvu de tout sens pratique, de toute efficacité lorsqu'il avait fallu prendre les dispositions ultimes. Il avait réussi à appeler le salon funéraire Brookings-Smith, mais c'était Helen qui s'était occupée de passer prendre le formulaire d'annonce pour le *Derry News*, elle qui l'avait aidé à la rédiger, Helen qui l'avait accompagné pour choisir un cercueil (McGovern, qui avait la mort et les cérémonies qui l'entourent en horreur, s'était fait rare), Helen encore qui l'avait conseillé pour la couronne, lui faisant prendre celle avec la mention *À mon épouse bien-aimée*. Et bien entendu, c'était Helen qui s'était chargée d'orchestrer la petite réception qui avait suivi, qui avait pensé à commander les sandwichs chez Frank's Catering et les boissons au Red Apple.

Telles étaient les choses qu'Helen avait faites pour lui lorsqu'il n'était pas capable de les assumer. N'avait-il pas une obligation envers elle, ne devait-il pas lui rendre la pareille, même si la jeune femme n'y voyait pas un service ?

« Qu'est-ce que tu en penses, Bill ? » demanda-t-il.

McGovern regarda Helen, toujours assise dans le fauteuil en plastique rouge, la tête baissée, puis se tourna de nouveau vers Ralph. Il exhiba un mouchoir et s'essuya nerveusement la bouche. « Je ne sais pas. J'aime beaucoup Helen, et je voudrais faire ce qu'il faut — tu le sais — mais dans une affaire comme celle-là... Comment savoir ce qu'il convient de faire ? »

Ralph se souvint soudain de ce que Carolyn avait l'habitude de dire, à chaque fois qu'il commençait à gémir et râler à cause d'une corvée ou d'une course qu'il n'avait pas envie de faire, ou d'un engagement qu'il n'avait pas envie d'honorer. *La route est longue pour le paradis, mon cœur, alors ne gaspille pas ton énergie pour des bêtises.*

Il tendit de nouveau la main vers le téléphone et cette fois-ci repoussa celle d'Helen qui voulait s'interposer.

« Commissariat de police de Derry, dit une voix enregistrée. Appuyez sur le un pour les services d'urgence.

Sur le deux pour la police. Sur le trois pour des informations. »

Ralph, comprenant soudain qu'il avait besoin des trois, hésita une seconde avant d'appuyer sur le deux. Il y eut une sonnerie et une voix de femme dit : « Services d'urgence de la police, en quoi puis-je vous aider ? »

Il prit une profonde inspiration et répondit : « Je m'appelle Ralph Roberts. Je me trouve au magasin Red Apple de Harris Avenue, avec une voisine. Elle s'appelle Helen Deepneau. Elle a été sérieusement battue. » Il posa une main délicate contre la joue de la jeune femme, et celle-ci vint s'appuyer du front contre lui. Il sentit la chaleur de sa peau à travers la chemise. « Je vous en prie, venez le plus vite possible. »

Il raccrocha, puis s'accroupit à côté d'Helen. Natalie le vit, roucoula de plaisir et tendit la main pour lui saisir amicalement le nez. Ralph sourit, embrassa la minuscule menotte, puis regarda Helen bien en face.

« Je suis désolé, Helen, mais il le fallait. Je ne pouvais pas ne pas agir ainsi. Est-ce que vous comprenez ? Je ne pouvais pas ne pas le faire.

— Je ne comprends rien du tout ! » zozota-t-elle. Elle ne saignait plus du nez, mais lorsqu'elle voulut se le toucher, elle fit une grimace au simple contact de ses doigts.

« Pourquoi vous a-t-il fait ça, Helen ? Quelle raison peut-il avoir de vous battre ? » Il se souvint d'avoir vu d'autres bleus, à plusieurs reprises. S'il y en avait eu de manière régulière, la chose lui avait échappé. À cause de la mort de Carolyn. Et des insomnies qui l'avaient suivie. De toutes les façons, ce n'était pas la première fois qu'Ed portait la main sur sa femme. Aujourd'hui marquait une étape spectaculaire dans l'escalade, mais ce n'était pas la première fois. Il arrivait à saisir cette idée, à en admettre la logique, mais toujours pas à *se représenter* Ed battant Helen. Il revoyait bien le sourire prompt du jeune homme, ses yeux vifs, la manière dont ses mains s'agitaient sans cesse lorsqu'il parlait… mais il était incapable d'imaginer ces mêmes mains infligeant une terrible correction à Helen, en dépit de tous ses efforts.

Puis un souvenir refit surface : Ed s'avançant d'un pas raide vers un homme corpulent, le conducteur d'une camionnette — un pick-up Ford Ranger, non ? — et le giflant à la volée. Ce rappel fut comme ouvrir un placard fermé depuis longtemps — sauf que ce qui en dégringola ne fut pas une avalanche de vieilleries, mais une série d'images vives, datant de l'été précédent. Les nuages d'orage montant au-dessus de l'aéroport. Le bras d'Ed, par la portière de la Datsun, s'agitant frénétiquement, comme si cela pouvait faire glisser la barrière plus rapidement sur son rail. Le foulard avec ses symboles chinois.

Hé, hé, Susan Day, combien de bébés as-tu tués aujourd'hui ? La ritournelle traversa l'esprit de Ralph, mais avec la voix d'Ed, et il avait déjà une idée assez précise de ce que Helen allait lui répondre avant qu'elle eût ouvert la bouche.

« C'est complètement idiot, dit-elle. Il m'a battue parce que j'ai signé une pétition, c'est tout. Elles circulent en ville. Quelqu'un me l'a mise sous le nez quand je suis allée au supermarché, avant-hier. C'était pour soutenir WomanCare, le centre de planning familial, et ça me paraissait bien. En plus, la petite commençait à s'énerver, et j'ai…

— Vous avez juste signé », acheva doucement Ralph.

Elle acquiesça et se remit à pleurer.

« Quelle pétition ? demanda McGovern.

— Pour demander à Susan Day de venir à Derry, répondit Ralph. C'est une féministe qui…

— Je la connais, le coupa McGovern, irrité.

— Bref, un groupe de gens essaie de la convaincre de venir parler ici. Pour défendre le centre de planning familial.

— Quand Ed est arrivé à la maison, il était d'excellente humeur, dit Helen à travers ses larmes. Il est presque toujours comme ça, le jeudi, parce qu'il a sa demi-journée. Il racontait qu'il allait passer l'après-midi à faire semblant de lire un livre, mais qu'en fait il regarderait tourner le tourniquet de l'arroseur… vous savez comment il est…

— Oui. » Ralph, cependant, revoyait Ed le bras plongé jusqu'au coude dans le baril de fertilisant de Gros Balèze et le sourire rusé

(Si tu crois que je vais me faire avoir par un tour aussi enfantin)

qui s'était peint sur son visage. « Oui, je sais comment il est.

— Je l'ai envoyé chercher des aliments pour bébé… » Sa voix s'élevait dans les aigus, devenait chagrine, effrayée. « Je ne savais pas que ça le mettrait dans cet état… j'avais complètement oublié que j'avais signé ce fichu truc, pour dire la vérité… et je ne sais toujours pas pourquoi ça l'a mis dans cet état… mais… quand il est revenu… » Elle serra Natalie dans ses bras qui tremblaient.

« Calmez-vous, Helen, tout va bien maintenant.

— Non, ça ne va pas bien ! » Elle leva le visage vers Ralph ; les larmes coulaient librement de son œil valide, sourdaient à travers les paupières gonflées de l'autre. « Pas bien du tout ! Pourquoi il ne s'est pas arrêté cette fois ? Et qu'est-ce qui va nous arriver, à la petite et à moi ? Où allons-nous aller ? Le seul argent que j'ai, c'est celui de notre compte joint… je n'ai pas de travail… Oh, Ralph, pourquoi avoir appelé la police ? Vous n'auriez pas dû ! » Elle porta du poing un coup sans force sur l'avant-bras du vieil homme.

« Vous allez parfaitement bien vous en sortir, objecta-t-il. Vous avez beaucoup d'amis dans le quartier. »

Mais c'est à peine s'il fit attention à la réponse qu'il lui donnait ; il n'avait même pas senti le coup affaibli qu'elle lui avait porté. La colère battait dans sa poitrine et à ses tempes, comme s'il avait eu un deuxième cœur.

Pourquoi ne s'est-il pas arrêté ? N'était-ce pas ce qu'elle avait dit. Elle avait dit : *Pourquoi il ne s'est pas arrêté cette fois ?*

Cette fois.

« Où est Ed en ce moment, Helen ?

— À la maison, je suppose », répondit-elle, lugubre.

Ralph lui tapota l'épaule, se redressa et se dirigea vers la sortie.

« Où vas-tu, Ralph ? demanda McGovern, une note d'inquiétude dans la voix.

— Fermez la porte à clef derrière moi.

— Bon sang, je ne sais pas si je peux », dit Sue. Elle regardait, mal à l'aise, la rangée de curieux agglutinés derrière la vitrine sale.

« Si, vous pouvez. » Il tendit l'oreille vers le ululement encore lointain d'une sirène qui se rapprochait. « Vous entendez ça ?

— Oui, mais…

— Les flics vous diront ce qu'il faut faire, et votre patron ne se mettra pas en colère non plus. Il vous donnera plutôt une médaille pour avoir agi comme il le fallait.

— Si j'ai une médaille, je la partagerai avec vous »,

dit-elle, jetant un coup d'œil à Helen. La jeune caissière avait repris un peu de couleur, mais pas beaucoup. « Bon sang, Ralph, regardez-moi ça ! Je n'arrive pas à croire qu'il l'ait battue juste parce qu'elle a signé une fichue pétition…

— Et pourtant, si », répondit-il. Il suivait parfaitement la conversation, mais il avait l'impression qu'elle se tenait très loin de lui. Sa rage était plus proche ; on aurait dit qu'elle avait passé ses bras brûlants autour du cou du vieil homme. Il aurait bien aimé avoir de nouveau quarante ans, même cinquante, afin de pouvoir faire goûter à Ed un peu de sa médecine. Et quelque chose lui disait qu'il allait peut-être tout de même essayer.

Il tournait le verrou de la porte lorsque McGovern l'attrapa par les épaules. « Qu'est-ce que tu vas faire ?

— Aller voir Ed.

— Tu plaisantes ! Il va te hacher menu si tu le provoques. Tu n'as pas vu ce qu'il lui a fait ?

— Justement », répliqua Ralph. Réponse qui n'avait pas été tout à fait un grognement de menace, mais McGovern n'en lâcha pas moins son épaule.

« Tu as soixante-dix balais au compteur, Ralph, au cas où tu l'aurais oublié. Et c'est d'un ami dont Helen a besoin, en ce moment, pas d'une antiquité en pièces détachées à qui elle pourra d'autant plus facilement rendre visite à l'hôpital qu'elle sera à trois chambres de la sienne. »

Bill avait évidemment raison, mais cela ne fit que rendre Ralph plus furieux encore. Il soupçonna l'insomnie d'y être pour quelque chose, que c'était elle qui alimentait sa colère et brouillait son jugement, mais ça n'y changeait rien. D'une certaine manière, la colère était un soulagement. Cela valait mieux, sans aucun doute, que d'errer dans un monde où ne régnait plus qu'une gamme de gris en fait de couleurs.

« S'il me flanque une correction suffisamment sérieuse, j'aurai droit à du Demerol et je pourrai avoir une bonne nuit de sommeil. Laisse-moi tranquille, Bill. »

Il traversa le parking du Red Apple d'un pas vif. Une voiture de police approchait dans les clignotements bleus de tous ses feux. On lui lança des questions — *Qu'est-ce qui se passe ? Elle va bien ?* — mais il les ignora. Il marqua un temps d'arrêt au bord du trottoir, attendit que le véhicule de patrouille se fût engagé dans le parking, puis il traversa Harris Avenue, toujours du même pas vif, McGovern à sa remorque. Un McGovern anxieux, qui se tenait à une distance prudente.

CHAPITRE 3

1

Ed et Helen Deepneau habitaient une construction de style « Cape Cod » — d'un brun chocolat souligné de parements blancs, le genre de petite demeure que les vieilles dames appellent souvent « chérie » —, à quatre maisons de celle que Ralph partageait avec McGovern. Carolyn aimait à dire que les Deepneau appartenaient à l'« Église des yuppies de la onzième heure », mais la manière dont elle le disait enlevait toute causticité à la phrase. Ils étaient végétariens mais sans fanatisme, consommant sans problème poisson et produits laitiers ; ils avaient fait campagne en faveur de Clinton lors des dernières élections et leur voiture — non pas la Datsun mais un minivan récent — portait des autocollants qui proclamaient : FENDEZ DU BOIS, PAS DES ATOMES et LA FOURRURE SUR LE DOS DES ANIMAUX, PAS DES GENS.

Les Deepneau avaient aussi conservé, apparemment, tous les albums qu'ils avaient achetés pendant les années soixante (Carolyn considérait que c'était l'un de leurs traits les plus touchants) et comme Ralph se rapprochait de la Cape Cod, les poings serrés au fond de ses poches, il entendit Grace Slick bêler l'un de ces vieux hymnes san-franciscains :

One pill makes you bigger,
One pill makes you small,
And the one that Mother gives you
Don't do anything at all,
Go ask Alice, when she's ten feet tall

La musique provenait d'une stéréo portative posée sur le porche, grand comme un mouchoir de poche, de la Cape Cod. Un tourniquet tournoyait au milieu de la pelouse avec des chuintements rythmés ; il créait des arcs-en-ciel dans l'air et déposait une pellicule brillante et humide sur le trottoir. Ed Deepneau, torse nu, était assis dans une chaise longue installée sur l'allée, jambes croisées, et regardait le ciel avec l'expression amusée de quelqu'un qui hésite à identifier un cheval ou une licorne dans le nuage qui passe. Son pied nu battait la mesure au rythme de la musique. *Even Cowgirls Get the Blues*, par Tom Robbins.

L'image parfaite du bonheur estival ; une scène représentative de la sérénité des petites villes, comme Norman Rockwell aurait pu la peindre, sous le titre *Après-midi de congé*. Il suffisait de ne pas prêter attention aux traces de sang sur les articulations d'Ed, aux gouttelettes rouges sur ses lunettes rondes à la John Lennon.

« Ralph, pour l'amour du Ciel, ne te bats pas avec lui ! » siffla McGovern lorsque son ami quitta le trottoir et coupa par la pelouse. Il passa à travers l'eau vaporisée par le tourniquet sans pratiquement en sentir la fraîcheur.

Ed se tourna, l'aperçut et lui adressa un grand sourire. « Hé, Ralph ! Ça me fait plaisir de vous voir ! »

En esprit, Ralph se vit qui attrapait la chaise longue, la retournait et faisait tomber Ed sur son gazon. Il vit les yeux du jeune homme s'agrandir de stupéfaction derrière ses lunettes. Vision d'une telle réalité qu'il remarqua même un reflet de soleil sur la montre d'Ed lorsque ce dernier voulut se relever.

« Allez donc vous chercher une bière et prendre un siège, disait Ed. Si vous avez envie d'une partie d'échecs…

— Une bière ? Une partie d'échecs ? Bordel de Dieu, Ed, vous ne tournez pas rond ! »

Le jeune chimiste ne répondit pas tout de suite, se contentant de regarder Ralph avec une expression qui était à la fois effrayante et enrageante. On y lisait simultanément de la honte et de l'amusement — l'expression d'un homme sur le point de dire : *Ah, merde, chérie, je crois que j'ai encore oublié de sortir la poubelle !*

Ralph eut un geste en direction du bas de la colline, au-delà de McGovern (lequel se serait planqué s'il y avait eu quelque chose derrière quoi se planquer) qui, debout à côté de la tache humide projetée par le tourniquet sur le trottoir, les observait nerveusement. Une deuxième voiture de police venait de rejoindre la première, et on entendait le crépitement affaibli des appels radio, par les fenêtres ouvertes. Il y avait maintenant foule.

« La police est là à cause d'*Helen !* » reprit-il, non sans se dire de ne pas crier, que ça ne servait à rien de crier, mais criant malgré tout. « Elle est là parce que vous avez battu votre *femme*, vous entendez ce que je vous dis ?

— Oh, fit Ed en se frottant la joue, l'air affligé. Ça ?

— Oui, *ça !* » La rage l'étouffait.

Ed regarda en direction des véhicules de patrouille et de la foule qui entourait le Red Apple. C'est alors qu'il aperçut McGovern.

« Bill ! » s'exclama-t-il. McGovern eut un mouvement de recul. Ed ne le remarqua pas — ou fit semblant de ne pas le remarquer. « Hé, Bill ! tirez-vous une chaise ! Vous voulez pas une bière ? »

C'est à cet instant que Ralph comprit qu'il allait frapper Deepneau, lui casser ses stupides petites lunettes rondes, peut-être même lui crever l'œil d'un éclat de verre. Il allait vraiment le faire, rien sur terre ne pourrait l'en empêcher — or quelque chose, au dernier moment, l'en empêcha. La voix de Carolyn, qu'il entendait de plus en plus fréquemment dans sa tête, ces temps derniers — au moins quand il n'était pas en train de grommeler dans sa barbe — mais là, ce n'était pas la voix de Carolyn ; si invraisemblable que cela fût, c'était celle de Trigger Vachon, qu'il n'avait revu qu'une ou deux fois depuis le jour où le blanchisseur lui avait épargné l'orage, le jour où Carolyn avait eu sa première crise.

Hé-hé, Ralph, faites fichtrement attention, mon vieux ! Ce type est complètement piqué ! C'est peut-être bien lui qui a envie de vous frapper !

Oui… c'était peut-être ce que désirait Ed. Pourquoi ? Qui le savait ? Pour brouiller encore plus les pistes, peut-être, ou tout simplement parce qu'il était cinglé ?

« Arrêtez vos conneries », dit-il, baissant la voix, murmurant presque. Il eut la satisfaction de faire sursauter Ed, soudain très attentif, et la satisfaction encore plus grande de voir disparaître des traits de l'homme l'expression d'amusement désenchanté vaguement charmeuse qu'il avait affichée jusqu'ici. Un air méfiant, concentré, la remplaçait. Il présentait l'aspect, dans l'esprit de Ralph, d'un animal dangereux remonté à bloc.

Ralph s'accroupit pour pouvoir regarder droit dans les yeux de Deepneau. « C'est à cause de Susan Day ? demanda-t-il, toujours de la même voix douce. À cause de Susan Day et de ces histoires d'avortement ? Des bébés morts ? C'est pour ça que vous vous en êtes pris à Helen ? »

Une autre question lui vint à l'esprit — *Qui êtes-vous en fin de compte, Ed ?* — mais avant qu'il ait eu le temps de la poser, Ed posa une main au centre de la poitrine de Ralph et le poussa. Le vieil homme tomba à la renverse dans l'herbe humide, se retrouvant sur les coudes et les épaules. Il resta là, les pieds posés à plat, les genoux relevés, et regarda Ed qui bondissait soudain de sa chaise longue.

« Fiche-lui la paix, Ralph ! » cria McGovern depuis la relative sécurité du trottoir.

Ralph n'y fit pas attention. Il resta simplement où il était, redressé sur les coudes et surveillant attentivement Ed. Il était toujours en colère et effrayé, mais ces émotions commençaient à passer au second plan, remplacées par une fascination étrange qui avait quelque chose de glacial. C'est dans la folie qu'il plongeait les yeux — le modèle authentique. Ce n'était pas à un superméchant de bande dessinée qu'il avait affaire, là, pas à Norman Bates, ni au capitaine Achab. Simplement à Ed Deepneau, le chimiste qui travaillait au laboratoire Hawking, un peu plus loin sur la côte — *une grosse tête*, comme auraient dit les vieux qui jouaient aux échecs dans l'aire de pique-nique d'Extension, *mais plutôt sympa, pour un démocrate*. Or, le type plutôt sympa venait de perdre complètement les pédales, et ce n'était pas la première fois, aujourd'hui ; il les avait perdues en voyant le nom de sa femme au bas d'une pétition agrafée sur le panneau d'information du supermarché Shop'n' Save. Ralph comprenait maintenant que la folie de Deepneau était vieille d'au moins un an et il se demanda quels secrets dissimulaient le comportement habituellement charmant d'Helen et son sourire rayonnant… et quels petits signes de désespoir — en dehors des bleus — avaient bien pu lui échapper.

Sans compter Natalie. Qu'a-t-elle vu ? Qu'a-t-elle vécu ? Sans compter la manière dont elle a été trimbalée jusqu'au parking du Red Apple, comme un paquet de linge sale, par une mère qui saignait et titubait…

Ralph sentit la chair de poule lui hérisser les bras.

Ed s'était mis entre-temps à marcher de long en large, traversant et retraversant l'allée, écrasant les zinnias plantés en bordure par Helen. Il était redevenu l'Ed Deepneau que Ralph avait rencontré l'été dernier près de l'aéroport, jusqu'aux féroces marques d'acné sur la figure et aux coups d'œil brusques et agressifs jetés de toutes parts.

C'est ce que son foutu numéro avait pour but de dissimuler, pensa-t-il. *Il a exactement le même air que lorsqu'il s'est attaqué au conducteur de la camionnette. Un coq qui protège son coin de basse-cour.*

« Je dois reconnaître que ce n'est pas entièrement de la faute d'Helen », dit Ed avec un débit rapide, se donnant du poing dans la main et allant et venant à travers le brouillard du tourniquet. On aurait pu lui compter les côtes ; comme s'il n'avait pas fait un seul repas convenable depuis des mois.

« Cependant, quand la bêtise atteint un certain degré, elle devient difficile à supporter, enchaîna-t-il. Elle est comme les Mages qui viennent demander des informations au roi Hérode. Jusqu'à quel point peut-on être stupide ? Où donc est né le roi des juifs ? C'est à Hérode qu'ils le demandent. Mages sages mon cul, oui ! Vous croyez pas, Ralph ? »

Ce dernier acquiesça. Bien sûr, Ed. Tout ce que vous voudrez, mon vieux.

Ed lui rendit son signe de tête et reprit ses allées et

venues à travers le brouillard et les fantômes d'arcs-en-ciel, sans cesser de se donner des coups de poing dans le creux de la main. « C'est comme dans la chanson des Rolling Stones, "Regarde, regarde cette fille stupide..." Vous l'avez sans doute oubliée, celle-là, non ? » Il se mit à rire, avec un bruit haché qui faisait penser à des rats dansant sur du verre pilé.

McGovern vint s'agenouiller à côté de Ralph. « Fichons le camp d'ici », grommela-t-il. Ralph secoua la tête, et quand Ed revint d'un brusque demi-tour dans leur direction, McGovern se redressa rapidement et battit en retraite vers le trottoir.

« Elle pensait qu'elle pourrait vous avoir, hein ? demanda Ralph qui, toujours allongé sur la pelouse, n'avait pas changé de position. Elle s'était imaginé que vous ne verriez pas sa signature sur la pétition ? »

Ed bondit par-dessus l'allée, se pencha sur Ralph et secoua son poing au-dessus de la tête du vieil homme comme un méchant dans un film muet. « Non, non, non, pas du tout ! » s'écria-t-il.

Les Animals avaient remplacé Jefferson Airplane, Eric Burdon rugissait l'évangile selon John Lee Hooker : « Boum-boum-boum, j'vais t'descendre en beauté... » McGovern émit un cri étranglé, croyant sans doute que Ed s'apprêtait à attaquer Ralph, mais au lieu de cela, il s'agenouilla, le poing gauche enfoncé dans l'herbe, dans la position d'un coureur qui attend que le coup de feu de l'arbitre le fasse bondir des starting-blocks. Il avait le visage couvert de gouttelettes que Ralph prit tout d'abord pour de la sueur, avant de se souvenir de la façon dont le jeune chimiste avait traversé le système d'arrosage à plusieurs reprises. Ralph remarqua, sur le verre gauche des lunettes, la tache rouge qui avait un peu coulé ; on aurait dit que la pupille de son œil gauche était pleine de sang.

« C'est le destin qui m'a permis de découvrir qu'elle avait signé la pétition, le simple destin ! N'insultez pas mon intelligence, Ralph ! Vous n'êtes peut-être plus tout jeune, mais vous êtes loin d'être stupide. Le fait est que je me suis rendu au supermarché pour acheter des aliments pour bébé — quelle ironie, tout de même ! — et je me suis aperçu qu'elle avait mis son nom à côté de ceux des tueurs de bébés ! Des Centurions ! Avec le Roi Pourpre en personne ! Eh bien, figurez-vous, j'ai... vu... rouge !

— Le Roi Pourpre, Ed ? Qui c'est ?

— Oh, je vous en prie. Il lui adressa un sourire rusé. *Alors Hérode, voyant qu'il avait été joué par les Mages, se mit dans une grande colère et il envoya tuer tous les enfants de deux ans et au-dessous qui étaient à Bethléem et dans tout son territoire, selon la date dont il s'était soigneusement enquis auprès des Mages.* C'est dans la Bible, Ralph. Matthieu, chapitre trois, seize. En doutez-vous ? Remettez-vous cela en question, nom d'un foutre ?

— Pas du tout. Si vous le dites, je le crois. »

Ed acquiesça. Ses yeux, d'un vert profond étonnant, ne cessaient de se porter d'un point à un autre. Il se pencha alors lentement sur Ralph, une main appuyée au sol de part et d'autre des bras de son vieil ami. Comme s'il s'apprêtait à l'embrasser. Une odeur de sueur monta aux narines de Ralph, mêlée à celle, à peine perceptible maintenant, d'une lotion après-rasage, ainsi qu'à autre chose, un relent de lait caillé. Il se demanda s'il ne s'agissait pas de l'odeur de la folie d'Ed.

Une ambulance remonta Harris Avenue, gyrophare tournant, mais sans la sirène. Elle s'engagea sur le parking du Red Apple.

« Vous faites aussi bien. Vous faites aussi bien de me croire. »

Ses yeux cessèrent leurs déplacements aléatoires pour se fixer sur Ralph.

« Ils assassinent les bébés en gros, dit-il d'une voix basse et mal assurée. Ils les arrachent du ventre de leur mère et les emportent dans des camions bâchés. Des camions à plate-forme, la plupart du temps. Posez-vous la question, Ralph : combien de fois par semaine voyez-vous une de ces grandes remorques circuler sur la route ? Une plate-forme avec une bâche tendue entre les ridelles ? Vous êtes-vous jamais demandé ce que transportaient ces camions ? Vous êtes-vous jamais demandé ce qu'il y avait sous ces bâches ? »

Ed sourit et roula des yeux.

« Ils brûlent la plupart des fœtus là-bas, à Newport. Le panneau annonce bien *Décharge*, mais en réalité c'est un crématorium. Ils en envoient certains hors de l'État, cependant. Par camion, ou dans de petits avions. Parce que les tissus de fœtus ont beaucoup de valeur. Je vous parle de cela non pas en tant que citoyen concerné, Ralph, mais en tant qu'employé des laboratoires Hawking. Les tissus de fœtus ont… plus de valeur… que l'or. »

Il tourna brusquement la tête et fixa McGovern, qui s'était rapproché subrepticement pour écouter ce qu'il disait.

« *OUI, PLUS DE VALEUR QUE L'OR ET PLUS PRÉCIEUX QUE DES RUBIS !* » hurla-t-il. McGovern bondit en arrière, l'œil agrandi, affolé. « *VOUS NE LE SAVIEZ PAS, ESPÈCE DE VIEUX PÉDÉ ?*

— Si…, répondit McGovern, je crois que je le savais. » Il jeta un bref coup d'œil vers le bas de la rue, où l'un des véhicules de patrouille sortait du parking du

Red Apple en marche arrière, puis se dirigeait dans leur direction. « J'ai dû lire ça quelque part. Dans *Scientific American*, peut-être.

— *Scientific American !* » Ed eut un petit rire de mépris et roula des yeux en direction de Ralph, comme pour dire : *qu'est-ce qu'il ne faut pas entendre*, *tout de même !* Puis son visage s'assombrit de nouveau. « L'assassinat en gros, reprit-il, comme à l'époque du Christ. Sauf que maintenant, c'est l'assassinat de ceux qui ne sont pas encore nés. Pas seulement ici, mais partout dans le monde. On les massacre par milliers, Ralph, par *millions*, et savez-vous pourquoi ? Savez-vous pour quelle raison nous sommes retournés dans la cour du Roi Pourpre, en ce nouvel âge de ténèbres ? »

Ralph le savait. Ce n'était pas bien difficile à deviner, si l'on avait les éléments. Si l'on avait vu Ed, le bras enfoncé dans un baril de fertilisant, à la recherche des bébés morts qu'il était sûr d'y trouver.

« Le roi Hérode a été mis au courant avec un temps d'avance cette fois, dit Ralph. C'est bien ce que vous voulez dire, hein ? C'est encore cette vieille histoire du Messie, non ? »

Il se mit sur son séant, s'attendant un peu qu'Ed le repoussât au sol, l'espérant presque. Sa colère lui revenait. On avait certainement tort de critiquer les fantasmes et les illusions d'un fou comme on critiquerait un film ou une pièce, c'était peut-être même blasphématoire, mais Ralph trouvait enrageante l'idée que Helen dût sa raclée à un tel ramassis de conneries d'un autre âge.

Deepneau ne le toucha pas ; il se mit debout et s'essuya les mains le plus naturellement du monde. Il paraissait se calmer. Les crépitements de la radio se firent plus forts, et la voiture de police vint se garer le long du trottoir. Ed regarda le véhicule, puis Ralph qui se levait à son tour.

« Vous pouvez en rire, mais c'est vrai, reprit-il doucement. Ce n'est pas le roi Hérode, toutefois, mais le Roi Pourpre. Hérode n'était que l'une de ses incarnations. Le Roi Pourpre saute d'un corps à l'autre et de génération en génération comme un gamin qui traverse un gué en sautant d'une pierre à l'autre, Ralph. Toujours lancé à la recherche du Messie. Il l'a toujours manqué, mais cette fois, ça pourrait être différent. Parce que Derry est une ville différente. Toutes les lignes de force ont commencé à converger vers ici. Je sais que c'est difficile à croire, mais c'est vrai. »

Le Roi Pourpre, pensa Ralph. *Oh, Helen, je suis désolé... Tout cela est bien triste.*

Deux hommes, l'un en uniforme, l'autre en civil, mais probablement flics tous les deux, descendirent de la voiture et s'approchèrent de McGovern. Derrière eux, près du magasin, Ralph distingua deux autres hommes en pantalon et chemisette blancs, qui sortaient du Red Apple. L'un tenait Helen par les épaules ; elle marchait avec les précautions d'une convalescente après son opération. L'autre tenait Natalie.

Les infirmiers aidèrent Helen à se hisser dans l'ambulance. Celui qui tenait le bébé monta avec elle tandis que le premier allait prendre place au volant. Leurs mouvements évoquaient davantage la compétence que l'urgence, et Ralph pensa que c'était tant mieux pour Helen. Peut-être ne lui avait-il pas fait trop mal... cette fois-ci, au moins.

Le flic en civil, un gaillard trapu aux larges épaules, qui portait une moustache blonde avec favoris assortis (il fit penser à Ralph à l'époque des bars pour célibataires de la vieille Amérique), paraissait connaître McGovern et affichait un grand sourire.

Ed passa un bras autour des épaules de Ralph et s'éloigna avec lui de quelques pas. Il baissa la voix et c'est dans un souffle qu'il dit à son vieil ami : « Je n'ai pas envie qu'ils nous entendent.

— Je vous comprends très bien.

— Ces créatures… les Centurions… les serviteurs du Roi Pourpre… rien ne les arrête. Ils sont impitoyables.

— Tiens, pardi ! » Ralph jeta un coup d'œil par-dessus son épaule au moment où McGovern montrait Ed du doigt. L'homme trapu acquiesça avec calme. Il gardait les mains dans les poches de son pantalon et continuait d'afficher son petit sourire bon enfant.

« Il ne s'agit pas seulement d'avortements, ne vous y trompez pas ! Plus maintenant. Ils prennent les fœtus de toutes sortes de mères, pas seulement les droguées et les putes — huit jours, huit semaines, huit mois, tout ça revient au même pour les Centurions. La moisson se poursuit nuit et jour. Le massacre. J'ai vu des cadavres d'enfants sur les toits, Ralph… sous des haies… on en trouve dans les égouts… et depuis les égouts, ils passent dans la Kenduskeag, au milieu des Friches-Mortes… »

Agrandis, brillant de l'éclat vert d'une fausse émeraude, ses yeux fixaient un point lointain.

« Ralph, murmura-t-il, le monde est parfois plein de couleurs. Je les ai vues depuis qu'*il* est venu et qu'*il* m'a parlé. Mais en ce moment, toutes les couleurs virent au noir.

— Depuis que *qui* est venu vous parler, Ed ?

— On en reparlera plus tard », fit le jeune chimiste du coin des lèvres, comme un détenu dans un film qui se passe en prison. En d'autres circonstances, son attitude aurait été comique.

Digne d'un présentateur de jeu télévisé, un grand sourire vint éclairer son visage et en chassa la folie de façon aussi convaincante que le lever du soleil chasse la nuit. La transformation eut quelque chose de tropical par sa rapidité, mais aussi de fichtrement inquiétant ; Ralph y trouva tout de même de quoi se rassurer un peu. Peut-être, au fond, qu'ils n'avaient pas à se sentir trop coupables — *ils*, c'est-à-dire lui, McGovern, Lois Chassey et tous les autres, sur ce petit bout de Harris Avenue — pour n'avoir pas deviné plus tôt la folie de Deepneau. Car il était bon ; c'était un acteur de première classe. Ce sourire lui aurait fait décrocher un oscar. Même dans une situation aussi bizarre que celle-ci, il était pratiquement impossible de ne pas y réagir.

« Hé, salut ! » lança-t-il aux policiers. Le costaud avait terminé sa conversation avec McGovern et les deux hommes venaient de s'engager sur la pelouse. « Tirez-vous une chaise, les gars ! » Ed laissa Ralph et s'avança vers eux, la main tendue.

Le policier la lui serra, sans se départir de son petit sourire bon enfant. « Edward Deepneau ? demanda-t-il.

— Exact. » Ed serra aussi la main du flic en tenue, lequel paraissait légèrement amusé, et se tourna de nouveau vers son collègue.

« Je suis le sergent-détective John Leydecker. Et voici mon adjoint, Chris Nell. J'ai cru comprendre qu'il y avait eu un petit incident, chez vous.

— Oui, en effet. On pourrait dire ça. Un petit incident. Ou bien, si vous préférez appeler un chat un chat, disons que je me suis comporté comme un vrai con. » Le petit rire gêné d'Ed avait quelque chose d'inquiétant, tant il était normal. Ralph pensa à tous ces psychopathes charmants qu'il avait vus au cinéma — George Sanders était particulièrement bon dans ce genre de rôles — et se demanda si un brillant chimiste ne serait pas capable de donner le change à un petit détective de province, lequel paraissait ne pas avoir encore entièrement digéré le syndrome de *La Fièvre du samedi soir*. Ralph fut assailli de doutes.

« Helen et moi, on s'est disputés à cause d'une pétition qu'elle a signée, expliqua Ed, et une chose mène à l'autre… Bon sang, je n'arrive pas à croire que je l'ai frappée. »

Il écarta les bras, comme pour illustrer sa perplexité — sans parler de la confusion et de la honte qu'il éprouvait. Leydecker sourit. Ralph se souvint de la querelle entre Ed et Gros Balèze, l'été précédent. Ed avait traité l'autre d'assassin, l'avait même giflé et le type, en fin de compte, l'avait regardé presque avec respect. Quasiment de l'hypnose, et Ralph avait l'impression de voir la même technique à l'œuvre, en ce moment.

« Vous avez un peu perdu le contrôle de la situation, c'est ce que vous voulez dire ? demanda Leydecker d'un ton plein de sympathie.

— C'est à peu près ça, ouais », concéda Ed. Il devait avoir au moins trente-deux ans, mais il ouvrait les grands yeux à l'expression innocente d'un gamin à peine en âge d'acheter de la bière.

« Attendez une minute, intervint Ralph, qui n'y tenait plus. Il ne faut pas le croire, il est cinglé. Et dangereux. Il vient juste de me dire…

— Il s'agit bien de M. Roberts, n'est-ce pas ? demanda Leydecker à McGovern, ignorant complètement Ralph.

Oui, c'est bien M. Roberts, répondit McGovern d'un ton suffisant qui exaspéra Ralph.

— Bien, bien. » Leydecker se tourna enfin vers Ralph : « J'aimerais avoir un entretien avec vous, d'ici deux à trois minutes, monsieur Roberts. Entre-temps, je préférerais que vous alliez retrouver votre ami et ne disiez rien. D'accord ?

— Mais…

— *D'accord ?* »

Plus en colère que jamais, Ralph partit rejoindre McGovern d'un pas raide. Leydecker ne parut nullement affecté. Il se tourna vers son adjoint : « Ça ne t'ennuie pas d'aller couper la musique, Chris, qu'on s'entende un peu penser ?

— OK. » Le flic en tenue alla jusqu'à la grosse radiocassette, inspecta les différents boutons et interrupteurs et coupa les Who en plein délire sur le grand magicien aveugle du billard électrique.

« Je crois bien que j'ai mis le son un peu fort, avoua Ed d'un ton timide. Je me demande si les voisins ne se sont pas plaints.

— Oh, c'est la vie », dit Leydecker. Il tourna son petit sourire serein vers les nuages qui traversaient le ciel d'été.

Merveilleux, pensa Ralph. *Ce type est un authentique Will Rogers*. Ed, cependant, opinait du chef comme si le détective venait de débiter non pas une perle de sagesse populaire, mais tout un collier.

Leydecker fouilla dans sa poche et en sortit un petit tube contenant des cure-dents. Il en offrit à Ed, qui refusa, et s'en colla un dans le coin de la bouche. « Bon. Une petite dispute familiale. C'est bien ce qu'il faut comprendre ? »

Ed hocha la tête encore plus énergiquement. Il affichait toujours son sourire, tout de sincérité mâtinée d'un léger étonnement. « Plutôt une discussion, en fait. Une discussion politique…

— Oui-oui, oui-oui, acquiesça le détective, sans cesser de sourire. Mais avant que vous n'en disiez davantage, monsieur Deepneau…

— Appelez-moi Ed, je vous en prie.

— Avant que vous n'en disiez davantage, monsieur Deepneau, j'aimerais cependant vous préciser que tout ce que vous déclarerez pourra être utilisé contre vous — vous savez, devant un tribunal. Et que vous avez le droit d'avoir un avocat. »

Le sourire amical (et légèrement intrigué) du jeune chimiste vacilla pendant un moment — *Bon sang, qu'est-ce que j'ai fait ? Aidez-moi, j'aimerais comprendre* —, remplacé par le regard aigu et évaluateur. Ralph jeta un coup d'œil à McGovern ; le soulagement qu'il lut dans ses yeux était identique au sien. Leydecker n'était peut-être pas un naïf, en fin de compte.

« Et, au nom du Ciel, pourquoi aurais-je besoin d'un avocat ? » demanda Ed. Il se tourna et adressa son sourire intrigué à Chris Nell, resté auprès du poste de radio, sur le porche.

« Je l'ignore, et peut-être l'ignorez-vous aussi, admit le détective, souriant toujours. Je vous dis simplement que vous pouvez avoir un avocat. Et que si vous n'avez pas les moyens d'en prendre un, la ville de Derry en désignera un d'office pour vous.

— Mais je ne… »

Leydecker, sans se départir de son air aimable, hocha la tête. « Tout ce que vous voudrez, bien sûr, mais ce sont vos droits. Les avez-vous compris tels que je vous les ai expliqués, monsieur Deepneau ? »

Pendant un instant, Ed resta muet sous le choc, l'œil agrandi, le regard vide. On aurait dit un ordinateur humain essayant d'intégrer une masse énorme de données compliquées. Puis il parut prendre progressivement conscience que son numéro ne produisait pas l'effet escompté. Ses épaules retombèrent. Une expression malheureuse, d'une telle authenticité qu'on n'en pouvait douter, vint remplacer le regard vide... Ralph, néanmoins, en doutait. Il était obligé d'en douter ; il avait lu la folie dans les yeux d'Ed, avant l'arrivée de Leydecker et Nell. McGovern aussi. Le doute, toutefois, n'est pas l'incrédulité et Ralph soupçonnait qu'à un certain niveau, Ed regrettait sincèrement d'avoir battu Helen.

Oui, comme à un certain niveau il croit sincèrement que ses fichus Centurions transportent des remorques pleines de ce fœtus à la décharge de Newport. Et que les forces du bien et du mal se retrouvent à Derry pour y jouer la tragédie qu'il imagine dans son esprit ; on pourrait la baptiser Omen V : dans la cour du Roi Pourpre.

Cependant, il ne pouvait s'empêcher de ressentir une certaine sympathie pour Ed Deepneau, l'homme qui avait fidèlement rendu visite à Carolyn trois fois par semaine pendant son ultime séjour au Derry Home Hospital, qui lui apportait toujours des fleurs et qui l'embrassait toujours sur la joue avant de partir. Il avait même continué à le faire lorsque l'odeur de la mort avait commencé à l'entourer, et Carolyn lui avait toujours serré la main avec un sourire de gratitude. *Merci de vous souvenir que je suis un être humain*, disait ce sourire, *et merci de me traiter comme telle*. Tel était l'Ed Deepneau que Ralph considérait comme son ami et il croyait — ou peut-être seulement l'espérait-il — que cet Ed Deepneau-là était toujours présent.

« Je suis dans la merde, n'est-ce pas ? demanda-t-il doucement à Leydecker.

— Eh bien, voyons, répondit le policier, que son sourire n'avait toujours pas quitté. Vous avez cassé deux dents à votre femme. Il semble que vous lui ayez également fracturé l'os malaire. Je suis prêt à parier ma chemise qu'elle est commotionnée. Sans compter un certain nombre de bricoles, coupures, ecchymoses, et ce marrant petit début de scalp sur sa tempe gauche. Qu'est-ce que vous vouliez lui faire ? Lui mettre la boule à zéro ? »

Ed garda le silence, fixant Leydecker de ses grands yeux verts.

« Elle va passer la nuit en observation à l'hôpital parce qu'un trou-du-cul l'a massacrée, et tout le monde semble être d'accord pour dire que ce trou-du-cul, c'est vous, monsieur Deepneau. Je constate la présence de sang sur vos mains et sur vos lunettes, et j'en viens moi aussi à penser que c'est vous. Alors, qu'en dites-vous ? Vous m'avez l'air de quelqu'un d'intelligent. Ne pensez-vous pas que vous êtes dans la merde ?

— Je suis tout à fait désolé de l'avoir frappée. Je ne voulais pas…

— Ouais ! Si j'avais empoché vingt-cinq cents à chaque fois que j'ai entendu celle-là, j'aurais de quoi me payer à boire pour le restant de mes jours sans toucher à mon salaire. Je vous arrête sous l'inculpation de coups et blessures et d'agression au deuxième degré, monsieur Deepneau, ou agression conjugale, c'est la même chose. Cette inculpation tombe sous le coup de la loi du Maine sur les violences conjugales. J'aimerais que vous confirmiez que je vous ai bien informé de vos droits.

— Oui », répondit Ed d'une petite voix malheureuse. Le sourire — intrigué ou pas — avait disparu.

« Nous allons vous conduire au poste de police et vous mettre en garde à vue, reprit Leydecker. Cela dit, vous aurez le droit de passer un coup de téléphone et de faire une demande de remise en liberté sous caution. Chris, accompagne-le à la voiture, d'accord ? »

Le policier en tenue s'approcha d'Ed. « Vous n'allez pas faire d'histoires, n'est-ce pas, monsieur Deepneau ?

— Non », répondit Ed de la même petite voix. Ralph vit une larme couler de son œil droit ; le jeune chimiste l'essuya machinalement du revers de la main. « Pas la moindre.

— Parfait ! » s'exclama Nell, soulagé. Le policier l'escorta jusqu'au véhicule de patrouille.

Ed jeta un coup d'œil vers Ralph, qui attendait sur le trottoir. « Désolé, mon vieil ami », lui lança-t-il avant d'entrer dans la voiture. Ralph vit qu'elle ne possédait pas de poignée à l'intérieur.

2

« Bon, dit Leydecker en se tournant vers Ralph, la main tendue. Je suis désolé si je vous ai semblé un peu brusque, monsieur Roberts, mais ces types sont parfois imprévisibles. Je me défie encore plus de ceux qui ont l'air calmes, car on ne sait jamais ce qu'ils vont faire. John Leydecker.

— Johnny a été mon élève quand j'enseignais à Community College », intervint McGovern. Maintenant qu'Ed Deepneau était à l'arrière de la voiture de la police et hors d'état de nuire, il paraissait presque ivre de soulagement. « Un bon élève. Il m'a fait une excellente composition sur la Croisade des enfants, entre autres.

— Très heureux de vous rencontrer, dit Ralph. Et ne vous inquiétez pas. Il n'y a pas de mal.

— Il fallait être fou pour venir l'affronter comme vous l'avez fait, observa le policier d'un ton malicieux.

— J'étais furibard. Je suis d'ailleurs toujours furibard.

— Je vous comprends. Mais vous en êtes sorti indemne, ce qui est le plus important.

— Non, l'important, c'est Helen. Helen et le bébé.

— Sans doute. Dites-moi de quoi vous et M. Deepneau avez parlé avant notre arrivée, monsieur Roberts… ou bien puis-je vous appeler Ralph ?

— Ralph, je vous en prie. » Il rapporta sa conversation avec Ed, essayant d'être bref. McGovern, qui en avait entendu des bribes, l'écouta, l'œil rond, sans faire de commentaire. Chaque fois que Ralph regardait son vieil ami, il regrettait de ne pas voir le panama sur sa tête ; il paraissait plus âgé, ainsi. Presque une antiquité.

« Voilà qui paraît fichtrement bizarre, non ? observa Leydecker à la fin du récit.

— Qu'est-ce qui va se passer ? Il ira en prison ? Ce n'est pas là qu'il devrait aller, mais à l'hôpital psychiatrique.

— Vous avez sans doute raison, mais il y a une grande différence entre *devrait aller* et *ira*. Il n'ira d'ailleurs ni en prison ni au Sunnyvale Sanitarium — on ne voit plus ça que dans les vieux films. Ce qu'on peut espérer de mieux est que la cour l'oblige à suivre une thérapie.

— Mais Helen ne vous a pas dit…

— Cette dame ne nous a rien dit, et nous ne lui avons rien demandé. Elle n'était pas en état, physiquement comme psychologiquement, de répondre à nos questions.

— Oui, évidemment. C'est idiot…

— Il se peut qu'elle confirme plus tard vos déclarations… mais ce n'est pas garanti. Les victimes de violences conjugales ont l'art de tout transformer en eau de boudin. Heureusement, avec la nouvelle loi, ça n'a pas d'importance. Il est coincé. Vous et la jeune dame du magasin, vous pourrez témoigner de l'état dans lequel était Mme Deepneau et répéter ce qu'elle vous a dit sur l'identité de son agresseur. Mais il y a mieux, puisqu'il a prononcé les mots magiques, disant une fois qu'il n'arrivait pas à croire qu'il l'avait battue, l'autre qu'il le regrettait. J'aimerais que vous veniez, demain matin, si ça vous est possible, pour que nous puissions recueillir un témoignage complet de votre part, Ralph. Simple formalité. Fondamentalement, l'affaire est bouclée. »

Leydecker retira le cure-dent de sa bouche, le cassa, le jeta dans le caniveau et sortit le petit tube. « Un cure-dent ?

— Non merci, répondit Ralph, esquissant un sourire.

— Vous avez bien raison. Une habitude stupide, mais j'essaie d'arrêter de fumer, ce qui est une habitude encore plus stupide. Le truc, avec des types comme Ed Deepneau, c'est qu'ils sont beaucoup trop malins pour leur propre bien. Ils franchissent la ligne jaune, font du mal à quelqu'un… puis battent en retraite. Si on arrive assez rapidement — comme vous l'avez fait, Ralph —, on peut presque encore les voir juchés sur leurs ergots, écoutant leur petite musique, essayant de retomber sur leurs pattes.

— C'était comme ça, reconnut Ralph. Exactement comme ça.

— Les plus brillants réussissent à s'en sortir pendant un bon moment : apparemment, ils sont pleins de remords, consternés par leur propre comportement, déterminés à s'amender. Ils sont persuasifs, ils sont charmants et souvent, il est pratiquement impossible, sous ce vernis de bonne volonté, de voir qu'ils sont complètement piqués. Même des cas extrêmes comme Ted Bundy arrivent à paraître normaux pendant des années. La bonne nouvelle, c'est que les types du genre de Ted Bundy ne sont pas très nombreux, en dépit de tous les bouquins et les films sur les tueurs fous. »

Ralph poussa un profond soupir. « Quel gâchis, tout de même !

— Ouais. Mais voyez le bon côté des choses. Nous allons pouvoir l'obliger à rester à l'écart de sa femme, au moins pendant un certain temps. Il sera dehors ce soir avec une caution de vingt-cinq dollars, mais…

— Vingt-cinq dollars ? demanda McGovern d'un ton à la fois scandalisé et cynique. C'est tout ?

— Ouais, répondit Leydecker. J'ai inculpé Deepneau d'agression au deuxième degré pour l'impressionner, mais dans l'État du Maine, flanquer une raclée à sa femme relève du délit simple.

— Sauf que la loi comporte un petit détail vicieux, intervint Chris Nell, qui les avait rejoints. Si Deepneau fait une demande de liberté sous caution, il devra accepter de n'avoir aucun contact avec sa femme tant que l'affaire n'aura pas été jugée par un tribunal. Il ne pourra ni venir chez lui, ni l'approcher dans la rue, ni même lui téléphoner. S'il n'accepte pas, il restera en prison.

— Et si jamais il acceptait et revenait tout de même ? objecta Ralph.

— Alors on le bouclerait pour de bon, parce que ça, c'est un crime… ou du moins ça peut l'être, si le procureur la joue sévère. De toutes les façons, ceux qui violent cet accord passent d'ordinaire beaucoup plus qu'une nuit en prison.

— Et avec un peu de chance, l'épouse sera encore en vie le jour du procès, ajouta McGovern.

— Ouais, dit Leydecker avec un soupir, c'est parfois le problème. »

3

Ralph retourna chez lui et passa une heure à regarder non pas la télé, mais à travers l'écran de télé. Il se leva pendant la publicité pour voir s'il n'y aurait pas par hasard un Coca au frigo ; pris d'un étourdissement, il dut s'appuyer au mur pour tenir debout. Il tremblait de tout son corps et avait la sensation désagréable d'être sur le point de vomir. Il comprit que ce n'était qu'une réaction à retardement, mais il n'en fut pas moins effrayé par ces symptômes.

Il se rassit, respira profondément pendant une minute, la tête baissée et les yeux clos, puis se leva et se rendit à pas lents dans la salle de bains. Il remplit la baignoire d'une eau pas trop chaude et y trempa jusqu'à ce qu'il entendît, sur la télé restée allumée, le générique de *Night Court*, le premier des feuilletons de l'après-midi. À ce moment-là, l'eau était presque fraîche et il fut content d'en sortir. Il se sécha, s'habilla de frais et décida qu'un dîner léger était du domaine du possible. Il appela en bas, se disant que McGovern aimerait peut-être se joindre à lui, mais il n'y eut pas de réponse.

Il mit de l'eau à bouillir pour faire cuire deux œufs et appela le Derry Home Hospital depuis le téléphone de la cuisine. On lui passa une femme du service des admissions qui vérifia sur son ordinateur et lui dit qu'en effet, une certaine Helen Deepneau avait bien été hospitalisée chez eux. Son état était considéré comme bon. Non, elle ne savait pas qui s'occupait du bébé de Mme Deepneau ; elle n'avait aucune Natalie Deepneau sur sa liste d'admissions, c'est tout ce qu'elle pouvait dire. Non, M. Roberts ne pouvait pas venir voir Mme Deepneau ce soir ; non pas que le médecin ait interdit toute visite, mais parce que Mme Deepneau elle-même l'avait exigé.

Ralph voulut demander pour quelle raison Helen avait pris cette décision, puis y renonça. La responsable des admissions lui répondrait probablement qu'elle était désolée, que cette information ne figurait pas sur son écran, mais il décida qu'il en disposait dans son ordinateur personnel, le modèle géant-portatif-économique qu'il avait entre les oreilles. Helen ne voulait pas de visiteurs parce qu'elle avait honte. Rien de ce qui était arrivé n'était de sa faute, mais cela ne changeait rien à ce qu'elle ressentait, raisonna Ralph. La moitié de Harris Avenue l'avait vue tituber comme un boxeur qui vient de recevoir une correction sévère après l'arrêt du match par l'arbitre, on l'avait conduite à l'hôpital en ambulance et son mari — le père de sa petite fille — était le responsable. Ralph espéra qu'on lui donnerait un calmant qui l'aiderait à passer la nuit. Les choses paraîtraient sans doute un peu moins tragiques demain matin.

Bon sang, j'aimerais bien qu'on me donne à moi aussi quelque chose pour dormir, pensa-t-il.

Alors va voir le Dr Litchfield, espèce d'idiot, lui rétorqua aussitôt une autre partie de son esprit.

La femme du service des admissions lui demanda si elle pouvait faire autre chose pour lui. Ralph répondit que non et s'apprêtait à la remercier lorsque le déclic lui annonça que la ligne était coupée.

« Charmant, tout à fait charmant. » Il raccrocha à son tour, prit une cuillère et plongea délicatement ses œufs dans l'eau bouillante. Dix minutes plus tard, alors qu'il allait s'asseoir devant ses œufs durs — l'air d'être les deux plus grosses perles du monde, roulant dans son assiette —, le téléphone sonna. Il posa son repas sur la table et décrocha. « Allô ? »

Il n'entendit que le bruit d'une respiration.

« Allô ? » répéta-t-il.

Il y eut encore une respiration, assez sonore, cette fois, pour avoir été un sanglot rentré, suivie du déclic de la ligne coupée. Ralph raccrocha et resta quelques instants à contempler le téléphone, sourcil froncé, le front marqué de trois ondulations ascendantes.

« Allez, Helen, dit-il. Rappelez-moi. Je vous en prie. » Puis il retourna à la table, s'assit et attaqua son maigre repas de célibataire.

4

Il faisait sa vaisselle, un quart d'heure plus tard, lorsque le téléphone sonna de nouveau. *Ce n'est sûrement pas elle*, pensa-t-il en s'essuyant les mains avec un torchon qu'il rejeta ensuite sur l'épaule, avant de se diriger vers le combiné mural. *Sûrement pas. C'est sans doute Lois, ou Bill.* Mais il y avait en lui quelqu'un qui pensait différemment.

« Salut, Ralph.

— Salut, Helen.

— C'était moi, il y a dix minutes. » Elle avait une voix enrouée, comme si elle avait bu ou pleuré, mais Ralph ne pensait pas que l'alcool fût autorisé à l'hôpital. « Il m'avait semblé…

— J'ai entendu votre voix, et… Je n'ai pas pu…

— Pas de problème. Je comprends.

— Vraiment ? » Elle eut un long reniflement enchifrené.

« Il me semble.

— L'infirmière vient de me donner un analgésique. Ça ne sera pas de trop, j'ai très mal à la figure. Mais je ne me suis pas autorisée à le prendre tant que je ne vous aurais pas téléphoné pour vous dire ce que j'avais à vous dire. La douleur fait chier, mais ça motive bougrement aussi.

— Vous n'avez aucune explication à me donner, Helen. » Il redoutait cependant le contraire, et encore plus ce qu'elle avait en tête... craignant de découvrir qu'elle avait décidé d'être en colère contre lui faute de pouvoir l'être contre Ed.

— Si. Je dois vous remercier. »

Ralph s'appuya au montant de la porte et ferma un instant les yeux. Il était soulagé, mais ne savait trop quoi répondre. Il avait été prêt à dire : *Je suis désolé que vous voyiez les choses ainsi*, *Helen*, de la voix la plus tranquille possible, persuadé qu'il était qu'elle allait commencer par lui demander pourquoi il ne se contentait pas de s'occuper de ses propres affaires.

Puis, comme si elle avait lu dans son esprit et voulait lui faire savoir qu'il n'était pas loin du compte, elle ajouta : « J'ai passé la moitié de mon temps, pendant le trajet en ambulance et l'admission, et aussi pendant la première heure dans la chambre, à être terriblement en colère contre vous. J'ai appelé Candy Shoemaker, mon amie qui habite Kansas Street. Elle est venue et elle a pris Nat. Elle va la garder pour la nuit. Elle m'a demandé ce qui s'était passé, mais je n'ai pas voulu lui dire. Je n'avais qu'une envie, rester là, sur mon lit, à vous maudire parce que vous aviez appelé le 911 alors que je vous disais de ne pas le faire.

— Helen...

— Laissez-moi finir, que je puisse prendre ma pilule et dormir, d'accord ?

— D'accord.

— Juste après le départ de Candy avec la petite — elle n'a pas pleuré, grâce au Ciel, je ne sais pas si j'aurais pu le supporter —, une femme est entrée dans ma chambre. J'ai tout d'abord cru qu'elle s'était trompée, car je ne la connaissais ni d'Ève ni d'Adam, et lorsque j'ai fini par comprendre que c'était bien moi qu'elle venait voir, je lui ai dit que je ne voulais aucune visite. Elle n'a pas fait attention. Elle a refermé la porte et a levé sa jupe pour me montrer sa cuisse gauche. Elle avait une grande cicatrice, qui allait presque de la hanche au genou.

« Elle m'a dit qu'elle s'appelait Gretchen Tillbury, qu'elle était conseillère matrimoniale au planning familial, et que c'était son mari qui lui avait ouvert la cuisse d'un coup de couteau de cuisine, en 1978. Si l'homme qui habitait dans l'appartement en dessous ne lui avait pas posé un garrot, elle aurait saigné à mort. Je lui ai répondu que j'étais désolée pour elle, mais que je n'avais aucune envie de parler de ma propre situation tant que je n'aurais pas eu le temps de réfléchir. » Helen se tut un instant, avant de reprendre : « Mais c'était un bobard, voyez-vous. J'avais eu tout le temps qu'il fallait pour réfléchir, étant donné qu'Ed m'a frappée pour la première fois il y a deux ans, juste avant que je tombe enceinte de Nat. Simplement, je repoussais toujours le moment de regarder les choses en face.

— Je comprends qu'on puisse en arriver là, dit Ralph.

— Cette dame… Ils doivent donner aux gens comme elle des leçons sur la meilleure manière de vaincre les défenses des autres. »

À l'autre bout du fil, Ralph sourit. « À mon avis, ça doit constituer la moitié de leur formation.

— Elle a dit que je ne pouvais plus continuer comme ça, que j'étais dans une situation difficile et que je devais y faire face tout de suite. Je lui ai répondu que quoi que je fasse, je n'avais pas besoin de ses conseils, ni d'écouter toutes ses conneries sous prétexte que son mari lui avait donné un coup de couteau autrefois. J'ai failli ajouter qu'il l'avait sans doute fait parce qu'elle ne la fermait pas et ne lui fichait pas la paix. Vous vous rendez compte ? Mais j'étais tellement furieuse, Ralph... j'avais mal... Je ne savais plus où j'en étais... J'avais honte... mais surtout, j'étais furieuse.

— Je crois que c'est une réaction assez normale.

— Elle m'a demandé comment je me sentirais, non pas vis-à-vis d'Ed, mais de moi-même, si je reprenais la vie commune avec Ed et qu'il me battait de nouveau. Puis comment je me sentirais si c'était à Natalie qu'il s'en prenait. Ça, ça m'a rendue encore plus furieuse. J'en suis encore furieuse. Ed n'a jamais levé la main sur elle, et je le lui ai dit. Elle a fait *oui* de la tête et m'a répondu que ça ne voulait pas dire qu'il ne le ferait jamais. *Je sais que vous n'avez pas envie d'y penser, Helen, mais il le faut. Et quand bien même vous auriez raison ? Quand bien même il ne lui donnerait pas une tape sur la main de toute sa vie ? Avez-vous envie qu'elle grandisse en étant témoin des corrections qu'il vous fichera ? Voulez-vous qu'elle devienne adulte en assistant à des choses comme ce qui s'est passé aujourd'hui ?* Ça m'a arrêtée. Complètement, Ralph. Je me suis souvenue de l'air qu'avait Ed quand il est revenu... comment j'ai tout de suite compris, quand j'ai vu sa pâleur... la manière dont il bougeait la tête...

— Comme un coq...

— Quoi ?

— Rien. Continuez.

Je ne sais pas ce qui a provoqué le déclic... je ne l'ai jamais su, mais j'avais compris qu'il allait s'en prendre à moi. Il n'y a rien que l'on puisse dire ou faire, une fois qu'il a franchi un certain seuil. J'ai couru jusque dans la chambre, mais il m'a attrapée par les cheveux...

il m'en a arraché toute une poignée… j'ai hurlé… et Natalie, qui était installée dans sa chaise haute… qui nous regardait… quand j'ai hurlé, elle a hurlé aussi… »

Elle éclata en sanglots violents. Ralph attendit, le front appuyé au chambranle de la porte qui donnait sur le séjour. Il se servit du torchon qu'il avait toujours sur l'épaule pour essuyer ses propres larmes, presque sans y penser.

« Bref, enchaîna Helen lorsqu'elle fut en état de reprendre la parole, nous avons parlé pendant presque une heure, cette femme et moi. Ce qu'elle fait s'appelle du conseil aux victimes, et c'est comme ça qu'elle gagne sa vie, vous vous rendez compte ?

— Oui, très bien. C'est une bonne chose, Helen, non ?

— Je dois la revoir demain, au planning familial. Il y a quelque chose d'ironique là-dedans, non ? Si je n'avais pas signé cette pétition…

— Si ça n'avait pas été la pétition, ç'aurait été quelque chose d'autre. »

Elle soupira. « Sans doute ; vous avez probablement raison. Vous *avez* raison. Bref, Gretchen dit que je ne peux pas résoudre les problèmes d'Ed, mais que je peux commencer à résoudre une partie des miens. » Elle se remit à pleurer et prit une profonde inspiration. « Je suis désolée. J'ai tellement pleuré aujourd'hui que je ne veux plus verser une larme de ma vie. Je lui ai dit que je l'aimais. J'avais honte de l'avouer, et je n'étais même pas sûre que ce soit vrai, mais ça me paraissait vrai. J'ai dit que je voulais lui donner une dernière chance. Elle m'a répondu que c'était donner aussi à Natalie une chance d'assister à la répétition de la même scène, de la purée d'épinards plein la bouche, et de hurler à s'étrangler pendant qu'Ed me frapperait. Bon Dieu, je déteste cette manière qu'ont les gens comme elle de vous coincer et de ne plus vous lâcher.

— Elle essaie de vous aider, c'est tout.

— J'ai ça aussi en horreur. Je suis très perturbée, Ralph. Vous ne vous en êtes probablement pas rendu compte, mais c'est pourtant vrai. » Cette remarque fut suivie d'un petit rire bien faible.

« C'est normal, Helen, tout à fait normal, que vous soyez perturbée, en ce moment.

— Juste avant de partir, Gretchen m'a parlé de High Ridge. Je crois que c'est exactement ce qu'il me faut.

— De quoi s'agit-il ?

— Une sorte de maison de convalescence pour les femmes battues — elle n'arrêtait pas de dire que c'était une maison, pas un refuge —, pour les femmes maltraitées. Ce que je suis maintenant de manière officielle, j'imagine. » Son petit rire, cette fois-ci, parut dangereusement proche d'un sanglot. « Je pourrais avoir Nat avec moi si j'y vais, ce qui est un avantage majeur.

— Où ça se trouve ?

— Quelque part dans la campagne, du côté de Newport, je crois.

— Ouais, je vois. »

Évidemment : Ham Davenport lui en avait parlé pendant sa petite leçon sur le centre de planning familial. *Ils s'occupent de conseil aux familles... de femmes et d'enfants battus... et gèrent un abri pour femmes battues aux limites de la ville de Newport.* Brusquement, WomanCare apparaissait à tout bout de champ dans sa vie. Ed aurait certainement vu là-dedans des implications sinistres.

« Cette Gretchen Tillbury est un sacré phénomène, continuait Helen. Juste avant de partir, elle m'a dit qu'il n'y avait rien de condamnable à aimer Ed, que ça ne pouvait pas l'être, parce que l'amour ne coule pas d'un robinet qu'on peut ouvrir ou fermer à volonté ; mais que je devais me rappeler que mon amour ne pouvait pas le guérir, que même l'amour d'Ed pour Natalie ne pouvait pas le guérir et que tout l'amour du monde ne changeait rien aux responsabilités que j'avais vis-à-vis de ma fille. Je suis restée dans mon lit, à réfléchir à tout ça. Je crois que j'aimais mieux être furieuse. En tout cas, c'était plus facile.

— Oui, je vois ce que vous voulez dire, Helen. Vous devriez prendre votre pilule, maintenant, et oublier tout ça pendant un moment.

— Je vais le faire, mais avant je tenais à vous remercier.

— Vous savez bien que ce n'est pas la peine.

— Si, c'est la peine », répliqua-t-elle, et Ralph perçut avec plaisir une onde d'émotion dans sa voix. Cela signifiait que l'Helen Deepneau qu'il avait toujours connue était encore là. « Je suis toujours en colère contre vous, Ralph, mais je suis contente que vous ne m'ayez pas écoutée quand je vous ai demandé de ne pas appeler la police. C'est simplement que j'avais peur. Très peur.

— Helen, je... » Il avait la gorge serrée et sentait sa voix sur le point de s'étrangler. Il recommença. « Je ne voulais pas vous voir courir le risque de vous retrouver plus mal en point que vous ne l'étiez déjà. Lorsque je vous ai vue arriver à travers le parking, avec tout ce sang sur la figure, j'ai eu tellement peur...

— N'en dites pas davantage, Ralph. Je vous en prie. Sinon, je vais me remettre à pleurer, et je ne supporte pas l'idée de pleurer encore.

— D'accord. » Il aurait eu mille questions à poser sur Ed, mais le moment était manifestement mal choisi. « Puis-je venir vous voir demain ? »

Il y eut un bref instant d'hésitation à l'autre bout du fil. « Je ne crois pas. Pas pendant un certain temps. Il faut que je réfléchisse beaucoup, il faut que je mette de l'ordre dans mes pensées, et tout ça ne sera pas facile. C'est moi qui vous rappellerai, Ralph. D'accord ?

— Bien sûr. Parfait. Qu'allez-vous faire, pour la maison ?

— Le mari de Candy va s'occuper d'aller la fermer. Je lui ai donné mes clefs. Gretchen Tillbury m'a dit que Ed ne pouvait y revenir sous aucun prétexte, même pas pour prendre son carnet de chèques ou ses sous-vêtements. S'il a besoin de certaines choses, il doit en faire la liste et la donner, avec ses clefs, à un policier, et c'est le policier qui ira les chercher. Je suppose qu'il va aller habiter à Fresh Harbor. Ils ont plein de maisons pour les employés du labo. Des petits cottages. Très mignons, à vrai dire... » Le bref éclat d'émotion qu'il avait perçu dans sa voix s'était évanoui. Elle paraissait maintenant déprimée, en proie à un sentiment de déréliction, et très, très fatiguée.

« Je suis extrêmement heureux que vous m'ayez appelé, Helen. Et soulagé, je ne vous dirai pas le contraire. Vous devriez dormir, maintenant.

— Et vous ? demanda-t-elle soudain. Arrivez-vous à dormir, en ce moment ? »

Le brusque changement de sujet de conversation le prit au dépourvu et l'obligea à répondre avec franchise. « Un peu. Mais pas autant qu'il le faudrait, probablement.

— Prenez bien soin de vous, Ralph. Vous avez été très courageux, aujourd'hui, un vrai chevalier de la Table Ronde, mais je crois que même Lancelot avait besoin d'un petit somme de temps en temps. »

Il fut touché par ce compliment, mais aussi amusé.

Une image lui traversa un instant l'esprit avec netteté : Ralph Roberts en armure juché sur un palefroi à la robe blanche immaculée, tandis que son fidèle vassal, Bill McGovern, en pourpoint de cuir, son éternel panama sur la tête, chevauchait derrière lui sur un poney.

« Merci, mon petit, dit-il. Je crois que c'est la chose la plus charmante qu'on m'ait dite depuis que Lyndon Johnson était président. Je vous souhaite la meilleure nuit possible.

— Merci. À vous aussi. »

Elle raccrocha. Ralph resta quelques instants plongé dans la contemplation songeuse du combiné, qu'il reposa enfin sur la fourche. Peut-être allait-il avoir une bonne nuit. Après tout ce qui était arrivé aujourd'hui, il le méritait certainement. Pour le moment, il se dit que le mieux était de descendre s'asseoir sur le porche et de regarder le soleil se coucher. On verrait bien.

5

McGovern était de retour, vautré dans son fauteuil préféré, sur le porche. Il regardait quelque chose, vers le haut de la rue, et ne se tourna pas tout de suite quand son voisin du premier étage arriva. Ralph suivit son regard et vit une petite fourgonnette bleue garée un peu plus haut, sur Harris Avenue. On lisait, imprimé en grandes lettres blanches sur la porte arrière : DERRY MEDICAL SERVICES.

« Salut, Bill », dit Ralph en se laissant tomber sur le siège qui lui était réservé. Le fauteuil à bascule qui avait les faveurs de Lois Chassey, lorsqu'elle venait les rejoindre, se trouvait entre eux. La petite brise du crépuscule s'était levée, délicieusement fraîche après la chaleur de l'après-midi, et le fauteuil vide se balançait paresseusement au gré de sa fantaisie.

« Salut », répondit McGovern avec un coup d'œil pour Ralph. À peine avait-il détourné les yeux qu'il le regardait de nouveau. « Eh bien mon vieux, tu ferais bien d'attacher les valises que tu as sous les yeux. Sinon, tu ne vas pas tarder à marcher dessus. » Ralph crut tout d'abord que McGovern avait voulu faire l'un des petits *bons mots** caustiques pour lesquels il était célèbre dans la rue, mais il y avait une inquiétude authentique dans son regard.

« Ç'a été une putain de journée. » Il parla alors du coup de téléphone d'Helen, sans donner les détails que, lui semblait-il, elle n'aurait pas aimé voir divulguer. Elle n'avait jamais eu beaucoup d'amitié pour Bill.

« Je suis content qu'elle aille bien, observa McGovern. Je vais te dire quelque chose, Ralph. Tu m'as impressionné, aujourd'hui, quand tu as remonté la rue, bien droit, comme Gary Cooper dans *Le train sifflera trois fois*. C'était peut-être de la folie, mais c'était aussi joliment culotté. » Il marqua un temps d'arrêt. « Pour tout dire, j'en suis resté baba. »

C'était la deuxième fois, en un quart d'heure, que quelqu'un déclarait à Ralph qu'il s'était conduit en héros ou presque. Ça le mit mal à l'aise. « J'étais trop furieux contre lui pour me rendre compte à quel point c'était stupide de faire ce que j'ai fait. Où étais-tu passé, Bill ? J'ai essayé de t'appeler, il y a un petit moment.

— J'ai été faire un tour sur Extension. Histoire de refroidir un peu la machine, sans doute. J'ai eu mal à la tête et j'ai été pris de nausées depuis le moment où Johnny Leydecker et l'autre sont repartis avec Ed. »

Ralph acquiesça. « Moi aussi.

— Vraiment ? » McGovern parut surpris, voire un peu sceptique.

« Vraiment, répondit Ralph en esquissant un sourire.

— Bref, Faye Chapin était à une table de l'aire de pique-nique, là où tous les vieux se retrouvent quand il fait chaud, et il m'a convaincu de faire une partie d'échecs avec lui. Quel numéro, ce bonhomme ! Il se prend pour la réincarnation de Ruy Lopez, mais il joue aux échecs comme une vraie casserole… et pas un instant il ne la ferme.

— Faye n'est pas le mauvais cheval, pourtant », observa doucement Ralph.

McGovern parut ne pas l'avoir entendu. « Et cette espèce de revenant de Dorrance Marstellar traînait aussi dans le coin, enchaîna-t-il. On est peut-être vieux, mais lui, c'est un fossile. Il reste planté là, à côté de la barrière qui sépare l'aire de pique-nique de l'aéroport, un livre de poésie à la main, à regarder les avions qui décollent et atterrissent. Crois-tu qu'il lise vraiment ces bouquins qu'il trimbale partout, ou qu'ils servent juste à lui donner une contenance ?

— Bonne question », dit Ralph qui, toutefois, pensait au terme que McGovern venait d'employer pour décrire Dorrance : un revenant. Terme que Ralph n'aurait pas utilisé, mais il ne faisait aucun doute que le vieux Dorrance était un sacré original. Il n'était pas sénile (de l'avis de Ralph, du moins), on aurait plutôt dit que les rares propos qu'il tenait étaient le produit d'un esprit légèrement faussé, dont les perceptions seraient un tantinet déformées.

Il se souvint que Dorrance était présent, l'été dernier, lorsque Ed avait embouti la camionnette du gros jardinier. À l'époque, il s'était dit que l'arrivée du vieillard ajoutait la touche de folie finale à ces festivités. Et Dorrance avait déclaré quelque chose de marrant. Il essaya de s'en souvenir, sans y parvenir.

McGovern regardait de nouveau vers le haut de la rue ; un jeune homme en blouse grise venait tout juste de sortir en sifflotant de la maison devant laquelle était garée la fourgonnette des services médicaux de Derry. Ce jeune homme, qui ne faisait pas plus que ses vingt-quatre ans et avait l'air de n'avoir jamais eu besoin du moindre service médical de sa vie, poussait un chariot sur lequel était attaché un long réservoir vert.

« C'est le vide, expliqua McGovern. Tu as manqué la livraison du plein. »

Un second jeune homme, également en blouse, sortit de la petite maison qui combinait de façon malheureuse une peinture jaune et des parements roses. Il resta quelques instants sur le perron, la main sur la poignée de la porte, parlant apparemment à quelqu'un qui était à l'intérieur. Puis il referma le battant et courut d'un pas vif jusqu'à la rue. Il arriva à temps pour aider son collègue à soulever le chariot et à le glisser avec son chargement à l'arrière de la fourgonnette.

« De l'oxygène ? » demanda Ralph.

McGovern acquiesça.

« Pour Mme Locher ? »

McGovern acquiesça de nouveau, sans quitter des yeux les deux jeunes gens qui refermaient la portière et restaient là, à discuter tranquillement dans la lumière déclinante. « J'ai été au lycée avec May Locher. Là-bas, à Cardville, patrie des courageux et terre des vaches. Nous n'étions que cinq en terminale. À cette époque, elle passait pour une allumeuse et les types dans mon genre pour membres du club de la jaquette flottante. À cette amusante époque ancienne, on employait encore l'adjectif *gay* pour décrire un sapin de Noël bien décoré. »

Ralph se mit à étudier ses mains, mal à l'aise et la langue paralysée. Il savait que McGovern était homosexuel, bien entendu, il le savait même depuis des années, mais Bill n'en avait jamais parlé avant ce soir. Ralph aurait préféré qu'il choisisse un autre moment… de préférence un moment où il n'aurait pas eu l'impression qu'une bonne partie de sa cervelle venait d'être remplacée par du duvet d'oie.

« C'était il y a environ mille ans, reprit McGovern. Qui aurait pensé que nous viendrions tous les deux nous échouer sur les rives de Harris Avenue…

— Elle souffre d'emphysème, n'est-ce pas ? Je crois que c'est ce que j'ai entendu dire.

— Ouais. Une de ces maladies qui vous harcèlent constamment. Vieillir, ce n'est pas un boulot pour les poules mouillées, hein ?

— Non, sûrement pas. » La vérité de cette remarque frappa brusquement Ralph. C'était à Carolyn qu'il pensait, et à la terreur qu'il avait ressentie lorsqu'il était arrivé dans l'appartement, pataugeant dans ses chaussures détrempées, et qu'il l'avait vue allongée en travers du seuil de la cuisine… exactement à l'endroit où il s'était tenu pendant l'essentiel de sa conversation téléphonique avec Helen. Affronter Ed Deepneau n'avait rien été, comparé à ce qu'il avait éprouvé à ce moment-là, lorsqu'il avait cru que Carolyn était morte.

« Je me souviens de l'époque où ils apportaient son oxygène à May environ tous les quinze jours, dit McGovern. Ils viennent maintenant tous les lundis et jeudis soir, c'est réglé comme du papier à musique. Je vais la voir de temps en temps. Parfois, je lui fais la lecture — les conneries les plus barbantes de journaux féminins que l'on puisse imaginer — et d'autres fois nous bavardons. Elle dit que ça lui donne l'impression que ses poumons se remplissent d'algues. Elle n'en a plus pour longtemps. Un jour, ils viendront, et au lieu de charger la réserve vide d'oxygène, c'est May qu'ils emporteront. Ils la conduiront au Derry Home, et ce sera la fin.

— C'est à cause du tabac ? » demanda Ralph.

McGovern lui jeta un regard si étranger à ce qu'était d'ordinaire ce visage mince et doux que Ralph mit quelques secondes à comprendre que c'était du mépris. « May Perrault n'a jamais fumé une cigarette de toute sa vie. Non, elle paie pour les vingt ans qu'elle a passés dans les ateliers de teinture d'une fabrique de textile de Corinna, et vingt autres années à l'usine de Newport. C'est à travers du coton, de la laine et du nylon qu'elle essaie de respirer, pas à travers des algues. »

Les deux jeunes gens du service médical de Derry montèrent dans la fourgonnette et démarrèrent.

« Le Maine est le contrefort le plus septentrional des Appalaches, Ralph — on l'oublie souvent, mais c'est pourtant vrai —, et May est en train de mourir d'une maladie des Appalaches. Les médecins en parlent comme du *poumon textile.*

— C'est affreux. Je suppose qu'elle signifie beaucoup pour toi… »

McGovern partit d'un rire lugubre. « Non. Je lui rends visite parce que le hasard veut qu'elle soit le dernier élément visible de ma jeunesse gâchée. En dehors de la lecture, je réussis à avaler un ou deux de ses vieux biscuits secs, tout au plus, mais ça ne va pas plus loin. Mes motivations sont sainement égoïstes, tu peux m'en croire. »

Sainement égoïste, songea Ralph. *Quelle expression étrange. C'est tout à fait du McGovern.*

« T'occupe pas de May, continua McGovern. La question qui brûle les lèvres de tous les Américains est celle-ci : qu'allons-nous faire de toi, Ralph ? Le whisky n'a pas marché, n'est-ce pas ?

— Non, j'en ai bien peur.

— As-tu vraiment essayé un bon coup, pour faire un jeu de mots fort à propos ? »

Ralph acquiesça.

« Eh bien, il faut absolument trouver quelque chose pour ces valises que tu as sous les yeux, sans quoi tu ne coucheras jamais avec la ravissante Lois. » McGovern étudia la réaction de Ralph et soupira. « Pas très drôle, hein ?

— La journée a été longue.

— Désolé.

— Ça va. »

Ils gardèrent le silence pendant un moment, observant les allées et venues sur cette partie de Harris Avenue. Trois petites filles jouaient à saute-mouton dans le parking du Red Apple, de l'autre côté de la rue. Mme Perrine, raide comme la justice, les surveillait non loin de là. Un ado coiffé d'une casquette des Red Sox portée à l'envers passa devant eux, dodelinant de la tête au rythme de la musique de son baladeur. Deux gamins se lançaient un frisbee devant la maison de Lois. Un chien aboya. Quelque part, une femme cria à Sam d'aller chercher sa petite sœur et de la ramener à la maison. La mélodie habituelle de la rue, ni plus ni moins ; Ralph, pourtant, trouvait qu'elle sonnait étrangement faux. Il se dit que c'était depuis qu'il s'était accoutumé à la voir vide et déserte. Cela remontait à quelque temps.

Il se tourna vers McGovern et dit : « Sais-tu quelle est la première chose à laquelle j'ai pensé, quand je t'ai vu dans le parking du Red Apple, cet après-midi ? En dépit de tout ce qui se passait ? »

McGovern secoua la tête.

« Je me suis demandé où diable était passé ton chapeau. Le panama. Ça me faisait bizarre de te voir sans. Tu étais presque nu. Alors, réponds : où as-tu planqué ton couvre-chef, fiston ? »

McGovern se toucha le crâne, là où les quelques mèches de ses fins cheveux de bébé étaient soigneusement couchées de droite à gauche par le peigne, sur son cuir chevelu rose. « Je ne sais pas. Ce matin, je ne l'ai pas trouvé. Je suis à peu près sûr de l'avoir posé en rentrant sur la table, à côté de la porte d'entrée, mais il n'y est pas. Je suppose que j'ai dû le mettre ailleurs et que je n'arrive pas à me rappeler où. Donne-moi encore quelques années, et je me baladerai en sous-vêtements parce que je ne me rappellerai plus où est mon pantalon. Encore un aspect de la merveilleuse expérience du vieillissement, n'est-ce pas, Ralph ? »

Ce dernier acquiesça et sourit, se disant à part soi que de toutes les personnes âgées qu'il connaissait — et il en connaissait au bas mot trois douzaines, en comptant ceux avec lesquels il n'échangeait que quelques mots ici et là —, Bill McGovern était celui qui rouspétait le plus sur ce genre de questions. Il paraissait considérer sa jeunesse évanouie et son âge mûr en déroute comme un général deux soldats déserteurs à la veille d'une bataille décisive. Ce qu'il n'aurait cependant jamais reconnu. Chacun a ses petits côtés excentriques, et se montrer emphatiquement morbide sur le fait de devenir vieux était simplement l'une des excentricités de McGovern.

« Est-ce que j'ai dit quelque chose de drôle ? demanda-t-il.

— Pardon ?

— Tu souriais, alors j'ai cru avoir dit quelque chose d'amusant. » Il paraissait un peu susceptible, en particulier pour quelqu'un qui ne manquait jamais une occasion d'asticoter son voisin du premier sur la jolie veuve du bas de la rue, mais Ralph se fit la réflexion que la journée avait aussi été longue pour McGovern.

« Ce n'était pas du tout à toi que je pensais, mais à Carolyn, qui avait l'habitude de dire pratiquement la même chose — que devenir vieux était comme manger un mauvais dessert à la fin d'un excellent repas. »

Ce n'était pas tout à fait vrai. Carolyn avait bien utilisé cette comparaison, mais pour décrire la tumeur cérébrale qui la tuait, non pas sa vie de personne âgée. Pas si âgée que ça, d'ailleurs, puisqu'elle n'avait que soixante-quatre ans à sa mort et que, sauf dans les six ou huit dernières semaines, elle avait affirmé se sentir la plupart du temps comme si elle en avait la moitié.

Les trois fillettes qui jouaient à saute-mouton quittèrent le parking, regardèrent à droite et à gauche dans la rue, se prirent par la main et traversèrent en courant, avec des éclats de rire. Un instant, elles lui parurent entourées d'une sorte de lueur grise — un nimbe qui illuminait leurs joues, leur front et leurs yeux rieurs comme un feu Saint-Elme qui aurait accusé leurs traits de manière inquiétante. Un peu effrayé, Ralph ferma fortement les yeux et les rouvrit ; l'enveloppe grise avait disparu autour des fillettes, ce qui était un soulagement — mais il avait vraiment besoin de sommeil. Et vite.

« Ralph ? » La voix de McGovern semblait lui parvenir de l'autre bout du porche, alors que son ami n'avait pas bougé. « Tu vas bien ?

— Oui, oui, très bien. Je pensais à Ed et Helen, c'est tout. Est-ce que tu te doutais qu'il était devenu cinglé à ce point, Bill ? »

McGovern secoua la tête. « Jamais de la vie. Et j'ai beau avoir aperçu des bleus sur Helen, de temps en temps, j'ai toujours cru à ses explications. Je n'aime pas trop me considérer comme quelqu'un de crédule, mais je risque de devoir réviser mon jugement là-dessus.

— À ton avis, qu'est-ce qui va leur arriver? As-tu une idée?»

McGovern poussa un soupir et porta la main à sa tête, cherchant inconsciemment le panama qui n'était pas posé dessus. «Tu me connais, Ralph. Je suis le descendant d'une longue lignée de cyniques. Je crois qu'il est très rare que les conflits humains se résolvent comme on le voit à la télé. Dans la réalité, ils ne font que recommencer, tournant en cercles concentriques de plus en plus étroits, jusqu'à ce qu'ils finissent par disparaître. Sauf qu'ils ne disparaissent pas vraiment; ils se dessèchent, comme des flaques de boue au soleil.» Il marqua un temps d'arrêt. «Et la plupart laissent le même dépôt écumeux derrière eux.

— Bon Dieu, voilà qui est cynique.»

McGovern haussa les épaules. «La plupart des profs à la retraite sont cyniques, Ralph. Chaque année, les gosses arrivent si jeunes, si fringants, tellement convaincus que les choses seront différentes pour eux — et on les voit barboter et tout gâcher exactement comme l'ont fait leurs parents et leurs grands-parents. Ce que j'en pense? Que Helen reviendra avec lui, qu'Ed se tiendra à carreau pendant un certain temps, puis qu'un jour il se remettra à la battre et qu'elle le quittera une fois de plus. C'est comme l'une de ces stupides chansons country qu'on entend sur le juke-box, au Nicky's Lunch. Certains ont besoin de les écouter jusqu'à plus soif avant de décider qu'ils en ont assez. Helen est une jeune femme intelligente, cependant. À mon avis, un couplet de plus lui suffira.

— Un couplet de plus sera peut-être tout ce qu'elle aura, dit Ralph d'une voix douce. Il n'est pas question, dans cette histoire, d'un ivrogne qui rentre chez lui le vendredi soir et qui bat sa femme parce qu'il a perdu son salaire de la semaine au poker et qu'elle ose le lui reprocher.

— Je sais, mais tu m'as demandé mon opinion, et je te l'ai donnée. Je crois qu'il va falloir un round de plus à Helen avant qu'elle ne jette l'éponge. Et même comme ça, ils risquent de se tomber dessus. Derry n'est pas bien grand… » Il étudia la rue pendant quelques instants. « Oh, regarde, reprit-il en soulevant le sourcil gauche. Cette sacrée Lois qui s'avance vers nous, belle comme la nuit. »

Ralph lui adressa un coup d'œil agacé, que McGovern ne vit pas ou fit semblant de ne pas voir. Il se leva, toucha une fois de plus du bout des doigts l'emplacement où aurait dû se trouver le panama, et descendit les marches pour se porter à la rencontre de la visiteuse.

« Lois ! s'écria McGovern, mettant un genou en terre devant elle et écartant les bras d'un geste théâtral. Puissent nos deux existences être unies par les liens étoilés de l'amour ! Joins ton sort au mien et laisse-moi t'entraîner par monts et par vaux, dans le véhicule doré de mon affection !

— Houlà ! Est-il question d'une lune de miel ou d'une seule nuit ? » demanda Lois, un sourire incertain aux lèvres.

Ralph enfonça un doigt dans le dos de McGovern. « Lève-toi, espèce d'idiot », dit-il avant de prendre à Lois le petit sac qu'elle portait. Il regarda à l'intérieur et vit trois bières.

McGovern se remit debout. « Désolé, Lois. C'est dû à la combinaison de ce crépuscule estival et de ta beauté. En d'autres termes, je plaide les circonstances atténuantes pour folie passagère. »

Lois lui sourit, puis se tourna vers Ralph : « On vient juste de me raconter ce qui s'est passé, et je suis venue aussi vite que j'ai pu. J'ai passé l'après-midi à Ludlow, à jouer au poker à cinq cents la mise avec les filles. »

Ralph n'eut pas besoin de regarder McGovern pour savoir que son sourcil gauche — celui qui disait : *Au poker avec les filles ? Voilà bien notre splendide, notre merveilleuse Lois !* — serait à sa hauteur maximale.

« Helen va bien ? demanda Lois à Ralph.

— Oui. Enfin, peut-être pas *très* bien ; ils la gardent en observation à l'hôpital pour la nuit. Mais elle ne court aucun danger.

— Et la petite ?

— Très bien. Elle est chez une amie d'Helen.

— Bon. Accompagnez-moi donc sur le porche tous les deux et racontez-moi tout ça. » Elle prit McGovern par un bras, Ralph par l'autre, et les entraîna le long de l'allée. Ils montèrent les marches de cette façon, comme deux vieux mousquetaires avec, bien calée entre eux, la femme dont ils auraient recherché les faveurs à l'époque de leur jeunesse ; et lorsque Lois se laissa choir dans son fauteuil à bascule, les lampadaires s'allumèrent sur Harris Avenue, scintillant dans le crépuscule comme une double rangée de perles.

6

Ralph s'endormit, ce soir-là, quelques instants à peine après que sa tête eut touché l'oreiller, pour se retrouver parfaitement réveillé à trois heures trente, le vendredi matin. Il comprit sur-le-champ qu'il n'était pas question de se rendormir ; autant s'installer tout de suite dans le fauteuil de la salle de séjour.

Il resta néanmoins encore un moment au lit, les yeux ouverts dans le noir, s'efforçant de rattraper des lambeaux du rêve qu'il faisait. Il n'y arriva pas. Il se souvenait seulement qu'Ed s'y trouvait… Helen aussi… et Rosalie, le chien errant qu'il voyait parfois boitiller sur Harris Avenue avant l'arrivée de Pete, le livreur de journaux.

Il y avait aussi Dorrance. Ne l'oublie pas.

Oui, bon, d'accord. Et comme si une clef venait d'ouvrir une porte, Ralph se souvint soudain de la chose étrange dite par le vieux Dor lors de la querelle entre Ed et Gros Balèze, un an auparavant… la chose qu'il n'avait pu se rappeler un peu plus tôt, dans la soirée. Il était occupé à maintenir Ed cloué contre le capot tordu de la Datsun, le temps que la raison reprenne le dessus, et Dorrance avait dit que Ralph devait arrêter de le toucher.

« Il a dit qu'il ne pouvait plus voir mes mains, marmonna Ralph en posant les pieds sur le sol. C'est ça, qu'il ne pouvait plus voir mes mains. »

Il resta assis sur le bord du lit pendant un certain temps, la tête baissée, ses cheveux tire-bouchonnés dressés en tous sens, les mains croisées mollement entre les cuisses. Finalement, il glissa les pieds dans ses pantoufles et se rendit d'un pas traînant dans le séjour. Il était temps d'attendre le lever du soleil.

CHAPITRE 4

1

Bien que les propos des cyniques paraissent davantage plausibles que ceux de tous les optimistes de la planète, Ralph avait appris par expérience qu'ils se trompent tout autant, sinon plus ; et il fut ravi de constater que McGovern avait tout faux en ce qui concernait Helen Deepneau : dans son cas, un seul couplet du blues des femmes-battues-cœurs-saignants semblait avoir suffi.

Le mercredi de la semaine suivante, alors que Ralph était sur le point de se mettre à la recherche de la femme avec laquelle Helen avait parlé à l'hôpital (Tillbury, Gretchen Tillbury, tel était bien son nom) pour s'assurer que Helen allait définitivement bien, il reçut une lettre d'elle. L'adresse indiquée était simple — *Helen et Nat, High Ridge* —, mais cela suffit à le soulager considérablement. Il s'assit dans son fauteuil, sur le porche, déchira l'enveloppe, et en tira deux feuilles de papier ligné entièrement recouvertes de l'écriture penchée à l'envers d'Helen.

Cher Ralph,

Je suppose qu'à l'heure actuelle, vous devez avoir conclu qu'en fin de compte, j'avais décidé d'être furieuse contre vous, mais ce n'est pas cela du tout. C'est simplement que, en principe, nous ne devons avoir aucun contact avec qui que ce soit, par téléphone ou par lettre, au cours des premiers jours. C'est le règlement de la maison. J'aime beaucoup High Ridge, et Nat aussi. Et ça se comprend : il y a au moins six autres enfants de son âge avec lesquels elle peut jouer. Quant à moi, j'ai rencontré plus de femmes qui savent par quoi je suis passée que je ne l'aurais cru possible. Évidemment, il y a bien ces émissions de télé, genre « Oprah s'entretient avec des femmes qui aiment les hommes qui les prennent pour des punching-balls », mais quand c'est à vous que ça arrive, on a l'impression que c'est inédit. Le soulagement que l'on ressent en apprenant que rien n'est moins vrai est la meilleure chose qui me soit arrivée depuis très, très longtemps…

Elle parlait ensuite des corvées dont elle avait la responsabilité — jardiner, repeindre avec d'autres la cabane à outils, laver les doubles fenêtres au vinaigre avant l'hiver — et des aventures de Nat apprenant à marcher. Le reste de la lettre parlait de ce qui était arrivé et de ses intentions, et ce fut à cette lecture que, pour la première fois, Ralph comprit réellement quels tourments affectifs Helen devait ressentir, quelles étaient ses inquiétudes pour l'avenir, mais aussi, contrecarrant tout cela, sa formidable détermination à faire ce qui était bien pour Natalie… et pour elle-même aussi. Elle semblait tout juste découvrir, en effet, qu'elle avait le droit d'être traitée décemment. Ralph en fut heureux pour elle, mais triste également à l'idée de tous les moments sombres par lesquels elle avait dû passer avant d'être frappée par cette simple vérité.

… Je vais demander le divorce. Quelque chose en moi (qui parle un peu avec la voix de ma mère) se met à hurler quand je dis la chose aussi carrément, mais j'en ai assez de me raconter des histoires sur ma situation. On fait beaucoup de thérapie de groupe, ici, le genre de truc où on s'assoit en cercle et où on utilise dans les quatre boîtes de Kleenex à l'heure, mais on dirait que ça permet de voir les choses en face. Dans mon cas, le fait est que l'homme que j'ai épousé a laissé la place à un dangereux paranoïaque. Qu'il puisse se montrer parfois aimant et doux, là n'est pas le problème : c'est un détail. Il me suffit de me rappeler que l'homme qui autrefois m'apportait des bouquets de fleurs des champs passe son temps assis sur le porche à parler avec quelqu'un qui n'est pas là, et qu'il appelle « le petit docteur chauve ». Elle n'est pas ordinaire, celle-là ? Je crois savoir comment tout a commencé, Ralph, et je vous le raconterai quand nous nous verrons, si ça vous intéresse.

Je devrais revenir à la maison de Harris Avenue (au moins pour un moment) à la mi-septembre, ne serait-ce que pour chercher du travail… mais je ne veux pas en dire plus pour l'instant, je suis terrifiée rien que d'y penser ! J'ai reçu un mot d'Ed — un simple paragraphe, pas plus, mais quel soulagement, tout de même ! — disant qu'il habitait dans l'un des cottages des laboratoires Hawking, à Fresh Harbor, et qu'il respecterait la clause « pas de contact » de la liberté sous caution. Il disait aussi qu'il était désolé pour tout ; c'est peut-être vrai, mais sa sincérité ne m'a pas sauté aux yeux. Je ne m'attendais pas à des traces de larmes sur le papier ou à un paquet contenant son oreille, mais… je ne sais pas, ça ressemblait moins à des excuses qu'à une formule toute faite. Est-ce que ça tient debout ? Il y avait aussi un chèque de sept cent cinquante dollars, ce qui semble indiquer qu'il comprend ce que sont ses responsabilités. C'est bien, mais je crois que j'aurais été plus heureuse d'apprendre qu'on le soignait pour ses problèmes psychologiques. C'est à ça qu'il devrait être condamné : dix-huit mois de psychothérapie intensive. J'ai dit ça à une réunion, et plusieurs femmes se sont mises à rire, comme si j'avais fait une plaisanterie. Pourtant, j'étais sérieuse.

Parfois, j'ai des images effrayantes dans la tête quand j'essaie de penser à l'avenir. Je me vois faire la queue à l'Armée du Salut pour un repas ou en train d'entrer au refuge des sans-abri de Third Street avec Nat dans les bras, enroulée dans une couverture. Quand j'ai ce genre d'idées, je me mets à trembler, et parfois je pleure. Je sais que c'est ridicule ; j'ai un diplôme en bibliothéconomie, bon sang, mais je ne peux pas m'en empêcher. Et savez-vous à quoi je me raccroche quand je suis envahie par toutes ces images horribles ? À ce que vous m'avez dit quand vous m'avez emmenée m'asseoir derrière le comptoir, au Red Apple. Que j'avais beaucoup d'amis dans le quartier, et que je m'en sortirais. Je sais que j'y ai au moins un ami. Un *véritable* ami.

La lettre était signée : *Affectueusement, Helen.*

Ralph écrasa les larmes qu'il avait au coin des yeux — il pleurait à la moindre occasion, depuis quelque temps, sans doute parce qu'il était si fichtrement fatigué — et lut le post-scriptum qu'elle avait tassé au bas de la lettre et dans la marge :

J'aurais été très heureuse d'avoir votre visite, mais les hommes sont *persona non grata*, ici, pour des raisons que vous comprendrez certainement. On nous demande même de ne pas donner de précisions sur les lieux !

H.

Ralph ne bougea pas pendant une ou deux minutes, la lettre d'Helen sur les genoux, le regard perdu sur Harris Avenue. On était à la fin du mois d'août, et l'été avait beau ne pas être terminé, les feuilles de peuplier commençaient à renvoyer des reflets argentés quand le vent les caressait, et les premières pointes de fraîcheur se faisaient sentir dans l'air. Dans la vitrine du Red Apple, un panneau annonçait : TOUTES LES FOURNITURES SCOLAIRES ! VENEZ NOUS VOIR ! Et, dans une maison située quelque part du côté de Newport, dans les vastes bâtiments d'une vieille ferme où se réfugiaient les femmes battues pour essayer de rafistoler leur existence, Helen Deepneau lavait les doubles fenêtres, avant de les poser en vue d'un autre long hiver.

Il remit soigneusement la lettre dans son enveloppe, essayant de se rappeler combien de temps Ed et Helen étaient restés mariés. Six ou sept ans, lui semblait-il. Carolyn s'en serait souvenue. *Quelle somme de courage faut-il pour lancer son tracteur et retourner la moisson que l'on a mis six ou sept ans à faire pousser ? Quelle somme de courage faut-il pour continuer et achever cette tâche, après avoir passé tout ce temps à préparer le sol, à décider quand planter, comment arroser et quand récolter ? Quelle somme de courage faut-il pour se dire : « Je dois laisser tomber les petits pois, les petits pois ne me conviennent pas, il vaut mieux faire pousser du maïs ou des haricots » ?*

« Beaucoup, murmura-t-il en s'essuyant de nouveau le coin des yeux. Énormément, à mon avis. »

Il fut pris soudain d'une envie folle de voir Helen, de lui répéter ce dont elle se souvenait si bien, alors que lui-même s'en rappelait à peine : *Vous allez parfaitement bien vous en sortir… Vous avez beaucoup d'amis dans le quartier.*

« Mets ça à la banque », dit-il. Avoir eu des nouvelles d'Helen lui enlevait un grand poids des épaules. Il se leva, rangea la lettre dans sa poche revolver et remonta Harris Avenue en direction d'Extension et de l'aire de pique-nique. Avec un peu de chance, il trouverait Faye Chapin ou Don Veazie et pourrait faire une petite partie d'échecs.

2

Le soulagement que lui avait apporté cette lettre n'eut cependant aucun effet positif sur son insomnie. Ses réveils prématurés se poursuivirent et le jour de la fête du Travail, il ouvrit les yeux à deux heures quarante-cinq. Le 10 septembre — le jour où Ed Deepneau fut de nouveau arrêté, cette fois en compagnie de quinze autres personnes —, le temps de sommeil de Ralph se trouvait réduit à environ trois heures et il commençait à se sentir comme un microbe coincé entre deux plaquettes de verre sous un microscope. *Rien qu'un pauv'petit protozoaire, c'est moi*, pensa-t-il en s'asseyant dans son fauteuil, l'œil vissé sur Harris Avenue ; il aurait aimé pouvoir rire.

Sa liste de remèdes de bonne femme, tous aussi imparables les uns que les autres, ne cessait de s'accroître, au point qu'il s'était dit à plusieurs reprises qu'il aurait de quoi écrire un petit livre amusant sur la question… à condition, bien entendu, de pouvoir récupérer suffisamment de sommeil pour être capable d'aligner deux idées. En cette fin d'été, il s'en sortait encore assez bien pour ce qui était de ne pas mettre des chaussettes dépareillées et il pensait souvent à ses efforts désespérés pour trouver un sachet de soupe instantanée dans le placard de la cuisine, le jour où Helen avait été battue. Ce genre d'incident ne s'était pas reproduit, car il avait toujours dormi un peu chaque nuit, depuis, mais il redoutait plus que tout d'en arriver là de nouveau — et plus bas encore — si les choses ne s'amélioraient pas. Il y avait des moments (surtout quand il se retrouvait dans son fauteuil vers quatre heures du matin) où il aurait juré sentir son esprit se vider.

Les remèdes proposés allaient du sublime au grotesque. Exemple de sublime, une brochure tout en couleurs vantant les merveilles des études sur le sommeil de l'institut du Minnesota, à Saint Paul. Exemple de grotesque, l'Œil Magique, une amulette à tout faire vendue par le biais d'annonces dans les journaux à scandale des supermarchés, comme le *National Enquirer* et l'*Inside View*. Sue, la caissière du Red Apple, en commanda un et lui en fit cadeau, un après-midi. Ralph contempla l'œil bleu maladroitement peint qui le fixait au milieu du médaillon (lequel, se dit-il, avait dû commencer sa carrière sous forme de débris quelconque) et sentit un fou rire presque irrépressible monter en lui. Il réussit néanmoins à se contenir jusqu'au moment où il retrouva la sécurité de son appartement, ce dont il fut bien soulagé. La gravité avec laquelle Sue lui avait fait ce cadeau — et la chaîne apparemment en or à laquelle elle avait accroché l'amulette — laissait entendre qu'il lui avait coûté beaucoup. Elle considérait Ralph avec une sorte d'admiration mêlée d'effroi depuis le jour où ils avaient tous les deux secouru Helen. Ce qui mettait Ralph mal à l'aise, mais il ne voyait pas ce qu'il pouvait y changer. Il se dit que de toute façon, ça ne pouvait pas lui faire de mal de porter le médaillon afin qu'elle puisse en voir la forme sous sa chemise. Mais cela ne l'aida pas à dormir.

Après avoir pris la déposition de Ralph dans le cadre de l'affaire Deepneau, le détective John Leydecker avait repoussé son fauteuil, croisé les mains sous sa nuque imposante et dit à son témoin que McGovern lui avait rapporté ces histoires d'insomnies dont il souffrait. Ralph admit que c'était vrai. Leydecker acquiesça, fit rouler son fauteuil en avant, referma les mains sur la pile de papiers qui encombrait son bureau et regarda Ralph de l'air le plus sérieux.

« Le gâteau de miel », proféra-t-il d'un ton qui ne fut pas sans rappeler à Ralph celui de McGovern, lorsqu'il lui avait suggéré que le whisky était la solution à son problème. Et sa réaction fut identique.

« Je vous demande pardon ?

— Mon grand-père ne jurait que par ça, reprit le détective. Un petit morceau de gâteau de miel juste avant de se coucher. On suce le miel et on mâche la cire pendant quelques instants, comme du chewing-gum, avant de la recracher. Et la question est réglée.

— Sans blague », dit Ralph, convaincu simultanément que c'était pure baliverne et pure vérité. Et à votre avis, où peut-on se procurer ces gâteaux de miel ?

— Au Nutra, le magasin d'alimentation naturelle du centre commercial. Essayez. Dans une semaine, vos insomnies auront disparu. »

Ralph prit plaisir à cette méthode — le rayon de miel dégageait une puissance pleine de douceur qui lui donnait l'impression d'envahir tout son être —, mais elle ne l'empêcha pas de se réveiller à trois heures dix après son premier essai, trois heures huit après le deuxième et trois heures sept après le troisième. Il ne restait plus rien du petit morceau de gâteau de miel, après cela, il alla aussitôt en racheter au Nutra. Sa valeur comme sédatif était peut-être nulle, mais c'était une friandise délicieuse ; il regrettait seulement de ne pas l'avoir découverte plus tôt.

Il essaya le bain de pieds dans de l'eau chaude. Lois lui acheta, sur catalogue, un objet appelé All-Purpose Gel Wrap ; on se l'enroulait et il était supposé vous soulager de votre arthrite aussi bien que de vos insomnies (il ne fit aucun bien à Ralph, ni pour l'un ni pour les autres, mais son arthrite en était encore à un stade des plus bénins). À la suite d'une rencontre fortuite avec Trigger Vachon au comptoir du Nicky's Lunch, il expérimenta la camomille. « Cette infusion est géniale, lui affirma Vachon. Vous allez dormir comme un bébé, Ralph. » Ralph dormit effectivement comme un bébé… jusqu'à deux heures cinquante-huit du matin.

Tels furent les thérapeutiques populaires et les procédés homéopathiques qu'il essaya. Parmi ceux auxquels il renonça, il y avait d'impressionnants cocktails de vitamines qui coûtaient beaucoup trop cher pour le montant de sa retraite, une position de yoga intitulée le Rêveur (telle que la décrivait le postier, elle paraissait à Ralph un excellent moyen de contempler ses hémorroïdes) et la marijuana. Il réfléchit longuement à cette dernière option, finissant par conclure qu'il ne devait s'agir de rien de plus que de la version illégale du whisky, du gâteau de miel et de la camomille. En plus, si jamais McGovern apprenait que Ralph fumait de l'herbe, il en ferait des gorges chaudes jusqu'à la fin de sa vie.

Et pendant qu'il se livrait à ces diverses expériences,

une voix, au fond de lui, ne cessait de demander s'il allait vraiment attendre d'avoir eu recours aux yeux de salamandre et aux langues de crapaud pour aller voir un médecin. Voix qui était moins critique que curieuse. Ralph lui-même était devenu passablement curieux.

Le 10 septembre, jour de la première manifestation des Amis de la Vie devant le centre WomanCare, Ralph décida de faire appel aux produits pharmaceutiques... mais pas en allant à la pharmacie Rexall, dans le centre, où il faisait préparer les ordonnances de Carolyn. On le connaissait, là-bas, on le connaissait même bien, et il ne voulait pas que Paul Durgin, le gérant, sache qu'il avait besoin de somnifères. C'était probablement stupide — comme de traverser toute la ville pour aller acheter des préservatifs —, mais ça ne changeait rien à ce qu'il ressentait. Il n'était jamais rentré au Rite Aid, de l'autre côté de Strawford Park ; c'était donc là qu'il avait l'intention d'aller. Et si la version pharmaceutique des yeux de salamandre et des langues de crapaud ne marchait pas, il irait réellement voir un médecin.

Bien vrai, Ralph ? Tu es sérieux ?

« Très sérieux, dit-il à voix haute tandis qu'il remontait lentement Harris Avenue dans la belle lumière de septembre. Que je sois pendu si je continue de supporter ce truc-là plus longtemps. »

Tu te vantes, *Ralph*, *tu te vantes*, répliqua la voix, sceptique.

Bill McGovern et Lois Chassey se trouvaient devant le parc, lancés dans une discussion qui paraissait animée. Bill l'aperçut et lui fit signe d'approcher. Ralph les rejoignit, n'aimant pas trop leur expression à tous deux : un intérêt gourmand sur le visage de McGovern, de l'inquiétude et du désarroi sur celui de Lois.

« As-tu entendu parler de ce truc, à l'hôpital ? lui demanda cette dernière.

— Ce n'était pas à l'hôpital et ce n'était pas un truc, intervint McGovern avec hargne. Il s'agissait d'une manifestation — c'est comme ça qu'ils l'appellent, en tout cas — et c'était devant le centre du planning familial, WomanCare, qui se trouve *derrière* l'hôpital. Ils ont arrêté tout un tas de gens, entre six et vingt-quatre, personne ne semble au courant, pour l'instant.

— Et l'un d'eux était Ed Deepneau ! » intervint Lois sans laisser à McGovern le temps de reprendre son souffle. Bill lui jeta un regard dégoûté, persuadé qu'il lui revenait de donner lui-même cette information.

« Ed ! s'exclama Ralph. Mais Ed est à Fresh Harbor !

— Faux », dit McGovern. Le vieux fédora cabossé qu'il portait aujourd'hui lui donnait un air quelque peu canaille — celui d'un journaliste dans un film policier des années quarante. Ralph se demanda si le panama était définitivement perdu ou avait simplement été remplacé avec le changement de saison. « Aujourd'hui, il est au frais dans la pittoresque prison de notre ville.

— Mais qu'est-ce qui s'est passé, exactement ? »

Aucun des deux ne le savait. Pour l'instant, la nouvelle se réduisait à une rumeur qui s'était propagée dans le parc comme un rhume contagieux, rumeur qui faisait l'objet d'un intérêt particulier dans ce quartier de la ville parce que le nom d'Ed Deepneau y figurait. Marie Callan avait dit à Lois qu'il y avait eu des jets de pierres, et que c'est pour cette raison que des manifestants avaient été arrêtés. D'après Stan Eberly, qui avait raconté l'histoire à McGovern peu de temps avant que celui-ci ne rencontrât Lois, quelqu'un — Ed, peut-être, mais il pouvait tout aussi bien s'agir d'un autre — avait utilisé une bombe lacrymogène contre deux médecins qui empruntaient l'allée dallée reliant l'arrière de l'hôpital au WomanCare. Techniquement, cette voie était publique, et elle était devenue le point de rassemblement favori des manifestants anti-avortement depuis sept ans que WomanCare pratiquait des interruptions de grossesse.

Les deux versions de l'incident étaient si vagues et contradictoires que Ralph pouvait légitimement espérer qu'aucune d'elles n'était vraie ; qu'il s'agissait en fait de gens un peu trop enthousiastes arrêtés pour avoir pénétré dans une zone privée, ou quelque chose comme ça. Ce genre de choses est monnaie courante dans des villes comme Derry ; le moindre événement y a l'art de faire boule de neige au fur et à mesure que la rumeur se répand.

Il ne pouvait cependant se débarrasser de l'impression que cette fois, c'était plus sérieux, en particulier dans la mesure où les deux versions de Lois et Bill parlaient d'Ed Deepneau et que ce dernier n'avait rien du manifestant anti-IVG moyen. C'était ce même homme qui avait arraché une poignée de cheveux à sa femme, lui avait refait la mâchoire et fracturé l'os malaire, tout ça pour avoir vu son nom au bas d'une pétition qui défendait WomanCare. Le même qui croyait sincèrement que quelqu'un qui s'affublait du titre de Roi Pourpre — un nom sensationnel pour un catcheur professionnel, pensa Ralph — rôdait dans Derry et que ses sbires faisaient disparaître les cadavres d'enfants à naître en les emportant sur des camions à plate-forme (voire dans des camionnettes où ils étaient dissimulés dans des barils de fertilisant). Oui, décidément, Ed pouvait bien avoir été là, et il ne s'agissait probablement pas d'une banale affaire où quelqu'un aurait été blessé accidentellement à la tête par la chute d'un panneau de protestation.

« Allons chez moi, proposa soudain Lois. J'appellerai Simone Castonguay. Sa nièce est standardiste de jour à WomanCare. Si quelqu'un est au courant de ce qui s'est passé, c'est certainement elle — elle a sûrement pu joindre Barbara au téléphone.

— J'allais au supermarché », dit Ralph. C'était évidemment un mensonge, mais un tout petit mensonge, car le supermarché était juste à côté de la pharmacie du centre commercial, à deux coins de rue du parc. Je passerai chez toi sur le chemin du retour.

« Parfait, dit Lois en lui souriant. On t'attend dans quelques minutes, n'est-ce pas Bill ?

— Oui », renchérit McGovern, prenant brusquement Lois dans ses bras. C'était un effort considérable, mais il y parvint. « En attendant, je t'aurai pour moi tout seul. Oh, Lois, comme ces douces minutes vont vite s'envoler ! »

Juste à l'intérieur du parc, un groupe de jeunes femmes poussant des landaus (*des mères-commères*, pensa Ralph) les avaient observés, l'attention sans doute attirée par les gestes de Lois — lesquels avaient tendance à prendre une ampleur grandiose quand elle était excitée. À cet instant, alors que McGovern renversait Lois avec l'ardeur factice d'un mauvais acteur à la fin d'un tango, l'une des mamans dit quelque chose à sa voisine et les deux femmes éclatèrent de rire. Rire aigu et méchant qui évoquait, aux oreilles de Ralph, de la craie ripant sur un tableau noir ou des fourchettes sur de la porcelaine. *Regardez donc ces vieux*, *s'ils sont pas marrants*, disait ce rire. *Regardez-les*, *qui font semblant d'être jeunes de nouveau*.

Ralph leur adressa un regard dur, essayant de transmettre ce message : *Vous verrez, vous y passerez, vous aussi. Ça vous paraît bien loin, pour le moment, mais vous y passerez.*

« Arrête ce cirque, Bill ! » Lois rougissait, et peut-être pas uniquement parce que Bill faisait son numéro habituel. Elle avait aussi entendu les rires en provenance du parc. McGovern également, sans aucun doute, mais pour lui ces rires étaient des applaudissements, pas des sifflets. Parfois, pensa Ralph, désabusé, un amour-propre quelque peu hypertrophié peut avoir un rôle protecteur.

McGovern lâcha Lois, puis retira son fédora et salua d'un grand mouvement accompagné d'une courbette exagérée. Lois était trop occupée à vérifier que sa blouse de soie se trouvait toujours bien rentrée dans la ceinture de sa jupe pour lui prêter beaucoup d'attention. Sa rougeur disparaissait déjà, et Ralph la trouva pâle, n'ayant pas très bonne mine. *Pourvu qu'elle ne couve pas quelque chose*, se dit-il.

« Passe donc si tu peux, dit-elle à Ralph d'un ton calme.

— Je viendrai, Lois, promis. »

McGovern glissa un bras autour de la taille de Lois — geste d'affection à la fois amical et sincère, cette fois — et ils s'éloignèrent ainsi. En les suivant des yeux, Ralph fut soudain saisi par un sentiment de déjà-vu, comme s'il avait assisté autrefois à cette même scène, ailleurs, ou dans une autre vie. Puis, à l'instant où McGovern lâcha la taille de Lois, rompant l'illusion, le souvenir lui revint : Fred Astaire entraînant une Ginger Rogers brune et plutôt rondelette sur la scène d'un petit cinéma de province, pour y danser sur de la musique de Jerome Kern ou Irving Berlin.

C'est bizarre, pensa-t-il en se tournant pour prendre la direction du centre commercial, qui se trouvait à mi-chemin d'Up-Mile Hill. *C'est très bizarre, Ralph. Bill*

McGovern et Lois Chassey sont aussi loin de Fred Astaire et Ginger Rogers que…

« Ralph ? » lança Lois. Il fit demi-tour. Il était maintenant séparé du couple par un carrefour et un pâté de maisons. Les voitures allaient et venaient sur Elizabeth Street et la vue qu'avait Ralph de ses deux amis était intermittente.

« Quoi ?

— Tu as l'air mieux ! Plus reposé ! As-tu retrouvé le sommeil ?

— Oui ! » répondit-il, se disant : *Encore un petit mensonge, mais c'est pour la bonne cause.*

« Je t'avais bien dit que ça irait mieux au changement de saison ! À tout de suite ! »

Lois le salua de sa main levée et, à sa grande stupéfaction, Ralph vit des lignes diagonales d'un bleu brillant jaillir de la pointe de ses ongles courts mais soigneusement taillés. On aurait dit des traînées de condensation.

Qu'est-ce que c'est que ce foutu…

Il ferma les yeux, plissant fortement les paupières, puis regarda à nouveau. Rien. Juste Bill et Lois qui marchaient en direction de la maison de Lois, lui tournant le dos. Pas de diagonales brillantes dans l'air, rien qui…

Les yeux de Ralph s'étaient machinalement abaissés ; il vit alors que Lois et Bill laissaient derrière eux des empreintes sur le ciment — des empreintes identiques à celles inventées par Arthur Murray, autrefois, pour ses leçons de danse (on pouvait les recevoir par correspondance). Celles de Lois étaient grises. Celles de McGovern — plus grandes, mais néanmoins curieusement délicates — d'une nuance vert olive foncé. Elles luisaient sur le trottoir et Ralph, pétrifié de l'autre côté d'Elizabeth Street avec la mâchoire inférieure qui lui touchait presque le sternum, se rendit soudain compte qu'il en montait de petits rubans d'une fumée colorée. À moins que ce ne fût de la vapeur.

Un bus de la ligne d'Old Cape s'engagea bruyamment dans la rue, lui cachant un instant la vue ; après son passage, les traces avaient disparu. Sur le trottoir, il ne restait plus qu'un message à la craie inscrit dans un cœur rose à demi effacé : SAM ET DEANIE POUR LA VIE.

Ces traces ne sont pas parties, Ralph ; elles n'ont jamais été là. C'est bien ce que tu penses, n'est-ce pas ?

Oui, c'était bien ce qu'il pensait. Il s'était mis dans la tête que Bill et Lois ressemblaient à Fred Astaire et Ginger Rogers ; passer de cette idée à l'hallucination d'empreintes de pieds fantômes ressemblant aux diagrammes de pas de danse d'Arthur Murray possédait une certaine logique. N'empêche, c'était inquiétant. Son cœur battait trop vite et, lorsqu'il ferma les yeux un instant pour essayer de se calmer, il revit les diagonales qui partaient des doigts de Lois, ces traînées d'un bleu brillant.

Il faut que je retrouve le sommeil. Il le faut absolument. Sinon, je vais me mettre à voir n'importe quoi.

« Rien n'est plus vrai, marmonna-t-il en tournant de nouveau dans la direction de la pharmacie. Absolument n'importe quoi. »

3

Dix minutes plus tard, devant la vitrine de la pharmacie Rite Aid, Ralph examinait un panneau accroché au plafond par des chaînes. VOUS VOUS SENTIREZ MIEUX À RITE AID ! lut-il. Voilà qui semblait signifier que se sentir mieux était un objectif accessible pour tout consommateur raisonnable et sérieux. Ralph éprouvait toutefois quelques doutes.

Ce magasin, se dit-il, vend des produits pharmaceutiques sur une grande échelle — à côté, l'officine Rexall où il avait ses habitudes paraissait minuscule. Les allées, éclairées par des tubes fluorescents, paraissaient aussi longues que des pistes de bowling ; on y trouvait de tout, depuis des fours à micro-ondes jusqu'à des puzzles. Après avoir étudié les lieux quelques instants, il estima que l'allée 3, où l'on trouvait les médicaments brevetés en vente libre, était probablement celle qu'il lui fallait. Il franchit à pas lents la zone des MAUX D'ESTOMAC, ne fit qu'un bref séjour dans le royaume des ANALGÉSIQUES, traversa rapidement celui des LAXATIFS. Mais entre LAXATIFS et DÉCONGESTIONNANTS, il s'arrêta.

Nous y voici, les amis. Dernière tentative. Après cela, il ne reste que le Dr Litchfield, et si jamais il me suggère de mâcher un gâteau de miel ou de boire de la camomille, je lui saute dessus et il ne faudra pas moins que deux infirmières et la standardiste pour me l'enlever des mains.

SOMNIFÈRES, lisait-on sur le panneau au-dessus de cette partie de l'allée 3.

Ralph, qui n'avait jamais été gros consommateur de médicaments (sans quoi il serait venu ici depuis longtemps, sans aucun doute), ne savait trop à quoi il s'était attendu : mais certainement pas, en tout cas, à cette profusion exubérante et presque indécente de produits. Il parcourait des yeux les boîtes (d'un bleu apaisant, pour la plupart) et lisait les noms. Des noms souvent étranges et vaguement menaçants : Compoz, Nytol, Sleepinal, Z-Power, Sominex, Sleepinex, Drow-Zee. Il y avait même une marque générique.

Tu rigoles, ou quoi ? Aucun de ces trucs ne va mar-

cher pour toi. Il est grand temps d'arrêter de faire le con, tu ne crois pas ? Quand on en est à voir des empreintes de pas en couleur sur les trottoirs, il est temps d'arrêter de déconner et d'aller chez son médecin.

Mais aussitôt, il entendit la voix du Dr Litchfield, si clairement qu'on aurait dit qu'un magnétophone venait de démarrer dans sa tête : *Votre femme souffre de maux de tête dus à l'hypertension, Ralph. C'est désagréable et douloureux, mais sa vie n'est pas en danger. Je crois qu'on doit pouvoir arranger ça.*

Désagréable et douloureux, mais sa vie n'est pas en danger — oui, c'était exactement ce qu'il avait déclaré. Puis il avait pris son ordonnancier et inscrit une première liste de pilules inutiles, pendant que de minuscules amas de cellules étrangères, dans la tête de Carolyn, poursuivaient leur travail de sape. Et le Dr Jamal avait peut-être dit la vérité ; peut-être, en effet, était-il déjà trop tard ; mais peut-être aussi le Dr Jamal était-il un salaud ; peut-être n'était-il qu'un étranger dans un pays étranger, essayant de s'en sortir et ne voulant pas faire de vagues. Peut-être ci, peut-être ça ; Ralph ne pouvait être sûr de rien et ne le serait jamais. Il ne savait qu'une chose : Litchfield n'était pas là au moment où s'annonçaient les deux tâches finales de leur mariage : pour elle, mourir, pour lui, l'aider à mourir.

C'est ça que tu as envie de faire ? Aller voir Litchfield et le regarder remplir une ordonnance ?

Ça marcherait peut-être, ce coup-ci, s'objecta-t-il. En même temps sa main se tendit, se déplaçant presque comme si elle était animée d'une volonté propre, et prit une boîte de Sleepinex sur l'étagère. Il la retourna, la tenant éloignée pour pouvoir lire le texte en petits caractères sur le côté, et parcourut des yeux la liste des composants. Il n'avait aucune idée de la prononciation de ces mots à se décrocher la mâchoire, et encore moins de ce qu'ils signifiaient et de la façon dont ils étaient supposés agir.

Oui. Cette fois, ça peut peut-être marcher. La bonne solution serait peut-être aussi de se trouver un autre méd...

« Je peux vous aider ? » demanda une voix juste derrière Ralph.

À cet instant, il était en train de reposer la boîte de Sleepinex, avec l'intention de prendre quelque chose qui ressemblât un peu moins à une drogue sinistre sortie d'un roman de Robin Cook. Il sursauta et fit tomber par terre une douzaine de boîtes diverses de sommeil synthétique.

« Oh, désolé ! Je suis d'une maladresse..., dit-il en se retournant.

— Pas du tout, c'est de ma faute. » Et le temps que Ralph ramasse deux boîtes de Sleepinex et une de Drow-Zee, l'homme en blouse blanche qui venait de lui adresser la parole avait récupéré les autres et les replaçait avec la dextérité d'un joueur de poker professionnel qui fait une donne. D'après l'insigne doré épinglé à la blouse, il s'agissait de JOE PLUSSAJ, PHARMACIEN.

« Bon, dit Plussaj, qui s'épousseta les mains et sourit amicalement à Ralph. Si on recommençait ? Puis-je vous aider ? Vous avez l'air un peu perdu. »

À sa réaction initiale — l'ennui d'être dérangé pendant qu'il avait une conversation profonde et sérieuse avec lui-même — succéda un intérêt prudent. « Oh, je ne sais pas, dit-il avec un geste vers l'étalage de somnifères. Est-ce qu'il y en a un de vraiment efficace ? »

Le sourire de Plussaj s'agrandit. De haute taille, d'âge moyen, l'homme avait le teint clair et des cheveux châtains qui se raréfiaient, partagés par une raie au milieu. Il tendit la main, et à peine Ralph avait-il amorcé le geste correspondant de courtoisie que sa propre main se trouva happée. « Appelez-moi Joe, dit le pharmacien, tapotant l'insigne de sa main libre. Avant, on m'appelait Joe Sage, mais maintenant je suis plus vieux et plus sage. »

Cette plaisanterie devait être fort ancienne, mais elle n'avait rien perdu de sa saveur pour Joe Plussaj, qui éclata d'un rire tonitruant. Ralph réagit par un petit sourire poli où perçait une légère pointe d'anxiété. La paluche qui tenait la sienne était incontestablement puissante, et il commençait à se dire que si le pharmacien continuait à la serrer comme ça, il allait finir la journée la main dans un plâtre. Il se prit à regretter, au moins pendant un instant, de ne pas être allé présenter son problème à Paul Durgin, de Rexall. Sur quoi Plussaj lui secoua par deux fois la main et la lâcha.

« Moi, c'est Ralph Roberts. Ravi de faire votre connaissance, monsieur Plussaj.

— C'est réciproque. Maintenant, en ce qui concerne l'efficacité de ces merveilleux produits, permettez-moi de répondre à votre question par une autre : à savoir, est-ce que les ours chient dans les cabines téléphoniques ? »

Ralph éclata de rire. « Rarement, j'imagine, répondit-il quand il eut retrouvé son souffle.

— Exact. Et je m'explique. » Plussaj jeta un coup d'œil au mur de somnifères, une étude en nuances de bleus. « Grâce à Dieu, je suis pharmacien, et non pas représentant de commerce, monsieur Roberts ; je crèverais de faim si je devais faire de la vente au porte-à-porte. Êtes-vous insomniaque ? Je vous pose la question parce que je vous vois inspecter les somnifères, mais surtout à cause de votre mine et de vos yeux creux.

— Monsieur Plussaj, je serais le plus heureux des

hommes si je pouvais avoir cinq heures de sommeil certaines nuits ; quatre, ce serait déjà un progrès.

— Depuis combien de temps cela dure-t-il, monsieur Roberts ? Ou bien puis-je dire Ralph ?

— Ralph.

— Bien. Et moi, c'est Joe.

— Tout a commencé en avril, je crois. Environ quatre à six semaines après la mort de ma femme.

— Désolé d'apprendre que vous avez perdu votre épouse. Mes condoléances.

— Merci », dit Ralph avant de répéter la formule consacrée : « Elle me manque énormément, mais je suis content que ses souffrances soient terminées.

— Sauf que maintenant, c'est *vous* qui souffrez. Depuis… voyons… » Plussaj compta rapidement sur ses gros doigts. « Depuis six mois. »

Ralph se trouva soudain fasciné par ces doigts. Pas de traînées lumineuses, cette fois, mais leur extrémité qui paraissait noyée dans une brume argentée brillante, comme du papier d'aluminium à travers lequel on aurait pu voir. Il se prit soudain à évoquer Carolyn et les odeurs fantômes dont elle s'était plainte à l'automne dernier : clou de girofle, égout, jambon brûlé. Et s'il s'agissait d'un équivalent masculin ? L'insomnie n'était peut-être que le premier symptôme de sa propre tumeur cérébrale, au lieu des maux de tête.

Faut être cinglé pour faire soi-même son diagnostic, Ralph. Laisse donc tomber.

Il se tourna résolument vers le visage large et agréable de Plussaj. Pas de brume argentée, pas de brume du tout, même. Il en était presque sûr.

« C'est exact, la moitié d'une année. Ça m'a paru plus long. Beaucoup plus long, à vrai dire.

— Des caractéristiques particulières ? En général, il

y en a. Par exemple, est-ce que vous vous retournez dans votre lit pendant des heures avant…

— J'ai des réveils prématurés. »

Les sourcils de Plussaj se soulevèrent. « Et vous avez aussi lu quelques livres sur la question, je vois. » Si Litchfield lui avait fait une remarque de ce genre, Ralph y aurait perçu de la condescendance. De la part de Joe Plussaj, il ne ressentit rien de tel, seulement une authentique admiration.

— J'ai parcouru ce qui se trouvait à la bibliothèque, mais je n'ai pas trouvé grand-chose d'utile… pour dire la vérité, je n'ai rien trouvé du tout.

— Permettez-moi de vous expliquer ce que je sais sur la question, et vous n'aurez qu'à lever la main quand j'aborderai un territoire que vous connaissez déjà. Au fait, qui est votre médecin ?

— Litchfield.

— Hum-hum. Et vous vous servez d'habitude à… la pharmacie People's Drug ? Au Rexall ?

— Au Rexall.

— Si je comprends bien, vous êtes ici incognito, aujourd'hui. »

Ralph rougit… puis sourit. « Ouais, si vous voulez.

— Hum-hum. Et je n'ai pas besoin de vous demander si vous avez été voir Litchfield pour votre problème, n'est-ce pas ? Si c'était le cas, vous n'exploreriez pas le monde merveilleux des médicaments brevetés en vente libre.

— C'est ainsi qu'on les appelle ? Des médicaments brevetés ?

— Pour le dire autrement, je me sentirais infiniment plus à l'aise si je vendais la plupart de ces saloperies à l'arrière d'un gros chariot peint en rouge avec des roues jaunes. »

Ralph se mit à rire, et le nuage argenté brillant qui s'était formé devant la blouse blanche du pharmacien se dissipa aussitôt.

« C'est le genre de système de vente dans lequel je pourrais me sentir à l'aise, enchaîna Plussaj avec un petit sourire nostalgique. J'aurais une délicieuse petite poulette qui danserait en soutien-gorge à sequins et pantalon de harem… Que j'appellerais la Petite Égypte, par exemple, comme dans la vieille chanson des Coasters… elle créerait l'ambiance. Et un joueur de banjo. D'après mon expérience, rien ne vaut une bonne dose de musique de banjo pour mettre les gens d'humeur dépensière. »

Plussaj, le regard perdu, tout à son rêve empailleté, ne voyait plus les laxatifs et les analgésiques. Puis ses yeux revinrent sur Ralph.

« Pour une victime de réveils prématurés comme vous, ces produits sont totalement inefficaces. Autant boire un coup, ou se servir de l'une de ces machines à ondes qu'on vous vend par catalogue ; à vous voir, j'ai d'ailleurs l'impression que vous avez essayé les deux.

— En effet.

— Sans compter deux bonnes douzaines d'autres remèdes de bonne femme du genre qui se transmettent de génération en génération. »

Ralph rit de nouveau. Ce type commençait à lui plaire. « Dites plutôt quatre, et vous tomberez plus juste.

— Je dois reconnaître que vous êtes un acharné. » Le pharmacien eut un geste vers les boîtes bleues. « Ces trucs-là ne sont rien d'autre que des antihistaminiques ; fondamentalement, ils jouent sur un des effets secondaires de ce type de molécules, qui rendent les gens somnolents. Allez voir sur les boîtes des décongestionnants, comme le Comtrex ou le Benadryl, et vous verrez qu'ils sont déconseillés si on doit prendre la route ou piloter de grosses machines. Pour les gens qui souffrent d'insomnies occasionnelles, un Sominex par-ci, par-là peut suffire. Ça donne un petit coup de pouce. Mais il serait sans effet sur vous, parce que votre problème n'est pas de vous endormir, mais de rester endormi… c'est bien cela ?

— Exactement.

— Puis-je vous poser une question un peu délicate ?

— Oui, bien sûr.

— Avez-vous un problème avec Litchfield, à ce propos ? Éprouvez-vous des doutes sur sa capacité à comprendre à quel point vos insomnies vous rendent malheureux ?

— Oui, répondit Ralph avec gratitude. Vous pensez que je devrais aller le voir ? Essayer de lui expliquer de manière qu'il comprenne bien ? » À une telle question, le pharmacien ne pouvait guère répondre que par l'affirmative, et Ralph finirait par prendre rendez-vous. Et ce serait avec Litchfield, ça ne pourrait être qu'avec Litchfield, il s'en rendait maintenant compte. Ce serait de la folie que de vouloir changer de médecin à son âge.

Te sens-tu capable de dire au Dr Litchfield que tu vois des choses ? Pourrais-tu lui parler des traînées lumineuses qui montaient des doigts de Lois ? Des empreintes de pas sur le trottoir comme celles des pas de danse d'Arthur Murray ? Des nuages argentés autour des doigts de Joe Plussaj ? Pourras-tu vraiment parler de tout ça à Litchfield *? Et, si tu ne le peux pas, pourquoi te donner la peine d'aller le consulter, en dépit des recommandations de ce pharmacien ?*

Plussaj, cependant, le surprit en prenant une direction entièrement différente : « Rêvez-vous toujours ?

— Oui. En fait, je rêve même beaucoup, si l'on considère que j'en suis à trois heures de sommeil par nuit.

— Est-ce que ce sont des rêves cohérents, des rêves consistant en séquences d'événements identifiables, ayant une sorte de continuité narrative, si délirante qu'elle soit, ou bien simplement des fouillis d'images ? »

Ralph se souvint d'un rêve qu'il avait fait la nuit précédente. Il jouait au frisbee au milieu de Harris Avenue avec Helen Deepneau et Bill McGovern. Helen avait aux pieds une paire de chaussures à talons plats énormes et encombrantes ; McGovern portait un chandail orné d'une bouteille de vodka ; ABSOLUMENT LA MEILLEURE, lisait-on en dessous. Le frisbee était d'un rouge éclatant strié de raies vertes fluorescentes. Puis Rosalie, la chienne, avait fait son apparition. Le foulard d'un bleu délavé que quelqu'un lui avait mis autour du cou voletait pendant qu'elle s'approchait d'eux en boitillant. Tout à coup elle bondit, attrapa le frisbee et prit la fuite en l'emportant dans sa gueule. Ralph voulut la poursuivre, mais McGovern lui dit : *T'énerve pas, Ralph, on en aura toute une caisse pour Noël.* Ralph était sur le point d'objecter que Noël était dans trois mois et de lui demander comment ils feraient, entre-temps, s'ils voulaient jouer au frisbee ; mais avant cela, son cinéma mental s'était arrêté ou avait pris une autre direction, devenant moins net.

« Si j'ai bien compris ce que vous avez voulu dire, mes rêves sont cohérents.

— Bien. J'aimerais aussi savoir si ce sont des rêves *lucides*. Pour être lucide, un rêve doit remplir deux conditions. Tout d'abord, vous devez savoir que vous rêvez. Ensuite, il faut que le sujet puisse influer sur le cours de son rêve, c'est-à-dire être davantage qu'un observateur passif. »

Ralph acquiesça. « J'en ai de ce genre aussi. En fait, on dirait même que ça m'arrive souvent, ces temps derniers. Je pensais justement à l'un de ceux que j'ai faits cette nuit. Il y avait un chien errant, que je vois parfois dans notre rue ; il s'est enfui en emportant le frisbee avec lequel on jouait, avec des amis. J'étais furieux qu'il ait interrompu le jeu, et j'ai essayé de lui faire lâcher le frisbee par la force de la pensée. Télépathiquement, en quelque sorte, vous voyez ? »

Il émit un petit rire gêné, mais Plussaj se contenta de hocher la tête. « Et ça a marché ?

— Pas cette fois, mais il me semble cependant que c'est arrivé dans d'autres rêves. Malheureusement, je n'en suis pas sûr, car la plupart de mes rêves semblent s'évanouir dès mon réveil.

— C'est la même chose pour tout le monde. Le cerveau traite les rêves comme un matériau jetable et ne les emmagasine que dans une mémoire à très court terme.

— Vous en connaissez un rayon sur le sujet, n'est-ce pas ?

— L'insomnie est un sujet qui me passionne. J'ai écrit deux articles sur les liens entre les rêves et les désordres du sommeil pendant mes études de pharmacie. » Il consulta sa montre. « C'est l'heure de ma pause. Aimeriez-vous prendre un café et une part de tarte aux pommes avec moi ? Il y a un petit restaurant à deux pas d'ici, et leur tarte est admirable.

— C'est tentant, mais je prendrai plutôt un jus d'orange. J'essaie de diminuer ma consommation de café, ces temps-ci.

— Compréhensible, mais totalement inutile, observa joyeusement Plussaj. Dans votre cas, le problème n'est pas la caféine, Ralph.

— Je suppose que non, en effet... mais alors, quoi ? » Jusqu'ici, il avait réussi assez bien à dissimuler sa détresse, mais elle revenait, insidieuse, dans le timbre de sa voix.

Le pharmacien lui tapota l'épaule et le regarda avec bonté. « C'est justement de ça que nous allons parler. Venez. »

CHAPITRE 5

1

« Voyez le problème ainsi », commença Plussaj, cinq minutes plus tard. Ils se trouvaient dans une sorte de restaurant écolo-futuriste qui s'appelait « Point du Jour/ Soleil Couchant ». L'endroit était un peu trop envahi de fougères au goût de Ralph, dont la préférence allait aux établissements classiques, étincelants de chrome et sentant le graillon, mais la tarte était bonne et, si le café ne valait pas celui de Lois — Lois Chassey faisait le meilleur café qu'il eût jamais goûté —, il était fort et bien chaud.

« C'est-à-dire ?

— Il y a certaines choses que les hommes — et les femmes — désirent fortement depuis toujours. Je ne parle pas de ce que l'on trouve dans les livres d'histoire et les manuels d'instruction civique, du moins pour l'essentiel ; je parle de certaines choses fondamentales. Un toit pour se protéger de la pluie. Trois repas chauds et une couche. Une vie sexuelle acceptable. Des intestins qui fonctionnent bien. Mais de tout ça, la chose la plus fondamentale est peut-être bien celle qui vous manque, mon ami. Car il n'y a rien au monde, en fait, qui puisse se comparer à une bonne nuit de sommeil, non ?

— Ça, vous pouvez le dire. »

Le pharmacien acquiesça. « On néglige la question du sommeil ; c'est le parent pauvre de la médecine. Shakespeare disait qu'il est le fil qui ravaude les manches éraillées de l'attention, Napoléon l'appelait la fin bénie de la nuit, et Winston Churchill, l'un des grands insomniaques de ce siècle, affirmait que c'était la seule chose à l'avoir jamais soulagé de ses profondes dépressions. J'ai mis ça dans mes articles, mais toutes ces citations reviennent à répéter ce que je viens de vous dire : rien, de par le vaste monde, ne peut se comparer à une bonne nuit de sommeil.

— C'est un problème que vous avez vous aussi connu, n'est-ce pas ? demanda soudain Ralph. Est-ce pour cette raison que… eh bien… que vous me prenez sous votre aile ? »

Joe Plussaj sourit. « C'est ce que je fais ?

— Il me semble, oui.

— Hé, je n'ai rien contre ça. La réponse est oui. J'ai souffert de problèmes d'endormissement à partir de l'âge de treize ans. C'est pour cette raison que j'ai fini par faire des recherches non pas pour un article, mais pour deux.

— Et aujourd'hui, comment ça se passe ? »

Le pharmacien haussa les épaules. « Jusqu'ici, l'année n'a pas été trop mauvaise. Pas la meilleure, mais acceptable. Deux années durant, alors que j'étais jeune homme, le problème a été aigu. Je me mettais au lit à dix heures pour m'endormir à quatre heures du matin et me lever à sept. Je passais la journée à me traîner et à me sentir comme un punching-ball dans le cauchemar de quelqu'un d'autre. »

Impression si familière à Ralph qu'il en eut la chair de poule.

« Voici ce que j'ai de plus important à vous dire, Ralph, alors écoutez bien.

— Je ne fais que ça.

— Vous devez vous raccrocher à l'idée que fondamentalement, vous allez encore très bien, même si vous vous sentez souvent dans un état lamentable. Il y a sommeil et sommeil, voyez-vous — le bon et le mauvais. Si vous avez des rêves cohérents et, ce qui est peut-être plus important, des rêves lucides, c'est que vous avez encore un bon sommeil. Et à cause de ça, une ordonnance pour des somnifères serait peut-être la pire des choses pour vous en ce moment. Et je connais mon Litchfield. C'est quelqu'un de bien, mais il adore remplir des ordonnances.

— À qui le dites-vous ! observa Ralph qui pensait à Carolyn.

— Si vous racontez à Litchfield tout ce que vous m'avez expliqué pendant que nous nous rendions ici, il va vous prescrire des benzodiazépines, probablement du Dalmane ou du Restoril, ou peut-être du Halcion, voire du Valium. Vous allez dormir, mais vous paierez ensuite l'addition. Car les benzodiazépines entraînent une accoutumance ; elles provoquent des problèmes respiratoires et, pis que tout pour des gens comme vous et moi, elles réduisent de manière significative le sommeil REM, appelé aussi sommeil paradoxal. En d'autres termes, le sommeil pendant lequel on rêve.

« Au fait, comment trouvez-vous la tarte ? Je vous pose la question parce que vous n'y avez guère touché. »

Ralph prit une grosse bouchée qu'il avala sans la goûter. « Excellente. Mais dites-moi plutôt pourquoi il faut rêver pour que notre sommeil soit un bon sommeil.

— Si j'étais capable de vous répondre, j'arrêterais

illico de vendre mes petites pilules et je me ferais gourou des insomniaques. » Plussaj avait fini sa tarte et, du bout du doigt, recueillait les miettes les plus grosses tombées dans l'assiette. « REM veut dire *mouvements rapides des yeux* et est devenu synonyme de sommeil avec rêves dans l'esprit du public, mais personne ne sait quel est exactement le rapport entre ces mouvements rapides des yeux et les rêves que font les dormeurs. Il paraît douteux que ces mouvements signifient que le rêveur mime ainsi des déplacements, car les chercheurs en ont observé beaucoup pendant des rêves que les sujets décrivaient ensuite comme assez statiques — des rêves de conversations comme celle que nous avons en ce moment, par exemple. De même, personne ne sait vraiment pourquoi il semble exister une relation très nette entre les rêves lucides et cohérents et l'état de notre santé mentale : plus on fait ce genre de rêves, mieux nous sommes ; moins on en fait, moins on est bien. C'est un véritable instrument de mesure.

— Parler de santé mentale, c'est plutôt vague, observa Ralph, sceptique.

— Ouais, admit Plussaj avec un sourire. Ça me rappelle un autocollant que j'ai vu sur une voiture il y a quelques années : AIDEZ LA PSYCHIATRIE OU JE VOUS TUE. Mais je vous parle ici d'éléments de base mesurables : les capacités cognitives, les aptitudes à résoudre des problèmes par les méthodes déductives et inductives, la capacité à établir des relations, la mémoire…

— La mienne est mauvaise, en ce moment. » Ralph pensait à son incapacité à se souvenir du numéro de téléphone du cinéma et au temps qu'il avait passé à pourchasser un sachet de soupe qui n'y était pas dans le placard de la cuisine.

« Oui, vous souffrez probablement de pertes de

mémoire à court terme, mais votre braguette est remontée, votre chemise est convenablement boutonnée et je suis sûr que si je vous le demande, vous pourrez me donner sans hésiter votre deuxième prénom. Je ne sous-estime pas votre problème — je serais bien la dernière personne au monde à le faire —, je vous demande simplement de changer de point de vue pendant deux ou trois minutes. De penser à tous les aspects de votre vie dans lesquels vous êtes encore parfaitement fonctionnel.

— Très bien. Ces rêves lucides et cohérents dont vous parliez... sont-ils de bons indicateurs de notre fonctionnement, comme la jauge d'essence d'une voiture, ou nous aident-ils activement à fonctionner ?

— Il est très difficile d'être affirmatif sur ce point, mais la réponse la plus vraisemblable est : les deux. Vers la fin des années cinquante, à l'époque où les médecins ont commencé à éliminer les barbituriques — le dernier à avoir été largement employé était ce médicament si rigolo appelé Thalidomide —, quelques chercheurs ont même avancé l'hypothèse que n'existait pas cette relation entre les rêves et le bon sommeil dont nous nous sommes gargarisés.

— Et alors ?

— Les expériences n'ont pas confirmé cette hypothèse. Les personnes qui arrêtent de dormir ou qui souffrent d'interruptions constantes de leurs rêves ont toutes sortes de problèmes, y compris la perte des aptitudes cognitives et de la stabilité émotionnelle. Elles se mettent aussi à connaître des problèmes perceptifs comme l'hyperréalité. »

Au-delà du pharmacien, à l'autre bout du comptoir, était installé un homme qui lisait le *Derry News*. Pour Ralph, seuls le sommet de sa tête et ses mains étaient visibles. Il portait une bague assez peu discrète au petit doigt de la main gauche. En manchette de la page de couverture s'étalait ce titre : SUSAN DAY VIENDRA DÉFENDRE LE DROIT À L'AVORTEMENT À DERRY LE MOIS PROCHAIN. En dessous, en caractères légèrement plus petits, on lisait : *Les groupes anti-avortement organiseront des contre-manifestations*. En milieu de page, la photo en couleurs de Susan Day lui rendait davantage justice que les clichés en noir et blanc dans la vitrine du brocanteur. Sur ces derniers, elle avait un aspect ordinaire, presque sinistre ; sur la photo du journal, elle était radieuse. Elle portait ses cheveux d'un blond de miel tirés en arrière. Elle avait des yeux sombres, intelligents, à l'expression frappante. Hamilton Davenport avait eu tort de se montrer pessimiste ; Susan Day, en fin de compte, allait venir.

Puis Ralph vit quelque chose qui lui fit immédiatement tout oublier de Susan Day et de Ham Davenport.

Une aura gris-bleu commençait à s'amasser autour des mains de l'homme au journal, ainsi qu'au-dessus de la partie visible de son crâne. Elle paraissait particulièrement brillante à la hauteur de la bague en onyx de son petit doigt. Elle ne créait pas d'opacité mais tout au contraire semblait *clarifier* les choses, et transformait la pierre de la bague en une sorte d'astéroïde, comme dans un film de science-fiction d'un grand réalisme…

« Vous disiez, Ralph ?

— Hein ? » Ralph dut faire un effort pour détourner les yeux de la main à la bague. « Je ne sais plus… Je disais quelque chose ? Ah oui… Je crois que je voulais vous demander ce que vous appeliez hyperréalité.

— Des perceptions sensorielles exacerbées. Comme dans un trip au LSD, mais sans avoir besoin d'ingérer de produits chimiques.

— Oh », dit Ralph, fasciné par l'aura gris-bleu

brillante qui dessinait des runes de forme complexe sur l'ongle de l'index avec lequel Plussaj écrasait les miettes. On aurait tout d'abord dit des lettres écrites sur le givre d'une vitre… puis des phrases creusées dans le brouillard… puis des visages étranges, haletants.

Il cligna des yeux et la vision disparut.

« Ralph ? Vous êtes toujours là ?

— Oui, bien sûr. Mais je voudrais vous demander quelque chose, Joe. Si les remèdes de bonne femme ne marchent pas, si vos trucs dans leurs emballages bleus sont sans effet et si les médicaments sur ordonnance risquent en réalité de rendre les choses encore pires, qu'est-ce qui me reste ? Rien, non ?

— Vous ne mangez pas le reste de votre tarte ? » Le pharmacien tendit le doigt vers l'assiette de Ralph. Une lumière gris-bleu glaciale jaillit de la pointe de son index, comme des caractères arabes formés dans de la vapeur de glace.

« Non, je n'ai plus faim. Je vous en prie. »

Plussaj tira l'assiette à lui. « Ne renoncez pas aussi vite. Vous allez revenir avec moi à la pharmacie, où je vous donnerai deux cartes de visite. Je vous conseille amicalement, en tant que votre fourgueur de drogues local, de donner une chance à ces deux types.

— Quels types ? » demanda Ralph, plus fasciné que jamais lorsque Plussaj ouvrit la bouche pour enfourner le dernier morceau de tarte. Une éclatante lumière grise éclairait chacune de ses dents. Les plombs de ses molaires brillaient comme de minuscules soleils. Les fragments de croûte et de pomme, sur sa langue, nageaient dans de la

(lucide, Ralph, lucide,)

lumière. Puis le pharmacien referma la bouche pour mâcher et la lueur disparut.

« James Roy Hong et Anthony Forbes. Hong est acupuncteur et son cabinet se trouve sur Kansas Street. Forbes est hypnotiseur et travaille dans le quartier est, sur Hesser Street, je crois. Et avant que vous vous mettiez à crier à l'imposture…

— Je ne crierai à rien du tout », l'interrompit Ralph d'un ton calme. Sa main se posa sur l'Œil Magique qu'il portait toujours, sous sa chemise. « Croyez-moi, à rien du tout.

— Bon, parfait. Commencez par aller voir Hong. Ses aiguilles sont impressionnantes, mais c'est à peine si on les sent, et il a des résultats. Ne me demandez pas comment ça marche, je n'en ai pas la moindre idée, mais je n'ai pas oublié que lorsque j'ai traversé une mauvaise période, il y a deux hivers de cela, il m'a beaucoup aidé. Forbes est aussi très bon, d'après ce que j'ai entendu dire ; pourtant, je choisirais plutôt Hong. Il est surchargé de travail, mais je peux peut-être vous donner un coup de main pour ça. Qu'en dites-vous ? »

Ralph vit une lueur grise brillante, ténue comme un fil, glisser au coin de l'œil de Plussaj pour rouler le long de sa joue, comme une larme surnaturelle. Cela le décida. « J'en dis que je suis d'accord. »

Le pharmacien lui donna une claque sur l'épaule. « Voilà qui est parlé en homme ! Payons et allons-nous-en. » Il sortit une pièce de vingt-cinq cents. « On joue l'addition à pile ou face, OK ? »

2

En retournant à la pharmacie, Plussaj s'arrêta devant une affiche collée sur la vitrine vide de la boutique qui séparait le restaurant de son magasin. Ralph ne fit qu'y jeter un coup d'œil : il l'avait déjà vue derrière la vitre sale de Rose Docaze.

« *Recherchée pour meurtre*, murmura le pharmacien d'un ton stupéfait. Les gens ont perdu tout sens de la mesure, vous ne trouvez pas ?

— Si, admit Ralph. Si nous avions des queues, je crois que la plupart d'entre nous passeraient leur temps à courir après pour essayer de la mordre.

— Cette affiche est déjà assez ignoble, mais regardez ça ! » reprit Plussaj, indigné.

Il montrait quelque chose que l'on avait écrit dans la crasse qui recouvrait la vitrine du magasin inoccupé. Ralph se rapprocha pour lire le message. À MORT ! Une flèche, en dessous, pointait en direction d'une des photos de Susan Day.

« Bordel de Dieu, dit doucement Ralph.

— Comme vous dites. » Plussaj tira un mouchoir de sa poche et effaça le message, laissant à la place des mots une silhouette d'éventail d'un gris brillant que Ralph savait être le seul à pouvoir voir.

3

Il suivit le pharmacien jusqu'au fond du magasin et se tint à l'entrée d'un bureau à peine plus grand qu'une cabine téléphonique ; Plussaj s'assit sur le seul meuble de la pièce — un tabouret qui n'aurait pas déparé le local d'un usurier — et appela le bureau de James Roy Hong, acupuncteur. Il appuya sur le bouton du haut-parleur pour que Ralph puisse suivre la conversation.

La secrétaire de Hong (une personne qui répondait au prénom d'Audra et qui paraissait avoir avec Plussaj des relations chaleureuses dépassant nettement le cadre professionnel) commença par répondre que le Dr Hong ne pouvait recevoir aucun nouveau patient avant Thanksgiving, c'est-à-dire début novembre. Les épaules de Ralph retombèrent. Plussaj leva la main, paume ouverte — *Attendez une minute, Ralph* — et entreprit de convaincre Audra de trouver (voire de créer) un créneau pour Ralph au début octobre. Cela faisait presque un mois de délai, mais c'était tout de même mieux que novembre.

« Merci, Audra, dit Plussaj. C'est toujours d'accord pour vendredi soir, n'est-ce pas ?

— Oui. Et coupe-moi le bouton de ce fichu haut-parleur, Joe. Ce que j'ai à te dire maintenant ne concerne que toi. »

Plussaj s'exécuta, écouta, rit jusqu'aux larmes — larmes qui faisaient à Ralph l'effet de superbes perles liquides —, donna deux bisous dans le combiné et raccrocha.

« Voilà, c'est réglé », dit-il en tendant à Ralph une petite carte de visite au dos de laquelle il avait écrit la date et l'heure du rendez-vous. « Le 4 octobre, ce n'est pas terrible, mais c'est ce qu'elle a pu faire de mieux. Audra est une bonne fille.

— C'est parfait.

— Et voici la carte d'Anthony Forbes, au cas où vous voudriez l'appeler entre-temps.

— Merci, répondit Ralph en la prenant. Je vous dois vraiment beaucoup…

— La seule chose que vous me devez, c'est de revenir me voir pour que je sache comment ça s'est passé. Ce sont des choses qui non seulement m'intéressent, mais me préoccupent. On trouve même des médecins qui refusent de prescrire *quoi que ce soit* contre l'insomnie, figurez-vous. Ils prétendent que jamais personne n'est mort par manque de sommeil, mais moi je vous affirme que c'est une belle connerie. »

Ralph se dit qu'une telle information aurait dû le terrifier, mais il se sentait assez calme, en tout cas pour le moment. Les auras avaient disparu ; les dernières avaient été les perles liquides brillant dans les yeux du pharmacien, lorsqu'il avait ri aux propos que lui tenait la secrétaire de Hong. Il commençait à penser qu'il avait été victime d'une sorte d'absence mentale provoquée par la combinaison d'une extrême fatigue et de l'allusion de Plussaj à l'hyperréalité. Il avait une autre raison de se sentir mieux : le rendez-vous pris avec quelqu'un qui avait aidé cet homme à franchir un cap difficile du même ordre. Il songea que l'acupuncteur pouvait bien le transformer en porc-épic avec ses aiguilles, si un tel traitement lui permettait de ne pas ouvrir l'œil avant le lever du soleil.

Et il y avait une troisième chose. Les auras grises n'avaient rien eu d'effrayant, en réalité. Il les avait trouvées plutôt… intéressantes.

« Des gens meurent tous les jours d'insomnie, poursuivait Plussaj, même si le médecin légiste finit par écrire *suicide* sur l'emplacement réservé aux causes du décès, et non pas *insomnie*. L'insomnie et l'alcoolisme ont beaucoup en commun, et en particulier ceci : ce sont des maladies du cœur et de l'esprit, et quand on les laisse suivre leur cours, elles détruisent d'ordinaire l'esprit bien avant d'avoir détruit le corps. Alors moi, je prétends que l'on meurt par manque de sommeil. C'est une période dangereuse pour vous, Ralph, et vous devez bien prendre soin de vous. Si vous avez l'impression que vous vous mettez à dérailler, appelez Litchfield. Vous entendez ? Arrêtez de faire des manières. »

Ralph fit la grimace. « Je crois que je préférerais vous appeler, vous. »

Le pharmacien acquiesça, comme si c'était exactement la réaction qu'il avait attendue. « Mon numéro est sous celui de Hong. »

Surpris, Ralph regarda la petite carte de visite. Il y avait bien un deuxième numéro, précédé des initiales J. P.

« De jour comme de nuit, ajouta Plussaj. Vous ne dérangerez pas ma femme, vu que nous avons divorcé en 1983. »

Ralph voulut dire quelque chose, mais fut incapable de parler. Il ne réussit à émettre qu'un petit bruit étouffé sans signification. Il déglutit laborieusement, essayant de dégager sa gorge de ce qui l'obstruait.

Plussaj vit les efforts qu'il déployait et lui donna une tape dans le dos. « Pas de grandes effusions dans le magasin, Ralph — ça fait fuir la clientèle. Voulez-vous un Kleenex ?

— Non merci. Ça va. » Il avait parlé d'une voix un peu étranglée, mais audible et à peu près normalement contrôlée.

Le pharmacien lui jeta un regard dubitatif. « Pas encore, mais ça va aller. » Il engloutit de nouveau la main de Ralph dans sa grande paluche, mais cette fois-ci le vieil homme ne s'inquiéta pas. « Pour le moment, essayez de vous détendre. Et n'oubliez pas d'être reconnaissant pour le sommeil que vous avez.

— Entendu. Et merci encore. »

Plussaj acquiesça et retourna au comptoir où il remplissait les ordonnances.

4

Ralph remonta l'allée 3, tourna à gauche devant un formidable étalage de préservatifs et franchit la porte sur laquelle on pouvait lire, en décalcomanies : MERCI D'AVOIR FAIT VOS ACHATS À RITE AID. Il pensa tout d'abord qu'il n'y avait rien d'anormal au fort éblouissement qui lui fit presque fermer les yeux — il était midi, et il n'avait peut-être pas remarqué que la pharmacie était plongée dans une certaine pénombre. Puis il ouvrit de nouveau les paupières et plus un souffle ne franchit sa gorge.

Une expression de stupéfaction démesurée se peignit sur son visage. Celle que pourrait afficher un explorateur qui, après s'être ouvert un chemin dans le fouillis indescriptible d'une jungle, se trouve en face d'une ville oubliée fabuleuse, ou devant un phénomène géologique absolument fantastique — une falaise de diamant, par exemple, ou une cascade tombant en spirale.

Ralph se réfugia contre la boîte aux lettres bleue placée à côté de l'entrée de la pharmacie, n'ayant toujours pas recommencé à respirer, lançant des coups d'œil affolés à droite et à gauche tandis que son cerveau s'efforçait de comprendre les merveilleuses et terribles informations dont il était bombardé.

Les auras étaient de retour — mais c'est un peu comme si on disait que Hawaii est un endroit où l'on n'a pas besoin de manteau. La lumière était cette fois-ci omniprésente, violente, jaillissant de partout, étrange et belle.

De toute sa vie, Ralph n'avait eu qu'une seule expérience qui pouvait se rapprocher — et encore de très loin — de ce qui lui arrivait maintenant. Au cours de l'été 1941, l'année de ses dix-huit ans, il avait été rendre visite en auto-stop à un de ses oncles, à Poughkeepsie, une ville de l'État de New York située à environ six cents kilomètres de Derry. Un gros orage, l'après-midi du deuxième jour de son expédition, l'avait obligé à courir se réfugier dans l'abri le plus proche, une grange décrépite qui penchait de manière inquiétante au bout d'un champ. Il avait passé plus de temps à marcher qu'à circuler dans un véhicule, ce jour-là, et il s'était endormi d'un sommeil profond, avant même la fin des roulements de tonnerre, dans l'un des box à chevaux abandonnés depuis longtemps.

Il s'était réveillé le lendemain dans la matinée, après avoir dormi quatorze heures d'affilée, et avait regardé autour de lui, frappé d'admiration, ne sachant pas très bien, au cours des premiers moments, où il se trouvait. Il voyait seulement qu'il était dans un lieu obscur où régnait une odeur agréable et que l'univers au-dessus de sa tête était fractionné en une multitude de rayons d'une lumière éclatante. Puis il s'était souvenu avoir trouvé refuge dans une grange, et il avait compris que cette vision étrange était due aux nombreuses fentes des murs et du toit de son abri, fentes par lesquelles passait le puissant soleil d'été… ce n'avait été que ça. Rien de plus. Il n'en était pas moins resté assis pendant cinq minutes, muet d'émerveillement — un adolescent aux yeux écarquillés avec de la paille dans les cheveux et sur les bras —, contemplant les vagues de poussière dorée qui tournoyaient paresseusement dans les rayons obliques et entrecroisés du soleil. Il se rappelait avoir pensé qu'on se serait cru dans une église.

C'était la même expérience, à la puissance dix. Mais du diable si, cette fois, il pouvait expliquer ce qui se passait et comment le monde s'était transformé pour devenir aussi merveilleux. Les choses et les gens, les gens, en particulier, avaient des auras, certes, mais ce n'était que le début de ce phénomène stupéfiant. Les objets n'avaient jamais été aussi *brillants*, aussi définitivement *présents*. Les voitures, les poteaux téléphoniques, les caddies devant le supermarché, les immeubles de l'autre côté de la rue, tout paraissait se précipiter sur lui comme dans les vieux films en relief. D'un seul coup, ce bout de rue commerçante aux façades défraîchies de Witcham Street était devenu le Pays des Merveilles ; et Ralph avait beau être plongé dans sa contemplation, il n'était pas sûr de ce qu'il voyait : il savait seulement que le spectacle était riche, superbe, et fabuleusement étrange.

Les seuls éléments qu'il parvenait à isoler étaient les auras des personnes qui entraient et sortaient des magasins, rangeaient leurs paquets dans les coffres des voitures, ou se mettaient au volant pour partir. Certaines de ces auras étaient plus éclatantes que les autres, mais même les moins lumineuses étaient cent fois plus brillantes que lors des premières manifestations du phénomène.

Mais c'est de ça que parlait Plussaj, aucun doute. L'hyperréalité. Et ce que tu vois en ce moment n'est rien de moins que les hallucinations des gens qui ont pris du LSD. Ce que tu vois n'est qu'un nouveau symptôme de ton insomnie, ni plus ni moins. Profites-en, Ralph, mon vieux, et émerveille-toi autant que tu veux — c'est *merveilleux — mais n'y crois pas une seconde.*

Il n'avait nul besoin de s'encourager à s'émerveiller, cependant, car tout était sujet d'émerveillement. Un camion de boulangerie reculait d'une place de parking, en face du « Point du Jour/Soleil Couchant », et une substance d'un marron brillant qui avait presque la couleur du sang séché sortait du pot d'échappement. Ni exactement fumée, ni tout à fait vapeur, mais avec des caractéristiques des deux, elle s'élevait en pics irréguliers qui allaient en s'atténuant, comme une courbe d'électroencéphalogramme. Ralph regarda le sol et y vit les empreintes des roues du camion, du même marron que ce qui sortait du pot d'échappement. Le véhicule accéléra en quittant le parking, et le graphique fantomatique qu'il laissait derrière lui adopta une nuance d'un rouge brillant, semblable à du sang artériel.

Partout il voyait des bizarreries du même genre, des phénomènes qui s'entrecroisaient en diagonale, évoquant les rayons obliques qui passaient par les trous et les fissures de la vieille grange. Mais son plus grand sujet d'émerveillement était les gens ; c'est autour d'eux que les auras semblaient le plus clairement définies et réelles.

Un jeune employé sortit du supermarché, poussant un chargement d'épicerie au milieu d'un nimbe d'une blancheur tellement éclatante qu'on aurait dit un projecteur mobile. L'aura de la femme, à côté de lui, était bien pâlichonne en comparaison, de la nuance gris-vert d'un fromage qui se couvre de moisissures.

Une jeune fille interpella l'employé depuis la fenêtre baissée d'une Subaru et le salua d'un geste ; sa main gauche laissa dans l'air des traînées brillantes d'un rose de barbe-à-papa. Elles s'évanouissaient presque tout de suite. Le jeune homme lui sourit et lui rendit son salut ; sa main produisit une traînée en éventail d'un blanc tirant sur le jaune. Ralph eut l'impression de voir la nageoire d'un poisson tropical. Puis l'éventail commença à disparaître, mais plus lentement.

Ralph, devant cette profusion de lumières, éprouvait une peur considérable ; mais, au moins pour le moment, la peur cédait le pas à une stupéfaction émerveillée. Jamais il n'avait rien vu d'aussi beau de toute sa vie. *Mais ce n'est pas réel*, trouva-t-il bon de s'avertir. *N'oublie pas cela, Ralph*. Il se promit d'essayer, mais pour le moment, la voix qui prononçait cette mise en garde paraissait venir de très loin.

Il remarqua alors autre chose : de la tête de toutes les personnes qu'il pouvait voir montait une traînée de cette lumière translucide. Elle s'élevait comme une étamine ou un ruban de papier crépon brillamment coloré, avant de se dissoudre et de disparaître. Pour certaines personnes, ce panache s'arrêtait à moins de deux mètres de la tête ; pour d'autres, il montait jusqu'à trois ou même cinq mètres. Dans la plupart des cas, sa couleur était la même que celle du reste de l'aura ; d'un blanc brillant dans le cas de l'employé du supermarché, elle était gris-vert dans celui de la cliente qu'il accompagnait, mais il y avait des exceptions frappantes. Ralph vit un panache couleur de rouille émaner d'un homme d'âge moyen qui se déplaçait au milieu d'une aura bleu foncé, et une femme entourée d'une aura gris clair surmontée d'une traînée d'une nuance magenta étonnante — et aussi quelque peu inquiétante. Dans quelques cas (deux ou trois, pas davantage), les panaches étaient presque noirs. Ceux-là déplaisaient à Ralph, qui remarqua que les porteurs de ce type de panaches (le terme lui était venu spontanément à l'esprit) paraissaient invariablement en mauvaise santé.

Évidemment qu'ils n'ont pas l'air bien. Ces panaches sont des indicateurs de leur état de santé... et de maladie, dans certains cas. Comme les fameuses auras Kirlian qui fascinaient tant les gens, à la fin des années soixante.

Ralph, l'avertit une autre voix, *tu ne vois pas* réellement *ces choses, hein ? Je ne voudrais pas jouer les trouble-fêtes, néanmoins...*

Mais ne se pouvait-il pas, au fond, que ce phénomène fût réel ? Que son insomnie chronique, jointe à l'effet stabilisateur de ses rêves cohérents et lucides, l'eût fait accéder à quelque dimension fabuleuse, hors de portée des perceptions ordinaires ?

Laisse tomber ça, Ralph, et sur-le-champ. Tu as mieux à faire, ou bien tu vas te retrouver dans le même bateau que ce pauvre Ed Deepneau.

Le fait de penser à Ed provoqua une association d'idées — une remarque qu'il avait faite le jour où il avait été arrêté pour sévices envers sa femme — mais avant que Ralph eût le temps de faire remonter ce souvenir, une voix s'éleva sur sa gauche :

« Maman ? Dis, maman, est-ce que je pourrais avoir un autre Honey Nut Cheerios ?

— On verra quand on sera dans le magasin, mon chéri. »

Une jeune femme et un petit garçon passèrent devant lui, la main dans la main. C'était le garçon, âgé de quatre ou cinq ans, qui avait parlé. Sa mère avançait dans un nuage d'un blanc presque aveuglant. Le panache qui montait de ses cheveux blonds était également blanc et très large — plus proche du gros ruban d'un emballage cadeau fantaisie que d'une simple traînée — et s'élevait à au moins sept mètres, flottant un peu en arrière d'elle pendant qu'elle marchait. Il évoqua à Ralph des images de noces : traînes, voiles, tourbillons vaporeux de gaze.

L'aura de son fils était d'un bleu sombre plein de santé, tirant sur le violet, et lorsqu'ils passèrent devant lui, Ralph assista à quelque chose de surprenant ; des vrilles d'aura montaient aussi de leurs mains jointes, blanches pour la femme, bleu foncé pour l'enfant. Elles s'élevaient, entortillées en tire-bouchon, avant de disparaître.

Mère et fils, mère et fils, pensa Ralph. Il y avait un symbolisme parfait de simplicité dans ces rubans qui s'enroulaient l'un autour de l'autre comme de la vigne vierge autour d'une tonnelle. À les voir ainsi, son cœur se réjouit — cucul, mais c'était ce qu'il ressentait. *Mère et fils, blanc et bleu, mère et fils…*

« Maman, qu'est-ce qu'il regarde, le monsieur ? »

La blonde ne jeta qu'un bref coup d'œil à Ralph, mais il la vit qui pinçait les lèvres avant de se détourner. Plus important, il observa que l'aura brillante qui l'entourait s'assombrissait soudain, se resserrait sur elle et s'entremêlait de filaments d'un rouge sombre.

C'est la couleur de la peur… ou peut-être de la colère.

« Je ne sais pas, Tim. Viens. Et arrête de lambiner. » Elle l'entraîna, accélérant le pas, et les mouvements de balancier de sa queue-de-cheval laissaient derrière elle des petits quarts de cercle gris teintés de rouge. On aurait dit les arcs que décrivent parfois les essuie-glaces sur un pare-brise sale.

« Hé, m'man, ça suffit, arrête de me tirer comme ça ! » Le petit garçon était obligé de trottiner pour la suivre.

C'est de ma faute, pensa Ralph, qui se vit soudain tel que la jeune maman avait dû le voir : un vieux type au visage fatigué, avec d'énormes poches violacées sous les yeux, se tenant debout devant la pharmacie, à côté de la boîte aux lettres — ou plutôt rencogné contre elle —, les contemplant d'un œil rond, elle et son petit garçon, comme s'ils étaient la chose la plus remarquable au monde.

Ce que vous n'êtes pas loin d'être, chère madame, au cas où vous ne le sauriez pas.

Mais aux yeux de la jeune femme, il avait dû avoir l'air du plus grand pervers de tous les temps. Il devait se débarrasser de ce truc. Réalité ou hallucination, peu importait ; il fallait que cela cessât. Sinon, quelqu'un allait finir par appeler soit les flics, soit les types armés de filets à papillons. Pour ce qu'il en savait, la première chose qu'allait faire la jeune femme, dans le supermarché, serait de décrocher le téléphone de l'une des cabines.

Il était encore en train de se demander comment on peut chasser par la seule volonté quelque chose qui est dans son esprit, lorsqu'il se rendit compte que c'était déjà fait. Phénomène psychique ou hallucination sensorielle, la chose avait disparu d'elle-même pendant qu'il pensait à l'impression désagréable qu'il avait dû faire à la jolie et jeune maman. Le jour avait retrouvé son éclat d'été indien, merveilleux, certes, mais loin de valoir ces chatoiements translucides qui avaient tout envahi. Les gens qui se croisaient sur le parking étaient redevenus comme avant : plus d'auras, plus de panaches, plus de feux d'artifice. Rien que des hommes et des femmes qui allaient faire leurs courses au Shop'n'Save ou retirer leurs dernières photos de l'été au Photo-Mat, ou encore prendre un café à emporter au « Point du Jour/Soleil Couchant ». Certains d'entre eux se faufilaient peut-être en catimini au Rite Aid pour s'acheter une boîte de condoms ou, Dieu nous garde et nous bénisse, un SOMNIFÈRE.

Rien que les citoyens ordinaires de Derry vaquant à leurs occupations quotidiennes.

Ralph poussa avec force un soupir longtemps retenu et s'attendit à se sentir soulevé par une vague de soulagement. Le soulagement vint bien, mais pas sous la forme océanique à laquelle il s'était attendu. Nulle impression d'avoir été sur le point de sombrer dans la folie et d'en avoir réchappé en un clin d'œil, nulle impression, non plus, d'avoir été en train de perdre la raison à un moment ou un autre. Il comprenait cependant parfaitement bien qu'il n'allait pas pouvoir vivre bien longtemps dans un univers de cet éclat et de cette intensité sans mettre sa raison en danger ; ce serait comme d'avoir un orgasme qui se prolongerait des heures. Peut-être les génies et les grands artistes avaient-ils ce genre d'expériences, mais elles n'étaient pas pour lui ; ce survoltage allait lui faire péter les plombs en un rien de temps, et lorsque les porteurs de filets à papillons viendraient s'occuper de lui pour l'emmener, il serait probablement content de les suivre.

S'il y avait une émotion qu'il ressentait clairement, en cet instant, ce n'était pas le soulagement, mais cette espèce d'agréable mélancolie qu'il avait parfois éprouvée après avoir fait l'amour, quand il était tout jeune homme. Une mélancolie sans profondeur mais envahissante, qui remplissait, aurait-on dit, tous les emplacements vides de son corps et de son esprit à la manière dont une crue, en se retirant, laisse derrière elle une mince couche d'humus fertile. Il se demanda s'il revivrait jamais une telle épiphanie, des instants aussi inquiétants et enivrants à la fois. Il se dit qu'il y avait de fortes chances… au moins jusqu'au mois prochain, quand James Roy Hong lui planterait ses aiguilles dans le corps, ou jusqu'à ce qu'Anthony Forbes lui balançât sa montre à gousset sous le nez en lui disant qu'il se sentait lourd, lourd et s'endormait. Il était possible que ni l'acupuncteur ni l'hypnotiseur ne réussissent à le guérir de son insomnie, mais si jamais l'un d'eux y parvenait, Ralph soupçonnait qu'il arrêterait de voir les auras et les panaches après sa première nuit de sommeil. Ainsi, au bout d'un mois de nuits reposantes aurait-il sans doute tout oublié de ce qui venait de lui arriver. En ce qui le concernait, c'était une excellente raison d'éprouver une pointe de mélancolie.

Tu ferais mieux de te bouger, mon vieux — si par

hasard ton nouvel ami regarde par la fenêtre de sa pharmacie et te voit planté là comme un drogué, c'est lui qui va prendre la peine d'appeler les types aux filets à papillons.

« Ou bien le Dr Litchfield, plus vraisemblablement », marmonna-t-il, coupant à travers le parking pour rejoindre Harris Avenue.

5

Arrivé à la maison de Lois, il passa la tête par la porte d'entrée et lança : « Ho ! ho ! Il y a quelqu'un là-dedans ?

— Entre, entre, Ralph. Nous sommes dans le séjour », répondit la voix de Lois.

Ralph avait toujours comparé la petite maison de Lois Chassey, à cent mètres du Red Apple en descendant Harris Avenue, à la demeure d'un hobbit, telle qu'il se l'imaginait. Bien rangée, encombrée d'objets, peut-être un peu trop sombre, mais impeccablement propre. Et il se disait qu'un hobbit comme Bilbo Baggins, avec l'intérêt qu'il portait à ses ancêtres éclipsé seulement par celui qu'il nourrissait pour son repas suivant, aurait été enchanté par la minuscule salle de séjour où les parents de la propriétaire vous regardaient depuis tous les murs. La place d'honneur, au-dessus de la télévision, était occupée par une photographie de studio coloriée de l'homme dont Lois parlait toujours en disant : « M. Chassey ».

McGovern était assis sur le canapé, penché en avant, une assiette de macaronis au fromage en équilibre instable sur ses genoux osseux. La télé était allumée et diffusait une émission de jeu qui en était au stade du bonus.

« Qu'est-ce qu'elle a voulu dire par : *Nous sommes*

dans le séjour ? » demanda Ralph. Mais avant que McGovern eût le temps de répondre, Lois arrivait, une assiette fumante à la main.

« Tiens, assieds-toi et mange. J'en ai parlé à Simone, et ça sera probablement aux informations de midi.

— Bon sang, Lois, il ne fallait pas te donner cette peine », protesta-t-il en prenant l'assiette ; mais aux premiers effluves d'oignons et fromage fondu, son estomac lui fit savoir qu'il n'était pas du tout d'accord. Il jeta un coup d'œil à l'horloge, à peine visible entre la photo d'un homme en manteau de fourrure et d'une maîtresse femme qui avait l'air d'avoir eu son franc-parler, et fut étonné de constater qu'il était midi moins cinq.

« Je n'ai rien fait d'autre que mettre des restes à réchauffer dans le four à micro-ondes, répondit Lois. Un jour, Ralph, je te ferai vraiment de la cuisine. Assieds-toi donc.

— Pas sur mon chapeau », dit McGovern sans détourner les yeux de la télé. Il prit le fédora, posé à côté de lui, le laissa tomber au sol et revint à son assiette, dont le contenu disparut rapidement. « C'est délicieux, Lois.

— Merci. » Elle se tut assez longtemps pour voir l'un des concurrents empocher un voyage à La Barbade et une voiture neuve, et fila à la cuisine. Le gagnant hurlant de joie disparut de l'écran, remplacé par un homme en pyjama froissé qui se tournait et se retournait dans son lit, puis se mit sur son séant et regarda son réveil. Il indiquait trois heures dix-huit, heure nocturne que Ralph ne connaissait que trop bien.

« Impossible de dormir ? fit une voix sympathique. Fatigué de rester éveillé, nuit après nuit ? » Une petite pilule brillante arriva par la fenêtre de la chambre, faisant à Ralph l'effet d'une minuscule soucoupe volante — bleue, évidemment.

Ralph s'assit à côté de McGovern. Les deux hommes avaient beau être minces (*décharné* aurait été plus juste dans le cas de Bill), il ne restait plus guère de place sur le canapé.

Lois arriva avec sa propre assiette et s'assit dans le fauteuil à bascule près de la fenêtre. Sur fond de musique en conserve et d'applaudissements préenregistrés qui marquaient la fin de l'émission, une voix de femme annonça : « Aux *Informations de midi*, Lisette Benson vous parlera d'une féministe bien connue, dont la venue prochaine à Derry a déclenché une manifestation de protestation — et six arrestations — devant une clinique locale. Chris Altoberger nous donnera les prévisions météo et Bob McClanahan nous parlera sport. Restez avec nous ! »

Ralph prit une bouchée de macaronis et, levant les yeux, vit que Lois le regardait. « Ça te plaît ?

— Délicieux », répondit-il. Il ne mentait pas mais il se dit néanmoins qu'une portion de nouilles froides, sorties directement de la boîte, lui aurait paru tout aussi bonne. Il avait plus que faim : il était littéralement affamé. La vue des auras consommait apparemment beaucoup de calories.

« En quelques mots, voici ce qui s'est passé, dit McGovern qui, après avoir avalé son dernier macaroni, posa l'assiette par terre à côté de son chapeau. Environ dix-huit personnes se sont rassemblées devant WomanCare ce matin, à huit heures et demie, au moment où arrive le personnel. D'après Simone, ces gens prétendent s'appeler les Amis de la Vie, mais l'assortiment de barjots de Notre Pain Quotidien constitue les purs et durs de ce groupe. Elle a dit que l'un d'eux était Charles Pickering, le type que les flics ont attrapé alors qu'il s'apprêtait, semble-t-il, à jeter une bombe incendiaire sur le centre, l'an dernier. D'après la nièce de Simone, la police n'aurait arrêté que quatre personnes, mais il se pourrait qu'il y en ait davantage.

— Ed était vraiment là, aussi? demanda Ralph.

— Oui, intervint Lois. Et il a été arrêté. Mais au moins, personne n'a été aspergé de gaz lacrymogènes. C'était une simple rumeur. Il n'y a eu aucun blessé.

— Cette fois», ajouta McGovern d'un ton sinistre.

Le générique des *Informations de midi* apparut sur l'écran de la télé couleur (format hobbit) de Lois, pour laisser bientôt la place à Lisette Benson. «Bonjour. Notre premier titre, en cette belle journée de fin d'été, concerne la venue à Derry, le mois prochain, de l'écrivain féministe controversé Susan Day, qui a accepté de prendre la parole au centre municipal. L'annonce de sa présence a déclenché une manifestation devant WomanCare, centre de planning familial et clinique d'avortement qui a récemment polarisé… »

«Voilà qu'ils recommencent avec ces histoires de clinique d'avortement, bordel de Dieu! s'emporta McGovern.

— Chut!» fit Lois d'un ton péremptoire qui ne lui était pas habituel — elle qui s'exprimait d'ordinaire d'une petite voix timide. McGovern lui adressa un coup d'œil surpris et se tut.

«… John Kirkland à WomanCare, pour le premier de nos deux reportages», disait Lisette Benson. Un journaliste apparut à l'écran, debout devant un immeuble en briques, tout en longueur. En surimpression, au bas de l'écran, on apprenait que l'on était en direct. Une rangée de fenêtres courait le long du bâtiment; deux étaient brisées et plusieurs autres maculées d'un magma rouge qui évoquait le sang. La police avait déroulé une bande jaune entre le reporter et le bâtiment; trois flics en tenue et un quatrième en civil formaient un petit groupe dans l'angle le plus éloigné. Ralph ne fut pas très surpris de reconnaître, dans l'homme en civil, le détective John Leydecker.

« Ils se sont donné le nom d'Amis de la Vie, Lisette, et prétendent que les événements de ce matin étaient une manifestation spontanée d'indignation, suscitée par l'annonce de la venue de Susan Day — la femme que les groupes anti-avortement de la nation appellent "la première faiseuse d'anges d'Amérique" sera à Derry le mois prochain, pour y prendre la parole. L'un des officiers de police estime cependant que ce n'est pas du tout ainsi que se sont passées les choses. »

Un reportage enregistré suivit. Il s'ouvrait sur un gros plan de Leydecker, l'air résigné devant le micro qu'une main lui tendait.

« Cette manifestation n'avait rien de spontané, déclara-t-il. Elle a de toute évidence fait l'objet d'une préparation minutieuse. Ils se sont apparemment fondés sur la rumeur de l'éventuelle venue de Susan Day et ont attendu que la nouvelle soit publiée dans la presse, comme elle l'a effectivement été ce matin. »

Le plan changea. Kirkland adressa à Leydecker son coup d'œil le plus pénétrant. « Que voulez-vous dire, quand vous parlez de *préparation minutieuse* ?

— La plupart des panneaux qu'ils brandissaient portaient le nom de Susan Day. En plus, il y avait plus d'une douzaine de *ça*. »

Une émotion étonnamment humaine se glissa sous le masque du policier-que-l'on-interviewe ; Ralph crut y lire du dégoût. Leydecker exhiba un grand sac en plastique (modèle pour pièces à conviction) et, pendant un instant, Ralph, horrifié, crut qu'il contenait le corps mutilé et ensanglanté d'un bébé. Puis il comprit que, même en admettant que le liquide rouge fût du sang, le corps n'était que celui d'une poupée.

« On n'achète pas ces trucs-là au Monoprix du coin, dit Leydecker au journaliste, je vous le garantis. »

La séquence suivante s'attarda un bon moment, en plan rapproché, sur les vitres brisées et maculées que la caméra parcourut lentement. La matière visqueuse paraissait plus que jamais être du sang, et Ralph se dit soudain qu'il n'avait plus très envie de finir ses macaronis.

« Les manifestants sont venus avec des poupées dans lesquelles ils avaient injecté un produit qui, d'après la police, serait un mélange de sirop Karo et de colorant alimentaire rouge, fit la voix de Kirkland, hors écran. Ils ont lancé les poupées sur le bâtiment en criant des slogans contre Susan Day. Deux vitres ont été brisées, mais les dégâts ne sont pas très importants. »

La caméra s'arrêta sur une vitre où la traînée rougeâtre était particulièrement macabre.

« La plupart des poupées ont éclaté, poursuivit Kirkland, projetant une substance qui ressemble suffisamment au sang pour terroriser les employés témoins du bombardement. »

La vue de la fenêtre maculée fut remplacée par celle d'une ravissante brune en pantalon et chandail.

« Ooooh, regardez, c'est Barbie ! s'exclama Lois. Bon sang, j'espère que Simone regarde ! Je devrais… »

Ce fut au tour de McGovern de faire *Chut*.

« J'ai eu vraiment très peur, disait Barbara Richards à Kirkland. J'ai tout d'abord cru qu'ils lançaient des bébés morts, ou des fœtus qu'ils se seraient procurés je ne sais trop où. Le Dr Harper est passé en nous criant que ce n'étaient que des poupées, mais je n'en étais pas encore bien sûre.

— Vous dites qu'ils criaient des slogans ? demanda Kirkland.

— Oui. Celui que j'ai le mieux compris, c'est : *Hors de Derry, l'Ange de la Mort !* »

Puis Kirkland revint à l'image, en direct cette fois. « Les manifestants ont été conduits au commissariat central de Derry, sur Main Street, vers neuf heures trente ce matin, Lisette. J'ai cru comprendre que douze d'entre eux avaient été relâchés après leur interrogatoire, et que six autres ont été arrêtés sous le chef d'inculpation de dégradation de bâtiment public, un délit mineur. Il semble donc qu'un nouvel épisode de la guerre sans fin qui a lieu à Derry sur la question de l'avortement vienne de se dérouler. John Kirkland, pour Channel 4. »

« Un nouvel épisode de… », reprit McGovern en levant les bras au ciel.

Lisette Benson revint à l'écran. « Nous allons maintenant retrouver Anne Rivers, qui s'est entretenue il y a moins d'une heure avec deux des soi-disant Amis de la Vie arrêtés au cours de la manifestation de ce matin. »

Anne Rivers se tenait sur les marches de l'usine à flics de Main Street, Ed Deepneau à sa droite et un personnage de haute taille, au teint jaune et dont le menton s'ornait d'une barbichette, à sa gauche. Ed était pimpant et tout à fait beau gosse, avec sa veste de tweed gris et son pantalon bleu marine. Le type à la barbichette était habillé d'une manière que seul un bourgeois aux idées de gauche pouvait imaginer être la tenue prolétarienne typique du Maine : un jean délavé, une grosse chemise à carreaux défraîchie, des bretelles de pompier d'une largeur considérable. Il ne fallut qu'une seconde à Ralph pour l'identifier : Dan Dalton, propriétaire de Rose Docaze. La dernière fois qu'il l'avait vu, il se tenait derrière les guitares et les cages à oiseaux de sa vitrine et avait adressé à Ham Davenport un geste de la main qui disait : *Vos opinions, j'en ai rien à foutre.*

Mais c'était bien entendu Ed qui retenait son attention, si coquet, l'air tellement raisonnable.

McGovern, apparemment, ressentait la même chose. « Seigneur, je n'arrive pas à croire que c'est le même homme », murmura-t-il.

« Lisette, commença la jolie blonde, j'ai à mes côtés Ed Deepneau et Daniel Dalton, tous deux de Derry, arrêtés l'un et l'autre lors de la manifestation de ce matin. C'est bien cela, messieurs ? On vous a arrêtés ? »

Ils acquiescèrent, Ed avec une note d'humour à peine perceptible, Dalton la mâchoire serrée, l'air déterminé et sévère. Le brocanteur regardait la journaliste avec une mimique (c'est du moins l'impression qu'éprouva Ralph) qui semblait dire : *Voyons, dans quelle clinique d'avortement l'ai-je vue entrer, la tête enfoncée dans les épaules ?*

« Avez-vous été relâchés sous caution ?

— Nous avons été relâchés sur parole, répondit Ed. Les charges qui pèsent contre nous sont mineures. Nous n'avions l'intention de blesser personne, et personne ne l'a été.

— Nous avons été arrêtés seulement parce que les autorités impies en place dans cette ville ont voulu faire un exemple », renchérit Dalton. Ralph crut voir Ed grimacer légèrement à cette remarque, comme s'il se disait : *Voilà qu'il recommence.*

Anne Rivers présenta de nouveau son micro à Ed.

« La question principale n'est pas d'ordre philosophique mais pratique, dit-il. Bien que les personnes qui gèrent WomanCare aiment à mettre l'accent sur les conseils qu'elles dispensent, sur les thérapies, les mammographies gratuites et autres services admirables du centre, celui-ci joue un autre rôle. Des flots de sang coulent de WomanCare...

— Du sang innocent ! » s'écria Dalton. Ses yeux luisaient dans son long visage osseux, et Ralph eut une pensée troublante : dans tout le Maine oriental, des gens regardaient ce reportage et devaient trouver l'homme aux bretelles rouges cinglé, alors que son acolyte semblait être plutôt raisonnable. C'en était presque comique.

Ed traita l'interruption du brocanteur comme l'équivalent anti-avortement d'un *Alléluia*, et garda le silence avec respect pendant un instant avant de reprendre :

« Cela fait actuellement huit ans que dure le massacre à WomanCare. Beaucoup de gens, et en particulier les féministes les plus outrancières, comme le Dr Roberta Harper, directrice du centre, aiment bien dorer la pilule en parlant d'*interruption volontaire de grossesse*, mais c'est d'avortement qu'il est question, c'est-à-dire de l'acte le plus brutal qu'une société sexiste puisse commettre à l'égard d'une femme.

— Mais le fait de lancer des poupées pleines de sang factice contre les fenêtres d'une clinique privée est-il le meilleur moyen de faire connaître votre point de vue, monsieur Deepneau ? »

Un instant — un bref instant — le petit pétillement de bonne humeur, dans le coin de l'œil d'Ed, fut remplacé par une expression beaucoup plus dure et froide. Ralph retrouva, pendant une seconde, l'Ed Deepneau de naguère, prêt à casser la figure à un camionneur pesant cinquante kilos de plus que lui. Il en oublia qu'il assistait à une interview enregistrée, et il se prit à avoir peur pour la journaliste blonde, aussi mince et presque aussi jolie que la femme à laquelle était encore marié l'homme qu'elle interrogeait. *Soyez prudente, ma petite dame, soyez pru-*

dente et sur vos gardes. L'individu qui est à vos côtés est très dangereux.

Puis l'éclair de férocité disparut, et l'homme en veste de tweed fut de nouveau un jeune citoyen convaincu que ses idées avaient conduit en prison. Et Dalton, qui faisait maintenant claquer ses bretelles avec nervosité, reprit le rôle du type sur le point de déraper.

« Ce que nous faisons est ce que les soi-disant bons Allemands n'ont pas su faire dans les années trente », disait Ed. Il avait pris un ton patient, professoral, comme s'il avait déjà répété tout cela cent fois… surtout devant des gens qui étaient déjà d'accord avec lui. « Ils ont gardé le silence, et six millions de juifs sont morts. Dans ce pays, c'est à un holocauste du même ordre…

— Plus de mille bébés par jour », intervint Dalton. Son ton n'était plus aussi strident ; il paraissait horrifié et désespérément fatigué.

« Beaucoup d'entre eux sont écartelés et mis en pièces lorsqu'on les arrache du sein de leur mère, et leurs petits bras s'agitent pour protester tandis qu'ils meurent. »

« Nom de Dieu de nom de Dieu, s'exclama McGovern, je n'ai jamais rien entendu d'aussi grot…

— Chut, Bill ! » l'interrompit Lois.

« … les raisons de cette protestation ? demandait Rivers à Dalton.

— Comme vous le savez sans doute, le conseil municipal a accepté de réexaminer le plan d'occupation des sols qui permet à WomanCare d'avoir son activité en cet endroit. Le vote sur cette question pourrait intervenir dès novembre. Les partisans de l'avortement redoutent que le conseil municipal ne jette du sable dans les rouages de leur machine à tuer, alors ils ont convoqué Susan Day, le défenseur le plus notoire de l'avortement dans ce pays, afin que cette machine puisse continuer à tourner. Nous rassemblons nos forces… »

Le mouvement de pendule ramena le micro vers Ed. « Y aura-t-il d'autres manifestations de protestation, monsieur Deepneau ? » demanda Rivers. Ralph eut soudain l'intuition que la journaliste s'intéressait à Ed d'une manière qui n'était pas uniquement professionnelle — mais pourquoi pas, après tout ? Ed Deepneau était plein de charme, et Anne Rivers ne pouvait savoir qu'il croyait à la présence à Derry du Roi Pourpre et de ses Centurions, venus joindre leurs forces à celles des tueurs de bébés de WomanCare.

« Tant que l'aberration légale qui a permis l'ouverture de cet abattoir n'aura pas été corrigée, les manifestations se poursuivront, répondit Ed. Et nous continuerons d'espérer que les historiens du prochain siècle prendront bonne note que tous les Américains n'étaient pas des nazis, pendant cette tragique période de notre histoire.

— Des manifestations *violentes* ?

— C'est à la violence que nous nous opposons. » La journaliste et le jeune chimiste ne se quittaient pas des yeux et Ralph se dit que la jeune Anne Rivers souffrait de ce que Carolyn aurait appelé une attaque de cuisses-en-feu. Dan Dalton était presque hors champ, l'air oublié.

« Et lorsque Susan Day viendra à Derry, le mois prochain, pouvez-vous garantir qu'elle sera en sécurité ? »

Ed sourit, et Ralph pensa au moment où, moins d'un mois auparavant, dans la chaleur de cette journée d'août, il s'était retrouvé allongé sur le dos, Ed au-dessus de lui, les mains plantées dans le sol de part et d'autre de ses épaules, et lui soufflant au visage : *Ils brûlent la plupart des fœtus là-bas, à Newport*. Ralph frissonna.

« Dans un pays où des milliers d'enfants sont arrachés

du sein de leur mère par l'équivalent médical d'aspirateurs industriels, je ne pense pas que quiconque puisse garantir quoi que ce soit », répliqua Ed.

Anne Rivers le regarda un instant, l'expression incertaine, comme si elle se demandait si elle devait ou non lui poser une autre question (son numéro de téléphone, par exemple), avant de se tourner vers la caméra. « Ici Anne Rivers, depuis le commissariat central de Derry. »

Lisette Benson réapparut, et quelque chose, dans l'expression amusée que trahissait le coin de sa bouche, laissa penser à Ralph qu'il n'avait peut-être pas été le seul à remarquer l'attrait éprouvé par la journaliste pour l'homme qu'elle interrogeait. « Nous suivrons l'évolution de cette affaire heure par heure, dit-elle. N'oubliez pas de nous rejoindre à dix-huit heures pour les dernières informations. À Augusta, le gouverneur Greta Powers a réagi aux accusations… »

Lois se leva et éteignit la télévision. Elle resta quelques instants plongée dans la contemplation muette de l'écran qui s'assombrissait, puis poussa un profond soupir et se rassit. « J'ai de la compote de myrtilles, annonça-t-elle. Mais après ça, est-ce que vous allez en vouloir ? »

Les deux hommes secouèrent négativement la tête. McGovern regarda Ralph et dit : « Ils m'ont fichu la frousse. »

Ralph acquiesça. Il ne pouvait s'empêcher de revoir Ed aller et venir, passant au travers de l'arc-en-ciel né de la brume d'eau projetée par le tourniquet d'arrosage, se frappant la paume du poing.

« Comment est-il possible qu'on l'ait relâché sur parole et qu'on ait pu l'interviewer aux informations, comme si c'était un être humain normal ? s'indigna Lois. Après ce qu'il a fait à cette pauvre Helen ! Seigneur, et la journaliste qui avait l'air prête à l'inviter à venir dîner chez elle !

— Ou à croquer la pomme avec elle au lit, ajouta Ralph d'un ton pince-sans-rire.

— L'inculpation pour violences conjugales et l'affaire d'aujourd'hui sont des choses entièrement différentes, observa McGovern, et vous pouvez parier tout ce que vous voulez que les avocats de ces barjots sauront faire en sorte qu'on ne fasse pas l'amalgame.

— De plus, les violences conjugales sont classées comme délits et non comme crimes, ajouta Ralph.

— Comment peut-on considérer cela comme un simple délit ? protesta Lois. Voilà quelque chose que je n'ai jamais compris.

— C'est un délit quand il s'agit de votre femme, dit McGovern, levant un sourcil ironique. C'est comme ça, en Amérique, Lois. »

Se tordant nerveusement les mains, elle alla prendre la photo de M. Chassey sur le poste de télévision, la contempla quelques instants, la reposa et se remit à se tordre les mains. « Je respecte la loi et je reconnais bien volontiers que je ne comprends pas tout. Mais quelqu'un devrait aller leur dire qu'il est cinglé. Que c'est un type qui bat sa femme et qu'il est fou.

— À quel point il l'est, vous ne vous en doutez pas », dit Ralph. Il leur raconta alors, pour la première fois, ce qui s'était passé en bordure de l'aéroport, l'été précédent. Cela lui prit environ dix minutes. Quand il se tut, aucun de ses deux interlocuteurs ne fit de commentaire, se contentant de le regarder en ouvrant de grands yeux.

« Qu'est-ce qu'il y a ? Vous ne me croyez pas ? Vous pensez que j'ai tout inventé ?

— Bien sûr que je te crois, dit Lois. J'étais simplement... stupéfaite. C'est... affolant.

— Il me semble qu'il faudrait mettre John Leydecker au courant de cette histoire, Ralph, intervint McGovern. Je ne crois pas qu'il puisse l'exploiter, mais étant donné ce que sont les nouveaux petits camarades de jeu de Deepneau, c'est une information qui pourrait sans doute l'intéresser. »

Ralph pesa soigneusement le pour et le contre, puis acquiesça et se leva. « Autant faire ça tout de suite. Tu m'accompagnes, Lois ? »

Elle hésita, puis fit non de la tête. « Je suis fatiguée… Et j'ai un peu — comment disent les gosses, aujourd'hui ? — j'ai un peu les boules. Je crois que je vais aller m'allonger et faire un petit somme.

— C'est une bonne idée, dit Ralph. Tu m'as l'air plutôt vannée. Et merci pour le repas. » Sans réfléchir, il se pencha sur elle et l'embrassa sur le coin de la bouche. Il y avait de la gratitude et de l'étonnement dans le regard de Lois quand elle leva les yeux sur lui.

6

Ralph ferma sa propre télévision vers dix-huit heures passées de quelques minutes, au moment où Lisette Benson, après avoir présenté les informations, passait le relais au présentateur des sports. La manifestation devant le centre WomanCare était passée en deuxième position — derrière l'affaire du gouverneur Greta Powers, accusée d'avoir pris de la cocaïne alors qu'elle était étudiante — mais il n'y avait rien de neuf, sinon qu'on savait maintenant que Dan Dalton était à la tête du groupe des Amis de la Vie. Ralph ajouta mentalement : *À titre provisoire*. Ed Deepneau était-il déjà le vrai patron ? Sinon, ça n'allait pas tarder, songea-t-il. À Noël, ce serait certainement chose faite. Question potentiellement plus intéressante : qu'est-ce que ses employeurs allaient penser d'aventures qui l'avaient conduit au poste de police de Derry ? Ralph se disait qu'ils se sentiraient beaucoup plus embêtés par ce qui s'était passé aujourd'hui que par l'inculpation pour violences conjugales du mois précédent ; il venait en effet d'apprendre récemment que les laboratoires Hawking étaient en passe de devenir le cinquième centre de recherche médicale du nord-est des États-Unis à avoir l'autorisation de travailler sur du tissu fœtal. Ils n'allaient guère apprécier que l'un de leurs chimistes ait été arrêté pour avoir jeté des poupées pleines de sang factice contre les murs d'une clinique qui pratiquait des avortements. Et s'ils apprenaient à quel point il était cinglé…

Et qui va le leur dire, Ralph ? Toi ?

Non. C'était là une démarche qu'il se refusait à faire, au moins pour le moment. Ce n'était pas comme se rendre au commissariat avec McGovern pour raconter l'incident de l'été dernier à Leydecker : ça relevait de la persécution. Comme d'écrire À MORT ! à côté de la photo d'une femme dont on ne partageait pas les idées.

Ce sont des conneries, et tu le sais.

« Je ne sais rien du tout, grommela-t-il, se levant pour s'approcher de la fenêtre. Je suis trop fatigué pour savoir quoi que ce soit. » Mais tandis qu'il restait là, à contempler sans les voir deux hommes qui sortaient du Red Apple en tenant chacun un pack de six bières à la main, il se rendit compte soudain qu'il savait quelque chose — quelque chose dont le souvenir lui fit froid dans le dos.

Ce matin, lorsqu'il était sorti de la pharmacie et avait été submergé par les auras — et par le sentiment d'accéder à un niveau supérieur de conscience — il s'était mis en garde à plusieurs reprises, se disant d'en profiter, mais de ne pas y croire ; que si jamais il oubliait cette distinction cruciale, il risquait de se retrouver dans le même bateau que Ed Deepneau. Cette idée avait failli ouvrir la porte conduisant à un souvenir enfoui, mais le jeu des auras, autour de lui, l'avait entraîné ailleurs avant qu'il eût le temps de l'exhumer complètement. Maintenant, il lui revenait : Ed avait bien dit qu'il voyait des auras ou quelque chose comme ça, non ?

Non. C'est peut-être ce qu'il a voulu dire, mais le terme qu'il a employé était couleurs. *J'en suis pratiquement sûr. C'était tout de suite après avoir dit qu'il voyait des cadavres de bébés partout, jusque sur les toits. Il a dit...*

Ralph regarda les deux hommes monter dans un van en piteux état et se dit qu'il n'arriverait jamais à se rappeler les termes exacts utilisés par Ed. Il était trop fatigué. Puis tandis qu'il suivait le véhicule des yeux, le nuage de fumée que le van laissa dans son sillage lui rappela la substance d'un marron brillant qu'il avait vue sortir du pot d'échappement du camion, le matin même ; et une nouvelle porte s'ouvrit dans sa mémoire.

« Il a dit que parfois, le monde était plein de couleurs, déclara-t-il à la pièce vide, mais qu'à partir d'un certain moment, elles devenaient toutes noires. Je crois que c'est ça. »

Il n'en était pas loin, mais n'y avait-il pas autre chose ? Ralph pensait que si, mais sans pouvoir se souvenir de quoi. Ce détail avait-il de l'importance, cependant ? Ses nerfs lui suggéraient vivement que oui — la sensation de froid, dans son dos, ne cessait de s'étendre et d'être plus forte.

Le téléphone sonna derrière lui. Quand il se tourna, il vit l'appareil qui baignait dans un nuage de lumière d'un rouge maléfique, sombre, le rouge des saignements de nez et des

(coqs, combats de coqs)

crêtes de coqs.

Non, gémit une partie de lui-même. *Oh non, Ralph, ça ne va pas recommencer !*

À chaque sonnerie, l'enveloppe de lumière brillait davantage, redevenant plus sombre dans les intervalles de silence. Impression de voir un cœur fantomatique avec un téléphone en son centre.

Ralph ferma les yeux de toutes ses forces ; lorsqu'il les rouvrit, l'aura rouge avait disparu.

Non. C'est simplement que tu ne peux pas la voir, pour le moment. Je n'en suis pas sûr, mais je l'ai peut-être chassée par la force de ma volonté. Un peu comme dans un rêve lucide.

Tandis qu'il se dirigeait vers le téléphone, il se dit — et en termes catégoriques — que cette idée était aussi aberrante que le fait de voir les auras. Sauf qu'il se racontait des histoires, et qu'il le savait. Car si c'était aberrant, comment se faisait-il qu'un seul coup d'œil au halo rouge crête-de-coq eût suffi pour qu'il ait la certitude que c'était Ed Deepneau qui appelait ?

C'est des conneries, Ralph. Tu crois que c'est Ed parce que tu penses à lui en ce moment… et parce que tu es tellement fatigué que ta tête te joue des tours. Vas-y, décroche, tu vas bien voir. Ce n'est pas le cœur révélateur, ni même le téléphone révélateur. Sans doute quelqu'un qui veut te vendre une assurance sur la vie ou la bonne femme de la transfusion sanguine qui s'étonne de ne pas t'avoir vu depuis un certain temps.

Sauf qu'il n'en croyait rien.

Il décrocha le combiné et dit : « Allô. »

7

Pas de réaction. Quelqu'un, cependant, était à l'autre bout du fil ; Ralph entendait sa respiration.

« Allô ? » répéta-t-il.

La réponse ne fut pas immédiate et il était sur le point de menacer de raccrocher lorsque Ed Deepneau dit : « Je vous appelle à cause de votre grande gueule, Ralph. Elle risque de vous valoir de gros ennuis. »

La sensation de froid, le long de son épine dorsale, se transforma en une couche glaciale qui s'étendit sur tout son dos, de la nuque aux reins.

« Salut, Ed. Je vous ai vu aux informations, aujourd'hui. » C'est la seule chose qui lui vint à l'esprit. Sa main ne tenait pas le téléphone, mais s'y accrochait, comme tétanisée par une crampe.

« Ne vous occupez pas de ça, mon vieux. Écoutez-moi bien, plutôt. Je viens d'avoir la visite de ce petit malin de détective qui m'a arrêté le mois dernier. Leydecker. Il vient tout juste de partir. »

Ralph sentit son cœur se contracter, mais pas autant qu'il aurait pu le craindre. Après tout, il n'y avait rien d'extraordinaire à ce que Leydecker fût allé voir Ed, non ? L'histoire de l'incident de l'aéroport et de la dispute avec Gros Balèze, pendant l'été 92, l'avait intéressé ; beaucoup intéressé.

« Ah bon ? dit Ralph d'un ton neutre.

— Le détective Leydecker s'est fourré dans l'idée que je crois que des gens — voire même des êtres surnaturels d'un genre ou d'un autre — transportent des fœtus dans des camions pour leur faire quitter la ville. Marrant, non ? »

Ralph, debout à côté du canapé, tripotait nerveusement le cordon du téléphone, d'où, se rendit-il compte, sourdait une lumière d'un rouge étouffé, comme une transpiration. La lumière pulsait au rythme des paroles d'Ed.

« Vous avez raconté des histoires dignes de la cour de récré, mon vieux. »

Ralph garda le silence.

« Le fait que vous ayez appelé la police parce que j'avais donné à cette salope la leçon qu'elle méritait largement ne m'a pas gêné. J'ai mis cela sur le compte… disons d'une inquiétude de type grand-paternel. Ou bien vous vous êtes peut-être dit qu'elle pourrait se sentir reconnaissante au point de coucher avec vous ? Après tout, si vous êtes vieux, vous n'en êtes pas encore au stade Jurassic Park. Vous avez peut-être pensé qu'elle se laisserait au moins mettre un doigt quelque part. »

Ralph ne dit rien.

« Pas vrai, mon vieux ? »

Il continua de se taire.

« Vous vous imaginez que vous allez me déstabiliser comme ça ? Vous pouvez toujours courir. »

Mais Ed paraissait sacrément déstabilisé, désarçonné. Comme s'il avait donné ce coup de téléphone avec un scénario précis en tête et que Ralph refusait de lui donner les bonnes répliques.

« Vous ne pouvez pas… vous feriez mieux…

— Le fait que j'appelle la police lorsque vous avez battu Helen ne vous a pas gêné, mais la conversation que vous avez eue avec Leydecker, aujourd'hui, vous embête visiblement. Pourquoi, Ed ? Commenceriez-vous à vous poser des questions sur votre comportement ? Et votre façon de voir les choses, peut-être ? »

Ce fut au tour de Deepneau de garder le silence. Finalement, d'une voix basse mais sifflante, il fit : « Ce serait une très grave erreur, Ralph, de ne pas prendre cela au sérieux…

— Oh, je le prends au sérieux. J'ai vu ce que vous avez fait aujourd'hui, j'ai aussi vu ce que vous avez fait à votre femme, le mois dernier… également comment vous vous êtes comporté du côté de l'aéroport, il y a un an. La police est au courant, à l'heure actuelle. Je vous ai écouté, Ed. Maintenant c'est à vous de m'écouter. Vous êtes malade. Vous souffrez d'une sorte de dépression, vous avez des hallucinations…

— Rien ne m'oblige à écouter ces âneries ! » Il avait presque hurlé.

« En effet, rien. Vous pouvez raccrocher. C'est vous qui payez la communication, après tout. Mais tant que vous ne l'aurez pas fait, je continuerai d'enfoncer mon clou. Parce que je vous aime bien, Ed. Vous êtes un type intelligent, hallucinations ou pas, et je voudrais bien retrouver l'Ed que je connaissais avant. Et je crois que vous me comprenez : Leydecker est au courant, et il va vous surv…

— Est-ce que vous voyez déjà les couleurs ? » l'interrompit-il. Il avait retrouvé son calme. Au même instant, la lueur rougeâtre, autour du téléphone, disparut d'un seul coup.

« Quelles couleurs ? » demanda finalement Ralph.

Ed ignora cette réponse en forme de question. « Vous dites que vous m'aimez bien. Moi aussi, je vous aime bien. Je vous ai *toujours* bien aimé. Alors, je vais vous donner un conseil très précieux. Vous êtes en train de vous enfoncer en eaux profondes, Ralph, et il y a des choses qui rôdent, là au fond, des choses que vous ne pourriez même pas concevoir. Vous me prenez pour un fou, mais moi je vous dis que vous ignorez tout de la folie. Vous n'avez pas la moindre idée de ce que c'est.

Cela va venir, cependant, si vous persistez à vous mêler de ce qui ne vous regarde pas. Croyez-moi.

« Et qu'est-ce qui ne me regarde pas ? » demanda Ralph. Il s'efforçait de garder un ton léger, mais il étreignait toujours le téléphone, au point d'en avoir les articulations blanchies.

« Les forces… Il y a des forces à l'œuvre, à Derry, dont il vaut beaucoup mieux ne rien savoir. Ce sont… appelons-les simplement des *entités*. Elles ne vous ont pas encore vraiment remarqué, pour le moment, mais si vous continuez à faire l'idiot avec moi, ça ne va pas tarder. Et il vaudrait mieux pas. Croyez-moi. »

Forces… entités…

« Vous m'avez demandé comment je suis tombé sur ces trucs. Vous vouliez savoir qui était venu me parler… Vous n'avez pas oublié, Ralph ?

— Non. » Ou plutôt, ça lui revenait, maintenant. C'était la dernière chose que lui avait dite Ed avant d'afficher son grand sourire patelin et de se diriger vers les policiers. *Le monde est plein de couleurs… Je les ai vues depuis qu'il est venu et qu'il m'a parlé… On en reparlera plus tard…*

« C'est le docteur qui m'a mis au courant. Le petit docteur chauve. Je crois que c'est à lui qu'il vous faudra répondre si vous essayez encore de vous mêler de mes affaires. Dans ce cas, que Dieu vous vienne en aide.

— Le petit docteur chauve, hein ? Oui, je vois. Tout d'abord le Roi Pourpre, puis les Centurions, et maintenant le petit docteur chauve. Je suppose qu'ensuite, on aura droit au…

— Épargnez-moi vos sarcasmes, Ralph. Contentez-vous de vous tenir tranquille et de ne plus fourrer le nez dans mes affaires, vous m'entendez ? Tenez-vous tranquille ! »

Il y eut un cliquetis. Ed avait coupé la communication. Ralph resta un long moment à contempler le combiné, puis il raccrocha lentement.

Contentez-vous de vous tenir tranquille et de ne plus fourrer le nez dans mes affaires.

Pourquoi pas, au fond ? Il avait suffisamment de chats à fouetter comme ça, non ?

Ralph se rendit à pas lents dans la cuisine, plaça un plateau télé (filet de haddock) dans le four et essaya d'oublier les manifestations anti-avortement, les auras, Ed Deepneau, et le Roi Pourpre.

Ce fut en fin de compte plus facile qu'il ne l'aurait cru.

CHAPITRE 6

1

L'été s'évanouit comme il le fait toujours dans le Maine, presque sans qu'on s'en aperçoive. Les réveils prématurés de Ralph continuèrent, et quand arriva le moment où les couleurs mirent le feu aux arbres de Harris Avenue, il ouvrait les yeux tous les matins vers deux heures quinze. C'était pénible, mais il avait la perspective de ce rendez-vous avec Hong et les feux d'artifice délirants auxquels il avait eu droit après sa rencontre avec Joe Plussaj ne s'étaient pas reproduits. Il y avait bien de temps en temps un bref scintillement à la périphérie des choses, mais il avait découvert qu'en fermant très fort les yeux et en comptant jusqu'à cinq, le phénomène disparaissait.

En général.

Susan Day devait prononcer son discours le vendredi 8 octobre et, alors que septembre tirait à sa fin, les manifestations et le débat public sur la liberté d'avortement prirent un tour aigu, se focalisant de plus en plus sur la venue de la célèbre féministe. Ralph vit Ed à plusieurs reprises à la télévision, parfois en compagnie de Dan Dalton, mais de plus en plus souvent seul ; il parlait d'un ton rapide, persuasif, et la note d'humour qui brillait dans le coin de son œil passait fréquemment dans sa voix.

Il plaisait au public et les Amis de la Vie, apparemment, drainaient à eux les adhérents que Notre Pain Quotidien, qui leur avait donné naissance, aurait bien aimé recruter. Il n'y eut plus de lancer de poupées ni autres actions violentes, mais beaucoup de manifestations et de contre-manifestations, beaucoup de noms d'oiseaux lancés, beaucoup de poings levés et un déluge de lettres courroucées adressées aux journaux. Les prédicateurs brandissaient la menace de la damnation ; les enseignants parlaient modération et éducation ; une demi-douzaine de jeunes femmes qui s'intitulaient elles-mêmes les Lesbos-Minettes Gay pour Jésus furent arrêtées pour avoir paradé devant l'église baptiste de Derry avec des panneaux sur lesquels on lisait : BAS LES PATTES, MON CORPS EST À MOI ! Un policier anonyme aurait déclaré, selon le *Derry News*, qu'il espérait que Susan Day aurait la grippe ou un truc comme ça et serait obligée d'annuler sa venue.

Ed Deepneau ne tenta plus de communiquer avec Ralph ; en revanche, ce dernier reçut, le 21 septembre, une carte postale d'Helen avec ces quelques mots jubilatoires griffonnés au dos : *Hourra ! Un boulot ! À la bibliothèque municipale de Derry ! Je commence le mois prochain ! À bientôt ! Helen.*

Il ne s'était pas senti aussi joyeux depuis le jour où Helen l'avait appelé de l'hôpital, et il descendit au rez-de-chaussée pour montrer la carte postale à McGovern, mais l'appartement de ce dernier était fermé à clef.

Il voulut alors aller voir Lois, mais elle aussi s'était absentée — sans doute pour l'une de ses parties de cartes ou pour aller acheter de la laine en vue du prochain châle qu'elle se tricoterait.

Légèrement contrarié et philosophant sur le fait que les gens avec lesquels on avait envie de partager une bonne nouvelle n'étaient jamais là au moment où on mourait d'envie de la leur annoncer, Ralph flâna jusqu'à Strawford Park. C'est là qu'il trouva McGovern, assis sur un banc non loin du terrain de softball des adolescents. Il pleurait.

2

Pleurer est peut-être un terme trop fort ; disons qu'il avait les larmes aux yeux. Un mouchoir dépassait de son poing serré, et il regardait une maman et son jeune fils qui jouaient à se rouler par terre tout à côté de la plaque de but où s'était conclu, deux jours auparavant, le dernier grand événement de softball de la saison, le tournoi annuel de Derry.

De temps en temps, il portait le mouchoir à ses yeux et s'essuyait. Ralph, qui n'avait jamais vu McGovern que l'œil sec — même à l'enterrement de Carolyn, il n'avait pas versé une larme —, louvoya pendant un moment non loin du parc, se demandant s'il devait s'approcher de son ami ou repartir comme il était venu.

Il prit finalement son courage à deux mains et s'avança jusqu'au banc. « Salut, Bill. »

McGovern leva vers lui des yeux rouges, pleins de larmes, l'air légèrement embarrassé. Il s'essuya de nouveau et essaya de sourire. « Salut, Ralph. Tu m'as surpris en train de pleurnicher. Désolé.

— Il n'y a pas de quoi, répondit Ralph en s'asseyant. Je suis passé par là, moi aussi. Qu'est-ce qui ne va pas ? »

McGovern haussa les épaules et se tamponna les

yeux. « Rien de bien grave. Je souffre des effets d'un paradoxe, c'est tout.

— Et de quel paradoxe ?

— Quelque chose de bien est en train d'arriver à l'un de mes plus vieux amis — à l'homme à qui je dois mon premier poste d'enseignant, en fait. Il est mourant. »

Ralph haussa les sourcils mais ne dit rien.

« Il a attrapé une pneumonie. Sa nièce va probablement le conduire à l'hôpital aujourd'hui ou demain, on le ventilera, au moins pendant un temps, mais il va très certainement mourir. Je célébrerai sa mort, le moment venu, et je suppose que c'est ça, plus que tout le reste, qui me file un bourdon infernal. » Il marqua un temps d'arrêt. « Tu ne dois rien comprendre à ce que je te raconte, n'est-ce pas ?

— Non, pas un mot, mais ça ne fait rien. »

McGovern lui jeta un premier coup d'œil, puis un deuxième et renifla. Un son rude et enchifrené de larmes, mais Ralph jugea qu'il devait néanmoins s'agir d'un rire, et il risqua lui-même un sourire.

« Est-ce que j'ai dit quelque chose de marrant ?

— Non », répondit McGovern en lui donnant une tape légère sur l'épaule. J'ai simplement regardé ton visage, si sérieux et sincère — on lit en toi comme dans un livre ouvert, Ralph —, et je me disais que vraiment, je t'aimais beaucoup. Parfois, j'aimerais même être à ta place.

— Pas à trois heures du matin, en tout cas », dit doucement Ralph.

McGovern poussa un soupir et acquiesça. « L'insomnie...

— Oui, l'insomnie.

— Je suis désolé d'avoir ri, mais...

— Inutile de t'excuser, Bill.

— Mais je voudrais que tu me croies si je te dis que c'était un rire *admiratif*.

— Qui est cet ami ? Et pourquoi est-ce bien qu'il meure ? » demanda Ralph, qui commençait à se douter où résidait la source du paradoxe de McGovern ; il n'était pas aussi gentiment borné que Bill paraissait parfois le penser.

« Il s'appelle Bob Polhurst, et sa pneumonie est une bonne nouvelle parce qu'il est atteint de la maladie d'Alzheimer depuis l'été 1988. »

C'était quelque chose dans ce genre que Ralph s'était imaginé, même si la possibilité du sida lui avait aussi traversé l'esprit. Il se demanda si McGovern aurait été choqué et ressentit une pointe d'amusement à cette idée. Puis il regarda son ami et eut honte de son amusement. Il savait qu'en matière de sinistrose, McGovern était un semi-professionnel, mais son chagrin évident n'en était pas moins authentique.

« Bob est resté à la tête du département d'histoire à Derry High depuis 1948, époque à laquelle il ne pouvait guère avoir plus de vingt-cinq ans, jusqu'en 81 ou 82. C'était un professeur sensationnel, l'une de ces personnes exceptionnellement brillantes que l'on trouve parfois dans la cambrousse, cachant leur lumière sous le boisseau. Elles terminent en général chefs de leur département, ayant en plus une demi-douzaine d'autres activités en marge de leur enseignement, pour la simple raison qu'elles ne savent pas dire non. Bob, lui, ne savait pas. »

La maman passa devant eux, tenant son petit garçon par la main, pour se rendre à la minuscule baraque de rafraîchissements qui n'allait pas tarder à fermer, avec la mauvaise saison. Le visage de l'enfant avait une extraordinaire diaphanéité, une beauté que ne faisait que rehausser l'aura rose que Ralph voyait tourner autour de sa tête et de son petit visage animé d'ondes paisibles.

« Si on rentrait, maman ? demanda-t-il. J'ai envie de jouer avec mon Play-Doh. Je veux faire la famille Clay.

— On va d'abord aller boire quelque chose, d'accord, mon grand ? Maman a soif.

— D'accord. »

Une cicatrice en forme de crochet déparait le nez du garçon ; à cet endroit, la lueur rose prenait une nuance plus sombre, écarlate.

Tombé de son berceau quand il avait huit mois, pensa Ralph. *Voulait attraper les papillons sur le mobile que sa mère avait accroché au plafond. Elle fut terrifiée lorsqu'elle arriva en courant et vit tout ce sang ; elle pensait que le pauvre enfant allait mourir. Patrick, il s'appelle Patrick ; mais elle dit Pat. C'était le nom de son grand-père et…*

Il ferma les yeux de toutes ses forces pendant quelques instants. Son estomac papillonnait à quelques centimètres en dessous de sa pomme d'Adam et il eut soudain la conviction qu'il allait vomir.

« Ça ne va pas, Ralph ? Tu ne te sens pas bien ? »

Il ouvrit les yeux. Plus d'aura, rose ou d'une autre couleur ; rien qu'une maman et son petit garçon se dirigeant vers la baraque à rafraîchissements et il n'avait aucun moyen, absolument aucun, d'expliquer à McGovern qu'elle ne voulait pas ramener Pat à la maison parce que le père de Pat s'était remis à boire après presque six mois de régime sec, et que lorsqu'il avait bu il devenait mauvais…

Pour l'amour du Ciel, stop ! arrête !

« Si, ça va, répondit-il. J'ai une poussière dans l'œil, c'est tout. Continue de me parler de ton ami.

— Il n'y a pas grand-chose d'autre à raconter. C'était

un génie, mais j'ai fini, avec le temps, par me convaincre que le génie était une marchandise grandement surévaluée. Je crois que ce pays est plein de génies, de types et de filles tellement brillants qu'ils ridiculiseraient les membres du club Mensa[1], et que la plupart d'entre eux sont des enseignants qui vivent et travaillent dans l'obscurité de petites villes, parce que c'est ce qui leur plaît. En tout cas, ça plaisait à Bob Polhurst.

« Il voyait à travers les gens d'une manière qui me paraissait inquiétante… au début, du moins. Au bout d'un certain temps, on s'apercevait qu'il n'y avait aucune raison d'avoir peur, que Bob était un être bon, mais il commençait par vous ficher la frousse. On en arrivait à se demander, des fois, si c'étaient des yeux normaux qu'il avait ou bien une sorte de machine à rayons X. »

À la baraque, la femme se pencha vers son fils, lui tendant un petit gobelet en carton. L'enfant le prit à deux mains, souriant, et se mit à boire goulûment. La lueur rose fit une brève apparition autour de lui à cet instant, et Ralph sut qu'il avait eu raison : le nom du petit garçon était bien Patrick et sa mère ne voulait pas retourner à la maison. Il n'avait aucun moyen de savoir de telles choses, et pourtant il les savait.

« À cette époque, poursuivait McGovern, quand on venait du fin fond du Maine et qu'on n'était pas à cent pour cent hétérosexuel, on se démenait comme un beau diable pour faire semblant d'en être un. Il n'y avait pas d'autre choix, sauf à aller habiter à Greenwich Village, à porter un béret sur la tête et à passer ses samedis soir dans des clubs de jazz où on claquait des doigts en guise d'applaudissements. À l'époque, l'idée de s'afficher

1. Club dont les membres se targuent d'avoir un QI supérieur à 140 *(N.d.T.)*.

était ridicule. Pour la plupart d'entre nous, il n'y avait que la clandestinité. À moins d'avoir envie qu'une bande de garçons ivres te coincent dans une allée pour te refaire le portrait, le monde était pour nous une vaste prison. »

Le petit Pat vida son gobelet et le jeta à terre. Sa mère lui dit de le ramasser et de le mettre dans la poubelle, tâche qu'il accomplit avec une splendide bonne humeur. Puis elle le prit par la main et ils se dirigèrent à pas lents vers la sortie du parc. Ralph les regarda partir non sans émoi, avec l'espoir que les craintes et inquiétudes de la jeune femme se révéleraient injustifiées, mais redoutant qu'elles ne fussent avérées.

« Lorsque j'ai posé ma candidature pour un poste au département d'histoire de Derry High, en 1951, je venais de passer deux ans à enseigner dans la cambrousse, au diable Vauvert, dans un patelin qui s'appelait Lubec ; je me figurais que si j'avais pu m'en sortir là-bas sans qu'on me pose de questions, je pouvais aller n'importe où sans problème. Mais Bob m'a examiné — ou plutôt, il m'a sondé — avec son fichu regard aux rayons X, et il a su. En plus, il n'était pas timide. *Si jamais je décide de vous offrir ce poste et que vous l'acceptiez, monsieur McGovern, puis-je avoir l'assurance qu'il n'y aura pas le moindre petit incident touchant à vos préférences sexuelles ?*

« Préférences sexuelles, Ralph ! Bon sang, oh, bon sang ! jamais je n'aurais osé rêver entendre cette phrase avant ce jour ; et pourtant elle est sortie de sa bouche aussi aisément qu'une bille de roulement graissée à la margarine. J'ai commencé à monter sur mes grands chevaux, répondant que je ne savais pas de quoi il voulait parler, mais que je ne m'en sentais pas moins insulté — pour le principe, pourrait-on dire —, sur quoi je l'ai mieux regardé et j'ai décidé de ne pas me fatiguer davantage. J'avais pu faire illusion à Lubec, mais je ne pouvais faire illusion devant Bob Polhurst. Il n'avait même pas trente ans lui-même, à cette époque, et c'était bien le bout du monde s'il avait poussé jusqu'à Boston plus d'une demi-douzaine de fois, mais il n'en savait pas moins sur moi tout ce qu'il importait de savoir ; un entretien de vingt minutes lui avait suffi.

« *Non monsieur, pas le moindre incident*, ai-je répondu, aussi intimidé qu'un petit enfant. »

McGovern se tamponna de nouveau les yeux de son mouchoir, mais Ralph soupçonna que le geste, cette fois, était en bonne partie affecté.

« Au cours des vingt-trois ans que j'ai passés à Derry High, avant d'aller au collège, Bob m'a tout appris de l'enseignement de l'histoire et du jeu d'échecs. C'était un joueur remarquable... Je peux te dire qu'il aurait donné du fil à retordre à cet impénitent bavard de Faye Chapin. Je ne l'ai battu qu'une fois, mais c'était après le déclenchement de sa maladie d'Alzheimer. Je n'ai jamais rejoué avec lui après ça.

« Il y avait d'autres choses. Il n'oubliait jamais une plaisanterie. Ni l'anniversaire ou la fête des gens qui lui étaient proches — il n'envoyait pas de carte, ne faisait pas de cadeau, mais il avait un mot gentil de félicitations, formulait des vœux, et personne ne doutait de sa sincérité. Il a publié une soixantaine d'articles sur l'enseignement de l'histoire et la guerre de Sécession, qui était sa spécialité. Entre 1967 et 1968, il a écrit un livre intitulé *Later That Summer*, sur les événements qui ont suivi la bataille de Gettysburg. Il m'a laissé lire le manuscrit, il y a dix ans, et c'est sans doute le meilleur bouquin que j'aie jamais lu sur la guerre de Sécession ; le seul qui s'en rapproche est le roman de Michael

Shaara, *The Killer Angels*. Bob n'a jamais voulu le faire publier. Lorsque je lui ai demandé pourquoi, il m'a dit que si quelqu'un devait bien comprendre ses raisons, c'était moi. »

McGovern se tut quelques instants, les yeux perdus dans le parc rempli d'une lumière d'un vert doré entrelacée d'ombres noires qui oscillaient et se déplaçaient au moindre souffle d'air.

« Il m'a dit qu'il redoutait d'être sous les feux des projecteurs.

— Je comprends, dit Ralph.

— Et voici peut-être ce qui le résume le mieux : il avait l'habitude de remplir la grille des mots croisés du *Sunday New York Times* à l'encre. Je l'ai taquiné un jour à ce sujet, l'accusant de faire preuve de présomption. Il m'a adressé un grand sourire et m'a répondu qu'il y avait une vaste différence entre l'orgueil et l'optimisme, et qu'il était tout simplement optimiste.

« Bref, tu vois le tableau. Un homme bon, un excellent professeur, un esprit brillant. Lui dont la spécialité était la guerre de Sécession ne sait même plus ce que c'est qu'une guerre civile, et encore moins qui a gagné la nôtre. Bon sang, il ne connaît même pas son nom et dans pas longtemps — le plus tôt sera le mieux — il mourra sans même savoir qu'il a vécu. »

Un homme d'âge moyen habillé d'un T-shirt de l'université du Maine et d'un jean en haillons traversa le terrain de jeu d'un pas traînant, un sac de commissions en papier kraft tout froissé sous un bras. Il s'arrêta à côté de la baraque à rafraîchissements pour examiner le contenu de la poubelle, espérant y récupérer des bouteilles consignées. Quand il se pencha, Ralph vit l'enveloppe vert foncé qui l'entourait et le panache, d'un vert plus clair, qui s'élevait de son crâne en ondulant. Et soudain il fut trop fatigué pour fermer les yeux, trop fatigué pour faire l'effort de chasser l'aura.

Il se tourna vers McGovern et dit : « Tu sais, depuis un mois, je vois des trucs qui…

— Je me lamente, le coupa McGovern en s'essuyant les yeux d'un geste toujours aussi affecté, mais je ne sais pas très bien si c'est sur le sort de Bob ou sur le mien. Marrant, non ? Pourtant, si tu savais comme il était brillant, autrefois… c'était vraiment impressionnant…

— Bill ? Tu vois ce type, à côté de la baraque ? Celui qui fouille dans la poubelle ?

— Ouais, on en voit partout, en ce moment », répondit McGovern qui n'eut qu'un coup d'œil sans intérêt pour l'ivrogne (lequel avait trouvé deux boîtes de Budweiser qu'il fourra dans son sac) avant de se tourner de nouveau vers Ralph. « J'ai en horreur d'être vieux. À la vérité, je crois que tout se résume à ça. Vraiment. »

L'ivrogne s'approcha de leur banc de sa démarche simiesque, la brise annonçant son arrivée par une odeur qui n'était pas *Cuir de Russie*. Son aura, d'un vert vif et énergique qui évoquait à Ralph les décorations du jour de la Saint-Patrick, ne concordait ni avec son attitude servile ni avec son sourire torve.

« Salut les gars, ça boume ?

— On a connu mieux, répondit McGovern avec un haussement de sourcils sardonique. Et ça ira mieux, je crois, quand vous aurez décampé. »

L'ivrogne eut un regard incertain pour McGovern, parut conclure que c'était une cause perdue et se tourna vers Ralph. « Vous auriez pas un peu de monnaie qui traîne, monsieur ? Faut que j'aille à Dexter. Mon oncle m'a appelé, au refuge de Derry, sur Neibolt Street. J'pourrais avoir mon ancien boulot, à l'usine, mais faut que je…

— Tirez-vous, l'ami », dit McGovern.

L'ivrogne lui adressa un regard bref et anxieux, puis ses yeux bruns injectés de sang roulèrent de nouveau vers Ralph. « C'est un bon boulot, v'savez. J'pourrais le ravoir, mais faut que j'y soye aujourd'hui. Y a un bus... »

Ralph mit la main dans sa poche et y trouva trente-cinq cents qu'il laissa tomber dans la main tendue. L'ivrogne sourit. L'aura qui l'entourait devint plus éclatante, puis disparut soudain. Ralph se sentit très soulagé.

« Hé, chouette ! Merci, m'sieur !

— Je vous en prie », dit Ralph.

L'homme, de sa démarche dandinante, prit la direction du Shop'n' Save, où l'on trouvait des marques de tord-boyaux comme Night Train, Old Duke et Silver Satin.

Et merde, Ralph, tu pourrais pas être aussi un peu charitable dans ta tête, non ? Parcours encore un kilomètre dans cette direction, et tu arrives à la station de bus.

Rien de plus vrai, mais il avait vécu assez longtemps pour savoir qu'il y avait un monde de différence entre une pensée charitable et une illusion. Si l'ivrogne à l'aura vert foncé allait à la station de bus, alors Ralph allait à Washington pour être secrétaire d'État.

« Tu ne devrais pas faire des trucs comme ça, Ralph, observa McGovern d'un ton réprobateur. Ça ne fait que les encourager.

— Sans doute, admit Ralph avec lassitude.

— Tu avais commencé à me dire quelque chose, quand on a été si grossièrement interrompus... »

L'idée de parler des auras à McGovern lui paraissait maintenant exceptionnellement mauvaise, et il n'arrivait pas à imaginer comment il avait pu être sur le point de le faire. L'insomnie, évidemment ; c'était la seule explication. Elle affectait son jugement comme elle affectait sa mémoire à court terme et ses perceptions.

« Oui, j'ai eu quelque chose au courrier, ce matin, répondit Ralph, et j'ai pensé que ça te ferait aussi plaisir. » Il lui tendit la carte postale d'Helen, et McGovern la lut et la relut. La seconde fois, un grand sourire vint illuminer son visage long et chevalin. Le mélange de soulagement et de satisfaction sincères de cette expression fit que Ralph pardonna sur-le-champ à McGovern le déploiement d'apitoiement sur soi auquel il venait de se livrer. On oubliait facilement que Bill pouvait être aussi généreux que suffisant.

« Dis donc, c'est sensationnel, non ? Un boulot !

— Et comment ! Et si on fêtait ça en allant déjeuner quelque part ? Il y a un petit restaurant sympathique, pas loin de la pharmacie Rite Aid — « Point du Jour/Soleil Couchant ». Un peu trop de plantes vertes, peut-être, pourtant…

— Merci, mais j'ai promis à la nièce de Bob que j'irais passer un moment avec lui. Bien entendu, il ne sait absolument plus qui je suis, mais ça n'a pas d'importance, car moi, je sais qui il est. *Capisce ?*

— Ouais. Partie remise, alors ?

— Exactement. » McGovern parcourut une dernière fois le message de la carte postale, toujours souriant. « Épatant, vraiment épatant ! »

Cette expression au charme désuet fit sourire Ralph. « Je suis bien d'accord.

— J'étais prêt à te parier cinq dollars qu'elle allait retourner se jeter dans les bras de ce cinglé, avec la petite dans la poussette… mais j'aurais été content de perdre cet argent. Je suppose que ça paraît idiot.

— Un peu », répondit Ralph, mais uniquement parce

qu'il savait que c'était ce que McGovern voulait entendre. Ce qu'il pensait, en fait, était que William McGovern venait de résumer son caractère et sa vision du monde d'une manière bien plus succincte que Ralph n'aurait jamais pu le faire.

« C'est agréable de savoir que quelqu'un va mieux et non le contraire, hein ?

— Tu parles !

— Est-ce que Lois est au courant ? »

Ralph secoua la tête. « Elle n'est pas chez elle. Je lui montrerai la carte dès que je la verrai.

— J'y compte bien. Est-ce que tu dors mieux ?

— Je crois que ça ne va pas trop mal.

— Bon. Tu as l'air un peu mieux. Un peu plus solide. Il ne faut pas se laisser aller, Ralph, c'est ça l'important. N'ai-je pas raison ?

— Sans doute, répondit Ralph avec un soupir. Je crois que là-dessus, tu as raison. »

3

Deux jours plus tard, assis à la table de sa cuisine, Ralph mangeait sans conviction une portion de céréales dont il n'avait pas réellement envie (supposant sans doute vaguement qu'elles étaient bonnes pour sa santé), la première page du *Derry News* étalée à côté de lui. Il avait parcouru rapidement l'article principal, mais c'était la photo qui ne cessait d'attirer son regard ; elle semblait résumer tous les mauvais pressentiments qu'il avait eus au cours du mois précédent sans pouvoir vraiment se les expliquer.

Il trouvait que la manchette, au-dessus de la photo — VIOLENCES AU COURS D'UNE MANIFESTATION DEVANT

WOMANCARE — ne reflétait pas l'article, ce qui ne le surprenait guère ; cela faisait des années qu'il lisait le *News* et il était habitué à ses préjugés, parmi lesquels une position anti-avortement très ferme. Néanmoins, le journal prenait soigneusement ses distances avec les Amis de la Vie dans un éditorial du genre « attention, les enfants, vous allez trop loin ». Cela non plus ne le surprenait pas. Les Amis de la Vie s'étaient rassemblés dans un parking voisin à la fois de l'hôpital de Derry et du centre WomanCare, pour attendre un groupe de partisans de l'IVG d'environ deux cents manifestants qui traversait la ville en venant du centre municipal. La plupart des manifestants brandissaient des panneaux sur lesquels on voyait des photos de Susan Day et le slogan CHOISIR SANS CRAINTE.

Les marcheurs espéraient que leurs rangs se grossiraient de sympathisants pendant leur progression, comme une boule de neige roulant le long d'une pente. La manifestation devait se terminer par une courte réunion devant WomanCare, avec pour but de préparer les gens au discours de Susan Day ; des rafraîchissements étaient prévus. Ce rassemblement n'eut jamais lieu. Au moment où les partisans de l'IVG s'approchaient du parking, les Amis de la Vie se précipitèrent, bloquant le chemin et brandissant leurs propres panneaux (UN MEURTRE EST UN MEURTRE ! SUSAN DAY HORS D'ICI ! ARRÊTEZ LE MASSACRE DES INNOCENTS !) comme des boucliers.

La police avait escorté les marcheurs, mais personne n'avait prévu la rapidité avec laquelle on passa des insultes et des imprécations aux coups de pied et aux coups de poing. Tout commença lorsqu'une femme du groupe des Amis de la Vie reconnut sa fille parmi les pro-IVG. Après avoir lâché son panneau, la plus âgée chargea la plus jeune. Le petit ami de la jeune fille avait tenté de s'interposer et de retenir la mère. Mais lorsque maman lui avait ouvert le visage à coups de griffes, le jeune homme l'avait jetée à terre. Il s'était ensuivi une mêlée d'une dizaine de minutes et la police avait procédé à plus de trente arrestations, réparties à peu près également entre les deux groupes.

La photo, en première page du *Derry News* de ce matin, représentait Hamilton Davenport et Dan Dalton. Le photographe avait pris Davenport affichant un rictus qui n'avait rien à voir avec son expression habituelle, d'autosatisfaction. Il brandissait le poing en un geste primitif de triomphe. Lui faisant face — avec autour du cou le panneau défoncé CHOISIR SANS CRAINTE de Ham comme une collerette démesurée en carton — se tenait le *grand fromage** des Amis de la Vie. Dalton, la mâchoire pendante, avait l'air sonné. Les violents contrastes de noir et blanc de la photo donnaient l'impression que du chocolat, et non du sang, lui coulait du nez.

Ralph détournait un instant les yeux, essayait de se concentrer sur ses céréales, puis revenait par l'esprit au jour où, l'été dernier, il avait découvert pour la première fois le faux avis de recherche au nom de Susan Day que l'on voyait maintenant collé partout à Derry — ce même jour où il avait failli s'évanouir devant Strawford Park. C'était surtout des visages qu'il se souvenait : celui de Davenport plein de colère tandis qu'il scrutait la vitrine de Rose Docaze, le petit sourire méprisant de Dalton qui semblait sous-entendre qu'on ne pouvait attendre d'un quadrumane comme Hamilton Davenport qu'il comprît la haute teneur morale du problème de l'avortement (comme lui et Ralph le savaient bien).

Il pensa à ces deux expressions et à ce qui séparait les deux hommes qui les arboraient, et au bout d'un moment, déprimé, il regarda de nouveau la photo. Deux autres personnes se tenaient juste derrière Dalton, tenant toutes les deux des panneaux anti-avortement et suivant attentivement la scène. Si Ralph ignorait qui était le type maigrichon aux lunettes en écaille et aux cheveux clairsemés, il connaissait bien, en revanche, le deuxième. C'était Ed Deepneau. Dans ce contexte, cependant, Ed ne comptait pratiquement pas. Ce qui fascinait Ralph — et lui faisait peur — c'était le visage de ces deux hommes qui tenaient des boutiques voisines depuis des années, sur Lower Witcham Street : Davenport, avec son poing fermé et son rictus de Néanderthal, Dalton, avec son regard hébété et son nez ensanglanté.

Si l'on n'est pas prudent avec ses passions, pensa-t-il, *voilà où elles vous mènent. Et il vaudrait mieux que les choses en restent là, parce que...*

« Parce que si ces deux-là avaient eu un revolver, ils se seraient entre-tués », marmonna-t-il. À ce moment-là, le carillon de la porte d'entrée (celui du rez-de-chaussée) retentit. Ralph se leva, jeta un dernier coup d'œil à la photo et se sentit pris d'une sorte de vertige, accompagné d'une étrange et inquiétante certitude : c'était Ed, et Dieu seul savait ce qu'il voulait.

Eh bien, ne va pas ouvrir !

Il resta debout à côté de la table de la cuisine pendant un long moment, indécis, souhaitant avec amertume pouvoir dissiper le brouillard qui paraissait avoir installé ses pénates sous son crâne, cette année. Puis le carillon retentit de nouveau et il se rendit compte que sa décision était prise. Ça pouvait bien être Saddam Hussein, là en bas, peu lui importait : il était chez lui, et il n'allait pas se terrer comme un roquet qui a reçu le fouet.

Il traversa la salle de séjour, ouvrit la porte donnant sur le palier et descendit dans la pénombre de l'escalier.

4

À mi-chemin, il se détendit un peu. La moitié supérieure de la porte donnant sur le porche était composée de lourds panneaux vitrés. Ces panneaux déformaient la vue, mais pas au point de l'empêcher de voir qu'il avait deux visiteurs, et qu'il s'agissait de femmes. Il devina sur-le-champ l'identité d'au moins l'une d'elles et accéléra le pas, faisant courir une main légère sur la rampe. Il ouvrit la porte en grand et se retrouva face à Helen Deepneau, un sac (portant la mention BÉBÉ. PREMIÈRE URGENCE sur le côté) accroché à une épaule et Natalie jetant des regards curieux par-dessus l'autre, avec des yeux aussi brillants que ceux d'une souris de dessin animé. Helen avait aux lèvres un sourire plein d'espoir et un peu nerveux.

Le visage de Natalie s'éclaira soudain et elle se mit à gigoter dans son sac à dos, agitant les bras en direction de Ralph.

Elle se souvient de toi, pensa-t-il. *Tu te rends compte !* Et tandis qu'il tendait la main et laissait le bébé lui saisir un doigt, ses yeux se remplirent de larmes.

« Ralph ? demanda Helen. Ça ne va pas ? »

Il sourit, la rassura d'un signe de tête, fit un pas en avant et la prit dans ses bras. La jeune femme lui jeta les bras autour du cou. Il eut un moment d'étourdissement, provoqué par le mélange de son parfum avec l'odeur lactée des bébés en bonne santé, puis elle lui donna un gros bécot sur l'oreille et le relâcha.

« Vous allez bien, c'est vrai ? » voulut-elle savoir. Elle avait aussi les larmes aux yeux, mais c'est à peine si Ralph le remarqua. Il était trop occupé à l'examiner, voulant être sûr qu'il ne restait aucune trace des mauvais traitements qu'elle avait subis. D'après ce qu'il voyait, en tout cas, c'était le cas : elle paraissait impeccable.

« Jamais je n'ai été aussi bien depuis des semaines, répondit-il. Vous êtes une vision de rêve pour des yeux fatigués. Toi aussi, Nat. » Il embrassa la petite main potelée qui lui tenait toujours le doigt et ne fut pas tellement pris au dépourvu lorsqu'il vit l'empreinte fantomatique gris-bleu qu'avaient laissée ses lèvres. Elle s'évanouit presque aussitôt et il serra à nouveau Helen contre lui, comme pour être sûr qu'elle était bien là.

« Cher Ralph, murmura-t-elle dans son oreille, cher vieil ami… »

Il sentit quelque chose s'agiter à la hauteur de son bas-ventre, apparemment provoqué par la combinaison du léger parfum et des délicates bouffées d'air dont les mots qu'elle prononçait chatouillaient ses oreilles… puis il se souvint d'une autre voix qui lui avait dit : *Je vous appelle à cause de votre grande gueule, Ralph. Elle risque de vous valoir de gros ennuis.*

Ralph relâcha la jeune femme et la tint à bout de bras, toujours souriant. « Vous êtes vraiment une vision de rêve pour des yeux fatigués, Helen. Que je sois pendu si je mens !

— Vous aussi, vous faites plaisir à voir, Ralph. J'aimerais vous présenter à une amie. Ralph Roberts, Gretchen Tillbury. Gretchen, voici Ralph. »

Il se tourna vers l'autre femme et la regarda vraiment pour la première fois tout en serrant délicatement, de sa paluche aux doigts déformés, la petite main blanche qu'elle lui tendait. Elle était du genre à pousser les hommes (même ceux qui avaient dépassé la soixantaine) à se tenir bien droits en rentrant le ventre. Blonde, elle mesurait sans doute plus d'un mètre quatre-vingts, mais ce n'était pas seulement sa taille qui frappait. Il y avait quelque chose d'autre, quelque chose qui était comme une odeur, ou une vibration ou

(une aura)

oui, d'accord, une aura. C'était tout simplement une femme que l'on ne pouvait pas ne pas regarder, à laquelle on ne pouvait pas ne pas penser, sur laquelle on ne pouvait s'empêcher de laisser courir son imagination.

Ralph se souvint d'Helen lui racontant la façon dont le mari de Gretchen lui avait entaillé toute la cuisse avec un couteau de cuisine et l'avait laissé se vider de son sang. Il se demanda comment un homme pouvait faire une chose pareille ; comment on pouvait toucher une telle créature autrement qu'avec vénération.

Avec aussi un peu de concupiscence, peut-être, une fois dépassé le stade « Elle s'avançait, sublime comme la nuit ». Et au fait, Ralph, ce serait aussi sans doute le moment de ramener tes globes oculaires à leur place habituelle, dans leurs orbites.

« Très heureux de vous rencontrer, dit-il, lâchant sa main. Helen m'a parlé de la visite que vous lui avez rendue à l'hôpital. Merci de l'avoir aidée.

— C'était un plaisir de donner un coup de main à Helen, répondit Gretchen en lui adressant un sourire éblouissant. Elle est de ces femmes qui justifient tous nos efforts, en vérité… mais je me doute que vous le savez déjà.

— Vous n'avez probablement pas tort. Avez-vous le temps de prendre un café ? Je vous en prie, dites oui. »

Gretchen jeta un coup d'œil à Helen, qui acquiesça.

« C'est très gentil, dit Helen. Parce que… eh bien…

— Ce n'est pas seulement une visite de courtoisie, n'est-ce pas ? demanda Ralph, regardant tour à tour les deux femmes.

— En effet. Il y a quelque chose dont nous voudrions vous parler, Ralph. »

5

Dès qu'ils eurent atteint le haut de l'escalier, dans la pénombre, Natalie commença à s'agiter dans son sac et à gazouiller dans son latin de cuisine qui n'allait pas tarder, hélas ! à être remplacé par de vrais mots.

« Est-ce que je peux la prendre ? demanda Ralph.

— Bien sûr. Si elle se met à pleurer, je la reprendrai aussitôt, promis.

— D'accord. »

Mais le Bébé de Rêve ne pleura pas. À peine Ralph l'avait-il retirée de son sac qu'elle lui passa un bras amical autour du cou et installa son derrière au creux du bras droit du vieil homme comme si c'était son fauteuil habituel.

« Houlà ! fit Gretchen, je suis impressionnée.

— Blig ! » commenta Natalie en attrapant la lèvre inférieure de Ralph qu'elle tira comme si c'était un store. « Ganna-wig ! Andou-siss !

— Je crois qu'elle vient de dire quelque chose à propos des Andrew Sisters », dit Ralph. Helen renversa la tête en arrière et éclata de rire, un rire chaleureux qui paraissait lui remonter depuis les talons. Ralph se rendit compte en l'entendant à quel point il lui avait manqué.

Natalie lâcha la lèvre inférieure de Ralph et ils passèrent dans la cuisine, qui était la pièce la plus ensoleillée, à cette heure de la journée. Helen regarda avec curiosité autour d'elle tandis qu'il branchait la cafetière ; cela faisait longtemps que la jeune femme n'était pas venue ici. Trop longtemps. Elle prit la photo de Carolyn posée sur la table et l'examina attentivement, un petit sourire retroussant le coin de ses lèvres. Le soleil dorait de lumière la pointe de ses cheveux qu'elle avait coupés court, lui faisant une sorte d'auréole, et Ralph eut une soudaine révélation : il aimait Helen en grande partie parce que Carolyn l'avait aimée ; elle comme lui avaient été admis jusqu'au plus profond du cœur et de l'esprit de Carolyn.

« Elle était si jolie… n'est-ce pas, Ralph ?

— Oui », répondit-il en disposant les tasses de manière qu'elles fussent hors de portée des mains curieuses et toujours en mouvement de Natalie. « La photo a été prise un mois ou deux avant le début de ses maux de tête. Je suppose que c'est un peu bizarre de mettre une photo encadrée sur la table de la cuisine, à côté du sucrier, mais c'est la pièce où je passe le plus de temps ces temps-ci, dirait-on. Alors…

— Moi, je trouve que c'est un endroit parfait », dit Gretchen. Elle avait une voix basse, suavement rauque. *Si c'était elle qui m'avait murmuré au creux de l'oreille, je parie que la vieille souris du pantalon aurait fait un peu plus que se retourner dans son sommeil.*

« Moi aussi », renchérit Helen. Elle lui adressa un sourire fragile, d'un regard encore un peu fuyant, puis se débarrassa du sac de commissions qu'elle posa sur le comptoir. Natalie se mit à babiller avec impatience dès qu'elle aperçut son biberon. Un souvenir, très vif mais fort heureusement bref, revint à l'esprit de Ralph : Helen, avançant d'un pas titubant en direction du Red Apple, un œil gonflé et fermé, la joue ensanglantée, Natalie sur la hanche comme une adolescente tiendrait négligemment ses livres.

« Ça vous tente d'essayer, mon vieil ami ? » demanda

Helen. Son sourire était plus franc et son regard plus direct.

« Bien sûr… mais le café…

— Je vais m'en occuper, papa gâteau, intervint Gretchen. J'ai bien dû en préparer un million de tasses, dans ma vie. Il y a du lait ?

— Dans le frigo. » Ralph s'assit devant la table ; il laissa Natalie appuyer la nuque contre le creux de son épaule et attraper le biberon de ses menottes, fascinantes par leur petitesse. Avec assurance, elle guida la tétine jusqu'à sa bouche et se mit aussitôt à téter. Ralph sourit à Helen, faisant semblant de ne pas remarquer qu'elle s'était mise de nouveau à pleurer un peu. « Ils apprennent vite, n'est-ce pas ?

— Oui. » Elle alla prendre un morceau de papier absorbant sur le dérouleur, à côté de l'évier, et s'essuya les yeux. « Je n'en reviens pas de voir à quel point elle est à l'aise avec vous, Ralph… elle n'était pas comme ça avant, il me semble.

— Je ne m'en souviens pas très bien. » Il mentait ; Natalie, naguère, sans être particulièrement craintive, ne se montrait pas aussi décontractée.

« N'oubliez pas de pousser au fur et à mesure le petit truc en plastique dans le biberon. Sans quoi elle va avaler de l'air et aura des gaz.

— Compris. » Il leva les yeux un instant sur Gretchen. « Tout se passe bien ?

— Pas de problème. Comment le voulez-vous, Ralph ?

— Dans une tasse, ce sera parfait. »

Elle éclata de rire et posa une tasse devant lui, mais hors de portée de Natalie. Lorsqu'elle s'assit et croisa les jambes, il ne put s'empêcher de jeter un coup d'œil — et découvrit un petit sourire ironique sur les lèvres de la jeune femme lorsqu'il releva les yeux.

Au diable, pensa-t-il. *Il n'est pire bouc qu'un vieux bouc, ça doit être ça. Même un vieux bouc qui n'arrive pas à dormir plus de deux heures ou deux heures et demie par nuit.*

« Parlez-moi de ce travail, demanda-t-il à Helen qui venait de s'asseoir et buvait son café.

— Eh bien, figurez-vous, je crois qu'on devrait décréter jour de fête nationale l'anniversaire de Mike Hanlon — ce nom vous dit-il quelque chose ?

— Un peu, oui, dit Ralph avec un sourire.

— J'étais pratiquement sûre de devoir quitter Derry. J'ai envoyé mon curriculum dans des bibliothèques jusqu'à Portsmouth, mais j'en étais malade. Je vais avoir trente et un ans et cela ne fait que six ans que j'habite ici, et je me sens chez moi à Derry — je ne saurais expliquer pourquoi, mais c'est la vérité.

— Vous n'avez pas besoin de l'expliquer, Helen. Se sentir chez soi est quelque chose qui nous arrive, comme la couleur de nos yeux ou notre teint. »

Gretchen acquiesça. « Oui, exactement comme ça.

— Mike a appelé lundi dernier et m'a dit qu'un poste d'aide-bibliothécaire venait de se libérer à la bibliothèque des enfants. Je n'arrivais pas à y croire. J'ai passé la semaine à marcher sur un petit nuage, je devais me pincer ! N'est-ce pas, Gretchen ?

— Ton bonheur faisait plaisir à voir. »

Elle sourit à Helen, et ce sourire fut une révélation pour Ralph. Il comprit soudain qu'il pouvait reluquer Gretchen Tillbury autant qu'il voulait, cela n'avait aucune importance. Et n'en aurait pas eu davantage si le seul homme dans la pièce avait été Tom Cruise. Il se demanda si Helen était au courant, puis se tança pour sa bêtise. Helen était tout sauf stupide.

« Quand commencez-vous ? lui demanda-t-il.

— Le 12 octobre. Les après-midi et débuts de soirée. Le salaire n'est pas faramineux, mais il suffira à nous faire passer l'hiver quelle que soit la façon dont se réglera le reste de ma situation. N'est-ce pas merveilleux, Ralph ?

— Oui, c'est merveilleux. »

Natalie avait bu la moitié de son biberon et manifestait des signes de désintérêt. La tétine sortit à moitié de sa bouche et un filet de lait lui dégoulina jusqu'au menton. Ralph l'essuya de la main, et ses doigts laissèrent une série de délicates traînées gris-bleu dans l'air.

Le bébé eut un geste pour les attraper et rit tandis qu'elles se dissolvaient dans son poing. Ralph en oublia de respirer.

Elle les voit. La petite voit ce que je vois.

C'est dément, Ralph. C'est du délire et tu le sais bien.

Justement, non, il ne savait rien de tel. Il venait de le voir, de voir Natalie essayer de saisir les traînées d'aura que laissaient ses doigts.

« Ralph ? Quelque chose ne va pas ? demanda Helen.

— Non, non, tout va bien. » Il leva les yeux et vit la jeune femme entourée d'une aura d'une opulente couleur ivoire. Elle avait l'aspect satiné de dessous de luxe. Le panache qui flottait au-dessus d'elle était de la même nuance, de la largeur d'un gros ruban d'emballage cadeau. L'aura qui entourait Gretchen Tillbury était orange foncé, s'éclaircissant vers le jaune à son pourtour. « Allez-vous retourner dans votre maison ? »

Helen et Gretchen échangèrent un autre de leurs regards, mais c'est à peine s'il le remarqua. Il n'avait nul besoin d'observer leur visage ou de noter les détails de leur langage corporel pour savoir ce qu'elles ressentaient : il lui suffisait de leurs auras. Les nuances jaune citron s'assombrissaient, en bordure de celle de Gretchen, si bien qu'elle était uniformément orange, maintenant. Celle d'Helen s'était mise à rétrécir, devenant en même temps si éclatante qu'elle en était pénible à contempler. Helen avait peur d'y retourner ; Gretchen le savait, et en était furieuse.

Et sa propre impuissance la rend encore plus furieuse.

« Je vais rester à High Ridge encore un certain temps, dit Helen. Peut-être jusqu'à l'hiver. Je finirai sans doute par revenir en ville, mais la maison va être mise en vente. Si quelqu'un l'achète — et avec la situation actuelle du marché immobilier, c'est un grand point d'interrogation — l'argent ira sur un compte bloqué, et sera ensuite partagé en fonction de l'acte… de l'acte de divorce. »

Sa lèvre inférieure tremblait. Son aura s'était encore resserrée sur elle et suivait les contours de son corps presque comme une seconde peau ; elle était traversée de minuscules éclairs rouges qui faisaient penser à des étincelles dansant au-dessus d'un incinérateur. Ralph tendit la main par-dessus la table et serra celle d'Helen, qui lui sourit avec gratitude.

« Vous me dites deux choses, si je comprends bien. Que vous poursuivez la procédure de divorce et que vous avez encore peur de lui.

— Elle a été rouée de coups et maltraitée régulièrement au cours des deux dernières années de son mariage, intervint Gretchen. *Évidemment* qu'elle a encore peur de lui. » Elle avait parlé avec calme, d'un ton posé et raisonnable, mais regarder son aura était comme regarder à travers les petites vitres de mica que l'on trouvait autrefois sur les poêles à charbon.

Il abaissa les yeux sur la fillette et vit qu'elle était entourée de son propre nuage vaporeux et brillant de satin nuptial. Une aura plus petite que celle de sa mère mais, sinon, identique… comme ses yeux bleus et ses cheveux châtain clair. Le panache de Natalie s'élevait du sommet de sa tête en un ruban d'une pureté immaculée, et allait toucher le plafond contre lequel il s'enroulait, formant un amoncellement éthéré à côté du plafonnier. Lorsqu'une bouffée de brise pénétra dans la pièce par la fenêtre ouverte, il vit le ruban blanc onduler et se creuser, comme le faisaient d'ailleurs aussi les panaches d'Helen et de Gretchen.

Et si j'étais capable de voir le mien, il ferait la même chose. C'est réel — quoi qu'en pense mon côté « deux et deux font quatre », les auras existent réellement. Elles existent et je les vois.

Il attendit les inévitables dénégations, mais cette fois-ci rien ne vint.

« J'ai l'impression de passer l'essentiel de mon temps dans une machine à laver émotionnelle, en ce moment, reprit Helen. Ma mère est furieuse contre moi… elle m'a à peu près tout dit, c'est tout juste si elle ne m'a pas traitée de lâche en pleine figure… et parfois j'ai l'impression d'être lâche… j'ai honte…

— Vous n'avez aucune raison d'avoir honte, Helen. »

Ralph regarda de nouveau le panache de Natalie, ondulant dans la brise. Il était magnifique, mais il n'éprouvait aucun besoin de le toucher ; un instinct profond lui disait que cela pouvait être dangereux pour tous les deux.

« Je le vois bien, mais les filles subissent un véritable lavage de cerveau. Du genre : *Voilà ta poupée Barbie, voilà son Ken, voilà ta cuisine miniature. Apprends bien, parce que lorsque ce sera pour de vrai, ce sera ta responsabilité, et si quelque chose va de travers, ce sera de ta faute*. En plus, je crois que j'aurais très bien pu jouer le jeu. Vraiment. Sauf que personne ne m'a dit que dans certains mariages, Ken devenait fou. Est-ce que j'ai tort de me plaindre ?

— Non, parce que c'est exactement ce qui est arrivé, autant que je sache. »

Helen partit d'un petit rire amer, haché, où perçait une pointe de culpabilité. « N'essayez pas d'expliquer ça à ma mère. Elle refuse d'admettre qu'Ed ait jamais fait autre chose que me donner de temps en temps une claque conjugale sur les fesses… histoire de me remettre dans le droit chemin quand je déraillais un peu. Elle croit que j'ai imaginé le reste. Elle ne me l'a pas dit en toutes lettres, mais c'est ce qui ressort de sa voix à chaque fois que je lui parle au téléphone.

— Moi, je ne crois pas que vous l'ayez imaginé, dit Ralph. Je vous ai vue, non ? Et c'est moi que vous avez supplié de ne pas appeler la police. »

Il sentit qu'on lui pinçait la cuisse, sous la table, et il leva un regard étonné. Gretchen Tillbury lui adressa un infime signe de tête et le pinça à nouveau — un peu plus fort, cette fois.

« Oui, dit Helen. Vous étiez bien là, n'est-ce pas ? » Elle sourit timidement, ce qui était bien, mais ce qui arrivait à son aura était mieux encore : les minuscules éclairs rouges s'atténuaient, et l'aura elle-même s'élargissait.

Non… elle ne s'élargit pas. Elle se desserre, se détend.

La jeune femme se leva et fit le tour de la table. Nat contemplait fixement l'autre bout de la pièce, l'air fasciné. Il suivit son regard et vit un petit vase posé sur le rebord de la fenêtre, à côté de l'évier. Il y avait disposé des fleurs d'automne moins de deux heures auparavant, et une brume verte montait des tiges et entourait les pétales d'une lueur atténuée.

Elles sont en train d'exhaler leur dernier souffle. Oh, mon Dieu, plus jamais je ne cueillerai une fleur de ma vie ! C'est promis.

Helen lui reprit délicatement Natalie, qui se laissa faire sans rechigner, même si son regard ne quitta pas un instant les fleurs exténuées tandis que sa mère faisait le tour de la table, s'asseyait et la nichait dans le creux de son bras.

Gretchen tapota sa montre. « Si nous voulons être à la réunion de midi…

— Oui, bien sûr, dit Helen d'un ton d'excuse. Nous faisons partie du comité d'accueil de Susan Day, expliqua-t-elle à Ralph, et ce n'est pas exactement comme le comité des fêtes du collège. Notre principal travail ne consiste pas à l'accueillir, mais à assurer sa sécurité.

— Vous pensez qu'il pourrait y avoir des problèmes ?

— Disons que la situation sera tendue, si vous préférez, intervint Gretchen. Elle dispose d'un service de sécurité personnel de six personnes, et ils nous ont envoyé les fax des menaces qu'elle a reçues en relation avec sa venue à Derry. Pour eux, c'est de la routine ; cela fait pas mal d'années qu'elle prend des tas de gens à rebrousse-poil. Ils nous tiennent au courant, mais ils nous ont aussi bien fait comprendre qu'en tant que groupe invitant, sa sécurité relève de la responsabilité de WomanCare autant que d'eux. »

Ralph ouvrit la bouche pour demander s'il y avait eu beaucoup de menaces, mais ne dit rien, sur le moment : il se doutait déjà de la réponse. Cela faisait soixante-dix ans qu'il habitait Derry et il savait que la ville était comme une machine dangereuse, comportant nombre de pointes effilées et de lames tranchantes juste en dessous de la surface. Cela était vrai de beaucoup de villes, mais à Derry, les choses semblaient toujours prendre une tournure plus sinistre qu'ailleurs. Helen avait dit qu'elle s'y sentait chez elle, et lui-même ressentait la même chose, cependant…

Il se souvint soudain d'un événement qui s'était produit presque dix ans auparavant, peu après la fin de la fête du Canal. Trois jeunes gens s'étaient emparés d'un homosexuel aussi discret qu'inoffensif, du nom d'Adrian Mellon, et l'avaient jeté dans la Kenduskeag après l'avoir battu et frappé de plusieurs coups de couteau ; la rumeur disait qu'ils avaient assisté à son agonie depuis le pont, derrière la Falcon Tavern. Ils avaient déclaré à la police qu'ils n'aimaient pas le chapeau qu'il portait. Cela aussi, c'était Derry, et seul un fou pouvait l'ignorer.

Comme si ce souvenir l'y avait ramené (c'était peut-être le cas), Ralph regarda une fois de plus la photo en première page du *Derry News* d'aujourd'hui — Ham Davenport et son poing brandi, Dan Dalton, son nez ensanglanté, son regard hébété, le panneau de Ham autour du cou.

« Combien de menaces ? demanda-t-il finalement. Plus d'une douzaine ?

— Une trentaine, répondit Gretchen. Sur le lot, les services de sécurité de Susan Day en ont pris une demi-douzaine au sérieux. Deux parlent de faire sauter le centre municipal si elle n'annule pas sa venue. Une autre — celle-là est vraiment gratinée — vient d'un type qui se vante d'avoir un gros pistolet à eau plein d'acide à batterie. "Si j'atteins ma cible, même vos copines gouines ne pourront pas vous regarder sans dégueuler" — c'est ainsi qu'il conclut.

— Charmant, commenta Ralph.

— Ce qui nous amène là où nous voulions en venir. » Gretchen fouilla dans son sac et en sortit un petit aérosol à capuchon rouge qu'elle posa sur la table. « Modeste cadeau de vos amies reconnaissantes de WomanCare. »

Ralph prit l'objet. Sur un côté, on voyait une femme

aspergeant un homme (affublé d'un chapeau cabossé et d'un loup de monte-en-l'air) d'un nuage de gaz ; sur l'autre, il y avait ce seul mot :

BODYGUARD

« Qu'est-ce que c'est ? demanda-t-il, désarçonné malgré lui. Du gaz lacrymogène ?

— Plus ou moins, répondit Gretchen ; le gaz lacrymogène est à éviter dans le Maine, pour des raisons légales. Ce truc est beaucoup moins fort… mais si vous en balancez à quelqu'un en pleine figure, il ne pensera pas à vous embêter pendant au moins deux bonnes minutes. Ça engourdit la peau, irrite les yeux et provoque des nausées. »

Ralph enleva le capuchon, regarda l'embout de l'aérosol, lui aussi de couleur rouge, et referma la bombe. « Nom de Dieu, ma mignonne, pourquoi devrais-je trimbaler un truc pareil ?

— Parce qu'on vous a déclaré officiellement Centurion, expliqua Gretchen.

— Quoi ? demanda Ralph.

— Centurion », répéta Helen. Nat s'était endormie dans les bras de sa mère et Ralph se rendit compte que les auras avaient disparu. « C'est comme ça que les Amis de la Vie baptisent leurs principaux ennemis — les dirigeants de ceux qui s'opposent à eux.

— Je vois, dit Ralph. Maintenant, je comprends. Ed m'a parlé de gens qu'il appelait les Centurions le jour où… le jour où il vous a agressée, Helen. Il a raconté aussi beaucoup d'autres choses, le jour en question, toutes plus délirantes les unes que les autres.

— En effet. Ed est à l'origine de tout ça, et il est cinglé. Il semble qu'il n'ait parlé de cette histoire de Centurions qu'au petit groupe de fidèles qui l'entoure — des gens aussi barjots que lui. Quant au reste des Amis de la Vie, je ne pense pas qu'ils se doutent de quoi que ce soit. Vous étiez-vous douté de quelque chose, vous ? Jusqu'à il y a un mois, vous doutiez-vous qu'il était cinglé ? »

Ralph secoua négativement la tête. *Non, et c'est bien ça qui me fiche la frousse*, pensa-t-il sans le dire.

« Les laboratoires Hawking ont fini par le mettre à la porte, reprit Helen. Hier. Ils ont tenu aussi longtemps qu'ils ont pu — il est excellent dans ce qu'il fait, et ils avaient beaucoup investi en lui — mais à la fin, ils ont été obligés de s'en séparer. Avec un dédommagement de trois mois de salaire… pas si mal pour un type qui bat sa femme et balance des poupées pleines de sang factice contre les fenêtres d'une clinique. » Elle tapa le journal du doigt. « Cette manifestation a été la goutte d'eau. C'est la troisième ou la quatrième fois qu'il est arrêté depuis qu'il fait partie des Amis de la Vie.

— Vous avez quelqu'un à vous chez eux, n'est-ce pas ? demanda Ralph. C'est comme ça que vous êtes au courant… »

Gretchen sourit. « Nous ne sommes pas les seuls à avoir infiltré une taupe dans leur groupe ; il y a une plaisanterie qui voudrait qu'en fait, il n'y ait pas vraiment d'Amis de la Vie — rien qu'une bande d'agents doubles. La police municipale de Derry y a quelqu'un ; la police d'État aussi. Et ceux-là sont ceux que notre… notre personne… connaît. Si ça se trouve, le FBI les surveille aussi. Les Amis de la Vie sont éminemment infiltrables, Ralph, parce qu'ils sont convaincus que tout le monde, au fond de soi, est en réalité de leur côté. Nous pensons cependant que notre représentant est la seule personne à être parvenue jusqu'au noyau dur, et cette personne affirme que si Dan Dalton est la queue, c'est Ed Deepneau qui la fait remuer.

— C'est l'impression que j'ai eue la première fois que je les ai vus ensemble à la télé», dit Ralph.

Gretchen se leva, rassembla les tasses et alla les rincer dans l'évier. «Cela fait maintenant treize ans que je milite dans des mouvements féministes, et j'en ai vu, des trucs aberrants et insensés. Mais jamais comme ça. Il a réussi à faire croire à ces abrutis que les femmes de Derry subissent des avortements involontaires, que la moitié d'entre elles ne se rendent même pas compte qu'elles sont enceintes avant que les Centurions ne viennent de nuit prendre leurs bébés.

— A-t-il aussi parlé de l'incinérateur de Newport? demanda Ralph. Celui qui serait en réalité un crématorium pour bébés?»

Gretchen se retourna, ouvrant de grands yeux. «Comment êtes-vous au courant de ça?

— Oh, j'ai eu le tuyau par Ed en personne, et de très près. Dès juillet 92.» Il n'hésita qu'un instant avant de leur raconter sa rencontre avec Deepneau, à côté de l'aéroport, et comment celui-ci avait accusé l'homme à la camionnette de transporter des bébés morts dans des barils marqués WEED-GO. Helen l'écouta en silence, l'œil de plus en plus rond. «Il ressassait la même histoire le jour où il vous a battue, conclut Ralph, mais entre-temps, il l'avait considérablement enjolivée.

— C'est sans doute ce qui explique la fixation qu'il fait sur vous, observa Gretchen, mais ses raisons, en réalité, n'ont strictement aucune importance. Le fait est qu'il donne à ses amis les plus cinglés une liste des soi-disant Centurions. Nous ne connaissons pas tous les noms qui y figurent, mais j'en fais partie, ainsi que Helen, Susan Day, bien sûr… et vous.»

Pourquoi moi? faillit demander Ralph, qui se rendit compte que la question, effectivement, était sans intérêt.

Ed l'avait peut-être dans le collimateur parce que Ralph avait appelé les flics après qu'il avait corrigé Helen ; plus vraisemblablement, sans raison particulière. Le vieil homme se souvenait d'avoir lu que David Berkowitz — plus connu sous le nom de Fils de Sam — prétendait avoir assassiné, dans certains cas, sur l'ordre de son chien.

« Que croyez-vous qu'il va chercher à faire ? demanda Ralph. Agression à main armée, comme dans un film de Chuck Norris ? »

Il sourit, mais Gretchen gardait un visage impassible. « Le problème, c'est que nous ignorons les actions qu'ils envisagent. La réponse la plus probable est *rien du tout*. Sauf qu'il pourrait passer dans la tête d'Ed ou l'un de ses acolytes l'idée de vous balancer par la fenêtre de votre cuisine. L'aérosol n'est rien d'autre qu'un gaz lacrymogène coupé d'eau. Une petite police d'assurance, c'est tout.

— Une police d'assurance, répéta-t-il, songeur.

— Vous vous retrouvez en compagnie particulièrement choisie, dit Helen avec une ébauche de sourire. Le seul autre Centurion de sexe masculin de la liste — du moins pour ce que nous en connaissons — est le maire Cohen.

— Lui avez-vous donné un de ces trucs ? » demanda Ralph en prenant la bouteille de gaz lacrymogène. Elle ne paraissait pas plus dangereuse que les échantillons gratuits de crème à raser qu'il trouvait de temps en temps dans sa boîte aux lettres.

« Ça n'a pas été nécessaire », répondit Gretchen. Elle consulta de nouveau sa montre. Helen vit son geste et se leva, sa petite fille endormie dans les bras. « Il a un permis de port d'arme.

— Comment êtes-vous au courant ? s'étonna Ralph.

— Nous avons vérifié dans les archives de la municipalité, répondit-elle avec un sourire. Les permis de port d'arme sont du domaine public.

— Oh... » Une pensée lui vint à l'esprit. « Et Ed ? Avez-vous vérifié ? En a-t-il un ?

— Non. Mais les types comme Ed ne font pas forcément une demande de permis, une fois passé un certain stade... vous le savez bien, n'est-ce pas ?

— En effet, répondit-il, se levant à son tour. Et vous, les filles ? Vous faites attention ?

— Et comment, mon vieux papa, et comment ! »

Il acquiesça, mais il ne se sentait pas entièrement satisfait. Il y avait une note légèrement protectrice dans le ton de la réponse qui ne lui plut pas, comme si sa question avait été idiote. Or elle ne l'était pas, et si elle ignorait cela, elle et ses amies pourraient finir par avoir des ennuis. Des ennuis graves.

« J'espère. J'espère vraiment. Voulez-vous que je prenne Nat pour descendre l'escalier, Helen ?

— Il ne vaut mieux pas. Vous la réveilleriez. » Elle le regarda, l'air grave. « Allez-vous porter la bombe sur vous, Ralph ? Pour me faire plaisir. Je ne peux pas supporter l'idée qu'il vous soit fait du mal simplement parce que vous avez essayé de m'aider et qu'il a une abeille folle dans le bonnet.

— J'y penserai très sérieusement. Ça ira ?

— Il faudra bien. » Elle l'étudia attentivement, examinant tous ses traits. « Vous avez l'air d'aller bien mieux que la dernière fois que je vous ai vu — vous avez retrouvé le sommeil, n'est-ce pas ? »

Il sourit. « Eh bien, à dire la vérité, j'ai toujours le même problème mais je dois certainement aller mieux, car c'est ce qu'on n'arrête pas de me dire. »

Elle se mit sur la pointe des pieds et l'embrassa au

coin de la bouche. « On reprendra contact, d'accord ? Je veux dire... on reste en contact.

— Je fais mon bout de chemin, vous faites le vôtre, mon cœur. »

Ce fut au tour d'Helen de sourire. « Vous pouvez y compter, Ralph. Vous êtes le plus sensationnel Centurion de sexe masculin que j'aie rencontré. »

Ils éclatèrent tous les trois de rire, au point que Nat se réveilla et promena autour d'elle un regard de surprise encore endormi.

6

Après avoir suivi des yeux le départ des deux jeunes femmes (JE SUIS POUR L'IVG ET JE VOTE, lisait-on sur un autocollant à l'arrière du coupé Accord de Gretchen Tillbury), Ralph remonta lentement à l'appartement. La fatigue lui tirait les talons comme s'il avait traîné des poids invisibles. Une fois dans la cuisine, il regarda tout d'abord le vase de fleurs, avec l'espoir de revoir cette étrange et superbe brume qui s'élevait des tiges. Rien. Puis il prit l'aérosol et examina à nouveau le dessin qui figurait sur le corps de l'objet. Une « Femme Menacée » résistant héroïquement à l'attaque de son agresseur — un méchant d'anthologie avec tous les attributs, y compris le feutre et le loup sur les yeux. Pas de nuances de gris, ici ; juste un *Viens ici, ordure, que jè te fasse ta fête.*

Ralph songea que la folie d'Ed devenait contagieuse. Il y avait donc des femmes dans tout Derry — et parmi elles Gretchen Tillbury et sa douce petite Helen — qui se baladaient avec ces bombes lacrymogènes dans leur sac — bombes lacrymogènes qui délivraient toutes le même message : *J'ai peur. Les méchants masqués à chapeau mou ont débarqué à Derry et j'ai peur.*

Ralph n'avait pas envie d'être dans ce coup-là. Se mettant sur la pointe des pieds, il posa l'aérosol sur le dessus du placard à côté de l'évier, puis enfila sa vieille veste de cuir grise, avec l'intention de se rendre à la zone de pique-nique, près de l'aéroport, et de voir s'il ne pourrait pas jouer aux échecs avec quelqu'un. Sinon, il se rabattrait sur une partie de cartes.

Il s'arrêta sur le seuil de la cuisine et regarda fixement les fleurs dans un effort pour faire réapparaître la brume verte. Rien ne se produisit.

Mais le phénomène a bien eu lieu. Je l'ai vu. Natalie aussi.

Vraiment ? La petite avait-elle réellement vu monter la brume grise ? Les bébés n'arrêtent pas d'ouvrir des yeux ronds devant tout ce qu'ils voient ; tout les émerveille… Comment pouvait-il en être sûr ?

« J'en suis sûr, c'est tout », déclara-t-il à l'appartement vide. Exact. La brume verte qui s'élevait des tiges de fleurs avait bien été là, toutes les auras avaient bien été là, et…

« Et elles sont toujours ici », dit-il sans savoir s'il devait être soulagé ou au contraire consterné par la fermeté qu'il y avait dans son ton.

Et si pour le moment, tu évitais d'être ou l'un ou l'autre, mon mignon ?

Sa pensée, la voix de Carolyn, bon conseil.

Ralph ferma l'appartement et alla rendre visite au Derry des Vieux Croulants, avec l'espoir de faire une partie d'échecs.

CHAPITRE 7

1

Lorsque Ralph revint à pied chez lui, le 2 octobre, tenant deux romans western d'Elmer Kelton qu'il avait achetés d'occasion à Back Pages, il vit qu'un homme était assis sur les marches du porche, avec lui aussi un livre à la main. Son visiteur ne lisait pas, cependant ; il observait avec une intensité rêveuse la manière dont le vent tiède qui avait soufflé toute la journée rassemblait les feuilles jaunes et dorées des chênes et des trois ormes survivants de Harris Avenue.

Ralph se rapprocha et étudia les fins cheveux blancs que l'air agitait autour du crâne de l'homme assis sur le porche, la manière dont sa masse semblait avoir coulé dans son ventre, ses hanches et son derrière. Cette imposante partie centrale, qui servait de soubassement à une poitrine étroite et à un cou décharné et surmontait des jambes longues et maigres enfermées dans un vieux pantalon en flanelle verte, donnait l'impression que l'homme portait une bouée sous ses vêtements. Même à cent cinquante mètres, la question de l'identité du visiteur ne se posait pas : il s'agissait de Dorrance Marstellar.

Avec un soupir, Ralph repartit en direction de son

domicile. Dorrance, apparemment hypnotisé par l'éclat des feuilles mortes, ne se détourna du spectacle que lorsque l'ombre de Ralph tomba sur lui. Il leva alors les yeux et il eut son sourire doux et étrangement vulnérable.

Faye Chapin, Don Veazie et quelques autres parmi ceux qui fréquentaient l'aire de pique-nique (ils battraient en retraite dans l'académie de billard de Jackson Street lorsque l'été indien céderait devant les premiers froids) voyaient dans ce sourire une preuve supplémentaire de la déficience mentale du pauvre Dor, livres de poésie ou non. Don Veazie, qui n'était pas précisément la délicatesse incarnée, avait pris l'habitude d'appeler Dorrance le Vieux Crétin, et Faye avait expliqué une fois à Ralph pourquoi il n'était pas surpris que le vieux Dor eût vécu jusqu'à plus de quatre-vingt-dix ans. « C'est quand on a le dernier étage démeublé qu'on vit le plus longtemps, lui avait-il confié un peu plus tôt, cette année. On n'a aucun souci à se faire. Du coup, pas d'hypertension et on risque moins de péter une valve ou de couler une bielle. »

Ralph, cependant, n'en était pas convaincu. La douceur du sourire de Dorrance, à son avis, ne lui donnait pas l'air stupide ; il avait au contraire quelque chose d'éthéré et d'entendu… le sourire d'un enchanteur Merlin de province. Il se serait malgré tout passé d'une visite de Dor, aujourd'hui ; il avait battu un nouveau record, ce matin, en se réveillant à une heure cinquante-huit, et il était épuisé. Il n'avait qu'un désir, s'asseoir dans son fauteuil, boire un café et essayer de lire l'un des romans western qu'il avait rapportés. Peut-être ferait-il ensuite une tentative de sieste.

« Salut », dit Dorrance. Le livre de poche qu'il tenait

à la main s'intitulait *Cemetery Nights*, et son auteur était un certain Stephen Dobyns.

« Salut, Dor. C'est un bon livre ? »

Dorrance regarda l'ouvrage comme s'il avait oublié sa présence, puis sourit et acquiesça. « Oui, très bon. Il écrit des poèmes qui sont comme des histoires. Ça ne me plaît pas toujours, mais des fois, si.

— Tant mieux. Écoute, Dor, ça me fait plaisir de te voir, mais j'ai fait une marche qui m'a un peu fatigué, alors on pourrait peut-être se revoir un autre…

— Oh, pas de problème », dit le vieillard en se relevant. Il dégageait toujours une légère odeur de cannelle qui évoquait, pour Ralph, ces momies égyptiennes que l'on conserve derrière des cordons de velours rouge dans la pénombre des musées. Son visage ne présentait pratiquement pas de rides, à l'exception des pattes-d'oie, au coin des yeux, mais on ne pouvait se tromper sur son âge (on en ressentait un peu d'effroi) : ses yeux bleus, décolorés, avaient le gris aqueux d'un ciel d'avril et sa peau une pâleur translucide qui rappelait à Ralph celle de la petite Natalie. Ses lèvres tombantes étaient d'un mauve presque lavande et émettaient de petits claquements lorsqu'il parlait. « Pas de problème, je ne suis pas venu te rendre visite ; simplement te transmettre un message.

— Un message ? Et de qui ?

— Je ne sais pas de qui il vient », répondit Dorrance avec une expression qui laissait entendre que soit Ralph était fou, soit qu'il jouait les idiots. « Je ne m'occupe pas des affaires des machrones. Je t'ai d'ailleurs averti de ne pas t'en mêler non plus, si tu t'en souviens. »

Ralph se rappelait bien quelque chose, mais quoi exactement, il n'aurait su le dire. De toute façon, il s'en moquait. Il était fatigué, et il avait déjà eu droit à un pesant discours en faveur de Susan Day de la part de Ham Davenport. Il n'avait aucune envie de recommencer avec Dorrance Marstellar, si belle que fût cette matinée de samedi. « Eh bien, donne-moi ton message, et je grimpe là-haut, ça te va ?

— Oh, bien sûr, parfait. » Sur quoi le vieux Dor s'interrompit, regardant, de l'autre côté de la rue, une nouvelle rafale de vent qui expédiait un tourbillon de feuilles dans le ciel brillant d'octobre. Il avait les yeux agrandis et quelque chose dans leur expression rappela à Ralph ceux de Natalie, le Bébé Miraculeux, lorsqu'elle avait voulu saisir les marques gris-bleu laissées par ses doigts, ou quand elle avait regardé la brume verte qui montait des fleurs, dans le vase. Ralph avait déjà vu Dor regarder les avions décoller et atterrir sur la piste 3, quelquefois pendant une heure ou plus, avec la même expression figée, mâchoire pendante.

« Dor ? »

Les paupières presque dépourvues de cils du vieillard battirent. « Ah, oui ! Le message ! Le message dit... » Il fronça légèrement les sourcils et abaissa les yeux sur le livre que ses mains pliaient dans un sens et dans l'autre. Puis son visage s'éclaira et il regarda de nouveau Ralph. « Le message dit : *Annule le rendez-vous.* »

Ce fut au tour de Ralph de froncer les sourcils. « Quel rendez-vous ?

— Tu n'aurais pas dû t'en mêler, répéta Dorrance, avant de pousser un gros soupir. Mais c'est trop tard, maintenant. Quand le vin est tiré, il faut le boire. Annule simplement le rendez-vous. Laisse pas ce type t'enfoncer des aiguilles dans le corps. »

Ralph, qui prenait déjà la direction du porche, se retourna. « Hong ? Tu veux parler de Hong ?

— Comment le saurais-je ? rétorqua Dorrance d'un

ton irrité. Je ne me mêle pas de leurs affaires, je te l'ai déjà dit. De temps en temps, je me charge d'un message, comme aujourd'hui. C'est tout. Je devais simplement te dire d'annuler ton rendez-vous avec le poseur d'aiguilles, c'est fait. Le reste te regarde. »

Dorrance avait de nouveau les yeux perdus sur les arbres de l'autre côté de la rue, et son visage ancien et dépourvu de rides affichait une expression de légère exaltation. Le vent, qui soufflait fort, faisait onduler ses cheveux comme des algues. Lorsque Ralph le toucha à l'épaule, il se tourna bien volontiers, et Ralph comprit soudain que ce que Faye Chapin et les autres prenaient pour de la démence sénile était peut-être, en réalité, de la joie. Dans ce cas, leur erreur en disait sans doute davantage sur eux que sur le vieux Dor.

« Dorrance ?

— Oui, Ralph ?

— Ce message… qui te l'a confié ? »

Le vieillard réfléchit — ou donna peut-être simplement l'impression de réfléchir — puis lui tendit son exemplaire de *Cemetery Nights*. « Prends-le.

— Non, sans façon. Je ne suis pas très amateur de poésie.

— Celles-là te plairont. C'est comme des histoires… »

Ralph fut saisi d'une forte envie de l'attraper par les épaules et de le secouer jusqu'à ce que ses os fassent un bruit de castagnettes. « Je viens juste de prendre ces deux bouquins chez Back Pages. Ce que je veux savoir, c'est qui t'a donné ce message… »

Dorrance fourra le livre dans la main droite de Ralph, celle qui ne tenait pas les romans western, avec une force surprenante. « L'un d'eux commence ainsi : *Chaque chose que je fais, je la fais à la hâte, pour pouvoir faire autre chose…* »

Et avant que Ralph eût le temps de répondre, le vieux Dor regagnait le trottoir en coupant par la pelouse. Il tourna à gauche et prit la direction d'Extension, son visage rêveur tourné vers le ciel dans lequel tourbillonnaient follement les feuilles, comme si quelque rendez-vous l'attendait au-delà de l'horizon.

« Dorrance ! » cria Ralph, soudain furieux. De l'autre côté de la rue, Sue balayait les feuilles accumulées devant l'entrée du Red Apple. En entendant la voix de Ralph elle s'arrêta et le regarda avec curiosité. Se sentant stupide — et vieux — Ralph se tricota ce qu'il espérait être un grand sourire joyeux sur la figure et lui fit bonjour de la main. Sue lui répondit et reprit son balayage. Dorrance, entre-temps, avait continué de s'éloigner, serein. Il était maintenant à mi-chemin du prochain carrefour.

Ralph décida de ne pas lui courir après.

2

Il grimpa les marches du porche, fit passer le livre de Dorrance avec les deux autres qu'il tenait dans la main gauche pour prendre son porte-clefs — et vit alors qu'il n'allait pas en avoir besoin : la porte n'était ni verrouillée, ni même tirée. Ralph avait reproché à plusieurs reprises son insouciance à McGovern, en ce qui concernait la fermeture de la porte d'entrée, et croyait avoir réussi à faire passer le message à travers le crâne épais de son locataire du rez-de-chaussée. On aurait dit, cependant, que McGovern était retombé dans son péché mignon.

« Nom d'un chien, Bill », grommela-t-il en s'avançant dans la pénombre du vestibule, non sans regarder nerveusement en direction de l'escalier. Il était trop facile d'imaginer Ed Deepneau s'y dissimulant, pénombre ou pas. Il ne pouvait cependant pas passer toute la journée dans le vestibule. Il ferma le verrou de la porte d'entrée et entama la montée.

Il n'y avait rien de menaçant, bien entendu. Il eut un instant difficile lorsqu'il crut voir quelqu'un debout dans un coin de sa salle de séjour, mais ce n'était que sa vieille veste grise — qu'il avait, pour une fois, accrochée au portemanteau au lieu de la jeter sur une chaise ou de la poser sur un bras du canapé. Pas étonnant qu'elle lui eût donné un coup au cœur.

Il passa dans la cuisine et, les mains enfoncées dans les poches revolver de son pantalon, étudia le calendrier mural. Il y avait un cercle autour du lundi suivant, et il avait écrit à côté : *Hong, 10 heures.*

Je devais simplement te dire d'annuler ton rendez-vous avec le poseur d'aiguilles, c'est fait. Le reste te regarde.

Un moment, Ralph eut l'impression de prendre du recul par rapport à sa vie, de telle façon qu'il pouvait contempler la dernière partie de la fresque qu'elle composait, au lieu du détail qui était ce jour-là. Ce qu'il vit l'effraya : une route inconnue conduisant dans un tunnel sans lumière où n'importe quoi pouvait l'attendre. Absolument n'importe quoi.

Alors fais demi-tour, Ralph !

Quelque chose lui disait, néanmoins, qu'il ne le pouvait pas. Qu'il était bon pour passer dans le tunnel, qu'il le voulût ou non. Plus que l'impression d'être entraîné, il avait celle d'y être poussé par des mains puissantes et invisibles.

« Ce n'est rien », marmonna-t-il, se frottant nerveusement les tempes du bout des doigts sans quitter des yeux la date encerclée — plus que deux jours — sur le calendrier. « C'est l'insomnie. C'est avec ça que les choses ont vraiment commencé à… »

Ont vraiment commencé à quoi, au fait ?

« À devenir bizarres, dit-il à voix haute. Oui, c'est là que les choses ont commencé à devenir bizarres. »

Bizarres : c'était le mot. Des tas de choses bizarres, mais les auras étaient sans conteste les plus bizarres de toutes. La lumière grise et froide — on aurait dit un givre animé — qui s'élevait de l'homme en train de lire au « Point du Jour/Coucher de Soleil ». La mère et son fils qui se dirigeaient vers le supermarché, leurs auras emmêlées s'élevant en tire-bouchon de leurs mains. Helen et Natalie enfouies dans un nuage somptueux de lumière ivoire ; Nat qui essayait d'attraper les marques laissées par ses doigts, ces traînées fantomatiques que seuls le bébé et lui pouvaient voir…

Et maintenant le vieux Dor faisant une apparition de prophète de l'Ancien Testament sur le pas de sa porte… sauf qu'au lieu de lui ordonner de se repentir, il lui avait conseillé d'annuler le rendez-vous avec l'acupuncteur que lui avait recommandé Joe Plussaj. Il aurait dû trouver cela drôle, mais n'y parvenait pas.

L'entrée béante du tunnel. Tous les jours plus proche. Y avait-il réellement un tunnel ? Et si oui, où conduisait-il ?

Pour l'instant, je m'intéresse davantage à ce qui pourrait m'y attendre. Tapi dans l'obscurité.

Tu n'aurais pas dû t'en mêler, lui avait dit Dorrance. *Mais c'est trop tard, maintenant.*

« Quand le vin est tiré, il faut le boire », murmura Ralph, décidant soudain qu'il préférait ne pas trop prendre de recul, que ça le mettait mal à l'aise. Il valait mieux s'intéresser aux détails les uns après les autres, en commençant par le rendez-vous avec l'acupuncteur.

Allait-il s'y rendre, ou bien suivre le conseil du vieux Dor, *alias* le Fantôme du Père de Hamlet ?

Ralph estima que la question ne se posait pas vraiment. Joe Plussaj avait convaincu la secrétaire de Hong de lui trouver un rendez-vous au début d'octobre, et il avait bien l'intention de s'y rendre. S'il avait un moyen de se sortir de sa situation, c'était probablement en commençant par avoir des nuits de sommeil normales. L'étape logique suivante était donc le cabinet de Hong.

« Quand le vin est tiré, il faut le boire », répéta-t-il. Sur quoi il alla s'installer dans le séjour pour lire un des romans western.

Mais au lieu de cela, il se retrouva en train de feuilleter le livre de poésies que Dorrance lui avait donné — *Cemetery Nights*, de Stephen Dobyns. Le Fantôme du Père d'Hamlet avait eu raison sur deux points : la plupart des poèmes racontaient une histoire et ils plaisaient à Ralph. Celui que lui avait cité Dorrance s'intitulait *Poursuite* et commençait ainsi :

Chaque chose que je fais, je la fais à la hâte
pour pouvoir faire quelque chose d'autre.
Ainsi passent les jours —
une course de stock-cars et la construction
sans fin d'une cathédrale gothique.
Par les fenêtres de ma voiture lancée à toute allure,
je vois tout ce que j'aime s'éloigner :
Les livres non lus,
les plaisanteries non dites, les paysages non visités...

Ralph lut le poème par deux fois, complètement absorbé, se disant qu'il fallait qu'il le montre à Carolyn. Il lui plairait, ce qui était bien, et elle l'en aimerait encore plus — lui qui s'en tenait d'ordinaire à des romans western ou historiques — d'avoir trouvé ce recueil et de le lui avoir rapporté, comme un bouquet de fleurs. Il se levait déjà, à la recherche d'un bout de papier pour marquer la page, lorsqu'il se souvint que Carolyn était morte depuis six mois. Il éclata en sanglots.

Il resta assis dans son fauteuil pendant près d'un quart d'heure, *Cemetery Nights* sur les genoux, et s'essuyant les yeux du revers de la main. Finalement il se rendit dans la chambre, s'allongea et essaya de dormir. Après avoir contemplé le plafond pendant une heure, il se prépara un café et trouva une partie de football à la télé.

3

La bibliothèque municipale de Derry ouvrait les dimanches après-midi de treize à dix-huit heures et Ralph s'y rendit le lendemain de la visite de Dorrance, avant tout parce qu'il n'avait rien de mieux à faire. La salle de lecture avec son haut plafond aurait normalement dû abriter un certain nombre de vieux comme lui, éparpillés aux tables, feuilletant pour la plupart les différents journaux du dimanche qu'ils avaient maintenant le loisir de lire ; mais lorsque Ralph émergea des rayonnages au milieu desquels il venait de passer quarante minutes à flâner, il découvrit qu'il avait toute la salle à lui. Le ciel d'un bleu resplendissant de la veille avait laissé place à une pluie battante qui collait les feuilles récemment tombées sur le trottoir ou les entraînait, par les caniveaux, dans le système particulier et désagréablement compliqué des égouts de la ville. Le vent soufflait toujours, mais il avait tourné au nord et acquis un tranchant redoutable. Les personnes âgées douées de bon sens (ou ayant de la chance) se trouvaient chez elles, bien au chaud, regardant peut-être l'une des dernières parties de la lamentable saison des Red Sox, ou jouant à des jeux de société avec leurs petits-enfants, voire faisant la sieste après la volaille plantureuse du déjeuner.

Ralph, de son côté, n'éprouvait aucun intérêt pour les Red Sox, n'avait ni enfants ni petits-enfants, et paraissait avoir perdu son ancienne capacité à faire une petite sieste. Il avait donc pris le bus de treize heures pour la bibliothèque, où il se retrouvait maintenant ; il regrettait de n'avoir rien endossé de plus chaud que sa vieille veste grise élimée, car la salle de lecture était glaciale. Sombre, en plus. Le foyer de la cheminée était vide, et l'absence de tout claquement de la part des radiateurs suggérait fortement que l'on n'avait pas encore rallumé la chaudière. Le bibliothécaire de service ne s'était pas non plus donné la peine d'appuyer sur les interrupteurs qui allumaient les globes suspendus au plafond. Le peu de lumière qui réussissait à pénétrer jusque-là donnait l'impression de se dissiper en touchant le sol, et les recoins étaient pleins d'ombre. Les bûcherons, soldats, tambours et Indiens des anciennes peintures, sur les murs, faisaient l'effet de fantômes malveillants. La pluie froide soupirait et crépitait au gré du vent contre les vitres.

J'aurais mieux fait de rester à la maison, se dit-il sans trop y croire ; ces jours-ci, l'appartement était encore pire. En outre, il avait découvert un livre nouveau et intéressant dans la partie de la bibliothèque qu'il en était venu à baptiser la section Marchand de Sable : *Patterns of Dreaming (Les Types de rêves)*, du Dr James Hall. Il alluma l'électricité, ce qui rendit la salle légèrement moins macabre, s'assit à l'une des quatre grandes tables vides et ne tarda pas à être absorbé par sa lecture.

Avant que l'on ne se rendît compte que les sommeils REM et non-REM étaient des états distincts, les études portant sur la privation de tel ou tel stade particulier du sommeil conduisirent à l'hypothèse de Dement (1960), à savoir que la privation… entraîne une désorganisation de la personnalité à l'état de veille…

Bon sang, tu l'as dit, mon ami, pensa Ralph. *Même pas foutu de trouver un sachet de Cup-a-Soup quand on en a besoin.*

… les études sur la privation des rêves du début du sommeil ont également conduit à une fascinante spéculation sur le fait que la schizophrénie pourrait être un désordre lié à la privation de rêves nocturnes, les processus oniriques intervenant alors dans la vie éveillée.

Ralph était penché sur le livre, les coudes sur la table, les poings contre les tempes, le front plissé et les sourcils rapprochés dans une crispation de concentration. Il se demanda si Hall ne voulait pas parler des auras, même sans le savoir. Si ce n'est qu'il continuait à avoir des rêves, bon Dieu ! et des rêves très nets et précis, en général. La nuit dernière encore, il avait rêvé qu'il dansait dans le vieux Pavillon de Derry (disparu maintenant, après sa destruction pendant la grande tempête qui s'était abattue sur le centre de la ville huit ans auparavant) avec Lois Chassey. Il avait l'impression de l'avoir invitée avec l'intention de la demander en mariage, mais Trigger Vachon — allez savoir pourquoi — n'avait cessé de s'interposer.

Il se frotta les yeux des poings, fit un effort pour se

concentrer de nouveau et reprit sa lecture. Il ne vit pas l'homme au chandail gris distendu (avec le chien Snoopy sur le devant portant ses lunettes Joel Cool), lorsqu'il se matérialisa à l'entrée de la salle de lecture et qu'il tira un couteau de chasse du fourreau accroché à sa ceinture. Les suspensions firent courir un filet lumineux sur la lame dentelée tandis que l'homme la tournait et la retournait, admiratif. Puis il se dirigea vers la table où l'unique lecteur de la salle était assis, la tête dans les mains. Il s'installa à côté de Ralph, qui ne remarqua sa présence que de la manière la plus vague et lointaine.

> La tolérance à la perte de sommeil varie quelque peu avec l'âge du sujet. Chez les sujets les plus jeunes, les perturbations se manifestent de manière plus prématurée ; ils ont davantage de réactions physiques, tandis que les sujets les plus âgés…

Une main légère se posa sur l'épaule de Ralph, le tirant de sa lecture avec un sursaut.

« Je me demande de quoi elles auront l'air », murmura une voix extatique dans son oreille ; les paroles étaient véhiculées par des relents qui évoquaient du bacon pourri mijotant doucement dans un bain d'ail et de beurre rance. « Je veux parler de vos tripes. Je me demande de quoi elles auront l'air, lorsqu'elles dégoulineront sur le sol. Qu'est-ce que vous en pensez, Centurion impie, assassin de bébés ? Elles vont être jaunes, noires ou rouges ? »

Un objet effilé et dur s'appuya contre le flanc gauche de Ralph, puis se mit à aller et venir lentement le long de ses côtes.

« Je suis trop impatient de le savoir, reprit la voix extatique et murmurante. J'en meurs d'envie. »

Ralph tourna très lentement la tête, entendant craquer les tendons de son cou. Il ignorait le nom de l'homme à la mauvaise haleine — l'homme qui lui enfonçait entre les côtes quelque chose qui faisait trop l'effet d'un couteau pour ne pas en être un — mais il le reconnut sur-le-champ. Les lunettes en écaille l'aidèrent, et la chevelure clownesque, tire-bouchonnée en mèches, qui rappelèrent simultanément à Ralph Don King et Albert Einstein — ce fut elle le vrai révélateur. C'était l'individu qui se tenait à côté d'Ed Deepneau, au second plan de la photo sur laquelle on voyait Ham Davenport le poing levé et Dan Dalton portant le panneau CHOISIR SANS CRAINTE de Ham en guise de collier. Ralph eut aussi l'impression d'avoir vu ce même bonhomme dans divers reportages télévisés sur les différentes manifestations contre l'avortement. Rien qu'un autre brandisseur de slogans, rien qu'un visage de plus scandant des leitmotiv dans la foule ; rien qu'un autre second couteau, si l'on peut dire : car celui-ci semblait avoir pris son rôle au sérieux au point de vouloir le tuer.

« Qu'est-ce que vous en pensez ? » demanda l'homme au chandail Snoopy, toujours de son murmure extatique. Le timbre de sa voix effraya davantage Ralph que la lame qui montait et descendait lentement le long de sa veste de cuir, comme si elle repérait les organes vulnérables de son côté gauche : poumons, cœur, reins, intestins. « Quelle couleur, hein ? »

Son haleine était écœurante, mais Ralph n'osait ni tourner la tête, ni se reculer, redoutant qu'au moindre geste de sa part, le couteau ne s'arrêtât et ne plongeât. En ce moment, la lame remontait. Derrière les verres épais de ses lunettes à monture d'écaille, les yeux bruns de l'homme flottaient comme d'étranges poissons. Leur expression avait quelque chose de déconnecté et de bizarrement effrayé, trouva Ralph : les yeux d'un homme qui voyait des signes dans le ciel et entendait des voix monter du fond des placards, la nuit.

« Je ne sais pas. Je ne sais même pas pourquoi vous voudriez me faire du mal. » Il donna un bref coup d'œil autour de lui, sans bouger la tête, dans l'espoir de voir quelqu'un, n'importe qui, mais la salle de lecture était toujours vide. À l'extérieur, les rafales de vent lançaient des gifles de pluie contre les fenêtres.

« Parce que vous êtes un salopard de Centurion ! cracha l'homme aux cheveux gris. Un salopard assassin de bébés ! Un voleur de fœtus ! Pour les vendre au plus offrant ! Je sais tout sur vous ! »

Ralph laissa lentement retomber sa main droite. Étant droitier, la majorité des objets qu'il empochait dans la journée se retrouvaient en général à portée de cette main. Si la vieille veste grise disposait de vastes poches latérales, il craignait toutefois, s'il réussissait à y glisser la main, de n'y trouver, en guise d'arme, rien de bien plus dangereux qu'un emballage froissé de chewing-gum. Même pas sûr qu'il y eût un coupe-ongles.

« C'est Ed Deepneau qui vous a raconté ça, hein ? » demanda Ralph, qui poussa un grognement lorsque le couteau pesa sèchement de la pointe contre son flanc, juste à l'endroit où s'arrêtent les côtes.

« Ne prononcez pas son nom ! rétorqua l'homme au chandail Snoopy, de son murmure rauque. Ne le prononcez jamais ! Voleur d'enfants ! Lâche assassin ! Centurion ! » Il donna une nouvelle poussée à la lame qui traversa la veste de cuir et, cette fois, lui fit vraiment mal. Il n'avait pas l'impression d'avoir été entaillé — en tout cas, pas encore — mais l'homme avait pesé suffisamment fort pour lui faire une belle ecchymose. Pas bien grave : il pourrait s'estimer heureux, s'il ne s'en sortait qu'avec un bleu.

« Entendu, je ne prononcerai plus son nom.

— Excusez-vous ! » siffla l'homme, l'aiguillonnant de nouveau de sa lame. Cette fois-ci, elle traversa la chemise, et Ralph sentit couler, chaudes, les premières gouttes de sang contre sa peau. *Qu'est-ce qui se trouve à cette hauteur ?* se demanda-t-il. *Le foie ? La vésicule biliaire ? Qu'est-ce qu'on a, du côté gauche ?*

Il ne s'en souvenait plus ou ne voulait plus s'en souvenir. Une image lui était venue à l'esprit, une image qui essayait de se mettre en travers de toute pensée organisée — un daim suspendu la tête en bas sur une échelle double, devant une épicerie de campagne, pendant la saison de la chasse. Les yeux vitreux, la langue pendante, et une fente noire sur son ventre, celle laissée par un couteau, un couteau exactement comme celui-ci, lorsque le chasseur avait dépecé l'animal pour en retirer les entrailles, ne laissant que la tête, la peau et la chair.

« Je suis désolé, dit Ralph d'une voix qui n'était plus assurée. Sincèrement désolé.

— Ouais, très bien ! Vous pourriez l'être, mais vous ne l'êtes pas ! »

Nouvelle piqûre. Élancement douloureux brutal. Nouvelle coulée chaude le long de son flanc. Et soudain, la salle devint plus lumineuse, comme si deux ou trois des équipes de reportage qui tournaient dans Derry depuis le début des manifestations s'étaient rassemblées ici et venaient de brancher les projecteurs de leurs caméras vidéo portatives. Nulle caméra, cependant ; c'est en lui-même que s'était déclenché le flot de lumière.

Il se tourna vers l'homme au couteau — vers l'homme qui enfonçait en cet instant une lame en lui — et vit que celui-ci était entouré d'une aura instable, vert et noir, qui évoquait

(des feux follets)

la maigre phosphorescence qu'il avait parfois aperçue dans les bois marécageux, à la tombée de la nuit. Elle était parcourue de ronces torsadées hérissées de pointes d'un noir absolu. Il la regarda, de plus en plus atterré, sentant à peine l'extrémité de la lame qui s'enfonçait en lui d'un ou deux millimètres de plus. Il avait vaguement conscience du sang qui formait une flaque à l'endroit où sa chemise était retenue par la ceinture de son pantalon, mais c'était tout.

Il est cinglé et il a réellement l'intention de me tuer, ce n'est pas seulement du baratin. Il n'est pas encore tout à fait prêt à le faire, pour l'instant, il n'est pas encore tout à fait décidé, mais ça risque de ne pas tarder. Et si j'essaie de m'enfuir, si j'essaie seulement de m'écarter d'un centimètre de la lame, je suis cuit. Je crois qu'il espère que je vais me décider à bouger... alors il pourra se dire que je me suis moi-même embroché, que c'était de ma faute.

« Vous et tous ceux dans votre genre, reprit l'homme aux mèches grises hirsutes, on sait tout sur vous. »

La main de Ralph venait d'atteindre sa poche droite. Il y sentit un objet relativement gros qu'il n'identifia pas et ne se rappela pas y avoir placé. Ce qui ne voulait pas dire grand-chose ; lorsqu'on ne se souvenait plus si les quatre derniers chiffres du numéro de téléphone de son cinéma préféré étaient 1317 ou 1713, tout était possible.

« Ah, vous autres ! Bon sang de bon sang de sort ! » Cette fois-ci, Ralph sentit parfaitement la douleur lorsque l'homme enfonça un peu plus le couteau ; la lame enflamma, tout autour de sa poitrine, un fin réseau écarlate qui monta jusqu'à sa nuque. Il poussa un gémissement retenu et sa main droite se referma violemment, à travers le cuir de la veste, sur l'objet que contenait sa poche.

« Ne criez pas, lui intima l'homme aux cheveux fous, toujours de son murmure extatique. Oh, bon Dieu de bon Dieu, vous n'allez pas vous mettre à crier ! » Ses yeux bruns scrutaient le visage de Ralph ; les verres de ses lunettes les grossissaient tellement que les minuscules pellicules prises dans ses cils paraissaient aussi grosses que des galets. Ralph voyait l'aura de l'homme jusque dans ses yeux, allant et venant devant ses pupilles comme une fumée verte au-dessus d'une eau noire. Les torsades serpentines qui parcouraient la lumière verte étaient maintenant plus grosses ; elles s'entrecroisaient et se tressaient, et Ralph comprit que lorsque la lame s'enfoncerait sur toute sa longueur, la partie de la personnalité de cet homme qui les engendrait serait ce qui pousserait le couteau. Le vert trahissait sa confusion mentale et sa paranoïa ; le noir, quelque chose d'autre. Quelque chose

(venu d'ailleurs)

de bien pire.

« Non, hoqueta-t-il. Je ne crierai pas. Promis.

— Bien. Je peux sentir votre cœur, vous vous rendez compte ? Je le sens jusque dans la main par l'intermédiaire de mon couteau. Il doit battre rudement fort. » La bouche de l'homme s'étira en un sourire torve, sans humour. Un peu de bave restait collée aux commissures de ses lèvres. « Avec un peu de chance, vous allez avoir une crise cardiaque et vous écrouler, ça m'épargnera l'inconvénient de vous tuer. » Une autre bouffée de l'haleine fétide vint se briser sur la figure de Ralph. « Vous êtes bougrement vieux. »

Le sang coulait maintenant le long de son flanc en deux ruisselets, peut-être même trois. La souffrance provoquée par la pointe de la lame était à rendre fou — comme l'aiguillon d'une abeille géante.

Ou une aiguille, se dit-il, découvrant que cette idée avait un côté comique en dépit de la situation dramatique dans laquelle il se trouvait… ou peut-être à cause d'elle. C'était ce type, le véritable enfonceur d'aiguilles ; James Roy Hong n'en était qu'une pâle imitation.

Je n'aurai même pas la possibilité d'annuler le rendez-vous. Il se doutait bien que les barjots comme ce type en chandail Snoopy ne se chargeaient pas de ce genre de commissions. Les barjots comme ce type avaient un programme établi bien à eux et n'en déviaient jamais, qu'il vente, pleuve ou neige.

Quoi qu'il pût advenir, Ralph comprit qu'il n'allait pas pouvoir supporter encore bien longtemps ce couteau qui s'enfonçait en lui. Du pouce, il releva le rabat de sa poche et glissa la main à l'intérieur. Il reconnut l'objet dès l'instant où le bout de ses doigts le toucha : la bouteille aérosol que Gretchen avait sortie de son sac et posée sur la table de la cuisine. *Un petit cadeau de toutes vos amies reconnaissantes de WomanCare*, avait-elle dit.

Ralph n'arrivait pas à imaginer comment la bombe était passée du dessus du placard où il l'avait posée à la poche de sa vieille veste de demi-saison, mais il s'en moquait. Sa main se referma dessus et, encore du pouce, il fit sauter le capuchon de plastique. Pas un instant il ne quitta des yeux le visage parcouru de tressaillements, effrayé et jubilant, de l'homme aux mèches tire-bouchonnées.

« Il y a quelque chose que je sais, dit Ralph. Si vous me promettez de ne pas me tuer, je vous le dirai.

— Et quoi donc ? Qu'est-ce qu'un vieux débris comme vous peut bien savoir ? »

Qu'est-ce qu'un vieux débris comme moi peut savoir ? se demanda Ralph, et la réponse vint aussitôt, jaillissant dans son esprit comme le symbole du jackpot dans la fenêtre d'une machine à sous. Il s'obligea à s'incliner dans l'aura verte qui tourbillonnait autour de l'homme, dans l'épouvantable puanteur qui montait de ses boyaux malades. En même temps, il dégagea le petit aérosol de sa poche, le maintint contre sa cuisse et chercha de l'index le point d'appui qui déclencherait l'aspersion.

« Je sais qui est le Roi Pourpre », murmura-t-il.

Les yeux s'agrandirent, derrière les lunettes en écaille crasseuses, non seulement sous l'effet de la surprise, mais du choc ; l'homme eut un léger mouvement de recul. Un instant, la terrible pression diminua sur le flanc gauche de Ralph. C'était sa chance, la seule qu'il aurait, et il la prit. Il se jeta sur sa droite, tomba de la chaise et roula sur le sol. Sa nuque heurta le carrelage, mais la douleur lui parut lointaine et sans importance, comparée au soulagement de ne plus sentir la pointe du couteau.

L'homme aux cheveux tire-bouchonnés piaula — rage et résignation mêlées, comme si toute une vie de difficultés lui avait donné l'habitude de ce genre d'échec. Il se pencha par-dessus la chaise que Ralph venait de libérer, sa hure animée de tics tendue en avant, ses yeux faisant l'effet de ces créatures phosphorescentes et fantasmagoriques qui vivent au fond des abysses. Ralph brandit la bouteille aérosol, et n'eut qu'une fraction de seconde pour se rendre compte qu'il ne savait pas dans quelle direction pointait le trou minuscule, dans l'embout — il risquait tout aussi bien de s'envoyer une dose de Bodyguard.

Plus le temps de vérifier ce détail.

Il appuya sur le bouton au moment où l'homme plongeait sur lui avec le couteau. Un fin nuage de gouttelettes enveloppa le visage du barjot et givra ses lunettes ; on aurait dit le même produit que le désinfectant parfumé au pin que Ralph employait dans ses toilettes.

Le résultat fut instantané, et il n'aurait pu souhaiter mieux. L'homme poussa un hurlement de douleur, lâcha son couteau (il heurta un genou de Ralph et atterrit entre ses jambes) et s'étreignit le visage, arrachant ses lunettes. Elles atterrirent sur la table. En même temps, l'aura étroite et plus ou moins huileuse qui l'entourait émit un éclair d'un rouge éclatant avant de disparaître — du moins à la vue de Ralph.

« Je suis aveugle ! cria l'homme d'une voix haut perchée et stridente, je suis aveugle, je suis aveugle !

— Non, vous n'êtes pas aveugle, dit Ralph en se remettant debout avec peine. Vous êtes… »

L'homme poussa un nouveau hurlement et se laissa choir sur le sol, où il se mit à se rouler dans tous les sens, se tenant le visage à deux mains, et s'époumonant comme un enfant qui vient de se prendre la main dans une porte. Entre ses doigts écartés, Ralph apercevait ses joues qui viraient à l'écarlate de manière inquiétante.

Ralph se dit qu'il valait mieux laisser ce type, qu'il était cinglé et aussi dangereux qu'un serpent à sonnettes, mais il était trop horrifié et honteux de ce qu'il avait fait pour suivre ce qui était par ailleurs un excellent conseil. L'idée qu'il s'était agi pour lui d'une question de vie ou de mort, qu'il lui avait fallu mettre son adversaire hors de combat, pour ne pas périr lui-même, lui paraissait déjà irréelle. Il se pencha pour toucher l'homme au bras d'une main craintive. Le barjot roula loin de lui et se mit à tambouriner du talon contre le carrelage, de ses tennis crasseuses, comme un enfant qui pique une crise de nerfs. « Espèce de salopard ! Vous m'avez rendu aveugle ! » Et il ajouta, à l'immense stupéfaction de Ralph : « Je vous poursuivrai en justice et vous y laisserez votre chemise !

— Vous aurez d'abord à vous expliquer pour le couteau avant de pouvoir porter plainte, j'en ai bien l'impression », lui répondit Ralph. Il aperçut alors l'arme, toujours sur le sol, se baissa pour la ramasser, puis arrêta son mouvement : autant que ses empreintes digitales n'y fussent pas. Lorsqu'il se redressa, un étourdissement l'envahit et, pendant quelques instants, la pluie qui battait contre les fenêtres prit un son creux. Il donna un coup de pied dans le couteau pour l'éloigner, tituba et dut s'accrocher au dossier de la chaise qu'il avait occupée pour ne pas tomber. Les choses, autour de lui, reprirent leur aplomb. Il entendit des pas qui se rapprochaient dans le hall principal et des voix qui murmuraient, d'un ton interrogatif.

Vous voilà enfin, pensa Ralph. *Où étiez-vous passés, il y a trois minutes, quand ce type était sur le point de faire éclater mon poumon comme un ballon ?*

Mike Hanlon, silhouette mince qui lui donnait l'air d'avoir la trentaine en dépit de la chape serrée de ses cheveux grisonnants, fit son apparition sur le seuil. Derrière lui, Ralph reconnut l'adolescent qui lui servait d'assistant pendant les week-ends, et derrière encore, quatre ou cinq curieux, sans doute venus de la salle des périodiques.

« Monsieur Roberts ! s'exclama Mike. Bon Dieu, mais vous êtes blessé !

— Je vais bien, c'est lui qui va mal », répondit Ralph. Mais quand il abaissa les yeux sur lui en montrant l'homme qui gisait toujours à terre, il vit qu'il n'allait pas si bien que cela. Sa veste s'était relevée quand il avait fait son geste, et sur la chemise écossaise, en dessous, s'étalait une tache rouge et humide en forme de goutte d'eau, partant de l'aisselle. « Merde », chevrota-t-il, se laissant tomber sur sa chaise. Il heurta les lunettes en écaille du coude, et elles allèrent valser à l'autre bout de la table. Le produit qui les embuait encore leur donnait l'aspect de deux yeux aveuglés par une cataracte.

« Il m'a jeté de l'acide dessus ! hurla l'homme allongé sur le sol. Je ne peux rien voir, et j'ai la peau qui fond ! Je sens qu'elle fond ! » Ralph aurait presque juré qu'il se livrait volontairement à une parodie de la Méchante Sorcière de l'Ouest.

Mike jeta un seul bref coup d'œil à l'homme au sol et s'assit à côté de Ralph. « Qu'est-ce qui s'est passé ?

— Oh, ce n'est sûrement pas de l'acide », répondit Ralph, lui montrant le Bodyguard. Il posa la bouteille sur la table, à côté de *Patterns of Dreaming*. « La personne qui me l'a donné m'a dit que ce n'était même pas aussi fort qu'une bombe lacrymogène normale, ça ne fait qu'irriter les yeux et vous donner des nausées…

— Ce n'est pas son état à lui qui m'inquiète, le coupa Mike Hanlon d'un ton impatient. Quelqu'un qui peut crier aussi fort ne va sûrement pas mourir dans les minutes qui suivent. C'est le vôtre, monsieur Roberts. Avez-vous une idée de la gravité de votre blessure ?

— Il ne m'a pas vraiment donné un coup de couteau, expliqua Ralph, juste enfoncé la pointe de la lame. Il est là », ajouta-t-il avec un geste en direction de l'arme, qui gisait plus loin sur le carrelage. À la vue de la pointe rougie, il se sentit pris d'un nouvel étourdissement ; on aurait dit qu'un train express fait d'oreillers en plume lui traversait la tête. Comparaison stupide, évidemment, ridicule, mais il n'était pas dans un état d'esprit bien reluisant.

L'assistant regarda mieux l'homme toujours allongé

sur le sol. « Oh, oh, dit-il, on le connaît, ce type, Mike. C'est Charlie Pickering.

— Bonté divine ! s'exclama Mike. Comment se fait-il que je ne sois pas plus surpris que cela ? » Il regarda le jeune homme et soupira. « Autant appeler les flics, mon garçon. Je crois bien qu'on a un problème sur les bras. »

5

« Je vais avoir des ennuis pour avoir utilisé ça ? » demanda Ralph une heure plus tard avec un geste en direction d'une des deux pochettes en plastique scellées posées sur le bureau de Mike Hanlon. Une bande adhésive jaune marquée PIÈCE À CONVICTION et sur laquelle on avait ajouté à la main : *Bombe aérosol*, *10.3.93*, *bibliothèque municipale de Derry*, était collée dessus.

« Pas autant que notre petit camarade Charlie va en avoir pour avoir employé ceci », répondit John Leydecker, montrant l'autre sachet en plastique. Le couteau de chasse était à l'intérieur ; sur la pointe, le sang avait séché et pris une couleur marron. Leydecker portait aujourd'hui un sweater de l'université du Maine et avait à peu près les proportions d'une grange. « On croit encore beaucoup au concept de légitime défense, ici, dans notre cambrousse. On n'en parle cependant pas trop, c'est un peu comme reconnaître qu'on croit que la terre est plate. »

Mike Hanlon, qui se tenait appuyé au chambranle de la porte, éclata de rire.

Ralph espéra que son visage ne trahissait pas le profond soulagement qu'il ressentait. Pendant que l'infirmier lui prodiguait ses soins (c'était l'un de ceux qui avaient pris Helen Deepneau en charge, en août dernier) après qu'on l'avait photographié, qu'il le désinfectait, puis lui posait des points de suture et le bandait, il avait serré les dents et s'était imaginé devant un juge le condamnant à six mois de taule pour agression avec une arme non mortelle. *J'espère, monsieur Roberts, que cela servira d'exemple à tous les vieux chnoques du coin qui pourraient se sentir autorisés à se promener avec des bombes aérosol de gaz toxique sur eux...*

Leydecker regarda une fois de plus les six photos Polaroïd alignées à côté de l'ordinateur de Mike Hanlon. Le jeune technicien médical des urgences avait pris les trois premières avant de procéder aux premiers soins sur Ralph. On y voyait un petit cercle noir — rappelant un peu les virgules démesurées que tracent les enfants qui apprennent à écrire — sur son flanc. La deuxième série de photos avait été prise après la pose des points de suture et la signature d'un document dans lequel Ralph reconnaissait qu'on lui avait proposé une hospitalisation et qu'il avait refusé ; sur ces clichés, on voyait le début de ce qui allait devenir un bleu d'une taille spectaculaire.

« Dieu bénisse Edwin Land et Richard Polaroïd, dit Leydecker en plaçant les photos dans un troisième sachet de pièces à conviction.

— Je ne suis pas sûr du tout qu'il y ait un Richard Polaroïd, observa Mike Hanlon du pas de la porte.

— Vous avez sans doute raison, mais que Dieu le bénisse tout de même. Il suffira qu'un jury voie ces photos pour vous faire attribuer une médaille, Ralph, et même le meilleur des avocats ne pourrait contester la validité de ces preuves (il se tourna vers Mike Hanlon). Charlie Pickering ?

— Oui, acquiesça Mike, Charlie Pickering.

— Un enfoiré. »

Mike acquiesça de nouveau. « De première grandeur. »

Les deux hommes se regardèrent de l'air le plus sérieux, puis éclatèrent de rire en même temps. Ralph comprit tout à fait ce qu'ils ressentaient — c'était drôle parce que c'était horrible et horrible parce que c'était drôle — et il dut se mordre sauvagement la lèvre pour ne pas se joindre à eux. La dernière chose au monde qu'il eût envie de faire en ce moment était de s'esclaffer ; les contractions l'auraient fait souffrir en diable.

Leydecker prit un mouchoir dans sa poche revolver, s'essuya les yeux et retrouva son calme.

« C'est l'un des Laissez-les-vivre, n'est-ce pas ? » demanda Ralph. Il se souvenait de l'aspect de l'homme lorsque l'assistant de Hanlon l'avait aidé à s'asseoir ; privé de ses lunettes, il avait l'air aussi dangereux qu'un lapin nain dans la vitrine d'une animalerie.

— Si vous voulez, oui, répondit froidement Hanlon. Il était parmi ceux que l'on a attrapés dans le parking de service de l'hôpital qui dessert aussi WomanCare. Il avait un bidon d'essence à la main et un sac à dos plein de bouteilles vides.

— Également de la charpie, ne l'oubliez pas, ajouta Leydecker. Elle devait lui servir de mèche. C'était à l'époque où Charlie était membre à part entière de Notre Pain Quotidien.

— A-t-il vraiment failli mettre le feu ? » demanda Ralph, curieux.

Leydecker haussa les épaules. « Il s'en est fallu de peu. Quelqu'un du groupe a apparemment estimé que faire sauter la clinique du planning familial était un geste qui relevait davantage du terrorisme que de la politique et a fait un appel anonyme à la police locale.

— Une bonne affaire », commenta Mike. Il eut un

petit rire, puis croisa les bras comme pour retenir une nouvelle crise d'hilarité.

« Ouais », dit Leydecker. Le détective s'étira en faisant craquer les articulations de ses doigts. « Au lieu de l'envoyer en prison, un juge consciencieux et attentionné l'expédia pour six mois à Juniper Hill suivre une psychothérapie ; ils ont dû estimer qu'il n'allait pas trop mal, puisqu'il est revenu en ville depuis juillet dernier, ou quelque chose comme ça. »

Mike enchaîna : « Oui, et il débarque ici presque tous les jours. Histoire d'améliorer l'ambiance, sans doute. Il attrape par la manche pratiquement tous les gens qui viennent, et leur fait son petit laïus sur le fait que les femmes qui avortent périront dans le soufre et la damnation, et que les vraies méchantes comme Susan Day brûleront pour l'éternité dans un lac de feu. Mais je n'arrive pas à comprendre pour quelle raison il s'en est pris à vous, monsieur Roberts.

— Un coup de chance, j'imagine.

— Vous allez bien, Ralph ? Je vous trouve un peu pâle.

— Très bien », répondit-il, mentant effrontément ; en fait il commençait même à ressentir des nausées.

« Je ne suis pas sûr que vous alliez si bien que ça, mais pour ce qui est de la chance, vous en avez. C'est une chance que ces dames vous aient donné la bombe lacrymo, une chance que vous l'ayez eue sur vous et plus encore que Pickering n'ait pas décidé de vous enfoncer tout de suite son couteau dans le dos. Vous pensez-vous en état de venir jusqu'au commissariat faire tout de suite votre déposition officielle, ou bien... »

Ralph bondit soudain du fauteuil pivotant de Mike Hanlon et se précipita, une main sur la bouche, vers la porte qui se trouvait à l'arrière du bureau — porte qu'il ouvrit en espérant que ce n'était pas le placard du bibliothécaire : sans quoi, il risquait de remplir ses caoutchoucs des restes légèrement usagés d'un sandwich au fromage et de soupe de tomate.

Heureusement, il s'agissait du local dont il avait besoin. Il se laissa tomber à genoux devant les toilettes et vomit, les yeux fermés, appuyant fermement le bras gauche contre le trou que lui avait fait Pickering dans le flanc. La douleur, en dépit du biceps qui se durcissait et pressait sur la plaie, demeurait intolérable.

« La réponse est non, je suppose », dit Mike Hanlon derrière lui, avant de poser une main réconfortante sur la nuque de Ralph. « Ça va mieux ? La blessure ne s'est pas remise à saigner ?

— Je ne crois pas », répondit Ralph, qui commença à déboutonner sa chemise. Il fut cependant obligé de s'interrompre pour se serrer de nouveau du bras, tandis que son estomac se contractait une dernière fois. Quand il examina enfin le pansement, il était d'un blanc immaculé. « On dirait que ça va.

— Bien », fit la voix de Leydecker. Il se tenait derrière le bibliothécaire. « C'est fini ?

— Il me semble, oui. » Il regarda Mike Hanlon, l'expression honteuse. « Je vous prie de m'excuser pour… pour…

— Ne soyez pas ridicule, lui dit Mike en l'aidant à se remettre debout.

— Je vais vous raccompagner. Vous ferez votre déclaration demain, ça suffira largement, intervint le policier. Ce dont vous avez besoin, c'est de vous reposer pendant le reste de la journée et d'une nuit de bon sommeil.

— Rien ne vaut une nuit de bon sommeil », acquiesça Ralph. Ils venaient d'atteindre la porte du bureau. « Vous voulez bien me lâcher, détective Leydecker ? On n'est pas encore fiancés, n'est-ce pas ? »

Leydecker parut surpris et laissa retomber le bras de Ralph. Mike se remit à rire. « Elle est bonne, celle-là aussi, monsieur Roberts. »

Le policier souriait. « Je ne crois pas, mais que cela ne vous empêche pas de m'appeler Jack, si vous voulez. Ou John. Mais pas Johnny. Depuis la mort de ma mère, la seule personne qui m'appelle Johnny est mon vieux prof, McGovern. »

Le vieux prof McGovern, songea Ralph. *Ça me fait bizarre.*

« D'accord, John ira très bien. Et vous pouvez m'appeler Ralph tous les deux. En ce qui me concerne, *M. Roberts* restera toujours pour moi une pièce de Broadway avec Henry Fonda.

— Exactement, l'approuva Mike Hanlon. Et soignez-vous bien.

— J'essaierai — au fait, ajouta-t-il brusquement, il faut que je vous remercie pour quelque chose, sans rapport avec ce que vous avez fait pour moi aujourd'hui. »

Mike leva un sourcil intrigué. « Oh ?

— Oui. Vous avez engagé Helen Deepneau. C'est quelqu'un que j'aime beaucoup et elle avait un besoin désespéré de trouver du travail. Alors je vous dis merci. »

Mike sourit et hocha la tête. « Je serais heureux d'accepter vos fleurs, mais c'est en réalité elle qui m'a fait une faveur. Elle est surqualifiée pour le poste, mais si j'ai bien compris, elle tient à rester en ville.

— Moi aussi, je tiens à ce qu'elle y reste, et vous avez rendu la chose possible. Donc, merci encore.

— Je vous en prie », répondit Mike avec le sourire.

6

Tandis que Ralph et Leydecker faisaient le tour du comptoir d'échanges de livres, le policier demanda : « Je parie que c'est le gâteau de miel qui vous a réussi, hein ? »

Sur le coup, Ralph n'eut pas la moindre idée de ce qu'il voulait dire — il aurait pu tout aussi bien lui poser sa question en espéranto.

« Vos insomnies, reprit patiemment Leydecker. C'est terminé, n'est-ce pas ? Ça doit : vous avez l'air un giga-million de fois mieux que le jour où je vous ai rencontré pour la première fois.

— Il faut dire que j'étais un peu secoué, le jour en question. » Une ancienne rengaine du vieux Billy Crystal à propos d'un certain Fernando lui revint à l'esprit — *Écoute, mon chéri, ne sois pas ridicule, ce n'est pas comment tu te sens, c'est de quoi tu as l'air ! Et tu... as l'air... merveilleux !*

« Parce que aujourd'hui, vous ne l'êtes pas? Hé, Ralph, réveillez-vous, c'est moi. Alors avouez : ce ne serait pas le gâteau de miel, par hasard ? »

Ralph eut l'air de réfléchir, puis acquiesça. « Oui. J'ai bien l'impression que c'est ça qui a réglé la question.

— Fantastique ! Je vous l'avais bien dit, non ? » s'exclama joyeusement Leydecker tandis qu'ils s'avançaient dans la pluie de l'après-midi.

7

Ils attendaient que le feu passât au vert en haut d'Up-Mile Hill, lorsque Ralph se tourna vers Leydecker et lui demanda s'il y avait des chances de prouver que Ed était le complice de Charles Pickering. « Parce que, voyez-vous, c'est Ed qui l'a poussé à ça. J'en suis aussi sûr que je sais que c'est Strawford Park, là devant nous.

— Vous avez probablement raison, mais ne vous faites pas trop d'illusions ; nous avons bien peu de chances de le coincer. Même avec un substitut du procureur moins conservateur que Dale Cox, je ne parierais pas cher là-dessus.

— Et pourquoi ?

— En premier lieu, je doute qu'il soit possible de démontrer que les deux hommes entretenaient des relations étroites. En deuxième lieu, des types comme Pickering ont tendance à être d'une loyauté à toute épreuve vis-à-vis des gens qu'ils considèrent comme des amis, tant ils en ont peu ; leur univers est avant tout constitué d'ennemis. Si on l'interroge, je doute fort que notre homme répète ce qu'il vous a raconté pendant qu'il vous chatouillait les côtes avec son couteau de chasse. En dernier lieu, Ed Deepneau n'est pas idiot. Cinglé, certes, et peut-être même davantage que Pickering, si l'on y réfléchit, mais pas stupide. Il ne reconnaîtra rien du tout. »

Ralph opina ; c'était exactement ce qu'il pensait d'Ed.

« Si jamais Pickering affirmait que Deepneau lui avait ordonné de vous trouver et de vous supprimer — sous prétexte que vous faites partie de cette bande de Centurions assassins de bébés et voleurs de fœtus —, Ed se contenterait de sourire et de hocher la tête en disant qu'il ne doutait pas que ce pauvre Charlie nous avait raconté cela, que le pauvre Charlie pouvait même le croire, mais que ce n'était pas vrai pour autant. »

Le feu passa au vert. Leydecker franchit le carrefour, puis s'engagea à gauche, sur Harris Avenue. Les essuie-glaces clapotaient contre le pare-brise. Strawford Park, sur la droite de Ralph, ondulait comme un mirage à travers la pluie qui dégoulinait sur la vitre de sa portière.

« Et que pourrions-nous objecter ? poursuivit le policier. Le fait est que Charlie Pickering a une longue histoire de troubles mentaux. Question hôpitaux psy, il les a tous faits : Juniper Hill, l'hôpital d'Acadia, l'institut de santé mentale de Bangor… prenez n'importe quel endroit où l'on vous branche gratuitement sur le courant et où on vous habille de vestes qui se boutonnent dans le dos, Charlie a toutes les chances d'y être passé. Actuellement, l'avortement est sa lubie. Dans les années soixante, il en avait après Margaret Chase Smith. Il écrivait partout — au député de Derry, à la police d'État, au FBI —, prétendant que c'était une espionne soviétique. Il disait qu'il en avait la preuve.

— Nom de Dieu, c'est incroyable !

— Non, c'est du Charles Pickering, et je parie qu'on en trouve une douzaine comme lui dans toutes les villes de la taille de la nôtre, aux États-Unis. Que dis-je, dans le monde entier. »

La main de Ralph alla délicatement toucher le bandage, sur son flanc gauche. Ses doigts suivirent le contour des agrafes, sous les couches de gaze. Ce dont il se souvenait le mieux, c'était les yeux agrandis par la loupe des verres de Pickering, leur expression à la fois terrifiée et extatique. Il éprouvait déjà des difficultés à admettre que l'homme à qui appartenaient ces yeux avait failli le tuer, et craignait que demain, toute cette histoire ne se ramène à l'un de ces rêves intrusifs dont parlait James Hall dans son livre.

« Ce qui est chiant, Ralph, c'est qu'un maboul comme Charlie Pickering est un instrument parfait entre les mains d'un type comme Ed Deepneau. Pour le moment, notre petit camarade boxeur de femme dispose de cent mille dénégations à nous opposer. »

Leydecker s'engagea dans l'allée de la maison de Ralph et se gara derrière une grosse Oldsmobile avec des taches de rouille sur les bords du coffre et un très vieil autocollant — DUKAKIS EN 88 — sur le pare-chocs.

« À qui appartient ce brontosaure ? Au prof ?

— Non, c'est *mon* brontosaure. »

Leydecker lui adressa un regard incrédule en mettant le levier de la boîte automatique sur *parking*. « Si vous avez une auto, comment se fait-il que vous vous fassiez doucher en attendant le bus ? Elle est en panne ?

— Non, elle marche », répondit Ralph d'un ton un peu raide, ne voulant pas ajouter qu'il n'en était pas tellement sûr ; cela faisait deux mois qu'il n'avait pas fait tourner la vieille Olds. « Et je n'étais pas sous la pluie, puisque l'arrêt du bus comporte aussi un abri. Avec un toit. Et même un banc. D'accord, il n'y a pas la télé par câble, mais attendez voir l'année prochaine.

— Pourtant…, dit Leydecker, regardant toujours l'Oldsmobile d'un air dubitatif.

— J'ai passé les quinze dernières années de ma vie professionnelle à piloter un bureau, mais avant, j'étais vendeur. Pendant quelque chose comme vingt-cinq ans, j'ai parcouru dans les mille deux cents kilomètres par semaine. À l'époque où je me suis carré derrière un bureau, à l'imprimerie, l'envie de conduire m'avait passé depuis longtemps. Et depuis la mort de ma femme, je n'ai guère eu de raisons de prendre le volant, on dirait. Le bus me va très bien dans la plupart des cas. »

Tout cela était on ne peut plus vrai, et il n'éprouva pas le besoin d'ajouter qu'il faisait de moins en moins confiance à ses réflexes et que sa vue n'était plus ce qu'elle avait été. Un an auparavant, un gamin de sept ou huit ans s'était mis à courir après son ballon dans Harris Avenue au moment où Ralph revenait du cinéma ; et il avait eu beau ne rouler qu'à trente kilomètres à l'heure, il avait bien cru, pendant deux épouvantables secondes, qu'il allait passer sur l'enfant. Il n'en avait rien été, évidemment — ça n'avait même pas été de justesse, en fait — mais depuis, il aurait pu compter sur les doigts des deux mains le nombre de fois où il avait pris l'Oldsmobile.

Cela non plus, il n'éprouva pas le besoin de le confier au policier.

« Vous avez raison, il faut faire ce qui vous convient le mieux, admit Leydecker avec un geste vague de la main en direction de la vieille voiture. Est-ce que treize heures, demain après-midi, ça vous convient pour venir faire votre déposition, Ralph ? Je prends mon service à midi, je pourrais donc suivre par-dessus votre épaule et vous apporter un café, au besoin.

— Ça me va très bien. Et merci de m'avoir ramené chez moi.

— Il n'y a pas de quoi. Ah, autre chose… »

Ralph venait d'ouvrir la portière. Il la referma et se tourna vers Leydecker, le sourcil levé.

Le détective étudia ses mains, changea de position derrière le volant, mal à l'aise, s'éclaircit la gorge et releva la tête. « Je voulais simplement vous dire que vous n'êtes pas quelqu'un d'ordinaire. Des tas de types ayant quarante ans de moins que vous auraient terminé l'aventure à l'hôpital. Ou à la morgue.

Mon ange gardien a dû faire des heures sup », répondit Ralph, pensant à sa surprise lorsqu'il avait compris quel était l'objet cylindrique qui se trouvait dans sa poche droite.

« C'est bien possible, mais que cela ne vous empêche

pas de vous enfermer à triple tour, le soir. Vous m'entendez ? »

Ralph sourit et acquiesça. Sincères ou pas, les éloges de Leydecker lui avaient fait chaud au cœur. « Entendu ; si je peux convaincre McGovern d'y mettre du sien, tout ira au poil. »

Je peux aussi descendre vérifier que la porte du bas est bien fermée, à mon réveil. Soit dans les deux heures et demie après m'être endormi, au train dont vont les choses.

« Tout ira au poil, oui, renchérit Leydecker. On n'a pas été très content, là où je travaille, quand on a appris que Ed Deepneau avait plus ou moins fait une OPA sur les Amis de la Vie, mais je ne peux pas dire que nous ayons été surpris. C'est un type séduisant, charismatique. Du moins, les jours où on ne tombe pas sur lui quand il vient de traiter sa femme comme un punching-ball. »

Ralph opina du chef.

« Par ailleurs, ce n'est pas le premier de ce genre que nous voyons ; ils ont souvent un comportement autodestructeur. Ce processus a déjà commencé chez Deepneau. Il a perdu sa femme, il a perdu son travail... vous êtes au courant ?

— Oui. C'est Helen qui me l'a dit.

— Et maintenant, il perd ses partisans les plus modérés. Ils décrochent à la vitesse d'avions de chasse qui foncent vers l'aéroport parce qu'ils sont à court d'essence. Pas Ed ; lui, il continue, quoi qu'il advienne. Je suppose qu'il en aura encore une poignée autour de lui le jour où Susan Day viendra faire son laïus, mais après ça, j'ai bien l'impression qu'il va se retrouver aussi seul qu'un pestiféré.

— Avez-vous pensé qu'il risquait de tenter quelque

chose, vendredi prochain ? Qu'il va peut-être essayer de faire du mal à Susan Day ?

— Oh oui, pour y penser, nous y avons pensé, croyez-moi. »

8

Ralph fut extrêmement heureux de trouver la porte d'entrée fermée à clef, cette fois. Il ne la déverrouilla que le temps de se glisser à l'intérieur, puis entreprit l'escalade laborieuse de l'escalier, qui lui sembla plus haut et plus sombre que jamais, cet après-midi.

L'appartement paraissait trop silencieux, en dépit du crépitement régulier de la pluie sur le toit, et l'air était comme chargé de l'odeur de trop de nuits blanches. Il tira une chaise de la cuisine près du comptoir, monta dessus et regarda sur le haut du placard, à côté de l'évier. Comme s'il s'était attendu à y trouver une autre bouteille de Bodyguard — l'originale, celle qu'il avait posée là après le départ d'Helen et Gretchen —, quelque chose en lui s'y attendait vraiment. Il n'y avait rien, toutefois, sinon un cure-dent, un vieux fusible Buss et beaucoup de poussière.

Il descendit de la chaise avec précaution, constata qu'il avait laissé des traces boueuses dessus, les nettoya avec du papier absorbant. Puis il remit la chaise à sa place et se rendit dans le séjour. Il resta un moment debout, parcourant la pièce des yeux — le canapé avec sa couverture au motif floral défraîchi, son gros fauteuil rembourré, le vieil appareil de télé posé sur une tablette de chêne entre les deux fenêtres donnant sur Harris Avenue. De la télé, son regard se porta à l'angle opposé. En entrant dans l'appartement, hier, encore un peu énervé d'avoir trouvé la porte d'entrée non verrouillée, il avait pris, un bref instant, sa veste accrochée au portemanteau pour la silhouette d'un intrus. Inutile de se mentir ; il avait pensé, sur le coup, que Ed était venu lui rendre visite.

Mais voilà, jamais je ne suspends ma veste là. C'était l'une des choses — des rares choses, il me semble — qui avaient le don d'agacer Carolyn. Et si je n'ai pas réussi à en prendre l'habitude pendant qu'elle était vivante, sûr et certain que ce n'est pas depuis sa mort que je l'ai adoptée. Non, ce n'est pas moi qui ai accroché cette veste.

Ralph vida les poches de sa veste de cuir sur le dessus du poste de télévision. Dans la gauche il ne trouva rien, sinon un rouleau de petits bonbons à la menthe Life Savers, dont le premier était collé au papier ; mais la droite se révéla être un coffre au trésor, même sans l'aérosol. Elle contenait une friandise (Lemon Tootsie Pop) toujours dans son emballage ; une publicité froissée pour une pizzeria de Derry ; une pile de 1,5 volt ; un petit carton qui avait naguère contenu une part de tarte de chez McDonald's ; sa carte de fidélité de Dave's Video Stop, à quatre points d'une location gratuite (elle était restée aux abonnés absents pendant quinze jours et Ralph était sûr de l'avoir perdue) ; une pochette d'allumettes ; différents bouts de papier d'aluminium ; et un morceau de papier ligné bleu, plié.

Ralph l'ouvrit et lut la phrase que la main incertaine d'un vieillard avait griffonnée : *Chaque chose que je fais, je la fais à la hâte pour pouvoir faire autre chose.*

Rien d'autre, mais cela suffisait à confirmer, pour sa raison, ce que son cœur avait déjà deviné : il avait trouvé Dorrance sur les marches du porche, lorsqu'il était revenu de chez Back Pages avec ses livres, mais le patriarche avait eu d'autres choses à faire avant de s'asseoir pour l'attendre. Il était monté dans l'appartement de Ralph, avait pris la bombe aérosol sur le haut du placard, l'avait glissée dans la poche droite de la vieille veste de cuir grise ; il avait même laissé sa carte de visite, sous la forme d'un fragment de poème, probablement écrit sur une page arrachée au petit carnet en piteux état sur lequel il notait les arrivées et les départs de la piste 3. Puis, au lieu de remettre la veste où il l'avait trouvée, le vieux Dor l'avait accrochée correctement au portemanteau. Cela fait,

(quand le vin est tiré, il faut le boire)

il était redescendu attendre sur le porche.

La veille au soir, Ralph avait réprimandé McGovern pour avoir une fois de plus oublié de mettre le verrou à la porte d'entrée, et Bill l'avait écouté patiemment, comme lui-même avait supporté patiemment les remontrances de Carolyn, quand il jetait sa veste sur la première chaise venue, au lieu de la suspendre au portemanteau. Il se demandait maintenant s'il n'avait pas accusé McGovern à tort. Le vieux Dor avait peut-être forcé le verrou… ou l'avait ensorcelé. Étant donné les circonstances, la sorcellerie paraissait l'hypothèse la plus vraisemblable. Parce que…

« Parce que, marmonna Ralph à voix basse, récupérant machinalement le contenu de ses poches pour le remettre à sa place, ce n'est pas comme s'il avait simplement su que j'allais avoir besoin de ce truc ; il savait où le trouver, et il savait où le mettre. »

Un frisson zigzagua dans son dos, et la partie rationnelle de son esprit essaya de démolir cette idée en la traitant de folle, d'absurde, de délire d'insomniaque au dernier stade… voire. Mais tout ça n'expliquait pas le bout de papier, n'est-ce pas ?

Il regarda de nouveau les mots griffonnés sur la feuille de papier ligné — *Tout ce que je fais je le fais à la hâte, pour pouvoir faire quelque chose d'autre.* Ce n'était pas plus son écriture que *Cemetery Nights* n'était un livre à lui.

« Sauf qu'il m'appartient, maintenant. Dor me l'a donné. » Un autre frisson lui parcourut le dos, aussi tortueux qu'une fissure dans un pare-brise.

Et quelle autre explication te vient à l'esprit ? L'aérosol n'a pas pu voler directement dans ta poche. Pas plus que ce bout de papier.

Il ressentit de nouveau cette impression d'être poussé par des mains invisibles vers la gueule d'un tunnel ténébreux. Avec le sentiment de vivre un mauvais rêve, Ralph retourna dans la cuisine. En chemin, il se débarrassa de sa veste et la jeta sur un bras du canapé sans même y penser. Il resta quelques instants sur le pas de la porte, regardant fixement le calendrier sur lequel on voyait deux garçons rieurs occupés à sculpter une lanterne dans une citrouille pour Halloween. Mais c'était le cercle autour de la date de demain qui avait toute son attention.

Annule le rendez-vous avec l'enfonceur d'aiguilles, avait dit Dorrance ; c'était le message et aujourd'hui, l'enfonceur de couteau l'avait plus ou moins souligné. Éclairé au néon, oui !

Il chercha le numéro dans les pages jaunes et le composa.

« Cabinet du Dr James Roy Hong, l'informa une agréable voix féminine. Pour l'instant, personne ne peut prendre votre communication, alors ayez la gentillesse de nous laisser un message après le bip sonore. Nous vous rappellerons dès que possible. »

Le répondeur automatique émit son bip. D'une voix

qui le surprit lui-même par sa fermeté, Ralph dit : « Ici Ralph Roberts. J'ai rendez-vous demain matin à dix heures. Je suis désolé, mais je serai dans l'impossibilité de venir. Il s'est passé quelque chose. Merci. » Il marqua un temps d'arrêt, puis ajouta : « Bien entendu, je paierai la consultation. »

Il ferma les yeux et remit le combiné à tâtons sur sa fourche. Puis il s'appuya du front contre le mur.

Qu'est-ce que tu fabriques, Ralph, mon vieux ? Au nom du Ciel, qu'est-ce que tu fabriques ?

« Le chemin est long pour le paradis, mon cœur. »

Tu ne peux pas sérieusement croire ce que tu penses… si ?

« … un long chemin, alors ne gaspille pas ton énergie pour des bêtises. »

Et au fait, qu'est-ce que tu penses exactement ?

Il l'ignorait ; il n'en avait pas la moindre idée. Le destin, sans doute, les rendez-vous à Samarkand. Une seule chose s'imposait à lui, pour le moment, les cercles de douleur qui allaient s'agrandissant autour du petit trou qu'il avait au flanc gauche, le trou que lui avait fait le maboul au couteau. L'infirmier lui avait donné une demi-douzaine de pilules analgésiques, et il se dit qu'il ferait bien d'en prendre une ; mais pour l'instant, il se sentait trop fatigué pour faire l'effort d'aller jusqu'à l'évier et se servir un verre d'eau… et s'il était trop fatigué pour traverser cette petite pièce merdique, comment diable pourrait-il parcourir le long chemin menant au paradis ?

Cela aussi, il l'ignorait, et il s'en fichait pour l'instant. Il n'avait qu'une envie, rester là où il se tenait, la tête appuyée au mur et les yeux fermés, afin de ne rien avoir à regarder.

CHAPITRE 8

1

La plage était un long ruban blanc, comme un bouillonnement de dentelle ourlant le bleu éclatant de la mer, et totalement vide, à l'exception d'un objet rond, à environ soixante-dix mètres. L'objet avait la taille d'un ballon de basket et remplissait Ralph d'une terreur profonde et — pour le moment — sans fondement.

Ne t'en approche pas. Il y a là quelque chose de mauvais. Quelque chose de vraiment mauvais. C'est un chien noir hurlant à la lune, du sang dans l'évier, un corbeau perché sur un buste d'Athéna juste de l'autre côté de la porte de ta chambre. Tu ne dois pas t'en approcher, Ralph, et tu n'as pas besoin de t'en approcher, parce que c'est un de ces rêves lucides dont Joe Plussaj t'a parlé. Si tu le veux, tu peux faire demi-tour et t'éloigner.

Sauf que ses pieds commencèrent à l'entraîner en avant et qu'il ne s'agissait peut-être pas, en fin de compte, d'un rêve lucide. Ni très agréable, d'ailleurs ; pas agréable du tout. Parce que plus il s'approchait de l'objet de la plage, moins il ressemblait à un ballon de basket.

C'était de loin le rêve le plus réaliste que Ralph eût jamais connu de sa vie, et le fait de savoir qu'il rêvait paraissait même renforcer cette impression de réalisme.

De lucidité. Il sentait le sable fin et mou sous ses pieds nus, un sable tiède, mais pas chaud ; il entendait le grondement raboteux, caillouteux, des vagues qui arrivaient, perdaient leur équilibre et se brisaient sur la plage, où le sable brillait comme une peau bronzée couverte d'eau ; il sentait l'odeur du sel et des algues qui séchaient, parfum fort et piquant qui lui rappelait ses vacances d'été à Old Orchard Beach, quand il était enfant.

Hé, mon pote, si tu n'es pas capable de modifier ce rêve, je me dis que tu pourrais peut-être appuyer sur le bouton du siège éjectable et gicler — te réveiller, en d'autres termes, et tout de suite.

Il avait parcouru la moitié de la distance qui le séparait de l'objet et la question de ce qu'il était ne se posait plus. Non pas un ballon de basket, mais une tête. On avait enterré un être humain jusqu'au cou dans le sable… et, se rendit-il soudain compte, la marée montait.

Il ne gicla pas ; il se mit à courir. L'ourlet écumeux d'une vague, à cet instant, vint effleurer la tête. Elle ouvrit la bouche et commença à crier. Même ainsi déformée, Ralph reconnut la voix sur-le-champ. C'était celle de Carolyn.

L'écume de la vague suivante s'étala sur la plage et ramena en arrière les cheveux collés sur les joues mouillées de la tête. Ralph courut plus vite, conscient que de toute façon il arriverait trop tard. La marée montait vite. Elle serait noyée bien avant qu'il eût le temps de dégager son corps du sable.

Tu n'as pas à la sauver, Ralph. Carolyn est déjà morte et ça ne s'est pas passé sur une plage déserte, mais chambre 317, au Derry Home Hospital. Tu étais avec elle jusqu'à la fin et le bruit que tu entendais n'était pas celui des vagues, mais le grésil qui frappait la fenêtre. Tu ne t'en souviens pas ?

Si, il s'en souvenait, mais il n'en accéléra pas moins, soulevant des gerbes d'un sable fin comme du sucre en poudre à chaque foulée.

Tu ne l'atteindras même pas, tu sais comment ça se passe dans les rêves, non ? Quand tu te précipites sur un truc, ça se transforme en autre chose...

Non, ce n'était pas ce que disait le poème... à moins que... mais Ralph ne savait plus trop. La seule chose qu'il se rappelait clairement, en ce moment, était qu'à la fin, le narrateur fuyait en courant à l'aveuglette quelque chose de mortel

(jetant un coup d'œil par-dessus mon épaule je vois sa forme)

qui le poursuivait dans les bois... et gagnait du terrain.

Néanmoins, il se rapprochait de la forme noire posée sur le sable. Elle ne se changea pas en autre chose non plus, et lorsqu'il tomba à genoux à côté de Carolyn, il comprit tout de suite pourquoi il n'avait pu reconnaître celle qui avait été sa compagne pendant quarante-cinq ans, même de loin : son aura n'allait pas du tout, mais pas du tout. Elle se collait à sa peau comme une poche en plastique sale. Lorsque l'ombre de Ralph tomba sur elle, les yeux de Carolyn roulèrent comme ceux d'un cheval qui vient de se briser la jambe en sautant un obstacle. Elle respirait à petits coups rapides et effrayés, et chaque expiration expulsait des jets d'une aura gris-noir par ses narines.

Le panache endommagé qui montait de son crâne avait les nuances violet-noir d'une plaie qui s'infecte. Lorsqu'elle ouvrit la bouche pour crier de nouveau, une substance luisante, d'aspect déplaisant, coula de ses lèvres en filets pâteux pour disparaître dès l'instant ou presque où il la vit.

Je vais te sauver, Carol ! cria-t-il. Il se mit à creuser le sable autour d'elle, frénétique comme un chien qui exhume un os… et au moment où cette idée lui venait, il se rendit compte que Rosalie, le clébard matinal de Harris Avenue, était assise, fatiguée, à côté de sa femme qui hurlait. Une aura noire crasseuse entourait également la chienne. Elle tenait le panama disparu de McGovern entre ses pattes, et le chapeau avait l'air d'avoir subi un certain nombre de mastications depuis qu'il était en sa possession.

C'est donc ce qui est arrivé au foutu panama, pensa Ralph, avant de se tourner de nouveau vers Carolyn et de se remettre à creuser, encore plus vite. Jusqu'ici, il n'avait même pas réussi à lui dégager une épaule.

Ne t'occupe pas de moi ! lui cria Carolyn. *Je suis déjà morte, tu le sais bien ! Guette les empreintes de l'homme blanc, Ralph ! Les…*

Une vague, vert bouteille dans le fond et ourlée d'une mousse savonneuse, se brisa à moins de trois mètres de la plage. Elle courut vers eux, frigorifia les couilles de Ralph de son eau froide et engloutit momentanément la tête de Carolyn dans un mélange écumeux chargé de sable. Lorsqu'elle se retira, c'est Ralph qui, tourné vers le ciel bleu indifférent, poussa un cri plein d'horreur. L'eau était parvenue à accomplir en une seconde ce qu'il avait fallu presque un mois de radiothérapie pour obtenir : elle lui avait enlevé tous ses cheveux, laissant Carolyn complètement chauve. Et son crâne commençait à se déformer à l'endroit où était attaché le panache noirâtre.

Carolyn, non ! hurla-t-il, creusant encore plus vite. Le sable, maintenant humide, était désagréablement pesant.

Ça ne fait rien, dit-elle. Des bouffées gris-noir sortaient de sa bouche à chaque mot, comme les vapeurs délétères d'une cheminée d'usine. *C'est simplement la tumeur, et elle est inopérable, alors ne perds pas ton sommeil pour cette partie du spectacle. Qu'est-ce que ça peut faire, hein ? La route est longue pour le paradis, alors ne gaspille pas ton énergie pour des bêtises, d'accord ? Il faut cependant que tu surveilles ces traces...*

Mais je ne sais pas de quoi tu parles, Carolyn !

Une autre vague déferla, mouilla Ralph jusqu'à la taille et engloutit une fois de plus Carolyn. Lorsqu'elle se retira, la boursouflure de son crâne commençait à s'ouvrir.

Tu le découvriras bien assez tôt, répondit Carolyn. Puis le renflement de sa tête éclata avec un bruit de marteau heurtant un quartier de viande. Des gouttelettes de sang se dispersèrent dans l'air clair au parfum de sel, et une horde de bestioles noires de la taille de cancrelats se déversa de son crâne. Ralph n'avait jamais rien vu de tel auparavant — même pas dans un rêve — et il se sentit pris d'un dégoût si violent qu'il frisait l'hystérie. Il se serait bien enfui, Carolyn ou pas, mais il était cloué sur place, trop hébété pour bouger un seul doigt, encore plus pour se lever et courir.

Quelques bestioles noires entrèrent dans la bouche de Carolyn pendant qu'elle criait, mais la plupart dégringolèrent le long de ses joues et de ses épaules pour se disperser sur le sable. Leurs yeux accusateurs d'extraterrestres ne quittèrent pas Ralph un seul instant. *Tout cela est de ta faute*, paraissaient-ils dire. *Tu aurais pu la sauver, Ralph, et quelqu'un de mieux que toi y serait arrivé.*

Carolyn ! hurla-t-il. Il tendit les mains vers elle, puis eut un geste de recul, terrifié par les bestioles noires qui continuaient à surgir de sa tête. Derrière elle, Rosalie restait assise dans sa propre enveloppe de ténèbres, regardant Ralph d'un air grave et tenant le chapeau disparu de McGovern dans la gueule.

L'un des yeux de Carolyn jaillit de son orbite et retomba sur le sable mouillé comme une cuillerée de gelée de myrtilles. L'orbite vide vomit d'autres bestioles noires.

Carolyn ! cria-t-il, *Carolyn ! Carolyn ! Car…*

2

« … olyn. Carolyn ! Car… »

Soudain, alors même qu'il prenait conscience que son rêve était achevé, Ralph se retrouva en train de tomber. À peine comprit-il ce qui lui arrivait avant de heurter lourdement le plancher de la chambre. Il réussit à atténuer le choc en tendant un bras, ce qui lui évita sans doute un méchant coup derrière la tête, mais provoqua un élancement fichtrement puissant sous le bandage que maintenait du sparadrap sur son buste. Pourtant, c'est à peine s'il sentit la souffrance. Il éprouvait de la peur, de la répulsion, et un chagrin horrible, poignant… mais, plus que tout, il était submergé de gratitude. Le cauchemar — sans conteste le plus mauvais rêve qu'il eût jamais fait — était terminé, et il se trouvait de nouveau dans l'univers de la réalité.

Il rabattit le pan de sa veste de pyjama, qui était presque entièrement déboutonnée, vérifia qu'aucun saignement n'apparaissait sous le pansement, ne vit rien et se mit sur son séant. Le seul fait de se redresser ainsi l'épuisa ; et l'idée de se relever, au moins pour se remettre au lit, paraissait être hors de question, au moins pour le moment. On verrait lorsque les battements frénétiques de son cœur se seraient un peu calmés.

Peut-on mourir d'un cauchemar? se demanda-t-il. C'est la voix de Joe Plussaj qui lui répondit : *Et comment, on le peut, Ralph, même si le médecin légiste écrit « suicide » dans la case réservée aux causes de la mort.*

Encore sous l'effet de son songe horrible, assis sur le plancher et s'étreignant les genoux de son bras droit, Ralph ne doutait pas que certains rêves fussent assez puissants pour tuer. Les détails de celui qu'il venait de faire s'estompaient, mais il ne se souvenait que trop bien de son apogée : ce choc sourd, comme ferait un marteau heurtant une épaisse tranche de bœuf, et la répugnante régurgitation d'insectes sortant de la tête éclatée de Carolyn. Insectes gros et gras, bien vivants, et certes ils pouvaient l'être : ils s'étaient régalés de la cervelle de sa défunte femme.

Ralph émit un gémissement bas larmoyant et s'essuya le visage de la main gauche, ce qui provoqua un nouvel élancement, sous le pansement. Il avait la paume grasse de sueur en retirant sa main.

Que lui avait-elle dit exactement de surveiller ? Une piste ? Non, des traces, des empreintes — laissées par un homme blanc. Empreintes, traces de quoi ? Et avait-elle dit autre chose ? Peut-être, ou peut-être pas. Il n'arrivait pas à s'en souvenir clairement. Et alors ? Ce n'était qu'un rêve, nom de Dieu, rien qu'un rêve, et, mis à part les descriptions fantaisistes du monde onirique des journaux à sensation, les rêves ne signifiaient rien et ne prouvaient rien. Quand une personne s'endormait, son esprit paraissait se transformer en une sorte de coureur de soldes dans une boutique, fouillant dans les piles d'objets sacrifiés, pour la plupart des souvenirs récents, sans valeur, à la recherche non pas d'objets intéressants ou même utilisables, mais de choses à l'éclat encore tapageur. Le dormeur en faisait des collages monstrueux, souvent surprenants mais qui avaient, la plupart du temps, autant de sens que la conversation de Natalie Deepneau. La chienne Rosalie et jusqu'au panama disparu de McGovern étaient venus faire de la figuration ; mais tout cela ne signifiait rien… sauf que demain soir, il éviterait de prendre l'une des pilules analgésiques que lui avait données l'infirmier, même s'il avait l'impression que son bras allait se détacher de son corps. Non seulement celle qu'il avait avalée à l'heure du dernier bulletin d'information n'avait pas réussi à lui éviter d'avoir mal, comme il l'avait espéré, à demi confiant, mais elle avait probablement contribué à provoquer le cauchemar.

Il réussit enfin à se lever et à s'asseoir sur le bord du lit. Une onde de faiblesse flottait dans sa tête comme une toile de parachute, et il ferma les yeux jusqu'à la disparition de la sensation. Tandis qu'il restait ainsi, la tête baissée et les yeux clos, il chercha de la main l'interrupteur de sa lampe de chevet et alluma. Lorsqu'il rouvrit les yeux, la partie de la chambre qu'éclairait la lumière jaune et chaude paraissait très brillante et très réelle.

Il consulta la pendulette, à côté de la lampe : une heure quarante-huit, et il se sentait parfaitement réveillé, parfaitement alerte, analgésique ou pas. Il se leva, passa à pas lents dans la cuisine et mit la bouilloire sur le feu. Puis il s'appuya au comptoir, massant sans y penser le pansement sous son bras gauche, dans un effort pour atténuer les élancements réveillés par ses récentes aventures. Lorsque la bouilloire siffla, il versa l'eau chaude sur un sachet de thé Sleepy Time (*Somnolence*, se dit-il, *une bien bonne marque pour toi*) et partit pour le salon, sa tasse à la main. Il se laissa tomber dans son fauteuil sans prendre la peine de mettre la lumière ; celle des lampadaires et la faible lueur diffusée par la porte de la chambre lui suffisaient largement.

Eh bien, me voilà une fois de plus installé au premier rang, rangée du centre. Que le spectacle commence !

Le temps passa — combien, il n'aurait su le dire — mais les élancements s'étaient calmés, sous son bras, et son thé brûlant était devenu à peine tiède lorsqu'il enregistra un mouvement du coin de l'œil. Ralph tourna la tête, s'attendant plus ou moins à voir Rosalie, mais ce n'était pas la chienne. Deux hommes venaient de sortir d'une maison de l'autre côté de Harris Avenue et se tenaient sur le perron. On ne pouvait distinguer les couleurs de la maison — les lampes à arc de sodium installées par la ville quelques années auparavant donnaient une excellente visibilité mais rendaient presque impossible l'appréciation exacte des couleurs — néanmoins on se rendait compte que la peinture des parements était radicalement différente de celle du reste. Ce détail ainsi que l'emplacement permirent à Ralph de conclure qu'il s'agissait de la maison de May Locher.

Les deux hommes qui se tenaient sur le perron étaient de très petite taille ; ils ne devaient pas faire plus d'un mètre vingt ou trente. Une aura apparemment verdâtre les enveloppait. Ils portaient des blouses blanches identiques, qui rappelaient à Ralph celles des comédiens dans les vieilles séries télé sur le monde médical — des feuilletons comme *Ben Casey* ou *Dr Kildare*. L'un d'eux tenait quelque chose à la main. Ralph plissa les yeux. Il ne put distinguer la nature exacte de l'objet, juste que sa forme était pointue et agressive. Il aurait refusé d'affirmer sous serment qu'il s'agissait d'un couteau, mais cela y ressemblait. Oui, il pouvait tout à fait s'agir d'un couteau.

La première pensée ordonnée qui lui vint à l'esprit, au vu de ce spectacle, fut que les deux hommes avaient l'air d'extraterrestres sortis tout droit d'un film sur les enlèvements par des soucoupes volantes — *Communion*, ou encore *A Fire in the Sky*. La deuxième fut de se dire qu'il venait de se rendormir dans le fauteuil, sans même s'en rendre compte.

C'est ça, Ralph, juste encore un peu de cette pagaille de trucs en solde, probablement due au stress d'avoir reçu un coup de couteau et amplifiée par ces foutues pilules antidouleur.

Il ne trouva rien d'effrayant, en dehors de l'objet long et effilé que tenait l'un d'eux, aux deux personnages qui bavardaient sur le porche de May Locher. Ralph se dit que même en songe, personne ne pouvait tirer grand-chose d'une paire de types chauves de cette taille, en blouse blanche, vrais laissés-pour-compte du casting d'un film de série B. Leur comportement, par ailleurs, n'avait rien d'inquiétant : ni furtif, ni menaçant. Ils se tenaient sur ce perron comme si c'était la chose la plus naturelle du monde, à ces heures les plus noires et les plus calmes de la nuit. Ils se faisaient face et leur attitude et leur grosse tête chauve donnaient l'impression de deux amis lancés dans une conversation paisible et civilisée. Ils paraissaient attentionnés et intelligents — le genre d'extraterrestres qui sont plus enclins à dire : « Nous venons en paix » qu'à vous enlever, vous enfoncer une sonde entre les fesses et prendre des notes sur vos réactions.

Très bien, ce nouveau rêve n'est peut-être pas un épouvantable cauchemar. Après le dernier, de quoi te plains-tu ?

Évidemment non, il ne se plaignait pas. Se ramasser une fois par nuit sur le plancher lui suffisait, merci bien. Ce rêve présentait toutefois quelque chose de troublant ; il paraissait réel d'une manière qui n'avait pas été celle du cauchemar avec Carolyn. Car après tout, il se trouvait dans sa propre salle de séjour, pas sur une plage étrange et déserte qu'il n'avait jamais vue auparavant. Assis dans le même gros fauteuil à oreillettes où il s'installait tous les matins, et tenant une tasse de thé (presque froid) à la main gauche ; et lorsqu'il approcha la main droite de son nez, il sentit une faible odeur de savon en provenance du dessous de ses ongles… Le Irish Spring qu'il aimait utiliser sous la douche…

Soudain, il porta la main à son côté gauche et appuya sur le pansement. La douleur fut immédiate et intense… mais les deux petits hommes en blouse blanche ne bougèrent pas du porche de May Locher.

Ce que tu ressens n'a pas d'importance, mon vieux. Ça ne peut pas avoir d'importance, parce que…

« Fais pas chier ! » gronda Ralph d'une voix basse et étranglée. Il se leva après avoir posé la tasse sur la petite table voisine. Du Sleepy Time se renversa sur le guide télé qui s'y trouvait déjà. « Fais pas chier, ce n'est pas un rêve ! »

3

Il traversa le séjour d'un pas vif, les pans de son pyjama lui battant les mollets, ses vieilles pantoufles produisant des chuintements et des claquements de serpillière mouillée, tandis que montaient, de l'endroit où Charlie Pickering l'avait frappé, des protestations étouffées sous forme de petites bouffées brûlantes. Il prit une chaise et la porta jusque dans la minuscule entrée de l'appartement, où se trouvait un placard. Le vieil homme ouvrit la porte, alluma la seule ampoule intérieure et disposa la chaise de manière à pouvoir atteindre l'étagère la plus haute.

Celle-ci était encombrée de toutes sortes d'objets oubliés, dont la plupart avaient appartenu à Carolyn. Des bibelots insignifiants, à peine mieux que des débris, mais à les voir, ce qui restait de sa conviction d'être dans un rêve se dissipa. Il y avait un vieux sachet de M&M, sa gourmandise secrète et rassurante ; un cœur en dentelle, un unique escarpin de satin blanc au talon cassé, un album de photos. Voir ces objets lui faisait bien plus mal que la blessure sous son bras, mais il n'avait pas le temps de s'abandonner à la douleur, en ce moment.

Il s'étira, la main gauche posée sur l'étagère poussiéreuse pour garder l'équilibre, et commença de farfouiller au milieu de ce capharnaüm avec sa main droite, non sans prier intérieurement pour que la chaise de cuisine n'ait pas l'idée de se dérober sous lui. La blessure commençait à l'élancer furieusement et il comprit qu'elle allait se remettre à saigner s'il n'arrêtait pas rapidement sa séance de gymnastique, mais…

Je suis pourtant sûr qu'elles sont par là… enfin… presque sûr…

Il repoussa une vieille boîte à mouches artificielles et son panier à poissons en osier. Derrière, se trouvait un numéro de la revue *Look* avec Andy Williams en couverture. Ralph l'écarta d'un revers de main, soulevant un nuage de poussière. L'antique sachet de M&M tomba au sol et s'ouvrit, expédiant les bonbons multicolores dans tous les sens. Ralph se pencha encore un peu ; il était presque sur la pointe des pieds. Il se dit que c'était sans doute son imagination, mais il avait l'impression que sous lui, la chaise était près d'aller valdinguer.

Cette idée venait à peine de lui traverser l'esprit qu'effectivement, la chaise se mettait à grincer et à entamer une marche arrière sur le plancher. Ralph l'ignora, comme il ignora la voix qui lui disait de mettre un terme à ce cirque, et tout de suite, parce qu'il rêvait éveillé, exactement comme James Hall expliquait dans son livre que c'était ce qui finissait par arriver aux insomniaques, un jour ou l'autre, et bien que les petits hommes chauves, de l'autre côté de la rue, n'eussent en réalité aucune existence, il pouvait très bien se trouver debout sur une chaise en train de glisser lentement, pouvait tout aussi bien se casser le col du fémur lorsqu'elle lui ferait définitivement défaut — et qu'est-ce qu'il donnerait comme explication, bon sang, lorsqu'un petit malin de toubib du service des urgences, à l'hôpital, lui demanderait comment il avait réussi son coup ?

Avec un grognement, il n'en étira pas moins la main jusqu'au fond, poussant de côté un carton d'où dépassait la pointe d'une étoile d'arbre de Noël, tel un bizarre périscope effilé (envoyant par terre l'escarpin au talon cassé, au passage) et aperçut enfin ce qu'il cherchait, dans l'angle le plus éloigné du placard, sur sa gauche : le boîtier contenant ses vieilles jumelles Zeiss-Ikon.

Ralph descendit de la chaise juste à temps pour ne pas en tomber, la rapprocha et remonta dessus. Comme il ne pouvait atteindre l'angle dans lequel se trouvaient les jumelles, il prit le filet à poissons qui attendait depuis toutes ces années à côté de sa boîte à mouches et de son panier, et réussit à piéger le boîtier à sa seconde tentative. Il l'attira à lui jusqu'à ce qu'il pût le saisir par la bandoulière, et descendit de la chaise pour poser le pied sur l'escarpin sans talon. Il se tordit douloureusement la cheville. Il vacilla, moulina des bras pour retrouver son équilibre, manquant de peu d'aller heurter le mur, tête la première. En retournant dans le séjour, néanmoins, il sentit quelque chose de chaud et humide sous le pansement. Il avait fini par s'arranger pour rouvrir la plaie. Merveilleux. Encore une soirée exceptionnelle chez

Roberts… et combien de temps était-il resté loin de la fenêtre ? Il l'ignorait, mais il avait l'impression que cela faisait longtemps, et la certitude que les petits docteurs chauves auraient disparu à son retour. La rue serait vide et…

Il s'arrêta brusquement ; le boîtier aux jumelles continua d'osciller au bout de la bandoulière, faisant courir lentement une ombre trapézoïdale sur le plancher, là où la lumière des lampadaires projetait son éclat orangé comme une couche de peinture bien laide.

Les petits docteurs chauves ? Était-ce bien ainsi qu'il venait de les évoquer ? Oui, évidemment. Parce que c'était sous ce nom qu'*ils* les désignaient — les types qui prétendaient avoir été enlevés par eux… examinés par eux… opérés par eux, parfois. Des médecins de l'espace, les proctologues du grand au-delà. Mais ce n'était pas le plus stupéfiant. Le plus stupéfiant était…

C'est l'expression qu'a employée Ed, le soir où il m'a téléphoné et où il m'a conseillé de ne pas me mêler de ses affaires. Il a dit que c'était le docteur qui lui avait parlé du Roi Pourpre, des Centurions et de tout le reste.

« Ouais… », murmura Ralph. Une chair de poule frénétique lui hérissait le dos. « Ouais, c'est ce qu'il a dit : "Le docteur me l'a dit. Le petit docteur chauve." »

Lorsqu'il atteignit la fenêtre, il constata que les étrangers se trouvaient toujours là ; ils avaient simplement quitté le perron de May Locher pour gagner le trottoir, pendant que lui allait à la pêche aux jumelles. Ils se tenaient même directement au-dessous d'un de ces fichus lampadaires à lumière orange. L'impression de scène désertée après la représentation qu'avait déjà donnée Harris Avenue à Ralph revint avec une force décuplée, démente… mais chargée d'un sens différent. À commencer par le fait que la rue n'était plus déserte, non ?

Une pièce inquiétante de bien après minuit venait de commencer, dans un théâtre que les deux étranges créatures, là en bas, croyaient certainement vide.

Et qu'est-ce qu'ils feraient s'ils se rendaient compte qu'ils ont un spectateur ? Qu'est-ce qu'ils me feraient ?

Les petits docteurs chauves avaient maintenant l'attitude de deux personnes qui sont sur le point de tomber d'accord. En cet instant, l'effet qu'ils produisaient sur Ralph n'était plus du tout celui de deux médecins, en dépit de leurs blouses blanches, mais plutôt d'ouvriers qui viennent de terminer leur quart dans une usine ou un atelier. Ces deux types, manifestement amis, avaient l'air de s'être arrêtés à la sortie de l'entreprise pour finir une discussion qui les passionnait tellement qu'ils ne pouvaient même pas prendre le temps de se rendre jusqu'au café le plus proche et qui, de toute façon, ne durerait qu'une minute ou deux ; l'accord total n'était plus qu'à une ou deux répliques.

Ralph sortit les jumelles de leur boîtier, les porta à ses yeux et perdit une ou deux secondes à tripoter la molette de réglage avant de se rendre compte qu'il avait oublié les caches, devant les verres. Il les enleva et lorsqu'il regarda de nouveau, les deux silhouettes debout sous le lampadaire bondirent brusquement dans son champ de vision, assez grand et parfaitement éclairé, mais un peu flou. Il manipula de nouveau la molette de réglage et aussitôt les deux personnages devinrent nets. Ralph arrêta de respirer.

L'aperçu qu'il eut d'eux fut extrêmement bref ; pas plus de trois secondes s'écoulèrent, avant que l'un des deux hommes (s'il s'agissait bien d'hommes) eût un hochement de tête et donnât une tape sur l'épaule de son compagnon. Sur quoi ils se tournèrent, et Ralph ne vit plus que deux crânes lisses au-dessus de dos habillés de blanc. Trois secondes, tout au plus, mais Ralph en avait suffisamment vu, pendant ce bref intervalle de temps, pour se sentir profondément mal à l'aise.

Il avait couru chercher les jumelles pour deux raisons, l'une et l'autre fondées sur son incapacité de continuer à croire qu'il rêvait. Il avait tout d'abord voulu être sûr de pouvoir identifier les deux hommes si jamais il était appelé à le faire. Ensuite (il avait plus de mal à admettre consciemment celle-ci, mais elle avait tout autant de poids), il avait éprouvé le besoin de dissiper l'impression dérangeante qu'il était en train de vivre une rencontre du troisième type.

Mais au lieu de la dissiper, le bref coup d'œil qu'il avait eu le temps de donner par les jumelles n'avait fait que l'intensifier. Les petits docteurs chauves ne semblaient pas posséder de traits. Ils avaient certes des visages — des yeux, un nez, une bouche —, mais ils paraissaient aussi interchangeables que les enjoliveurs chromés d'une voiture de la même marque et du même modèle. Il aurait pu s'agir de jumeaux identiques, mais ce n'était pas non plus l'impression qu'avait éprouvée Ralph ; ils lui avaient davantage fait l'effet de mannequins dans un magasin de vêtements, la perruque enlevée pour la nuit, se ressemblant non pas pour des raisons génétiques mais grâce aux mécanismes de la production de masse.

La seule caractéristique particulière qu'il arrivait à isoler et désigner était la perfection de leur peau surnaturellement lisse : aucun des deux ne présentait le moindre repli, la plus petite ride. Pas de boutons, pas de verrue, pas de cicatrices, non plus ; Ralph se dit toutefois que c'était des détails qu'on pouvait ne pas remarquer, même à travers de bonnes jumelles. En dehors de cela, tout le reste était subjectif. Et ce coup d'œil avait été tellement bref ! S'il avait pu disposer des jumelles plus tôt, sans tout ce cirque avec la chaise et le filet à poissons, et s'il s'était rendu compte que les capuchons obturaient les verres au lieu de perdre son temps à tripoter la molette de réglage, il aurait pu s'épargner une partie du malaise qu'il ressentait maintenant.

On dirait des esquisses, pensa-t-il à l'instant même où ils lui tournaient le dos. *C'est ça qui me tracasse le plus, je crois. Non pas tellement les têtes chauves identiques, les blouses blanches identiques, ni même l'absence de toute ride. C'est cet aspect esquissé : les yeux réduits à des cercles, les petites oreilles roses comme deux traits ondulés tracés avec un feutre, la bouche en deux coups de pinceau à aquarelle plongé dans un rose délavé. En réalité, ils ne ressemblent ni à des personnes, ni à des extraterrestres, mais plutôt à des représentations exécutées à la hâte de… de je ne sais pas quoi.*

Une chose ne faisait pas de doute, toutefois : Doc Chauve #1 et Doc Chauve #2 étaient immergés dans une aura resplendissante qui donnait l'impression d'être d'un vert mordoré dans les jumelles, et grouillait de minuscules éclats rouge orange comme des étincelles tourbillonnant au-dessus d'un feu de camp. Ces auras dégageaient un sentiment de puissance et de vitalité en totale contradiction, pour Ralph, avec les visages dépourvus de traits comme d'intérêt.

Des visages ? Je ne pourrais sans doute pas les reconnaître, même avec un revolver collé à la tempe. Comme s'ils avaient été conçus pour être oubliés. Évidemment, s'ils étaient toujours chauves, pas de problème. Mais s'ils portaient des perruques et étaient assis, m'empêchant de voir à quel point ils sont petits ? Peut-être… l'absence de rides pourrait les trahir ?… mais pas forcément. En revanche, les auras… ces auras d'un vert doré, avec leurs étincelles rouges virevoltantes… Je les reconnaîtrais partout. Il y a cependant quelque chose qui cloche chez eux, non ? Mais quoi ?

La réponse lui vint à l'esprit aussi soudainement et facilement que les deux créatures étaient apparues en gros dans les jumelles lorsqu'il avait enfin pensé à enlever les caches. Les deux petits docteurs chauves étaient bien enveloppés chacun dans une aura brillante… mais sans avoir de panache s'élevant au-dessus de leur tête sans cheveux. Pas la moindre trace qu'il y en eût un.

Ils remontèrent tranquillement Harris Avenue en direction de Strawford Park, comme deux amis au cours de leur promenade du dimanche. Juste avant qu'ils ne quittassent le cercle de forte lumière répandue par le lampadaire situé devant la maison de May Locher, Ralph abaissa les jumelles de manière à pouvoir distinguer l'objet que Doc Chauve #1 tenait à la main. Ce n'était pas un couteau, comme il l'avait supposé, mais ce n'était pas non plus le genre d'objet que l'on trouve rassurant de voir entre les mains d'un étranger qui s'éloigne, aux petites heures du matin.

Il s'agissait d'une paire de ciseaux en acier aux deux longues lames.

4

Le sentiment d'être impitoyablement poussé vers la gueule d'un tunnel où l'attendaient toutes sortes de choses déplaisantes l'avait de nouveau envahi, accompagné maintenant de panique, car il avait l'impression d'avoir reçu la dernière grande bourrade pendant son sommeil, alors qu'il rêvait à son épouse décédée. Quelque chose en lui avait envie de hurler de terreur et Ralph comprit que s'il n'essayait pas de contrôler tout de suite cette impulsion, il allait effectivement se mettre à crier à pleins poumons. Il ferma les yeux et prit de profondes inspirations, se représentant un produit alimentaire à chacune : une tomate, une pomme de terre, une crème glacée, un chou de Bruxelles. Le Dr Jamal avait enseigné à Carolyn cette technique toute simple, qui lui avait souvent permis de repousser ses maux de tête avant qu'ils ne l'envahissent complètement ; et même au cours des six dernières semaines, alors que la tumeur flambait, impossible à maîtriser, cette méthode s'était parfois révélée efficace. Elle permit à Ralph de contrôler sa panique. Ses battements de cœur ralentirent et le besoin de crier commença à passer.

Sans cesser de respirer à fond et d'énumérer

(pomme-poire-tranche de tarte au citron)

des produits comestibles, il remit soigneusement les caches sur les jumelles. Ses mains tremblaient encore, mais pas au point de l'empêcher de s'en servir. Une fois les jumelles dans leur boîtier, il leva avec précaution le bras gauche et examina le pansement. Il présentait en son centre un point rouge, de la taille d'un cachet d'aspirine, qui ne paraissait pas s'agrandir. Bien.

Il n'y a rien de bien là-dedans, Ralph.

Très juste, mais ce n'était pas ce genre de réflexion qui allait l'aider à déterminer exactement ce qui s'était passé, ni ce qu'il allait faire. Première étape : chasser de son esprit le rêve atroce avec Carolyn, et chercher à éclaircir ce qui était arrivé.

« Je suis réveillé depuis le moment où j'ai heurté le sol, dit-il à voix haute. J'en suis sûr, comme je suis sûr d'avoir vu ces hommes. »

Oui. Il les avait réellement vus, ainsi que leur aura d'un vert mordoré. D'ailleurs, il n'était pas le seul : Ed

Deepneau en avait lui aussi vu au moins un. Ralph aurait parié un château là-dessus, s'il en avait eu un. Toutefois, il n'éprouvait qu'un mince soulagement à l'idée que lui et son voisin paranoïaque qui brutalisait sa femme voyaient les mêmes petits docteurs chauves.

Et les auras ? Est-ce qu'il n'avait pas dit aussi quelque chose à propos des auras ?

À la vérité, il n'avait pas utilisé exactement ce terme, mais Ralph était certain qu'il y avait fait allusion au moins par deux fois. *Le monde est parfois plein de couleurs, Ralph.* En août, peu après que John Leydecker l'avait arrêté pour violences conjugales, un délit simple. Puis un mois plus tard ou presque, lorsqu'il avait appelé Ralph au téléphone : *Est-ce que vous voyez déjà les couleurs ?* avait-il demandé.

Tout d'abord les couleurs, maintenant les petits docteurs chauves ; si ça continuait, le Roi Pourpre lui-même allait faire son apparition. Et à part tout ça, que devait-il faire, après ce qu'il venait de voir ?

La réponse s'imposa à lui avec une évidence inattendue qui le soulagea. Le problème urgent, comprit-il, n'était pas son état de santé mentale, les petits docteurs chauves, les auras, mais May Locher. Il venait de voir deux étrangers quitter la maison de sa voisine au beau milieu de la nuit… et l'un d'eux tenait à la main une arme potentiellement mortelle.

Ralph tendit la main, décrocha le téléphone et composa le 911.

5

« Officier Hagen, fit une voix de femme. En quoi puis-je vous aider ?

— En m'écoutant avec attention et en agissant vite », répondit nerveusement Ralph. Disparu, l'air hébété et indécis qu'il avait si souvent affiché depuis le mois d'août ; assis bien droit dans son fauteuil, le téléphone sur les genoux, il n'avait pas l'air d'avoir soixante-dix ans, mais plutôt d'un quinquagénaire en bonne santé et en forme. « Vous pouvez peut-être sauver la vie de quelqu'un.

— Monsieur, pouvez-vous s'il vous plaît me donner votre nom et vo…

— Ne m'interrompez pas, officier Hagen, la coupa l'homme qui n'arrivait pas à se souvenir des quatre derniers chiffres du cinéma de Derry Center. Je me suis réveillé il y a quelques instants, et, incapable de me rendormir, je me suis assis un moment. Mon séjour donne sur Harris Avenue. Je viens juste de voir… »

Il n'eut qu'une très courte hésitation, réfléchissant non à ce qu'il avait vu, mais à ce qu'il allait déclarer avoir vu à l'officier Hagen. La réponse lui vint à l'esprit aussi rapidement et naturellement que la décision d'appeler le 911, l'instant d'avant.

« J'ai vu deux hommes sortir de la maison qui se trouve du même côté que le Red Apple, mais un peu plus haut sur la rue ; cette maison appartient à une personne du nom de May Locher. J'épelle : L-O-C-H-E-R, L comme Lexington. Cette dame est très gravement malade. Je n'avais jamais vu ces deux hommes auparavant. » Il marqua de nouveau un temps d'arrêt, mais volontairement cette fois, pour obtenir le maximum d'effet. « L'un d'eux tenait des ciseaux à la main.

— Adresse ? » demanda l'officier Hagen. Son ton était tout à fait calme, mais Ralph n'en sentit pas moins que pas mal d'alarmes venaient de se déclencher dans la tête de la jeune femme.

« Je ne sais pas. Regardez dans l'annuaire, ou dites simplement à la patrouille de police de chercher la construction jaune avec parements roses à trois ou quatre maisons du Red Apple en montant. Ils auront probablement besoin de leurs torches pour l'identifier, à cause de la fichue lumière orange des lampadaires, mais ils la trouveront sans peine.

— Monsieur, je n'en doute pas, mais j'ai tout de même besoin de votre nom et de votre ad… »

Ralph reposa doucement le combiné sur sa fourche. Il resta dans la contemplation de l'appareil pendant une bonne minute, comme s'il allait se mettre à sonner. Étant donné que rien ne se produisit, il en tira la conclusion que, soit que la police ne disposait pas de ces équipements de repérage sophistiqués que l'on voit dans les séries télévisées, soit qu'ils n'étaient pas branchés. Parfait. Cela ne résolvait pas le problème de ce qu'il ferait ou dirait si jamais la police trouvait May Locher en bouillie, dans son horrible petite maison jaune et rose, mais au moins avait-il gagné un peu de temps.

En contrebas, Harris Avenue avait retrouvé son calme et son silence, sous l'éclairage des lampadaires de forte intensité qui s'éloignaient dans les deux directions, bien alignés, comme dans un rêve surréaliste de perspective. La pièce, brève mais chargée de drame, paraissait être terminée. La scène était de nouveau vide. Elle…

Non, pas entièrement. Rosalie arriva en boitillant de l'allée qui séparait le Red Apple de la quincaillerie voisine, True Value Hardware. Le foulard décoloré battait à son cou. On n'était pourtant pas jeudi : il n'y avait aucune poubelle à inspecter. Elle avançait d'un pas vif, sur le trottoir, mais lorsqu'elle fut à la hauteur de la maison de May Locher, elle s'arrêta et abaissa le museau (long et élégant, ce qui fit penser à Ralph que la chienne devait avoir un colley parmi ses ancêtres).

Il se rendit compte qu'il y avait quelque chose qui brillait.

Il ressortit les jumelles de leur boîtier et les dirigea sur Rosalie. Il se retrouva alors au 10 septembre dernier, le jour où il avait rencontré Bill et Lois devant l'entrée de Strawford Park. L'image qui lui vint à l'esprit fut celle de McGovern passant le bras autour de la taille de Lois et l'entraînant avec lui ; il se rappela aussi comment le couple lui avait fait penser à Fred Astaire et Ginger Rogers. Mais surtout, il se souvint des empreintes spectrales qu'ils avaient laissées derrière eux, grises pour Lois, vert olive pour Bill. Hallucinations, avait-il décrété à l'époque — le bon temps où il n'avait pas encore attiré l'attention de barjots comme Charlie Pickering et ne voyait pas de petits docteurs chauves au milieu de la nuit.

Rosalie reniflait des empreintes similaires. Elles étaient du même vert mordoré qui avait entouré Doc Chauve #1 et Doc Chauve #2. Ralph éloigna lentement les jumelles de la chienne et vit d'autres empreintes identiques, doubles, qui s'éloignaient en direction du parc. Elles s'estompaient — il avait presque l'impression de les voir s'atténuer sous ses yeux —, mais elles étaient bien présentes.

Ralph revint sur Rosalie, soudain pris d'une affection démesurée pour la vieille chienne errante. Et pourquoi pas ? S'il avait eu besoin de la preuve irréfutable, incontestable, qu'il avait bien vu ce qu'il *pensait* avoir vu, Rosalie venait de la lui donner.

Si la petite Natalie était là, elle les verrait, elle aussi, pensa-t-il... Puis tous ses doutes l'envahirent de nouveau. *Tu crois ? Tu crois vraiment ?* Il se rappelait avoir vu le bébé qui essayait de saisir les auras laissées par ses doigts, et il avait la certitude qu'elle avait ouvert un œil rond devant la fumée verte spectrale qui s'élevait du bouquet de fleurs, dans la cuisine. Mais comment pouvait-il parler de certitude ? Qui pouvait dire à coup sûr ce que regardait un bébé, ce qu'il essayait d'attraper ?

Mais Rosalie... regarde... tu vois bien ce qu'elle fait, non ?

L'ennui, se rendit-il compte, c'est qu'il n'avait pas vu les empreintes avant que Rosalie n'eût commencé à renifler le trottoir. Peut-être sentait-elle l'arôme enivrant de quelque reste avarié, et ce qu'il voyait n'était-il qu'une création de son esprit fatigué et affamé de sommeil... comme les petits docteurs chauves eux-mêmes.

Dans le champ grossissant des jumelles, Rosalie remonta Harris Avenue, le nez au ras du sol, sa queue dépenaillée remuant lentement. Elle passait des traces laissées par Doc Chauve #1 à celles de Doc Chauve #2, pour revenir à celles de Doc Chauve #1.

Et maintenant, quelle est la piste que suit la chienne, d'après toi ? Croirais-tu par hasard qu'elle traquerait une putain d'hallucination ? Il ne s'agit pas d'une hallucination, mais d'empreintes, Ralph. De véritables empreintes. Les empreintes de l'homme blanc que Carolyn t'a dit de guetter. Tu le sais bien. Tu le vois bien.

« C'est dément, tout de même... complètement dément ! »

Ah bon ? Vraiment ? Ce rêve a peut-être été plus qu'un rêve. S'il existait quelque chose comme l'hyperréalité — et il pouvait maintenant en attester l'existence — pourquoi n'existerait-il pas quelque chose comme la précognition ? Pourquoi des fantômes ne viendraient-ils pas prédire l'avenir dans vos rêves ? Comment savoir ? C'était comme si une porte venait de s'entrouvrir dans le mur de la réalité… et que toutes sortes de choses peu ragoûtantes en surgissaient.

Il était sûr d'une chose : les empreintes existaient réellement. Il les voyait, Rosalie les sentait, il n'y avait rien à ajouter. Ralph avait découvert un certain nombre de choses étranges et intéressantes, depuis six mois qu'il se réveillait de plus en plus prématurément, et l'une d'elles était que la capacité de l'être humain à s'illusionner atteignait son niveau le plus élevé entre trois et six heures du matin. Comme maintenant…

Il se pencha pour voir l'horloge, au mur de la cuisine. Trois heures et demie, à peine passées. Ouais.

Il reprit les jumelles et retrouva Rosalie, qui suivait toujours la piste des petits docteurs chauves. Au cas où quelqu'un se serait aventuré sur Harris Avenue, à cette heure indue — mais pourquoi pas ? — il aurait simplement vu un bâtard efflanqué et crasseux occupé à renifler le trottoir au petit bonheur la chance, comme le font tous les chiens errants et jamais dressés. Ralph, cependant, voyait ce que Rosalie humait et il s'autorisait finalement à croire ce que lui disaient ses yeux. Permission qu'il révoquerait peut-être en doute au lever du soleil, mais pour le moment, il savait parfaitement ce que ses yeux voyaient.

Rosalie releva brusquement la tête. Ses oreilles se dressèrent, tournées vers l'avant. Un instant, elle fut presque belle, à la manière dont est beau un chien de chasse à l'arrêt. Puis, quelques instants avant que le faisceau lumineux d'une voiture qui approchait du carrefour Witcham Street-Harris Avenue ne vînt balayer la rue, elle repartit dans la direction d'où elle était venue, d'une foulée déhanchée et claudicante qui faisait peine à voir. Au fond, qu'était donc cette chienne, sinon un membre de plus du club des Vieux Croulants de Harris Avenue ?

Un membre qui ne pouvait profiter du réconfort, à l'occasion, d'une partie de gin-rummy ou de poker à un sou la mise avec ceux de sa génération ? Elle fonça dans l'allée qui séparait le Red Apple de la quincaillerie une seconde avant que le véhicule de patrouille de la police ne s'engageât dans la rue, qu'il descendit lentement, comme s'il flottait au fil de l'eau. Pas de sirène, mais les gyrophares tournaient, peignant les maisons endormies et les petits commerces qui s'alignaient sur cette partie de Harris Avenue d'éclairs alternativement bleus et rouges.

Ralph posa les jumelles et se pencha en avant, coudes sur les genoux, surveillant attentivement la scène. Son cœur battait suffisamment fort pour qu'il le sentît jusque dans les tempes.

La voiture ralentit encore en passant devant le Red Apple. Le projecteur monté sur le côté droit s'alluma, et le rayon se mit à parcourir les façades, de l'autre côté de la rue ; la plupart du temps, il passait aussi sur les numéros, placés à côté des portes ou des colonnes du porche. Lorsqu'il éclaira celui de May Locher (86, vit Ralph, sans même avoir besoin des jumelles), les feux arrière du véhicule s'allumèrent et il s'immobilisa.

Deux policiers en tenue descendirent et s'approchèrent de l'allée qui conduisait à la maison, sans avoir conscience qu'un homme les observait depuis son premier étage, ni qu'ils marchaient sur des empreintes d'un vert mordoré. Ils échangèrent quelques mots, et Ralph reprit les jumelles pour mieux les distinguer. Il fut à peu près sûr de reconnaître le plus jeune des deux flics : c'était lui qui avait accompagné Leydecker, le jour de l'arrestation d'Ed Deepneau. Comment s'appelait-il, déjà… Knoll ?

« Non, murmura Ralph. Nell, Chris Nell. Ou Jess Nell, peut-être. »

Nell et son collègue paraissaient avoir une discussion animée et beaucoup plus sérieuse que celle qui avait retenu les deux petits docteurs chauves sur le porche. Quand elle se termina, les deux hommes mirent l'arme à la main et escaladèrent l'escalier étroit qui menait au perron, Nell en tête. Il appuya sur la sonnette, attendit, recommença, appuyant cette fois au moins cinq secondes sur le bouton. Ils patientèrent encore un peu, sur quoi le deuxième flic passa devant Nell et enfonça à son tour la sonnette.

Qui sait : il connaît peut-être l'art secret du fonctionnement des sonnettes, celui-là, pensa Ralph. *Sans doute après avoir répondu à une petite annonce des rose-croix.*

N'empêche, sa technique ne réussit pas mieux que celle de son collègue. Ralph ne fut pas tellement surpris qu'il n'y eût pas de réaction. Petit bonhomme chauve armé de ciseaux ou pas, il doutait que May Locher fût seulement capable de se lever de son lit.

Si elle est confinée dans son lit, elle a peut-être quelqu'un chez elle pour lui préparer ses repas et faire ses courses, l'aider à sa toilette, lui passer le bassin...

Chris Nell — ou Jess — prit à nouveau position devant la porte, mais délaissa la sonnette, cette fois, au profit de la bonne vieille méthode des coups dans le battant, ouvrez-au-nom-de-la-loi. Il se servit de son poing gauche pour ce faire, car il tenait toujours son revolver à la main droite, le canon appuyé contre la cuisse.

Une image effrayante, aussi claire et précise que les auras qu'il venait de voir, emplit soudainement l'esprit de Ralph. Il vit une femme gisant dans un lit, un masque à oxygène transparent sur la bouche et le nez ; au-dessus du masque, ses yeux vitreux, exorbités, ne voyaient plus rien. En dessous, un terrible sourire inégal lui ouvrait la gorge. Les draps et le devant de la chemise de nuit étaient imbibés de sang. Non loin, allongé sur le ventre contre le sol, se trouvait le cadavre d'une autre femme — l'assistante. Traversant la chemise de nuit rose en flanelle de cette dernière, une demi-douzaine de blessures, faites par les pointes des ciseaux de Doc Chauve #1. Et Ralph ne doutait pas que si l'on soulevait ladite chemise de nuit, les plaies ressembleraient beaucoup à celle qu'il avait sous le bras... ou à la virgule démesurée tracée par un écolier débutant.

Ralph essaya de chasser cette vision en clignant des yeux, sans y parvenir. Une douleur sourde montait de ses mains, et il se rendit compte qu'il serrait les poings au point que ses ongles lui entraient dans la paume. Il s'obligea à les ouvrir et les appuya sur ses cuisses. En esprit, il vit la femme à la chemise de nuit rose tressaillir légèrement — elle vivait encore, mais elle n'en avait sans doute plus pour longtemps. Certainement pas pour longtemps, sauf si ces deux balourds décidaient d'entreprendre quelque chose d'un peu plus productif que de poireauter sur le perron, alternant la titillation de la sonnette et les coups de poing sur la porte.

« Allez, les gars, dit Ralph, s'étreignant les cuisses. Allez, faites quelque chose, ne restez pas plantés là ! »

Tu sais que ce que tu vois est dans ta tête, n'est-ce pas ? Bon, d'accord, il se peut qu'il y ait deux femmes mortes, là-dedans, c'est possible, mais tu n'en as pas la certitude, hein ? Ce n'est pas comme les auras, ou les empreintes...

Non, ce n'était pas comme les auras et les empreintes, et oui, il s'en rendait compte. Il voyait bien aussi que personne ne venait répondre aux coups de sonnette, au 86, Harris Avenue, et cela augurait mal pour l'ancienne camarade d'école de McGovern. Il n'avait pas vu de sang sur les ciseaux de Doc Chauve #1, mais étant donné la qualité approximative des vieilles Zeiss-Ikon, cela ne prouvait pas grand-chose. D'autant moins que le type pouvait tout aussi bien avoir essuyé les lames avant de quitter la maison. Cette idée venait à peine de lui traverser l'esprit que son imagination ajoutait une serviette ensanglantée jetée à côté de la femme allongée sur le sol.

« Mais qu'est-ce que vous fichez, tous les deux ? grommela Ralph. Bordel, vous n'allez pas y passer la nuit, tout de même ! »

Des phares de voiture inondèrent Harris Avenue. Une Ford banalisée, mais équipée d'un gyrophare mobile, vint s'arrêter à côté du véhicule de patrouille. L'homme qui en descendit était en civil ; il portait un coupe-vent gris en popeline et un bonnet tricoté bleu. Ralph put espérer pendant quelques instants que le nouveau venu serait John Leydecker (même si ce dernier lui avait dit qu'il ne prenait son service qu'à midi) mais il n'eut même pas besoin des jumelles pour se rendre compte que ce n'était pas lui. L'homme était beaucoup plus mince et portait une moustache sombre. Le deuxième flic descendit le perron à sa rencontre pendant que Chris (ou Jess) Nell faisait le tour de la maison de May Locher.

Il s'ensuivit l'un de ces temps d'arrêt que, d'ordinaire, le cinéma fait si commodément sauter. Flic 2 rengaina son revolver et se lança dans une conversation avec le nouvel arrivant, au pied du perron, les deux hommes jetant de temps en temps un coup d'œil à la maison. Une ou deux fois, le flic en tenue parut vouloir partir dans la direction qu'avait prise son collègue, mais l'homme en civil le retint par le bras, et ils se remirent à parler. Ralph, les mains plus que jamais crispées sur les cuisses, poussait de petits grognements de frustration.

Quelques minutes interminables s'écoulèrent ainsi, puis tout arriva d'un seul coup, de cette manière confuse, embrouillée et incohérente qui semble caractériser les situations d'urgence. Une autre voiture de police arriva (la maison de May Locher et les deux constructions voisines étaient zébrées de lumières orange et jaunes conflictuelles) et deux nouveaux flics en tenue en descendirent ; ils ouvrirent le coffre et en sortirent un engin encombrant qui fit à Ralph l'effet d'un instrument de torture portable. Il lui semblait que cet appareil portait le nom de Mâchoire de Vie[1]. À la suite de la terrible tempête de 1985, tempête qui avait fait plus de deux cents victimes dont nombre s'étaient retrouvées prisonnières de leur propre véhicule, les enfants des écoles de Derry avaient organisé une collecte pour en acheter un.

Tandis que les deux nouveaux flics transportaient la Mâchoire de Vie, la porte de la maison voisine de May Locher s'ouvrit et les Eberly, Stan et Georgina, apparurent sur leur perron. Ils portaient des peignoirs de bain coordonnés, et les cheveux de Stan se dressaient en bataille sur sa tête d'une manière qui n'était pas sans rappeler à Ralph la tignasse de Charlie Pickering. Il prit les jumelles, inspecta brièvement leur visage — on y lisait curiosité et excitation — puis les reposa.

Le véhicule suivant fut une ambulance du Derry Home Hospital. De même que les véhicules de police déjà sur place, elle ne faisait pas fonctionner sa sirène, mais elle disposait d'impressionnants feux clignotants et de gyrophares et les actionnait frénétiquement. Les événements, de l'autre côté de la rue, donnaient à Ralph l'impression d'assister à un de ces films de Dirty Harry qu'il aimait bien et dont on aurait coupé le son.

Les deux flics qui manipulaient la Mâchoire de Vie la laissèrent tomber sur le gazon, tandis que le détective en

1. Il s'agit d'un appareil de désincarcération *(N.d.T.)*.

coupe-vent tendait les mains vers eux, paumes ouvertes, en un geste qui semblait dire : *Mais enfin, qu'est-ce que vous voulez faire avec votre foutu truc ? Enfoncer la porte ?* Au même instant, l'officier Nell revint de derrière la maison. Il secouait négativement la tête.

Le détective se tourna brusquement, frôla Nell et son acolyte au passage, escalada les marches, prit son élan et enfonça la porte de May Locher d'un coup de pied. Il s'accorda le temps d'ouvrir la fermeture Éclair de son blouson, sans doute pour pouvoir accéder plus facilement à son arme, puis entra sans regarder en arrière.

Ralph eut envie d'applaudir.

Nell et son collègue se regardèrent, incertains, puis emboîtèrent le pas au détective et pénétrèrent à leur tour dans la maison. Ralph se pencha encore plus et se trouva si près de la fenêtre que ses narines dessinaient de petits cercles de buée sur la vitre. Trois hommes, en pantalon blanc d'hôpital teinté en orange par l'éclairage impitoyable des lampadaires, sortirent de l'ambulance. L'un d'eux ouvrit la double porte arrière, mais sinon, le trio resta planté là, les mains dans les poches, attendant de voir si on allait avoir besoin d'eux. Les deux flics qui avaient trimbalé la Mâchoire de Vie jusque sur le gazon de May Locher se regardèrent, haussèrent les épaules, reprirent l'engin et entreprirent de le ramener à leur véhicule. Restaient plusieurs gros trous dans la pelouse, là où ils avaient laissé tomber la machine.

Pourvu qu'elle aille bien... pourvu qu'elle et les autres personnes, s'il y en a, aillent bien..., pensa Ralph.

Le détective réapparut sur le perron et, tandis que le cœur de Ralph se serrait dans sa poitrine, fit signe aux ambulanciers. Deux d'entre eux tirèrent une civière de l'ambulance, le troisième resta où il se trouvait. Les brancardiers se dirigèrent d'un bon pas vers la maison, mais sans courir, et lorsque l'infirmier resté à côté de l'ambulance sortit un paquet de cigarettes et en alluma une, Ralph comprit — d'un seul coup, pleinement, sans l'ombre d'un doute — que May Locher était morte.

6

Stan et Georgina Eberly s'approchèrent de la haie basse qui séparait leur pelouse de celle de May Locher. Ils se tenaient par la taille et avaient l'air des jumeaux Bobbsey devenus vieux, gros et gras — et effrayés.

D'autres voisins apparaissaient sur le pas de leur porte, réveillés par la bousculade silencieuse des gyrophares et des projecteurs, ou alors parce que le réseau téléphonique de ce bout de rue venait de se mettre en branle. La plupart de ces personnes étaient âgées (« Nous, les Âge-d'Or », comme aimait les appeler McGovern avec toujours, bien entendu, le sourcil arqué ironiquement), autrement dit des hommes et des femmes dont le sommeil était léger et facilement troublé, dans le meilleur des cas. Il prit soudain conscience qu'Ed, Helen et la petite Natalie Deepneau avaient été les gens les plus jeunes entre ici et Extension… et maintenant, les Deepneau n'étaient plus là.

Je devrais descendre. Je ferais très bien dans le tableau, encore un des Âge-d'Or de Bill.

Si ce n'est qu'il en était incapable. Ses jambes lui faisaient l'effet de sachets de thé retenus les uns aux autres par des brins de fil sans force, et il était sûr que s'il essayait de se lever, il s'étalerait sur le plancher comme de la gélatine. Il resta donc assis et suivit, de sa fenêtre, la pièce qui se déroulait sous ses yeux, sur une scène habituellement déserte à cette heure — sauf lorsque Rosalie y faisait une apparition furtive. Pièce dont il était le producteur, grâce à un seul coup de téléphone anonyme. Il regarda les ambulanciers émerger de la maison avec la civière, se déplaçant plus lentement, cette fois, à cause de la silhouette enveloppée dans un drap et attachée qu'ils transportaient. Des flèches lumineuses bleues et rouges se disputaient la blancheur du suaire et des formes, bras, jambes, taille, cou et tête, qu'il dissimulait.

Ralph se retrouva brutalement plongé dans son rêve. Il vit sa femme sous le drap — non pas May Locher mais Carolyn Roberts — et d'un instant à l'autre, sa tête allait se fendre en deux et les bestioles noires, celles qui s'étaient engraissées de sa cervelle malade, se mettre à grouiller.

Il porta les mains à ses yeux. Un bruit — un son inarticulé, chagrin, rage, horreur et épuisement confondus — lui échappa. Il resta ainsi longtemps, regrettant d'avoir eu une telle vision, pris de l'espoir aveugle que si le tunnel existait vraiment, on n'exigeât pas de lui qu'il y entrât. Les auras étaient étranges et belles, mais tant de beauté n'arrivait pas à compenser ce moment épouvantable de son cauchemar où il avait découvert sa femme enterrée en dessous de la ligne de marée haute, n'arrivait pas à compenser l'horreur lugubre de ses nuits de veille et de son sommeil perdu, ni la vue de cette silhouette en son linceul que l'on roulait sur une civière.

Il ne souhaitait pas seulement que tombât le rideau, mais bien autre chose. Tandis qu'il restait là, se pressant les yeux de la paume des mains, il n'avait qu'un désir : que tout fût terminé, absolument tout. Pour la première fois en ses vingt-cinq mille journées d'existence, Ralph Roberts souhaita être mort.

CHAPITRE 9

1

Il y avait, dans l'espèce de placard qui servait de bureau au détective John Leydecker, une affiche de cinéma qui provenait probablement de l'une des boutiques de vidéo locales, où elles se vendaient pour quelques dollars. On y voyait Dumbo l'éléphant en plein vol, ses oreilles magiques déployées. Quelqu'un avait collé, à la place de la tête de Dumbo, une photo de Susan Day soigneusement découpée pour laisser apparaître la trompe. Sur le paysage de dessin animé, en dessous, on avait dessiné un poteau indicateur sur lequel on lisait DERRY 250.

« Charmant », commenta Ralph.

Leydecker eut un petit rire. « Pas politiquement très correct, n'est-ce pas ?

— C'est un euphémisme », répondit Ralph, qui se demanda comment Carolyn aurait réagi devant l'affiche, ou mieux encore, comment Helen aurait réagi. Il était deux heures moins le quart, et Leydecker et lui revenaient tout juste du tribunal régional de Derry, de l'autre côté de la rue, où Ralph avait fait sa déposition sur sa rencontre avec Charlie Pickering, la veille. Le substitut du procureur qui l'avait interrogé lui avait fait l'effet de pouvoir attendre encore un an ou deux avant d'envisager l'achat d'un rasoir.

Comme promis, Leydecker l'avait accompagné et était resté assis dans un coin du bureau du substitut, sans dire un mot. Sa proposition d'offrir un café à Ralph s'avéra être surtout une figure de style : le breuvage d'aspect diabolique venait d'une vieille machine, au fond de la salle de permanence. Ralph en prit une gorgée prudente et fut soulagé de constater que son goût valait un peu mieux que son aspect.

« Sucre ? Crème ? Un revolver pour tirer dessus ? »

Ralph sourit et secoua la tête. « C'est très bien comme ça… mais ce serait probablement une erreur que de se fier à mon jugement. J'ai ramené ma consommation à deux tasses par jour, depuis l'été dernier, et du coup, j'ai tendance à toujours le trouver bon.

— C'est comme moi avec la cigarette ; moins j'en fume, meilleures je les trouve. Le péché est une pute. » Leydecker sortit son petit tube de cure-dents et s'en colla un au coin de la bouche. Puis il posa sa tasse sur le terminal de l'ordinateur, s'approcha de l'affiche et commença à dégager les agrafes qui retenaient les angles.

« Vous n'êtes pas obligé de le faire pour moi, observa Ralph. C'est votre bureau.

— Faux. » Le détective décolla délicatement la photo de Susan Day, la froissa en boule et l'expédia dans la corbeille à papiers. Puis il entreprit de rouler l'affiche pour en faire un cylindre serré.

« Ah bon ? Alors comment se fait-il que votre nom soit sur la porte et que les gosses, sur cette photo, vous ressemblent tellement ? » dit Ralph avec un geste vers un cadre dans lequel on voyait une femme, jolie et rondelette, flanquée de deux garçons qui devaient avoir à peu près huit et dix ans. La femme souriait ; les garçons regardaient l'objectif d'un air sérieux.

« C'est mon nom et c'est bien ma famille, mais le bureau vous appartient, ainsi qu'à tous ceux qui paient des impôts, Ralph. Également au premier imbécile de journaliste venu qui passerait par ici avec une caméra vidéo ; et si jamais cette affiche apparaissait aux informations de midi, je ne serais pas dans le caca ! J'ai oublié de l'enlever en partant, vendredi soir, et j'avais presque tout mon week-end — ce qui n'arrive pas si souvent ici, laissez-moi vous dire.

— Si je comprends bien, ce montage n'est pas de vous. » Ralph déplaça les papiers posés sur la seule chaise du minuscule bureau et s'assit.

« Non, pas de moi. Quelques collègues ont organisé un pot en mon honneur, vendredi après-midi. Le grand jeu, avec gâteaux, crème glacée, cadeaux. » Leydecker fouilla dans son bureau et en retira un élastique qu'il glissa autour de l'affiche roulée pour qu'elle ne se rouvrît pas (regardant un instant Ralph à travers le tube, pour s'amuser, comme si c'était une longue-vue), puis la jeta dans la corbeille à papier. « J'ai eu droit à une paire de petites culottes coquines, à une douche vaginale parfumée à la fraise, à une pile de la littérature anti-avortement des Amis de la Vie — littérature qui comporte une bande dessinée intitulée *La Grossesse involontaire de Denise* — et à cette affiche.

— Quelque chose me dit que ce n'était pas votre anniversaire qu'on fêtait, n'est-ce pas ?

— Non, en effet. » Le policier fit craquer ses articulations et soupira en direction du plafond : « Les gars avaient décidé de célébrer ma nomination pour une mission spéciale. »

Ralph apercevait de fugitives étincelles d'une aura

bleue, autour du visage et des épaules de Leydecker, mais en l'occurrence, il n'eut pas besoin de faire l'effort de les déchiffrer. « C'est Susan Day, cette mission spéciale, non ? Vous aurez la responsabilité de sa protection pendant qu'elle sera en ville.

— Dans le mille. Bien entendu, la police d'État sera présente, mais ils s'en tiennent avant tout aux questions de circulation, dans des situations comme celle-ci. Il y aura peut-être des gens du FBI : ils se contenteront de traîner ici et là, de prendre des photos et de s'adresser mutuellement le signe secret du Club.

— Ne dispose-t-elle pas de son propre service de sécurité ?

— Si, mais j'ignore combien ils sont et ce qu'ils valent. J'ai parlé au responsable, ce matin, et il a au moins l'air de savoir de quoi il retourne ; nous devons cependant mettre nos gens sur le coup. On sera cinq hommes, d'après les instructions que j'ai reçues. Moi, plus quatre gars qui se porteront volontaires dès que je leur aurai gentiment demandé. L'objectif est de… attendez une minute… ça va vous plaire… (Leydecker farfouilla parmi les papiers qui encombraient son bureau, trouva celui qu'il cherchait et le brandit)… d'assurer une forte présence bien visible. »

Il laissa tomber la feuille et sourit à Ralph, sans la moindre trace d'humour.

« En d'autres termes, si quelqu'un essaie de descendre cette salope ou de lui faire un shampooing à l'acide, il faut que Lisette Benson et les autres vidé-idiots puissent au moins enregistrer le fait que nous étions là. » Le policier regarda l'affiche, dans la corbeille à papiers, et lui montra son majeur obscènement dressé.

« Comment pouvez-vous détester autant quelqu'un que vous n'avez jamais rencontré ?

— Je ne fais pas que la détester, Ralph ; je la hais. Écoutez. Je suis catholique, ma chère maman est catholique et mes garçons sont ou seront enfants de chœur à Saint-Joseph. Génial. Être catholique, c'est génial. On vous laisse même manger de la viande le vendredi si vous voulez, maintenant. Mais si vous pensez qu'être catholique signifie que je suis en faveur d'un retour de l'interdiction, en matière d'avortement, vous vous trompez de bonhomme. Car voyez-vous, je suis un catholique à qui il arrive d'interroger les types qui battent leurs enfants à coups de tuyau en caoutchouc, ou qui les poussent dans l'escalier après avoir passé la nuit à boire de ce bon vieux whisky irlandais et à pleurer sur leur maman. »

Le détective passa la main sous sa chemise et en ramena un médaillon qu'il tendit en direction de Ralph.

« Marie, mère de Jésus. Je le porte depuis l'âge de treize ans. Il y a cinq ans, j'ai arrêté un homme qui avait le même. Il venait de faire bouillir son beau-fils de deux ans. Ce que je vous raconte est une histoire vraie. Le type a posé un grand chaudron sur le feu, et quand l'eau s'est mise à bouillir, il a pris le gosse par la cheville et l'a laissé tomber dedans, comme si c'était un homard. Pourquoi ? Parce que le môme mouillait son lit, d'après ce qu'il nous a expliqué. J'ai vu le corps, et je vais vous dire quelque chose : quand on a eu un truc comme ça sous les yeux, les photos de ces trous-du-cul de Laissez-les-vivre sur les avortements par aspiration sont presque reposantes à regarder. » Il y avait un léger tremblement dans la voix de Leydecker. « Ce dont je me souviens le mieux, c'est que le type pleurait et n'arrêtait pas de s'accrocher au médaillon de la Vierge qu'il avait autour du cou en disant qu'il voulait se confesser. Voilà qui m'a rendu fier d'être catholique, Ralph, je vous le dis tout de suite… et en ce qui concerne le pape, j'estime qu'il n'aura le droit de se prononcer que le jour où il aura eu lui-même un enfant, ou qu'il aura passé un an à s'occuper des bébés nés de mères droguées au crack.

— Tout à fait clair, dit Ralph. Mais alors c'est quoi, votre problème avec Susan Day ?

— Elle fout de l'huile sur le feu, c'est ça mon problème, s'écria Leydecker. Elle vient à Derry et moi, je dois la protéger. Très bien. J'ai des hommes compétents et avec une once de chance, je crois qu'on peut espérer qu'elle repartira d'ici avec la tête sur les épaules et les nénés pointés dans la bonne direction — mais *quid* de ce qui se passera avant ? *Quid* de ce qui se passera après ? Est-ce qu'elle s'en préoccupe, à votre avis ? Et les gens qui dirigent WomanCare, tant qu'on y est, croyez-vous qu'ils en ont quelque chose à foutre, des éventuels effets secondaires ?

— Je ne sais pas.

— Les partisans de WomanCare sont un peu moins portés à la violence que les Amis de la Vie, mais en termes de degré d'emmerdement, qui est ce qui m'intéresse, ils ne sont guère différents. Savez-vous au moins comment toute cette histoire a commencé ? »

Ralph essaya de se reporter à la première conversation où on avait mentionné le nom de Susan Day, celle qu'il avait eue avec Hamilton Davenport. Un instant, ça faillit lui revenir, puis le souvenir se brouilla. L'insomnie venait à nouveau de gagner. Il secoua la tête.

« Le plan d'occupation des sols, dit Leydecker en réponse à sa propre question, avec un rire d'incrédulité. Ce bon vieux plan d'occupation des sols. Génial, non ? Au début de l'été, deux des conseillers municipaux les plus conservateurs, George Tandy et Emma Wheaton, ont soumis une pétition au comité du POS pour qu'il revoie la zone où se trouve le centre de planning familial. L'idée était qu'en faisant un redécoupage, la zone n'avait plus d'existence légale. J'ignore si ce sont les termes exacts, mais vous voyez le but de la manœuvre, n'est-ce pas ?

— Bien sûr.

— Et c'est pourquoi les partisans de l'avortement, les pro-IVG, comme on les appelle, ont demandé à Susan Day de venir faire un discours à Derry, afin de se constituer un trésor de guerre destiné à combattre les enfoirés d'en face. Le seul problème, c'est que les enfoirés en question n'avaient aucune chance de faire modifier le POS du district 7 *et que les gens de WomanCare le savaient !* Bon sang, June Halliday, l'une des directrices, siège au conseil municipal ! C'est tout juste si elle et Wheaton ne se crachent pas à la figure quand elles se croisent dans le hall de l'hôtel de ville.

« Le redécoupage du district 7 a été un canular dès le départ, pour la bonne raison que, techniquement, WomanCare est un hôpital exactement comme le Derry Home, lequel n'est qu'à un jet de pierre. Changer le plan d'occupation des sols pour WomanCare, afin de le rendre illégal, c'est changer celui de l'un des trois hôpitaux du comté de Derry — le troisième, par sa taille, de l'État du Maine. C'est dire que cela n'avait pas la moindre chance de se produire ; mais au fond, ça se comprend, parce que de toute façon ce n'est jamais de cela qu'il a été réellement question. Il s'agissait avant tout de se faire chier mutuellement et de jouer au bâton merdeux. Et pour la plupart des pro-IVG — l'un de mes hommes les appelle les Défenseurs des Baleines — il s'agit de montrer qu'ils ont raison.

— Raison ? Je ne vous suis pas.

— Il ne leur suffit pas qu'une femme puisse entrer chez eux et se faire débarrasser, à son gré, du petit casse-pieds qui lui pousse dans le ventre ; les pro-IVG veulent mettre un terme à la discussion. Ce qu'ils désirent, au fond d'eux-mêmes, c'est que des gens comme Dan Dalton admettent qu'ils ont raison, ce qui n'arrivera jamais. Il y a beaucoup plus de chances pour que les juifs et les Arabes reconnaissent que tout ça n'était qu'une erreur et fassent taire les armes. Je soutiens le droit qu'a une femme de se faire avorter, si réellement elle en a besoin, mais l'attitude c'est-moi-qui-ai-forcément-raison des pro-IVG me donne envie de gerber. Ce sont les nouveaux puritains, de mon point de vue, c'est-à-dire des gens qui croient que si vous ne pensez pas comme eux, vous irez en enfer… sauf que dans leur version, c'est un endroit où l'on n'entend que de la musique de plouc et où on ne mange que des hamburgers.

— Vous paraissez assez amer.

— Passez donc trois mois assis sur une poudrière et voyez comment vous vous sentirez. Tenez, dites-moi : croyez-vous que Pickering vous aurait enfoncé un couteau dans les côtes, hier, s'il n'y avait pas eu tout ce chambard avec WomanCare, les Amis de la Vie et Miss Touchez-pas-à-mon-con-sacré-de-mes-deux Susan Day ? »

Ralph donna l'impression de réfléchir sérieusement à la question, mais en réalité, il contemplait l'aura de Leydecker. Elle était d'un bleu foncé vigoureux, mais la frange se teintait d'une lueur verdâtre ondoyante. C'était cette frange qui intéressait le vieil homme ; il avait son idée sur ce qu'elle signifiait.

« Non, je ne crois pas, finit-il par répondre.

— Moi non plus. Vous avez été blessé au cours d'une guerre qui a déjà été déclarée, Ralph, et vous ne serez pas le dernier. Mais si jamais vous alliez voir les Défenseurs des Baleines ou Susan Day et leur disiez, en ouvrant votre chemise et montrant votre plaie : *Ceci est en partie de votre faute, alors prenez vos responsabilités*, ils lèveraient les bras au ciel et vous répondraient : *Oh, grâce à Dieu, non, nous sommes désolés que vous ayez été blessé, Ralph, nous autres défenseurs des baleines, détestons la violence, ce n'est pas notre faute, il faut empêcher la fermeture de WomanCare, nous devons faire un rempart de nos corps, et si pour cela il faut verser un peu de sang, qu'il en soit ainsi.* Sauf que ce n'est pas WomanCare qui est en question, et c'est ce qui me fait grimper aux rideaux. C'est…

— L'avortement ?

— Bordel, non ! Le droit à l'avortement est parfaitement reconnu dans l'État du Maine et à Derry, Susan Day pourra bien dire tout ce qu'elle voudra, vendredi soir prochain, au centre municipal. Ce qui est en question, c'est de savoir quelle équipe est la meilleure. De quel côté est Dieu. De savoir qui a raison. Si seulement ils pouvaient tous se contenter de chanter *We are the Champions* et d'aller se prendre une cuite… »

Ralph renversa la tête et éclata de rire, et Leydecker se joignit à lui.

« C'est pourquoi j'affirme que ce sont des enfoirés, reprit-il avec un haussement d'épaules. Mais voilà, ce sont *nos* enfoirés. Les enfoirés de Derry, et il m'est égal de les surveiller pour le compte de la ville. C'est pour cette raison que j'ai choisi ce métier et que je continue à l'exercer. Il faudra cependant me pardonner si je suis rien moins qu'enthousiaste à l'idée d'être recruté pour protéger une pin-up de calendrier new-yorkaise qui va débarquer ici en avion, se lancer dans un discours incendiaire et reprendre les airs avec quelques nouvelles coupures de presse et assez de matière pour le chapitre cinq de son prochain bouquin.

« Elle va nous raconter que nous sommes d'authentiques et merveilleux citoyens de l'Amérique profonde, et lorsqu'elle sera de retour dans son duplex de la Grosse Pomme, elle se plaindra à ses amis qu'elle n'a pas encore réussi à débarrasser ses cheveux de l'odeur d'étable de notre cambrousse. Je l'entends rire d'ici… et si nous avons de la chance, toute l'affaire retombera comme un soufflé, sans morts ni éclopés. »

Ralph était sûr, maintenant, de ce que signifiaient les étincelles verdâtres de l'aura. « N'empêche, ça vous fiche la frousse, n'est-ce pas ? » demanda-t-il.

Leydecker le regarda, surpris. « Ça se voit, hein ?

— Oh, à peine. » *Seulement dans ton aura, John, c'est tout. Seulement dans ton aura.*

« Ouais, j'ai la frousse. À titre personnel, j'ai peur de ne pas être à la hauteur de la mission, qui n'a strictement aucune compensation à offrir à tout ce qui pourrait mal tourner. Sur un plan professionnel, j'ai peur que quelque chose lui arrive pendant qu'elle sera sous ma responsabilité. Sur le plan de la communauté, je suis fichtrement terrifié à l'idée de ce qui se passera s'il se produit une confrontation et que le génie sorte de la bouteille… un peu plus de café, Ralph ?

— Non merci. Il va falloir que j'y aille, de toute façon. Dites-moi, qu'est-ce qui va arriver à Pickering ? »

Il ne se faisait pas un souci énorme pour le sort de son agresseur, mais le policier risquait de s'étonner qu'il demandât des nouvelles de May Locher avant de poser cette question. De s'étonner et de se montrer soupçonneux.

« Steve Offenbach — le substitut qui vous a interrogé — et l'avocat commis d'office pour Pickering doivent probablement être en train de marchander en ce moment même. L'avocat affirme sans doute qu'il se sent capable de plaider pour son client — l'idée que Charlie Pickering puisse être le client de quelqu'un, pour quoi que ce soit, dépasse l'imagination, soit dit en passant — sur la base de tentative d'homicide au second degré, autrement dit, coups et blessures. Offenbach lui répond sans doute que le moment est venu de mettre Pickering définitivement hors d'état de nuire, et qu'il va demander une inculpation pour tentative d'homicide au premier degré. Sur quoi l'avocat va prendre un air scandalisé, et demain, votre petit camarade sera inculpé de voies de fait au premier degré à l'aide d'une arme mortelle et déféré au parquet. Ensuite, en décembre, ou plus vraisemblablement au début de l'année prochaine, vous vous retrouverez le témoin vedette de son procès.

— Liberté sous caution ?

— Elle sera probablement fixée autour de quarante-cinq mille dollars. Il est possible de sortir en versant seulement dix pour cent si le reste peut être consigné ou hypothéqué au cas où il y aurait tentative de fuite, mais Charlie Pickering ne possède ni maison ni voiture, pas même une montre Timex. Il finira sans doute par retourner à Juniper Hill, mais là n'est pas l'essentiel ; on va pouvoir le garder au frais pendant un sacré bon bout de temps, maintenant, et avec des gens comme Charlie Pickering, c'est ça, l'essentiel.

— Aucune chance que les Amis de la Vie paient sa caution ?

— Aucune. Ed Deepneau a passé pas mal de temps avec lui la semaine dernière, à boire du café au Bagel Shop. Je suppose qu'Ed tuyautait Charlie sur les Centurions et le Roi Écarlate…

— Pourpre, le Roi Pourpre, selon Ed…

— Si vous voulez, dit Leydecker avec un geste de la main. Mais j'imagine qu'il a dû passer l'essentiel de son temps à lui dire que vous étiez le bras droit du diable en personne, et que seul un type courageux, brillant et dévoué comme lui, Charlie Pickering, serait capable de vous éjecter de la scène.

— D'après vous, ce serait un sacré salopard de calculateur», observa Ralph, qui se souvenait de l'Ed Deepneau avec lequel il jouait aux échecs, avant que Carolyn ne tombât malade. Cet Ed-là était un garçon civilisé, intelligent, courtois, capable de beaucoup d'empathie. Ralph n'arrivait toujours pas à concilier ce personnage avec celui qu'il avait aperçu pour la première fois au cours de l'été 92 et avait fini par baptiser Ed le Coq.

« Non pas seulement un salopard calculateur, mais un salopard calculateur *et* dangereux, corrigea Leydecker. Pour lui, Charlie était un simple instrument, comme un couteau à peler les pommes. Si jamais la lame casse, on ne se précipite pas chez le rémouleur pour la faire refaire, ça n'en vaut pas la peine. On le jette et on s'en procure un nouveau. C'est de cette façon que les types dans le genre d'Ed traitent les types dans le genre de Charlie, et étant donné que Ed *est* les Amis de la Vie — au moins pour le moment — je ne crois pas que nous ayons à nous inquiéter d'une mise en liberté sous caution pour Charlie. Au cours des prochains jours, il va se retrouver plus seul qu'un gardien de phare. D'accord ?

— D'accord. » Ralph n'en revenait pas de se rendre compte qu'il se sentait désolé pour Pickering. « Je voulais aussi vous remercier de vous être arrangé pour que mon nom n'apparaisse pas dans le journal... si c'est bien à vous que je le dois. »

La colonne des faits divers locaux du *Derry News* mentionnait brièvement l'incident, disant seulement qu'on avait arrêté Charlie Pickering pour port d'arme illégal, dans l'enceinte de la bibliothèque municipale.

« Parfois c'est nous qui leur demandons un service, parfois c'est eux qui nous le demandent, répondit Leydecker en se levant. C'est comme ça que les choses se passent, dans la réalité. Si les cinglés des Amis de la Vie et les prétentieux de WomanCare pouvaient comprendre cela, mon travail serait beaucoup plus simple. »

Ralph alla prendre le poster de Dumbo dans la corbeille à papier. « Vous permettez ? demanda-t-il. Je connais une petite fille à qui il plaira sans doute beaucoup, d'ici moins d'un an. »

Leydecker écarta les bras. « Je vous en prie. Considérez-le comme un bon point pour vous être comporté en citoyen responsable. Mais ne me demandez pas mes petites culottes ajourées. »

Ralph éclata de rire. « Ça ne me viendrait pas à l'idée.

— J'apprécie sincèrement que vous soyez venu, Ralph. Merci beaucoup.

— Pas de problème. » Les deux hommes échangèrent une poignée de main, et Ralph fit demi-tour. Il se sentait un peu — c'était ridicule — comme le lieutenant Colombo de la série télévisée ; il ne lui manquait que le cigare et l'imper élimé. Il posa la main sur la poignée de porte, marqua un temps d'arrêt et se retourna : « Puis-je vous poser une question qui n'a rien à voir avec Pickering ?

— Allez-y.

— Ce matin, au Red Apple, j'ai entendu dire que Mme Locher, une voisine, était morte dans la nuit. Rien de bien surprenant ; elle souffrait d'emphysème. Mais la police a entouré son terrain de bandes jaunes et a mis une note disant que la maison avait été placée sous scellés. Savez-vous ce qui est arrivé ? »

Leydecker le regarda si longuement et avec tant d'intensité que Ralph se serait senti extrêmement mal à l'aise… s'il n'y avait eu l'aura du policier. Elle ne trahissait aucun soupçon.

Bon Dieu, Ralph, tu ne crois pas que tu prends ces trucs-là un peu trop au sérieux ?

Peut-être, ou peut-être pas. D'une manière ou d'une autre, il était bien content que les scintillements verts, à la périphérie de l'aura de Leydecker, n'eussent pas réapparu. « Pourquoi me regardez-vous ainsi ? finit-il par demander. Si je me suis montré trop curieux, je vous prie de m'excuser.

— Non, pas du tout. C'est un peu bizarre, c'est tout. Si je vous en parle, saurez-vous tenir votre langue ?

— Bien sûr.

— C'est votre locataire du rez-de-chaussée qui m'inquiète, sur ce plan-là. Quand il est question de discrétion, ce n'est pas précisément à Prof que je pense… »

Ralph rit de bon cœur. « Je ne lui dirai pas un mot — croix de bois, croix de fer —, mais c'est amusant que vous parliez de lui. Bill est allé à l'école avec May Locher, dans le temps. Ils étaient même au collège ensemble.

— Bon sang, je n'arrive pas à imaginer Prof au collège, observa Leydecker. Et vous ?

— Plus ou moins », répondit Ralph, même si l'image qui lui vint à l'esprit était particulièrement curieuse : un Bill McGovern en petit lord Fauntleroy mâtiné de Tom Sawyer en chaussures de sport avec chaussettes longues… un panama sur la tête.

« Nous ne sommes pas sûrs de ce qui est exactement arrivé à Mme Locher, dit Leydecker. Il se trouve que peu après trois heures du matin, il y a eu un appel anonyme sur le 911 — une voix d'homme qui prétendait qu'il venait de voir deux individus, dont l'un tenant des ciseaux à la main, sortir de la maison de Mme Locher.

— Elle a été tuée ? » s'exclama Ralph, qui se rendit compte simultanément de deux choses : à savoir qu'il venait d'avoir une réaction d'une crédibilité qu'il n'aurait osé espérer, et qu'il venait de franchir un pont. Il ne l'avait pas brûlé derrière lui — pas encore, en tout cas — mais il aurait beaucoup d'explications à donner s'il voulait revenir de l'autre côté.

Leydecker tendit les mains vers lui, paumes ouvertes. « Si on l'a tuée, ce n'est ni avec des ciseaux, ni avec un objet pointu quelconque. Son corps ne portait pas la moindre marque. »

Voilà, au moins, qui était un soulagement.

« Par ailleurs, il est possible de faire mourir quelqu'un de peur, en particulier une personne âgée et malade, pendant une tentative d'homicide. Bref, cela sera plus facile à comprendre si vous me permettez de vous raconter ce que nous savons. Ça ne sera d'ailleurs pas bien long.

— Bien sûr. Désolé.

— Je vais vous dire quelque chose qui va vous amuser. La première personne à laquelle j'ai pensé, lorsque j'ai regardé le registre des appels du 911, c'est vous.

— À cause des insomnies, n'est-ce pas ? demanda Ralph d'une voix restée ferme.

— Oui, et du fait que le type prétendait avoir vu ces hommes depuis sa salle de séjour. La vôtre donne bien sur l'avenue, n'est-ce pas ?

— En effet.

— Hum... J'ai même envisagé d'écouter l'enregistrement, puis je me suis souvenu que vous veniez aujourd'hui... et que vous aviez retrouvé le sommeil. C'est bien ça, non ? »

Sans prendre un instant pour réfléchir, sans hésiter,

Ralph mit le feu au pont qu'il venait de franchir : « C'est-à-dire que je dors pas aussi bien que lorsque j'avais seize ans et que je travaillais encore deux heures après avoir fait mes devoirs, je ne vais pas vous raconter ça, mais si c'est moi qui ai appelé le 911, je l'ai fait en dormant.

— Exactement ce que je me suis dit. En outre, s'il vous arrivait de voir quelque chose d'anormal dans la rue, pourquoi feriez-vous un appel anonyme ?

— Je ne vois pas pourquoi, en effet », répondit Ralph qui pensa : *Mais en supposant qu'il s'agisse de quelque chose de plus que simplement anormal, John ? De quelque chose de complètement incroyable ?*

« Moi non plus. Votre appartement donne sur Harris Avenue, comme une bonne douzaine d'autres… et ce n'est pas parce que le type a dit qu'il appelait d'une maison que c'est vrai, non ?

— Sans doute. Il y a une cabine téléphonique devant le Red Apple, et une devant le magasin de spiritueux ; sans compter celles de Strawford Park, si elles sont en état.

— En réalité, il y en a quatre dans le parc, et elles fonctionnent toutes. Nous avons vérifié.

— Mais pourquoi avoir menti sur l'endroit d'où il appelait ?

— La raison la plus vraisemblable est parce qu'il mentait aussi pour le reste. Toujours est-il que d'après Donna Hagen, le type avait une voix jeune et paraissait sûr de lui. » À peine avait-il fini sa phrase que le policier faisait la grimace et se posait une main sur le crâne. « Ce n'est pas que je veuille dire, Ralph…

— Mais non. L'idée que je parle comme un vieux chnoque de retraité n'a rien de nouveau pour moi : je suis un vieux chnoque de retraité. Continuez.

— Chris Nell était l'officier de service. Il fut le premier sur place. Il m'accompagnait, le jour où nous avons arrêté Ed Deepneau, si vous vous souvenez.

— Je n'ai pas oublié son nom.

— Le détective de permanence et responsable des opérations était Steve Utterback. C'est un bon gars. »

L'homme au bonnet de laine, pensa Ralph.

« La dame était morte dans son lit, mais il n'y avait aucune trace de violence. Rien, semble-t-il, n'avait été volé, même si on tient compte du fait que les personnes âgées comme May Locher possèdent rarement des objets faciles à négocier, comme un magnétoscope ou une chaîne hi-fi. Elle avait cependant des enceintes Bose et deux ou trois bijoux de valeur. Évidemment, il y en avait peut-être d'autres aussi beaux ou plus, mais...

— Mais pourquoi un voleur prendrait-il les uns et pas les autres ?

— Exactement. Le plus intéressant, dans cette affaire, c'est que la porte d'entrée — celle par laquelle seraient sortis les deux individus, selon le coup de fil anonyme — était verrouillée de l'intérieur ; pas seulement fermée à clef, il y avait une grosse targette et la chaîne était mise. Pareil pour la porte de derrière. Mais alors, si l'appel était honnête, et si May Locher était morte après le départ des deux types, qui a tiré les verrous et mis les chaînes ? »

Peut-être le Roi Pourpre, pensa Ralph... qui se rendit compte avec horreur qu'il avait failli parler à voix haute.

« Je l'ignore... et les fenêtres ?

— Fermées. Crémones tournées. Et juste au cas où ça ne ferait pas encore assez Agatha Christie à votre goût, Steve a noté que les volets de tempête étaient posés. L'un des voisins lui a dit que Mme Locher les avait fait installer par un jeune homme, la semaine dernière.

— C'est tout à fait vrai. Pete Sullivan, le même gosse qui nous livre le journal. Maintenant que vous le dites, je l'ai vu les poser.

— Un embrouillamini pour roman policier », conclut Leydecker. Ralph se dit cependant que le détective aurait sans doute volontiers échangé la mission de protection de Susan Day contre l'affaire May Locher. « L'enquête médicale préliminaire m'est parvenue juste avant que j'aille vous rejoindre au tribunal. J'y ai jeté un coup d'œil. Myocarde, thrombose, etc. ; autrement dit, le cœur a lâché. Pour l'instant, on traite l'appel au 911 comme une mauvaise plaisanterie — on en a tout le temps, comme partout — et on considère que la femme est morte des suites de son emphysème.

— Il s'agirait d'une coïncidence, autrement dit. » Conclusion qui pourrait lui épargner bien des ennuis — si du moins elle tenait la route — mais sa propre voix trahissait de l'incrédulité.

« À moi non plus, ça ne me plaît pas, reprit Leydecker. Ni à Steve, et c'est pour cette raison que la maison a été placée sous scellés. Les experts de la police doivent faire une fouille complète des lieux. Ils s'y mettront sans doute dès demain matin. En attendant, Mme Locher est partie faire une petite promenade jusqu'à Augusta pour une autopsie complète. Qui sait ce qu'elle va révéler ? Vous seriez surpris par ce qu'une bonne autopsie permet de découvrir, parfois.

— Je veux bien vous croire. »

Leydecker jeta son cure-dent dans la corbeille à papier et resta songeur un moment. Puis son visage s'éclaira. « Hé, j'ai une idée. Je pourrai peut-être convaincre quelqu'un du service de me tirer une copie de ce coup de fil. Je vous l'apporterai pour vous le faire écouter. Vous reconnaîtrez peut-être la voix. Qui sait ? On a vu parfois se produire des choses encore plus bizarres.

— Sans doute, répondit Ralph avec un sourire embarrassé.

— De toute façon, c'est l'affaire d'Utterback. Venez, je vous raccompagne. »

Une fois dans le hall, Leydecker examina de nouveau Ralph d'un regard inquisiteur. Ce coup-ci, le vieil homme se sentit beaucoup plus mal à l'aise, car il n'en comprenait pas la raison. L'aura avait disparu, entre-temps.

Il s'efforça maladroitement de sourire. « J'ai quelque chose qui me pend du nez ? demanda-t-il.

— Pas du tout. Je suis simplement stupéfait par votre bonne mine, surtout après ce qui s'est passé hier. Et comparé avec l'état dans lequel vous étiez cet été… Si c'est l'effet du gâteau de miel, je vais m'en acheter toute une ruche ! »

Ralph éclata de rire, comme si c'était la repartie la plus drôle qu'il eût jamais entendue.

2

Une heure quarante-deux, mardi matin.

Ralph est assis dans son fauteuil et regarde les fines volutes de brume tourner autour des lampadaires. Un peu plus haut dans la rue, les bandes jaunes posées par la police autour de la maison de May Locher pendent, découragées.

À peine deux heures de sommeil, cette nuit, et il songe à nouveau qu'il vaudrait mieux être mort. Plus d'insomnies, alors. Plus d'attentes interminables de l'aube, dans ce siège qu'il en venait à détester. Finies, les journées où il pouvait regarder le monde à travers cette protection aussi impalpable que le Bouclier Invisible tant vanté par la publicité du dentifrice Gardol. À l'époque où la télé était toute récente, il en allait ainsi ; c'était le temps où il n'avait pas encore trouvé les premiers fils blancs dans ses cheveux et où il s'endormait cinq minutes après avoir fait l'amour avec Carolyn.

Et les gens qui n'arrêtent pas de me dire que j'ai l'air en pleine forme. C'est le plus délirant.

Mais non. Si l'on songeait un peu à certaines des choses qu'il avait vues, récemment, quelques personnes lui affirmant qu'il avait l'air d'un homme neuf ne constituaient qu'une note de bas de page sur la liste des bizarreries auxquelles il était confronté.

Ralph tourna de nouveau les yeux vers la maison de May Locher. May s'était barricadée à l'intérieur, d'après Leydecker, et pourtant Ralph avait vu les petits docteurs chauves sortir par la porte de devant, il les avait vus, bon Dieu de bon Dieu…

Vraiment ?

Pouvait-il en jurer ?

En esprit, il se reporta à la matinée de la veille. Assis dans ce même fauteuil, une tasse de thé à portée de la main, se disant : *Rejouons la scène*. Et il avait bien vu ces deux petits salopards chauves sortir, bon sang, *il les avait vus sortir de la maison de May Locher !*

Oui, mais voilà ; ce n'était peut-être pas exactement comme ça que les choses s'étaient passées, car il ne regardait pas dans la direction de la maison de May Locher à ce moment-là, plutôt dans celle du Red Apple. Il avait interprété le mouvement aperçu du coin de l'œil comme étant sans doute dû à Rosalie, et tourné la tête pour vérifier. C'est à ce moment-là qu'il avait découvert les deux petits docteurs chauves sur le perron. Il n'était pas absolument sûr d'avoir vu la porte d'entrée s'ouvrir ; il n'avait peut-être fait que supposer qu'elle avait dû s'ouvrir — et il n'y avait rien là d'illogique, puisqu'il ne les avait pas vus *remonter* l'allée de la maison.

Tu ne peux en être certain.

Mais si. À trois heures du matin, Harris Avenue était aussi calme que les montagnes de la lune et il enregistrait le moindre mouvement qui pouvait se produire dans son champ visuel. Doc Chauve #1 et Doc Chauve #2 étaient-ils sortis par la porte de devant ? Plus il y réfléchissait, plus Ralph devenait dubitatif.

Mais alors, qu'est-ce qui s'est passé, mon vieux ? Ils sont peut-être sortis de derrière le Bouclier Invisible de Gardol ? Encore mieux : ils sont passés à travers la porte, carrément, comme les fantômes de cette vieille série télévisée, Cosmo Topper…

Et le plus hallucinant était que cette impression lui paraissait la bonne.

Quoi ? Qu'ils soient passés à travers cette putain de porte ? Voyons Ralph, faut te soigner. Faut parler à quelqu'un de ce qui t'arrive.

Oui. Voilà au moins une chose dont il était sûr : il devait déballer toute l'affaire à quelqu'un avant que cela ne le rendît fou. Mais à qui ? Carolyn, ç'aurait été l'idéal, mais Carolyn était morte. Leydecker ? Le problème, là, était que Ralph lui avait déjà menti à propos du coup de fil anonyme. Pourquoi ? Parce qu'il serait passé pour cinglé s'il avait dit la vérité. Il aurait même eu l'air, en réalité, d'avoir attrapé la paranoïa d'Ed — comme on attrape un virus. Et n'était-ce pas l'explication la plus vraisemblable, quand on allait au fond des choses ?

« Mais ça ne colle pas, murmura-t-il. Ils étaient bien réels. Les auras aussi, étaient réelles. »

La route est longue pour le paradis, mon cœur… et

prends garde aux empreintes vert mordoré laissées par l'homme blanc en chemin.

Le raconter à quelqu'un. Tout déballer. Et il vaudrait mieux le faire avant que Leydecker n'écoutât l'enregistrement de l'appel au 911 et ne vînt lui demander des explications. Il allait vouloir savoir, avant tout, pourquoi Ralph avait menti et ce qu'il savait sur la mort de May Locher.

Le raconter à quelqu'un. Tout déballer.

Carolyn morte, Leydecker une connaissance trop récente, Helen gardant un profil bas au foyer de WomanCare quelque part dans la cambrousse, Lois Chassey trop encline à parler à ses copines… Qui restait-il ?

La réponse était évidente, une fois la question posée en ces termes, mais Ralph éprouvait une surprenante répugnance à faire à McGovern des confidences sur ce qui lui arrivait. Il se souvenait du jour où il avait trouvé Bill assis sur un banc, à côté du terrain de softball, pleurant la mort prochaine de son vieil ami et mentor Bob Polhurst. Il avait voulu lui parler des auras, mais on aurait dit McGovern incapable de l'écouter, trop occupé qu'il était à ressasser son numéro, parfaitement rodé, sur ce que le fait de vieillir avait de débectant.

Ralph évoqua le sourcil sardonique en accent circonflexe ; le cynisme à toute épreuve ; le long visage à l'expression toujours lugubre. Les allusions littéraires qui, en général, faisaient sourire Ralph mais le faisaient aussi, souvent, se sentir légèrement inférieur. Et il y avait l'attitude de McGovern vis-à-vis de Lois ; condescendante, un brin cruelle.

Ce portrait était cependant loin d'être juste, et Ralph le savait. Bill McGovern pouvait faire preuve de bonté et — ce qui était plus important dans le cas présent — de compréhension. Lui et Ralph se connaissaient depuis plus de vingt ans, et habitaient depuis dix ans dans la même maison. Il avait été l'un de ceux qui tenaient les cordons du poêle à l'enterrement de Carolyn, et si Ralph n'était pas capable de parler à Bill McGovern de ce qui lui arrivait, à qui se confier ?

La réponse semblait être : *à personne*.

CHAPITRE 10

1

Les anneaux nébuleux qui gravitaient autour des lampadaires avaient disparu, lorsque le ciel commença à s'éclaircir à l'est ; à neuf heures, l'air était limpide et tiède — peut-être le commencement de la fin pour l'été indien. Ralph descendit au rez-de-chaussée dès la fin de *Good Morning America*, déterminé à raconter à McGovern ce qui lui arrivait (ou du moins tout ce qu'il oserait) avant de perdre courage. Une fois devant la porte de l'appartement du bas, cependant, il entendit la douche qui coulait et la voix de William D. McGovern (heureusement étouffée par la distance) qui chantait *I Left my Heart in San Francisco*.

Ralph passa sur le porche et, les mains enfoncées dans ses poches revolver, déchiffra la journée comme sur un catalogue. Il n'existait rien, vraiment rien de comparable à un soleil d'octobre, songea-t-il ; il avait presque l'impression de sentir s'évaporer ses petites misères nocturnes. Elles allaient sans aucun doute revenir, mais pour le moment il se sentait bien — fatigué et le cerveau embrumé, certes, mais sinon, pas si mal que ça. La journée était plus que belle : absolument radieuse, et quelque chose lui disait qu'il faudrait attendre le mois de mai pour en revoir une semblable. Il estima que ce serait de la folie que de ne pas en profiter. Une promenade jusqu'à Harris Avenue Extension ne lui prendrait pas plus d'une demi-heure, trois quarts d'heure si jamais il trouvait quelqu'un là-bas avec qui discuter le bout de gras ; à ce moment-là McGovern serait douché, rasé, peigné et habillé. Et peut-être prêt, également, à tendre une oreille sympathique, si Ralph avait de la chance.

Il se rendit jusqu'à l'aire de pique-nique sans s'avouer nettement qu'il espérait tomber sur le vieux Dor. Dans ce cas, ils pourraient peut-être parler un peu poésie — de Stephen Dobyns, par exemple — ou même de philosophie. Et pour entamer cette partie de la discussion, Dorrance pourrait éventuellement lui expliquer ce qu'étaient les « affaires des machrones », et pourquoi il jugeait que Ralph n'avait pas à s'en mêler.

Dorrance, toutefois, n'était pas à l'aire de pique-nique. Il ne trouva que Don Veazie, qui voulut lui expliquer pour quelles raisons Bill Clinton faisait un exécrable président, et pourquoi il aurait mieux valu, pour le bien des États-Unis d'Amérique, que le peuple américain eût élu ce génie du fisc qu'était Ross Perot. Ralph (qui avait voté Clinton et estimait que l'homme ne s'en sortait pas trop mal) écouta le temps requis par le code des bonnes manières puis dit qu'il avait pris rendez-vous pour se faire couper les cheveux, la première chose qui lui vint à l'esprit.

« Encore autre chose ! lui lança Don d'une voix de stentor, tandis qu'il s'éloignait. Sa prétentieuse de bonne femme ! C'est une lesbienne ! Ça ne m'échappe jamais ! Tu sais comment ? Je regarde leurs chaussures ! Les chaussures, c'est comme un code secret entre elles ! Elles en portent toujours qui ont le bout carré et…

— Salut, Don ! » répondit Ralph sur le même ton, battant hâtivement en retraite.

À peine avait-il parcouru quatre cents mètres que le jour, autour de lui, explosait silencieusement.

2

Il se trouvait en face de la maison de May Locher quand l'événement se produisit. Il s'arrêta net, regarda Harris Avenue d'un œil exorbité et incrédule, et porta la main droite au bas de sa gorge, bouche bée. On aurait dit qu'il avait une crise cardiaque et si son cœur lui faisait l'effet de battre normalement — pour le moment, en tout cas —, il avait l'impression on ne peut plus nette d'être victime d'une forme ou d'une autre de crise. Rien de ce qu'il avait vu jusqu'ici, cet automne, ne l'avait préparé à ce spectacle. De toute façon, rien n'aurait pu l'y préparer, songea-t-il.

L'autre monde — le monde secret des auras — était devenu de nouveau visible, mais dans des proportions au-delà de tout ce qu'il aurait pu rêver… au point qu'il se demanda un instant s'il n'était pas possible de mourir de surtension perceptive. Harris Avenue s'était transformée en une sorte de Pays des Merveilles à l'éclat insupportable, fait de sphères, de cônes et de croissants de couleur. Les arbres, qui étaient encore à une bonne semaine de l'apogée paroxystique de leur métamorphose automnale, n'en flamboyaient pas moins comme des torches. Le ciel était au-delà de toute couleur, une explosion bleue supersonique.

Les lignes téléphoniques de Derry Ouest n'étaient pas enterrées et Ralph les contemplait fixement, vaguement conscient d'avoir arrêté de respirer et de devoir songer à recommencer rapidement s'il ne voulait pas s'évanouir. Des spirales jaunes zigzaguaient à toute allure autour des fils noirs, lui rappelant les enseignes de coiffeur de son enfance. Ici et là, ce motif de corps de guêpe était rompu par une flèche verticale rouge et effilée, ou par un éclair vert qui paraissait partir dans les deux sens à la fois et cachait les anneaux jaunes avant de s'estomper.

Ce que tu vois, ce sont les gens qui parlent, se dit-il dans son hébétude. *Tu piges, Ralph ? Tatie Sadie, de Dallas, bavarde avec son neveu préféré qui habite à Derry ; un fermier de Haven s'engueule avec le détaillant à qui il achète les pièces détachées de ses machines ; un pasteur essaie de venir en aide à un de ses paroissiens dans l'angoisse. Ce sont des voix, et j'ai l'impression que les flèches et les éclairs brillants traduisent les émotions puissantes auxquelles les gens sont en proie — amour ou haine, bonheur ou jalousie.*

Ralph comprit aussi que ce qu'il voyait et ressentait n'était pas *tout* ; qu'il existait tout un univers au-delà de ce qu'atteignaient actuellement ses sens. Un univers tel, peut-être, que même ce qu'il contemplait en ce moment lui paraîtrait faible et atténué. Mais comment en supporter davantage sans devenir fou ? Mettre sa vision hors circuit n'y suffirait même pas ; il comprenait plus ou moins que son impression de « voir » ces choses provenait en réalité de ce qu'il avait toujours considéré la vue comme le sens principal. Il y avait cependant ici, en fait, bien plus que sa vue d'affectée.

Afin de se le prouver, il ferma les yeux… et continua à voir Harris Avenue. Comme si ses paupières étaient devenues transparentes. La seule différence était une inversion des couleurs, ce qui créait un monde semblable à un négatif de photo couleurs. Les arbres n'étaient plus orange et jaune, mais avaient acquis un vert brillant et synthétique de jus de citron Gatorade. Le revêtement d'asphalte de Harris Avenue, refait au mois de juin dernier, s'était transformé en une grande voie blanche et le ciel en un stupéfiant lac écarlate. Il ouvrit de nouveau les yeux, presque sûr que les auras auraient disparu, mais ce n'était pas le cas ; le monde continuait à tonner et vibrer de couleurs, de mouvements, de sons retentissants.

Quand cela a-t-il commencé ? se demanda Ralph en reprenant sa marche à pas lent. *Quand les petits docteurs chauves ont-ils commencé à sortir du bois ?*

Il n'y avait néanmoins aucun docteur en vue, chauve ou non ; pas d'anges juchés sur l'architecture, pas de diables qui guettaient depuis les grilles d'égout. Seulement…

« Faites attention, Roberts ! Regardez un peu où vous allez ! »

Ces paroles, rudes et un peu inquiètes, paraissaient posséder une véritable structure matérielle ; impression de faire courir la main sur l'ancien lambris de chêne d'une abbaye ou d'un château antiques. Ralph se figea et vit Mme Perrine, autre habitante de la rue. Elle était descendue du trottoir pour éviter de se faire renverser comme une quille et se tenait au milieu des feuilles mortes qui lui montaient jusqu'aux chevilles, son filet à commissions à la main, foudroyant Ralph de sous ses sourcils poivre et sel épais. L'aura qui l'entourait était de ce gris sérieux, sans compromis, des uniformes des cadets de West Point.

« Seriez-vous ivre, Roberts ? » demanda-t-elle d'un ton sec ; et d'un seul coup, la débauche de couleurs et de sensations s'évanouit, Harris Avenue redevint ce qu'elle était, une artère paresseuse, somnolant dans la lumière de cette délicieuse matinée d'automne.

« Ivre, moi ? Pas du tout. Je suis aussi sobre qu'un juge, parole d'honneur. »

Il lui tendit la main. Mme Perrine, qui avait plus de quatre-vingts ans mais tenait toujours aussi fermement la rampe, la regarda comme si elle dissimulait une farce quelconque. *Ça ne me surprendrait pas de votre part*, disaient ses yeux gris et froids. *Ça ne me surprendrait pas du tout, Roberts.* Elle remonta sur le trottoir sans l'aide de Ralph.

« Je suis désolé, madame Perrine, je ne regardais pas où j'allais.

— Effectivement, vous ne regardiez pas. Vous marchiez en bayant aux corneilles, la bouche ouverte. On aurait dit l'idiot du village.

— Désolé, répéta-t-il, obligé de se mordre la langue pour ne pas éclater de rire.

— Humf. » Mme Perrine le regarda lentement, de haut en bas, comme un sergent des Marines inspecterait une nouvelle recrue. « Votre chemise est déchirée sous le bras, Roberts. »

Ralph souleva le bras gauche et regarda. Une déchirure déparait en effet sa chemise à carreaux préférée. On voyait même au travers le pansement, sa tache de sang séché, ainsi qu'une touffe inconvenante, faite de poils emmêlés. Il rabaissa vivement le bras, se sentant rougir.

« Humf », répéta Mme Perrine, exprimant par cette onomatopée tout ce qu'elle avait à dire sur le compte de Ralph Roberts sans avoir recours à un seul mot du vocabulaire. « Apportez-la-moi à la maison, si vous voulez. Et si vous avez d'autres choses à recoudre aussi. Je suis encore capable de tirer l'aiguille, figurez-vous.

— Oh, je n'en doute pas, madame Perrine. »

La vieille dame le regardait avec une expression qui semblait dire : *Vous n'êtes qu'un vieux bouc lubrique desséché, Ralph Roberts, mais sans doute n'y pouvez-vous rien.*

« Pas l'après-midi, reprit-elle. J'aide à préparer le dîner au refuge des sans-abri, et je fais le service à cinq heures. C'est pour l'œuvre de Dieu.

— Oui, je suis sûr que…

— Il n'y aura pas de sans-abri au ciel, Roberts. Vous pouvez compter là-dessus. Pas de chemises déchirées non plus. Mais tant que nous sommes sur terre, nous devons nous occuper de tout ça. » *Et moi*, proclamait le visage de Mme Perrine, *je m'en occupe spectaculairement bien*. « Apportez vos affaires à recoudre le matin ou le soir, Roberts. Pas de cérémonie entre nous, mais ne venez pas frapper chez moi après huit heures trente. Je me couche à neuf heures.

« C'est très aimable de votre part, madame Perrine », répondit Ralph, obligé de se mordre à nouveau la langue. Il se rendait compte que cette méthode n'allait pas tarder à devenir inefficace et que sous peu, il devrait choisir entre éclater de rire ou mourir.

« Pas du tout. Mon devoir de chrétienne. Et Carolyn était une amie pour moi.

— Merci… C'est terrible pour May Locher, n'est-ce pas ?

— Pas du tout. La miséricorde divine. » Et elle reprit son chemin, impavide, avant que Ralph pût ajouter quelque chose. Elle avait le dos d'une telle rigidité qu'on avait mal rien qu'en la regardant.

Ralph parcourut quelques mètres et bientôt n'y tint plus. Il s'appuya de l'avant-bras à un poteau téléphonique, la bouche enfouie dans le creux du coude, et rit aussi silencieusement que possible — rit jusqu'à ce que des larmes lui coulent le long des joues. Lorsque la crise de fou rire (car c'était vraiment ce qu'il ressentait, une véritable crise hystérique) fut passée, il releva la tête et regarda autour de lui, attentif, curieux, des larmes encore plein les yeux. Il ne vit rien d'autre que ce que n'importe qui pouvait voir, et ce fut un soulagement.

Ne te fais pas d'illusions, Ralph. Ça va revenir. Tu le sais parfaitement. Tout va revenir.

Oui ; sans doute le savait-il parfaitement, mais c'était pour plus tard. Pour le moment il avait quelque chose à dire à quelqu'un.

3

Lorsque finalement Ralph fut de retour de son stupéfiant voyage jusqu'au bout de l'avenue, McGovern était installé sous le porche et feuilletait le journal. Mais quand il s'engagea dans l'allée, il prit brusquement la décision de ne pas tout dire à Bill. En particulier, il se garderait bien de lui expliquer à quel point les deux bonshommes qu'il avait vus sortir de la maison de May Locher ressemblaient aux extraterrestres des journaux à scandale du Red Apple.

McGovern le regarda escalader les marches. « Salut, Ralph.

— Salut, Bill. Est-ce qu'on peut parler ? J'ai quelque chose à te dire.

— Bien sûr. » Il referma son journal, le repliant avec soin. « On a finalement emmené mon vieil ami Bob Polhurst à l'hôpital, hier soir.

— Ah bon ? Il me semblait que ça devait déjà être fait.

— C'est ce que je croyais. C'est ce que tout le monde espérait. Il nous a roulés. En fait, on aurait dit qu'il allait mieux, du côté de la pneumonie, du moins ; puis il a rechuté. Il a fait un arrêt respiratoire hier, vers midi, et sa nièce a bien cru qu'il mourrait avant l'arrivée de l'ambulance. Mais il a tenu le coup et son état semble s'être de nouveau stabilisé. » Il regarda en direction de la rue et soupira : « May Locher passe l'arme à gauche dans la nuit, et Bob continue de s'accrocher. Quel monde, tout de même…

— Ouais.

— De quoi voulais-tu me parler ? As-tu finalement décidé de te déclarer à Lois ? Besoin de quelques conseils paternels sur la meilleure manière d'aborder la question ?

— J'ai besoin de conseils, d'accord, mais pas sur ma vie sentimentale.

— Raconte-moi tout », répliqua McGovern d'un ton rude.

Ce que fit Ralph. L'attention silencieuse que lui accorda son ami le soulagea beaucoup et lui fit plaisir. Il commença en rappelant en quelques mots les choses que McGovern connaissait déjà : l'incident entre Ed et Gros Balèze pendant l'été 92, et comment Ed avait répété, le jour où il avait battu Helen, les propos qu'il avait tenus à cette occasion. Au fur et à mesure qu'il parlait, Ralph était envahi par la conviction de plus en plus forte qu'il existait des relations entre toutes les choses qui lui arrivaient, relations qu'il pouvait presque percevoir.

Il parla également des auras, mais pas du cataclysme silencieux qui l'avait submergé moins d'une demi-heure auparavant — cela aussi était plus qu'il ne voulait en dire, au moins pour le moment. McGovern était évidemment au courant de l'agression de Pickering, et savait que Ralph avait pu éviter le pire grâce à la bombe lacrymogène que Helen et Gretchen lui avaient donnée ; mais il ajouta un détail qu'il ne lui avait pas communiqué le dimanche soir, lorsqu'il avait raconté l'agression à son locataire au cours d'un repas improvisé : comment la bombe était apparue magiquement dans sa poche, le vieux Dor lui paraissant l'auteur le plus probable de ce tour de prestidigitation.

« Bonté divine ! s'exclama McGovern. Sais-tu que tu vis dangereusement, Ralph ?

— On dirait.

— Et qu'est-ce que tu as raconté à Leydecker de tout ça ? »

Bien peu de chose, voulut-il dire, mais il s'aperçut que ce serait encore une exagération. « Pratiquement rien. Et il y a un autre détail que je ne lui ai pas avoué. Quelque chose de bien plus… substantiel, il me semble, et qui a à voir avec ce qui s'est passé là-bas. » Il fit un geste en direction de la maison de May Locher, devant laquelle deux vans bleu et blanc venaient tout juste de s'arrêter. MAINE STATE POLICE, lisait-on sur les côtés. Ralph supposa que c'étaient les experts de la police dont Leydecker lui avait parlé.

« May ? » McGovern s'inclina un peu en avant. « Tu sais quelque chose sur ce qui lui est arrivé ?

— Je crois. » S'exprimant avec soin, passant d'un mot à l'autre comme d'une pierre à la suivante sur un gué délicat à franchir, Ralph raconta comment il s'était réveillé, était allé dans la salle de séjour et avait vu deux hommes sortir de la maison de May Locher. Il expliqua de quelle façon il avait fini par récupérer ses jumelles et parla des ciseaux que tenait l'un des deux hommes. Il ne fit mention ni du cauchemar de Carolyn, ni des empreintes luisantes, ni encore moins du fait qu'il avait tardivement pensé que les deux individus étaient peut-être sortis en passant directement à travers la porte — ce qui n'aurait réussi qu'à détruire les derniers lambeaux de crédibilité qui lui restaient. Il termina sur l'appel anonyme au 911, puis attendit avec anxiété la réaction de McGovern.

Ce dernier secoua la tête, comme pour s'éclaircir les idées. « Auras, oracles, mystérieux monte-en-l'air armés de ciseaux… tu vis vraiment dangereusement.

— Qu'est-ce que tu en penses, Bill ? »

McGovern resta quelques instants sans réagir. Il avait fait un rouleau du journal, pendant le récit de Ralph, et s'en tapotait machinalement la jambe. Ralph éprouva le besoin de répéter sa question plus brutalement — *Crois-tu que je sois fou, Bill ?* — mais y résista. S'imaginait-il que les gens donnaient des réponses honnêtes à ce genre de questions ? Il aurait fallu leur injecter une sérieuse dose de penthotal auparavant. Que Bill répondît : *Oh oui, t'es aussi fou que trois poux, mon petit Ralphie, veux-tu que j'appelle Juniper Hill pour voir s'ils ont un lit de libre ?* — voilà qui était peu vraisemblable… et étant donné qu'aucune des réponses que le vieux prof pourrait lui donner n'aurait de signification, autant se passer de poser la question.

« Je ne sais pas exactement ce que j'en pense, finit par dire Bill. En tout cas, pas pour le moment. De quoi avaient-ils l'air ?

— Ils avaient des figures difficiles à distinguer, même avec les jumelles. » Il avait répondu d'une voix aussi ferme que la veille, lorsqu'il avait nié être l'auteur du coup de téléphone anonyme.

« Tu n'as probablement aucune idée de l'âge qu'ils pouvaient avoir ?

— Non, aucune.

— L'un d'eux aurait-il pu être notre vieux pote d'en haut de la rue ?

— Ed Deepneau ? » Ralph regarda McGovern, surpris. « Non, absolument pas.

— Et Pickering ?

— Non plus. Ni l'un ni l'autre. Je les aurais reconnus. Où veux-tu en venir ? Penses-tu que j'ai fini par craquer et que j'ai cru voir les deux types qui m'ont causé le plus de souci ces temps derniers sur le perron de May Locher ?

— Bien sûr que non », répondit McGovern. Mais le tapotement régulier du journal sur sa jambe s'interrompit et il cligna des yeux. Ralph sentit un creux au niveau de l'estomac. Oui, c'était exactement à cela que voulait en venir Bill, ce qui n'avait rien de surprenant, au fond, non ?

Peut-être pas, mais cela ne changeait rien à la sensation au creux de son estomac.

« Et d'après Johnny, toutes les portes étaient fermées ?

— Ouais.

— De l'intérieur ?

— Oui, mais… »

McGovern se leva si brusquement de son siège que Ralph, pendant une folle seconde, crut qu'il allait partir à fond de train, peut-être même en criant : *Faites attention à Ralph Roberts ! Il est devenu cinglé !* Mais, au lieu de se précipiter vers l'escalier, il se dirigea vers la porte d'entrée. D'une certaine façon, Ralph trouva cela encore plus inquiétant.

« Qu'est-ce que tu vas faire ?

— Appeler Larry Perrault. C'est le plus jeune frère de May. Il habite toujours à Cardville. Je suppose que c'est là-bas qu'elle sera enterrée. » (McGovern adressa un regard étrange, interrogatif, à Ralph.) « Que croyais-tu que j'allais faire ?

— Je ne sais pas, répondit Ralph, mal à l'aise. Pendant une seconde, j'ai cru que tu allais prendre la poudre d'escampette.

— Mais non. » En disant cela, McGovern lui tapota l'épaule, d'un geste qui donna l'impression à Ralph d'être froid et fait pour la forme.

« Qu'est-ce que le frère de May Locher a à voir là-dedans ?

— Johnny a bien dit qu'on avait envoyé le corps de May pour une autopsie complète à Augusta, non ?

— Euh, je crois que le mot qu'il a employé était nécropsie… »

De la main, McGovern rejeta l'objection. « Autopsie, nécropsie, c'est du pareil au même. S'ils trouvent quoi que ce soit d'anormal — quoi que ce soit qui suggérerait qu'elle a été assassinée — on aura informé Larry. Il est son seul parent proche.

— D'accord, mais est-ce qu'il ne va pas se demander pourquoi ça nous intéresse tant ?

— Oh, il ne faut pas s'inquiéter pour ça, observa McGovern d'un ton apaisant qui déplut à Ralph. Je lui dirai que la police a mis les scellés sur la maison et que cette bonne vieille Harris Avenue bruit des rumeurs les plus diverses. Il sait que j'ai été le camarade de classe de May, et que je lui rendais régulièrement visite, depuis deux ans. Nous ne sommes pas fous l'un de l'autre, Larry et moi, mais on s'entend raisonnablement bien. Il me dira ce que je veux savoir, ne serait-ce que parce que nous sommes tous les deux des survivants de Cardville. Tu piges ?

— Il me semble, mais…

— Je l'espère », le coupa McGovern qui se mit soudain à ressembler à un reptile très vieux et très laid — un iguane marin, par exemple, ou un basilic. Il tendit un doigt vers Ralph : « Je ne suis pas un imbécile et je sais quand je dois tenir ma langue. On peut lire en ce moment sur ta figure que tu n'en es pas convaincu, et ça m'offense, ça m'offense même sacrément.

— Je suis désolé», dit Ralph, stupéfait par la sortie de son ami.

McGovern le regarda encore quelques instants, ses lèvres reptiliennes rétractées sur un dentier trop grand, et acquiesça. «Bon, très bien, j'accepte tes excuses. Tu as un sommeil merdique, je dois en tenir compte, et quant à moi, on dirait que je n'arrive pas à penser à autre chose qu'à Bob.» Il laissa échapper l'un de ses plus profonds soupirs *pauvre-de-moi*. «Écoute, si tu préfères que je n'appelle pas son frère…

— Non, non», se récria Ralph, se disant qu'il aurait bien aimé revenir dix minutes en arrière et effacer toute cette conversation. Puis quelque chose flotta dans son esprit, un sentiment parfaitement élaboré et prêt à l'emploi qui, il le savait, ferait plaisir à Bill : «Je suis désolé si j'ai eu l'air de mettre en doute ta discrétion.»

McGovern sourit, tout d'abord à contrecœur, puis de tout son visage. «J'ai compris, maintenant, ce qui te tient réveillé ; c'est de penser à des conneries dans ce genre. Tiens-toi tranquille, Ralph, et tâche d'avoir des pensées agréables à propos d'hippopotames, comme disait ma mère. Je reviens tout de suite. Je ne vais probablement pas le trouver, avec toutes les dispositions qu'il doit prendre pour les funérailles et tout le bazar. Veux-tu jeter un coup d'œil sur le journal en attendant ?

— Volontiers. Merci.»

McGovern lui tendit le *Derry News*, qui gardait encore sa forme en rouleau, et entra dans la maison. Ralph déplia la feuille de chou locale et parcourut la première page. La manchette disait : LES PARTISANS DE L'AVORTEMENT PRÊTS À RECEVOIR SUSAN DAY. Deux photos de presse flanquaient l'article. Sur l'une, une demi-douzaine de jeunes femmes préparaient des banderoles (NOTRE CORPS NOUS APPARTIENT ! et UNE AUBE NOUVELLE POUR DERRY !), l'autre montrait des manifestants qui tournaient autour du centre WomanCare. Ils ne brandissaient ni panneaux ni banderoles, car ils n'en avaient pas besoin ; leurs robes noires à capuchon et leurs faux en disaient assez.

Ralph poussa à son tour un soupir, laissa tomber le journal sur le rocking-chair voisin et regarda se déployer la matinée de ce mardi, dans Harris Avenue. Il se dit que McGovern téléphonait peut-être en réalité à John Leydecker et non à Larry Perrault, et que les deux hommes avaient en ce moment même un petit entretien prof-élève sur ce qu'il fallait faire de ce vieux cinglé de Ralph Roberts.

Je me suis dit que vous aimeriez sans doute savoir qui est le véritable auteur de ce coup de téléphone anonyme, Johnny.

Merci, Prof. On s'en doutait déjà, évidemment, mais c'est une bonne chose d'en avoir confirmation. Je suppose qu'il n'est pas dangereux. D'une certaine manière, je l'aime bien.

Ralph repoussa ces spéculations sur qui Bill appelait ou n'appelait pas. Il était plus facile de rester assis ici sans penser à rien, pas même à un hippopotame. Plus facile de suivre des yeux le gros camion de Budweiser pendant qu'il entrait lentement dans le parking du Red Apple et s'arrêtait un instant pour laisser ressortir le véhicule de Magazines Incorporated, lequel venait de larguer sa ration hebdomadaire de journaux à scandale, de revues, de livres de poche. Plus facile de regarder la vieille Harriet Bennigan, à côté de laquelle Mme Perrine avait l'air d'une fringante pouliche, courbée sur les montants de son espèce de trépied à roulettes — un déambulateur —, en route pour sa laborieuse promenade matinale. Plus facile de regarder la fillette en jean, avec son immense T-shirt blanc et un chapeau d'homme de trois tailles trop grand pour elle sur la tête, sauter à la corde sur le terrain vague envahi de mauvaises herbes qui se trouvait entre la boulangerie Frank's et le salon de beauté Vicky Moon's. Plus facile de suivre le mouvement de pendule des mains de la petite fille. Plus facile de l'écouter chantonner la chanson d'accompagnement :

Cinq-dix-vingt, l'oie boit son vin...

Tout au fond de lui, Ralph se rendit compte, avec beaucoup d'étonnement, qu'il était sur le point de s'endormir ici, sur le porche. En même temps, les auras s'infiltraient de nouveau dans le monde, le remplissant de couleurs fabuleuses et de mouvement. C'était merveilleux, néanmoins...

... néanmoins, il y avait quelque chose qui clochait. *Quelque chose*. Mais quoi ?

La fillette qui sautait à la corde dans le terrain vague. C'était elle, qui clochait. Ses jambes habillées de toile montaient et descendaient comme l'aiguille dans le pied-de-biche d'une machine à coudre. Son ombre bondissait à côté d'elle sur ce qui restait de dalles, dans une allée envahie par les herbes et les tournesols. La corde tourbillonnait... montait et descendait... l'entourait... montait et descendait tout autour d'elle...

Mais non, ce n'était pas un T-shirt trop grand, il s'était trompé. C'était une blouse qui habillait cette silhouette. Une blouse blanche, comme celle des acteurs dans les feuilletons télé d'autrefois sur le milieu médical.

Cinq-dix-vingt, l'oie boit son vin,
Le singe chique son tabac sur la ligne de tram…

Un nuage s'interposa devant le soleil et une lumière verte sinistre envahit le jour, l'entraînant sous l'eau. Ralph fut tout d'abord parcouru d'un frisson, puis sa peau se hérissa de chair de poule. L'ombre bondissante de la fillette disparut. Elle leva les yeux et Ralph vit qu'il ne s'agissait nullement d'une petite fille. La créature qui le regardait était un homme d'une taille approximative d'un mètre vingt. Il avait tout d'abord pris le visage plongé dans l'ombre par le chapeau pour celui d'un enfant, à cause de son aspect parfaitement lisse, sans la moindre ride. Et en dépit de cela, il donnait une impression de malignité et de méchanceté diaboliques, au-delà de ce que pouvait concevoir un esprit normal.

C'est bien ça, pensa Ralph, obnubilé par la créature bondissante. C'est exactement ça. *Quelle que soit cette chose, elle est anormale. Folle.*

On aurait pu croire que le gnome venait de lire dans les pensées de Ralph, car à cet instant précis ses lèvres se retroussèrent sur un sourire à la fois timide et féroce, comme s'ils partageaient tous les deux un secret pénible. Et il était sûr — oui, absolument sûr, il en aurait presque juré — que la créature chantonnait, sans les lèvres, à travers ce sourire.

[*La ligne a été coupée ! Le singe s'est étouffé ! Et tous se sont noyés !*]

Il ne s'agissait pas de l'un des petits docteurs chauves que Ralph avait vus sortir de chez May Locher, il en était à peu près certain. Il avait un rapport avec eux, peut-être, mais celui-ci était différent. C'était…

La créature jeta la corde à sauter au loin. Le jouet devint tout d'abord jaune, puis rouge, donnant l'impression de lancer des étincelles pendant son vol plané. Le petit personnage — Doc #3 — regarda Ralph et sourit.

Et Ralph prit soudain conscience de quelque chose d'autre, quelque chose qui le remplit d'horreur. Il venait de reconnaître le chapeau que portait la créature.

Le panama disparu de Bill McGovern.

4

Encore une fois, on aurait pu croire que la créature avait lu en lui. Elle souleva le chapeau, exhibant un crâne rond et chauve, et l'agita comme un cow-boy qui chevauche un bronco sauvage dans un rodéo, sans cesser un seul instant d'arborer son innommable sourire.

Soudain, elle désigna Ralph comme si elle le marquait. Puis elle enfonça de nouveau le chapeau sur sa tête et s'engouffra à toute allure dans l'étroit passage étouffé de végétation qui séparait le salon de beauté de la boulangerie. Le nuage s'éloigna, le soleil fit sa réapparition, et les auras à l'intensité lumineuse variable commencèrent une fois de plus à se dissiper. Quelques instants après la disparition de la créature, Harris Avenue était redevenue ce qu'elle était d'ordinaire — cette bonne vieille et barbante Harris Avenue de toujours.

Ralph poussa un soupir chevrotant, au souvenir de la folie qu'il avait lue sur ce petit visage souriant, et de la manière dont la créature avait pointé

(Le singe s'est étouffé)

un doigt vers lui, comme si elle

(et tous se sont noyés)

y apposait sa marque.

« Dis-moi que je me suis endormi, marmonna-t-il

d'une voix rauque. Dis-moi que je me suis endormi et que j'ai rêvé tout ça. »

Derrière lui, la porte s'ouvrit. « Et en plus, tu parles tout seul, dit McGovern. Tu dois avoir de l'argent à la banque, Ralph.

— Ouais, de quoi payer les frais de mon enterrement. » Il se faisait l'impression d'être comme quelqu'un qui vient de subir un choc terrible et fait encore des efforts pour surmonter sa terreur résiduelle ; il s'attendait presque à voir McGovern se précipiter vers lui, le visage soucieux (ou peut-être simplement soupçonneux), pour lui demander ce qui n'allait pas.

Mais Prof ne fit rien de tel. Il se laissa tomber dans le rocking-chair, croisa les bras en un X mélancolique sur sa poitrine étroite, et se mit à contempler Harris Avenue, la scène sur laquelle lui, Ralph, Lois, Dorrance et tous les autres vieux du coin — nous, les « Âge-d'Or », en macgovernien dans le texte — étaient destinés à jouer leur dernier acte — acte ennuyeux et parfois douloureux.

Et si je lui parlais du chapeau ? Si j'entamais la conversation en disant : « Bill, je viens d'apprendre ce qui est arrivé à ton panama. Un voyou, vague parent des types que j'ai vus l'autre jour, l'avait à l'instant sur la tête. Il le portait lorsqu'il sautait à la corde entre la boulangerie et le salon de beauté » ?

Si Bill nourrissait encore des doutes sur l'état de sa santé mentale, ce dernier petit bulletin d'information suffirait sans aucun doute à les balayer. Oups !

Ralph ne desserra pas les dents.

« Désolé d'avoir mis tout ce temps, dit McGovern. Larry a prétendu que je le prenais juste au moment où il partait pour le salon funéraire, mais avant que j'aie pu lui poser la moindre question, j'ai eu droit à la moitié de la biographie de May et à presque toute la sienne. Il a dû parler sans reprendre sa respiration pendant au moins trois quarts d'heure. »

Aucun doute, Bill exagérait — tout au plus était-il parti cinq minutes. Ralph consulta néanmoins sa montre et eut la surprise de constater qu'il était onze heures quinze. Il tourna les yeux vers la rue et constata que Mme Bennigan avait disparu. De même que le camion de livraison de bière. Se serait-il endormi ? Il le fallait bien, aurait-on dit... Toutefois, il n'arrivait pas à trouver la moindre rupture dans ses perceptions conscientes.

Oh, voyons, ne joue pas les imbéciles. Tu dormais forcément quand tu as vu ce petit mec chauve. Tu l'as rêvé.

Ce qui paraissait parfaitement logique ; même le fait qu'il portait le panama de Bill était logique. Ce même chapeau avait figuré dans le cauchemar avec Carolyn, entre les pattes de la chienne Rosalie, cette fois.

Sauf qu'aujourd'hui, il n'avait pas rêvé, il en était certain.

Euh... pratiquement certain.

« Tu ne me demandes pas ce que m'a dit le frère de May ? demanda McGovern d'un ton légèrement mortifié.

— Désolé, dit Ralph. Je crois que j'étais dans la lune.

— Tu es pardonné, mon fils... à condition que tu écoutes attentivement, à partir de maintenant. Le détective responsable de l'affaire, Funderburke...

— Steve Utterback, j'en suis à peu près sûr. »

McGovern agita les mains en l'air, sa réponse habituelle quand on le corrigeait sur quelque chose. « Peu importe. Bref, il a appelé Larry et lui a dit que les conclusions de l'autopsie attribuaient le décès à des causes parfaitement naturelles. Ce qui les tracassait le plus, à la lumière de ton coup de téléphone, était l'idée qu'elle avait pu avoir une crise cardiaque — mourir littéralement de peur — à cause d'une intrusion de cambrioleurs. Les portes fermées de l'intérieur et l'absence de la moindre trace de vol militaient contre cette hypothèse, évidemment, mais ils ont pris ton appel suffisamment au sérieux pour envisager cette possibilité. »

Le léger ton de reproche de McGovern — comme si Ralph avait étourdiment jeté du sable dans les rouages d'une machine fonctionnant d'habitude sans heurt — eut le don d'agacer Ralph. « Évidemment qu'ils l'ont pris au sérieux ! J'ai vu deux types sortir de sa maison, et je l'ai signalé aux autorités. Quand les flics sont arrivés, May était morte. Comment auraient-ils pu ne pas le prendre au sérieux ?

— Pourquoi n'as-tu pas donné ton nom ?

— Je ne sais pas. Quelle différence, d'ailleurs ? Et comment, au nom du Ciel, peuvent-ils être sûrs qu'elle n'est pas morte de peur ?

— J'ignore s'ils peuvent en être sûrs à cent pour cent, répliqua McGovern, lui-même un peu piqué, maintenant, mais je suppose qu'ils ne doivent pas en être loin puisqu'ils rendent le corps de May à son frère pour qu'il soit enterré. Ils ont dû faire un test sanguin, ou quelque chose de ce genre. Tout ce que je sais, c'est que ce Funderburke…

— Utterback.

— … a dit à Larry que May était probablement morte pendant son sommeil. »

Sur quoi McGovern croisa les jambes, tripota le pli de son pantalon et se mit à scruter Ralph avec intensité.

« Je vais te donner un conseil, alors écoute-moi bien. Va voir le médecin. Maintenant. Aujourd'hui. Ne passe pas par la case départ, ne touche pas les deux cents dollars, rends-toi directement à la case Litchfield. Ça commence à devenir pesant. »

Ceux qui sortaient de chez May Locher ne m'ont pas vu, mais celui-là, si. Il m'a vu et m'a montré du doigt. Pour ce que j'en sais, peut-être même me cherchait-il.

Eh bien, voilà qui était une réconfortante réflexion parano...

« Ralph ? Tu as entendu ?

— Oui. Je comprends que tu ne crois pas que j'ai vu sortir ces types de chez May Locher.

— Exactement. J'ai vu ta tête, à l'instant, quand je t'ai dit que j'étais resté trois quarts d'heure au téléphone, et j'ai aussi vu que tu regardais l'heure. Tu ne pensais pas qu'autant de temps s'était écoulé, n'est-ce pas ? Et la raison pour laquelle tu ne le croyais pas est que tu as somnolé sans t'en rendre compte. Tu t'es payé une petite sieste. C'est probablement ce qui t'est arrivé l'autre nuit, Ralph. Sauf que la nuit en question, tu as rêvé à ces deux types, un rêve tellement réaliste que tu es allé faire le 911 à ton réveil. Tu ne trouves pas que ça tient debout ? »

Cinq — dix — vingt, l'oie boit son vin, pensa Ralph.

« Et les jumelles, alors ? objecta-t-il. Elles sont encore sur la petite table du séjour, à côté de mon fauteuil. Elles prouvent bien que j'étais réveillé, non ?

— Je ne vois pas en quoi. Tu es peut-être somnambule — tu n'y avais pas pensé ? Tu prétends avoir vu des intrus, et tu n'es même pas capable de les décrire.

— Avec la lumière orange de ces fichus lampadaires...

— Et toutes les portes fermées de l'intérieur !

— Pourtant, j'ai...

— Et ces histoires d'auras ! Ce sont les insomnies qui les provoquent — j'en suis presque sûr. Cependant, les choses pourraient être plus sérieuses. »

Ralph se leva, descendit les quelques marches du porche et se tint en haut de l'allée, tournant le dos à

McGovern. Le sang battait à ses tempes et son cœur cognait fort. Trop fort.

Il ne m'a pas seulement montré du doigt. J'avais raison, la première fois ; ce petit salopard m'a marqué. Et ce n'était pas un rêve. Je n'ai pas rêvé non plus ceux que j'ai vus sortir de chez May Locher, j'en suis sûr.

Évidemment, tu en es sûr, Ralph, lui répondit une autre voix. *Les fous sont toujours sûrs des choses folles qu'ils voient ou qu'ils entendent. C'est ça qui en fait des fous, pas les hallucinations elles-mêmes. Si tu as vraiment vu ce que tu as vu, où est passée Mme Bennigan ? Qu'est-il arrivé au camion de Budweiser ? Qu'est-il arrivé pendant les quarante-cinq minutes que Bill a passées au téléphone ?*

« Tu es victime de symptômes très sérieux », dit McGovern derrière lui. Ralph crut déceler quelque chose de terrible dans la voix de son ami. De la satisfaction ? Pouvait-il s'agir de satisfaction ?

« L'un d'eux tenait des ciseaux, répondit Ralph sans se retourner. Je les ai vus.

— Allons voyons, Ralph ! Réfléchis un peu ! Sers-toi de ta tête et réfléchis ! Dimanche après-midi, moins de vingt-quatre heures avant ta première séance d'acupuncture, un maboul t'enfonce un couteau entre les côtes. Est-il si extraordinaire que tu fasses un cauchemar dans lequel un type tient un objet pointu, la nuit suivante ? Les aiguilles de Hong et le couteau de chasse de Pickering se sont transformés en ciseaux, c'est tout. Ne vois-tu pas que cette hypothèse rend compte de tout, alors que ce que tu prétends avoir vu ne tient pas debout ?

— Et j'aurais eu une crise de somnambulisme quand j'ai été chercher les jumelles ? C'est ça ?

— C'est possible. Vraisemblable, même.

— Même chose pour la bombe lacrymogène dans ma

poche, évidemment ? Ce bon vieux Dor n'y était absolument pour rien.

— Je me fiche pas mal de la bombe lacrymo et du vieux Dor ! C'est toi qui m'inquiètes ! Tu souffres d'insomnies depuis avril ou mai, tu es déprimé et perturbé depuis la mort de Carolyn…

— Je ne suis pas déprimé ! » hurla Ralph. De l'autre côté de la rue, le facteur s'arrêta et regarda dans leur direction avant de s'éloigner vers le parc.

« Comme tu voudras, dit McGovern. Tu n'es pas déprimé. Tu ne dors pas non plus, mais tu vois des auras, des types qui se faufilent hors de maisons fermées au milieu de la nuit… » Puis, d'un ton trompeusement léger, l'ancien prof ajouta ce que Ralph redoutait, depuis le début, de l'entendre dire : « Tu ferais mieux de faire attention, jeune homme. Tu commences à ressembler un peu trop à Ed Deepneau. Ce n'est pas rassurant. »

Ralph se retourna. Un sang brûlant et morne pulsait derrière son visage. « Pourquoi me dis-tu ça ? Pourquoi tu t'en prends à moi comme ça ?

— Je ne m'en prends pas à toi, Ralph, j'essaie de t'aider. D'être ton ami.

— Je n'en ai pas l'impression.

— Qu'est-ce que tu veux, la vérité fait parfois un peu mal, répondit McGovern d'un ton calme. Il faut au moins que tu envisages l'hypothèse que ton corps et ton esprit cherchent à te dire quelque chose. Permets-moi de te poser une question. Est-ce le seul rêve dérangeant que tu as fait, ces temps derniers ? »

Ralph pensa fugitivement à Carolyn, enterrée jusqu'au cou dans le sable et hurlant à propos des empreintes de l'homme blanc. Il revit les bestioles noires qui grouillaient sur sa tête. « Je n'ai pas eu le moindre cauchemar récemment, rétorqua-t-il d'un ton raide. Évidemment, tu ne vas pas me croire parce que ça ne correspond pas au petit scénario que tu viens d'inventer.

— Écoute, Ralph...

— Permets que je te pose une question à mon tour. Est-ce que tu crois vraiment que le fait que je voie ces deux hommes et que May Locher soit morte la même nuit soit une pure coïncidence ?

— Peut-être pas. Il n'est pas impossible que ton état physique et mental ait été suffisamment bouleversé pour créer les conditions favorables à un événement psychique bref mais parfaitement authentique. »

Ralph fut réduit au silence.

« Je crois que ce sont des choses qui arrivent de temps en temps, reprit McGovern en se levant. Ça doit paraître marrant, de la part d'un vieux rationaliste comme moi, mais c'est pourtant vrai. Je n'affirme pas que c'est exactement ce qui s'est passé, simplement que c'est une possibilité. Ce dont je suis sûr, en revanche, c'est que les deux hommes que tu penses avoir vus n'existent pas dans le monde réel. »

Ralph regardait son ami, les mains enfoncées dans les poches, les poings tellement serrés qu'ils étaient comme deux pierres. Les muscles de ses bras vibraient de tension.

McGovern descendit les marches, et le prit doucement par le bras, juste au-dessus du coude. « Je pense simplement... »

Ralph se dégagea si brusquement que Bill poussa un grognement de surprise et trébucha un peu. « Ce que tu penses, je le sais.

— Tu n'as pas écouté ce que...

— Oh, j'ai assez écouté. Et même plus qu'assez, crois-moi. Et il faut m'excuser, je vais aller faire une autre promenade. J'ai besoin de m'éclaircir les idées. »

Toujours aussi brûlant, le sang battait à son front, à ses joues. Il essaya d'embrayer son esprit sur un autre pignon afin de laisser cette fureur stupide et impuissante derrière lui, sans y parvenir. Il se sentait dans un état très voisin de celui dans lequel il s'était réveillé du cauchemar avec Carolyn ; la terreur et la confusion faisaient rage dans ses pensées, et lorsque ses jambes se mirent en mouvement, ce ne fut pas l'impression de marcher qu'il ressentit, mais celle de chuter, comme lorsqu'il était tombé du lit, hier matin. Il continua néanmoins à avancer. Parfois, c'est tout ce que l'on peut faire.

« Tu as besoin de consulter un médecin, Ralph ! » lui lança McGovern. Et Ralph ne put se cacher plus longtemps qu'il y avait une note de plaisir étrange et morbide dans la voix de son ami. L'inquiétude sous laquelle cela se dissimulait était probablement authentique, mais faisait l'impression d'un glaçage sucré sur un gâteau amer.

« Pas un pharmacien, pas un acupuncteur, pas un hypnotiseur, mais un médecin ! Ton médecin de famille ! »

Ouais, c'est ça, le type qui a enterré ma femme au-dessous de la ligne des marées, pensa-t-il en une sorte de cri mental. *Le type qui l'a enfouie dans le sable jusqu'au cou et lui a dit qu'elle ne risquait pas de se noyer tant qu'elle prendrait son Valium et son Tylénol !*

À voix haute, il répondit : « Ce dont j'ai besoin, c'est de marcher ! De ça, et pas d'autre chose ! » Les battements de son cœur se répercutaient maintenant à ses tempes en coups de marteau brefs et durs, et il se dit que c'était ainsi que commençait une attaque ; s'il ne se contrôlait pas très vite, il risquait de s'effondrer, victime de ce que son père appelait « une apoplexie de colère ».

Il entendit McGovern qui s'engageait à son tour dans l'allée. *Ne me touche pas, Bill. Ne pose même pas une main sur mon épaule, sans quoi je vais probablement me retourner et t'en aligner une en pleine figure.*

« Je ne cherche qu'à t'aider, ne le vois-tu pas ? » cria McGovern. De l'autre côté de la rue, le facteur s'était de nouveau arrêté pour les observer : devant le Red Apple, Karl, le type qui y travaillait le matin et Sue, la jeune femme qui le relayait l'après-midi, les regardaient sans se gêner. Karl, remarqua-t-il, tenait un sachet de petits pains à hamburgers à la main. Stupéfiant, tout de même, les détails que l'on pouvait noter, dans ces circonstances… même si ce n'était pas aussi stupéfiant que les choses qu'il avait vues ce matin.

Les choses que tu t'imagines avoir vues, murmura doucement une voix traîtresse au fond de sa tête.

« Marche, marmonna Ralph, désespéré. Continue simplement de marcher. » Un film venait de commencer à se jouer dans sa tête. Un film désagréable, d'un genre qu'il allait rarement voir, bien qu'il fût un habitué du complexe de salles du Derry Center. La bande sonore de ce navet d'épouvante, par-dessus le marché, semblait être la comptine *Pop ! Goes the Weasel*.

« *Laisse-moi te dire un truc, Ralph. À nos âges, les maladies mentales sont courantes ! Sont foutrement courantes ! Alors* VA VOIR UN MÉDECIN *!* »

Mme Bennigan se tenait sur son perron, le déambulateur abandonné au pied de l'escalier. Elle portait toujours son manteau de demi-saison d'un rouge éclatant et elle regardait le spectacle de la rue, bouche bée.

« *Est-ce que tu m'écoutes, Ralph ? Je l'espère ! Je l'espère bien !* »

Ralph accéléra le pas, rentrant la tête dans les épaules comme si soufflait un vent froid. *Et si jamais il continuait à crier, de plus en plus fort ? S'il se mettait à te suivre dans la rue ?*

S'il fait ça, les gens vont penser que c'est lui qui est devenu cinglé, se répondit-il, mais cette idée n'eut pas le don de le calmer. Dans son esprit, il continuait d'entendre un piano jouant cette ritournelle pour enfants — non, il ne la jouait pas vraiment, il l'émaillait de *plink* et de *plonk*, comme feraient des gosses dans une crèche :

All around the mulberry bush
The monkey chased the weasel,
The monkey thought 't was all in fun,
Pop ! Goes the weasel[1] *!*

Ralph commença alors à voir toutes les personnes âgées de Harris Avenue, celles qui achetaient leur police d'assurance à des compagnies faisant leur publicité sur la télé par câble, celles qui avaient des calculs ou des tumeurs de la peau, celles dont la mémoire diminuait au fur et à mesure que grossissait leur prostate, celles qui vivaient de la retraite de la Sécurité sociale et qui regardaient le monde à travers des cataractes de plus en plus épaisses au lieu de verres colorés en rose… Ces mêmes personnes qui lisaient maintenant tout le courrier publicitaire qu'elles recevaient, qui parcouraient les circulaires des supermarchés annonçant des rabais sur les conserves et les surgelés de base. Il les voyait, habillées de shorts grotesques, de robes courtes pelucheuses, portant des casquettes et des T-shirts ornés des personnages de Snoopy… En un mot, il les voyait comme les plus vieux élèves de maternelle du monde. Ils défilaient autour d'une double rangée de chaises et un petit homme

1. Autour du buisson couvert de mûres / Le singe poursuit la belette, / Le singe croit que c'est pour rire / Pouf ! disparue, la belette ! *(N.d.T.)*

chauve en blouse blanche jouait *Pop ! Goes the Weasel* au piano. Un autre crâne en peau de fesse subtilisait les chaises une à une, et lorsque la musique s'arrêtait et que tout le monde s'asseyait, l'une des personnes — aujourd'hui, c'était May Locher, demain ce serait probablement le vieux chef de département de McGovern — se retrouvait debout. Il lui fallait alors quitter la pièce, évidemment. Et Ralph entendit McGovern qui riait. Qui riait, parce qu'il avait de nouveau retrouvé une chaise. May Locher était peut-être bien morte, Bob Polhurst pouvait bien être mourant, Ralph Roberts perdre la boule, mais lui allait encore très bien, maître William D. McGovern se portait comme un charme, toujours d'attaque, toujours vertical, se sustentant, toujours capable de trouver une chaise lorsque la musique s'interrompait.

Ralph accéléra encore le pas, la tête plus que jamais rentrée dans les épaules, s'attendant à un autre tir de barrage de conseils et d'admonitions. Il estimait peu probable que McGovern le suivît dans la rue, mais pas à exclure complètement. S'il était suffisamment en colère, il en serait capable — l'abreuvant de reproches, lui intimant d'arrêter de faire l'idiot et d'aller voir un médecin, lui rappelant que le piano pouvait cesser de jouer n'importe quand, absolument n'importe quand, et que s'il ne trouvait pas de chaise tant qu'il en restait de disponibles, il risquait de manquer l'occasion pour l'éternité.

Les cris s'interrompirent toutefois. Il eut envie de regarder derrière lui, pour savoir ce que faisait McGovern, mais se retint. Si jamais Bill le voyait se retourner, ça pouvait le relancer. Mieux valait continuer d'avancer. Ralph allongea donc une fois de plus le pas, prit à nouveau la direction de l'aéroport sans même y réfléchir, tête basse, et s'efforça de ne pas entendre l'impitoyable piano, de ne pas voir les vieux enfants qui défilaient autour des chaises, de ne pas voir leurs regards terrifiés au-dessus des sourires truqués.

Il se rendit compte, tout en marchant, que ses espoirs avaient été vains. On l'avait finalement poussé dans le tunnel, et l'obscurité régnait tout autour de lui.

DEUXIÈME PARTIE

LA CITÉ SECRÈTE

« Les hommes âgés devraient être explorateurs » (T. S. Eliot).

CHAPITRE 11

1

Le Derry des Vieux Croulants n'était pas la seule cité secrète à exister dans l'agglomération que Ralph Roberts avait toujours considérée comme sa ville natale ; il avait grandi dans le quartier de Mary Mead, où se trouvaient à l'heure actuelle les lotissements de Old Cape, et découvert qu'en plus du Derry dévolu aux adultes, il y en avait un qui n'appartenait strictement qu'aux enfants : la zone (aussi fréquentée par les clochards), près du dépôt des chemins de fer, sur Neibolt Street, où l'on trouvait parfois des boîtes de soupe de tomate à moitié remplies de restes de ragoût et des bouteilles où moisissaient encore une ou deux gorgées de bière ; l'allée, derrière le cinéma Aladdin, où on fumait des cigarettes Bull Durham et où on faisait parfois éclater des pétards Black Cat ; le vieil orme immense qui surplombait la rivière et d'où des dizaines de garçons et de filles avaient appris à plonger ; la centaine (à moins qu'il n'y en eût bien davantage) de pistes tortueuses s'entrecroisant dans les Friches-Mortes, une vallée envahie de végétation qui enfonçait un coin comme une balafre mal guérie en direction du centre de la ville.

Ces rues secrètes, ces avenues dissimulées se

déployaient bien en dessous du champ visuel des adultes qui, par conséquent, les ignoraient… Mais il y avait eu des exceptions. En particulier un flic du nom d'Aloysius Nell — M. Nell pour des générations d'enfants de Derry — et ce n'était que maintenant, alors qu'il se dirigeait vers l'aire de pique-nique à partir de laquelle Harris Avenue devenait Harris Avenue Extension, que Ralph se dit que Chris Nell était sans doute le fils du vieux M. Nell… Mais non, ça ne collait pas, car le flic que Ralph avait vu pour la première fois en compagnie de John Leydecker était beaucoup trop jeune pour être le fils du vieux M. Nell. Il devait probablement s'agir de son petit-fils.

Ralph avait pris conscience de l'existence d'une seconde ville secrète — celle qui appartenait aux vieux — à l'époque où il avait pris sa retraite, mais il avait fallu la disparition de Carolyn pour qu'il se rendît compte qu'il en était lui-même citoyen. Il avait alors découvert une géographie immergée surnaturellement semblable à celle qu'il avait connue enfant, un pays foncièrement ignoré par le monde toujours pressé, de travailler comme de s'amuser, qui menait son tohu-bohu autour. Le Derry des Vieux Croulants se superposait enfin à une troisième ville secrète : le Derry des Damnés, endroit effrayant où demeuraient essentiellement les ivrognes, les fugitifs, et les cinglés qu'on ne pouvait garder enfermés.

C'est dans l'aire de pique-nique que Lafayette Chapin avait initié Ralph à l'une des plus importantes considérations qu'on puisse faire sur sa vie une fois que l'on était devenu un Vieux Croulant en bonne et due forme, évidemment. Cette considération avait à voir avec le concept de « vie réelle ». Le sujet était venu sur le tapis alors que les deux hommes commençaient à se connaître un peu mieux. Ralph avait demandé à Faye ce qu'il faisait, avant de venir à l'aire de pique-nique.

« Oh, dans ma vie réelle, j'étais charpentier, et ébéniste à l'occasion, avait répondu Chapin, exhibant dans un grand sourire les dents qui lui restaient. Mais ça fait presque dix ans que c'est terminé. » Comme si, se souvenait d'avoir pensé Ralph, la retraite était un baiser de vampire qui entraînait ceux qui y survivaient dans le monde des morts vivants. Et si l'on y réfléchissait vraiment, était-on si loin du compte ?

2

McGovern maintenant à une distance respectueuse (du moins l'espérait-il), Ralph s'engagea parmi les chênes et les érables qui séparaient l'aire de pique-nique d'Extension. Il constata que huit ou neuf personnes y avaient échoué, depuis sa première promenade, et que la plupart s'étaient munies d'un repas froid ou de sandwichs du Coffee Pot. Les Eberly et les Zell jouaient aux cartes avec le jeu graisseux qu'ils dissimulaient sur place, dans le creux d'un chêne ; Faye et Doc Mulhare, un vétérinaire à la retraite, disputaient une partie d'échecs ; deux mouches du coche allaient d'un groupe à l'autre pour donner des conseils.

Ces jeux étaient en principe la raison d'être de l'aire de pique-nique — comme de la plupart des endroits de Derry où se réunissaient les Vieux Croulants ; mais Ralph pensait que les jeux, en fait, n'étaient que prétexte. Les gens venaient en réalité ici pour affirmer concrètement, au moins à leurs yeux, qu'ils menaient encore une certaine forme d'existence, réelle ou autre.

Ralph s'assit sur un banc vide à proximité de la

barrière anticyclone et suivit du doigt, machinalement, les noms, les initiales (sans parler des FUCK YOU !) gravés dans le bois, tout en regardant les avions atterrir régulièrement toutes les deux minutes : un Cessna, un Piper, un Apache, un bimoteur Bonanza, puis le vol Air-Express onze-quarante-cinq en provenance de Boston. Il tendait cependant l'oreille aux conversations qui se poursuivaient non loin de lui. Le nom de May Locher fut prononcé à plusieurs reprises. Quelques-uns des Vieux Croulants l'avaient connue et dans l'ensemble, ils partageaient l'opinion formulée par Mme Perrine : que Dieu l'avait finalement prise en pitié et avait mis un terme à ses souffrances. La plupart des conversations, toutefois, tournaient autour de la venue imminente de Susan Day. En règle générale, la politique n'était pas le sujet de prédilection des Vieux Croulants, qui préféraient parler d'un bon cancer des intestins ou d'une crise cardiaque massive ; mais même parmi eux, le thème de l'avortement exerçait son don singulier de faire prendre parti, d'enflammer et de diviser.

« Elle n'a pas choisi la bonne ville en venant ici, et ce qui est rageant, c'est qu'il y a des chances pour qu'elle ne s'en doute même pas », dit Doc Mulhare, concentré sur l'échiquier, la mine lugubre, tandis que Faye Chapin attaquait à la hussarde ce qui restait de défense autour de son Roi. « Les choses ne se passent pas comme ailleurs, à Derry. Tu te souviens de l'incendie du Black Spot, Faye ? »

Faye poussa un grognement et s'empara du deuxième Fou de Doc.

« Ce que je n'arrive pas à comprendre, intervint Lisa Zell, ce sont tous ces cafards. » De la main, elle frappa le *Derry News*, sur la première page duquel on voyait la photo des silhouettes noires encapuchonnées tournant autour de WomanCare. « On dirait qu'ils veulent revenir à l'époque où les femmes se faisaient avorter à coups d'aiguilles à tricoter.

— C'est bien ce qu'ils veulent, renchérit Georgina Eberly. Ils s'imaginent que la peur d'y rester peut obliger une femme à garder son enfant. Il ne leur vient jamais à l'esprit qu'une femme peut craindre davantage d'avoir un enfant que de s'en débarrasser d'un coup d'aiguille à tricoter.

— Qu'est-ce que le fait d'avoir peur vient faire là-dedans ? demanda agressivement l'une des mouches du coche — un vieux à la tête en pelle à charbon du nom de Pedersen. Un meurtre est un meurtre, que le bébé soit dedans ou dehors, voilà comment je vois les choses, moi. Même s'ils sont tellement petits qu'il faut un microscope pour les voir, c'est un meurtre. Parce que si on les laisse tranquilles, ils deviennent des enfants.

— C'est ce qui fait de toi un Adolf Eichmann à chaque fois que tu te branles, rétorqua Faye en avançant sa Reine. Échec.

— Voyons, La-fa-yette Chapin ! s'exclama Lisa Zell.

— Se masturber n'est pas la même chose, protesta Pedersen, écarlate.

— Ah non ? Ce n'est pas dans la Bible, qu'un type a été maudit pour avoir balancé la purée sur le sol ? demanda la deuxième mouche du coche.

— Tu penses probablement à Onan », fit une voix derrière Ralph. Surpris, celui-ci se retourna et vit le vieux Dorrance. Il tenait à la main un livre de poche avec un gros chiffre 5 en couverture. *D'où diable sort-il, celui-là ?* se demanda-t-il ; il aurait presque juré qu'il n'y avait personne derrière lui, une minute ou deux auparavant.

« Onan, déconnant, dit Pedersen. Les spermatozoïdes, ce n'est pas comme les bébés.

— Non ? répliqua Faye. Alors explique-moi pourquoi l'Église catholique ne distribue pas de préservatifs dans les parties de loto ? Vas-y, je t'écoute.

— C'est de l'ignorance ! Et si tu ne vois pas…

— Ce n'est pas parce qu'il se masturbait que Onan a été puni, le coupa Dor de sa voix aiguë et discordante de vieillard. Mais parce qu'il refusait d'engrosser la veuve de son frère, afin que son frère ait une descendance. Il y a un poème d'Allen Ginsberg, je crois…

— La ferme, vieux fou ! s'étrangla Pedersen avant de fusiller Faye Chapin du regard. Et si tu ne vois pas qu'il y a une grande différence entre un homme qui s'astique le manche et une fille qui balance le bébé que Dieu a créé en son sein dans les toilettes, tu es aussi cinglé que Dor.

— Cette conversation est écœurante », s'insurgea Lisa Zell, qui paraissait néanmoins plus fascinée qu'écœurée. Ralph regarda derrière lui et se rendit compte qu'on avait arraché une partie du grillage de son poteau et qu'il pendait, replié vers l'intérieur ; l'œuvre, sans doute, des gamins qui s'emparaient des lieux, le soir venu. Voilà qui résolvait au moins un mystère. Il n'avait pas remarqué Dorrance parce que le vieillard ne s'était pas trouvé dans l'aire de pique-nique et devait avoir été se promener sur le périmètre de l'aéroport.

Ralph se dit que c'était peut-être la bonne occasion de prendre Dor à part et de lui tirer les vers du nez… si ce n'est qu'il risquait d'être encore plus perplexe après qu'avant. Le vieux Dor avait tout du chat du Cheshire dans *Alice au pays des merveilles* : davantage de sourire que de substance.

« Une grande différence, hein ? demandait Faye à Pedersen.

— Ouais, très grande. » Deux taches rouges luisaient aux joues parcheminées de Pedersen.

Doc Mulhare, mal à l'aise, changea de position sur son siège. « Allez, oublions tout ça et finissons la partie, Faye, d'accord ? »

Faye n'entendit même pas, tant Pedersen mobilisait son attention. « Tu ferais peut-être bien de penser à tous les petits spermatozoïdes qui t'ont claqué dans le creux de la main à chaque fois que tu t'es assis sur les toilettes en te disant qu'il serait chouette d'avoir Marilyn Monroe pour te... »

Pedersen, d'un geste, renversa les pièces qui restaient sur l'échiquier. Doc Mulhare grimaça avec un mouvement de recul, les lèvres tremblantes ; il avait un regard effrayé, derrière ses lunettes à la monture rose réparée par deux fois avec du chatterton.

« Ouais, excellent ! s'exclama Faye. Voilà un putain de bon argument, espèce de corniaud ! »

Pedersen brandit les poings dans une attitude à la John Sullivan. « Tu veux qu'on règle ça autrement, peut-être ? Viens donc, je t'attends ! »

Faye se mit lentement debout. Il mesurait facilement trente centimètres de plus que Pedersen et le dépassait bien de trente kilos.

Ralph n'en croyait pas ses yeux. Si le poison s'était infiltré aussi loin, qu'en était-il dans le reste de la ville ? Doc Mulhare aurait-il eu raison ? Susan Day ne devait pas avoir la moindre idée que son numéro allait avoir des effets aussi néfastes sur Derry. D'une certaine manière — de beaucoup de manières, en fait — Derry n'était pas une ville comme les autres.

Il s'élança avant de seulement savoir ce qu'il voulait faire et eut le soulagement de constater que Stan Eberly avait eu la même idée. Ils échangèrent un regard en s'approchant des deux hommes qui se tenaient nez à nez, et Stan hocha discrètement la tête. Ralph passa un bras autour des épaules de Faye moins d'une seconde avant que Stan ne saisît Pedersen par le haut du bras gauche.

« Vous allez rester tranquilles, tous les deux, dit Stan, parlant directement dans la touffe de poils que Pedersen avait dans l'oreille, sinon vous allez vous retrouver au Derry Home avec chacun une crise cardiaque, et toi, tu n'as pas besoin de nous en faire une de plus, Harley. Tu en es à combien ? À ta deuxième ? Ta troisième ?

— Je le laisserai pas faire des plaisanteries sur des femmes qui assassinent des bébés ! » siffla Pedersen, et Ralph vit que des larmes lui coulaient sur les joues. « Ma femme est morte à la naissance de notre seconde fille ! Elle a été emportée par une septicémie en 46 ! Alors je ne veux pas entendre parler de ces histoires de bébés assassinés !

— Bordel, Harley, je le savais pas. Je suis désolé, dit Faye d'une voix différente.

— Va te faire foutre avec tes *désolé* ! » cria Pedersen, s'arrachant à la prise de Stan. Il parut foncer sur Faye, qui leva les poings mais les rabaissa lorsqu'il vit Pedersen s'éloigner sans le regarder, après l'avoir bousculé, et prendre le sentier qui rejoignait Extension. Il disparut à leur vue. Trente secondes de silence s'ensuivirent ; un silence absolu, estomaqué, finalement rompu par le bourdonnement de guêpe d'un Piper Cub qui arrivait.

3

« Nom de Dieu, finit par dire Faye. On voit un type presque tous les jours pendant cinq ou dix ans, et on commence à croire qu'on sait tout de lui. Bordel, Ralphie, j'ignorais comment sa femme était morte. Je me sens comme un idiot…

— Inutile de te mettre dans cet état, Faye, intervint Stan. Il devait avoir ses ragnagnas.

— Taisez-vous, s'exclama Georgina. On a entendu assez d'horreurs comme ça pour aujourd'hui.

— Je serai bien content quand cette bonne femme sera venue et repartie, et que les choses auront retrouvé leur cours normal », observa Fred Zell.

Doc Mulhare était à quatre pattes et rassemblait les pièces d'échecs. « Est-ce que tu veux terminer la partie, Faye ? Je crois que je me souviens des positions.

— Non merci. » La voix de Faye, restée ferme pendant sa prise de bec avec Pedersen, se mit soudain à chevroter. « Je crois que j'en ai assez pour le moment. Demande à Ralph s'il ne veut pas me remplacer.

— Merci, mais je crois que ce sera pour une autre fois », répondit l'intéressé. Il cherchait Dorrance des yeux et finit par le repérer. Le vieillard était repassé par l'ouverture du grillage et se tenait debout, dans l'herbe jusqu'aux genoux, en bordure de la route de service qui passait par là ; il tordait le livre qu'il tenait tout en regardant le Piper Cub rouler vers le terminal principal. Ralph se mit à penser à la manière dont Ed avait déboulé sur cette route dans sa vieille Datsun marron et comment il avait juré

(grouille-toi, salope !)

devant la lenteur de la grille. Pour la première fois depuis plus d'un an, il se demanda ce qu'Ed, pour commencer, pouvait bien faire sur le terrain d'aviation.

« … qu'avant.

— Hein ? Quoi ? » Il fit un effort et concentra de nouveau son attention sur Faye.

« Je disais que tu devais avoir retrouvé le sommeil,

parce que tu as l'air fichtrement plus en forme qu'avant. Maintenant, c'est ton ouïe qui fout le camp, on dirait.

— Ça doit, répondit Ralph en esquissant un sourire. Je crois que je vais aller casser une petite croûte. Tu m'accompagnes, Faye ? Je t'invite.

— Non, j'ai déjà pris quelque chose qui me reste sur l'estomac comme un morceau de plomb, pour tout te dire. Bon Dieu, Ralph, cette vieille bête pleurait, t'as vu ça ?

— Oui, mais je ne m'en ferais pas trop pour autant, si j'étais toi. » Ralph prit la direction d'Extension et Faye lui emboîta le pas. Avec ses larges épaules affaissées et sa tête baissée, on aurait dit un ours dressé habillé en homme. « À nos âges, on pleure pour un rien, tu le sais bien.

— Sans doute. » Il lui adressa un sourire de gratitude. « De toute façon, merci de m'avoir arrêté avant que les choses ne tournent mal. Tu sais comment je suis, des fois. »

Si seulement quelqu'un avait été là quand on s'est engueulés, Bill et moi, pensa Ralph. « Pas de problème. C'est moi qui devrais te remercier, en réalité. Ce sera un truc de plus à mettre sur mon curriculum quand je me présenterai pour ce boulot si bien payé à l'ONU. »

Faye éclata de rire et donna une tape sur l'épaule de Ralph. « Ouais, secrétaire général ! Pacificateur en chef ! T'en serais capable, Ralph, sans déconner !

— Et comment… Fais attention à toi, Faye.

— Toujours d'accord pour le tournoi, la semaine prochaine, demanda Faye, l'arrêtant du geste. La grande classique de la piste 3 ? »

Il fallut quelques instants à Ralph pour comprendre de quoi il était question, même si la chose était le principal sujet de conversation de l'ex-charpentier depuis que les feuilles commençaient à changer de couleur. Faye était l'organisateur du tournoi d'échecs qu'il avait baptisé « la Classique de la piste 3 » depuis la fin de sa « vie réelle », en 1984. Le trophée consistait en un enjoliveur démesuré sur lequel étaient gravés une couronne et un sceptre fantaisistes. Faye, sans conteste le meilleur joueur de tous les Vieux Croulants (du moins de ce côté-ci de la ville), s'était remis le trophée à lui-même six fois, sur les neuf tournois organisés, et Ralph le soupçonnait d'avoir fait exprès de perdre les trois autres fois, simplement pour que la compétition conservât de son intérêt pour les autres. Mais il n'avait guère songé aux échecs, cet automne ; d'autres choses l'avaient préoccupé.

« Bien sûr. Je pense que je vais participer. »

Faye sourit. « Parfait. On aurait dû le faire le week-end dernier, comme prévu, mais j'espérais qu'en le remettant, Jimmy V. pourrait jouer. Il est toujours à l'hôpital, malheureusement, et si on le retarde encore il fera trop froid pour jouer dehors et on se retrouvera dans l'arrière-boutique du coiffeur, comme en 90.

— Qu'est-ce qui lui arrive, à Jimmy V. ?

— Son cancer est revenu, répondit Faye qui ajouta, un ton plus bas : À mon avis, il n'a pas une chance sur cent mille de s'en sortir, ce coup-ci. »

Ralph ressentit brusquement un chagrin d'une surprenante intensité à cette nouvelle. Jimmy Vandermeer et lui s'étaient bien connus au cours de leur « vie réelle ». À l'époque, tous les deux étaient voyageurs de commerce, Jimmy dans la confiserie et les cartes de vœux, tandis que Ralph vendait du matériel d'impression et des fournitures de papeterie ; ils s'étaient suffisamment bien entendus pour avoir pu faire équipe à plusieurs reprises dans leurs tournées de Nouvelle-Angleterre, partageant les frais d'essence et s'offrant des chambres beaucoup plus luxueuses que ce qu'ils auraient pu se payer individuellement.

Ils avaient également partagé les secrets ordinaires des hommes qui voyagent. Jimmy avait raconté à Ralph l'histoire de la prostituée qui lui avait volé son portefeuille, en 1958, et comment il avait menti à sa femme en accusant un autostoppeur qu'il aurait pris. Ralph avait avoué à Jimmy qu'à l'âge de quarante-trois ans il avait pris conscience d'être devenu accro au tord-boyaux et qu'il avait dû mener un douloureux et laborieux combat pour se défaire de sa dépendance. Pas plus que Jimmy V. n'avait parlé de sa dernière pute à sa femme, Ralph n'avait parlé à Carolyn de son goût bizarre pour le sirop pour la toux.

Beaucoup de tournées ; beaucoup de pneus changés ; beaucoup de plaisanteries sur le voyageur de commerce et la jolie fille du fermier ; beaucoup de conversations qui se prolongeaient tard dans la nuit, parfois jusqu'au petit matin. On parlait quelquefois de Dieu, plus souvent de l'impôt sur le revenu. Tout compte fait, Jimmy Vandermeer avait été un sacré bon compagnon. Puis Ralph avait obtenu un poste sédentaire à l'imprimerie et perdu contact avec Jimmy. C'était seulement ici qu'ils avaient renoué connaissance, ainsi qu'en d'autres lieux de Derry où se retrouvaient les Vieux Croulants : la bibliothèque, la salle de billard, l'arrière-boutique de Duffy Sprague, le coiffeur, et deux ou trois autres endroits. Lorsque Jimmy lui avait raconté, après la mort de Carolyn, qu'il s'était tiré d'une escarmouche avec le cancer un poumon en moins, mais que sinon tout allait bien, un souvenir était revenu à Ralph : Jimmy parlant base-ball ou pêche à la ligne, tout en jetant dans l'air qui grondait à la fenêtre de la voiture, les uns après les autres, les mégots brasillants de ses Camel.

J'ai eu de la chance, avait-il ajouté. *Moi et le Duke, on a eu de la chance.* Sauf que pour ni l'un ni l'autre, cette chance n'avait duré, aurait-on dit. De toute façon, elle ne durait pour personne, au bout du compte.

« Oh, bon Dieu, dit Ralph. Je suis désolé d'apprendre ça.

— Cela fait maintenant deux semaines qu'il est au Derry Home. On lui fait des rayons et on lui injecte ces saloperies qui sont supposées tuer le cancer et qui te laissent à demi mort. Ça m'étonne que tu ne sois pas au courant, Ralph. »

Je comprends que tu sois étonné, mais moi je ne le suis pas. Les insomnies te bouffent tout. Un jour, c'est le dernier sachet de Cup-a-Soup qui disparaît ; le lendemain, c'est ta perception du temps ; le surlendemain, ce sont tes vieux amis.

Faye secoua la tête. « Putain de cancer. Ça fiche la frousse, cette manière qu'il a de t'attendre au tournant. »

Ralph acquiesça. Il pensait à Carolyn. « Connais-tu le numéro de sa chambre ? Je pourrais aller lui rendre visite.

— Oui, je le connais. Le 315. Tu crois que tu t'en souviendras ? »

Ralph sourit. « Un moment, au moins.

— Va le voir si tu peux, bien sûr. On les drogue beaucoup, mais il reconnaît quand même ses visiteurs et je parie qu'il sera content de te voir. Vous avez passé de sacrés moments ensemble autrefois, d'après ce qu'il m'a raconté un jour.

— Oh, tu sais, on était deux types sur la route, c'est tout. Si on tirait à pile ou face pour savoir qui payait le dîner, Jimmy prenait toujours pile. » Soudain, il eut les larmes aux yeux.

« C'est bête, hein ? dit doucement Faye.

— Oui.

— Eh bien, va le voir. Tu lui feras plaisir, et tu te sentiras mieux. C'est ce qui devrait se passer, en tout cas. Et ne va pas m'oublier notre fichu tournoi d'échecs ! » ajouta Faye, se redressant et faisant un effort héroïque pour avoir l'air joyeux. « Si tu déclares forfait maintenant, tu fiches en l'air mon tirage au sort.

— Je ferai de mon mieux.

— Ouais, je le sais. » Du poing, il frappa Ralph légèrement au bras. « Et merci encore de m'avoir arrêté avant que j'aie eu le temps de faire quelque chose que j'aurais regretté ensuite.

— Pas de quoi ; le pacificateur en chef, c'est moi. » Ralph commença à s'éloigner sur le sentier qui rejoignait Extension, puis se retourna. « Au fait, tu vois cette route de service, là-bas ? Celle qui relie General Aviation à la rue ? » demanda-t-il avec un geste. Le camion d'un traiteur venait de l'emprunter au sortir du terminal privé, et son pare-brise leur renvoyait des reflets aveuglants dans les yeux. Le véhicule s'arrêta tout près du portail, coupant le rayon électrique. Le portail commença à rouler pesamment sur son rail.

« Oui, bien sûr.

— L'été dernier, j'ai vu Ed Deepneau l'utiliser, ce qui signifie qu'il possédait une carte magnétique pour ouvrir le portail. Sais-tu pour quelle raison il pouvait en avoir une ?

— Tu veux parler du type des Amis de la Vie ? Le chercheur de labo qui a fait un peu d'expérimentation sur sa femme, cet été ? »

Ralph acquiesça. « Mais c'est de l'été 92 que je te parle. Il était au volant d'une vieille Datsun marron. »

Faye se mit à rire. « Je ne serais pas fichu de faire la différence entre une Datsun, une Toyota et une Honda,

Ralph. J'ai arrêté de reconnaître les bagnoles à peu près à l'époque où Chevrolet a abandonné les ailerons de requin. Mais je peux dire qui emprunte cette route : les livreurs, les mécaniciens, les pilotes, les équipages et les contrôleurs aériens. Certains passagers ont une carte magnétique, s'ils volent souvent sur des appareils privés. Les seuls scientifiques, ici, sont les types qui travaillent à la station d'analyse de l'air. C'est son boulot ?

— Pas du tout. Il est chimiste. Il travaillait encore aux labos Hawking, il y a peu de temps.

— Il faisait joujou avec les rats blancs, c'est ça ? Il n'y a pas de rats à l'aéroport, que je sache, mais maintenant que j'y pense, il y a aussi tout un paquet de gens qui passent par ce portail.

— Oh ? Et qui donc ? »

Faye lui montra du doigt un bâtiment préfabriqué au toit en tôle ondulée, à environ soixante-dix mètres du terminal de General Aviation. « Tu vois cette baraque ? C'est SoloTech.

— SoloTech ?

— Une école. Une école de pilotage. »

4

Ralph retourna jusqu'à Harris Avenue ses grosses mains fourrées au fond des poches, la tête basse au point de ne guère voir autre chose que les fissures du trottoir sous ses chaussures de sport. Toutes ses pensées étaient de nouveau tournées vers Ed Deepneau… et vers Solo Tech. Il n'avait aucun moyen de savoir si c'était pour l'école de pilotage qu'Ed s'était trouvé sur le périmètre de l'aéroport, le jour où il avait percuté Mister West Side Gardeners, mais c'était tout à coup une question à laquelle il aurait beaucoup aimé avoir la réponse. Il aurait également beaucoup aimé savoir où Ed habitait à l'heure actuelle. Il se demandait si John Leydecker n'aurait pas partagé sa curiosité sur ces deux points, et décida qu'il allait le savoir.

Il passait devant le modeste immeuble à un étage qui abritait George Lyford, comptable agréé, d'un côté, et la bijouterie Maritime Jewelry (ACHETONS VOS OBJETS EN OR AU MEILLEUR PRIX) de l'autre, lorsqu'il fut tiré de ses pensées par un aboiement bref et étranglé. Il leva les yeux et vit Rosalie assise sur le trottoir, tout à côté de l'entrée de Strawford Park. La vieille chienne haletait, et la bave qui coulait de sa langue pendante faisait une petite flaque sombre entre ses pattes, sur le ciment. Elle avait la fourrure hirsute, comme si elle venait de courir, et le foulard délavé, autour de son cou, paraissait frémir au rythme saccadé de sa respiration. Lorsque Ralph la regarda, elle aboya une deuxième fois — on aurait presque dit un gémissement.

Il chercha alors des yeux, de l'autre côté de la rue, ce qui la faisait aboyer ; mais il n'y avait que la laverie automatique Buffy-Buffy, et Ralph n'arrivait pas à croire que Rosalie en avait après les quelques femmes qui allaient et venaient à l'intérieur, car personne ne passait en ce moment sur le trottoir.

Le regard de Ralph revint sur la chienne et il se rendit soudain compte qu'elle n'était pas simplement assise, mais tapie sur le trottoir, qu'elle se faisait toute petite. Elle paraissait mortellement terrorisée.

Jusqu'à ce jour, Ralph n'avait jamais vraiment prêté attention à ce que les expressions et le langage corporel des chiens peuvent présenter de mystérieusement humain : ils sourient quand ils sont contents, ils baissent la tête quand ils ont honte, trahissent leur anxiété dans leur regard et par la manière dont ils tendent leurs épaules — toutes choses que font les êtres humains. Et, comme eux, ils manifestent leur peur et ce qu'elle a de plus abject et absolu par des frémissements de tout leur corps.

Il regarda de nouveau de l'autre côté de la rue, vers l'endroit sur lequel toute l'attention de Rosalie semblait concentrée, et ne vit encore une fois rien d'autre que le trottoir désert et la laverie automatique. Puis, soudain, il se souvint de Natalie, le Bébé de Rêve essayant de saisir de sa menotte les traînées gris-bleu laissées par ses doigts, quand il avait essuyé le lait qui lui coulait sur le menton. Aux yeux de toute autre personne, elle aurait eu l'air de vouloir saisir le vide, comme les bébés ont souvent l'air de le faire… mais Ralph ne s'y était pas trompé.

Elle avait *vu*.

Rosalie poussa une série de gémissements de panique qui irritèrent les oreilles de Ralph comme un bruit de gonds rouillés.

Jusqu'ici, le phénomène s'est toujours produit de lui-même… Qui sait si je ne pourrais pas le provoquer ? Je peux peut-être parvenir à voir…

Voir quoi ?

Eh bien, les auras. Évidemment, les auras. Ou encore ce que Rosalie

(cinq-dix-vingt, l'oie…)

est en train de regarder. Ralph avait sa petite idée sur ce que c'était

(, l'oie boit son vin)

mais il voulait en être sûr. La question était : comment faisait-on ?

Et d'abord, comment voit-on ?

En regardant, pardi.

Ralph regarda Rosalie. Attentivement, essayant de voir tout ce qu'il y avait à voir : les motifs délavés du foulard bleu qui lui tenait lieu de collier, les touffes poussiéreuses et emmêlées de sa toison mal entretenue, le semis poivre et sel qui entourait son museau allongé. Au bout d'un moment, elle donna l'impression de sentir qu'elle était observée, car elle se tourna vers lui, le regarda et poussa un gémissement malheureux.

Ralph sentit alors quelque chose se déclencher dans sa tête — comme le coup de démarreur d'une voiture. Il eut le sentiment, fugitif mais indéniable, de devenir soudain plus léger, puis l'éclat de la lumière envahit tout. Il venait de trouver le chemin de ce monde plus vif, à la texture plus intense. Il vit une membrane trouble — elle lui fit penser à du blanc d'œuf qui vient de tourner — se matérialiser autour de Rosalie et un panache gris sombre s'élever de sa tête. Son point d'origine n'était pas le crâne, cependant, comme chez tous les gens que Ralph avait vus dans cet état second ; le panache de Rosalie partait de sa truffe.

Tu connais maintenant la différence la plus fondamentale entre les hommes et les chiens ; leurs âmes résident en des endroits différents.

[*Chien-chien, hé, chien-chien, viens ici !*]

Ralph grimaça et eut un mouvement de recul devant cette voix, qui lui faisait l'effet d'une craie grinçant sur un tableau noir ; il portait déjà la paume des mains à ses oreilles lorsqu'il comprit que cela ne servirait à rien ; ce n'était pas avec son ouïe qu'il entendait cette voix, mais au plus profond de sa tête, hors de portée de ses mains, qu'elle lui faisait le plus mal.

[*Hé, saloperie de sac à puces ambulant ! Tu crois que je n'ai que ça à faire ? Ramène ton cul pelé par ici, t'entends !*]

Rosalie gémit et revint à ce qu'elle regardait auparavant. Elle esquissa le mouvement de se redresser, puis se laissa retomber. Le foulard tremblotait plus que jamais et Ralph aperçut un croissant liquide s'étalant contre son flanc gauche — sa vessie l'avait lâchée.

Il regarda lui aussi de l'autre côté de la rue et vit alors Doc Chauve #3 qui se tenait entre la laverie et la maison voisine, un vieil immeuble d'appartements. Il portait sa blouse blanche (couverte de taches, comme s'il n'en avait pas changé depuis longtemps) et son jean de nain. Il avait toujours le panama de McGovern sur la tête. Le chapeau paraissait retenu par les oreilles de la petite créature ; il était tellement disproportionné que sa tête y disparaissait à moitié. Doc Chauve #3 souriait férocement à la chienne et Ralph découvrit une double rangée de dents blanches et pointues, de vrais crocs de cannibale. À la main gauche, il tenait un objet qui était soit un ancien scalpel, soit un rasoir droit. Une partie de son esprit cherchait à convaincre Ralph que c'était du sang qu'il voyait sur la lame, mais il était à peu près certain qu'il s'agissait de rouille.

Doc Chauve #3 glissa deux doigts dans le coin de sa bouche et émit un sifflement suraigu qui transperça les tympans de Ralph de son bruit de perceuse. Rosalie se recroquevilla un peu plus sur elle-même et lança un court hurlement.

[*Bouge ton putain de cul, Machine ! Tout de suite !*]

Rosalie se leva, la queue entre les jambes, et commença à ramper vers la rue. Elle ne cessait de gémir tout en avançant, et la terreur amplifiait sa claudication au point qu'elle avait du mal à marcher ; son arrière-train menaçait de s'effondrer à chacun des pas titubants qu'elle faisait à contrecœur.

[« *Hé !* »]

Ralph ne se rendit compte qu'il avait crié qu'à l'instant où il vit le petit nuage bleu qui flottait à hauteur de sa figure. Il était gravé de lignes arachnéennes argentées qui lui donnaient l'aspect d'un flocon de neige.

Le nain chauve virevolta vers le bruit produit par le cri de Ralph, brandissant instinctivement son arme, une expression de surprise enragée sur le visage. Rosalie s'était immobilisée, les pattes avant dans le caniveau, et regardait Ralph de ses grands yeux bruns pleins d'angoisse.

[*Qu'est-ce que tu veux, michrone ?*]

Il y avait de la fureur dans cette voix, fureur d'avoir été interrompu, fureur d'avoir été défié… mais Ralph pensa déceler une autre émotion en dessous. De la peur ? Il aurait aimé le croire. La perplexité et l'étonnement étaient plus probables. Quoi que fût cette créature, elle n'avait pas l'habitude d'être vue par les semblables de Ralph, et encore moins d'être défiée par eux.

[*Qu'est-ce qui t'arrive, michrone, le chat t'a bouffé la langue ? À moins que tu aies déjà oublié ce que tu voulais dire ?*]

[« *Je veux que vous laissiez cette chienne tranquille !* »]

Ralph entendit ce qu'il venait de répondre de deux manières différentes. Il était à peu près sûr d'avoir parlé à voix haute, mais le son de sa voix lui avait paru lointain et réduit à presque rien, comme la musique qui sourd d'un baladeur que l'on vient d'enlever pour un instant. Quelqu'un qui se serait tenu à côté de lui aurait pu distinguer ses paroles, mais Ralph savait qu'elles lui auraient fait l'effet d'un souffle semblable à celui qu'on peut émettre après avoir reçu un coup de poing dans l'estomac. À l'intérieur de sa tête, en revanche, sa voix portait comme elle ne le faisait plus depuis des années, forte, juvénile, confiante.

Sans doute Doc Chauve #3 devait-il l'avoir entendue de cette deuxième façon, car il eut un mouvement de recul momentané, l'arme toujours brandie (Ralph était à peu près sûr qu'il s'agissait d'un scalpel), comme pour se défendre. Puis il parut se ressaisir. Il quitta le trottoir et s'avança sur la partie engazonnée et couverte de feuilles mortes qui le séparait de la rue proprement dite. Il passa les pouces dans sa ceinture, y enfonçant sa blouse par la même occasion, et contempla Ralph pendant quelques instants, la mine sévère. Puis il brandit son scalpel rouillé et fit avec le geste explicite et désagréable de faucher.

[*Tu peux me voir ? La belle affaire ! Ne va pas fourrer ton nez dans ce qui ne te regarde pas, michrone ! Cette bâtarde est à moi !*]

Le nain chauve se tourna vers la chienne recroquevillée.

[*On a assez joué comme ça tous les deux, Médor. Viens ici ! Tout de suite !*]

Rosalie adressa à Ralph un regard suppliant, désespéré, et commença à traverser la rue.

Je ne m'occupe pas des affaires des machrones, lui avait dit le vieux Dor, le jour où il lui avait donné les poèmes de Stephen Dobyns. *Je t'ai d'ailleurs averti de ne pas t'en mêler non plus, si tu t'en souviens*.

Oui, il s'en souvenait, en effet ; mais il avait l'impression qu'il était trop tard, maintenant. Et même s'il n'était pas trop tard, il n'avait pas l'intention de laisser Rosalie aux mains de ce gnome antipathique, de l'autre côté de la rue. Pas s'il pouvait y faire quelque chose, en tout cas.

[« *Rosalie ! Viens ici, ma fille ! Au pied !* »]

La chienne eut un bref aboiement et trotta vers Ralph ; elle se plaça derrière sa jambe droite et s'assit, haletante, les yeux levés vers lui. Et là encore, il vit une expression qu'il n'eut pas de mal à déchiffrer : une part de soulagement, deux parts de gratitude.

Le visage de Doc Chauve #3 s'était tordu en une grimace de haine tellement farouche qu'on aurait presque dit un personnage de dessin animé.

[*Tu ferais mieux de me l'envoyer, michrone, je t'avertis !*]

[« *Non !* »]

[*Je vais te foutre en l'air, michrone. Je vais vous démolir, toi et tes amis. Tu piges ? Est-ce que tu...*]

Ralph leva brusquement la main à hauteur de l'épaule, la paume tournée vers sa tempe, comme s'il s'apprêtait à donner un coup de karaté — un atémi. Il abaissa ensuite la main et vit, stupéfait, un rayon serré de lumière bleue jaillir du bout de ses doigts et foncer en travers de la rue comme un javelot. Doc Chauve #3 se baissa juste à temps, sa petite main contractée sur le panama, pour l'empêcher de s'envoler. La pointe bleue du javelot lumineux passa à quelques centimètres au-dessus de cette main et alla heurter la devanture de Buffy-Buffy, sur laquelle elle s'étala comme un liquide surnaturel ; pendant quelques instants, la vitre devint du même bleu éclatant et parfait que le ciel. L'éclaboussure s'estompa ensuite peu à peu et Ralph put de nouveau voir les femmes qui, à l'intérieur de la laverie, pliaient leur linge ou l'enfournaient dans les machines, comme si de rien n'était.

Le nain chauve se redressa, serra les poings et les brandit en direction de Ralph. Puis il arracha le panama de McGovern de sa tête, prit le bord dans sa bouche et en arracha un morceau d'un coup de dents. Tandis qu'il se livrait à cet équivalent d'une crise de nerfs enfantine, le soleil fit naître des éclats enflammés du lobe de ses oreilles, qu'il avait petites et bien faites. Il recracha le morceau de paille déchiqueté et remit sèchement le chapeau sur sa tête.

[*Ce chien était à moi, michrone ! J'allais jouer avec lui ! Je me demande si je ne ferais pas mieux, à la place, de m'amuser avec toi, hein ? Avec toi et tes trouducs d'amis !*]

[« *Fiche le camp d'ici !* »]

[*Bouffeur de cons ! Baise ta mère et bouffe-lui la chatte !*]

Ralph se rappela qu'il avait déjà entendu quelqu'un s'exprimer de manière aussi charmante : Ed Deepneau, à l'extérieur de l'aéroport, pendant l'été 92. Ce n'était pas le genre de chose que l'on oubliait, et il fut immédiatement terrifié. Au nom du Ciel, dans quel guêpier s'était-il fourré ?

5

Ralph leva de nouveau sa main ouverte à hauteur de la tempe ; toutefois quelque chose avait changé à l'intérieur de lui. Il aurait pu refaire le même geste, mais il était presque certain qu'il n'en jaillirait aucun javelot de lumière bleue, cette fois.

Apparemment, le doc ne savait pas qu'on le menaçait d'une arme déchargée. Il recula, levant la main qui tenait le scalpel dans une attitude défensive. Le chapeau avec son entaille ridicule dans le bord lui tomba sur les yeux et un instant, il eut l'air d'une version grand-guignolesque de Jack l'Éventreur… un Jack l'Éventreur dont les manifestations pathologiques auraient été dues à une taille extrêmement petite.

[*Je t'aurai pour ce coup-là, michrone ! Tu ne perds rien pour attendre, je te le dis ! Je ne vais pas me laisser marcher sur les pieds par un michrone, non mais !*]

Pour le moment, en tout cas, Doc Chauve #3 en avait assez. Il fit brusquement demi-tour et courut dans l'allée envahie d'herbes entre la laverie automatique et l'immeuble d'appartements, sa blouse crasseuse et trop longue lui battant les mollets. Avec lui s'évanouit aussi l'illumination générale. Ralph observa sa disparition avec des sens dont il n'avait jusqu'ici jamais suspecté l'existence. Il se sentait totalement réveillé, débordant d'énergie, sur le point d'exploser d'une excitation ravie.

Je l'ai fait déguerpir, nom de Dieu ! J'ai fait déguerpir cette espèce de petit fils de pute !

Il n'avait aucune idée de ce qu'était réellement la créature en blouse blanche, mais il savait qu'il avait arraché Rosalie à ses griffes et pour le moment, ça lui suffisait. Des questions insidieuses sur son état mental reviendraient peut-être le hanter demain matin, lorsqu'il serait assis dans son fauteuil, le regard perdu sur la rue en contrebas, mais, pour le moment, il se sentait dans une forme à tout casser.

« Tu l'as vu, hein, Rosalie ? Tu as vu ce sale... »

Il s'était tourné, mais la chienne n'était plus assise derrière lui ; il eut le temps, cependant, de l'apercevoir qui se traînait dans le parc, la tête basse, la patte arrière droite dérapant, raide, à chacune de ses foulées douloureuses.

« Rosalie ! cria-t-il. Hé, Rosalie ! » Et, sans réellement savoir pour quelle raison — si ce n'est qu'ils venaient de vivre quelque chose d'extraordinaire ensemble — Ralph s'élança à ses trousses, trottinant pour commencer, puis allongeant le pas jusqu'au point de sprinter.

Il ne courut pas ainsi longtemps. Un point de côté qui lui fit l'effet d'une aiguille d'acier brûlante s'enfonça dans son flanc gauche, avant de s'étendre à toute la partie gauche de sa cage thoracique. Il s'arrêta à l'intérieur du parc, au croisement de deux sentiers, plié en deux, les mains sur les cuisses, juste au-dessus des genoux. La transpiration lui coulait dans les yeux et le picotait comme des larmes. Il haletait violemment, non sans se demander s'il s'agissait d'un point de côté normal, comme dans le dernier tour du quinze cents mètres qu'il avait couru jadis en sport universitaire, ou au contraire des prémices d'une crise cardiaque fatale.

Au bout de trente ou quarante secondes, la douleur commença à diminuer — c'était donc peut-être seulement un point de côté, en fin de compte. Un solide argument de plus, cependant, pour conforter la thèse de McGovern : *Laisse-moi te dire un truc, Ralph. À nos âges, les maladies mentales sont courantes ! Foutrement courantes !* Ralph ignorait si cela était vrai ou pas, mais ne savait que trop, toutefois, que l'année où il avait couru le quinze cents mètres en question était à plus d'un demi-siècle derrière lui, et que courir après Rosalie comme il l'avait fait était stupide et probablement dangereux. Si son cœur n'avait pas tenu, il se dit qu'il n'aurait sans doute pas été le premier vieux puni d'une thrombose coronarienne pour s'être laissé gagner par l'excitation et avoir oublié que lorsque ses vingt ans sont passés, c'est définitif.

La douleur avait presque complètement disparu et il retrouvait sa respiration, mais ses jambes ne lui inspiraient toujours pas confiance : comme si elles étaient sur le point de se décrocher à hauteur des genoux et de le laisser s'étaler sur le gravier du sentier sans avertissement préalable. Il leva la tête, cherchant des yeux le banc le plus proche, et vit quelque chose qui lui fit oublier les chiens errants, ses jambes en coton et même une éventuelle crise cardiaque. Le banc en question se trouvait à une quinzaine de mètres de lui, en bordure du sentier de gauche, au sommet d'une légère montée. Lois Chassey y était assise, dans son joli manteau bleu de demi-saison. Ses mains, gantées, étaient croisées sur ses genoux et elle sanglotait comme si son cœur allait éclater.

CHAPITRE 12

1

« Qu'est-ce qui se passe, Lois ? »

Elle leva les yeux vers lui, et la première pensée qui traversa l'esprit de Ralph fut en réalité un souvenir : une représentation théâtrale à laquelle il avait assisté avec Carolyn au Penobscot Theater de Bangor, huit ou neuf ans auparavant. Certains personnages étaient supposés être morts et avaient un visage clownesque, tout blanc, avec de gros cercles noirs autour des yeux pour donner l'impression d'orbites vides.

Sa deuxième pensée fut plus simple : *Raton laveur*.

Soit elle lut sur son visage les réflexions qu'il se faisait, soit elle prit simplement conscience de l'image qu'elle devait présenter, car elle se détourna, tripota maladroitement la fermeture de son sac à main un instant, pour finalement se cacher le visage dans les mains.

« Va-t'en, Ralph, veux-tu ? demanda-t-elle d'une voix enrouée, étouffée. Je ne me sens pas très bien aujourd'hui. »

En temps normal, Ralph aurait obéi à son injonction et battu précipitamment en retraite, éprouvant surtout un vague sentiment de honte à l'idée de l'avoir surprise avec son rimmel qui coulait et sa garde baissée. Mais les circonstances n'étaient pas ordinaires et il prit la décision de ne pas partir — en tout cas, pas tout de suite. Il était encore sous l'effet de cette étrange légèreté, il sentait toujours que l'autre monde, l'autre Derry, était très proche. Sans compter qu'il y avait aussi autre chose, quelque chose de très simple et de très clair. Il avait en horreur de voir Lois, nature heureuse dont il n'avait jamais douté, assise toute seule ici à pleurer toutes les larmes de son corps.

« Qu'est-ce qui se passe, Lois ?

— Je ne me sens pas bien ! pleurnicha-t-elle. Tu ne peux pas me laisser tranquille ? »

Elle s'enfouit un peu plus le visage dans les mains. Des secousses lui agitèrent le dos, les manches de son manteau bleu tremblèrent et Ralph pensa à l'attitude qu'avait eue Rosalie, lorsque le docteur chauve lui avait crié de bouger son cul et de traverser la rue : pitoyable, mortellement terrifiée.

Ralph s'assit à côté de Lois, passa un bras autour de ses épaules et l'attira à lui. Elle se laissa faire tout en restant raide… comme si elle avait le corps tendu de cordes à piano.

« Ne me regarde pas ! s'écria-t-elle de la même voix pleurnicharde. Je t'interdis de me regarder ! Mon rimmel a coulé ! Je m'étais maquillée spécialement pour mon fils et ma belle-fille… ils sont venus pour le petit déjeuner… on devait passer la matinée ensemble… "On va passer un bon moment, M'man", a dit Harold… Mais la raison pour laquelle ils sont venus… la vraie raison… »

Ses explications furent interrompues par une nouvelle crise de larmes. Ralph fouilla dans sa poche revolver, en retira un mouchoir, tout froissé mais propre, et le mit dans la main de Lois. Elle le prit sans regarder Ralph.

« Continue, dit-il. Essuie-toi avant si tu veux, mais ce n'est pas si terrible que ça, Lois ; vraiment. »

Juste un peu l'air d'un raton laveur, pensa-t-il. Cette idée faillit le faire sourire, mais il se souvint du jour où il s'était mis en route pour la pharmacie, à la recherche de somnifères, et où il avait rencontré Lois et Bill devant la grille du parc, en train de parler de la manifestation avec lancer de poupées pleines de sang factice. Elle s'était montrée sincèrement affligée, ce jour-là ; Ralph se rappela lui avoir trouvé l'air fatigué, en dépit de son énervement et de son inquiétude, mais également presque belle : son opulente poitrine se soulevait, ses yeux lançaient des éclairs, une rougeur de jeune fille empourprait ses joues. Cette beauté quasi irrésistible n'était guère plus qu'un souvenir, aujourd'hui ; avec son rimmel qui dégoulinait, Lois Chassey avait l'air d'un vieux clown triste, et Ralph éprouva une bouffée de fureur brûlante pour celui ou ceux qui avaient provoqué ce changement.

« Je suis *affreuse !* dit-elle en se servant du mouchoir de Ralph. Je suis à faire peur !

— Mais non, chère madame, juste un peu barbouillée. »

Lois, finalement, tourna son visage vers lui. Cet effort lui coûtait manifestement beaucoup, maintenant que l'essentiel de son maquillage se trouvait sur le mouchoir de Ralph. « De quoi j'ai l'air ? demanda-t-elle doucement. Dis-moi la vérité, Ralph Roberts, ou tes yeux vont se mettre à loucher. »

Il s'inclina vers elle et embrassa sa joue mouillée. « Seulement charmante, Lois. On gardera *ravissante* pour une autre fois. »

Elle lui adressa un sourire incertain, et le mouvement qu'elle eut fit déborder deux larmes de ses yeux. Ralph lui prit le mouchoir tout chiffonné des mains et les essuya avec douceur.

« Je suis tellement contente que ce soit toi et non Bill qui soit passé. Je serais morte de honte s'il m'avait vue pleurer en public. »

Ralph regarda autour de lui. Il aperçut Rosalie, saine et sauve, au bas de la pente, étendue de tout son long entre deux sanisettes, le museau posé sur une patte ; sinon, cette partie du parc était vide. « J'ai l'impression que l'endroit nous appartient, en tout cas pour le moment, dit-il.

— Dieu soit loué pour ses petites faveurs. » Lois reprit le mouchoir et entreprit la réfection de son maquillage, d'une manière plus efficace, cette fois. « À propos de Bill, je me suis arrêtée au Red Apple en venant ici — c'était avant que je m'apitoie sur mon sort et que je me mette à chialer bêtement comme une Madeleine — et Sue m'a raconté que vous vous étiez disputés tous les deux, ce matin. Que vous vous étiez même crié après, devant la maison.

— Bah, ce n'est pas si grave, répondit Ralph avec un sourire gêné.

— Est-ce que je peux être indiscrète et te demander à propos de quoi ?

— Des échecs... » (Ralph répondit la première chose qui lui passa par l'esprit.) « Le tournoi de la piste 3 que Faye Chapin organise tous les ans. Sauf qu'en réalité, ce n'était pas à propos de quelque chose de particulier. Tu sais comment ça se passe... On se lève du mauvais pied et on prend la mouche pour le premier prétexte venu.

— Je serais bien contente si c'était pareil pour moi », observa Lois. Elle ouvrit son sac, réussissant sans difficulté cette fois, et prit son poudrier. Puis soupira et le remit en place sans l'avoir ouvert. « Je ne peux pas. Je sais que je fais l'enfant, mais c'est plus fort que moi. »

Ralph glissa la main dans le sac avant qu'elle ait eu le temps de le refermer, prit le poudrier, l'ouvrit, et lui tendit le miroir. « Tu vois ? Ce n'est pas si terrible, tout de même !

— Beurk ! Range-moi ça.

— D'accord, si tu promets de me dire ce qui s'est passé.

— Tout ce que tu veux, mais fais-le disparaître ! »

Il s'exécuta. Lois resta quelques instants muette, tripotant nerveusement le fermoir de son sac à main. Il était sur le point de la relancer lorsqu'elle leva les yeux sur lui, une pitoyable expression de méfiance sur le visage.

« Il se trouve que tu n'es pas le seul à ne pouvoir avoir une nuit de sommeil normale, Ralph.

— De quoi veux-tu…

— D'insomnie ! le coupa-t-elle. Je me couche à peu près toujours à la même heure, mais je n'arrive plus à avoir mon temps de sommeil. Pire que ça, on dirait que je me réveille un peu plus tôt chaque matin. »

Ralph essaya de se souvenir s'il avait parlé de cet aspect du phénomène à Lois. Il avait l'impression que non.

« Pourquoi fais-tu cette tête ? demanda-t-elle. Tu ne pensais tout de même pas être la seule personne au monde à avoir ce genre de problème ?

— Bien sûr que non ! » réagit Ralph, un peu indigné… et pourtant, n'avait-il pas eu parfois l'impression, justement, d'être la seule personne au monde à avoir *ce type particulier* d'insomnies ? À assister, impuissant, à la lente érosion, minute après minute, quart d'heure par quart d'heure, de son bon sommeil ? On aurait dit une variante bizarroïde du supplice chinois de la goutte d'eau.

« Quand est-ce que ça a commencé ?

— Un mois ou deux avant la disparition de Carolyn.

— Combien de temps dors-tu, en ce moment ?

— À peine une heure par nuit depuis le début du mois d'octobre. » Elle avait répondu d'un ton calme, mais Ralph avait décelé un imperceptible chevrotement qui pouvait bien trahir une véritable panique en dessous. « Au train où vont les choses, j'aurai complètement arrêté de dormir pour Noël ; si jamais ça arrive, je ne sais pas si j'y survivrai. J'y survis déjà difficilement, à l'heure actuelle. »

Ralph eut du mal à trouver quelque chose à répondre et lui posa la première question qui lui vint à l'esprit : « Comment se fait-il que je n'aie jamais vu la lumière allumée, chez toi ?

— Pour la même raison que j'ai rarement vu la tienne, je suppose. Cela fait trente-cinq ans que j'habite ici, et je n'ai pas besoin d'éclairage pour trouver mon chemin. En plus, je préfère garder mes soucis pour moi. Si tu n'arrêtes pas d'allumer à deux heures du matin, tôt ou tard quelqu'un le verra. Ce sera répété, et les fouinards vont commencer à poser des questions. Je déteste les questions des fouinards, et je ne suis pas du genre à faire passer une annonce dans le journal à chaque fois que je suis constipée. »

Ralph éclata de rire. Lois le regarda un instant, l'œil rond et l'air perplexe, puis se joignit à lui. Il avait toujours le bras passé autour d'elle (à moins qu'il n'y fût revenu de lui-même, subrepticement, après qu'il l'avait retiré ?), et il la pressa contre lui. Cette fois-ci, elle se laissa faire sans résister ; les cordes à piano avaient disparu de son corps. Ralph fut ravi.

« Tu ne te moques pas de moi, hein ?

— Non. Absolument pas. »

Elle acquiesça, souriant toujours. « Alors ça va. Tu ne m'as jamais vue me balader dans mon séjour, n'est-ce pas ?

— Non, jamais.

— C'est parce qu'il n'y a pas de lampadaire en face de chez moi. Mais il y en a un en face de chez toi. Je t'ai souvent vu, dans ton espèce de fauteuil délabré, occupé à regarder dans la rue et à boire du thé. »

J'avais toujours cru être le seul, pensa-t-il, et soudain une question — à la fois comique et gênante — lui vint à l'esprit. Combien de fois l'avait-elle surpris installé ainsi à se fourrer les doigts dans le nez ? Ou à se tripoter l'entrejambe ?

Soit elle lut dans son esprit, soit elle vit le rouge qui lui montait aux joues, car elle ajouta précipitamment : « Je distinguais tout juste ta silhouette, tu sais, et tu étais toujours en robe de chambre, parfaitement correct. Tu ne dois pas t'inquiéter pour ça. Tu te doutes bien aussi, j'espère, que si tu avais commencé à faire quelque chose que tu aurais préféré qu'on ne voie pas, je n'aurais pas regardé. Je n'ai tout de même pas été élevée dans une écurie. »

Il lui sourit et lui tapota la main. « Je le sais, Lois, je le sais. C'est simplement que je suis… surpris. Surpris de découvrir que pendant que je restais assis là à regarder la rue, quelqu'un me regardait. »

Elle eut pour lui un sourire énigmatique qui aurait pu vouloir dire : *Ne t'inquiète pas, Ralph, tu faisais simplement partie du décor pour moi.*

Il étudia ce sourire pendant un moment, puis chercha à revenir à l'essentiel : « Alors, Lois, qu'est-ce qui s'est passé ? Pourquoi étais-tu assise ici à pleurer ? Juste le manque de sommeil ? Si c'est ça, je suis bien placé pour compatir. Mais il y a autre chose, n'est-ce pas ? »

Le sourire s'évanouit du visage de Lois. Elle croisa de nouveau ses mains gantées sur les genoux et regarda droit devant elle, la mine sombre. « Il y a des choses pires que l'insomnie. La trahison, par exemple. En particulier quand elle est le fait de personnes que tu aimes. »

2

Elle se tut. Ralph respecta son silence. Il regardait Rosalie, au pied de la petite montée ; la chienne paraissait le regarder aussi — ou les regarder.

« Sais-tu que non seulement nous avons le même médecin, mais le même problème, Ralph ?

— Tu vas voir Litchfield, toi aussi ?

— J'y allais. Carolyn me l'avait recommandé. Mais je n'y retournerai jamais. Lui et moi, c'est fini. » Ses lèvres se rétractèrent. « Monsieur Double-Jeu…

— Qu'a-t-il fait ?

— J'ai tenu le coup pendant un bon moment, avec l'espoir que les choses s'arrangeraient d'elles-mêmes — que la nature reprendrait son cours, comme on dit. Ce qui ne m'a pas empêchée de vouloir lui donner un coup de main, à la nature, de temps en temps. On a probablement dû essayer pas mal de trucs identiques.

— Les gâteaux de miel ? » demanda Ralph, qui sourit de nouveau. Il ne pouvait s'en empêcher. *Quelle journée stupéfiante !* se dit-il. *Quelle journée absolument stupéfiante… et l'après-midi n'est même pas encore commencé !*

« Les gâteaux de miel ? Qu'est-ce que c'est ? C'est efficace ?

— Non, répondit Ralph, dont le sourire s'élargit encore, ça n'a aucun effet, mais c'est délicieux. »

Elle éclata de rire et serra la main nue de Ralph de ses deux mains gantées. Ralph lui rendit son étreinte.

« Tu n'es pas allé voir le Dr Litchfield pour tes insomnies, Ralph ?

— Non. J'avais pris rendez-vous, mais j'ai annulé.

— Est-ce parce que tu n'avais pas confiance en lui ? Parce que tu as eu l'impression qu'il avait raté le coche avec Carolyn ? »

Ralph la regarda, surpris.

« Excuse-moi, dit-elle. Je n'ai aucun droit de te poser cette question.

— Non, ça va. Je crois que c'est simplement la surprise d'entendre cette idée exprimée par quelqu'un d'autre. L'idée qu'il... comment dire... qu'il a fait un mauvais diagnostic.

— Tu parles ! » Un éclair brilla dans les jolis yeux de Lois. Ça nous a à *tous* traversé l'esprit. Bill disait qu'il n'arrivait pas à comprendre que tu n'aies pas traîné ce salopard qui s'emmêle les pinceaux devant un tribunal, après l'enterrement de Carolyn. Évidemment, à l'époque, j'étais de l'autre côté de la barrière et je défendais Litchfield comme une folle. Tu n'as jamais envisagé de le poursuivre ?

— Non. J'ai soixante-dix ans, et je ne veux pas perdre le temps qu'il me reste dans un procès pour erreur médicale. En plus... ça ne ferait pas revenir Carolyn, hein ? »

Elle secoua la tête.

« Pourtant, c'est bien à cause de ce qui est arrivé à Carolyn que je ne suis pas allé le voir. Du moins, je crois. Je ne pouvais plus lui faire confiance, ou peut-être... je ne sais pas... »

Non, il ne savait pas vraiment, c'était bien là le hic. Une seule chose était sûre et certaine : il avait annulé son rendez-vous avec le Dr Litchfield, comme il avait annulé celui qu'il avait avec James Roy Hong, également connu sous le sobriquet de poseur d'aiguilles. Annulation de dernière minute, faite sur les conseils d'un vieillard de quatre-vingt-douze ou treize ans, qui ne se souvenait probablement plus de son second prénom. Il revint en esprit au livre que Dor lui avait donné, et au poème qu'il lui avait cité, *Poursuite*… On aurait dit que Ralph ne pouvait se l'enlever de la tête, en particulier la partie où le poète parle des choses qu'il voit disparaître, des livres qu'il n'a pas lus, des plaisanteries qu'il n'a pas lancées, des voyages qu'il n'accomplira jamais.

« Ralph ? Tu es là ?

— Ouais… Je pensais simplement à Litchfield. Je me demandais pourquoi j'avais annulé le rendez-vous. »

Elle lui tapota la main. « Réjouis-toi de l'avoir fait ; moi, je n'ai pas annulé le mien.

— Raconte. »

Elle haussa les épaules. « Quand les choses allèrent mal au point que je ne pouvais plus les supporter, je suis allée le consulter et je lui ai tout raconté. Je pensais qu'il allait me prescrire des somnifères, mais il m'a dit qu'il ne pouvait même pas faire ça — il m'arrive de faire un peu de tachycardie, et les somnifères peuvent être dangereux.

— Quand es-tu allée le voir ?

— Au début de la semaine dernière. Et puis, hier, Harold m'a appelée, comme ça, et m'a dit que lui et Janet voulaient m'inviter quelque part pour le petit déjeuner. "C'est stupide, je lui ai dit. Je peux encore me débrouiller dans ma cuisine. Puisque vous prenez la peine de faire tout ce chemin depuis Bangor, je vous mitonnerai quelque chose de bon, et on n'en parle plus. Après ça, si vous voulez m'emmener faire un tour — je pensais au centre commercial, j'ai toujours aimé m'y promener —, ce sera parfait." Voilà ce que je lui ai dit. »

Elle se tourna vers Ralph, un petit sourire à la fois amer et féroce sur le visage.

« Pas un instant je ne me suis demandé pour quelle raison ils voulaient absolument venir me voir tous les deux un jour de semaine — ils travaillent l'un comme l'autre, et ils doivent drôlement aimer leur boulot, parce qu'on dirait qu'ils ne savent pas parler d'autre chose. Je me suis simplement dit que c'était vraiment charmant de leur part... attentionné... et j'ai fait un effort particulier pour avoir bonne mine et tout faire parfaitement, afin que Janet ne se doute pas que j'avais un problème. Je crois que c'est ce qui me reste le plus en travers. Cette vieille idiote de Lois, *cette sacrée Lois*, comme dit tout le temps Bill... Fais pas cette tête, Ralph ! Évidemment, je suis au courant. Crois-tu que je sois née de la dernière pluie ? Et il a raison. Je *suis* fofolle, je *suis* idiote, mais ça ne m'empêche pas de souffrir comme n'importe qui, lorsque je me fais avoir... »

Elle se remit à pleurer.

« Évidemment, ça n'empêche pas..., dit Ralph en lui tapotant la main.

— Tu aurais ri si tu m'avais vue. En train de préparer des muffins frais aux courgettes à quatre heures du matin, de hacher des champignons pour faire une omelette à l'italienne à quatre heures et quart, et de commencer à me maquiller à quatre heures et demie, juste pour être certaine, absolument certaine, que Janet n'allait pas commencer avec ses *Vous êtes sûre que vous vous sentez bien, maman Lois ?* J'ai horreur quand elle se met à me sortir ses salades. Et veux-tu que je te dise un truc, Ralph ? Pendant tout ce temps, elle savait exactement ce qui n'allait pas chez moi. Ils le savaient tous les deux. Tu vois à quel point j'étais ridicule… »

Ralph avait eu l'impression de suivre attentivement ses explications, mais apparemment il avait dû manquer un virage. « Ils le savaient ? Comment ça, ils le savaient ?

— Parce que Litchfield le leur avait dit, parbleu ! » cria-t-elle. Son visage se tordit de nouveau, mais cette fois Ralph y lut une rage terrible, mêlée d'affliction, et non de la souffrance ou de la peine. « Cette pipelette de fils de pute avait téléphoné à mon fils pour tout lui raconter ! »

Ralph en resta interloqué.

« Mais il n'avait pas le droit de faire ça, Lois, observa-t-il lorsqu'il eut retrouvé sa voix. La relation entre un médecin et son patient est… eh bien, sous le sceau du secret. Ton fils, qui est avocat, doit parfaitement le savoir, ça vaut pour lui aussi. Un médecin ne peut répéter à *personne* ce que lui a confié un patient, sauf si le patient…

— Oh, bordel ! s'exclama Lois en roulant des yeux. Bordel de Dieu ! Dans quel monde vis-tu, Ralph ? Les types comme Litchfield font exactement ce qui leur convient. Je crois que je le savais depuis le début, ce qui fait que je suis doublement idiote d'être allée le voir. Carl Litchfield est un homme vaniteux et arrogant qui se soucie davantage de l'allure qu'il a avec ses bretelles et ses chemises de marque que de ses patients.

— C'est affreusement cynique.

— Et affreusement vrai, c'est bien ça le plus triste. Je vais te dire : il a trente-cinq ou trente-six ans et il doit se raconter que quand il aura quarante ans, il va tout simplement… s'arrêter. Avoir quarante ans aussi longtemps qu'il voudra. Il s'imagine que les gens deviennent vieux quand ils arrivent à soixante ans et que les meilleurs d'entre eux sont déjà pas mal gâteux à partir de soixante-huit, ou quelque chose comme ça. Et que quand ils arrivent à quatre-vingts ans, c'est un soulagement pour les parents qu'ils débarrassent le plancher. Les enfants n'ont pas droit au secret médical vis-à-vis de leurs parents, et dans l'esprit de Litchfield, les vieux chnoques comme nous n'ont aucun droit au secret médical vis-à-vis de leurs enfants. Dans leur intérêt, bien entendu.

« Pratiquement dans la minute qui a suivi ma sortie de son cabinet, Litchfield a téléphoné à Harold à Bangor — voilà ce qu'il a fait ! Il lui a dit que je ne dormais pas, et que je souffrais du genre de troubles sensoriels qui accompagnent un déclin prématuré des fonctions cognitives. Et il a ajouté : "Il ne faut pas oublier que votre mère commence à prendre de l'âge, monsieur Chassey, et si j'étais vous, je penserais sérieusement à ce qu'est sa situation, ici, à Derry."

— Il n'a pas fait ça ! s'écria Ralph, stupéfait et scandalisé. Je veux dire… c'est pas vrai ? »

Lois hocha la tête, la mine sinistre. « Il l'a dit à Harold, Harold me l'a répété et maintenant je te le rapporte. Moi qui suis une vieille idiote, je ne sais même pas ce que ça veut dire : "déclin prématuré des fonctions cognitives", et aucun des deux n'a voulu me l'expliquer. J'ai regardé à *cognition* dans le dictionnaire, et tu sais ce que ça signifie ?

— La pensée, répondit Ralph. La cognition, c'est la pensée.

— Tout juste. Mon médecin a appelé Harold pour lui dire que sa mère était sénile ! » Lois eut un rire plein de colère et dut à nouveau essuyer ses larmes avec le mouchoir de Ralph.

« Je n'arrive pas à y croire », dit Ralph — qui, en réalité, n'avait aucun mal à prêter foi à cette histoire. Depuis la mort de Carolyn, il avait pris conscience que la naïveté avec laquelle il avait considéré le monde jusqu'à l'âge de dix-huit ou vingt ans ne l'avait pas quitté lorsqu'il avait atteint l'âge adulte ; cette innocence particulière paraissait lui revenir alors qu'il venait de franchir le seuil qui sépare l'âge adulte du grand âge. Les choses n'arrêtaient pas de le surprendre… à ceci près que *surprendre* était un terme trop faible. Beaucoup de ces choses, en vérité, le renversaient cul par-dessus tête.

L'histoire des petites bouteilles sous le pont des Baisers, par exemple. Après une longue promenade à pied dans Bassey Park, un jour de juillet, il s'était arrêté à l'ombre du pont des Baisers pour se reposer de l'ardeur du soleil. À peine commençait-il à se sentir mieux qu'il remarqua un petit tas de verre brisé dans les herbes, tout près du filet d'eau qui passait sous le pont. Il avait écarté la végétation du bout d'une branche tombée à terre et découvert sept ou huit petits flacons de verre. L'un présentait un dépôt blanchâtre dans le fond. Il l'avait ramassé et étudié avec curiosité avant de se rendre compte qu'il s'agissait de restes de crack. Il avait lâché le flacon comme s'il était brûlant. Il se souvenait encore du choc qu'il avait éprouvé, de sa stupéfaction, et de ses vains efforts pour se convaincre qu'il était cinglé, qu'il ne pouvait s'agir de ce qu'il croyait, pas dans ce patelin de province situé à quatre cents kilomètres de Boston. C'était ce tout nouveau naïf en lui qui avait été choqué, bien entendu ; cette partie de son esprit qui paraissait convaincue (ou qui l'avait été jusqu'à la découverte des flacons sous le pont des Baisers) que toutes ces nouvelles sur l'épidémie de cocaïne étaient des inventions de journalistes et n'avaient pas plus de réalité qu'une série télé ou un film de Jean-Claude Van Damme.

Il éprouvait en cet instant un choc similaire.

« Harold m'a dit qu'il voulait me faire faire un saut à Bangor pour me montrer l'endroit, poursuivait Lois. Il ne m'emmène jamais me promener, maintenant ; il me transporte ici ou là, comme un paquet de commissions. Ils avaient tout un tas de brochures et quand il a donné le signal à Janet, elle les a sorties si vite de son sac…

— Holà, doucement. Quel endroit ? Quelles brochures ?

— Je suis désolée, je mets la charrue avant les bœufs, hein ? Un endroit, à Bangor, qui s'appelle Riverview Estates. »

Ralph connaissait ce nom ; il avait lui-même reçu une brochure qui en vantait les mérites. L'une de ces innombrables publicités envoyées par la poste, avec pour cible les personnes de plus de soixante-cinq ans. Ça les avait fait bien rire, lui et McGovern — mais d'un rire qui manquait un peu d'authenticité, comme les enfants qui sifflent en passant à côté du cimetière.

« Merde, Lois, c'est une maison de retraite, non ?

— Mais non, cher ami, répondit Lois en ouvrant de grands yeux innocents. C'est ce que j'ai dit, mais Harold et Janet m'ont tout de suite corrigée. Non, Ralph, Riverview Estates est un *projet d'habitation pour citoyens du troisième âge souhaitant vivre en communauté !* Quand Harold m'a sorti ce truc, je leur ai dit : “Ah bon ? Vous pouvez toujours foutre une tarte aux pommes de chez McDonald's sur un plateau d'argent massif et dire que c'est une pâtisserie française, ça restera toujours une foutue tarte de chez McDo, en ce qui me concerne.”

« Lorsque j'ai balancé ça, Harold a commencé à bégayer et à devenir tout rouge, mais Janet s'est contentée de son petit sourire avec la bouche en cul-de-poule, celui qu'elle met de côté pour les grandes occasions parce qu'elle sait qu'il me porte sur les nerfs. Et elle a ajouté : “Écoutez, maman Lois, vous pouvez toujours jeter un coup d’œil à la brochure, n’est-ce pas ? Vous pouvez faire ça pour nous, qui avons fait tout ce chemin depuis Bangor pour venir vous voir.”

— Comme si Derry était au fin fond de l’Afrique », grommela Ralph.

Lois lui prit la main et eut une réaction qui le fit rire. « Oh, pour elle, c’est exactement cela.

— Était-ce avant ou après avoir découvert que Litchfield avait joué les pipelettes ? » demanda-t-il. Il se servit exprès de la même expression que Lois ; elle lui paraissait mieux convenir à la situation qu’un mot plus recherché. *Violer le secret médical* lui paraissait une phrase chargée de trop de dignité pour cet ignoble mauvais coup. Litchfield avait cafté — c’était aussi simple que ça.

« Avant. Je me suis dit que je pouvais tout aussi bien jeter un coup d’œil sur les brochures ; après tout, ils venaient de faire soixante kilomètres, et ça n’allait pas me tuer. Je les ai donc regardées pendant qu’ils dévoraient ce que j’avais préparé — je n’ai rien eu à balancer à la poubelle, ensuite — et qu’ils buvaient leur café. Un sacré endroit, ce Riverview. Ils ont leur propre équipe médicale avec une permanence vingt-quatre heures sur vingt-quatre, leur cuisine. Quand on t’y installe, tu as droit à une visite médicale complète et on décide ce que tu as le droit de manger. Il y a le régime rouge, le régime bleu, le régime vert et le régime jaune. Sans compter trois ou quatre autres couleurs. Je me rappelle seulement que le jaune était pour les diabétiques et le bleu pour les obèses. »

Ralph s’imagina faisant des repas scientifiquement équilibrés pour le reste de sa vie — plus de pizzas aux saucisses de chez Gambino, plus de sandwichs du Coffee

Pot, plus de chiliburgers du Mexico Milt — et trouva cette perspective d'un sinistre quasi insupportable.

« En plus, ajouta Lois en gloussant, ils ont un système pneumatique qui te livre tes pilules quotidiennes directement dans ta cuisine. Tu ne trouves pas que c'est une idée merveilleuse, Ralph ?

— Sans doute…

— Oh, tout à fait ! On n'arrête pas le progrès ! Sans parler d'un ordinateur qui gère tout, et je te parie qu'il ne connaît aucun déclin des fonctions cognitives, celui-là. J'oubliais le bus spécial, pour aller deux fois par semaine visiter un site touristique ou faire des courses. Le bus est obligatoire, parce que les gens de Riverview n'ont pas le droit d'avoir de voitures particulières.

— Excellente initiative, dit-il en lui donnant une petite pression de la main. Quel danger représentent quelques ivrognes lancés à fond la caisse, le samedi soir, comparés à un vieux chnoque dont les fonctions cognitives déconnent, dans sa vieille Buick ? »

Elle ne sourit pas, comme il l'avait espéré. « Les photos de cette brochure m'ont tourné les sangs. Des vieilles en train de jouer à la canasta. Des vieux jouant au lancer du fer à cheval. Les unes et les autres se contant fleurette dans un grand salon en lambris de pin qu'ils appellent River Hall, et dansant le quadrille. C'est pourtant un joli nom, River Hall, tu ne trouves pas ?

— Pas mal, oui.

— C'est comme le nom d'une salle dans un palais enchanté. Mais j'ai eu l'occasion de rendre visite à quelques amies à Strawberries Field — tu sais, le foyer gériatrique de Skowhegan — et je sais ce qu'est une salle de récré pour vieux. Tu peux bien lui donner un nom sensationnel, on trouve toujours un placard plein de jeux de société dans un coin, des puzzles dans lesquels il manque trois ou quatre pièces et une télé constamment branchée sur un feuilleton familial — jamais on n'y voit le genre de film dans lequel de beaux jeunes gens enlèvent leurs vêtements et se roulent sur le plancher devant un feu de cheminée. Ces salles sentent toujours la colle… la pisse… et les aquarelles dans leur boîte en tôle… et le désespoir. »

Lois tourna ses yeux sombres vers lui.

« J'ai seulement soixante-huit ans, Ralph. Je sais bien que dire soixante-huit ans et ajouter *seulement*, ça n'a aucun sens pour le Dr Fontaine-de-Jouvence ; mais pour moi, si. Parce que ma mère est morte à quatre-vingt-douze ans l'an dernier et que mon père a vécu jusqu'à quatre-vingt-six ans. Dans ma famille, mourir à quatre-vingts ans, c'est mourir jeune… et si je devais passer douze ans dans un endroit où on t'appelle à la salle à manger par haut-parleur, je deviendrais folle.

— Moi aussi.

— J'ai tout de même regardé. Je voulais me montrer polie. Quand j'ai eu terminé, j'en ai fait une petite pile bien nette et je les ai rendues à Janet. Je lui ai dit que c'était très intéressant et je l'ai remerciée. Elle a fait oui de la tête et les a remises dans son sac. Je croyais la question réglée, bon débarras et tout, mais Harold m'a alors dit de mettre mon manteau.

« J'ai eu tellement peur, pendant une seconde, que je n'arrivais plus à respirer. J'ai cru qu'ils avaient déjà réservé pour moi ! Et j'avais l'impression que si je lui répondais que je ne voulais pas y aller, il allait ouvrir la porte et qu'il y aurait deux ou trois types en blanc de l'autre côté, et que l'un d'eux allait me dire : "Ne vous en faites pas, madame Chassey ; une fois que vous aurez pris vos petites pilules livrées directement dans votre cuisine, vous ne voudrez jamais vivre ailleurs." "Je n'ai aucune envie de mettre mon manteau", ai-je répondu à Harold en essayant de prendre le même ton que lorsqu'il avait dix ans et qu'il arrivait avec ses chaussures pleines de boue dans la cuisine, mais j'avais le cœur qui cognait tellement fort que je l'entendais jusque dans ma voix. "J'ai changé d'avis. Pas question de sortir aujourd'hui, avec tout ce que j'ai à faire." Janet a alors eu ce rire que je déteste encore plus que son petit sourire mielleux et m'a dit : "Voyons, maman Lois, qu'est-ce que vous avez à faire de si important que vous n'ayez pas le temps d'aller à Bangor avec nous alors que nous avons sacrifié une journée pour venir vous voir ?" Cette fille m'a toujours prise à rebrousse-poil, et je crois que je lui fais le même effet. Ça doit être vrai, parce que je n'ai jamais connu de femme qui souriait autant à une autre de cette façon sans la haïr. Bref, je lui ai répondu que je devais laver le carrelage de la cuisine, pour commencer, qu'il était sale comme le diable. "Enfin, a dit Harold, tu ne vas tout de même pas nous renvoyer en ville les mains vides alors qu'on est venus jusqu'ici, maman !

« — Il n'est pas question que j'aille habiter dans ce truc, même si vous veniez de l'autre bout de la planète. Alors tu peux t'enlever tout de suite cette idée de la tête. Cela fait trente-cinq ans, la moitié de ma vie, que j'habite à Derry. Tous mes amis sont ici, il n'est pas question une seconde que je déménage."

« Ils se sont regardés tous les deux, comme des parents quand leur gamin, d'habitude si mignon, commence à leur casser sérieusement les pieds. Janet m'a tapoté l'épaule et m'a dit : "Ne vous mettez pas dans cet état, maman Lois, on veut seulement que vous veniez voir." Voilà qu'elle me refaisait le coup des brochures et je n'avais qu'à être polie. Elle ne cherchait qu'à me calmer un peu, en fait. J'aurais dû comprendre qu'ils ne pouvaient pas me forcer à habiter là-bas, et qu'ils n'en avaient même pas les moyens. C'était sur l'argent de M. Chassey qu'ils comptaient pour payer l'addition — sa retraite et la prime d'assurance des chemins de fer, parce qu'il est mort en service.

« Il s'avéra qu'ils avaient déjà un rendez-vous de prévu pour onze heures du matin, et qu'un type nous attendait pour nous faire faire la visite des lieux et me sortir son baratin. Ma peur était presque passée quand j'ai fini par comprendre ça, mais j'étais blessée par la façon désinvolte dont ils m'avaient traitée ; la manière qu'avait Janet de remettre constamment sur le tapis le fait qu'ils avaient pris une journée de travail à leurs frais pour venir me mettait aussi en rage. Il était très clair qu'elle avait beaucoup mieux à faire que gaspiller son temps à venir à Derry voir sa vieille toupie de belle-mère.

« "Arrêtez de faire des manières et venez", a-t-elle fini par me dire au bout d'un moment, comme si j'étais tellement ravie à l'idée de la balade que je ne savais pas quel chapeau mettre. "Enfilez votre manteau. Je vous aiderai à tout ranger quand on reviendra.

« — Vous n'avez rien compris, je lui ai répondu. Je ne vais nulle part. Pourquoi gâcher une belle journée comme ça à aller visiter un endroit où, de toute façon, je n'irai jamais ? Pourquoi l'un de vous deux n'a-t-il pas pris la peine de décrocher le téléphone pour me dire : 'Voilà, maman, on a une idée' ? N'est-ce pas ainsi que l'on traite ses amis ?"

« Et quand je leur ai répondu ça, ils ont échangé un autre coup d'œil… »

Lois soupira, s'essuya une dernière fois les yeux et rendit à Ralph son mouchoir, humide et maculé de rimmel.

« À voir ce regard, j'ai compris qu'on n'avait pas encore atteint le fond. C'est surtout l'expression qu'avait Harold — comme à l'époque où je le prenais à me voler du chocolat dans le placard de la cuisine. Et Janet… elle faisait la tête que je déteste le plus chez elle. Sa tête de bulldozer, comme je l'appelle. C'est à ce moment-là qu'elle lui a demandé s'il allait me parler de ce qu'avait dit le docteur, ou si elle devait le faire.

« Finalement ils s'y sont mis à deux et à la fin, j'étais tellement furieuse et effrayée que j'avais envie de m'arracher les cheveux. J'avais beau faire, je n'arrivais pas à avaler l'idée que Carl Litchfield avait répété à Harold des choses que je croyais strictement personnelles. Il lui avait tout raconté, comme si c'était parfaitement naturel. "Alors tu me crois sénile ? ai-je demandé à Harold. C'est donc ça, toute l'histoire ? Toi et Janet, vous pensez que je commence à me ramollir de la cafetière à l'âge avancé de soixante-huit ans ?"

« Harold est devenu tout rouge et a commencé à s'agiter et à grommeler dans sa barbe. Comme quoi il n'avait jamais rien pensé de pareil, mais qu'il devait prendre soin de ma sécurité, comme je prenais soin de la sienne quand il était petit. Et pendant tout ce temps, Janet restait assise au comptoir, à grignoter un muffin et à le regarder avec une expression qui me donnait envie de la tuer — comme s'il n'était qu'un cancrelat qui aurait appris à parler comme un avocat. Sur quoi elle s'est levée et m'a demandé si elle pouvait utiliser les toilettes. Je lui ai répondu : "Mais comment donc", sans ajouter que ce serait un soulagement de ne pas l'avoir à me pomper l'air pendant deux minutes. "Merci, maman Lois, je n'en aurai pas pour longtemps. Harry et moi devons repartir bientôt. Si vous ne voulez pas venir et respecter votre engagement pour ce rendez-vous, je crois qu'il n'y a plus rien à dire."

— Un vrai chou, commenta Ralph.

— Pour moi, ce fut le bouquet. J'en avais jusque-là. "Je respecte mes engagements, Janet Chassey, je lui ai dit, en tout cas, ceux que je prends moi-même. Je me fiche de ceux qu'on prend pour moi comme d'un pet dans la brise."

« Elle a levé les bras au ciel comme si j'étais la femme la plus déraisonnable à avoir jamais marché sur la terre et m'a laissée avec Harold. Il me regardait de ses grands yeux bruns, comme s'il s'attendait que je m'excuse. J'avais presque l'impression que j'aurais dû le faire, rien que pour ne plus le voir faire cette tête de cocker, mais je me suis retenue. Il n'en était pas question. Je me suis contentée de soutenir son regard, et au bout d'un moment il n'a pas pu le supporter et m'a dit que je devais arrêter d'être en colère. Qu'il se faisait simplement du souci pour moi, à me savoir toute seule ici, qu'il cherchait seulement à se montrer un bon fils, et que Janet ne cherchait qu'à se montrer une bonne fille. "Je n'en doute pas, j'ai répondu, mais tu devrais tout de même savoir que faire des coups en douce dans le dos des gens n'est pas le meilleur moyen d'exprimer son inquiétude et son amour." Du coup, il s'est raidi et m'a répondu que lui et Janet ne voyaient pas ça comme un coup en douce. Il a jeté en même temps un coup d'œil en direction des toilettes, et je suis à peu près sûre que ce qu'il voulait dire, c'est que *Janet*, en tout cas, ne voyait pas cela comme un coup en douce. Puis il m'a fait remarquer que les choses ne s'étaient pas passées comme je les présentais, que c'était Litchfield qui l'avait appelé, et non le contraire. "Très bien, j'ai répondu, mais qu'est-ce qui t'a empêché de raccrocher, quand tu t'es rendu compte de quoi il voulait te parler ? C'était absolument scandaleux, Harry. Dans quoi as-tu été te fourrer, au nom du Ciel ?"

« Il a commencé à se prendre les pinceaux dans ses réponses et je crois qu'il aurait fini par s'excuser, mais Janet est revenue et c'est à ce moment-là que les choses ont vraiment mal tourné. Elle m'a demandé où se trouvaient mes boucles d'oreilles en diamants, celles qu'ils m'avaient offertes pour Noël. C'était un tel changement de sujet que j'ai tout d'abord bafouillé, et je devais sans doute avoir l'air sénile, pour le coup. Mais j'ai fini par lui dire qu'elles étaient dans le petit plat en porcelaine, sur la commode de ma chambre, comme d'habitude. J'ai bien une boîte à bijoux mais je mets les boucles d'oreilles et deux ou trois autres bijoux dans cette soucoupe parce qu'ils sont si jolis que c'est un plaisir de les voir. En plus, ce sont seulement des diamants reconstitués à l'aide d'éclats, pas le genre de chose pour laquelle on pourrait vouloir me cambrioler. Comme ma bague de fiançailles et mon camée, les deux pièces que je mets avec. »

Lois adressa un regard intense et suppliant à Ralph. Il lui serra de nouveau la main.

Elle sourit et prit une profonde inspiration. « C'est très dur pour moi...

— Si tu veux t'arrêter...

— Non, je tiens à terminer... sauf qu'à partir d'un certain moment, je ne sais plus très bien ce qui s'est passé. Tout ça était tellement horrible ! Tu comprends, Janet m'a répondu qu'elle savait où je les mettais, mais que justement, elles n'étaient pas à leur place. Il y avait bien la bague de fiançailles et le camée, pas les boucles d'oreilles. J'ai été vérifier moi-même, et elle avait raison. On a tout retourné, on a regardé partout, mais nous ne les avons pas trouvées. Elles avaient disparu. »

Lois s'accrochait maintenant à Ralph des deux mains et donnait l'impression de s'adresser directement à la fermeture Éclair de son blouson.

« On a sorti tous les vêtements de la commode... Harold a écarté la commode du mur et a regardé derrière... sous le lit aussi, sous les coussins du sofa... et j'avais l'impression qu'à chaque fois que je regardais Janet, il y avait ce sourire mielleux dans ses grands yeux ; elle n'avait pas besoin de dire ce qu'elle pensait à voix haute, je le lisais dans son regard. "Vous voyez ? Vous voyez que le Dr Litchfield a eu raison de nous appeler et que nous avons eu raison de prendre ce rendez-vous ! Et à quel point vous êtes une tête de cochon ! Parce que vous avez effectivement besoin d'aller dans un endroit comme Riverview Estates. En voilà la preuve : vous venez de perdre les ravissantes boucles d'oreilles que nous vous avions offertes pour Noël, vous avez un déclin sérieux de vos facultés cognitives, c'est prouvé, maintenant. Il ne faudra pas longtemps pour que vous oubliiez d'éteindre le gaz... ou le radiateur soufflant de la salle de bains..." »

Elle se remit à pleurer et Ralph en eut le cœur serré ; c'étaient les sanglots profonds et égarés de quelqu'un que l'on a offensé jusqu'au plus profond de son être. Elle se cacha le visage dans la veste de Ralph, qui la serra un peu plus fort contre lui. *Lois*, pensa-t-il, *cette sacrée Lois*. Mais non ; cette expression ne lui plaisait plus du tout, en admettant qu'il l'eût jamais aimée.

Ma Lois sacrée, se dit-il ; et à cet instant précis, comme si quelque pouvoir supérieur l'avait approuvé, le jour commença de nouveau à s'emplir de lumière ; les sons se mirent à résonner différemment. Il regarda ses mains et celles de Lois, entrelacées sur ses genoux, et les vit entourées d'un ravissant nimbe, d'un bleu de fumée de cigarette. Les auras étaient revenues.

3

« Tu aurais dû les mettre à la porte dès l'instant où tu t'es rendu compte que les boucles d'oreilles avaient disparu », s'entendit-il dire, chacune de ses paroles se détachant, splendidement unique, comme un coup de tonnerre cristallin. « À la seconde même.

— Oh, je le sais bien — maintenant. Elle n'attendait que le moment où j'allais perdre les pédales et, bien entendu, je me suis fait un devoir de lui faire ce plaisir. J'étais tellement bouleversée ! Tout d'abord la dispute pour savoir si j'irais ou non avec eux à Bangor visiter Riverview, puis apprendre que mon médecin leur avait confié des choses qu'il n'avait aucun droit de leur dire et, par-dessus le marché, découvrir que je venais de perdre l'une des choses auxquelles je tenais le plus ! Et sais-tu ce qui a été la cerise sur le gâteau ? Que ce soit précisément elle qui découvre la disparition ! Est-il si étonnant que j'aie piqué ma crise ?

— Non », dit-il, attirant une main gantée à sa bouche. Le déplacement du cuir dans l'air fit un bruit de palme frôlant une couverture de laine et, pendant un instant, il vit clairement la forme de ses lèvres sur le dos du gant, imprimée en un baiser bleu.

Lois sourit. « Merci, Ralph.

— À ton service.

— Bref. Je suppose que tu te doutes de la façon dont les choses ont tourné, n'est-ce pas ? Janet m'a lancé : "Vous devriez vraiment faire plus attention, maman Lois, sauf que le Dr Litchfield a dit que vous arriviez à un âge où vous n'êtes plus capable de faire bien attention, justement, et c'est pour ça que nous avons pensé à Riverview Estates. Je suis désolée de vous avoir irritée, mais il nous paraissait important d'agir sans tarder. Vous comprenez pourquoi, maintenant." »

Ralph leva les yeux. Au-dessus de leurs têtes, le ciel était une cataracte d'un bleu-vert incendiaire remplie de nuages qui avaient l'air de vaisseaux aériens chromés. Il regarda vers le bas de l'allée et vit Rosalie, toujours allongée entre les deux sanisettes. Le panache gris foncé s'élevait de son museau, ondulant dans la brise d'octobre.

« C'est alors que je suis devenue vraiment furieuse... » Elle s'interrompit et sourit. Ralph se dit que c'était la première fois de la journée qu'elle avait un sourire exprimant un semblant de joie. « Non, ce n'est pas ça. J'ai fait bien pire que de me mettre en colère. Si mon petit-neveu avait été là, il aurait dit : "Nana est devenue nucléaire." »

Ralph éclata de rire et Lois en fit autant, mais son hilarité paraissait légèrement forcée.

« Ce qui a eu le don de m'exaspérer, c'est que Janet avait prévu ce qui allait se passer. Elle voulait que je devienne *nucléaire*, je crois, parce qu'elle savait à quel point je me sentirais coupable ensuite. Et Dieu sait que ç'a été le cas. Je lui ai hurlé de foutre le camp de chez moi. Harold avait l'air d'avoir envie de disparaître dans un trou de souris — les cris l'ont toujours mis mal à l'aise —, mais Janet s'est contentée de rester assise, les mains croisées sur les genoux, le sourire aux lèvres et hochant la tête, hochant vraiment la tête, comme pour dire : "C'est ça, maman Lois, continuez et débarrassez-vous de tous les vieux poisons qui traînent dans votre organisme, et quand vous en aurez terminé, vous serez peut-être prête à écouter des paroles sensées." »

Lois prit une profonde inspiration.

« Puis quelque chose est arrivé. Je ne sais pas quoi exactement. Ce n'était pas la première fois non plus mais ça n'avait jamais atteint cette ampleur. Je crains qu'il ne s'agisse d'une sorte de... eh bien... d'une sorte de crise. Bref, j'ai commencé à voir Janet d'une manière toute drôle... et vraiment effrayante. Et j'ai finalement dit quelque chose qui a porté. Je ne me souviens pas de ce que c'était, et je ne tiens pas trop à le savoir, mais l'effet a été radical : ce sourire mielleux que je déteste tellement a disparu de son visage. En fait, c'est tout juste si elle n'a pas poussé Harold dehors. La dernière chose qu'elle m'a dite, autant qu'il m'en souvienne, est que l'un d'eux m'appellerait quand j'aurais cessé d'être hystérique et de porter des accusations horribles contre des personnes qui m'aimaient.

« Je suis restée chez moi un moment, après leur départ, puis je suis venue m'asseoir dans le parc. Parfois, le seul fait de s'asseoir au soleil suffit pour qu'on se sente mieux. Je me suis arrêtée au Red Apple pour prendre quelque chose à manger et c'est là que j'ai entendu dire que tu t'étais disputé avec Bill. C'est vraiment sérieux, tu crois ? »

Ralph secoua la tête. « Mais non, ça va s'arranger. J'aime bien Bill, mais...

— ... mais tu dois faire attention à ce que tu lui dis, acheva-t-elle pour lui. Et si je puis me permettre, Ralph, tu devrais peut-être ne pas prendre trop au sérieux tout ce qu'il t'a répondu, tu ne crois pas ? »

Cette fois-ci, ce fut Ralph qui pressa leurs deux mains serrées. « C'est un excellent conseil, et je trouve que toi aussi tu serais bien inspirée de le suivre, Lois — tu ne devrais pas prendre trop au sérieux ce qui s'est passé ce matin. »

Elle soupira. « Peut-être, mais c'est difficile. Je lui ai

dit des choses terribles à la fin, terribles… Ce sourire horrible qu'elle avait… »

Un éclair de compréhension traversa l'esprit de Ralph ; il vit quelque chose de très grand, de tellement grand que cela paraissait obéir à une nécessité absolue et avoir été prédéterminé. Pour la première fois depuis que les auras étaient revenues à lui (ou qu'il était retourné à elles ?), il regarda Lois bien en face. Elle baignait dans une capsule de lumière grise translucide, chatoyante comme un brouillard d'été que le soleil va dissiper. Elle métamorphosait la femme que Bill McGovern appelait « cette sacrée Lois » en une créature d'une grande dignité… et d'une beauté presque insoutenable.

On dirait Éos, la déesse de l'aube, se dit-il.

Lois manifesta son embarras en changeant de position sur le banc. « Ralph ? Pourquoi me regardes-tu de cette façon ? »

Parce que tu es belle et parce que je suis tombé amoureux de toi, songea Ralph, stupéfait. *En cet instant, je suis tellement amoureux de toi que j'ai l'impression de me noyer et que c'est parfait de mourir.*

« Parce que tu te souviens exactement de ce que tu lui as dit. »

Elle se remit à tripoter nerveusement le fermoir de son sac. « Non, je…

— Si, tu t'en souviens. Tu as dit à ta belle-fille que c'était elle qui avait pris les boucles d'oreilles. Elle l'a fait quand elle a compris que tu n'en démordrais pas et que tu ne viendrais pas avec eux… Ne pas obtenir ce qu'elle veut a le don de la rendre furieuse… de la rendre *nucléaire*. Elle a agi ainsi parce que tu la faisais chier. Ce n'est pas ça ? »

Lois ouvrait de grands yeux apeurés. « Comment peux-tu savoir cela, Ralph ? Comment peux-tu savoir ces choses sur elle ?

— Je les sais parce que tu les sais et tu les sais pour la bonne raison que tu les as vues.

— Oh non, murmura-t-elle. Non, je n'ai rien vu. Je suis restée tout le temps dans la cuisine avec Harold.

— Tu ne l'as pas vue quand elle l'a fait, mais quand elle est revenue. Tu l'as vu en elle et autour d'elle. »

De même qu'il voyait maintenant la femme de Harold Chassey en Lois, comme si cette dernière, assise sur le banc à côté de lui, avait joué le rôle de verre grossissant. Janet Chassey était grande et avait le teint clair, la taille élancée. Ses joues étaient criblées de taches de rousseur qu'elle dissimulait avec du fond de teint et ses cheveux étaient d'un roux vif tirant sur le blond. Ce matin, elle était venue à Derry avec cette fabuleuse chevelure reposant sur une épaule en une volumineuse tresse, semblable à une torsade de cuivre. Que savait-il d'autre sur cette femme qu'il n'avait jamais rencontrée ?

Tout, absolument tout.

Elle cache ses taches de rousseur en se tartinant la figure parce qu'elle trouve qu'elles lui donnent l'air enfantin et qu'elle croit que les gens ne la prendraient pas au sérieux. Elle a des jambes superbes et elle le sait. Elle porte des minijupes pour aller travailler, mais aujourd'hui, pour venir voir

(la vieille bique)

maman Lois, elle a mis un cardigan par-dessus un vieux jean. Assez bon pour Derry. Elle a du retard dans ses règles. Elle a atteint cet âge de la vie où elles ne reviennent plus avec cette régularité de métronome, et au cours de cette pause de deux ou trois jours qu'elle doit endurer tous les mois, pause pendant laquelle l'univers entier semble en verre et où tout le monde lui paraît stupide ou méchant, son comportement et son humeur deviennent erratiques. C'est probablement pour cette raison qu'elle a agi comme elle l'a fait.

Ralph la vit qui sortait de la minuscule salle de bains de Lois ; la vit lancer un regard intense et chargé de fureur vers la porte de la cuisine — il n'y avait plus trace maintenant du sourire miello-mielleux sur son visage étroit et concentré — et barboter les boucles d'oreilles dans leur soucoupe ; il la vit les fourrer dans la poche gauche de son jean.

Lois, en effet, n'avait pas été le témoin de ce sordide petit larcin, mais il avait transformé la couleur de l'aura de Janet qui, du vert pâle, était passée à une série de strates alternativement brunes et rouges : c'était cela que Lois avait vu et aussitôt interprété, probablement sans se douter un instant de ce qui lui arrivait, en réalité.

« Elle les a prises, c'est certain », dit Ralph. Il voyait une brume grise qui dérivait paresseusement devant les pupilles des grands yeux de Lois. Il aurait pu passer le reste de la journée ainsi.

— Oui, mais…

— Si tu avais accepté le rendez-vous à Riverview Estates, je te parie que tu les aurais retrouvées à sa visite suivante… ou qu'elle les aurait retrouvées, ça me paraît plus vraisemblable : "Oh, maman Lois ! Venez voir ce que j'ai découvert !" Sous le lavabo de la salle de bains, ou dans un placard, ou dans un coin sombre.

— Oui. » C'était maintenant Lois qui le regardait bien en face, fascinée, presque hypnotisée. « Elle doit se sentir très mal… et elle ne va pas oser les ramener, pas après les choses terribles que j'ai dites. Comment savais-tu, Ralph ?

— De la même manière que toi. Depuis combien de temps vois-tu les auras, Lois ? »

4

« Les auras ? Je ne comprends pas ce que tu veux dire. » Elle mentait.

« Litchfield a parlé des insomnies à ton fils mais j'ai peine à croire que cela aurait suffi, même étant ce qu'il est, à le pousser à... jouer les pipelettes. Le deuxième point — les troubles sensoriels dont il aurait parlé, d'après toi — m'est complètement passé à côté de la tête, sur le coup. J'étais trop stupéfait à l'idée que quiconque puisse te croire atteinte de sénilité prématurée, je crois, même si j'ai moi-même des petits troubles sensoriels depuis quelque temps.

— Toi !

— Oui, m'dame. Puis, il y a un instant, tu as dit quelque chose d'encore plus intéressant. Que tu commençais à voir Janet d'une manière bizarre. Effrayante, aussi. Tu n'arrivais pas à te rappeler ce que tu avais dit juste avant que ton fils et ta belle-fille s'en aillent, mais tu te souvenais parfaitement de ce que tu avais ressenti. Ce que tu vois, c'est l'autre partie du monde — le reste du monde. Des formes autour des choses, des formes à l'intérieur des choses, des sons à l'intérieur des sons. Je l'appelle le monde des auras, et c'est ce monde dont tu fais l'expérience. N'est-ce pas, Lois ? »

Elle le regarda un moment en silence, puis se cacha le visage dans les mains. « Et moi qui croyais que je perdais la tête, Ralph... moi qui croyais que je perdais la tête ! » répéta-t-elle.

5

Il la serra dans ses bras, puis la relâcha et lui souleva le menton. « Allez, on ne pleure plus. Je n'ai pas de mouchoir de rechange.

— D'accord, je ne pleure plus», dit-elle. Elle avait cependant les yeux pleins de larmes. «Oh, Ralph, si tu savais comme c'était affreux...

— Mais je le sais.

— Vraiment ?» Elle eut un sourire radieux. «Vraiment, n'est-ce pas ?

— Ce qui a fait conclure à cet idiot de Litchfield que tu sombrais dans la sénilité — sans doute pensait-il en réalité à la maladie d'Alzheimer —, ce n'étaient pas seulement les insomnies, mais les insomnies accompagnées d'autres symptômes... des symptômes qu'il a interprétés comme étant des hallucinations. Non ?

— Sans doute, mais il n'a rien dit de tel, sur le moment. Lorsque je lui ai parlé des choses que je voyais — les couleurs et tout —, il a paru très compréhensif.

— Ouais, et à peine avais-tu franchi sa porte qu'il appelait ton fils pour lui dire de rappliquer à toute vitesse à Derry et de faire quelque chose pour sa vieille maman, qui commençait à voir les gens marcher dans des bulles de couleur avec de longs panaches flottant au-dessus de leur tête.

— Tu vois ça aussi ? Ralph, tu les vois aussi ?

— Oui, je les vois aussi», répondit-il avec un éclat de rire qui avait quelque chose d'un peu hystérique, ce qui ne le surprit pas. Il avait cent questions à lui poser ; il était fou d'impatience. Et il y avait également autre chose, une chose tellement inattendue qu'il avait mis un certain temps à s'en rendre compte : il bandait. Il n'était pas seulement excité, il bandait vraiment.

Lois s'était remise à pleurer. Ses larmes avaient la couleur de la brume s'élevant d'un lac tranquille et elles fumaient tout en coulant le long de ses joues. Ralph savait qu'elles auraient un goût sombre de mousse, comme les crosses de fougère au printemps.

« Oh, Ralph, c'est… c'est… oh, mon Dieu !

— Plus fantastique que Michael Jackson au Superbowl, hein ? »

Elle eut un petit rire. « Oh… juste un peu.

— Ce qui nous arrive porte un nom, Lois, et ce n'est ni l'insomnie ni la maladie d'Alzheimer ni la sénilité. C'est l'hyperréalité.

— L'hyperréalité… mon Dieu, quel terme exotique ! murmura-t-elle.

— Oui, c'est vrai. C'est un pharmacien, celui de Rite Aid, qui me l'a dit. Il s'appelle Joe Plussaj. Sauf qu'il est loin de savoir tout ce qu'il y a derrière ce mot. Il y en a bien plus que ne pourrait le soupçonner quiconque est sain d'esprit.

— Oui, comme la télépathie… si ça existe vraiment, bien entendu. Est-ce que nous sommes sains d'esprit, Ralph ?

— Est-ce que ta belle-fille a bien pris les boucles d'oreilles, Lois ?

— Je… elle… Oui. » Elle se redressa. « Oui, elle les a prises.

— Aucun doute ?

— Aucun.

— Alors tu as répondu à ta propre question. Nous sommes sains d'esprit, bien… mais je crois que tu te trompes sur la question de la télépathie. Ce n'est pas dans les esprits que nous lisons, ce sont les auras que nous déchiffrons. Écoute, Lois, il y a mille choses que je voudrais te demander, mais pour le moment, il n'y en a qu'une qu'il m'importe vraiment de savoir. Est-ce que tu as vu… » Il s'arrêta brusquement, se demandant s'il avait réellement envie de dire ce qu'il avait sur le bout de la langue.

« Vu quoi ?

— Bon, d'accord. Ça va te paraître plus délirant que tout ce que tu m'as raconté, mais je ne délire pas. Me crois-tu ?

— Je te crois », répondit-elle simplement. Ralph se sentit débarrassé du poids qu'il avait sur le cœur. Elle disait la vérité. C'était indiscutable ; elle rayonnait de bonne foi.

« Alors, écoute bien. Depuis que le phénomène a commencé pour toi, as-tu vu des gens qui ne sont pas de Harris Avenue ? Des gens qui semblent n'appartenir à aucun groupe de l'espèce humaine ? »

Lois le regardait sans comprendre, intriguée.

« Ils sont chauves, de très petite taille, ils portent des blouses blanches, et ce à quoi ils ressemblent le plus, c'est à ces extraterrestres qu'on voit dessinés sur la première page de ces journaux stupides qu'ils vendent au Red Apple. Tu n'as vu personne dans ce genre, quand tu avais ces crises d'hyperréalité ?

— Non, personne. »

De frustration, il se donna un coup de poing dans la paume de la main, réfléchit quelques instants, puis releva la tête. « Lundi matin, avant l'arrivée des flics chez May Locher… est-ce que tu m'as vu ? »

Très lentement, Lois hocha affirmativement la tête. Son aura s'était légèrement assombrie et des spirales écarlates, fines comme des fils, se mirent à y tourbillonner en diagonale.

« Je suppose que tu as une idée assez précise de qui a appelé la police, n'est-ce pas ?

— Oh, je sais que c'est toi, répondit-elle d'une petite voix. Je m'en doutais déjà un peu avant, mais je n'en suis sûre que depuis… depuis que je l'ai vu… eh bien, dans tes couleurs. »

Dans mes couleurs, pensa-t-il. L'expression qu'avait employée Ed.

« Cependant, tu n'as pas vu deux versions mini de Monsieur Propre sortir de chez elle ?

— Non. Mais ça ne prouve rien. Je ne peux même pas voir la maison de May Locher depuis la fenêtre de ma chambre. Elle est cachée par le toit du Red Apple. »

Ralph se croisa les mains sur le sommet de la tête. Évidemment. Il aurait dû s'en souvenir.

« La raison pour laquelle j'avais pensé que c'était toi qui avais appelé la police, c'est que juste avant d'aller prendre une douche, je t'ai vu qui regardais quelque chose avec des jumelles. Ce que tu n'avais jamais fait jusqu'ici ; j'ai supposé que tu voulais peut-être mieux voir le chien errant qui fait les poubelles du quartier, le jeudi matin. » Elle eut un geste en direction du bas de la colline. « Celui-ci. »

Ralph sourit. « Ce n'est pas *celui-ci*, c'est la superbe Rosalie.

— Ah ? Peu importe. Je suis restée longtemps sous la douche, à cause d'un rinçage spécial que je fais à mes cheveux. Pas une couleur, ajouta-t-elle vivement, comme s'il l'avait accusée de tromperie, simplement des protéines et des trucs qui sont censés les faire paraître plus épais. Quand j'en suis sortie, les policiers grouillaient de partout. J'ai regardé une fois dans ta direction, mais je n'ai rien vu. Soit tu étais dans une autre pièce, soit tu te recroquevillais dans ton fauteuil, comme tu le fais de temps en temps. »

Ralph secoua la tête, l'air de vouloir s'éclaircir les idées. Il ne s'était pas trouvé dans un théâtre vide toutes ces nuits, en fin de compte. Il y avait eu un autre spectateur. Simplement, ils n'avaient pas partagé la même loge.

« Écoute, Lois… la dispute avec Bill, ce n'était pas vraiment au sujet du tournoi d'échecs. C'était… »

Au bas de la pente, Rosalie émit un aboiement enroué et se leva laborieusement. Ralph regarda dans cette direction et sentit un glaçon lui couler sur le ventre. Bien qu'ils eussent été assis ici depuis une bonne demi-heure et que personne n'eût approché des toilettes publiques en bas de la colline, la porte en plastique de la sanisette marquée MESSIEURS s'ouvrait lentement.

Doc Chauve #3 en émergea. Il portait le chapeau de McGovern, le panama amputé d'un croissant dans le bord, rejeté sur l'arrière du crâne, ce qui le faisait ressembler d'une manière ahurissante à McGovern lui-même le jour où Ralph l'avait vu pour la première fois avec le fédora marron, comme un journaliste fouille-merde des années quarante dans un polar.

L'étrange personnage chauve brandissait son scalpel rouillé.

CHAPITRE 13

1

« Lois ? » Sa voix sonnait aux oreilles de Ralph comme un écho qui se répercuterait sur les parois d'un long et profond canyon. « Est-ce que tu vois ça, Lois ?

— Je ne… » Sa voix se brisa. « C'est… c'est le vent qui a ouvert la porte des toilettes ? C'est ça, hein ? Il y a quelqu'un dedans ? C'est pour ça que le chien fait ce tapage ? »

Rosalie reculait lentement devant l'homme chauve, ses oreilles effrangées couchées en arrière, le museau plissé pour exhiber ses dents — des dents tellement usées qu'elles n'étaient guère plus menaçantes que des chicots en caoutchouc. Elle émit une rafale d'aboiements rauques, puis commença à gémir sur un ton désespéré.

« Oui ! s'exclama Ralph. Tu ne le vois pas, Lois ? Regarde ! Il est juste là ! »

Il bondit sur ses pieds. Lois se leva en même temps que lui, s'abritant les yeux d'une main et scrutant le bas de la pente avec toute l'intensité dont elle était capable. « Je vois une sorte de miroitement, dit-elle. Comme les vagues de chaleur au-dessus d'un incinérateur.

— Je t'ai dit de la laisser tranquille ! cria Ralph en

direction de Doc Chauve #3. Laisse tomber ! Fiche le camp d'ici ! »

Le petit homme se tourna vers celui qui l'apostrophait, mais cette fois-ci on ne lisait aucune surprise dans son regard ; il affichait une expression désinvolte, comme s'il était décidé à l'ignorer. Il leva le majeur de sa main droite et adressa à Ralph le vieux salut obscène, puis découvrit à son tour ses dents — des dents beaucoup plus pointues et menaçantes que celles de Rosalie — en un rire silencieux.

Rosalie se recroquevilla lorsque le petit homme en blouse sale se dirigea vers elle ; puis la chienne se mit littéralement une patte sur la tête, en un geste d'animal de bande dessinée qui aurait dû être comique mais qui, au lieu de cela, exprimait la terreur qu'elle ressentait.

« Pourquoi ne puis-je rien voir, Ralph ? se plaignit Lois. Je devine bien quelque chose, mais…

— Laisse-la tranquille ! » hurla Ralph, levant cette fois la main comme s'il préparait le coup de karaté qu'il avait déjà utilisé. Mais la main à l'intérieur de la main, celle qui avait lancé le javelot de lumière bleue, lui faisait toujours l'effet d'une arme déchargée ; et cette fois-ci, Doc Chauve #3 paraissait le savoir. Il n'eut qu'un bref coup d'œil en direction de Ralph, à qui il adressa un petit salut moqueur de la main.

[*Hé, te fatigue pas, michrone, rassieds-toi, ferme-la et profite du spectacle.*]

La créature au bas de la colline reporta son attention sur Rosalie, qui s'était assise, tapie contre le pied d'un vieux pin. L'arbre diffusait un brouillard vert par les fissures de son écorce. Doc Chauve #3 se pencha sur Rosalie, la main tendue en un geste de sollicitude qui cadrait très mal avec le scalpel que tenait son poing gauche.

Rosalie gémit… puis tendit le cou et vint humblement lécher les doigts du petit homme chauve.

Ralph regarda ses mains ; il y sentait quelque chose, non pas le pouvoir qu'elles avaient déjà eu, rien de tel, mais *quelque chose.* Soudain, des éclats d'une lumière blanche et limpide se mirent à danser au-dessus de ses ongles, comme si ses doigts étaient devenus des bougies de moteur.

Lois s'accrochait à lui, frénétique. « Qu'est-ce qui arrive au chien, Ralph ? Qu'est-ce qui lui arrive ? »

Sans réfléchir à ce qu'il faisait ni aux raisons qui l'y poussaient, Ralph posa les mains sur les yeux de Lois (comme quelqu'un qui joue à « devine qui c'est »). Une lumière presque aveuglante brilla un instant autour de ses doigts. *Je parie que c'est le blanc dont ils nous bassinent tout le temps dans les pubs de lessive*, se dit-il.

Lois poussa un cri et s'accrocha de toutes ses forces aux poignets de Ralph, puis ses mains se détendirent. « Mon Dieu, Ralph, qu'est-ce que tu m'as fait ? »

Ralph la lâcha et vit un huit couché tout blanc qui entourait ses yeux ; on aurait dit qu'elle venait d'enlever des lunettes de plongée pleines de sucre glace. La blancheur commença à s'estomper dès que ses mains s'éloignèrent… à ceci près, cependant…

Elle ne s'estompe pas, elle pénètre en elle.

« Ne t'en fais pas, répondit-il avec un geste. Regarde ! »

La manière dont les yeux de Lois s'agrandirent suffit à lui apprendre ce qu'il voulait savoir. Doc Chauve #3, complètement insensible aux efforts de Rosalie pour faire ami-ami, repoussa son museau de la main qui tenait le scalpel. Il saisit le vieux foulard qui pendait à son cou et lui redressa brutalement la tête. Rosalie poussa un hurlement pitoyable. De la bave lui coulait le long des bajoues. La créature chauve émit un caquètement râpeux et Ralph sentit sa peau se hérisser.

[«*Hé, arrête ! Arrête d'embêter ce chien !*»]

Doc Chauve #3 redressa brusquement la tête. Le sourire disparut de son visage et il adressa à Lois une grimace ricanante qui lui donna l'air d'un chien.

[*Ouais, va te faire foutre, espèce de grosse connasse de michrone ! Le chien est à moi, comme je l'ai déjà dit à ton petit copain bande-mou !*]

Le nain chauve avait lâché le foulard lorsque Lois l'avait interpellé, et Rosalie se recroquevillait de nouveau contre le pin, l'œil fou, des filets de bave lui coulant du museau. Ralph n'avait jamais vu créature aussi terrifiée de toute sa vie.

« Fiche le camp, lui cria-t-il. Va-t'en d'ici ! »

Elle sembla ne pas l'entendre et au bout de quelques instants, Ralph comprit qu'elle ne l'entendait effectivement pas, car la chienne n'était plus entièrement ici. Doc Chauve #3 lui avait déjà fait quelque chose, l'avait déjà tirée en partie hors de la réalité ordinaire, comme un fermier dégage une souche en la tirant avec un tracteur et une chaîne.

Ralph essaya cependant encore une fois.

[«*Cours, Rosalie ! Fiche le camp !*»]

Cette fois-ci, ses oreilles couchées en arrière se redressèrent et sa tête commença à tourner dans la direction de Ralph. Il ignora si elle aurait obéi ou non, car le petit chauve la reprit par le foulard avant qu'elle eût fait le moindre mouvement, lui redressant de nouveau brutalement la tête.

« Il va la tuer ! s'égosilla Lois. Il va lui couper la gorge avec son espèce de couteau ! Ne le laisse pas faire, Ralph ! Arrête-le !

— Je ne peux pas ! Mais tu en es peut-être capable, toi ! Descends-le ! Descends-le avec ta main ! »

Elle le regarda sans comprendre. Ralph fit des gestes frénétiques du tranchant de la main, mais Lois n'avait pas eu le temps de réagir que Rosalie laissait échapper un dernier et horrible hurlement. Le petit chauve brandit le scalpel et l'abattit, mais ce ne fut pas la gorge de la chienne qu'il sectionna.

Il coupa son panache.

2

Un filet émergeait de chacune des narines de Rosalie et s'élevait en l'air. Ils s'enroulaient l'un autour de l'autre à environ vingt centimètres au-dessus de son museau, formant un tire-bouchon délicat, et c'est à ce point que le scalpel de Doc Chauve #3 accomplit son œuvre. Pétrifié d'horreur, Ralph regarda s'élever dans le ciel cette queue de cochon coupée, comme la ficelle d'un ballon gonflé à l'hélium que l'on aurait lâché. Le double filament se déroulait en montant. Ralph crut qu'il allait se prendre dans les branches du vieux pin, mais il n'en fut rien. Lorsque le panache coupé atteignit finalement une branche, il passa simplement au travers.

Évidemment. De la même manière que ses petits copains ont traversé la porte fermée à double tour de May Locher après lui avoir fait la même chose.

Cette réflexion fut suivie d'une idée trop simple et trop épouvantablement logique pour ne pas être crue : ce n'étaient pas des extraterrestres, pas des petits docteurs chauves, mais des Centurions. C'étaient les Centurions d'Ed Deepneau. Ils ne ressemblaient pas du tout aux soldats romains qu'on voyait dans les péplums en carton-pâte du genre *Spartacus* et *Ben Hur*, d'accord, mais il ne pouvait s'agir que d'eux… non ?

À sept ou huit mètres au-dessus du sol, le panache de Rosalie disparut simplement dans le néant.

Ralph abaissa les yeux à temps pour voir le nain chauve retirer le foulard délavé du cou de l'animal avant de pousser son cadavre contre le pied de l'arbre. Il regarda Rosalie plus attentivement et sentit sa peau se rétracter sur tout son corps. Le rêve avec Carolyn lui revint avec une cruelle intensité et il dut lutter pour ne pas pousser un cri de terreur.

C'est bien, Ralph, ne crie pas. Il vaut mieux t'en abstenir parce que si jamais tu commences, tu risques de ne pas être capable de t'arrêter, tu risques de continuer à hurler jusqu'à ce que ta gorge éclate. Souviens-toi que Lois est ici, qu'elle est maintenant mêlée à tout ça. Souviens-toi de Lois et ne te mets pas à crier.

Ah, mais c'était dur de se retenir, car les bestioles cauchemardesques qui avaient jailli du crâne de Carolyn en faisaient maintenant autant des narines de Rosalie, dans un grouillement noir sinueux.

Ce ne sont pas des insectes. Je ne sais pas ce que c'est, mais ce ne sont pas des insectes.

Non, pas des insectes — juste une autre forme d'aura. D'immondes choses noires, ni liquides ni gazeuses, giclaient de Rosalie à chacune de ses respirations. Elles ne s'éloignaient pas en flottant, mais l'entouraient au contraire d'anneaux sinistres, tournoyant lentement, d'antilumière. Cette noirceur aurait dû la dissimuler à la vue, mais il n'en était rien. Ralph voyait ses yeux suppliants et terrifiés tandis que les ténèbres s'accumulaient autour de sa tête et commençaient à déborder sur son dos, ses flancs et ses pattes.

C'était un linceul, un véritable linceul, cette fois, et

sous les yeux de Ralph, Rosalie tissait autour d'elle son panache coupé comme un sac placentaire empoisonné. Cette métaphore déclencha la voix d'Ed Deepneau dans sa tête, Ed disant que les Centurions arrachaient les bébés du sein de leur mère et les emportaient dans des camions bâchés.

Vous êtes-vous jamais demandé ce qu'il y avait sous ces bâches ? avait demandé Ed.

Doc Chauve #3 regardait Rosalie en souriant. Puis il défit le foulard et le plaça autour de son propre cou, le nouant en un gros nœud lâche dans le style bohème. Cela fait, il se tourna vers Ralph et Lois, affichant une expression satisfaite et méprisante. *Et voilà !* disait ce regard. *J'y suis parvenu, en fin de compte, et vous n'avez strictement rien pu y changer, n'est-ce pas ?*

[« *Fais quelque chose, Ralph ! Je t'en prie, fais quelque chose ! Oblige-le à s'arrêter !* »]

Trop tard pour cela, mais peut-être pas trop tard pour l'envoyer au diable sans qu'il ait eu le temps de jouir du spectacle de Rosalie retombant morte au pied de l'arbre. Il était à peu près sûr que Lois ne possédait pas l'aptitude de lancer un javelot de lumière bleue comme il l'avait fait lui-même, mais elle pouvait peut-être faire autre chose.

Oui, elle peut l'atteindre à sa façon.

Il ignorait ce qui le rendait si sûr de lui, mais soudain sa certitude fut absolue. Il prit Lois par les épaules pour l'obliger à le regarder, puis il leva la main droite. Il redressa le pouce, et pointa l'index vers le nain chauve. Il avait l'air d'un petit garçon qui joue aux cow-boys et aux Indiens.

Lois réagit par une expression d'incompréhension consternée. Ralph lui empoigna la main et en retira le gant.

[« *Toi ! Toi ! Lois !* »]

Elle saisit l'idée, leva la main, braqua son index, et mima le geste d'un enfant qui fait semblant de tirer : *Pan ! pan !*

Deux formes oblongues compactes, de la même nuance gris-bleu que l'aura de Lois, mais plus brillantes, s'élancèrent du bout de ses doigts en direction du pied de la colline.

Doc Chauve #3 poussa un cri suraigu et sauta en l'air, les poings serrés à hauteur des épaules, les talons de ses chaussures venant lui battre les fesses, lorsque la première de ces « balles » arriva sur lui. Elle frappa le sol, fit un ricochet de caillou sur un étang, et alla heurter la sanisette marquée DAMES. Un instant, tout le panneau se mit à flamboyer violemment, comme l'avait fait la vitrine de la laverie automatique.

La deuxième balle gris-bleu effleura la jambe gauche du petit chauve et ricocha vers le ciel. Il poussa son même cri aigu et jacassant, et Ralph, qui avait l'impression d'avoir un ver qui se tortillait au milieu de la tête, eut envie de porter les mains aux oreilles, alors qu'il savait que cela n'y changerait rien ; Lois fit la même chose. Il eut le sentiment que si le cri se poursuivait trop longtemps, son crâne finirait par éclater, exactement comme un *contre-ut* fait exploser un verre de cristal.

Doc Chauve #3 s'effondra sur le sol matelassé d'aiguilles de pin à côté de Rosalie et se mit à se rouler sur lui-même, hurlant, se tenant la hanche comme un petit garçon qui serait tombé de son tricycle. Au bout de quelques instants, ses cris diminuèrent et il se remit debout. Sous la barre de peau blanche de son front, ses yeux fusillèrent le couple. Il portait le panama de Bill complètement rejeté en arrière, maintenant, et le côté gauche de sa blouse était noirci et fumait.

[*Je vous aurai ! Je vous aurai tous les deux, espèces d'emmerdeurs de michrones qui vous mêlez de ce qui ne vous regarde pas ! JE VOUS BAISERAI TOUS LES DEUX !*]

Il fit un brusque demi-tour et bondit le long du chemin qui conduisait aux courts de tennis, accomplissant de grands sauts, comme un astronaute sur la Lune. Le coup que lui avait porté Lois ne paraissait pas l'avoir beaucoup affecté, à en juger par sa vitesse.

Lois saisit Ralph par l'épaule et le secoua ; les auras commencèrent à s'estomper.

[« *Les enfants ! Il va vers les enfants !* »]

Elle aussi s'estompait, et cela lui sembla parfaitement normal, lorsqu'il se rendit compte qu'elle ne parlait pas, en réalité, mais qu'elle le regardait fixement de ses yeux noirs tout en lui étreignant l'épaule.

« Je n'arrive plus à t'entendre, s'écria-t-il, je n'arrive plus à t'entendre !

— Qu'est-ce qui te prend ? Tu es sourd ? Je te dis qu'il va vers le terrain de jeu ! Vers les enfants ! On ne peut pas le laisser faire du mal aux enfants ! »

Ralph laissa échapper un profond soupir chevrotant. « Il n'y touchera pas.

— Comment peux-tu en être aussi sûr ?

— Je ne sais pas. J'en suis sûr, c'est tout.

— Je l'ai touché. » Elle s'examina l'extrémité de l'index, comme quelqu'un qui mime un suicide. « Avec le bout de mon doigt.

— Ouais. Et il a pris une bonne décharge, à voir sa réaction.

Je ne vois plus les couleurs, Ralph. »

Il acquiesça : « Elles apparaissent et disparaissent… comme les stations de radio, la nuit.

— Je ne sais pas très bien comment je me sens… et je me demande même si j'ai envie de le savoir ! » Elle eut un sanglot en disant cela, et Ralph la prit dans ses bras. En dépit de tous les événements qui bousculaient sa vie, en ce moment, une chose lui apparaissait très clairement : il était merveilleux de tenir à nouveau une femme contre soi.

« C'est fini, tout va bien », lui dit-il, appuyant son visage contre le sommet de la tête de Lois. Ses cheveux sentaient bon, sans les relents chimiques sous-jacents des produits de beauté qu'il avait pris l'habitude de trouver dans la chevelure de Carolyn, au cours des dix ou quinze dernières années de leur vie commune. « On oublie tout ça pour le moment, d'accord ? »

Elle le regarda. Il ne voyait plus la brume délicate qui dérivait devant ses pupilles, mais il avait la certitude qu'elle s'y trouvait toujours. Et en outre, c'étaient de très beaux yeux, même sans cet attrait supplémentaire. « Qu'est-ce que ça veut dire, Ralph ? Sais-tu ce que ça veut dire ? »

Il secoua la tête. Son esprit était un tourbillon de pièces de puzzle — chapeaux, docs, insectes, banderoles de protestation, poupées pleines de sang factice qui explosaient — rien de tout cela ne cadrait. Et pour le moment, en tout cas, ce qui semblait s'imposer avec le plus de force était le vieux dicton stupide du vieux Dor : *Quand le vin est tiré, il faut le boire.*

Il soupçonnait que rien n'était plus vrai.

3

Un petit gémissement triste parvint à leurs oreilles et Ralph regarda au pied de la pente. Rosalie, toujours au pied du pin, essayait de se redresser. On ne voyait plus le suaire noir autour d'elle, mais Ralph était sûr qu'il s'y trouvait encore.

« Oh, Ralph, la pauvre bête ! Qu'est-ce qu'on peut faire ? »

À la vérité, rien, Ralph en était convaincu. Il prit la main de Lois dans les siennes et attendit que Rosalie s'allongeât et mourût.

Au lieu de cela, elle donna un tel coup de reins pour se mettre debout qu'elle faillit tomber de l'autre côté. Elle resta un moment immobile, la tête si basse que sa truffe touchait presque le sol, puis elle éternua trois ou quatre fois. Cela fait, elle se secoua, leva les yeux vers Ralph et Lois et poussa un unique jappement, bref et vigoureux. Ralph eut l'impression qu'elle leur disait qu'ils n'avaient plus besoin de s'inquiéter. Puis elle fit demi-tour en direction de l'entrée, en bas du parc, traversa un petit bosquet de pins. Elle n'avait pas encore disparu à leurs yeux qu'elle avait déjà retrouvé le trottinement claudicant mais insouciant qui était sa caractéristique. La patte abîmée n'était pas en meilleur état qu'avant l'intervention de Doc Chauve #3, mais ce n'était pas pire. Visiblement âgée mais apparemment encore loin de la mort (*comme tous les Vieux Croulants de Harris Avenue*, se dit Ralph), elle s'enfonça entre les arbres.

« Je croyais que cette chose voulait la tuer, dit Lois. En fait, je croyais même qu'elle l'avait tuée.

— Moi aussi, avoua Ralph.

— Tout cela est-il arrivé vraiment, Ralph ? Vraiment ?

— Oui.

— Les panaches… d'après toi, est-ce que ce sont des lignes de vie ? »

Il acquiesça lentement. « Oui. Des sortes de cordons ombilicaux. Et Rosalie… »

Il repensa à la première fois qu'il avait vu les auras,

lorsqu'il s'était retrouvé devant la pharmacie Rite Aid, adossé à la boîte aux lettres bleue, bouche bée au point que sa mâchoire lui touchait presque le sternum. Sur les soixante ou soixante-dix personnes qu'il avait pu observer avant que les auras ne s'effacent à nouveau, seules quelques-unes marchaient à l'intérieur d'enveloppes noires, qu'il appelait maintenant linceuls ou suaires ; mais aucun n'avait été aussi noir, ce jour-là, que celui que Rosalie venait de tricoter à l'instant autour d'elle. Néanmoins, les personnes dont l'aura présentait une couleur d'un gris-noir défraîchi lui avaient invariablement paru mal portantes… comme Rosalie, dont l'aura avait la couleur de vieilles chaussettes, même avant que Doc Chauve #3 ne commençât à la tourmenter.

Peut-être ne faisait-il qu'accélérer ce qui serait autrement un processus parfaitement naturel, pensa Ralph.

« Et Rosalie, Ralph, qu'est-ce que tu en penses ? demanda Lois.

— J'en pense que ma vieille amie Rosalie fait du rab, en ce moment. »

Lois resta quelque temps songeuse, les yeux perdus sur le bas de la colline et le bosquet de pins, saupoudré d'une lumière d'or, dans lequel la chienne avait disparu. Finalement, elle se tourna de nouveau vers Ralph. « Ce nain… c'était l'un des deux que tu as vus sortir de chez May Locher, n'est-ce pas ?

— Non. Il s'agissait de deux autres.

— Tu en as vu beaucoup ?

— Non, seulement ces trois-là.

— À ton avis, il y en a d'autres ?

— Aucune idée. »

Il s'attendait qu'elle lui demandât ensuite s'il n'avait pas remarqué que la créature portait le panama de

McGovern, mais elle n'en fit rien. Elle ne l'avait peut-être pas reconnu. Trop de choses démentes s'étaient passées, sans compter qu'une partie du bord n'avait pas été enlevée d'un coup de dents, la dernière fois qu'elle l'avait vu sur la tête de Bill. *Les profs d'histoire à la retraite ne sont pas du genre à mordre leur chapeau*, songea-t-il, ce qui le fit sourire.

« Tu parles d'une matinée, observa Lois en le regardant bien en face. Il me semble que nous devrions en parler un peu, non ? J'ai vraiment besoin de savoir ce qui se passe. »

Ralph se souvint de cette journée — qui lui faisait l'effet de remonter à un millier d'années, maintenant — où il revenait de l'aire de pique-nique, établissant mentalement la courte liste de ses amis et relations pour déterminer auquel se confier. Il en avait rayé Lois sous prétexte qu'elle risquait de bavarder avec ses amies et à présent il se sentait gêné de ce jugement, fondé davantage sur l'image que McGovern se faisait d'elle que sur la façon dont lui-même la voyait. Il s'avérait que la seule personne à laquelle Lois avait parlé des auras, avant aujourd'hui, était celle dont elle était en droit d'attendre la discrétion la plus absolue.

Il hocha la tête. « Tu as raison. Nous avons à parler.

— Veux-tu venir chez moi pour déjeuner, même si c'est un peu tard ? Pour une vieille toupie qui n'est pas fichue de retrouver ses boucles d'oreilles, je mitonne un petit frichti qui n'est pas si mauvais que ça.

— Bonne idée. Je te dirai tout ce que je sais, mais ça va prendre un bout de temps. Lorsque j'ai parlé à Bill, ce matin, je lui ai donné la version du *Reader's Digest*.

— Tiens ! Moi qui croyais que la dispute portait sur le tournoi d'échecs…

— Eh bien, peut-être pas exactement, dit Ralph, qui

souriait en examinant ses mains. Ça ressemblait davantage à la bagarre que tu as eue avec ton fils et ta belle-fille. Et encore, je ne lui ai pas raconté les trucs les plus insensés.

— Et à moi, tu les raconteras ?

— Oui. Je parie que tu es un sacré cordon-bleu, en plus. En fait... » Il s'interrompit brusquement et porta une main à son cœur. Il se rassit lourdement sur le banc, ouvrant de grands yeux, la bouche entrouverte.

« Ralph ? Ça ne va pas ? »

Cette voix inquiète semblait lui parvenir de très loin. En esprit, il revit Doc Chauve #3, sur le trottoir, devant la laverie. Doc Chauve #3 cherchant à obliger Rosalie à traverser Harris Avenue pour qu'il puisse lui couper le panache. Il avait raté son coup, cette fois, mais il était tout de même parvenu à ses fins

(Je vais jouer avec elle !)

avant la fin de la matinée.

Ce n'est peut-être pas uniquement parce que Bill n'est pas du genre à mordre son chapeau que Lois n'a pas remarqué que Doc Chauve #3 le portait, mon vieux Ralph. C'était peut-être parce qu'elle n'avait pas envie de le remarquer. Voilà peut-être deux morceaux qui s'adaptent et si j'ai raison là-dessus, les implications vont très loin. Tu t'en rends compte, n'est-ce pas ?

« Ralph ? Qu'est-ce qui ne va pas ? »

Il revit le nain mordre le bord du panama et se le remettre sur la tête. L'entendit dire qu'il aurait bien aimé s'amuser avec Ralph, à la place.

Pas seulement avec moi. Avec moi et mes amis. Moi et mes troudues d'amis, comme il a dit.

En y repensant, il vit également autre chose. Le soleil qui allumait des éclats de feu aux lobes d'oreilles de Doc Chauve #3 pendant qu'il mordait le bord du chapeau. Le souvenir était trop net pour être nié, de même que ses implications.

Ces implications qui allaient très loin.

Calme-toi… tu ne disposes d'aucune certitude, et l'hôpital psy t'attend, juste derrière l'horizon, mon vieux. Tu as intérêt à ne pas l'oublier, à te servir de ça comme d'une ancre. Peu importe que Lois voie ou non tous ces trucs, elle aussi. Les autres bonshommes en blouse blanche, pas les nains chauves mais les gros costauds avec leurs filets à papillons et leurs injections de thorazine peuvent débarquer n'importe quand. N'importe quand.

Tout de même…

Tout de même !

« Nom de Dieu, Ralph, parle-moi ! » Lois le secouait, et rudement, encore, comme l'épouse secoue, pour le réveiller, le mari qui va être en retard au travail.

Il regarda autour de lui et essaya de se tricoter un sourire. Il paraissait faux de l'intérieur, mais sans doute fut-il convaincant pour Lois, car elle se détendit. Au moins un peu. « Désolé, dit-il. Pendant quelques secondes, tout ça s'est mis à… tout ça m'est tombé dessus d'un seul coup.

— Ce n'est pas une raison pour me ficher une telle frousse ! Ce geste que tu as eu pour te serrer le cœur, mon Dieu !

— Je vais très bien. » Il s'efforça de sourire plus largement encore. Il avait l'impression d'être comme un môme qui étire sa pâte à modeler, pour voir jusqu'où elle peut aller sans se rompre. « Et si tu es toujours d'accord pour nous préparer un repas, je suis toujours d'accord pour le manger. »

Cinq-dix-vingt, l'oie boit son vin.

Lois le regarda attentivement et se calma. « Bien. Ça

sera amusant. À part mes copines Simone et Mina, je n'ai cuisiné pour personne depuis bien longtemps. » Elle éclata de rire. « Sauf que ce n'est pas ce que je voulais dire. Ce n'est pas pour ça que ce sera amusant.

— Et pourquoi, alors ?

— Parce que cela fait longtemps que je n'ai pas fait la cuisine pour un homme. J'espère que je n'ai pas oublié.

— Et le jour où on est venus chez toi, Bill et moi, pour regarder les informations ? Tu nous as fait des macaronis au fromage. C'était très bon. »

Elle eut un geste de mépris : « Du réchauffé. Ce n'est pas pareil. »

Le singe chique son tabac sur la ligne de tram... La ligne a été coupée...

Sourire plus large que jamais. En attendant qu'il commence à se déchirer. « Je suis bien tranquille que tu n'as pas oublié, Lois.

— M. Chassey avait un excellent appétit. Toutes sortes d'appétits, en fait. Puis il s'est mis à avoir ces problèmes de foie, et... » Elle poussa un soupir, et prit le bras de Ralph avec un mélange de timidité et de résolution qu'il trouva complètement touchant. « N'y pensons plus. J'en ai assez de pleurnicher sur le passé. Je laisse ça à Bill. Allons-y. »

Il se leva et, bras dessus, bras dessous, le couple prit la direction de l'entrée située au bas du parc. Lois sourit béatement aux jeunes mamans quand ils passèrent devant le terrain de jeu, et Ralph fut soulagé par cette diversion. Il avait beau se dire qu'il devait suspendre son jugement, il avait beau se répéter à l'envi qu'il n'en savait pas assez sur ce qui leur arrivait, à Lois et à lui, pour seulement se donner l'illusion qu'il était capable de réfléchir logiquement à la question, il n'en aboutissait pas moins toujours à cette conclusion. Elle lui semblait viscéralement juste, et cela faisait un moment qu'il commençait à soupçonner que, dans le monde des auras, ressentir et savoir étaient quasiment identiques.

Pour les deux autres, je ne sais pas ; mais Doc Chauve #3 est un toubib cinglé... et il empoche des souvenirs. Il les prend comme certains anciens du Viêtnam, des cinglés, emportaient des oreilles.

Sur le fait que la belle-fille de Lois s'était laissé aller à une impulsion malsaine et avait barboté les boucles d'oreilles en diamants dans la soucoupe de porcelaine, il n'éprouvait aucun doute. Mais Janet Chassey ne les avait plus. En ce moment même, elle se reprochait sans doute amèrement de les avoir perdues et se demandait par quelle aberration elle s'en était emparée.

Ralph savait que la crevette chauve au scalpel détenait le chapeau de McGovern, même si Lois ne l'avait pas reconnu, et ils l'avaient vu tous les deux prendre le foulard de Rosalie. Ce que Ralph avait compris, lorsqu'il avait été obligé de se rasseoir sur le banc ? Que ces éclats de lumière qu'il avait aperçus aux oreilles de Doc Chauve #3 signifiaient certainement que les boucles d'oreilles de Lois étaient aussi en sa possession.

4

Le rocking-chair de feu M. Chassey était immobile sur le linoléum fané, près de la porte qui donnait sur le porche arrière de la maison. Lois l'y installa en l'avertissant de « ne pas rester dans ses jambes ». Ralph estima que c'était là un ordre auquel il pouvait obéir. Une lumière forte, celle du milieu de l'après-midi, se promenait sur ses genoux pendant qu'il se balançait. Il se demanda comment il pouvait bien être aussi tard, mais l'heure avait tourné. *Je me suis peut-être endormi*, pensa-t-il. *Oui, je suis peut-être en train de dormir, en ce moment, et je rêve tout ça.* Il regarda Lois prendre un wok (aux dimensions pour hobbit, incontestablement) dans un placard. Cinq minutes plus tard, des parfums appétissants montaient de la poêle chinoise et emplissaient la cuisine.

« Je t'avais dit qu'un jour je te ferais la cuisine », observa Lois tandis qu'elle ajoutait des légumes qu'elle avait pris dans le frigidaire, puis des épices venues d'une étagère qui leur était réservée. « Le jour où je vous ai préparé les macaronis au fromage, à toi et à Bill. Tu t'en souviens ?

— Il me semble, répondit Ralph avec un sourire.

— Il y a un pichet de cidre frais dans la boîte à lait, sur le porche de devant — le cidre se conserve mieux à l'extérieur. Tu veux bien aller le chercher ? Tu n'auras qu'à faire le service. Mes bonnes lunettes sont dans le placard au-dessus de l'évier, celui pour lequel je dois monter sur une chaise. Tu es assez grand pour te passer de chaise, j'ai l'impression. Combien mesures-tu ? Un mètre quatre-vingt-cinq ?

— Un mètre quatre-vingt-sept. Enfin, avant. J'ai dû perdre trois ou quatre centimètres depuis une dizaine d'années. La colonne vertébrale se tasse. Mais tu n'as pas besoin de te mettre sur ton trente et un pour moi, Lois. Vraiment. »

Elle le regarda d'un air neutre, les mains sur les hanches, la cuillère avec laquelle elle remuait le contenu du wok dépassant de l'une d'elles. Son expression sévère était atténuée par une ébauche de sourire. « J'ai dit mes *bonnes* lunettes, Ralph Roberts, pas les plus *belles*.

— Bien, m'dame », dit-il avec un sourire, ajoutant :

« À l'odeur, je prétends que tu n'as pas oublié comment on cuisinait pour un homme.

— La preuve du pudding est dans sa dégustation », répliqua-t-elle. Ralph, cependant, eut l'impression qu'elle était contente quand elle se tourna vers le wok.

5

Le repas était délicieux, et ils n'abordèrent pas ce qui s'était passé dans le parc avant d'avoir terminé. L'appétit de Ralph était devenu irrégulier — lui faisant surtout défaut — depuis que ses insomnies avaient commencé, mais aujourd'hui il mangea de bon cœur et fit descendre le sauté aux légumes épicé de Lois avec trois verres de cidre (espérant avec inquiétude, lorsqu'il vida le troisième, que ses activités du reste de la journée ne le conduiraient pas trop loin de toilettes). Puis Lois se leva et alla faire couler l'eau chaude dans l'évier pour la vaisselle. Elle reprit alors leur conversation initiale comme s'il s'agissait d'un tricot qu'elle aurait temporairement mis de côté pour accomplir une corvée plus urgente.

« Qu'est-ce que tu m'as fait ? demanda-t-elle. Qu'est-ce que tu m'as fait pour que les couleurs reviennent ?

— Aucune idée.

— On aurait dit que j'étais aux frontières de ce monde et qu'en me mettant les mains sur les yeux, tu me poussais dedans. »

Il acquiesça, se souvenant de son aspect, dans les premières secondes qui avaient suivi l'instant où il avait enlevé ses mains : comme si elle venait d'enlever une paire de lunettes plongée au préalable dans du sucre glace. « J'ai agi purement par instinct. Mais tu as raison : c'est comme un autre monde. C'est comme ça que je le vois, et je l'appelle le monde des auras.

— Il est merveilleux, non ? Bon, d'accord, il y a de quoi avoir la frousse. Quand ça a commencé pour moi — à la fin juillet ou au début août, je ne sais pas exactement —, j'étais sûre que je devenais folle ; même alors, pourtant, je le trouvais beau. Je ne pouvais pas m'empêcher de l'aimer. »

Ralph la regarda, surpris. Était-ce bien lui qui naguère voyait en Lois quelqu'un de transparent ? De bavard ? D'incapable de conserver un secret ?

Non, c'était pire que ça, j'en ai bien peur, vieux camarade. Tu la croyais superficielle. Tu la voyais pour l'essentiel avec les yeux de Bill, pour tout dire : « Cette sacrée Lois ! » Pas moins… mais guère davantage.

« Qu'est-ce qu'il y a ? demanda-t-elle, un peu embarrassée. Pourquoi me regardes-tu comme ça ?

— Tu vois les auras depuis l'été dernier ? Depuis si longtemps ?

— Oui. Elles sont de plus en plus brillantes. Et plus fréquentes. C'est pour cette raison que j'ai été voir la pipelette. Est-ce que j'ai vraiment tiré sur cette chose avec mon doigt, Ralph ? Plus le temps passe, moins j'arrive à le croire.

— Et pourtant, si. J'ai fait quelque chose du même genre moi aussi, peu de temps avant de te rencontrer dans le parc. »

Il lui raconta sa première confrontation avec Doc Chauve #3, et de quelle manière il l'avait chassé… au moins temporairement. Il leva la main à hauteur de l'épaule et l'abattit d'un geste vif. « C'est tout ce que j'ai fait. Comme un gosse qui se prend pour Chuck Norris ou Steven Seagal. N'empêche, ça lui a expédié cet incroyable éclair de lumière et il a déguerpi à toute allure. Ce qui était sans doute aussi bien, parce que j'aurais été incapable de recommencer. Moi non plus, je ne sais pas comment j'ai fait. Penses-tu que tu aurais pu lui tirer encore dessus avec ton doigt ? »

Lois se mit à pouffer et se tourna vers lui, l'index pointé dans sa direction. « Tu veux le savoir ? Pan ! Pan !

— Ne me visez pas avec ce machin, m'dame », répliqua Ralph avec l'accent des voyous de cinéma. Il sourit en même temps, mais sa plaisanterie manquait de conviction.

Lois n'insista pas et envoya une giclée de produit à vaisselle dans l'évier. Agitant l'eau d'une main pour faire mousser le savon, elle posa à Ralph ce que ce dernier considérait comme la Grande Question : « D'où nous vient ce pouvoir ? Et à quoi sert-il ? »

Il secoua la tête, se leva et s'approcha de l'évier. « Je n'en sais absolument rien, c'est tout ce que je peux te répondre. Et si tu me disais où tu ranges tes torchons, Lois ?

— Laisse tomber mes torchons et va t'asseoir. Je t'en prie, Ralph, ne viens pas me raconter que tu es de ces hommes modernes qui n'arrêtent pas de vous faire des câlins baveux. »

Ralph éclata de rire et secoua la tête. « Pas du tout. J'ai été bien dressé, c'est tout.

— Bon, d'accord. Tant que tu ne commences pas à me sortir à quel point tu es sensible… Il y a certaines choses que les filles préfèrent trouver toutes seules. »

Elle ouvrit le placard placé sous l'évier et lui lança un torchon à vaisselle fané, mais d'une propreté parfaite. « Sèche-les et pose-les sur le comptoir. Je les rangerai plus tard. Et pendant ce temps, raconte-moi ton histoire. La version intégrale.

— Marché conclu. »

Il se demandait encore par quel bout il allait commencer lorsque sa bouche s'ouvrit, apparemment de sa propre initiative, et attaqua pour lui : « Lorsque je suis finalement parvenu à me fourrer dans la tête que Carolyn allait mourir, je me suis mis à marcher beaucoup. Et un jour, tandis que je me promenais sur Extension… »

6

Il lui raconta tout, à commencer par la façon dont il était intervenu entre Ed Deepneau et le gros jardinier à la casquette West Side Gardeners, et terminant sur la dispute après laquelle Bill lui avait conseillé d'aller voir un médecin, vu qu'à leur âge les maladies mentales étaient chose courante. Il dut revenir en arrière à plusieurs reprises pour réparer de petits oublis — l'apparition inopportune de Dor pendant qu'il s'efforçait d'empêcher Ed de rentrer dans le lard de Gros Balèze, par exemple — mais ça ne le gênait pas d'avancer ainsi dans son récit, et Lois paraissait le suivre sans difficulté. Le sentiment général qu'il avait pendant qu'il détaillait ce qui lui était arrivé depuis plus d'un an était un soulagement d'une telle intensité que c'en était presque douloureux. Comme s'il avait eu des briques empilées sur le cœur et l'esprit et qu'il les retirait une à une.

Cela faisait longtemps que la vaisselle était faite quand il arriva au bout de ses aventures, et ils étaient maintenant installés dans le séjour et ses douzaines de photos encadrées, présidées par celle de M. Chassey trônant sur le poste de télévision.

« Alors, demanda Ralph, qu'est-ce que tu crois dans tout ça ?

— Tout, évidemment », répondit-elle. Soit elle ne

remarqua pas l'expression soulagée qui se peignit sur le visage de Ralph, soit elle préféra l'ignorer. « Après ce que nous avons vu ce matin — sans même parler de ce que tu savais sur ma merveilleuse belle-fille —, je peux difficilement ne pas te croire. C'est l'avantage que j'ai sur Bill. »

Ce n'est pas le seul, pensa Ralph sans le dire.

« Il n'y a aucune coïncidence dans tout ça, n'est-ce pas ? »

Ralph secoua la tête. « Non, je ne crois pas.

— Quand j'ai eu dix-sept ans, ma mère a loué les services d'un jeune garçon de nos voisins — il s'appelait Richard Henderson — pour faire un certain nombre de corvées chez nous. Ce n'était pas les garçons à la recherche de petits boulots qui manquaient, mais elle a pris Richie parce qu'elle l'aimait bien… et elle l'aimait bien en pensant à moi, si tu vois ce que je veux dire.

— Oui, évidemment. Elle cherchait à te caser.

— Exactement, mais elle ne s'y prenait pas d'une manière grossière et embarrassante. Grâce au Ciel, car je me souciais de Richie comme de ma première chemise — du moins sur ce plan-là. Ce n'est pas que maman n'ait pas tout essayé. Si je faisais mes devoirs sur la table de la cuisine, elle lui demandait de remplir la caisse à bois, même si nous étions déjà en mai et qu'il faisait chaud. Si je donnais du grain aux poules, elle lui laissait tailler la haie qui longeait la basse-cour. Elle voulait que je le voie dans le secteur… que je m'habitue à lui… et si nous nous étions plu dans la compagnie l'un de l'autre et s'il m'avait invitée à aller danser pour la fête du village, elle aurait été ravie. C'était la manière douce, mais on ne pouvait pas l'ignorer. Une poussée dans le dos. Et c'est la même chose aujourd'hui.

— La poussée ne me paraît pas aussi douce qu'à

toi », commenta Ralph. Involontairement, il porta la main à l'endroit où Charlie Pickering avait enfoncé la pointe de son couteau.

« Oui, évidemment. Ça doit être horrible de sentir une lame s'enfoncer entre ses côtes. Heureusement que tu avais la bombe lacrymogène ! À ton avis, est-ce que Dor voit aussi les auras ? Crois-tu que quelque chose de cet autre monde lui a dit de mettre la bombe dans ta poche ? »

Ralph haussa les épaules en un geste d'impuissance. L'hypothèse qu'elle faisait lui avait aussi traversé l'esprit, mais si l'on essayait d'aller plus loin, le terrain devenait sérieusement glissant. Car si les choses s'étaient passées ainsi pour Dorrance, cela laissait entendre qu'une

(entité)

force ou un être avait su que Ralph allait avoir besoin d'aide. Et ce n'était pas tout : la force (ou l'être) en question aurait donc dû également savoir que : (a) Ralph irait à la bibliothèque dimanche après-midi, que (b) le temps, jusqu'ici au beau fixe, allait tellement changer qu'il lui faudrait mettre une veste, et (c) quelle veste il allait prendre. En d'autres termes, c'était d'une *manifestation capable de prédire l'avenir* qu'il était question. L'idée qu'une force d'une telle ampleur ait pu le remarquer lui fichait sincèrement une trouille bleue. Il admettait que dans l'histoire de la bombe aérosol, au moins, cette intervention lui avait probablement sauvé la vie, mais il n'en éprouvait pas moins une trouille bleue.

« Peut-être, répondit-il. Il n'est pas impossible que quelque chose se soit servi de Dorrance pour faire sa commission. Mais pourquoi ?

— Et maintenant, qu'est-ce qu'on fait ? » ajouta-t-elle.

Ralph ne put que secouer la tête.

Lois jeta un coup d'œil à l'horloge coincée entre la photo de l'homme en manteau de raton laveur et la femme à l'air impérieux, puis tendit la main vers le téléphone. « Déjà trois heures et demie ! Bon sang ! »

Ralph lui toucha la main. « Qui appelles-tu ?

— Simone Castonguay. On avait prévu d'aller à Ludlow ensemble cet après-midi pour une partie de cartes à la Grange, mais j'en suis incapable, après tout ça. J'y perdrais ma chemise. » Elle rit et fut prise d'une jolie rougeur. « C'est juste une façon de parler. »

Ralph l'empêcha de soulever le combiné. « Va à ta partie de cartes, Lois.

— Tu crois ? » Elle paraissait à la fois dubitative et un peu déçue.

« Oui. » Il était toujours autant dans le brouillard sur ce qui se passait, mais il soupçonnait que les choses allaient bientôt changer. Lois avait parlé d'être *poussée*, mais Ralph avait davantage l'impression d'être entraîné, comme une rivière entraînerait une petite embarcation. Il ne pouvait pas voir où il allait, toutefois ; une brume épaisse recouvrait les rives et, avec le courant devenant plus violent, il entendait le grondement des rapides, en aval.

Cependant, il y a des formes, Ralph. Des formes dans la brume.

Certes. Pas très rassurantes, pourtant. Il ne s'agissait peut-être que d'arbres qui donnaient l'impression d'être des mains crochues… mais aussi bien de mains crochues cherchant à ressembler à des arbres. Tant que Ralph ne saurait pas mieux ce qu'il en était, il trouvait tout aussi bien que Lois ne restât pas en ville. Il avait l'intuition très vive — mais ce n'était peut-être qu'un espoir déguisé en intuition — que Doc Chauve #3 ne pourrait la suivre à

Ludlow, qu'il n'était peut-être même pas capable de la suivre au-delà des Friches-Mortes, à l'est.

Comment pourrais-tu savoir des choses pareilles, Ralph ?

Il se trompait peut-être, mais cela sonnait juste et il était toujours convaincu que dans le monde des auras, ressentir et savoir étaient pratiquement équivalents. Une certitude, au moins : jusqu'ici, Doc Chauve #3 n'avait pas coupé le panache de Lois, puisque Ralph l'avait vu lui-même et qu'il brillait d'un gris argenté joyeusement sain. Il ne pouvait cependant échapper à la conviction de plus en plus forte que Doc Chauve #3 — le docteur fou — avait l'*intention* de le couper et que, en dépit de l'allure fringante qu'avait eue Rosalie en quittant le parc au petit trot, le sectionnement de ce cordon était un geste mortel, meurtrier.

Admettons que tu aies raison, Ralph ; admettons qu'il ne puisse rien lui faire cet après-midi pendant qu'elle jouera aux cartes à un sou la mise. Mais ce soir ? Demain ? La semaine prochaine ? Quelle est la solution ? Doit-elle appeler son fils et sa salope de belle-fille pour leur dire qu'elle a changé d'idée à propos de Riverview Estates ? Que finalement, elle a décidé d'y aller ?

Il l'ignorait. Il savait seulement qu'il avait besoin de réfléchir, et qu'il éprouverait des difficultés à penser de manière constructive tant qu'il ne serait pas raisonnablement certain que Lois était à l'abri, au moins pour un moment.

« Ralph ? Tu recommences à faire cette tête de gnognon.

— Cette tête de *quoi* ?

— De gnognon. » Elle rejeta ses cheveux en arrière avec coquetterie. « C'est un mot que j'ai inventé pour décrire M. Chassey quand il faisait semblant de m'écouter mais pensait en réalité à sa collection de monnaies. Je ne me trompe pas sur les airs gnognons, Ralph. À quoi pensais-tu ?

— Je me demandais à quelle heure tu allais revenir de ta partie de cartes.

— Ça dépend.

— De quoi ?

— Si on fait ou non un arrêt chez Tuby's pour un chocolat, répondit-elle du ton de quelqu'un qui révèle un vice caché.

— Admettons que tu reviennes directement.

— Je serai de retour à sept heures, sept heures et demie.

— Appelle-moi dès ton retour. D'accord ?

— D'accord. Tu préfères que je ne sois pas en ville, hein ? C'est ça que signifiait ta tête de gnognon ?

— Heu…

— Tu crains que cette espèce de saleté chauve ne me fasse du mal, n'est-ce pas ?

— Je pense que c'est une possibilité.

— Mais il pourrait aussi t'en faire à toi !

— Oui, mais… »

Mais pour autant que je le sache, Lois, il ne porte pas l'un de mes accessoires vestimentaires.

« Mais quoi ?

— Il ne m'arrivera rien jusqu'à ton retour, Lois, c'est tout. » Il se souvint de la remarque sarcastique sur les hommes modernes qui ne pensent qu'à faire des câlins baveux et essaya de prendre un air autoritaire, sourcils froncés. « Va jouer aux cartes et laisse-moi m'occuper de cette affaire, au moins pour le moment. C'est un ordre. »

Carolyn aurait éclaté de rire ou se serait mise en colère devant cette démonstration de machisme d'opérette. Lois, qui appartenait à une école de pensée féminine entièrement différente, se contenta d'acquiescer, comme si elle lui était reconnaissante de ne pas avoir à prendre elle-même la décision. « Très bien. » Elle lui prit le menton de manière à pouvoir le regarder droit dans les yeux. « Est-ce que tu sais ce que tu fais, Ralph ?

— Non. En tout cas, pas encore.

— Très bien, du moment que tu le reconnais. » Elle posa une main sur son avant-bras et déposa un baiser léger, bouche ouverte, sur le coin de ses lèvres. Ralph sentit un picotement de chaleur tout à fait bienvenu lui monter entre les jambes. « Je vais aller à Ludlow et piquer cinq dollars à toutes ces idiotes qui ne savent pas bluffer. Et ce soir, nous discuterons de ce que nous devons faire. D'accord ?

— D'accord. »

Son petit sourire — davantage présent dans son regard que sur ses lèvres — laissa entendre qu'ils pourraient bien faire autre chose que simplement parler, si Ralph se sentait assez hardi… et en cet instant, il se sentait tout à fait hardi. Même le regard noir de M. Chassey, du haut de son poste de télé, ne l'affectait guère.

CHAPITRE 14

1

Il était quatre heures moins le quart lorsque Ralph traversa la rue et parcourut la courte distance le séparant de son domicile. Il se sentait de nouveau envahi par la fatigue ; il avait l'impression d'être debout depuis trois siècles. En même temps, toutefois, jamais il ne s'était senti aussi bien depuis la mort de Carolyn ; aussi entier, autant lui-même.

À moins que ce ne soit ce que tu as envie de croire : qu'on ne peut pas se sentir aussi mal sans quelque compensation positive ? C'est une idée charmante, Ralph, mais pas très réaliste.

Très bien, très bien. Admettons que je sois un peu confus dans ma tête en ce moment.

Confus, il l'était. Également effrayé, surexcité, désorienté et vaguement bandant. Néanmoins, une idée claire surnageait au milieu de ce mélange d'émotions, une démarche qu'il fallait faire toutes affaires cessantes : se raccommoder avec Bill. Si cela signifiait lui présenter des excuses, il lui en présenterait. Des excuses étaient peut-être même dans l'ordre des choses. Car après tout, ce n'était pas Bill qui était venu lui déclarer : « Bon sang, vieille noix, tu as une mine affreuse, raconte-moi ça. »

Non : c'était lui qui s'était adressé à McGovern — non sans certaines appréhensions, il est vrai, mais cela n'y changeait rien, et…

Ah, Ralph, bon Dieu, tu ne changeras jamais ! C'était la voix amusée de Carolyn, lui parlant aussi clairement que pendant les semaines qui avaient suivi sa mort, quand il avait lutté avec le paroxysme de son chagrin en discutant de tout avec elle dans sa tête… et parfois aussi à voix haute, s'il était seul dans l'appartement. *C'est Bill qui a disjoncté, mon chou, pas toi. Je vois bien que tu es toujours aussi déterminé à ne rien te pardonner que du temps où j'étais vivante. Il y a vraiment des choses qui ne changent jamais !*

Ralph esquissa un sourire. Ouais, bon, d'accord, certaines choses ne changent jamais, et la responsabilité de la dispute revenait davantage à Bill qu'à lui. La question était de savoir s'il voulait se priver de son compagnon à cause d'une querelle idiote et d'une empoignade grotesque pour savoir qui avait tort et qui avait raison. Or il semblait bien à Ralph qu'il ne le voulait pas, et si cela avait pour conséquence qu'il devait s'excuser auprès de Bill, ça n'était pas si terrible, non ? Pour autant qu'il le sache, il n'y avait pas d'arête cachée dans les trois mots : *Je suis désolé.*

La Carolyn dans sa tête réagit à cette idée par un silence incrédule.

Ne t'en fais pas, dit-il en s'engageant dans l'allée. *Je fais ça pour moi, pas pour lui. Ni pour toi, d'ailleurs.*

Il fut stupéfait et amusé de découvrir combien cette dernière idée le faisait se sentir coupable — presque comme s'il venait de commettre un sacrilège. Mais ça ne l'empêchait pas pour autant d'être vraie.

Il tâtait déjà sa poche, à la recherche de sa clef, lorsqu'il vit un mot agrafé à la porte. Il reprit l'exploration de ses poches, pour y trouver ses lunettes, cette fois, mais il les avait laissées sur la table de la cuisine. Il se recula pour déchiffrer, les yeux plissés, le griffonnage de Bill :

Chers Ralph/Lois/Faye/et *tutti quanti*,

Je m'attends à passer à peu près toute la journée au Derry Home. La nièce de Bob Polhurst vient de m'appeler et m'a dit que cette fois, c'était très certainement la fin ; mon pauvre ami est sur le point d'achever son combat. La chambre 313 de l'hôpital est certainement le dernier endroit sur la terre où j'aie envie de me trouver par une si belle journée, mais il me semble qu'il faut que je sois là jusqu'à la fin.

Ralph, je suis désolé de t'avoir traité comme je l'ai fait ce matin. Tu es venu me demander de l'aide et au lieu de cela je t'ai quasiment sauté à la gorge. Tout ce que je peux te dire, en guise d'excuse, c'est que ce qui arrive à Bob m'a porté sérieusement sur le système. D'accord ? Je crois que je te dois un dîner… si tu as toujours envie de manger en compagnie d'un type comme moi.

Faye, s'il te plaît, s'il te plaît, arrête de me casser les pieds à propos de ton fichu tournoi d'échecs. Je t'ai promis d'y participer, et je tiens mes promesses.

Adieu, monde cruel !

Bill.

Ralph se redressa avec un sentiment de soulagement et de gratitude. Si seulement tout ce qui lui était arrivé récemment pouvait se régler aussi facilement !

Il monta chez lui et prit la bouilloire ; il n'avait pas fini de la remplir d'eau que le téléphone sonnait. C'était John Leydecker. « Bon sang, je suis bougrement content de vous trouver. Je commençais sérieusement à m'inquiéter, mon vieil ami.

— Pourquoi ? Qu'est-ce qui se passe ?

— Peut-être rien, peut-être quelque chose. Charlie Pickering s'est débrouillé pour payer sa caution, finalement.

— Vous m'aviez dit qu'il n'avait aucune chance…

— Je me suis trompé, d'accord ? répondit Leydecker, manifestement irrité. Il n'y a d'ailleurs pas que là-dessus que je me suis fichu dedans. Je vous avais dit que le juge fixerait probablement le montant de la caution aux alentours de quarante mille dollars, mais j'ignorais alors que Pickering allait tomber sur le juge Steadman, célèbre pour avoir déclaré un jour qu'il ne croyait même pas à la folie. Il a fixé la caution à quatre-vingts billets. L'avocat commis d'office de Pickering a gueulé comme un veau qui a perdu sa mère, mais ça n'a rien changé. »

Ralph s'aperçut qu'il tenait encore la bouilloire à la main. Il la posa sur la table. « Et il a tout de même réussi à payer ?

— Ouais. Vous vous rappelez, quand je vous ai dit que Deepneau s'en débarrasserait comme d'un vieux couteau à la lame cassée ?

— Oui.

— Eh bien, là-dessus aussi, John Leydecker s'est planté. Ed s'est pointé chez le greffier à onze heures ce matin avec un porte-documents plein de fric.

— Huit mille dollars ?

— J'ai dit *porte-documents*, pas *enveloppe*, Ralph. Pas huit mille, quatre-vingt mille. Ils en sont encore tout retournés, au tribunal. Bon Dieu, ils en parleront encore à Noël ! »

Ralph essaya d'imaginer Ed Deepneau, habillé de l'un de ses vieux sweaters distendus et d'un pantalon élimé en velours côtelé (sa tenue de savant fou, aurait dit Carolyn) et tirant des liasses de dix et de vingt d'un porte-documents — mais il n'y parvint pas. « Je croyais qu'il suffisait de verser dix pour cent pour sortir, d'après ce que vous m'aviez dit.

— C'est le cas, si on peut mettre aussi un bien en gage, une maison, une propriété quelconque, par exemple, dont le prix estimé équivaut au montant de la caution. Ed ne disposait de rien de tel, semble-t-il ; mais en revanche il avait un peu de liquide planqué sous le matelas pour les mauvais jours. Ou alors, c'est qu'il a fait une sacrée gâterie à la fée du loto. »

Ralph se souvint alors de la lettre que lui avait envoyée Helen, peu après son installation à High Ridge, une fois sortie de l'hôpital. Elle y mentionnait un chèque de sept cent cinquante dollars que lui avait envoyé Ed. *Ce qui semble indiquer qu'il comprend ce que sont ses responsabilités*, avait-elle écrit. Ralph se demanda si la jeune femme aurait le même sentiment, si elle apprenait que son ex-mari avait débarqué au tribunal du comté avec suffisamment d'argent pour payer dix ans d'études à sa fille… et qu'il avait utilisé ce pactole pour payer la caution d'un type qui adorait faire joujou avec les couteaux et les cocktails Molotov.

« Mais au nom du Ciel, où a-t-il bien pu dégotter cette somme ? demanda-t-il à Leydecker.

— Aucune idée.

— Ne doit-il pas le dire ?

— Non. C'est un pays libre, ici. Il aurait paraît-il déclaré avoir vendu des actions. »

Ralph pensa au bon vieux temps — ce bon vieux temps où Carolyn n'était pas encore tombée malade, où Ed n'avait pas encore sombré dans la folie. Repensa aux repas qu'ils faisaient ensemble tous les quatre, tous les quinze jours ou toutes les trois semaines, des pizzas chez les Deepneau, ou bien la poule au pot de Carolyn chez les Roberts… il se souvint d'Ed déclarant un jour qu'il les inviterait tous au Red Lion, le grand restaurant de Bangor, le jour où ses actions auraient fait des petits. *Bonne idée*, avait rétorqué Helen, adressant un sourire tendre à son époux. Elle était enceinte à l'époque, cela commençait à se voir un peu — même si elle avait l'air d'avoir quatorze ans, avec sa queue-de-cheval et sa robe à carreaux de deux tailles trop grande pour elle. *D'après toi, Edward, lesquelles vont faire des petits les premières, la Générale du Peigne à Girafe, ou les Rouspéteurs Associés ?* Et il avait répondu en lui montrant les dents, ce qui les avait tous fait rire, parce que tous ceux qui le connaissaient un peu savaient qu'Ed Deepneau n'aurait pas fait de mal à une mouche. Helen, cependant, le voyait peut-être un peu autrement ; même à l'époque, elle devait savoir que ce portrait n'était pas tout à fait exact, regard tendre ou pas.

« Ralph ? fit la voix de Leydecker. Vous êtes toujours en ligne ?

— Ed n'avait pas d'actions. C'était un chercheur, bonté divine, et son père était contremaître dans une usine d'embouteillage à Pétaouchnoque. Pas de fric là non plus.

— Il l'a bien trouvé quelque part, et je mentirais si je disais que ça me plaît.

— Les autres Amis de la Vie, peut-être ?

— Non, je ne crois pas. Tout d'abord, ce ne sont pas des gens bien riches, dans l'ensemble. La plupart appartiennent à des milieux modestes — les héros de la classe ouvrière. Ils donnent ce qu'ils peuvent. Mais quatre-vingt mille dollars ! Non. Ils auraient pu réunir suffisamment de biens à eux tous pour sortir Pickering du trou, je suppose, mais ils ne l'ont pas fait. En plus, je crois que la plupart d'entre eux auraient refusé si Ed le leur avait demandé. Deepneau est maintenant *persona non grata* parmi eux et ils doivent sans doute beaucoup regretter d'avoir connu Charlie Pickering. Dan Dalton a repris la direction des Amis de la Vie, au grand soulagement de la majorité des membres. Ed, Charlie et deux autres personnes — un homme du nom de Frank Felton et une femme qui s'appelle Sandra McKay — semblent maintenant opérer de manière tout à fait indépendante. Sur Felton, je ne sais rien et son casier est vierge, mais la McKay a fait la tournée des mêmes charmantes institutions qu'a fréquentées Charlie. On ne peut pas la rater, celle-là. Un teint de pâte à tarte avant cuisson, de l'acné en veux-tu en voilà, des verres tellement épais que ses yeux ressemblent à des œufs pochés et un quintal et demi ou presque sur la balance.

— Vous blaguez, non ?

— Non. Elle a une passion pour les pantalons en stretch style Monoprix, et on peut en général la voir en compagnie de toute une brochette de cloches fêlées, allumées et dérangées du chapeau dans son genre. Elle porte souvent un grand sweat-shirt avec USINE À BÉBÉS écrit dessus. Et raconte qu'elle a mis quinze enfants au monde, mais elle n'en a pas eu un seul, en réalité, et sans doute ne peut-elle pas en avoir.

— Pourquoi me dire tout ça ?

— Parce que je vous demande de faire attention à ces gens, répondit Leydecker d'un ton patient, comme s'il s'adressait à un enfant. Ils peuvent être dangereux ; Charlie, je n'ai pas besoin de vous le dire, Charlie est dehors, maintenant. Où Deepneau a pu trouver l'argent est une question secondaire : il l'a trouvé, et c'est tout ce qui compte. Je ne serais nullement surpris s'ils s'en prenaient de nouveau à vous. Charlie, Ed, ou l'un des autres.

— Et Helen et Natalie ?

— Elles sont avec leurs amies — des amies qui sont très au fait du danger que représentent ces barjots. J'ai mis Mike Hanlon au courant, et il veille attentivement sur Helen. Nos hommes surveillent aussi très étroitement la bibliothèque. Nous ne pensons pas qu'elle coure un réel danger pour le moment, tant qu'elle habite High Ridge, mais nous faisons ce que nous pouvons.

— Merci, John. J'apprécie la peine que vous vous donnez. Et merci de m'avoir appelé.

— J'apprécie vos appréciations, mais je n'ai pas encore tout à fait terminé. Il ne faut pas oublier qui Deepneau a appelé, et qui il a menacé, Ralph : vous, et pas Helen. Il semble qu'il ne se soucie plus guère d'elle. Vous, en revanche, vous lui êtes resté en travers. J'ai demandé au chef Johnson si je pouvais mettre un homme à votre disposition — mon choix serait allé à Chris Nell —, au moins jusqu'à ce que cette emmerdeuse de WomanCare soit venue et repartie. On me l'a refusé. Trop de choses à faire cette semaine, paraît-il… mais à la manière dont il a dit non, quelque chose me fait penser que si vous le demandez, on vous mettra quelqu'un en protection. Alors, qu'est-ce que vous en dites ?

Protection policière… voilà comment on appelle ça dans les feuilletons criminels à la télé, et c'est de ça qu'il parle, une protection policière.

Il essaya de réfléchir à la question, mais trop d'autres choses l'en empêchaient ; les idées virevoltaient follement dans sa tête comme ces graines pirouettantes d'érable — chapeaux, docteurs, blouses blanches, bombes aérosol, sans parler de couteaux, de scalpels et d'une paire de ciseaux entr'aperçue à travers les lentilles poussiéreuses de ses vieilles jumelles. *Chaque chose que je fais, je la fais à la hâte pour pouvoir faire autre chose*, pensa Ralph, puis : *Le chemin est long pour le paradis, mon cœur, alors ne gaspille pas ton énergie pour des bêtises.*

« Non, dit-il.

— Quoi ? »

Ralph ferma les yeux et se vit qui soulevait ce même combiné et appelait pour annuler son rendez-vous avec le poseur d'aiguilles. La même chose recommençait, non ? Oui. Il aurait pu obtenir la protection de la police contre les Pickering, McKay, Felton et consorts, mais les événements n'étaient pas supposés se dérouler ainsi. Il le savait, le sentait à chaque battement de cœur, à chaque pulsation de son sang.

« Vous m'avez bien entendu. Je ne souhaite pas bénéficier de la protection de la police.

— Mais pourquoi, au nom du Ciel ?

— Je suis capable de m'en sortir tout seul », répondit Ralph avec une petite grimace à l'idée de ce que cette réaction avait de prétentieux, surtout après l'avoir entendue exprimée cent fois dans les westerns à la John Wayne.

« Écoutez, Ralph, je suis désolé d'être le premier à vous l'annoncer, mais vous êtes *vieux*. Vous avez eu de la chance, dimanche dernier. Vous n'en aurez peut-être pas autant la prochaine fois. »

Je n'ai pas simplement eu de la chance, pensa Ralph. *J'ai aussi des amis haut placés. Ou bien des entités haut placées, devrais-je dire ?*

« Je m'en sortirai. »

Leydecker poussa un soupir. « Si vous changez d'avis, vous pouvez toujours m'appeler. Entendu ?

— Entendu.

— Et si vous voyez Pickering ou une grosse bonne

femme avec des verres en culs-de-bouteille et des cheveux filasse qui pendouillent…

— Je vous appelle.

— Réfléchissez-y, Ralph. Il s'agit simplement d'avoir un type garé au coin de la rue, c'est tout.

— Quand le vin est tiré, il faut le boire.

— Hein ?

— Je dis que je suis sensible à votre offre, mais c'est tout de même non. À bientôt. »

Il replaça doucement le combiné sur son support. John avait probablement raison, se dit-il, et lui-même était probablement cinglé, mais voilà : il ne s'était jamais senti aussi sain d'esprit de toute sa vie.

« Fatigué, déclara-t-il à la cuisine vide et ensoleillée, mais sain d'esprit. » Il marqua un temps d'arrêt puis ajouta : « Et aussi sur le point de tomber amoureux, peut-être. »

Cette idée le fit sourire, et il souriait encore lorsqu'il posa finalement la bouilloire sur le gaz.

2

Il en était à sa deuxième tasse de thé lorsqu'il se souvint que Bill, dans son mot, disait qu'il lui devait un dîner. Il décida, sur une impulsion soudaine, de lui demander de venir le retrouver au « Point du Jour/Coucher de Soleil » pour un petit casse-croûte. Ce serait l'occasion de se rabibocher.

Je pense qu'on ferait mieux de se raccommoder, car cette espèce de micro-maboul a son chapeau, et je suis à peu près sûr de ce que cela veut dire : que des ennuis lui pendent au nez.

Pas de meilleur moment que tout de suite. Il prit le

téléphone et composa un numéro dont il n'eut pas de mal à se souvenir : 941-5000. Le numéro du Derry Home Hospital.

3

Le standard de l'hôpital lui passa la chambre 313. La femme qui lui répondit, manifestement fatiguée, était Denise Polhurst, la nièce du mourant. Bill n'était pas là ; quatre autres professeurs de l'« époque de gloire de mon oncle », pour reprendre son expression, avaient fait leur apparition vers une heure et McGovern leur avait proposé d'aller déjeuner. Ralph se doutait même de la manière dont son locataire du rez-de-chaussée avait présenté les choses : *Mieux vaut tard que jamais*, l'un de ses proverbes favoris. Quand il lui demanda si elle s'attendait qu'il revînt bientôt, Denise Polhurst lui répondit que oui.

« Si vous saviez à quel point il a fait preuve de fidélité ! Je ne sais pas ce que j'aurais fait sans lui, monsieur Robbins.

— Roberts... À en croire Bill, M. Polhurst était quelqu'un de merveilleux, répondit Ralph.

— Oui ; ils pensent tous la même chose. Mais bien entendu ce n'est pas son fan-club qui va régler les factures, n'est-ce pas ?

— Sans doute pas, répondit Ralph, mal à l'aise. D'après le mot que m'a laissé Bill, votre oncle serait au plus bas.

— En effet. Les médecins estiment qu'il ne passera sans doute pas la journée et sûrement pas la nuit... mais j'ai déjà entendu cette chanson. Dieu me pardonne, mais l'oncle Bob me fait parfois penser à ces promesses jamais tenues de certaines publicités. J'imagine que je dois avoir l'air d'un monstre, mais je m'en fiche, je suis trop fatiguée. Ce matin, on a coupé l'assistance respiratoire. J'aurais été incapable d'en prendre la responsabilité toute seule, alors j'ai appelé Bill et il m'a affirmé que c'était ce qu'oncle Bob aurait voulu. “Il est temps pour Bob d'aller pousser une reconnaissance dans l'autre monde”, voilà ce qu'il m'a dit. “Il a fait merveille dans l'exploration de celui-ci. N'est-ce pas poétique, monsieur Robbins ?

— Tout à fait. C'est *Roberts*, madame Polhurst. Auriez-vous la gentillesse de dire à Bill que Ralph Roberts a téléphoné et lui demander de me rap…

— Alors on a tout débranché, et je m'étais préparée — mobilisée, pourrait-on dire — mais il n'est pas mort. Je n'arrive pas à comprendre. Il est prêt, je suis prête, sa vie est terminée… pourquoi ne meurt-il pas ?

— Je ne sais pas.

— La mort a quelque chose de vraiment stupide », poursuivit-elle de ce ton de voix hargneux et désagréable que seules les personnes très fatiguées ou en proie à un profond chagrin semblent employer. « Un médecin accoucheur qui mettrait tout ce temps à couper le cordon ombilical d'un nouveau-né serait poursuivi pour faute professionnelle. »

Ralph avait tendance à se retrouver facilement dans la lune, depuis quelque temps, mais cette fois-ci, il revint brutalement sur terre.

« Qu'est-ce que vous avez dit ?

— Je vous demande pardon ? » Elle paraissait prise au dépourvu, comme si elle-même avait eu l'esprit ailleurs.

« Vous venez de dire quelque chose à propos de couper le cordon…

— Je ne voulais rien dire de particulier. » Le ton devenait plus hargneux… à ceci près que ce n'était pas de la hargne qu'il exprimait, en réalité, mais de la souffrance et de la peur. Quelque chose n'allait pas. Les battements de cœur de Ralph s'accélérèrent brutalement. « Je n'ai absolument rien voulu dire », insista-t-elle, tandis que soudain, le téléphone se mettait à prendre une nuance d'un bleu sombre sinistre dans sa main.

Elle a envisagé de le tuer, et pas seulement en passant ; elle a pensé l'étouffer en lui appuyant un oreiller sur la tête. Ça ne prendrait pas longtemps, voilà ce qu'elle s'est dit. Un geste miséricordieux. Enfin terminé.

Ralph éloigna le combiné de son oreille. La lumière bleue, froide comme un ciel de février, s'éleva en rayons fins comme des traits de crayon depuis les trous de l'écouteur.

Le meurtre est bleu, pensa-t-il, tenant l'appareil à bout de bras et contemplant, l'œil rond, incrédule, les filaments qui montaient en volutes vers le plafond. Il entendait, très loin, la voix caquetante et anxieuse de Denise Polhurst. *Je me serais bien passé de le savoir, mais je crois que je ne peux plus l'ignorer : le meurtre est bleu.*

Il rapprocha de nouveau le combiné, mais en l'inclinant, de manière que l'écouteur, avec son chargement d'auras glaciales, soit loin de lui. Il redoutait, s'il le tenait trop près de son oreille, d'être assourdi par ce désespoir glacé et furieux.

« Dites à Bill que Ralph a appelé. Ralph *Roberts*, pas Robbins. » Sur quoi il raccrocha sans attendre de réponse. Les rayons bleus se détachèrent de l'écouteur et dérivèrent vers le plancher ; Ralph pensa de nouveau à des glaçons, à ces stalactites qui se détachent en rangées bien ordonnées sous la pression d'une main gantée, après une journée de redoux, l'hiver. Les filaments bleus s'évanouirent avant d'avoir touché le linoléum. Il regarda autour de lui ; dans la pièce, rien ne brillait, ne scintillait, ne chatoyait. Les auras avaient disparu. Il commençait à laisser échapper un long soupir, lorsque, sur Harris Avenue, une voiture pétarada.

Dans son appartement vide, Ralph Roberts hurla.

4

Il n'avait plus envie de thé mais se sentait encore assoiffé. Il trouva dans le fond du frigo la moitié d'un Pepsi light — éventé, mais c'était toujours ça —, le versa dans un gobelet en plastique portant le sigle délavé du Red Apple, et sortit avec. Il ne supportait plus d'être dans l'appartement, avec son atmosphère de veille malsaine. En particulier après ce qui s'était passé au téléphone.

La journée était devenue encore plus belle, si c'était possible ; un vent doux soufflait ; il créait un jeu d'ombres et de lumières sur la partie ouest de Derry et détachait des arbres les feuilles mortes qu'il envoyait virevolter le long des trottoirs, tels de crépitants derviches, jaunes, orange, rouges.

Ralph prit à gauche, non pas par un désir conscient de revoir l'aire de pique-nique, mais seulement pour avoir le vent dans le dos. Il ne s'en retrouva pas moins, dix minutes plus tard, sur le sentier étroit qui conduisait à la petite clairière. L'endroit était désert, ce qui ne le surprit pas. Il n'y avait rien de coupant dans le vent qui s'était levé, rien qui aurait obligé des personnes âgées à se claquemurer chez elles, mais il est difficile d'empêcher les cartes de s'envoler ou les pièces d'échecs de se renverser, lorsqu'une brise espiègle n'arrête pas de tenter de vous les subtiliser. Lorsqu'il approcha de la petite table montée sur tréteaux où Faye Chapin tenait d'ordinaire sa cour, il ne fut pas exactement étonné d'y trouver un mot, retenu par un caillou ; et il avait déjà une idée assez précise de ce qu'il allait y lire lorsqu'il posa à côté le gobelet du Red Apple.

Deux promenades ; deux rencontres avec le docteur chauve au scalpel ; deux vieux souffrant d'insomnies et ayant des visions brillantes et colorées ; deux billets. C'est comme lorsque Noé a conduit les animaux dans l'arche, non pas un par un, mais en couples... Va-t-il y avoir une nouvelle pluie battante ? Eh bien, qu'est-ce que tu en penses, mon vieux ?

Il ignorait ce qu'il en pensait... mais le mot de Bill lui avait fait l'effet d'un brouillon de notice nécrologique et il était certain que celui de Faye lui ferait le même effet. L'impression d'être poussé en avant, sans effort et sans hésitation, était trop forte pour qu'il pût en douter ; c'était comme s'il s'était réveillé sur la scène d'un théâtre étranger et se retrouvait en train de déclamer (ou de bafouiller) dans un drame qu'il ne se souvenait pas d'avoir répété, ou comme s'il voyait une forme cohérente dans ce qui jusqu'ici avait été une absurdité complète, découvrant...

Découvrant quoi ?

« Une autre ville, secrète, celle-là, murmura-t-il. Le Derry des auras. » Il se pencha alors sur le billet laissé par Faye et le lut pendant que le vent lui ébouriffait les cheveux.

5

Ceux qui parmi vous voudraient rendre un dernier hommage à Jimmy Vandermeer seront bien inspirés de le faire avant demain, au plus tard. Le père Coughlin est passé à midi et m'a dit que le pauvre vieux est au plus bas. Mais les visites ne lui sont pas interdites. Il est au Derry Home, chambre 315.

Faye.

P.-S. N'oubliez pas : le temps manque.

Ralph relut le mot, le remit sous le caillou à l'intention du prochain Vieux Croulant qui passerait dans le secteur, puis resta simplement où il se trouvait, les mains dans les poches, la tête inclinée, regardant la piste 3 d'en dessous, à travers la broussaille de ses sourcils. Une feuille sèche, d'un orange aussi éclatant que celui d'une citrouille de Halloween, surgit en tourbillonnant du ciel d'un bleu profond et vint atterrir sur ses cheveux clairsemés. Il la chassa d'un geste absent. Il pensait aux deux chambres d'hôpital du Derry Home, deux chambres qui se trouvaient l'une à côté de l'autre. Bob Polhurst dans l'une, Jimmy Vandermeer dans l'autre. Et la suivante, en remontant le couloir ? La suivante, c'était la 317, celle où sa femme était morte.

« Ce n'est pas une coïncidence », dit-il doucement.

Mais alors, quoi ? Des formes dans la brume ? Une ville secrète ? Formules évocatrices, certes, mais qui ne répondaient à aucune question.

Ralph alla s'asseoir sur le plateau de la table de pique-nique voisine, enleva ses chaussures et s'installa en tailleur. Une rafale de vent plus vive lui ébouriffa les cheveux. Ainsi installé, au milieu des feuilles mortes, la tête inclinée, les sourcils froncés, il faisait penser à un bouddha à la Winslow Homer tandis qu'il méditait, les mains sur les genoux, et passait soigneusement en revue les impressions que lui avaient faites Doc Chauve #1 et

Doc Chauve #2 et celles, diamétralement opposées, que lui avait laissées Doc Chauve #3.

Première impression : tous ces pseudo-toubibs lui avaient rappelé les extraterrestres des journaux à sensation comme l'*Inside View*, et les représentations fantaisistes qu'en donnaient leurs dessinateurs. Ralph savait que l'image de ces mystérieux visiteurs chauves aux yeux noirs remontait à un bon nombre d'années ; cela faisait longtemps que des gens avaient signalé des contacts avec des petits chauves — les « petits docteurs » —, depuis aussi longtemps, peut-être, qu'on entendait parler de soucoupes volantes. Il était à peu près certain d'avoir déjà lu quelque chose sur la question, dans les années soixante.

« Bon, d'accord ; admettons qu'il y ait pas mal de ces petits bonshommes un peu partout, dit-il à un moineau venu se jucher sur le tonneau qui, dans l'aire de pique-nique, faisait office de poubelle. Pas seulement trois, mais trois cents. Ou trois mille. Nous ne sommes pas les seuls, Lois et moi, à les avoir vus. Et... »

Et la plupart des personnes qui rapportaient ces rencontres ne faisaient-elles pas aussi état d'objets pointus ?

Oui, mais pas des ciseaux ou des scalpels — du moins, il ne lui semblait pas. Les gens qui prétendaient avoir été enlevés par des petits docteurs chauves parlaient de sondes, non ?

Le moineau s'envola. Il n'y fit pas attention. Il pensait aux deux bonshommes chauves qui avaient rendu visite à May Locher, la nuit de sa mort. Ils portaient des blouses blanches, comme les toubibs des séries télévisées des années cinquante et soixante, comme celles que les pharmaciens portaient encore. Mais si les leurs étaient propres, celle de Doc Chauve #3, en revanche, était sale. Doc Chauve #3 tenait un scalpel rouillé à la main ; s'il y avait eu de la rouille sur les ciseaux que Doc Chauve #1 tenait dans la main droite, Ralph ne l'avait pas remarquée. Même pas avec les jumelles.

Il y a autre chose... ce n'est probablement pas important, mais au moins tu l'as remarqué. Le doc aux ciseaux est droitier, du moins à en juger par la manière dont il tenait son arme. Le doc au scalpel est gaucher.

Non, c'était probablement sans importance, mais quelque chose, dans ce détail — une autre de ces formes dans le brouillard, petite, cette fois —, continuait néanmoins à le tarabuster. Quelque chose qui avait à voir avec la dichotomie entre la gauche et la droite — ce qui est droit et ce qui est de travers.

Une vieille plaisanterie sur les gens de gauche qui sont adroits ou les gens de droite qui sont gauches lui revint vaguement à l'esprit, sans qu'il puisse en retrouver la formulation exacte.

Peu importe. Que savait-il d'autre sur les docs ?

Qu'ils étaient entourés d'auras, évidemment — des auras d'un beau vert mordoré, soit dit en passant — et qu'ils laissaient ces

(traces de l'homme blanc)

diagrammes de pas de danse derrière eux. Et si leurs traits l'avaient frappé par leur parfait anonymat, leurs auras trahissaient des impressions de puissance... de sobriété... et...

« Et de *dignité*, nom d'un chien », dit Ralph. Il y eut une rafale de vent qui arracha une nouvelle brassée de feuilles aux arbres. À une cinquantaine de mètres de l'aire de pique-nique, non loin de l'ancienne voie de chemin de fer, un arbre tordu, à demi arraché, semblait se tendre dans sa direction, étirant ses branches d'une manière qui faisait effectivement penser à des mains avides de saisir.

Il lui vint soudain à l'esprit qu'il avait été le témoin de beaucoup d'événements, cette nuit-là, pour un vieux bonhomme supposé vivre le dernier âge de la vie, celui que Shakespeare et McGovern appellent l'âge du « maigre pantalon d'où sortent des pantoufles ». Mais rien de ce qu'il avait vu — pas la moindre chose — ne suggérait le danger ou de mauvaises intentions. Que Ralph les eût crus *a priori* animés de mauvaises intentions n'était pas surprenant. Physiquement, ils avaient un aspect monstrueux de gens venus d'ailleurs ; il les avait observés sortant de la maison d'une malade à une heure de la nuit qui n'est pas exactement celle des visites ; et cela, après avoir fait un cauchemar de dimensions épiques.

Maintenant, toutefois, passant en revue ce qu'il avait vu, d'autres éléments lui revinrent à l'esprit. La manière dont ils s'étaient tenus sur le perron de May Locher, par exemple : comme s'ils avaient parfaitement eu le droit de se trouver là ; l'impression qu'ils donnaient d'être deux vieux amis se laissant aller à bavarder un peu avant d'aller leur chemin. Deux vieux potes sur le point de rentrer chacun chez soi et taillant une dernière bavette après une longue nuit de travail.

Ce fut ton impression, d'accord : cela ne signifie pas pour autant qu'il faille lui faire confiance.

Ralph, cependant, avait le sentiment qu'il pouvait se fier à elle. Deux vieux amis, deux collègues de toujours, qui viennent de finir leur tournée nocturne. La maison de May Locher était leur dernier arrêt.

Très bien : Doc Chauve #1 et Doc Chauve #2 étaient différents de Doc Chauve #3 comme le jour l'est de la nuit. Propres alors que l'autre était sale, embrumés d'une aura mordorée quand il n'en avait pas, équipés de ciseaux et non d'un scalpel, paraissant aussi sains d'esprit et sobres que deux respectables anciens de village alors que Doc Chauve #3 avait l'air aussi cinglé qu'un rat shooté au crack.

N'empêche, il y a au moins une chose qui saute aux yeux, non ? Tes petits camarades de jeux sont des êtres surnaturels, et en dehors de Lois, la seule personne qui semble avoir conscience de leur présence est Ed Deepneau. Combien d'heures es-tu prêt à parier qu'il dort par nuit, en ce moment ?

« Je suis prêt à parier rien du tout. » Il leva les mains et les tint à hauteur des yeux. Elles tremblaient légèrement. Ed avait parlé de « docs chauves » et les docs chauves existaient vraiment. Était-ce à ces docteurs qu'il avait fait allusion, lorsqu'il avait parlé des Centurions ? Aucune idée. Il l'espérait presque, parce que ce terme de Centurions évoquait une image de plus en plus terrible quand il lui venait à l'esprit : celle des Ringwraiths de la trilogie fantastique de Tolkien. Silhouettes encapuchonnées chevauchant des montures squelettiques aux yeux rouges et fondant sur un groupe de hobbits apeurés non loin de la Prancing Pony Tavern, à Bree.

Penser aux hobbits lui fit penser à Lois, et le tremblement de ses mains s'accrut.

Carolyn : *Le chemin est long jusqu'au paradis, mon cœur, alors ne gaspille pas ton énergie à des bêtises.*

Lois : *Dans ma famille, mourir à quatre-vingts ans, c'est mourir jeune.*

Joe Plussaj : *Et comment, on le peut, Ralph, même si le médecin légiste écrit « suicide » dans la case réservée aux causes de la mort.*

Bill : *Lui dont la spécialité était la guerre de Sécession ne sait même plus ce que c'est qu'une guerre civile, et encore moins qui a gagné la nôtre.*

Denise Polhurst : *La mort a quelque chose de vraiment stupide... Un médecin accoucheur qui mettrait tout ce temps à couper le cordon ombilical d'un nouveau-né...*

Ce fut comme si un projecteur puissant venait brusquement de s'allumer dans sa tête, et il poussa un cri, sous le ciel lumineux d'octobre. Même le 727 de la compagnie Delta qui atterrissait sur la piste 3 ne put l'étouffer sous le bruit de ses moteurs.

6

Il passa le reste de l'après-midi assis sur le porche de la maison qu'il partageait avec McGovern, attendant avec impatience le retour de Lois. Il n'essaya pas de rappeler Bill à l'hôpital. Le besoin de lui parler était passé. Ralph était encore loin de tout comprendre, mais il avait l'impression de saisir beaucoup plus de choses qu'auparavant, et si l'éclair de compréhension de l'aire de pique-nique avait la moindre validité, parler à McGovern de ce qu'était devenu son panama ne servirait strictement à rien, même dans l'éventualité où Bill le croirait.

Il faut que je récupère ce chapeau... ainsi que les boucles d'oreilles de Lois.

Il avait vécu une fin d'après-midi stupéfiante : en un certain sens, il ne s'était rien passé. Et cependant, tout était arrivé. Le monde des auras apparaissait et disparaissait autour de lui avec la même majestueuse progression que les ombres des nuages au-dessus de Derry Ouest. Ralph contemplait cet univers, en extase, ne s'interrompant que pour manger un morceau et aller aux toilettes. Il vit la canonique Mme Bennigan sur son porche, dans son manteau d'un rouge éclatant, accrochée à son déambulateur et faisant l'inventaire de ses fleurs d'automne. Il vit l'aura qui l'entourait — le rose pimpant et sain d'un bébé qui vient de prendre son bain — et se prit à espérer que la pauvre n'ait pas trop de parents attendant sa succession. Il suivit aussi des yeux un jeune homme d'à peine vingt ans qui se dirigeait d'un pas guilleret vers le Red Apple. Il était l'image même d'une santé insolente, avec son jean délavé et son tricot sans manches aux armes des Celtics, mais Ralph vit le linceul qui s'accrochait à lui comme une marée noire à des rochers, et le panache qui s'élevait de son crâne avait l'air d'une draperie en décomposition dans une maison hantée.

Il ne vit aucun petit docteur chauve mais, peu après cinq heures trente, observa un rai de lumière mauve étonnant qui jaillit d'une plaque d'égout, au milieu de Harris Avenue ; il s'éleva vers le ciel comme un effet spécial dans un film à la Cecil B. DeMille, se maintint pendant peut-être trois minutes, puis disparut soudain. Il aperçut aussi, entre les cheminées de la vieille laiterie, à l'angle de Howard Street, un énorme oiseau ayant l'aspect d'un faucon préhistorique, ainsi que des courants thermiques alternativement rouges et bleus qui se tordaient en longs rubans paresseux au-dessus de Strawford Park.

À six heures moins le quart, l'entraînement de football du lycée Fairmount terminé, une douzaine de gamins déboulèrent au Red Apple, où ils achetèrent des tonnes de confiseries et des piles de cartes à échanger — cartes de joueurs de football, à cette époque de l'année, supposa Ralph. Deux d'entre eux, sur le parking du magasin, commencèrent à se disputer pour une raison quelconque et leurs auras, l'une verte et l'autre d'une nuance vibrante d'orange brûlé, s'intensifièrent, se rétrécirent et se mirent à chatoyer, parcourues de fils écarlates s'élevant en spirale.

Attention ! s'écria mentalement Ralph à l'intention du

garçon dans l'enveloppe de lumière orange, un instant avant que Gamin Vert laissât tomber ses livres de classe pour le frapper à la bouche. Les deux garçons s'empoignèrent, tournant sur eux-mêmes en une danse maladroite et agressive, puis tombèrent au sol. Un petit cercle de gosses, d'où montaient cris et encouragements, se referma sur eux. Un dôme en forme de cumulus d'un violet tirant sur le rouge apparut au-dessus et autour de la bagarre. Ralph trouva cette forme, animée d'un mouvement lent dans le sens inverse des aiguilles d'une montre, à la fois terrible et belle et se demanda à quoi pouvait ressembler l'aura au-dessus d'un véritable champ de bataille. Il dut admettre que c'était là une question dont il préférait ne pas connaître la réponse. Juste au moment où Gamin Orange prenait le dessus sur Gamin Vert et commençait à le boxer sérieusement, Sue sortit du magasin et leur intima, d'une voix de stentor, d'arrêter de se battre dans son fichu parking.

Gamin Orange lâcha son adversaire à contrecœur, et les deux garçons se remirent debout en échangeant des regards méfiants. Sur quoi Gamin Vert, l'allure faussement dégagée, fit demi-tour et entra dans le magasin. Le bref coup d'œil qu'il jeta derrière lui pour vérifier que son adversaire ne le poursuivait pas, cependant, gâcha tout l'effet.

Certains des spectateurs suivirent Gamin Vert, d'autres restèrent autour de Gamin Orange pour le féliciter. Au-dessus d'eux, invisible, le champignon virulent violet-rouge se déchirait comme un nuage sous l'effet d'un vent fort. Ses lambeaux s'effilochèrent et disparurent.

La rue est une débauche d'énergie, pensa Ralph. *Le jus dégagé par ces deux morveux au cours des quatre-vingt-dix secondes qu'a duré la bagarre aurait sans doute suffi à éclairer Derry pendant une semaine ; et si on pouvait se brancher sur l'énergie produite par les spectateurs — l'énergie du nuage en forme de champignon — on pourrait sans doute éclairer l'État du Maine pendant un mois. Peut-on imaginer l'effet que doit faire le monde des auras à Times Square*[1]*, deux minutes avant minuit, la veille du Nouvel An ?*

Il ne le pouvait pas et aimait autant ça. Quelque chose lui disait qu'il avait aperçu la pointe d'un iceberg d'énergie d'une telle puissance et d'une telle vitalité qu'il réduisait toutes les armes nucléaires mises au point depuis 1945 à des pétards allumés par des gamins dans des boîtes de conserve vides. Une énergie suffisante pour détruire l'univers, peut-être… ou pour en créer un nouveau.

7

Ralph monta à l'appartement, versa une boîte de haricots dans une casserole et deux saucisses dans de l'eau bouillante, puis se mit à faire les cent pas avec impatience, claquant des doigts et se passant de temps en temps la main dans les cheveux, pendant que se réchauffait ce repas de célibataire. La sensation de profonde fatigue qui avait pesé sur lui de son poids invisible depuis le milieu de l'été avait, au moins pour le moment, entièrement disparu ; il se sentait plein d'une énergie maniaque, bouffonne — il en débordait, même. Il songea que c'était sans doute pour cette sensation que les gens prenaient de la benzédrine ou de la cocaïne, à cela près qu'il soupçonnait son état d'euphorie d'être d'une meil-

1. C'est là que se réunissent traditionnellement les New-Yorkais pour attendre les douze coups de minuit *(N.d.T.)*.

leure qualité et qu'il n'en sortirait pas vidé et abattu — utilisé plus qu'utilisateur.

Ralph Roberts, qui ne se doutait pas que les cheveux dans lesquels il passait la main s'étaient épaissis et qu'on y voyait des fils noirs, pour la première fois depuis cinq ans, parcourait l'appartement dans tous les sens d'un pas décidé ; il commença à fredonner puis à chanter un vieil air de rock du début des années soixante : *Hey, pretty bay-bee, you can't sit down… ya gotta hop-bop hip-hop slip-slop all around…*

Les haricots bouillonnaient dans leur casserole, les saucisses dans la leur — sauf que pour Ralph, elles avaient presque l'air de danser dans leur eau et de faire le Bristol Stomp sur l'air des Dovells. Chantant toujours à pleins poumons *(When you hear the hippie with the back-beat you can't sit down)*, Ralph coupa les saucisses dans les haricots, ajouta une louche de ketchup, de la sauce chili puis mélangea vigoureusement le tout et se dirigea vers la porte, tenant son dîner — toujours dans la casserole — à la main. Il dégringola l'escalier aussi prestement qu'un gamin en retard pour le premier jour de l'école, décrocha un vieux cardigan (appartenant à McGovern, mais qu'importe) dans le placard de l'entrée et retourna sur le porche de devant.

Les auras avaient disparu, mais il ne fut pas déçu ; pour le moment, l'odeur de la nourriture l'intéressait davantage. Il ne se souvenait pas d'avoir jamais eu autant d'appétit que ce soir. Il s'assit sur la marche du haut, ses longues cuisses et ses genoux osseux pointant de part et d'autre, plus que jamais l'image d'Ichabod Crane, et commença à manger. Les premières bouchées lui brûlèrent les lèvres et la langue, mais au lieu d'attendre, il mangea plus vite, presque gloutonnement.

Il fit une pause après avoir dévoré la moitié du plat de

haricots aux saucisses. L'animal affamé, au fond de son estomac, n'était pas encore rassasié, mais au moins s'était-il un peu calmé. Ralph rota sans y prêter attention et contempla Harris Avenue avec une satisfaction qu'il n'avait pas éprouvée depuis des années. Étant donné les circonstances, ce sentiment paraissait complètement déplacé, mais cela n'y changeait strictement rien. À quand remontait la dernière fois où il s'était senti aussi bien ? Peut-être au jour où il s'était réveillé dans cette grange, à mi-chemin entre Derry et Poughkeepsie, émerveillé par la confusion de rayons de soleil — on aurait dit qu'ils étaient des milliers — qui s'entrecroisaient dans cet endroit tiède et qui sentait bon le foin.

Ou peut-être jamais.

Oui, ou peut-être jamais.

Il observa Mme Perrine qui remontait la rue, revenant sans doute de A Safe Place, à la fois soupe populaire et refuge pour les sans-abri, du côté du Canal. Une fois de plus, il se sentit fasciné par sa démarche étrange, coulée, sans l'aide d'une canne et, apparemment, sans mouvement de balancier des hanches. Ses cheveux, où il y avait encore plus de noir que de gris, étaient retenus — prisonniers serait un terme plus juste — par le filet qu'elle portait pour faire le service. Des bas antivarices couleur de barbe-à-papa montaient de ses chaussures d'infirmière d'un blanc immaculé… même si Ralph ne voyait guère plus haut que sa cheville, car Mme Perrine s'était emmitouflée dans un manteau d'homme dont l'ourlet descendait très bas. Elle semblait dépendre entièrement de la partie inférieure de ses jambes pour se déplacer — signe de problèmes de dos chroniques, supposa Ralph — et ce mode de locomotion, combiné avec le gros manteau, donnait à Esther Perrine un aspect un peu surréaliste. On aurait dit la reine noire d'un jeu d'échecs, pièce guidée par une main invisible ou se déplaçant au contraire d'elle-même.

Tandis qu'elle se rapprochait de Ralph — lequel portait toujours sa chemise déchirée et mangeait à même la casserole, par-dessus le marché —, les auras se remirent à envahir la scène. Les lampadaires étaient déjà allumés, et des arcs couleur lavande les surmontaient. Il voyait également une brume rouge suspendue au-dessus de certains toits, une brume jaune au-dessus d'autres, une nuance cerise atténuée sur d'autres encore. Vers l'est, d'où montait la nuit, des éclats verdâtres assourdis s'attroupaient à l'horizon.

Plus près de lui, il vit l'aura de Mme Perrine prendre vie autour d'elle — de ce gris franc qui rappelait l'uniforme des cadets de West Point. Quelques points plus sombres, comme des boutons fantômes, luisaient à hauteur de son ventre (Ralph supposait qu'elle devait bien en avoir un, caché quelque part dans les vastes plis du manteau). Il pensa, sans en être sûr, qu'ils indiquaient peut-être une maladie imminente.

« Bonsoir, madame Perrine », dit-il poliment, suivant des yeux les mots qui s'élevaient devant lui sous forme de flocons de neige.

Elle lui adressa un regard pénétrant et le parcourut des pieds à la tête, en deux coups d'œil, avec une expression qui paraissait à la fois le jauger et le rejeter. « Je constate que vous portez toujours la même chemise, Roberts. »

Ce qu'elle n'ajouta pas — mais Ralph était sûr qu'elle le pensait — était : *Je constate également que vous êtes assis là à manger directement dans la casserole comme un malpropre qui n'aurait reçu aucune éducation… et je me souviens de tout ce que je vois, Ralph Roberts.*

« Eh oui, répondit-il. Je crois que j'ai oublié d'en changer.

— Hummff ! » fit Mme Perrine — et il la soupçonna de se poser des questions sur ses sous-vêtements. *Quand en avez-vous changé pour la dernière fois ? Je frissonne rien que d'y penser, Roberts.*

« Soirée délicieuse, n'est-ce pas, madame Perrine ? »

Nouveaux coups d'œil aigus d'oiseau, cette fois en direction du ciel, avant de revenir sur Ralph. « Il va se mettre à faire froid.

— Vous croyez ?

— Oh oui. L'été indien est terminé. Mon dos ne me sert guère qu'à faire les prévisions météo, ces temps-ci, mais au moins il les fait bien. » Elle marqua une pause. « C'est le chandail de Bill McGovern, non ?

— On dirait bien », admit Ralph, se demandant si elle n'allait pas ajouter : *Bill vous a-t-il donné l'autorisation de le porter ?* Il ne l'en croyait pas incapable.

Au lieu de cela, elle lui conseilla de le boutonner jusqu'au cou. « Seriez-vous candidat à la pneumonie, Roberts ? » À quoi l'expression de sa bouche ajoutait : *ou bien à une place chez les cinglés ?*

« Absolument pas. » Il posa la casserole, voulut saisir le premier bouton et se rendit compte qu'il portait encore un gant isolant à la main droite ; il n'y avait pas fait attention jusqu'ici.

« Ce sera plus facile si vous l'enlevez, observa Mme Perrine, avec peut-être une toute petite lueur au fond de l'œil.

— Sans doute, admit humblement Ralph, qui se débarrassa du gant et boutonna le cardigan de McGovern.

— Mon offre tient toujours, Ralph Roberts.

— Je vous demande pardon ?

— Mon offre de recoudre votre chemise. Si vous arrivez à vous séparer d'elle pour une journée, évidemment… Vous en avez bien une autre, je suppose ? Que vous pourriez porter pendant que je recouds celle-ci ?

— Oh, certainement. Vous pensez ! Plusieurs, même.

— Ce doit être un gros effort pour vous d'en choisir une tous les jours. Vous avez de la sauce sur le menton, Roberts. » Sur ce dernier avis, les yeux de Mme Perrine pivotèrent vers la rue et elle reprit sa marche.

Il n'y eut rien de prémédité ni de réfléchi dans le geste que Ralph fit alors ; il fut aussi instinctif que celui qu'il avait eu pour empêcher Doc Chauve #3 de maltraiter Rosalie. Il arrondit la main en cornet autour de sa bouche puis inhala vivement, ce qui produisit un sifflement à peine perceptible.

Le résultat fut stupéfiant. Une lumière grise en trait de crayon jaillit de l'aura de Mme Perrine, semblable à une aiguille de porc-épic. Elle s'allongea rapidement, allant en sens inverse de la vieille femme, franchit la pelouse jonchée de feuilles mortes et s'enfonça dans le tube formé par la main de Ralph. Il la sentit le pénétrer, avec l'impression d'avaler de l'énergie à l'état pur, l'impression de s'allumer comme l'enseigne au néon d'un cinéma de prestige dans une grande ville. Un sentiment explosif de puissance, violent comme une détonation, parcourut sa poitrine et son estomac avant de dégringoler dans ses jambes jusqu'à la pointe de ses orteils. Il fusa en même temps jusqu'à sa tête, menaçant de lui faire sauter la calotte crânienne comme si ce n'était que le voile fin de béton qui recouvre un silo de missiles.

Il vit des rais de lumière, aussi gris qu'un brouillard chargé d'électricité, fumer depuis l'extrémité de ses doigts. La sensation de puissance, à la fois joyeuse et terrible, illumina ses pensées, mais seulement pendant quelques instants. Elle fut suivie par un sentiment de honte et d'horreur stupéfaite.

Mais qu'est-ce que tu fabriques, Ralph ? Ce truc-là, quel qu'il soit, ne t'appartient pas. Te permettrais-tu de fouiller dans son sac et de lui prendre son argent pendant qu'elle ne ferait pas attention ?

Il se sentit rougir. Il abaissa les mains et referma la bouche. Au moment où lèvres et dents se rejoignirent, il entendit distinctement — et même ressentit — quelque chose qui se broyait avec un craquement, comme le bruit croquant d'une branche de céleri cru sous la dent, par exemple.

Mme Perrine s'arrêta net et Ralph, plein d'appréhension, la vit qui se retournait et examinait Harris Avenue. *Je ne l'ai pas fait exprès*, lui dit-il dans sa tête. *Bien sincèrement, madame Perrine. J'en suis encore à apprendre à maîtriser ce machin.*

« Roberts ?

— Oui ?

— Vous n'avez pas entendu quelque chose ? On aurait presque dit un coup de fusil. »

Il sentit un sang brûlant pulser dans ses oreilles tandis qu'il secouait la tête. « Non. Mais mon ouïe n'est plus ce qu'elle était.

— Sans doute un moteur sur Kansas Street, dit-elle, avec un geste dédaigneux pour son excuse minable. J'en ai eu un coup au cœur, je peux vous le dire. »

Elle reprit son chemin, de sa démarche glissante de reine de jeu d'échecs, puis s'arrêta une deuxième fois, se retourna et le regarda encore. Son aura avait commencé de disparaître autour d'elle, mais Ralph distinguait encore parfaitement ses yeux, aussi perçants que ceux d'un faucon.

« Vous avez changé, Roberts, observa-t-elle. Vous paraissez plus jeune, il me semble. »

Ralph, qui s'attendait à tout autre chose (*Rendez-moi ce que vous venez de me voler, Roberts, et sur-le-champ !* par exemple), ne put que bégayer lamentablement : « Vous croyez ? C'est... très gentil... je... merci... »

Elle eut un geste d'impatience qui lui signifiait clairement de se taire. « C'est probablement l'éclairage. Je vous conseille de ne pas faire de taches sur ce chandail, Roberts. J'ai l'impression que M. McGovern est du genre à prendre soin de ses affaires.

— Il aurait été bien inspiré de prendre mieux soin de son chapeau », répliqua Ralph.

Les deux yeux brillants, qui avaient commencé à se détourner, revinrent sur lui. « Pardon ?

— Son panama. Il l'a perdu quelque part. »

Mme Perrine étudia cette information à la lumière de son entendement pendant quelques instants, puis la rejeta avec un nouveau *Hummfff.* « Rentrez donc, Roberts. Si vous restez trop longtemps dehors, vous allez attraper la mort. » Sur quoi elle reprit sa progression coulée, l'air nullement affectée par le larcin irréfléchi commis par Ralph.

Un larcin ? Je suis bien tranquille que ce n'est pas le bon mot, mon vieux. Ce que tu viens de faire se rapproche beaucoup plus du...

« ... du vampirisme », acheva-t-il d'un ton affligé, se frottant lentement les mains l'une contre l'autre. Il se sentait honteux... coupable... et en même temps explosant d'énergie.

Tu as volé sa force vitale au lieu de sang, mais un vampire est toujours un vampire, Ralph.

Incontestablement. Et il lui vint soudain à l'esprit que ce ne devait pas être la première fois.

Vous avez changé, Roberts. Vous paraissez plus jeune, il me semble. Voilà ce que venait de lui déclarer Mme Perrine, mais d'autres personnes avaient fait des commentaires allant dans le même sens depuis la fin de l'été, non ?

La raison principale qui avait empêché ses amis de le pousser à consulter un médecin était son air bien portant. Il se plaignait de ne pas dormir, mais sinon, il respirait apparemment la santé. *Je parie que c'est le gâteau de miel qui vous a réussi, hein ?* lui avait déclaré Johnny Leydecker juste avant de quitter la bibliothèque, dimanche dernier — autant dire à l'âge du bronze, tellement cela lui semblait loin. Et lorsque Ralph lui avait demandé ce qu'il voulait dire, Leydecker avait répondu qu'il parlait des insomnies de Ralph. *Vous avez l'air un gigamillion de fois mieux que le jour où je vous ai rencontré pour la première fois.*

Et Leydecker n'avait pas été le seul. Ralph s'était traîné tous les jours comme une âme en peine, se sentant mal dans sa peau, mutilé… mais les gens n'arrêtaient pas de lui parler de sa bonne mine, de son air pimpant, rajeuni. Helen… McGovern… y compris Faye Chapin, qui lui avait fait une remarque, une semaine ou deux auparavant, même si Ralph ne se rappelait pas exactement quoi…

« Mais si, je m'en souviens ! dit-il d'une voix basse, effarée. Il m'a demandé si je me servais d'une crème antirides. Bon Dieu, une crème antirides ! »

Dérobait-il déjà leur force vitale aux gens, à cette époque ? Sans même s'en rendre compte ?

« Ça doit. Doux Jésus, je suis un vampire ! »

Était-ce le mot exact, cependant ? se demanda-t-il soudain. N'était-il pas possible que, dans l'univers des auras, on appelât Centurion un voleur de force vitale ?

Le visage blême et frénétique d'Ed Deepneau lui apparut soudain comme un fantôme revenu accuser son meurtrier et Ralph, terrifié, se prit les genoux dans les bras et posa la tête dessus.

CHAPITRE 15

1

À sept heures vingt, une Lincoln parfaitement entretenue, datant de la fin des années soixante-dix, vint se garer à hauteur de la maison de Lois. Ralph, qui venait de passer l'heure précédente à se doucher, à se raser, et à essayer de se calmer, se tenait à nouveau sur le porche ; il regarda Lois descendre du siège arrière. Il y eut un échange d'au revoir et des rires féminins enjoués parvinrent jusqu'à lui, portés par la brise.

La Lincoln repartit et Lois s'engagea dans son allée. À mi-chemin, elle s'arrêta et se retourna. Pendant un long moment, ils se regardèrent de part et d'autre de Harris Avenue, se voyant parfaitement bien, en dépit de l'obscurité grandissante et des deux cents mètres qui les séparaient. Ils brûlaient l'un pour l'autre, dans cette pénombre, comme des torches secrètes.

Lois tendit un doigt vers lui, en un geste très proche de celui qu'elle avait fait lorsqu'elle avait tiré sur Doc Chauve #3, mais qui n'émut pas Ralph le moins du monde.

C'est l'intention, songea-t-il, rêveur. *Tout réside dans l'intention. Les erreurs sont rares, dans cet univers… et une fois que l'on sait comment s'y prendre, il n'y en a peut-être plus.*

Un rayon de force étroit, d'un gris brillant, apparut à l'extrémité des doigts de Lois et commença à s'allonger dans la pénombre de plus en plus profonde de Harris Avenue. Une voiture le coupa joyeusement ; les vitres chatoyèrent un bref instant, opacifiées de gris, les phares donnèrent l'impression de clignoter, mais ce fut tout.

Ralph braqua lui aussi l'index et un rayon bleu en jaillit. Les deux fins pinceaux de lumière se rejoignirent au milieu de l'avenue et s'entortillèrent l'un autour de l'autre comme de la vigne vierge. La forme tire-bouchonnée s'éleva de plus en plus haut, pâlissant légèrement au fur et à mesure. Puis Ralph replia le doigt et sa moitié du nœud d'amour s'évanouit. L'instant suivant, celle de Lois en faisait autant. Il descendit lentement les marches du porche et s'avança sur sa pelouse. Elle se dirigea vers lui. Ils se retrouvèrent au milieu de la rue… là où, en un sens très réel, ils s'étaient déjà rejoints.

Ralph passa un bras autour de sa taille et l'embrassa.

2

Vous avez changé, Roberts. Vous paraissez plus jeune, il me semble.

Ces mots ne cessaient de lui trotter dans la tête, comme s'ils étaient montés en boucle et tournaient inlassablement, tandis que Ralph, dans la cuisine de Lois, buvait un café. Il était incapable de détacher les yeux du spectacle qu'elle offrait ; elle paraissait avoir rajeuni de dix ans et peser cinq kilos de moins que la Lois qu'il avait connue ces dernières années. Avait-elle eu l'air aussi jeune et jolie dans le parc, ce matin ? Il ne lui semblait pas, mais ne fallait-il pas tenir compte du fait qu'elle était bouleversée et pleurait ?

Et pourtant…

Oui, et pourtant. Le minuscule réseau de rides, aux commissures de ses lèvres, avait disparu. De même que les fanons naissants de son cou et les affaissements de chair de ses bras. Elle pleurait ce matin et rayonnait de bonheur ce soir, mais Ralph savait que cela ne suffisait pas à rendre compte de toutes les transformations qu'il constatait.

« Je vois ce que tu regardes, lui dit-elle. Ça fiche la frousse, non ? D'accord, ça résout la question de savoir si on a imaginé tout cela, mais n'empêche, ça fiche tout de même la frousse. Nous avons trouvé la fontaine de jouvence ; la Floride peut aller se rhabiller. Elle a toujours été ici, à Derry.

— Nous l'avons trouvée ? »

Sa surprise ne dura qu'un instant, accompagnée d'une pointe de méfiance, comme si elle le soupçonnait de se moquer d'elle — de la traiter en « cette sacrée Lois ». Puis elle lui prit la main et la serra. « Va dans la salle de bains et regarde-toi.

— Hé, je sais bien de quoi j'ai l'air. Je viens juste de me raser. Et en plus, j'ai pris tout mon temps. »

Elle acquiesça. « Ton rasage est parfait, Ralph… mais ce n'est pas de ta barbe que je veux parler. Regarde-toi donc.

— Tu parles sérieusement ?

— Oui, très sérieusement », répondit-elle sans hésiter.

Il était déjà presque à la porte lorsqu'elle ajouta : « Tu n'as pas fait que te raser, tu as aussi changé de chemise. C'est bien. Je n'avais pas osé t'en parler, mais l'autre, l'écossaise, était déchirée.

— Vraiment ? » dit Ralph. Il lui tournait le dos et elle ne put donc voir son sourire. « Je n'avais pas remarqué. »

3

Il resta deux bonnes minutes appuyé des deux mains au lavabo de la salle de bains, à se regarder dans la glace. Il lui fallut bien tout ce temps pour admettre qu'il voyait effectivement ce qu'il avait l'impression de voir. Les mèches noires, lustrées comme des ailes de corbeau, qui avaient réapparu dans sa chevelure, étaient stupéfiantes, tout comme la disparition de ces poches affreuses sous les yeux ; mais ce dont il semblait ne pouvoir détacher le regard, c'était ses lèvres, où il n'y avait plus trace des rides qui les crevassaient profondément. Ce n'était qu'un détail… mais un détail d'un prix incalculable. Il avait la bouche d'un homme jeune. Et…

Soudain, il glissa un doigt dans sa bouche, le long des dents de sa mâchoire inférieure. Il ne pouvait en être entièrement sûr, mais il avait l'impression qu'elles étaient plus longues, comme si leur usure avait disparu.

« Sainte merde… », murmura-t-il, tandis qu'en esprit, il retournait à cette journée étouffante du mois d'août, lorsqu'il avait affronté Ed Deepneau devant chez lui. Ed avait commencé par l'inviter à s'asseoir, puis lui avait confié que des créatures sinistres, assassins de bébés, avaient envahi Derry. *Des voleuses de vie. Toutes les lignes de force ont commencé à converger vers ici. Je sais que c'est difficile à croire, mais c'est vrai.* Voilà ce que lui avait déclaré Ed.

Aujourd'hui, cependant, Ralph éprouvait de moins en

moins de difficulté à le croire ; ce qui devenait plus difficile à avaler, c'était l'idée qu'Ed était fou.

« Si ça ne s'arrête pas, dit Lois depuis le pas de la porte, le faisant sursauter, il faudra se marier et quitter la ville, Ralph. Simone et Mina ne pouvaient pas, littéralement pas me lâcher des yeux. J'ai fait tout un numéro à propos d'un nouveau maquillage que j'aurais trouvé au centre commercial, mais elles n'en ont pas cru un mot. Un homme se serait laissé avoir, mais une femme sait ce qu'un maquillage peut faire. Et ce qu'il ne peut pas faire. »

Ils revinrent dans la cuisine, et même si les auras avaient disparu pour le moment, Ralph s'aperçut qu'il en voyait tout de même une : une certaine rougeur qui montait de l'échancrure de la blouse en soie de Lois.

« Finalement, je leur ai dit la seule chose qu'elles pouvaient admettre.

— Et quoi donc ?

— Que j'avais rencontré un homme. » Elle hésita, puis, comme la rougeur gagnait ses joues et les colorait vivement, elle plongea : « Et que j'étais tombée amoureuse de lui. »

Il la prit par le bras et la fit pivoter vers lui. Il regardait le petit repli bien net, à la hauteur du coude, et se dit qu'il aimerait l'effleurer de sa bouche. Ou du bout de la langue, peut-être. Puis il leva les yeux vers elle. « Et c'est vrai ? »

Il n'y avait qu'espoir et candeur dans le regard qu'elle lui rendit. « Il me semble, répondit-elle d'une petite voix claire, mais tout est tellement bizarre, en ce moment. Ce dont je suis sûre, c'est que je veux que ce soit vrai. Je veux un ami. Cela fait trop longtemps que j'ai peur, que je suis malheureuse et seule. La solitude, c'est ce qu'il y a de pire lorsqu'on vieillit, je crois. Pire que les douleurs en tout genre, que les intestins paresseux ou le souffle court en montant un escalier que l'on aurait grimpé quatre à quatre quand on avait vingt ans... la solitude est pire.

— En effet, dit Ralph. C'est ce qu'il y a de pire.

— Plus personne ne te parle — oh, d'accord, on t'adresse la parole de temps en temps, mais ce n'est pas la même chose — et la plupart du temps, on dirait que les gens ne te voient même pas. Ça ne t'a jamais fait cette impression ? »

Ralph pensa au Derry des Vieux Croulants, cette ville pratiquement ignorée par les pressés-d'aller-bosser, les pressés-d'aller-jouer, et acquiesça.

« Tu ne veux pas me serrer contre toi, Ralph ?

— Avec joie », répondit-il, l'attirant doucement dans le cercle de ses bras.

4

Quelque temps plus tard, un peu ébouriffés et hébétés mais heureux, Ralph et Lois se retrouvèrent assis dans le séjour, sur le canapé — un meuble si définitivement de taille hobbit qu'il n'était guère plus grand qu'une causeuse. Peu leur importait. Ralph avait passé un bras autour des épaules de Lois. Elle avait laissé ses cheveux retomber et il en enroulait une mèche à son doigt, songeant combien il était facile d'oublier le contact d'une chevelure de femme, si merveilleusement différent de celui que procuraient des cheveux d'homme. Elle lui avait parlé de sa partie de cartes et il l'avait écoutée avec attention, certes épaté, mais cependant, se rendait-il compte, guère surpris.

Elles étaient une douzaine à jouer chaque semaine à

la Grange à Ludlow, pour de petits enjeux. Elles rentraient parfois chez elles plus riches de dix dollars ou plus pauvres de cinq, mais la plupart du temps finissaient avec un dollar de plus ou une poignée de piécettes en moins. Bien qu'il y eût deux ou trois bonnes joueuses et deux ou trois nullardes (Lois se comptait parmi les premières), c'était avant tout une occasion de passer un après-midi amusant — la version pour vieilles dames des tournois d'échecs et des marathons de gin-rummy des Vieux Croulants.

« Sauf que cet après-midi, je n'arrivais pas à perdre. J'aurais dû rentrer à la maison sans un sou, avec toutes les questions qu'elles me posaient sur les vitamines que je prenais, sur l'endroit où je m'étais fait faire mon masque facial, et tout le bazar. Comment se concentrer sur un jeu, même aussi stupide que la bataille ou le menteur, quand il faut empiler mensonge sur mensonge et essayer de ne pas se contredire ?

— Ça devait être drôlement dur, commenta Ralph en essayant de ne pas sourire.

— Exactement ! Très dur ! Mais au lieu de perdre, je raflais toutes les mises. Et sais-tu comment, Ralph ? »

Il s'en doutait, évidemment, mais secoua la tête pour le lui entendre dire. Il aimait bien l'écouter parler.

« Grâce à leurs auras ! Je ne savais pas forcément quelles cartes elles avaient en main, mais souvent, si. Et même quand je ne le savais pas, j'avais une idée assez précise de leur jeu. Les auras n'étaient pas toujours là, tu sais comment elles vont et viennent, et pourtant, même sans elles, je jouais mieux que je n'aie jamais joué de ma vie. Pendant la dernière heure, je me suis mise à perdre volontairement pour la simple raison que je ne voulais pas me faire détester. Eh bien, figure-toi que même *perdre exprès* était difficile ! » Elle regarda ses mains, qu'elle entrelaçait nerveusement sur ses genoux. « Et au retour, j'ai fait quelque chose dont j'ai honte. »

Ralph commença à apercevoir de nouveau son aura, fantôme gris incertain dans lequel ondoyaient des bulles bleuâtres. « Avant que tu me le racontes, écoute ceci et dis-moi si ça ne te rappelle rien. »

Il lui rapporta comment Mme Perrine était passée pendant qu'il mangeait, assis sur le porche, attendant son retour. Au fur et à mesure qu'il expliquait ce qu'il avait fait à la vieille dame, il baissait les yeux, sentant ses oreilles s'échauffer à nouveau.

« Oui, dit-elle quand il eut terminé. J'ai fait exactement la même chose… mais ce n'était pas intentionnel, Ralph… en tout cas, je n'ai pas l'impression que ça l'était. J'étais assise à l'arrière avec Mina, qui s'est mise à me relancer sur le fait que j'avais changé, que j'avais l'air beaucoup plus jeune et je me suis dit — j'ai honte de le répéter maintenant à voix haute, mais je crois que je dois le faire — je me suis dit : *Je vais te faire taire, espèce de sale jalouse.* Parce que c'était de la jalousie, Ralph, je le voyais dans son aura. Elle avait des pointes déchiquetées exactement de la couleur des yeux de chat. Pas étonnant qu'on appelle la jalousie le monstre aux yeux verts ! Bref, je lui ai montré une petite maison, par la fenêtre, en lui disant que je la trouvais charmante, et lorsqu'elle s'est tournée, j'ai… j'ai fait la même chose que toi, Ralph. Sauf que je n'ai pas mis ma main en cornet. J'ai juste tendu les lèvres… comme ça… (elle fit la démonstration, et Ralph fut pris d'une envie presque irrésistible de profiter de la situation et de l'embrasser)… et j'ai aspiré un gros nuage de son truc.

— Qu'est-ce qui s'est passé ? » demanda Ralph, à la fois fasciné et effrayé.

Lois eut un petit rire morose. « Pour moi ou pour elle ?

— Pour toutes les deux.

— Mina a sursauté et s'est donné une claque dans le cou. "J'ai une bête sur moi ! Elle me mord ! Enlève-moi ça, Lois ! Je t'en prie, enlève-moi ça !" Évidemment, il n'y avait pas la moindre bestiole — c'était moi, la bestiole — mais je lui ai passé la main sur le cou et j'ai ouvert la fenêtre en lui disant que ça y était, que l'insecte était parti. Elle a eu de la chance que je ne l'assomme pas au lieu de lui effleurer juste le cou, tellement j'étais remontée. J'avais l'impression que j'aurais pu descendre de voiture et courir jusqu'à la maison. »

Ralph acquiesça.

« C'était merveilleux… trop merveilleux. Comme dans les histoires de drogue qu'on voit à la télé, celles qui commencent par t'envoyer au paradis pour ensuite t'expédier en enfer. Et si jamais on se mettait à faire ça sans pouvoir s'arrêter ?

— Ouais. C'est peut-être dangereux pour les gens. Je n'arrête pas de me dire que nous sommes des sortes de vampires.

— Et moi, sais-tu ce que je n'arrête pas de me dire ? » La voix de Lois s'était réduite à un murmure. « Ces choses dont t'a parlé Ed Deepneau. Les Centurions. Et si c'était nous, Ralph ? Si c'était nous ? »

Il la serra contre lui et l'embrassa sur les cheveux. Entendre sa plus grande angoisse exprimée par elle la lui rendait moins pesante, ce qui lui fit penser à ce que Lois avait dit à propos de la solitude : la pire chose quand on devient vieux.

« Je sais, dit-il. De mon côté, ce que j'ai fait à Mme Perrine a été un geste spontané — je ne me rappelle pas avoir réfléchi, je l'ai fait, c'est tout. C'était comme ça aussi pour toi ?

— Oui. Exactement. » Elle reposa la tête sur l'épaule de Ralph.

« Il ne faut pas recommencer, reprit-il. Parce qu'on risque de devenir accro. Un truc qui fait un tel effet ne peut que créer une dépendance, tu ne crois pas ? Il faut essayer de dresser des garde-fous pour ne pas le faire inconsciemment. Parce que je crois que c'est déjà arrivé. Cela pourrait expliquer pourquoi… »

Un grincement de freins, suivi du gémissement de pneus qui dérapaient, le coupa dans sa phrase. Ils se regardèrent, inquiets, tandis que, dans la rue, la plainte n'en finissait pas de s'étirer, comme si le chagrin cherchait un point d'impact.

Il y eut un choc assourdi au moment où grincement des freins et gémissement des pneus s'interrompaient, suivi d'un cri bref, poussé par une femme ou un enfant, Ralph n'aurait su le dire. Quelqu'un s'exclama : « Qu'est-ce qui se passe ? » ajoutant une seconde après : « Oh, bon Dieu ! » Puis il y eut un bruit de course.

« Reste là », dit Ralph en se précipitant vers la fenêtre. Lorsqu'il remonta le store, Lois était à son côté et il eut un éclair d'approbation. C'était ce que Carolyn aurait fait dans les mêmes circonstances.

Ils eurent droit au spectacle d'un monde nocturne qui pulsait de couleurs étranges et de mouvements fabuleux. Ralph était convaincu que c'était Bill qu'ils allaient voir — Bill renversé par une voiture et gisant dans l'avenue, le panama au bord entamé d'une morsure à portée de sa main tendue. Il passa un bras autour des épaules de Lois et elle s'accrocha à sa main.

Mais ce ne fut pas McGovern qu'ils aperçurent dans les phares de la Ford qui s'était mise en travers, au milieu de Harris Avenue, ce fut Rosalie. Un terme venait d'être mis à ses tournées matinales de poubelles. Étendue sur le côté dans une mare de sang, elle avait le dos broyé et tordu en plusieurs endroits. Lorsque le conducteur de l'automobile qui venait de heurter la vieille chienne abandonnée s'agenouilla à côté d'elle, l'éclat impitoyable du lampadaire le plus proche illumina son visage. Il s'agissait de Joe Plussaj, le pharmacien de Rite Aid, dont l'aura jaune-orangé était striée de tourbillons confus de rouge et de bleu. Il caressa les flancs de la pauvre bête et à chaque fois que sa main passait dans la funeste aura noire qui s'accrochait à Rosalie, elle disparaissait jusqu'au poignet.

Une vague de terreur balaya Ralph, abaissant sa température interne et recroquevillant ses testicules jusqu'à ce qu'ils fussent aussi durs que des noyaux de pêche. Soudain, il fut de retour en juillet 1992, avec Carolyn agonisant, le compte à rebours battant sa mesure funèbre, et Ed Deepneau en proie à d'inquiétants démons. Ed avait perdu les pédales, et Ralph s'était vu obligé d'essayer d'empêcher le mari d'Helen, homme d'ordinaire de bonne composition, de sauter à la gorge du grand gaillard casquetté par West Side Gardeners. Sur quoi — la cerise sur la charlotte russe, aurait dit Carolyn — Dorrance Marstellar avait débarqué. Ce bon vieux Dor. Et qu'avait-il dit ? *À ta place, je ne le toucherais pas... Je ne peux plus voir tes mains.*

Je ne peux plus voir tes mains.

« Oh, mon Dieu », murmura Ralph.

5

Il fut ramené à la situation présente par la sensation de Lois chancelant à côté de lui, comme si elle était sur le point de s'évanouir.

« Lois ! s'écria-t-il, Lois, ça va bien ?

— À peu près, je crois… mais… est-ce que tu vois…

— Oui, c'est Rosalie. J'ai l'imp…

— Je ne parle pas d'elle, je parle de lui ! » le coupa-t-elle avec un geste en direction de la droite.

Doc Chauve #3 était adossé au coffre de la Ford de Plussaj, le panama de McGovern rejeté en arrière avec désinvolture sur son crâne nu. Il regarda en direction de Ralph et Lois, leur adressa un sourire insolent, porta lentement le pouce à hauteur de son visage et leur fit un pied de nez de ses doigts courts.

« Espèce de salopard ! » gronda Ralph, frustré au point de donner un coup de poing dans le mur, à côté de la fenêtre.

Une demi-douzaine de personnes accouraient sur les lieux de l'accident, mais il n'y avait plus rien à faire ; Rosalie serait morte avant même que le premier d'entre eux n'arrive à la hauteur de la flaque de lumière dans laquelle elle gisait. L'aura noire se solidifiait, se transformait en quelque chose qui évoquait de la brique enduite de suie. Elle l'enveloppait comme un linceul étroit, et la main de Plussaj disparaissait jusqu'au poignet à chaque fois qu'elle se glissait au travers de cet affreux accoutrement.

Doc Chauve #3 leva alors la main, l'index levé, la tête redressée — une parodie de professeur, si bonne qu'on aurait cru l'entendre dire : *Écoutez bien, s'il vous plaît !* Il s'avança sur la pointe des pieds — ce qui était inutile puisque personne ne pouvait le voir, mais excellent d'un point de vue théâtral — et tendit la main vers la poche revolver de Joe Plussaj. Puis il jeta un coup d'œil à Ralph et Lois, comme pour vérifier qu'ils faisaient toujours attention à lui. Il continua alors de se rapprocher du pharmacien.

« Arrête-le, Ralph, le supplia Lois. Je t'en prie, arrête-le ! »

Lentement, comme s'il était drogué, Ralph leva la main et porta un atémi dans l'air. Un rayon de lumière bleue jaillit du bout de ses doigts, mais se diffusa en passant à travers la vitre. Un brouillard pastel s'allongea sur quelque distance avant de se dissiper non loin de la maison de Lois. Le docteur chauve brandit l'index avec une mimique hautement irritante : *Oh, le vilain garçon !* disait-elle.

Doc Chauve #3 reprit son geste interrompu et sortit un objet de la poche du pharmacien qui se désolait sur le sort de la chienne. Ralph ne comprit de quoi il s'agissait que lorsque la créature à la blouse crasseuse enleva le chapeau de McGovern de sa tête et fit semblant de s'en servir sur son crâne sans cheveux. Il avait dérobé un peigne de poche noir, du genre de ceux que l'on achète à un dollar vingt-neuf dans les Monoprix. Puis, à l'image d'un elfe malicieux, il bondit en l'air en claquant des talons.

Rosalie avait levé la tête lorsque Doc Chauve #3 s'était approché ; à cet instant, elle la laissa retomber sur le sol et mourut. L'aura qui l'entourait disparut sur-le-champ, sans s'estomper, comme une bulle de savon qui éclate. Plussaj se remit debout et, tourné vers un badaud arrêté sur le trottoir, commença à expliquer, avec des gestes de la main, comment le chien s'était jeté devant ses roues. Ralph se rendit compte qu'il arrivait même à lire certaines phrases sur ses lèvres : ... *sortir de nulle part.*

Lorsque Ralph chercha où était passé le nain chauve, il le retrouva de nouveau adossé à la carrosserie de la voiture.

CHAPITRE 16

1

Ralph réussit à faire démarrer la vieille Oldsmobile rouillée, mais il ne lui fallut pas moins de vingt minutes pour rallier l'hôpital, dans le quartier est de la ville. Carolyn avait fini par admettre qu'il n'avait pas tort de s'inquiéter de ses aptitudes de conducteur. Elle s'était même efforcée de le plaindre, mais l'impatience et l'impétuosité faisaient partie de son caractère et ne s'étaient guère atténuées, chez elle, avec le temps. Dès qu'un déplacement dépassait le kilomètre, elle ne pouvait se retenir de lui lancer des reproches. Elle bouillait en silence pendant un moment, essayant de se contenir, puis commençait ses critiques. Si elle était particulièrement exaspérée par leur progression — ou plutôt leur absence de progression —, elle lui demandait par exemple si un bon lavement ne pourrait pas lui enlever le plomb qu'il avait au cul. C'était une femme délicieuse, certes, mais elle avait toujours eu la langue pointue.

À la suite d'une bordée de remarques semblables, Ralph lui proposait — sans jamais lui en vouloir — de s'arrêter et de lui laisser le volant. Offres que Carolyn avait toujours déclinées. Elle considérait que, au moins pour une petite course, il revenait au mari de conduire et à la femme d'émettre des critiques constructives.

Il s'attendait que Lois commentât sa vitesse et ses mauvaises habitudes de conducteur (il avait l'impression, en ce moment, que même avec un canon de revolver sur la tempe, il serait incapable de penser à toujours mettre ses clignotants), mais elle ne dit rien, se contentant de rester assise à la place que la défunte avait occupée des milliers de fois, son sac à main sur les genoux, exactement comme Carolyn. Des rayons de lumière, néons des magasins, feux des croisements, éclairages de la rue, dessinaient des arcs-en-ciel fugitifs sur les joues et le front de Lois. Ses yeux sombres avaient une expression lointaine et songeuse. Elle avait pleuré à la mort de Rosalie, beaucoup pleuré, et obligé Ralph à rabaisser le store.

Il avait failli ne pas le faire. Sa première impulsion avait été de se précipiter dans la rue avant le départ de Joe Plussaj. Pour lui dire de faire très attention. Que lorsqu'il viderait ses poches, ce soir, il allait lui manquer un peigne bon marché ; pas bien grave, on perd toujours ce genre d'objet, sauf que cette fois-ci, c'était *grave*, justement, et que la prochaine fois, ce pourrait bien être le pharmacien de Rite Aid Joe Plussaj qui se retrouverait sous les roues d'une voiture. *Écoutez-moi, Joe, écoutez-moi bien. Il faut faire bien attention, parce que je viens de recevoir de drôles de nouvelles du monde de l'hyper-réalité, et dans votre cas, le message est bordé de noir.*

Cela posait néanmoins plusieurs problèmes. Le plus important était que Joe Plussaj, nonobstant sa gentillesse le jour où il avait pris rendez-vous pour lui chez l'acupuncteur, allait penser que Ralph était fou. En outre, comment allait-il se défendre, face à une créature qui lui était invisible ?

Il avait donc baissé le store… mais non sans avoir attentivement regardé, auparavant, l'homme qui avait déclaré s'appeler Joe Sage autrefois et être devenu maintenant plus vieux et plus sage. Les auras n'avaient pas encore disparu et il voyait le panache du pharmacien, d'un jaune-orangé brillant, s'élever, intact, au-dessus de sa tête. Il allait donc toujours bien.

Du moins pour le moment.

Ralph avait entraîné Lois dans la cuisine, où il lui versa une nouvelle tasse de café — noir, avec beaucoup de sucre.

« Il l'a tuée, n'est-ce pas ? demanda-t-elle tandis qu'elle portait la tasse à ses lèvres en la tenant à deux mains. Cette espèce de bête sauvage l'a tuée ?

— Oui. Mais pas ce soir, à mon avis. C'était déjà fait ce matin.

— Pourquoi ? Mais pourquoi ?

— Parce qu'il le pouvait, dit Ralph d'un ton sinistre. Je ne pense pas qu'il ait besoin d'autres raisons. Simplement parce qu'il le pouvait. »

Lois le scruta longuement, et une expression de soulagement se peignit lentement sur son visage. « Tu as tout compris, hein ? J'aurais dû m'en douter dès l'instant où je t'ai vu, ce soir. J'aurais dû m'en rendre compte, si je n'avais pas eu tant d'autres choses qui tournaient dans le petit pois qui me sert de cervelle.

— Tout compris ? J'en suis loin, mais j'ai échafaudé quelques hypothèses. Est-ce que ça te dit d'aller faire un tour avec moi au Derry Home, Lois ?

— Pourquoi pas… Je suppose que tu veux voir Bill ?

— Je ne sais pas très bien qui je veux voir, exactement. Peut-être Bill, mais peut-être aussi son ami, Bob Polhurst. Voire même Jimmy Vandermeer — tu vois de qui il s'agit ?

— Jimmy V. ? Bien sûr que oui ! Je connaissais même encore mieux sa femme. En fait, elle a joué au poker avec nous jusqu'à sa mort. Une crise cardiaque, et si brutale… » Elle s'interrompit soudain et regarda Ralph de ses yeux sombres d'Andalouse. « Jimmy est à l'hôpital ? Oh, mon Dieu, c'est le cancer, n'est-ce pas ? Son cancer est revenu.

— Oui. Il est dans la chambre voisine de celle de l'ami de Bill. »

Ralph avait alors rapporté sa conversation avec Faye, le matin même, et parlé du mot qu'il avait trouvé sur la table de pique-nique, l'après-midi. Il lui avait fait remarquer l'étrange conjonction de chambres et de personnes — Polhurst, Jimmy V., Carolyn, et demandé si elle pensait qu'il s'agissait de coïncidences.

« Non, je suis sûre que non. » Elle avait jeté un coup d'œil à l'horloge. « Allons-y. Les visites se terminent à neuf heures trente, je crois. Si nous voulons y être avant, on a intérêt à se bouger. »

2

Au moment où il s'engagea dans la rue de l'hôpital (*Tu as encore oublié de mettre ton fichu clignotant, mon chou*, commenta Carolyn), il jeta un coup d'œil à Lois — toujours les mains croisées sur son sac, son aura momentanément invisible — et lui demanda si elle se sentait bien.

Elle acquiesça. « Oui. Pas la grande forme, mais ça va. Ne t'en fais pas pour moi. »

Justement, je m'en fais, Lois, pensa-t-il. *Beaucoup. Et au fait as-tu vu Doc Chauve #3 prendre le peigne dans la poche de Joe Plussaj ?*

Question stupide : évidemment, elle l'avait vu. C'est ce que l'avorton chauve avait voulu. Être vu de tous les deux. La vraie question était de savoir l'interprétation qu'elle donnait de ce geste.

Que sais-tu exactement, Lois ? Combien d'éléments as-tu reliés entre eux ? Je suis bien obligé de me le demander, parce que ce n'est pas si difficile à saisir... mais je redoute de te poser la question.

Un bâtiment bas, en briques, s'élevait à quatre cents mètres de la route d'accès à l'hôpital : WomanCare. Plusieurs projecteurs (nouvellement installés, il l'aurait parié) éclairaient les pelouses de leurs faisceaux de lumière, et on voyait deux hommes faire les cent pas, à l'extrémité d'ombres portées ridiculement allongées... des flics de location, supposa Ralph. Encore un détail intéressant ; un autre fétu de paille emporté par un vent mauvais.

Il tourna à gauche (sans oublier, pour une fois, d'enclencher le clignotant) et engagea avec précaution l'Oldsmobile sur la rampe qui donnait accès au parking à étages de l'hôpital. En haut de la rampe, un bras mobile orange bloquait le passage. VEUILLEZ VOUS ARRÊTER ET PRENDRE UN TICKET, lisait-on. Ralph se souvenait d'un temps où c'était une personne qui avait la responsabilité de ce genre de service, ce qui rendait des endroits comme celui-ci un peu moins sinistres. *Oui, mon vieux Ralph, et on pensait que cela durerait éternellement ainsi*, songea-t-il en abaissant la vitre pour prendre le ticket dans l'appareil.

« Ralph ?

— Oui ? » Il faisait très attention à ne pas heurter les pare-chocs arrière des voitures garées en épi des deux côtés de l'allée montante. Il savait pourtant — intellectuellement — que la largeur des allées était calculée pour que les pare-chocs en question ne fissent pas obstacle à sa progression, mais son ventre noué lui chantait une autre chanson. *Si Carolyn était là*, pensa-t-il avec une tendresse distraite, *qu'est-ce qu'elle râlerait sur ma manière de conduire !*

« As-tu une idée de ce que nous fabriquons ici, ou faisons-nous simplement une visite des lieux ?

— Juste une minute, le temps que je gare cette foutue péniche. »

Il passa devant plusieurs emplacements assez grands pour la « foutue péniche » au premier niveau, mais aucun ne disposait d'une zone de dégagement assez vaste à son goût. Au troisième niveau, il trouva trois emplacements vides côte à côte (on aurait pu sans problème y garer un char d'assaut) et installa l'Oldsmobile dans celui du milieu. Il coupa le moteur et se tourna pour faire face à Lois. D'autres moteurs tournaient au ralenti, au-dessus et au-dessous d'eux, impossibles à localiser à cause de l'écho. La lumière orange, avec son éclat insistant et pénétrant — devenue, semble-t-il omniprésente, à l'heure actuelle, dans ce genre d'installations —, déposait sur leur peau comme une fine couche de peinture toxique. Lois lui rendit son regard sans ciller. Il devinait des traces des larmes qu'elle avait versées sur Rosalie dans ses paupières gonflées, mais les yeux eux-mêmes exprimaient le calme et l'assurance. Il fut frappé par l'étendue de la transformation qu'elle avait subie depuis ce matin, lorsqu'il l'avait trouvée en sanglots sur le banc du parc, les épaules voûtées. *Si ta belle-fille et ton fils pouvaient te voir ce soir, Lois, je crois qu'ils prendraient la poudre d'escampette en hurlant à pleins poumons. Non pas parce que tu es à faire peur, mais parce que la femme qu'ils voulaient installer dans une maison de retraite a disparu.*

« Eh bien ? demanda-t-elle en esquissant un sourire. Vas-tu me dire quelque chose ou simplement continuer à me regarder ? »

Ralph, qui était d'ordinaire du genre prudent, répondit sans réfléchir la première chose qui lui passa par la tête : « Je crois que ce que j'aimerais faire, c'est te manger comme une crème glacée. »

Le sourire de Lois s'agrandit suffisamment pour creuser des fossettes au coin de sa bouche. « On vérifiera peut-être plus tard si tu as vraiment de l'appétit pour une crème glacée, Ralph. Pour le moment, j'aimerais que tu me dises pourquoi nous sommes ici. Et ne viens pas me raconter que tu n'en sais rien, parce que ce n'est pas vrai. »

Ralph ferma les yeux, prit une profonde inspiration, et les rouvrit. « Il me semble que nous sommes ici pour trouver les deux autres types chauves. Ceux que j'ai vus sortir de chez May Locher. Ils doivent bien être les seuls à pouvoir nous expliquer ce qui se passe.

— Qu'est-ce qui te fait penser que nous allons les trouver ?

— Je crois qu'ils ont un boulot à faire… deux hommes, Jimmy V. et l'ami de Bill, sont en train de mourir dans des chambres voisines. J'aurais dû comprendre quel était le rôle des docteurs chauves dès l'instant où j'ai vu les ambulanciers emporter May Locher sur une civière avec un drap lui recouvrant le visage. J'aurais pu le comprendre, si je n'avais pas été aussi foutrement fatigué. Les ciseaux auraient dû me suffire. Au lieu de cela, il m'a fallu jusqu'à cet après-midi et je n'y suis arrivé que par hasard, grâce à quelque chose que m'a dit la nièce de Bob Polhurst.

— Et qu'est-ce qu'elle t'a dit ?

— Que la mort était stupide. Que si un médecin accoucheur prenait autant de temps pour couper le cordon ombilical d'un nouveau-né, il serait poursuivi pour faute professionnelle. Cela m'a fait penser à un mythe que j'ai lu quand j'étais au lycée, à l'époque où j'étais fou des dieux, des déesses et du Cheval de Troie. Il y était question de trois sœurs, les Sœurs Grecques, ou les Sœurs Bizarres, ne me pose pas la question, merde, j'en sais plus rien ; je n'arrive même pas à me rappeler de mettre mon fichu clignotant quand je tourne, la moitié du temps. Bref, ces trois sœurs étaient responsables du cours de la vie de tous les êtres humains. L'une d'elles filait le fil, l'autre décidait de sa longueur… ça ne te dit rien, tout ça ?

— Bien sûr ! s'exclama vigoureusement Lois. Les panaches ! »

Ralph acquiesça. « Oui, les panaches. J'ai oublié le nom des deux premières sœurs, mais jamais celui de la troisième : Atropos. Et, d'après le mythe, son travail consistait à couper le fil formé par la première et mesuré par la deuxième. On pouvait essayer de discuter, de marchander, de supplier, ça ne servait strictement à rien. Quand elle décidait qu'il était temps de couper, elle coupait. »

Lois approuvait de la tête. « Oui, je me souviens de cette histoire. Je ne sais pas si je l'ai lue ou si quelqu'un m'en a parlé quand j'étais gamine. Tu crois que c'est vraiment comme ça que les choses se passent ? Sauf que ce sont les Frères Chauves au lieu des Sœurs Bizarres.

— Oui et non. Dans mon souvenir, les trois sœurs étaient du même côté ; elles formaient une équipe. Et c'est l'impression que m'ont laissée les deux types qui sont sortis de chez May Locher ; on aurait dit deux vieux partenaires ayant un immense respect l'un pour l'autre. Mais le dernier, celui que nous avons vu encore ce soir, n'est pas comme eux. Mon sentiment est que Doc Chauve #3 est un voyou. »

Lois fut prise d'un frisson — geste théâtral qui devint sincère au dernier moment. « Il est ignoble, Ralph. Je l'ai en horreur.

— Je te comprends. »

Il tendit la main vers la poignée de la portière, mais Lois arrêta son geste. « Je l'ai vu faire quelque chose. »

Ralph se tourna et la regarda. Impression des tendons de son cou qui grinçaient comme s'ils étaient rouillés. Il avait une idée assez précise de ce qu'elle allait lui dire.

« Le nabot a mis la main dans la poche du conducteur pendant qu'il était agenouillé à côté de la pauvre Rosalie, dans la rue. Simplement le doc chauve a juste pris un peigne. Et le chapeau qu'il portait… il me semble bien l'avoir aussi reconnu. »

Ralph continua de la regarder, espérant avec ferveur que les souvenirs de l'attirail de Doc Chauve #3, dans la mémoire de Lois, s'arrêtaient là.

« C'était celui de Bill, hein ? Le panama de Bill. »

Ralph acquiesça. « Celui de Bill, oui. »

Lois ferma les yeux. « Oh, mon Dieu.

— Alors, Lois, qu'est-ce que tu en dis ? Toujours partante ?

— Oui. » Elle ouvrit la portière et mit les pieds dehors. « Mais allons-y tout de suite, avant que je me dégonfle.

— Tu m'en diras tant », répondit Ralph Roberts.

3

Alors qu'ils approchaient de l'entrée principale du Derry Home, Ralph se pencha vers Lois et murmura : « Ça te le fait aussi ?

— Oui, répondit-elle, les yeux agrandis. Bon Dieu, oui ! C'est fort, cette fois, non ? »

Les portes de l'hôpital s'ouvrirent automatiquement devant eux et, à cet instant, ce fut comme si la peau qui recouvre le monde était soudainement arrachée, laissant apparaître un autre univers, un univers chatoyant de couleurs inconnues, agité de formes jamais vues. Au-dessus d'eux, sur la grande fresque murale qui dépeignait Derry à la grande époque, celle de l'exploitation du bois au début du siècle, des formes effilées en flèches, brun foncé, se pourchassaient entre elles ; lorsqu'elles se rejoignaient, elles se paraient d'un éclat vert sombre momentané et changeaient de direction. Un entonnoir argenté brillant qui faisait penser à un tourbillon d'eau ou à un cyclone miniature descendait le long de la courbe de l'escalier conduisant au premier étage, où se trouvaient la salle d'attente, la cafétéria et l'auditorium. Sa partie supérieure évasée s'inclinait lorsqu'il passait d'une marche à une autre, et Ralph ressentit distinctement sa présence comme amicale, un peu comme un personnage anthropomorphique dans un dessin animé de Walt Disney. Sous ses yeux, deux hommes, des porte-documents à la main, s'engagèrent dans l'escalier et l'un d'eux passa directement à travers l'entonnoir argenté. Il ne s'arrêta pas de parler à son compagnon, mais lorsqu'il émergea de l'autre côté, il se lissa les cheveux de la main… alors que pas un seul n'avait été dérangé.

L'entonnoir atteignit le bas de l'escalier, fila vers le centre du hall en décrivant un huit serré, puis s'évanouit d'un seul coup, ne laissant derrière lui qu'une légère brume rosée qui elle-même se dissipa rapidement.

Lois donna un coup de coude à Ralph et esquissa un geste en direction d'une partie du hall située au-delà du comptoir d'information ; puis elle se rendit compte qu'il y avait du monde autour d'eux, et se contenta d'un mouvement du menton. Un peu plus tôt, Ralph avait vu dans le ciel une forme qui lui avait fait penser à un oiseau préhistorique. Il avait maintenant sous les yeux une entité qui évoquait une sorte de serpent translucide. Elle déroulait ses anneaux sous le plafond, au-dessus d'un panneau sur lequel on lisait : VEUILLEZ ATTENDRE ICI POUR LES PRISES DE SANG.

« Tu crois que c'est vivant ? » murmura Lois d'un ton un peu inquiet.

Ralph regarda plus attentivement et se rendit compte que la chose n'avait pas de tête… ni rien qui évoquât une queue. Elle était toute en corps. Il supposait qu'elle était vivante — il lui semblait que, d'une certaine manière, toutes les auras étaient vivantes — mais il ne pensait pas qu'il s'agissait véritablement d'un serpent et doutait qu'il fût dangereux, du moins pour les êtres humains.

« Ne gaspille pas ton énergie à des bêtises », lui répondit-il, lui aussi à voix basse, tandis qu'ils se mettaient au dernier rang de la petite queue, à l'accueil. Au même moment, la chose serpentine donna l'impression de se dissoudre dans le plafond avant de disparaître.

Ralph ignorait quelle importance pouvaient avoir des choses comme l'oiseau ou le cyclone dans la structure intime de l'univers caché, mais il était en revanche convaincu que les gens y occupaient le devant de la scène. Le hall du Derry Home Hospital était comme un somptueux feu d'artifice du 4 Juillet, dans lequel les êtres humains tenaient le rôle des chandelles romaines et des fontaines chinoises.

Lois accrocha Ralph par le col de sa chemise pour l'obliger à incliner la tête vers elle. « C'est toi qui parleras, dit-elle d'une petite voix sans force, l'air abasourdie. J'ai besoin de toute mon énergie pour ne pas faire pipi dans ma culotte. »

L'homme qui était devant eux s'éloigna du comptoir et Ralph s'avança. Un souvenir lié à Jimmy V. lui revint à cet instant à l'esprit, limpide et agréablement nostalgique. Ils étaient quelque part sur la route dans Rhode Island — à Kingston, peut-être — et avaient décidé, pour s'amuser, d'aller écouter le prêche d'un prédicateur itinérant, sous le chapiteau monté dans un champ proche. Ils étaient évidemment tous les deux saouls comme des Polonais. Deux jeunes femmes, en tenue sévère, se tenaient devant l'entrée du chapiteau, tendant des tracts ; tandis qu'ils s'approchaient, les deux compères s'encourageaient mutuellement, dans des murmures aromatisés au gin, à bien se tenir, bon Dieu, surtout à bien se tenir ! Avaient-ils réussi à entrer, ce jour-là ? Ou bien…

« J'peux vous aider ? » demanda la réceptionniste depuis la cage vitrée dans laquelle elle se tenait, d'un ton qui disait qu'elle faisait à Ralph une véritable faveur en lui adressant la parole. Il regarda à travers la vitre et vit une femme enfouie dans une aura d'un orange trouble qui ressemblait à un buisson de ronces en feu. *Voilà une dame qui adore les mentions en petits caractères et toutes les formalités*, pensa-t-il, se souvenant soudain que les deux jeunes personnes de garde à l'entrée de la tente avaient reniflé l'odeur que lui et Jimmy V. dégageaient et les avaient poliment mais fermement éconduits. Ils avaient terminé la soirée dans un boui-boui de Central Falls, et eu probablement beaucoup de chance de ne pas se faire faire les poches lorsqu'ils en étaient sortis en titubant, à la fermeture.

« Puis-je vous aider, monsieur ? » répéta la femme d'un ton impatient.

Ralph revint si brusquement au moment présent qu'il

eut presque l'impression de ressentir un choc. « Oui, m'dame. Ma femme et moi, nous voudrions rendre visite à Jimmy Vandermeer, au troisième étage, si…

— C'est l'USI ! rétorqua-t-elle. On ne peut pas monter à l'USI sans un laissez-passer spécial. » Des crochets orange commencèrent à surgir de la lumière qui entourait sa tête, et son aura prit peu à peu l'aspect de fils de fer barbelé dont on aurait ficelé un no man's land fantomatique.

« Je sais, dit Ralph d'un ton plus humble que jamais, mais mon ami, Lafayette Chapin, m'a dit que…

— Bon sang ! le coupa la femme, c'est merveilleux cette façon qu'ont les gens d'avoir toujours des amis qui savent tout, merveilleux ! » Elle dit cela en roulant des yeux au plafond avec un faux air exaspéré.

« Faye m'a assuré que Jimmy pouvait avoir de la visite, pourtant. Vous comprenez, il a un cancer et il n'en aurait pas pour longtemps, alors…

— Bon, je vais vérifier, fit la femme avec l'expression contrariée de quelqu'un à qui on fait perdre son temps. Mais l'ordinateur est très lent, ce soir, alors ça risque de prendre un certain temps. Donnez-moi votre nom et allez vous asseoir là avec votre femme. Je vous ferai signe dès que… »

Ralph estima alors qu'il avait suffisamment dégusté de tartes aux avanies devant ce chien de garde de la bureaucratie. Ce n'était tout de même pas un visa de sortie de l'Albanie qu'il demandait, non ? Juste un bon Dieu de laissez-passer pour se rendre dans l'unité de soins intensifs.

Il y avait une ouverture en bas de la vitre. Ralph passa la main au travers et saisit la femme au poignet avant qu'elle ait eu le temps de retirer sa main. Il eut la sensation, indolore mais vive, des crochets orange traversant sa chair sans rien trouver dans quoi se planter. Il serra doucement et sentit un petit jaillissement de force — quelque chose qui n'aurait pas été plus gros qu'un plomb si on avait pu le voir — passer de lui à la femme. Soudain, l'aura trop zélée qui entourait son bras gauche adopta la teinte turquoise délavé de Ralph. L'employée eut un hoquet et sursauta, penchée en avant comme si on venait de couler des glaçons dans le dos de son uniforme.

[« *Laisse tomber l'ordinateur. Donne-moi simplement deux laissez-passer, s'il te plaît. Tout de suite.* »]

— Oui monsieur », répondit-elle sur-le-champ. Ralph la lâcha pour qu'elle pût accéder aux documents, sous son bureau. La partie turquoise de son aura redevint orange, le changement de couleur se faisant de l'épaule vers la main.

Mais j'aurais pu aussi bien la faire devenir toute bleue, pensa Ralph. *M'emparer d'elle et la faire courir dans le hall comme un jouet à ressort.*

Il se souvint brusquement du passage de l'Évangile de Matthieu cité par Ed — *Alors Hérode, voyant qu'il avait été joué par les Mages, se mit dans une grande colère* — et il fut envahi par un mélange de peur et de honte. Des images de vampirisme lui revinrent à l'esprit, ainsi qu'un aphorisme fameux, tiré de la bande dessinée *Pogo* : *Nous avons rencontré l'ennemi, et c'est nous !* Oui, il pouvait probablement faire tout ce qu'il voulait à cette râleuse dans son halo orange ; il avait les batteries chargées à bloc. Seul problème, le jus emmagasiné dans ses batteries — comme dans celles de Lois — était une énergie volée. Lorsque la main de la préposée à l'accueil émergea d'en dessous de son bureau, elle tenait deux badges roses en laminé, marqués SOINS INTENSIFS/VISITEUR. « Voilà, monsieur », dit-elle d'un ton courtois aux antipodes de celui qu'elle avait eu la première fois. « Je vous souhaite une agréable visite, et merci d'avoir attendu.

— C'est moi qui vous remercie », répondit Ralph. Il prit Lois par la main. « Allons-y chère amie. Il faut que

[« *Ralph, qu'est-ce que tu lui as fait ?* »]

[« *Rien, je crois — il semble qu'elle aille très bien.* »]

que nous montions là-haut faire notre visite avant qu'il ne soit trop tard. »

Lois se tourna pour jeter un coup d'œil à la femme du comptoir. Elle s'occupait de son client suivant, mais avec lenteur, comme si elle venait d'être l'objet d'une révélation modérément extraordinaire et avait besoin d'y réfléchir.

Lois revint à Ralph et lui sourit.

[« *Oui, elle va bien. Alors arrête de te faire des reproches.* »]

[« *C'est ce que je faisais ?* »]

[« *Oui, il me semble... on recommence à parler de cette façon, Ralph.* »]

[« *Je sais.* »]

[« *Ralph ?* »]

[« *Oui ?* »]

[« *C'est assez merveilleux tout ça, non ?* »]

[« *Oui.* »]

Ralph s'efforça de lui dissimuler ce qu'il pensait par ailleurs : que lorsque arriverait la facture pour quelque chose qui faisait une impression aussi merveilleuse, il y avait des chances pour qu'elle soit fichtrement salée.

4

[« *Arrête de regarder ce bébé, Ralph. Tu rends sa mère nerveuse.* »]

Ralph eut un coup d'œil pour la femme qui tenait le bébé endormi dans ses bras et vit que Lois avait raison… mais il était difficile de ne pas regarder. Le nourrisson, qui n'avait pas plus de trois mois, gisait au cœur d'une capsule gris-jaune violemment agitée. Cette lumière d'orage, puissante mais inquiétante, tourbillonnait autour du corps minuscule à la vitesse démente de l'atmosphère entourant une géante gazeuse — Jupiter ou Saturne, par exemple.

[« *Bon Dieu, Lois, il a le cerveau endommagé, n'est-ce pas ?* »]

[« *Oui. La femme raconte que c'est un accident de voiture.* »]

[« *Raconte ? Tu lui as parlé ?* »]

[« *Non, c'est -----.* »]

[« *Je ne comprends pas.* »]

[« *Bienvenue au club.* »]

L'ascenseur surdimensionné de l'hôpital s'éleva, poussif. À l'intérieur, les gens — les éclopés, les estropiés et ceux qui n'avaient rien et se sentaient coupables — n'échangeaient pas un mot ; soit ils contemplaient les numéros d'étage sur le panneau au-dessus de la porte, soit ils examinaient leurs chaussures. Seule exception, la femme au bébé foudroyé. Elle regardait Ralph avec méfiance et inquiétude, comme si elle s'attendait à le voir lui bondir dessus pour lui arracher l'enfant des bras.

Ce n'est pas simplement parce que je l'ai regardée, songea Ralph. *Du moins, il ne me semble pas. Elle a senti que je pensais au bébé. Elle m'a senti… m'a entendu penser… un foutu truc ou un autre, en tout cas.*

La cabine s'arrêta au premier et les portes s'ouvrirent dans un chuintement. La femme au bébé se tourna vers Ralph. L'enfant bougea légèrement, et Ralph aperçut le sommet de son petit crâne. On y voyait une profonde entaille, bordée d'une cicatrice rouge, qui faisait penser à un filet d'eau corrompue stagnant au fond d'un fossé. L'aura hideuse gris-jaune qui entourait le bébé émergeait de cette blessure comme une fumerolle des entrailles de la terre. Le panache du nourrisson était de la même couleur que son aura, et différent de tous ceux que Ralph avait vus jusqu'ici : non pas d'aspect malsain, mais court, laid, réduit à un chicot.

« Votre mère ne vous a jamais appris à vous tenir comme il faut ? » demanda soudain la femme à Ralph ; ce qui le prit au dépourvu ne fut pas tant ce reproche que la manière dont elle l'avait fait. Il lui avait fait très peur.

« Madame, je vous assure que…

— Ouais, c'est ça, assurance mon cul ! » cracha-t-elle en sortant de la cabine. Les portes commencèrent à se refermer. Ralph se tourna vers Lois et ils échangèrent un bref regard de compréhension totale. Lois fit un mouvement des doigts en direction des portes — comme si elle les menaçait — et une substance grise lança un filet en éventail de la pointe de ses doigts. Les portes s'y heurtèrent et repartirent dans l'autre sens, comme elles étaient programmées pour le faire lorsqu'elles rencontraient le moindre obstacle.

[« *Madame !* »]

La femme s'arrêta et fit demi-tour, manifestement perplexe. Elle jeta des regards soupçonneux autour d'elle, essayant d'identifier la personne qui lui avait adressé la parole. Elle avait une aura d'un jaune sombre de beurre rance, tavelée de taches orange pointant de ses limites intérieures. Ralph la fixa des yeux.

[« *Je suis désolé de vous avoir offensée. Tout ça est très nouveau pour mon amie et moi. Nous sommes comme des enfants à un dîner d'apparat. Je m'excuse.* »]

[« --------------. »]

Il ne savait pas exactement ce qu'elle avait tenté de lui communiquer — impression qu'elle avait répondu depuis une cabine téléphonique insonorisée — mais il détecta du soulagement et un profond malaise… comme quand on pense avoir été surpris à faire quelque chose que l'on n'est pas censé faire. Son regard dubitatif s'attarda quelques instants sur Ralph, puis elle se tourna et s'éloigna d'un pas rapide dans le corridor, en direction d'un panneau sur lequel on lisait NEUROLOGIE. Le filet gris que Lois avait lancé se dissolvait, et lorsque les portes essayèrent de se refermer, elles passèrent au travers. La cabine reprit sa progression.

[« *Ralph… Ralph, je crois que je sais ce qui est arrivé au bébé.* »]

Elle tendit la main droite vers lui, paume ouverte, et appuya légèrement sur ses joues, du pouce d'un côté, de l'index de l'autre, lui cachant le bas du visage. Geste fait si prestement et avec tant d'assurance que personne, dans la cabine, n'y fit attention. D'ailleurs, si l'un des trois autres passagers l'avait remarqué, il aurait simplement vu une femme soucieuse du bon aspect de son conjoint qui chassait un reste de crème à raser ou de lotion quelconque.

Ralph eut l'impression que son cerveau venait brusquement de passer sur un voltage supérieur, suffisamment puissant pour allumer tous les projecteurs d'un stade. Dans leur éclat aveuglant et brutal, qui ne dura qu'un instant, il vit une image terrible : des mains, enfouies dans une aura sinistre d'un violet tirant sur le brun, se tendant vers un berceau et s'emparant du bébé qu'il venait de voir. Les mains secouèrent le nouveau-né, dont la tête oscillait violemment et roulait sur la tige frêle de son cou comme celle d'une poupée de chiffon…

… et le jetèrent…

Les projecteurs s'éteignirent dans sa tête et il laissa échapper un soupir de soulagement, appuyé et chevrotant. Il pensa aux manifestants Laissez-les-vivre qu'il avait vus aux informations du soir, la veille, des hommes et des femmes brandissant des panneaux avec la photo de Susan Day accompagnée du slogan RECHERCHÉE POUR MEURTRE, des hommes et des femmes costumés en représentations de la mort avec des banderoles qui proclamaient : LA VIE, QUEL BEAU CHOIX !

[« *C'est le père, n'est-ce pas ? Il l'a jeté contre le mur ?* »]

[« *Oui. Le bébé n'arrêtait pas de pleurer.* »]

[« *Et elle le sait. Elle le sait, mais elle ne l'a dit à personne.* »]

[« *Non… mais il se peut qu'elle le fasse. Elle y pense.* »]

[« *Elle risque aussi d'attendre qu'il recommence. Et la prochaine fois, il l'achèvera peut-être.* »]

Une idée terrible lui vint à l'esprit ; elle le traversa comme un météore qui allume brièvement un incendie dans un ciel nocturne, l'été : il valait peut-être mieux qu'il l'achevât, en effet. Le panache du bébé foudroyé se réduisait à un chicot, mais un chicot *sain*. L'enfant pouvait vivre des années, sans savoir qui il était ni où il était — encore moins pourquoi il vivait — à regarder aller et venir les gens, simples silhouettes comme des arbres dans la brume…

Lois se tenait les épaules voûtées, les yeux fixés sur le plancher de la cabine. Il émanait d'elle une tristesse qui serra le cœur de Ralph. Il passa un doigt sous le menton de sa compagne et vit une rose d'un bleu délicat naître à l'endroit où il l'avait touchée. Il l'obligea à relever la tête et ne fut pas surpris de voir des larmes dans ses yeux.

« Alors, tu trouves toujours que c'est un monde merveilleux, Lois ? » demanda-t-il doucement. Mais à cette question, ni ses oreilles ni son esprit ne reçurent de réponse.

5

Ils étaient les seuls à sortir au deuxième étage, où régnait un silence aussi épais que la poussière sur les étagères d'une bibliothèque. Deux infirmières se tenaient à mi-chemin du couloir, le bloc-notes appuyé contre leur poitrine habillée de blanc, et parlaient à voix basse. Pour toute autre personne qui les aurait observées, elles avaient l'air d'avoir une conversation sur la vie, la mort, et les mesures héroïques à prendre pour sauver leurs patients ; il suffit cependant à Ralph et Lois de jeter un coup d'œil à leurs auras qui se superposaient pour constater que leur sujet de préoccupation était de savoir où aller prendre un verre à la fin de leur service.

Ralph ne perçut ce détail qu'incidemment, de la même manière qu'un conducteur profondément préoccupé tient compte des feux de circulation sans vraiment les voir. L'essentiel de son esprit était en proie au sentiment de déjà-vu qui l'avait balayé, au moment où ils avaient quitté l'ascenseur pour ce monde où le faible couinement des chaussures des infirmières sur le lino se confondait presque avec les bips-bips atténués des appareils de monitoring.

Les chambres à numéro pair à gauche ; les chambres à numéro impair à droite... et la 317, celle dans laquelle Carolyn est morte, se trouve à la hauteur des infirmières. C'était la 317, je m'en souviens. Et maintenant que je suis ici, je me rappelle tout. Comment la personne char-

gée d'afficher sa courbe de température la glissait toujours à l'envers dans la petite poche, derrière la porte. Comment la lumière de la fenêtre tombait sur son lit, dessinant une sorte de parallélogramme, les jours ensoleillés. Comment, une fois assis dans le siège réservé au visiteur, on pouvait surveiller à la fois les moniteurs de contrôle et le téléphone par lequel on recevait les appels et commandait les pizzas.

Tout était identique, rien n'avait changé. On était de nouveau début mars, à la fin d'une journée maussade sous un ciel couvert, le grésil commençait à picorer les vitres de la chambre 317, et il était là, un exemplaire du *Troisième Reich* de William Shirer fermé sur les genoux depuis le début de la matinée. Assis là, ne voulant pas se lever, même pour aller aux toilettes, parce que le compte à rebours se rapprochait de plus en plus du zéro, que chacun de ses battements était comme un coup de roulis et chacun des intervalles l'équivalent d'une vie ; sa compagne de toujours avait un train à prendre et il voulait être sur le quai au moment où le convoi s'ébranlerait. Il n'y avait qu'un seul départ, définitif, et il ne voulait pas le manquer.

On n'avait pas de peine à entendre le grésil crépiter de plus en plus vite et fort, car on avait débranché tous les appareils d'assistance respiratoire. C'est pendant la dernière semaine de février que Ralph avait perdu tout espoir ; il avait fallu à Carolyn, qui n'avait jamais renoncé à quoi que ce fût tout au long de sa vie, un petit peu plus longtemps pour saisir le message. Et quel était exactement ce message ? Tiens, pardi, que dans le match en dix rounds opposant Carolyn Roberts à Cancer, le vainqueur était Cancer, cet éternel champion poids lourd, par K-O technique.

Il était resté assis à la regarder, attendant, tandis que

la respiration de Carolyn devenait de plus en plus laborieuse — l'expiration qui n'en finit pas, la poitrine qui reste immobile, la certitude grandissante que ce dernier souffle a bien été le dernier, que le compte à rebours vient d'atteindre le zéro, que le train est arrivé en gare pour y prendre son unique passager… et puis une nouvelle inspiration chevrotante, énorme, inconsciente, comme si elle arrachait le bol d'air suivant à un environnement hostile, ne respirant plus normalement mais se jetant par pur réflexe d'un hoquet à un autre comme un ivrogne qui s'enfoncerait dans le couloir ténébreux d'un hôtel borgne.

Splik-splik-splak-splak : le grésil continue de griffer les vitres de ses ongles invisibles, tandis qu'au jour morne et sale de ce début de mars succède la nuit noire et sale, et Carolyn continue de lutter dans la finale de ce dernier round. Depuis un moment, elle fonctionne complètement, bien entendu, en pilotage automatique ; le cerveau qui se trouvait naguère sous ce crâne finement ciselé n'existe plus. Remplacé par un mutant, un stupide délinquant gris-noir qui ne pense rien, ne ressent rien et ne sait que bouffer, bouffer, bouffer jusqu'à mourir étouffé.

Splik-splik-splak-splak : et il se rend compte que le dispositif respiratoire en forme de T fiché dans son nez s'est mis de travers. Il attend qu'elle arrache l'une de ces affreuses et laborieuses bouffées d'air, puis, au moment où elle exhale, il se penche en avant et replace le petit embout de plastique dans son nez. Un peu de mucus est resté sur ses doigts, se souvient-il, et il s'est essuyé à l'aide d'un mouchoir pris dans la boîte, sur la table de nuit. Il s'est rassis pour attendre la respiration suivante, voulant s'assurer que l'embout ne va pas à nouveau se déplacer, mais il n'y a pas de respiration suivante et il prend conscience que le tic-tac qu'il entendait venir de partout depuis l'été précédent semble s'être arrêté.

Il se souvient d'avoir attendu, tandis que défilaient les minutes — une, deux, trois, puis six —, incapable d'admettre que toutes les bonnes années, tous les bons moments (sans parler des mauvais) venaient de s'achever sur ce mode plat et dépourvu de tonalité. La radio qui diffusait la musique d'une station locale jouait en sourdine dans un coin et il entendit Simon et Garfunkel chanter *Scarborough Fair* jusqu'à la fin. Puis ce fut Wayne Newton, qui attaqua *Danke Schön*. Il la chanta lui aussi jusqu'au bout. Il y eut ensuite le bulletin météo, mais avant que le présentateur ait pu finir d'expliquer ce que serait le temps pour la première journée de veuf de Ralph Roberts, des histoires d'éclaircies et de températures plus froides avec un front de nord-est, Ralph comprit enfin. Le compte à rebours avait achevé son tic-tac, le train pris le départ, le match de boxe était fini. Toutes les métaphores s'écroulaient, ne laissant qu'une femme dans la pièce, pour toujours silencieuse.

Il se met à pleurer. Les yeux pleins de larmes, il va d'un pas chancelant éteindre la radio. Il se rappelle un été où ils avaient pris des cours de peinture avec les doigts, et de la soirée qui s'était terminée par l'essai de cette technique sur leurs corps nus. Ce souvenir le fait pleurer encore plus fort. Il va jusqu'à la fenêtre, incline la tête contre la vitre glacée et sanglote. En cette première minute terrible de compréhension, il n'a qu'une envie : être mort lui-même. Une infirmière l'entend renifler et vient. Elle essaie de prendre le pouls de Carolyn. Ralph lui dit d'arrêter de faire l'idiote. Elle vient vers lui et, un instant, il pense qu'elle va essayer de lui prendre son pouls à lui. Au lieu de cela, elle le prend dans ses bras. Elle…

[« *Ralph ? Ça ne va pas, Ralph ?* »]

Il se tourna et vit Lois, commença à lui dire qu'il allait très bien puis se souvint qu'il n'y avait plus grand-chose qu'il pût lui dissimuler quand ils étaient dans cet état.

[« *Je me sens triste. Trop de souvenirs liés à cet endroit. Pas des bons.* »]

[« *Je comprends... mais regarde donc par terre, Ralph ! Regarde le sol !* »]

Il lui obéit, et ses yeux s'arrondirent. Le sol était couvert de multiples couches d'empreintes de pas de toutes les couleurs, certaines récentes, la plupart en train de s'estomper et presque invisibles. Deux séries se détachaient nettement des autres, aussi éclatantes que des diamants au milieu d'imitations en verre. Elles étaient d'un vert mordoré profond, dans lequel ondoyaient encore quelques minuscules particules rougeâtres.

[« *Est-ce qu'elles appartiennent à ceux que nous cherchons, Ralph ?* »]

[« *Oui... les docs sont ici.* »]

Ralph prit la main de Lois — elle était très froide — et l'entraîna lentement dans le couloir.

CHAPITRE 17

1

Ils n'avaient avancé que de deux ou trois pas lorsque se produisit un événement très étrange et plutôt effrayant. Pendant quelques instants, l'univers qu'ils avaient devant eux se mit à saigner blanc ; les portes donnant sur les chambres, de part et d'autre du couloir, à peine visibles dans cette brume blanche incandescente, devinrent aussi grandes que celles de hangars à avions ; simultanément, le couloir lui-même donna l'impression de s'allonger et de gagner en hauteur. Ralph sentit son estomac lui remonter dans la gorge comme à l'époque, dans sa jeunesse, où il était un client assidu du grand huit « Dust Devil » dans le parc d'attractions d'Old Orchard Beach. Il entendit Lois pousser un gémissement et elle lui broya la main de toute la force que lui donnait la panique.

Cet éblouissement ne dura qu'une seconde, et lorsque le monde reprit ses couleurs, elles étaient plus éclatantes et vives qu'auparavant. La perspective redevint normale, mais les objets paraissaient mystérieusement *plus épais*. Les auras étaient toujours là, plus fines et plus pâles, toutefois, comme des mandorles pastel au lieu de projections de teintes primaires. Ralph se rendit compte, en même temps, qu'il arrivait à distinguer la moindre craquelure, le plus petit pore dans le mur granité, à sa gauche… puisqu'il pouvait même voir les tuyaux, les fils et les couches isolantes *derrière* les parois, s'il le voulait ; il suffisait de regarder.

Oh, mon Dieu, pensa-t-il. *Est-ce que je rêve, ou bien cela se produit-il vraiment ?*

Des sons lui parvenaient de partout : tintements assourdis de cloches, vidange d'une chasse d'eau, rires étouffés. Des sons auxquels on ne prête en général pas attention, car ils font partie de la vie quotidienne : mais pas en ce moment. Pas ici. De même que la réalité visible des choses, les sons paraissaient avoir une texture extraordinairement sensuelle, comme de délicats festons superposés de soie et d'acier.

Tous ces sons n'étaient pas ordinaires. Il entendit une mouche bourdonner dans une conduite d'air chaud ; le froufrou produit par un collant qu'une infirmière rajustait dans les toilettes du personnel ; des battements de cœur ; la circulation du sang dans des artères ; le flux et le reflux soyeux de respirations. Chaque bruit était la perfection en soi ; imbriqués les uns dans les autres, ils se métamorphosaient en un ballet auditif aussi superbe que compliqué — un *Lac des cygnes* caché d'estomacs qui gargouillaient, de bourdonnements de moteurs électriques, d'ouragans déchaînés par des sèche-cheveux, de chuchotements de roues de civières d'hôpital. Ralph entendait une télé, à l'autre bout du couloir, au-delà du poste des infirmières. Le son lui parvenait de la chambre 340, où Thomas Wren, atteint d'une maladie rénale, regardait Kirk Douglas et Lana Turner dans *Les Ensorcelés*. « Si tu fais équipe avec moi, mignonne, nous mettrons cette ville sens dessus dessous », disait Kirk — et Ralph sut, grâce à l'aura qui entourait ces paroles, que M. Douglas avait souffert d'une rage de dents, le jour où cette scène avait été tournée. Ce n'était pas tout. Il se rendait compte qu'il lui était possible d'aller

(plus haut ? plus profond ? plus loin ?)

s'il le désirait. Il ne le désirait absolument pas. C'était la forêt de Brocéliande, et on pouvait se perdre dans ses fourrés.

Ou bien y être dévoré par des tigres.

[« *Bon Dieu ! C'est encore un autre niveau — ça ne peut être que ça, Lois ! Un niveau entièrement différent !* »]

[« *Je sais.* »]

[« *Tu ne te sens pas trop mal, là-dedans ?* »]

[« *Non, pas trop mal… et toi ?* »]

[« *Je crois que ça va, pour le moment… mais si le plancher disparaît sous nos pieds, je ne sais pas ce que ça donnera. Viens.* »]

Avant qu'ils aient pu commencer à suivre les empreintes vert mordoré, cependant, Bill McGovern et un homme que Ralph ne connaissait pas sortirent de la chambre 313, plongés dans une grande conversation.

Lois se tourna vers Ralph, une expression horrifiée sur le visage.

[« *Oh, non ! Oh, mon Dieu, non ! Est-ce que tu vois, Ralph ? Est-ce que tu vois ?* »]

Il lui étreignit la main. Pour voir, il voyait. L'ami de McGovern était entouré d'une aura couleur prune ; elle ne respirait pas la bonne santé, mais Ralph eut l'impression qu'elle ne trahissait qu'une affection bénigne, une maladie chronique comme des rhumatismes ou des calculs rénaux. Un panache du même violet pommelé s'élevait au-dessus de l'homme, oscillant de-ci de-là comme le tuyau d'un scaphandrier dans un léger courant.

L'aura de McGovern, en revanche, était totalement

noire. La racine de ce qui était naguère un panache se dressait, raide, au-dessus de son crâne ; le chicot de panache du bébé, s'il était court, donnait une impression de vigueur ; mais ce qu'ils voyaient en ce moment, c'était les restes en décomposition d'une amputation grossière. Ralph fut envahi momentanément par une image, si forte qu'elle frisait l'hallucination, dans laquelle les globes oculaires de McGovern s'exorbitaient jusqu'à ce qu'ils jaillissent de sa tête, sous la pression d'un flot de bestioles noires. Il dut fermer les yeux un instant pour s'empêcher de hurler et lorsqu'il les rouvrit, Lois n'était plus à ses côtés.

2

McGovern et son ami se dirigeaient d'un pas rapide vers le bureau des infirmières, probablement pour aller boire à la fontaine d'eau fraîche. Lois s'était précipitée vers lui, la poitrine se soulevant au rythme de ses foulées. Son aura était traversée de pétillements d'étincelles rosâtres qui produisaient un effet d'astérisques en néon. Ralph lui courut après. Il n'avait aucune idée de ce qui arriverait si elle parvenait à capter l'attention de Bill, et préférait rester dans l'ignorance. Il craignait cependant de le découvrir.

[«*Lois ! ne fais surtout pas ça, Lois ! !*»]

Elle ne réagit pas.

[«*Arrête, Bill ! Il faut que tu m'écoutes ! Tu as un problème !*»]

McGovern ne fit pas attention à Lois ; il parlait du manuscrit de Bob Polhurst, *Later That Summer*. «Le meilleur bouquin que j'aie jamais lu sur la guerre de Sécession, disait-il à l'homme à l'aura couleur prune.

Mais lorsque je lui ai suggéré de le faire publier, il m'a répondu que c'était hors de question. Tu te rends compte ? Il aurait pu remporter le prix Pulitzer, mais... »

[« *Lois, reviens ! Ne t'approche pas de lui !* »]

[« *Bill ! Bill ! B...* »]

Ralph n'avait pas encore rejoint Lois lorsque celle-ci arriva à la hauteur de McGovern et tendit la main pour l'attraper par l'épaule. Ralph vit ses doigts s'enfoncer dans le magma bourbeux qui l'entourait... et passer au travers de Bill !

L'aura de Lois se métamorphosa sur-le-champ, passant du gris-bleu piqueté d'étincelles roses à un rouge aussi rutilant que celui d'une voiture de pompiers. Des bancs de pointes noires y zigzaguaient comme des nuages d'insectes minuscules. Elle poussa un hurlement et retira la main, une expression de terreur et de dégoût mêlés sur le visage. Elle leva les doigts à hauteur des yeux et hurla à nouveau, bien que Ralph ne vît rien de spécial dessus. Des bandes noires étroites se mirent à tourbillonner de manière intermittente aux limites de son aura ; on aurait dit les orbites planétaires d'une carte du système solaire. Elle fit demi-tour pour s'enfuir. Ralph la saisit par le haut des bras et elle se débattit aveuglément.

McGovern et son ami, pendant ce temps, continuaient placidement leur chemin jusqu'à la fontaine, complètement inconscients de la présence d'une femme en train de hurler et de se démener à trois mètres d'eux. « Quand j'ai demandé à Bob pourquoi il refusait la publication de son livre, poursuivait McGovern, il m'a dit que s'il y avait bien quelqu'un qui devait comprendre ses motifs, c'était moi. Je lui ai répondu... »

Les hurlements de Lois noyèrent la fin de sa phrase.

[« *!!! ——————————!!!——————————!!!* »]

[« *La ferme, Lois ! La ferme, tout de suite ! De toute*

façon, il ne t'est rien arrivé et c'est terminé, maintenant ! »]

Mais Lois continuait de se débattre, poussant ces cris inarticulés dans sa tête, essayant de lui dire quelle impression affreuse elle avait ressentie, comment il pourrissait à l'intérieur, qu'il avait des choses dans son organisme, des choses qui le dévoraient vif, ce qui était déjà horrible, mais il y avait pire. Ces choses étaient conscientes, dit-elle, et *savaient* qu'elle était là.

[« *Tu es avec moi, Lois ! Tu es avec moi et tout va b...* »]

L'un des poings de Lois vint atterrir sur la mâchoire de Ralph, qui vit des étoiles. Il comprit que, s'ils étaient passés dans un plan de la réalité qui excluait le contact physique avec les autres plans — n'avait-il pas vu la main de Lois passer à travers le corps de McGovern, comme une main de fantôme ? —, il restait tout à fait concret pour tous les deux ; la douleur qu'il ressentait à la joue le prouvait assez.

Il passa un bras autour de ses épaules et la serra contre lui, emprisonnant ses bras entre leurs deux poitrines. Les cris de Lois n'en continuaient pas moins à lui percer le crâne. Refermant les mains dans le dos de sa compagne, il l'étreignit de toutes ses forces. La puissance jaillit de lui comme elle l'avait fait le matin même, accompagnée d'une sensation entièrement différente, toutefois. Une lumière bleue se déversa dans l'aura rouge striée de noir de Lois et l'apaisa. Elle cessa peu à peu de se débattre. Elle prit une profonde inspiration et frissonna. Tout autour et au-dessus d'elle, la lueur bleutée s'agrandissait et s'estompait ; les bandes noires disparurent, l'une après l'autre, du bas vers le haut, et l'inquiétante nuance rouge malsaine commença à son tour à se dissiper. Elle s'appuya de la tête au bras de Ralph.

[« *Je suis désolée, Ralph… je crois que j'ai encore un coup piqué ma crise nucléaire, hein ?* »]

[« *On dirait bien, mais ça ne fait rien. Tu as retrouvé ton calme, et c'est ce qui est important.* »]

[« *Si tu savais comme c'était horrible… de le toucher de cette façon…* »]

[« *Ça, c'est passer la main dans le dos de quelqu'un, Lois !* »]

Elle se tourna vers l'autre bout du couloir, où c'était maintenant au tour de l'ami de McGovern de boire. Bill était adossé au mur et parlait de la témérité du vénéré Bob Polhurst, lequel faisait toujours les mots croisés du *Sunday New York Times* à l'encre. « Il me disait que ce n'était pas de l'orgueil, mais de l'optimisme », ajouta McGovern, tandis que le linceul de mort tournoyait paresseusement autour de lui, entrant et sortant de sa bouche, circulant entre les doigts de ses mains animées de gestes éloquents.

[« *On ne peut rien y faire, n'est-ce pas, Ralph ? Il n'y a rien au monde que nous puissions y faire…* »]

Ralph lui donna une étreinte courte et vigoureuse. L'aura de Lois avait retrouvé ses couleurs normales.

McGovern et son ami s'en revenaient maintenant vers eux. Sur une impulsion, Ralph se dégagea des bras de Lois et se carra directement en face de M. Prune, qui écoutait McGovern poursuivre ses litanies sur la tragédie de la vieillesse et acquiesçait aux bons endroits.

[« *Ne fais pas ça, Ralph !* »]

[« *Pas de problème, tu vas voir.* »]

Mais tout d'un coup, il n'en fut pas aussi certain. Il aurait pu s'écarter, s'il avait disposé d'une seconde de plus. Mais déjà, le regardant sans le voir, M. Prune passait au travers de lui. La sensation que ressentit Ralph était parfaitement familière ; les picotements et fourmillements que l'on éprouve lorsque la circulation se rétablit dans un membre endormi. Un instant, son aura et celle de M. Prune se confondirent et Ralph sut tout ce qu'on pouvait savoir sur l'homme, y compris les rêves qu'il avait faits dans le sein de sa mère.

M. Prune s'arrêta brusquement.

« Quelque chose qui ne va pas ? demanda McGovern.

— Non, je ne crois pas… tu n'as pas entendu une sorte de détonation ? Comme un pétard, ou un moteur qui a un raté ?

— Non, mais je dois t'avouer que mon ouïe n'est plus ce qu'elle était, répondit Bill avec un petit rire. Si quelque chose a explosé, j'espère que ce n'est pas un de leurs labos pleins de matières radioactives.

— Je n'entends plus rien. Sans doute un tour de mon imagination. »

Les deux hommes entrèrent dans la chambre de Bob Polhurst.

D'après Mme Perrine, pensa Ralph, *on aurait dit un coup de fusil. L'amie de Lois pensait qu'elle avait un insecte sur la nuque qui la piquait ou allait le faire. Simple différence de toucher, peut-être, comme celui de deux pianistes différents. D'une manière ou d'une autre, ils ont senti qu'il se passait quelque chose d'anormal. Ils ne savent pas ce que c'est mais, c'est incontestable, ils le ressentent.*

Lois le prit par la main et l'entraîna jusqu'à la porte de la chambre 313. Depuis le couloir, ils virent McGovern s'installer dans le fauteuil en plastique, au pied du lit. Il y avait au moins huit personnes qui s'entassaient dans la chambre et si Ralph n'arrivait pas à bien distinguer Bob Polhurst, il y avait une chose qu'il voyait parfaitement : en dépit du linceul de mort qui l'entourait de manière hermétique, le panache de Polhurst était encore intact. Aussi crasseux qu'un vieux pot d'échappement tout rouillé, pelé par endroits, craquelé à d'autres… mais néanmoins intact. Il se tourna vers Lois.

[« *Tous ces gens risquent d'attendre plus longtemps qu'ils ne le croient.* »]

Elle acquiesça et lui montra des empreintes de pas mordorées — les empreintes des hommes blancs. Elles avaient sauté la chambre 313, constata Ralph, mais s'étaient en revanche engagées dans la suivante, la 315, celle de Jimmy V.

Ils allèrent tous les deux regarder. Jimmy V. avait trois visiteurs, et celui qui était assis au pied du lit se croyait seul ; il s'agissait de Faye Chapin, qui contemplait sans la voir la pile de cartes — vœux de prompt rétablissement — accumulées sur la table de nuit. Les deux autres étaient les deux petits docteurs chauves que Ralph avait vus pour la première fois sur le perron de May Locher. Ils se tenaient au pied du lit de Jimmy V., solennels dans leur blouse blanche impeccable, et maintenant qu'il était près d'eux, il se rendait compte qu'il y avait un monde de caractère dans ces visages presque identiques et dépourvus de toute ride ; mais c'était le genre de chose que l'on ne pouvait remarquer à travers les verres d'une paire de jumelles — ou bien lorsqu'on n'avait pas gagné quelques degrés sur l'échelle des perceptions. L'essentiel se trouvait dans les yeux, sombres, sans pupille et piquetés d'éclats d'or. Des yeux qui brillaient d'intelligence et d'une vive conscience. Autour d'eux, leurs auras avaient l'éclat lumineux d'une robe d'empereur…

… ou peut-être d'un Centurion en visite officielle.

Ils se tournèrent vers Lois et Ralph, debout, se tenant par la main dans l'encadrement de la porte comme les enfants qui, dans un conte de fées, ont perdu leur chemin dans les bois, et leur sourirent.

[« *Salut, femme.* »]

C'était Doc Chauve #1. Il tenait les ciseaux dans sa main droite. Les lames étaient très longues et les pointes paraissaient effilées. Doc Chauve #2 fit un pas en avant vers eux et leur adressa une petite courbette comique.

[« *Salut, homme. Nous vous attendions.* »]

3

Ralph sentit la main de Lois se raidir dans la sienne, puis se détendre quand elle estima que dans l'immédiat, ils ne couraient aucun danger. Elle avança d'un demi-pas, et regarda tour à tour Doc Chauve #1 et Doc Chauve #2.

[« *Qui êtes-vous ?* »]

Doc Chauve #1 croisa les bras sur son petit torse. Les lames de ses ciseaux étaient aussi longues que son avant-bras.

[*Nous n'avons pas de noms, du moins pas à la manière dont les michrones s'en donnent. Mais vous pouvez nous appeler en vous servant des noms des Parques, dans le mythe que cet homme vous a déjà raconté. Qu'il s'agisse à l'origine de noms féminins n'a guère de signification pour nous, puisque nous sommes des êtres dépourvus de toute dimension sexuée. Disons que je suis Clotho, même si je n'ai jamais filé, et que mon collègue et vieil ami est Lachésis, bien qu'il ne tienne aucun fuseau. Entrez donc tous les deux, s'il vous plaît.*]

Ils obéirent, un peu inquiets, et restèrent debout non loin du lit. Ralph ne pensait pas que les docs eussent des intentions hostiles envers eux, du moins pour l'instant, mais n'avait cependant pas envie de se rapprocher davantage. Leurs auras, d'un éclat tellement fabuleux, comparées à celle des gens ordinaires, l'intimidaient, et à voir les grands yeux qu'ouvrait Lois, bouche bée à ses côtés, il comprit qu'elle ressentait la même chose. Elle sentit qu'il la regardait, se tourna vers lui et essaya de sourire. *Ma Lois*, pensa Ralph, qui passa un bras autour de ses épaules et la serra brièvement.

Lachésis : [*Nous vous avons donné nos noms — des noms que vous pouvez utiliser, en tout cas — nous donnerez-vous les vôtres ?*]

Lois : [« *Vous voulez dire que vous ne les connaissez pas déjà ? Excusez-moi, mais je trouve ça difficile à croire.* »]

Lachésis : [*Nous pourrions les connaître, mais nous préférons ne pas les savoir. Nous aimons observer les règles de savoir-vivre des michrones, chaque fois que nous le pouvons. Nous les trouvons charmantes, car elles sont transmises d'une génération à l'autre et créent l'illusion de vies plus longues.*]

Lois : [« *Je ne comprends pas.* »]

Ralph non plus ne comprenait pas, et n'était guère curieux d'en savoir davantage. Il trouva que celui qui se faisait appeler Lachésis avait un ton un peu professoral, comme celui que prenait McGovern quand il était d'humeur à pontifier.

Lachésis : [*C'est sans importance. Nous avions le sentiment que vous viendriez. Nous savons que vous nous avez vus lundi dernier, tôt le matin, homme, à la maison de…*]

À cet instant, il se produisit un phénomène étrange ; on aurait dit que Lachésis venait de dire deux choses différentes exactement en même temps, comme un serpent enroulé sur lui-même et se mordant la queue :

[… *May Locher*,] [*la femme terminée*.]

Lois avança d'un pas hésitant.

[« *Je m'appelle Lois Chassey, et mon ami, Ralph Roberts. Et maintenant que les présentations ont été convenablement faites, pouvez-vous nous dire ce qui se passe ici ?* »]

Lachésis : [*Il reste quelqu'un d'autre à nommer*.]

Clotho : [*Ralph Roberts lui a déjà donné un nom*.]

Lois regarda Ralph, qui hochait la tête.

[« *Ils parlent de Doc Chauve #3. N'est-ce pas, les gars ?* »]

Clotho et Lachésis acquiescèrent ; ils arboraient des sourires approbateurs identiques. Ralph se dit qu'il aurait dû se sentir flatté. Au lieu de cela, il avait peur et était très en colère — on les avait constamment manipulés. Cette rencontre ne devait rien au hasard. Elle était prévue depuis le début. Clotho et Lachésis, deux petits docteurs chauves avec tout le temps devant eux, qui attendaient, dans la chambre de Jimmy V., l'arrivée de deux michrones… ouais-ouais.

Ralph jeta un coup d'œil sur Faye et vit qu'il venait d'ouvrir un livre intitulé *Cinquante Problèmes classiques d'échecs*. Il lisait tout en se tripotant le nez d'un air méditatif, comme il le faisait souvent. Après quelques travaux préliminaires, Faye enfonça le doigt profondément et en ramena un bien gros, qu'il examina avant de le remiser sous la table de nuit. Ralph détourna les yeux, gêné, et se souvint brusquement d'un dicton de sa grand-mère : *Ne regarde pas par les trous de serrure, tu risques d'en avoir chagrin*. Il avait vécu jusqu'à soixante-dix ans sans comprendre tout à fait ce que cela signifiait ; enfin, il croyait le savoir. Mais une autre question lui était venue à l'esprit.

[« *Comment se fait-il que Faye ne nous voie pas ? Et*

au fait, comment se fait-il que Bill et son ami ne nous aient pas vus ? Et que l'ami ait pu me passer au travers ? Ou bien l'ai-je simplement imaginé ? »]

Clotho sourit.

[*Vous ne l'avez pas imaginé. Essayez d'imaginer la vie comme une sorte d'édifice, Ralph ; quelque chose comme ce que vous appelleriez un gratte-ciel.*]

Sauf que, découvrit Ralph, ce n'était pas tout à fait à cela que pensait Clotho. Il eut l'impression de saisir fugitivement une image de l'esprit de celui-ci, image à la fois fascinante et inquiétante : une tour gigantesque, construite dans une pierre fuligineuse, noire de suie, au milieu d'un champ de roses rouges. Des fenêtres étroites, mélancoliques, semblables à des meurtrières, l'escaladaient en spirale.

Puis elle disparut.

[*Vous, Lois et tous les autres michrones, vivez aux deux premiers étages de cet édifice. Bien entendu, il y a des ascenseurs…*]

Non, pensa Ralph. *Pas dans la tour que j'ai vue dans votre esprit, mon petit ami. Dans ce bâtiment, s'il existe vraiment, il n'y a pas d'ascenseurs, rien qu'un escalier étroit festonné de toiles d'araignées avec des portes donnant Dieu seul sait où.*

Lachésis l'observait avec une curiosité étrange, presque soupçonneuse ; Ralph préféra ne pas trop tenir compte de ce regard et se tourna vers Clotho, lui faisant signe de continuer.

Clotho : [*Comme je le disais, il y a des ascenseurs, mais les michrones n'ont pas le droit de les emprunter, en temps normal. Vous n'êtes pas*

[*prêts*] [*réparés*] [——————————]

La dernière explication était manifestement la meilleure, mais elle se mit à se dissoudre avant que l'entendement de Ralph ait pu s'en saisir. Il regarda Lois, qui secoua la tête, puis revint à Clotho et Lachésis. Il commençait à se sentir plus en colère que jamais. Toutes ces longues nuits passées dans son fauteuil, à attendre l'aube ; toutes ces journées où il s'était senti comme un fantôme dans sa propre carcasse ; son incapacité à se souvenir d'une phrase s'il ne l'avait pas lue trois fois ; les numéros de téléphone, naguère connus par cœur, qu'il devait maintenant chercher…

Lui revint alors un souvenir qui à la fois résumait et justifiait la colère qu'il ressentait devant ces créatures chauves aux yeux vieil or et aux auras presque aveuglantes. Il se revit en train d'étudier le placard de sa cuisine, à la recherche du sachet de soupe instantanée que son esprit surmené prétendait avoir vu dedans. Il se revit en train de tout déplacer et de recommencer dans l'autre sens. Il vit l'expression de son visage — expression de perplexité lointaine que l'on aurait pu facilement confondre avec un léger retard mental mais qui relevait en fait du simple épuisement. Il se vit enfin les bras ballants, cloué sur place, comme s'il s'attendait à voir le sachet sortir du néant.

Jusqu'à cet instant, jusqu'au retour de ce souvenir, il ne s'était pas pleinement rendu compte de ce qu'avait eu d'horrible la période de quelques mois qu'il venait de vivre ; impression de parcourir des yeux un paysage désolé, stérile, tout en marrons et en gris.

[« *Donc vous nous avez fait monter dans l'ascenseur… ou peut-être n'en étions-nous pas dignes et avons-nous dû nous taper l'escalier de secours. Histoire de nous acclimater progressivement, pour que nous ne disjonctions pas complètement, sans doute. Facile. Il vous suffisait de nous priver de sommeil jusqu'à ce que nous soyons à moitié fous. Le fils et la belle-fille de Lois veulent la mettre dans un parc d'attractions pour gâteux, vous saviez pas ? Et mon ami Bill McGovern pense que je suis bon pour Juniper Hill. En attendant, vous deux, les petits anges…* »]

Le grand sourire de Clotho n'existait plus qu'à l'état de trace sur ses lèvres.

[*Nous ne sommes pas des anges, Ralph.*]

[« *Je t'en prie, Ralph, ne leur crie pas après.* »]

Oui, il avait crié, et quelque chose avait dû en parvenir jusqu'à Faye ; il avait refermé son livre de problèmes d'échecs, arrêté de se curer le nez et se tenait tout raide sur sa chaise, jetant des regards inquiets autour de lui.

Ralph regarda Clotho (qui recula d'un pas, sourire complètement effacé), puis Lachésis.

[« *D'après votre ami, vous n'êtes pas des anges. Alors qu'est-ce qu'ils fabriquent, les anges ? Ils jouent au poker six ou huit étages plus haut ? Je suppose aussi que Dieu occupe l'appartement avec terrasse, sur le toit, et que le diable manie la pelle à charbon dans le sous-sol ?* »]

Pas de réponse. Clotho et Lachésis se regardèrent, l'air dubitatif. Lois tira sur la manche de Ralph, mais il l'ignora.

[« *Et nous, qu'est-ce qu'on est supposés faire dans cette histoire ? Nous lancer aux trousses de la version naine et chauve de Billy le Kid et la scalper ? Eh bien, allez vous faire foutre !* »]

Ralph était sur le point de tourner les talons et de repartir (il avait vu beaucoup de films et savait comment effectuer une sortie spectaculaire sur une réplique définitive) lorsque Lois éclata en sanglots, des sanglots de frayeur et d'angoisse, ce qui le retint où il se trouvait. L'expression de ses yeux, affolement, reproche, lui fit regretter son éclat — au moins un petit peu. Il passa de nouveau le bras au-dessus de ses épaules et lança un regard de défi aux avortons chauves.

Les deux créatures échangèrent un coup d'œil et quelque chose — une forme de communication qui échappait aux capacités de perception et de compréhension de Lois et Ralph — passa entre eux. Lorsque Lachésis se tourna de nouveau vers eux, il souriait, mais avec gravité.

[*Je comprends votre colère, Ralph, mais elle n'est pas justifiée. Vous ne me croyez pas, pour le moment, mais vous y viendrez peut-être. Pour l'instant, il nous faut laisser de côté vos questions et les réponses que nous pourrions y apporter.*]

[« *Pourquoi ?* »]

[*Parce que le temps de trancher est venu pour cet homme. Regardez attentivement, que vous puissiez apprendre et savoir.*]

Clotho passa à la gauche du lit. Lachésis s'en approcha par la droite, passant à travers Faye Chapin. Ce dernier se plia en deux, soudain atteint d'une quinte de toux, puis rouvrit son livre d'échecs lorsqu'elle se calma.

[« *Je ne veux pas regarder ça, Ralph ! Je ne veux pas les regarder faire !* »]

Ralph pensait cependant qu'elle y parviendrait ; qu'ils y parviendraient tous les deux. Il la serra plus fort contre lui lorsque Clotho et Lachésis se penchèrent sur Jimmy V. Leurs deux visages rayonnaient d'amour, de bonté, de douceur et faisaient penser à ceux que Ralph avait vus une fois dans une peinture de Rembrandt — *La Ronde de nuit*, croyait-il se rappeler. Leurs auras se confondirent au-dessus de la poitrine de Jimmy qui, soudain, ouvrit les yeux. Il regarda vers le plafond à travers les deux docs chauves pendant quelques instants, l'expression vague, intriguée, puis son regard se tourna vers la porte et il sourit.

« Hé, visez un peu qui est ici ! » s'exclama Jimmy V. Il avait un timbre de voix rouillé et altéré, mais on distinguait encore son accent de titi bostonien, avalant une partie des syllabes. Faye sursauta. Le livre lui échappa des mains et tomba au sol. Il se pencha sur le mourant et lui prit la main, mais Jimmy l'ignora et continua de regarder Lois et Ralph, à l'autre bout de la pièce. « C'est Ralph Roberts ! Et la femme à Paul Chassey qu'est avec lui ! Dis, Ralph, tu t'souviens de ce jour où on voulait entrer dans la tente du prédicateur pour les écouter chanter *Amazing Grace* ? »

[« *Je m'en souviens, Jimmy.* »]

Un sourire parut flotter sur les lèvres du mourant et il referma les yeux. Lachésis prit son visage à deux mains et lui déplaça légèrement la tête, comme un barbier qui s'apprête à raser un client. Au même moment, Clotho se pencha un peu plus, ouvrit ses ciseaux et les présenta de manière à prendre le panache noir de Jimmy entre les lames. Au moment où Clotho refermait ses ciseaux, Lachésis se pencha et déposa un baiser sur le front de Jimmy.

[*Va en paix, mon ami.*]

Il y eut un petit cliquetis anodin. La partie coupée du panache dériva vers le plafond et disparut. Le linceul qui entourait Jimmy devint momentanément d'un blanc éclatant, puis s'évanouit à son tour, exactement comme l'avait fait un peu plus tôt l'aura de Rosalie, le même jour. Jimmy ouvrit à nouveau les yeux et regarda Faye. Il sembla à Ralph qu'il esquissait un sourire, puis son regard devint fixe et distant. Les fossettes qui avaient commencé à se creuser aux commissures de ses lèvres s'aplanirent.

« Jimmy ? » Faye lui secoua l'épaule, passant la main au travers de Lachésis pour cela. « Ça va, Jimmy ?… Oh, merde ! »

Faye se leva et quitta la chambre, ne courant pas tout à fait.

Clotho : [*Voyez-vous et comprenez-vous que ce que nous faisons, nous le faisons avec amour et respect ? Que nous sommes en réalité les médecins de l'ultime recours ? Pour nos relations, Lois et Ralph, il est bon que vous compreniez cela.*]

[« *Oui.* »]

[« *Oui.* »]

Ralph n'avait nullement eu l'intention d'agréer à quoi que ce soit de ce que l'un ou l'autre aurait pu dire, mais cette expression — « les médecins de l'ultime recours » — triompha sans peine de sa colère. Elle sonnait juste. Ils venaient de libérer Jimmy V. d'un monde dans lequel il ne restait plus rien, pour lui, que la souffrance. Oui, ils s'étaient sans doute tenus aux côtés de Ralph, dans la chambre 317, par un après-midi de pluie et de grésil, sept mois auparavant, et avaient procuré à Carolyn le même apaisement ; et, oui encore, ils accomplissaient leur tâche avec amour et respect. S'il avait pu encore entretenir des doutes sur ce point, ils s'étaient dissipés lorsque Ralph avait vu Lachésis embrasser le front de Jimmy V. Mais cet amour et ce respect leur donnaient-ils le droit de lui faire vivre, ainsi qu'à Lois, un véritable enfer ? Le droit de les envoyer aux trousses d'un être surnaturel qui avait déraillé ? Leur donnaient-ils le droit de seulement imaginer que deux personnes ordinaires, ni l'une ni l'autre de la première jeunesse, loin s'en fallait, pussent lutter avec une telle créature ?

Lachésis : [*Allons ailleurs. La chambre va se remplir de monde, et nous avons besoin de parler.*]

[« *Avons-nous au moins le choix ?* »]

Leurs réponses

[*oui, bien sûr* !] [*On a toujours le choix !*],

nuancées d'un peu de surprise, n'avaient pas tardé.

Clotho et Lachésis se dirigèrent vers la porte ; Ralph et Lois s'écartèrent pour les laisser passer. L'aura des petits docteurs chauves les caressa un instant, toutefois, et Ralph en enregistra le goût et la texture : goût de pomme douce, texture d'une écorce sèche et légère.

Pendant qu'ils s'éloignaient côte à côte, se parlant avec respect et gravité, Faye revint, accompagné de deux infirmières. Tous passèrent à travers Lachésis et Clotho, puis à travers Ralph et Lois, sans ralentir ni paraître remarquer quelque chose d'anormal.

Dans le couloir, à l'extérieur, la vie se poursuivait à son rythme ralenti habituel. Aucune sonnerie ne se déclenchait, aucune lumière ne clignotait frénétiquement, aucune aide-soignante n'arrivait au pas de course en poussant son chariot d'intervention d'urgence devant elle. Aucun haut-parleur ne lançait d'alerte. La mort était une visiteuse trop assidue, ici, pour provoquer ce genre de réactions. Ralph se doutait qu'elle n'était pas spécialement la bienvenue, même dans de telles circonstances, mais on était familiarisé avec elle, elle était acceptée. Il se doutait également que Jimmy V. aurait été satisfait de sa sortie, au deuxième étage du Derry Home : il l'avait accomplie sans faire de manières, avec décontraction, sans avoir besoin d'exhiber sa carte d'identité ou d'assuré social. Il était mort avec la dignité que revêtent parfois les choses simples et attendues. Quelques instants de conscience, accompagnés d'une perception légèrement élargie de ce qui se passait autour de lui et puis, pouf ! Pliez bagage et passez muscade, salut l'artiste…

Ils rejoignirent Doc Chauve #1 et Doc Chauve #2 devant la chambre de Bob Polhurst. À travers la porte ouverte, on voyait se poursuivre la veillée mortuaire autour du lit du vieux professeur.

Lois : [« *L'homme qui est près du lit s'appelle Bill McGovern ; c'est un de nos amis. Il a quelque chose qui ne va pas du tout. Quelque chose de terrible. Si on fait ce que vous voulez, est-ce que vous pourriez... ?* »]

Mais Lachésis et Clotho secouèrent la tête à l'unisson.

Clotho : [*Rien ne peut être changé.*]

Oui, pensa Ralph, *Dorrance le savait : Quand le vin est tiré, il faut le boire.*

Lois : [« *Quand cela arrivera-t-il ?* »]

Clotho : [*Votre ami appartient à l'autre, au troisième. Celui que Ralph a déjà baptisé Atropos. Mais Atropos ne pourrait pas non plus vous donner l'heure exacte de la mort de cet homme. Il ne peut même pas dire de qui il va s'occuper ensuite. Atropos est un agent de l'Aléatoire.*]

Ralph frissonna jusqu'au cœur en entendant cette dernière phrase.

Lachésis : [*Ce n'est pas un endroit pour parler. Venez.*]

Lachésis prit Clotho par une main et tendit l'autre à Ralph ; pendant ce temps, Clotho tendait sa main libre à Lois. Elle hésita, puis regarda Ralph.

Ralph, à son tour, regarda Lachésis d'un air sévère. [« *Vous avez intérêt à ne pas lui faire de mal.* »]

[*Nous ne ferons de mal à aucun de vous deux, Ralph. Prenez ma main.*]

... car je suis étrangère ici, étrangère au paradis, acheva Ralph dans sa tête. Puis il soupira entre ses dents, adressa un signe de tête à Lois et saisit la main tendue de Lachésis. Le choc du déjà-vu le submergea à nouveau,

aussi profond et agréable que des retrouvailles inattendues avec un vieil ami très estimé. Pomme et écorce ; souvenirs de vergers qu'il avait parcourus enfant. Il avait plus ou moins conscience, sans cependant le voir réellement, que son aura avait changé de couleur pour adopter, au moins temporairement, le vert piqueté d'or de celles de Clotho et Lachésis.

Lois saisit la main de Clotho, prit une profonde inspiration, puis eut un sourire hésitant.

Clotho : [*Complétez le cercle. N'ayez pas peur. Tout ira bien.*]

Si tu savais à quel point je ne suis pas d'accord avec ça... songea Ralph. Mais lorsque Lois chercha sa main, il la prit dans la sienne. Au goût de pomme et à la texture de l'écorce sèche vint s'ajouter le parfum d'une épice mystérieuse et inconnue. Il en inhala profondément l'arôme et sourit à Lois. Elle lui rendit son sourire — sans hésitation, cette fois — et Ralph éprouva un sentiment lointain et vague de confusion. Comment pouvait-il avoir peur ? Comment pouvait-on hésiter, lorsqu'on vous communiquait des impressions aussi bonnes, qui paraissaient aussi saines ?

Je te comprends, Ralph, mais continue pourtant à hésiter, lui conseilla une voix.

[« *Ralph ? Ralph ?* »]

Elle paraissait à la fois apeurée et excitée. Ralph se rendit compte tout à coup que les épaules de Lois franchissaient le haut de la porte de la chambre 315 : non pas que la porte descendît. C'était Lois qui montait. Tous les quatre montaient, se tenant toujours par la main.

Ralph venait tout juste de se mettre cette idée dans la tête lorsqu'une obscurité momentanée, aiguë comme une lame de couteau, traversa sa vision ; on aurait dit l'ombre portée par la lame d'un store vénitien. Il aperçut brièvement des tuyaux étroits qui faisaient probablement partie du réseau d'extincteurs de l'hôpital, entourés de couches d'un isolant rose. Puis il vit un long couloir dallé. Une civière allait lui rouler directement sur la tête — laquelle, comprit-il soudain, venait juste d'émerger au troisième étage, comme un périscope de la mer.

Il entendit Lois pousser un cri et sentit sa main se contracter dans la sienne. Il ferma instinctivement les yeux et attendit de se faire écraser la tête par la civière.

Clotho : [*Restez calmes ! Je vous en prie, restez calmes ! N'oubliez pas que ces choses existent sur un plan de la réalité différent de celui sur lequel vous vous trouvez en ce moment !*]

Ralph rouvrit les yeux. La civière avait disparu, mais il entendait derrière lui le chuintement de ses roues qui s'éloignaient. Comme l'ami de McGovern, la civière lui était passée au travers. Ils lévitaient maintenant tous les quatre dans le couloir de ce qui devait être l'aile de pédiatrie : des créatures de contes de fées cabriolaient et gambadaient sur les murs, et des personnages tirés d'*Aladin* et de *La Petite Sirène* de Disney étaient décalqués sur les fenêtres d'une vaste aire de jeu brillamment éclairée. Un médecin et une infirmière se dirigeaient vers eux, discutant d'un cas.

« … de nouveaux examens semblent être nécessaires, mais seulement si nous pouvons être sûrs que… »

Le médecin passa à travers Ralph qui sut aussitôt que l'homme s'était remis à fumer après une interruption de cinq ans et qu'il en éprouvait une culpabilité massive. Puis il fut derrière lui. Ralph regarda au sol juste à temps pour voir ses pieds émerger du dallage ; il se tourna vers Lois et esquissa un sourire.

[« *C'est bougrement mieux qu'un ascenseur, non ?* »]

Elle acquiesça. Elle lui serrait toujours fortement la main.

Ils franchirent ainsi le quatrième étage et firent surface au cinquième, à l'intérieur d'un bureau dans lequel se trouvaient deux médecins (d'un gabarit normal, ceux-là) ; l'un d'eux regardait une vieille série télé et l'autre ronflait sur l'un de ces canapés suédois modernes hideux. Puis ils se retrouvèrent sur le toit.

La nuit était claire, sans lune, superbe. Les étoiles brillaient sur la voûte céleste, dans une débauche de lumière diffuse. Le vent soufflait fort, et Ralph pensa à Mme Perrine disant que l'été indien était terminé, qu'il pouvait l'en croire. Il entendait le vent, mais ne le sentait pas… En vérité, il lui semblait qu'il aurait pu le sentir, s'il l'avait voulu. Simple question de concentration…

Alors même que cette pensée lui venait à l'esprit, il sentit se produire un changement mineur dans son corps, quelque chose comme un clignement de paupières. Soudain, ses cheveux furent rabattus vers l'arrière de son crâne et il entendit le bas de son pantalon lui battre les mollets. Il frissonna. Le dos de Mme Perrine avait eu raison, quant au changement de temps. Ralph cligna de nouveau intérieurement des yeux et la poussée du vent disparut. Il regarda Lachésis.

[« *Puis-je vous lâcher la main, maintenant ?* »]

Lachésis acquiesça et desserra son étreinte. Clotho relâcha la main de Lois. Ralph regarda par-dessus les toits de la ville, vers l'ouest, et aperçut les lumières clignotantes bleues de l'aéroport ; au-delà, on distinguait la structure en gril, dessinée en points orange par les lampes à arc de sodium de Cape Green, un quartier tout neuf, de l'autre côté des Friches-Mortes. Et quelque part au milieu du fouillis de lumières, juste à l'est de l'aéroport, se trouvait Harris Avenue.

[« *C'est beau, tu ne trouves pas, Ralph* ? »]

Il hocha la tête et se dit que se trouver ici et voir la ville ainsi à ses pieds, dans la nuit, rachetait tout ce qu'il avait vécu depuis qu'avaient commencé les insomnies. Ça, et même un peu plus. Mais c'était là une idée en laquelle il n'avait pas entièrement confiance.

Il se tourna vers Lachésis et Clotho :

[« *Très bien. Expliquez. Qui vous êtes, qui* il *est, et ce que vous voulez que nous fassions.* »]

Les petits docteurs chauves se tenaient entre deux bouches de ventilation qui dispersaient une fumée brun-violet dans l'air. Ils échangèrent un coup d'œil nerveux, et Lachésis adressa un signe de tête presque imperceptible à Clotho. Ce dernier avança d'un pas et regarda tour à tour Lois et Ralph, l'air de rassembler ses idées.

[*Bon. En premier lieu, vous devez comprendre que les événements que vous vivez, si inattendus et inquiétants qu'ils soient, ne sont pas à proprement parler surnaturels. Mon collègue et moi-même faisons ce que nous sommes programmés pour faire ; Atropos fait ce qu'il est programmé pour faire ; et vous, mes amis michrones, ferez ce que vous êtes programmés pour faire aussi.*]

Ralph lui adressa un grand sourire chargé d'amertume.

[« *Et autant pour la liberté de choix, on dirait.* »]

Lachésis : [*Il ne faut pas voir les choses ainsi ! C'est simplement que ce que vous appelez la liberté de choix fait partie de ce que nous appelons le* ka, *la grande roue des existences.*]

Lois : [« *Nous voyons aujourd'hui à travers un verre obscur… est-ce ce que vous voulez dire ?* »]

Clotho, avec son sourire qui avait quelque chose de juvénile : [*La Bible, n'est-ce pas ? C'est une excellente manière de présenter les choses.*]

Ralph : [« *C'est aussi bien pratique pour des gens comme vous, mais passons là-dessus, pour le moment. Nous avons un proverbe qui ne figure pas dans la Bible, messieurs, mais qui n'en est pas moins excellent, lui aussi :* Ne nous dorez pas la pilule. *J'espère que vous le garderez présent à l'esprit.* »]

Ralph se doutait néanmoins que c'était peut-être leur en demander beaucoup.

5

Clotho commença alors à parler. Ses explications durèrent longtemps. Combien de temps exactement, Ralph n'aurait su le dire, car le temps était différent à ce niveau — compressé, d'une certaine manière. Par moments, il n'y avait aucun mot dans ce qu'il « disait ». Les termes étaient remplacés par de simples images brillantes, comme dans un rébus pour enfants. Ralph supposa qu'il s'agissait de télépathie et, s'il y avait de quoi être stupéfait, la chose, lorsqu'elle se produisait, lui paraissait aussi naturelle que de respirer.

Parfois, images et mots se perdaient, interrompus par des blancs

[————————————————]

qui l'intriguaient. Cependant, même dans ces cas-là, Ralph arrivait en général à se faire une idée de ce que Clotho essayait de leur communiquer ; et il avait l'impression que Lois comprenait encore mieux que lui ce qui se cachait dans ces pauses.

[*En premier lieu, sachez qu'il n'y a que quatre constantes dans l'ère d'existence qui est la vôtre, comme dans la nôtre, la vie des*

[————————————

[*... se superposent. Ces quatre constantes sont la Vie, la Mort, l'Intentionnel, l'Aléatoire. Tous ces mots ont un sens pour vous, mais vous vous faites à l'heure actuelle une conception légèrement différente de la Vie et de la Mort, n'est-ce pas ?*]

Ralph et Lois acquiescèrent sans beaucoup de conviction.

[*Lachésis et moi sommes des agents de la Mort. Cela fait de nous des objets de répulsion aux yeux de la plupart des michrones ; même ceux qui prétendent nous accepter, nous et notre fonction, ont en général peur. On nous représente parfois comme d'effrayants squelettes, ou des personnages encapuchonnés au visage invisible.*]

Clotho porta ses mains minuscules aux épaules et fit semblant de frissonner. Son numéro fut suffisamment bon pour arracher un sourire à Ralph.

[*Mais nous ne sommes pas seulement les agents de la Mort, voyez-vous. Nous sommes aussi ceux de l'Intentionnel. Et maintenant, écoutez attentivement, car je veux être bien compris. Il y en a parmi vous, michrones, qui croient que tout arrive par nécessité, et d'autres qui pensent que les événements ne sont qu'une question de hasard ou de chance. La vérité est que la vie est à la fois aléatoire et intentionnelle, mais pas dans des proportions égales. La vie est semblable à...*]

Clotho forma un cercle avec ses bras, comme un enfant qui cherche à montrer la forme de la terre ; à l'intérieur, Ralph vit une image brillante et évocatrice : des milliers (voire des millions) de cartes à jouer déployées en un arc-en-ciel scintillant de cœurs, carreaux, trèfles et piques. Il aperçut aussi beaucoup de jokers dans ce jeu énorme ; pas suffisamment pour constituer une suite, comme les autres couleurs, mais toutefois beaucoup plus, en termes de proportions, que les deux ou trois que l'on trouve d'ordinaire dans un paquet. Tous souriaient, et tous portaient un panama en piteux état, au bord entamé par un coup de dents.

Tous tenaient un scalpel rouillé à la main.

Ralph regarda Clotho, écarquillant les yeux. Doc Chauve #2 acquiesça.

[*J'ignore ce que vous avez vu exactement, mais je sais que vous avez compris le message que j'ai essayé de faire passer. Et vous, Lois ?*]

Lois, qui aimait jouer aux cartes, hocha la tête, la mine pâle.

[« *Atropos est le joker du jeu, c'est ce que vous avez voulu dire.* »]

[*Il est l'agent de l'Aléatoire. Lachésis et moi servons cette autre force, celle qui rend compte de la plupart des événements, aussi bien dans les vies individuelles que dans le cours général des choses. Au niveau que vous occupez dans l'édifice, Ralph, chaque créature est un michrone auquel une certaine durée de vie est allouée. Cela ne signifie pas que chaque enfant sort du sein de sa mère avec un écriteau autour du cou nous disant : COUPEZ LE CORDON À 84 ANS, 11 MOIS, 9 JOURS, 6 HEURES, 4 MINUTES ET 21 SECONDES. Cette notion est ridicule. Néanmoins, le passage du temps est en général fixé, et comme vous l'avez vu tous les deux, l'une des nombreuses fonctions des auras, chez les michrones, est de servir d'horloge.*]

Lois fit un mouvement, et lorsque Ralph se tourna pour la regarder, il vit un spectacle stupéfiant : le ciel, au-dessus d'eux, s'éclaircissait. On aurait dit qu'il était à peu près cinq heures du matin. Ils étaient arrivés à l'hôpital vers neuf heures mardi soir, et on était maintenant tout d'un coup mercredi 6 octobre. Il connaissait l'expression « ne pas voir passer le temps », mais là, c'était ridicule !

Lois : [« *Votre travail, c'est ce que nous appelons la mort naturelle, n'est-ce pas ?* »]

Des images confuses et incomplètes firent de vacillantes et brèves apparitions dans son aura. Un homme (feu M. Chassey, Ralph en était certain) gisant sous une tente à oxygène. Jimmy V. ouvrant les yeux pour regarder Ralph et Lois juste avant l'instant où Clotho lui avait coupé le panache. La rubrique nécrologique du *Derry News*, saupoudrée de photos à peine plus grosses que des timbres-poste, détaillant la moisson hebdomadaire des hôpitaux et maisons de retraite de la région.

Lachésis et Clotho secouèrent tous les deux négativement la tête.

Lachésis : [*Ce que vous appelez mort naturelle n'existe pas, pas réellement. Notre tâche, c'est la mort intentionnelle. Nous emportons les vieux et les malades, mais également les autres. Hier, par exemple, nous avons pris un homme de vingt-huit ans, un charpentier. Il y a deux semaines de michrones, il est tombé d'un échafaudage et s'est fracturé le crâne. Pendant ces deux semaines, son aura était*]

Ralph eut la vision d'une aura fracassée comme celle du bébé dans l'ascenseur.

Clotho : [*Finalement, le changement est arrivé — la métamorphose de l'aura. Nous savions qu'elle se produirait, mais pas quand. Quand elle est enfin intervenue, nous sommes allés le voir et nous l'avons expédié.*]

[« *Expédié ? Où ça ?* »]

C'était Lois qui avait posé la question, abordant ainsi, accidentellement, le délicat sujet de ce qu'il y avait après la vie. Ralph agrippa sa ceinture de sécurité psychologique, espérant presque que se produisît l'un de ces blancs si particuliers ; mais lorsque arrivèrent leurs réponses, presque simultanément, elles étaient parfaitement claires.

Clotho : [*Partout.*]

Lachésis : [*Dans d'autres mondes que celui-ci.*]

Ralph ressentit un mélange de soulagement et de déception.

[« *La formule est très poétique mais je crois qu'il veut dire — corrigez-moi si je me trompe — que ce qu'il y a après la vie est un mystère aussi épais pour vous que pour nous.* »]

Lachésis, d'un ton un peu raide : [*Nous aurons peut-être l'occasion, une autre fois, de discuter plus en détail de ces choses, mais pas maintenant. Comme vous l'avez sans doute déjà remarqué, le temps passe plus vite à ce niveau de l'édifice.*]

Ralph regarda autour de lui et se rendit compte que le ciel s'était considérablement éclairci.

[« *Désolé.* »]

Clotho, souriant : [*Pas du tout. Nous apprécions vos questions et nous les trouvons revigorantes. La curiosité est une constante dans le continuum vital, mais elle n'est nulle part aussi fréquente qu'ici. Ce que vous appelez la vie après la mort, cependant, n'a aucune place parmi les quatre constantes — la Vie et la Mort, l'Intentionnel et l'Aléatoire — qui nous occupent pour le moment.*

Le déroulement de la période qui précède presque chaque mort servant l'Intentionnel suit un cours qui nous est très familier. Les auras de ceux qui doivent connaître une mort intentionnelle deviennent grises au moment où la fin se rapproche ; ce gris vire progressivement au noir. On nous appelle lorsque l'aura

[————————————————

[*et nous venons exactement comme vous nous avez vus, la nuit dernière. Nous délivrons ceux qui souffrent, nous apaisons ceux qui sont terrifiés, nous donnons le repos à ceux qui ne peuvent le trouver. La plupart des morts intentionnelles sont attendues, parfois même souhaitées, mais pas toutes. On nous appelle parfois pour emporter des hommes, des femmes et des enfants qui sont en parfaite santé... pourtant, leur aura a brusquement viré et l'heure de leur fin est venue.*]

Ralph se souvint du jeune homme en T-shirt sans manches aux armes des Celtics qu'il avait vu entrer d'un pas guilleret au Red Apple, la veille. L'image même de la santé et de la vitalité... s'il n'y avait eu, évidemment, l'espèce de marée noire fantomatique qui l'entourait.

Il ouvrit la bouche, peut-être pour en parler (ou pour demander ce qu'il était devenu), puis la referma. Le soleil était maintenant au-dessus de leur tête et il fut brusquement envahi d'une idée qui s'imposa avec une bizarre certitude : que lui et Lois étaient devenus le sujet de discussions grivoises dans la ville secrète des Vieux Croulants.

Personne ne les a vus ?... Non ?... Pensez qu'ils ont filé ensemble ?... Mais non, pas à leur âge, ils se sont peut-être enfermés quelque part... Je sais pas si ce bon vieux Ralphie a encore des munitions dans la cartouchière, mais elle m'a toujours eu l'air d'une gourgandine... Ouais, 'l'a l'air de savoir ce qu'elle a entre les jambes quand elle marche, hein ?

La vision de sa vieille péniche rouillée parquée derrière un pavillon discrètement enfoui sous le lierre du Derry Cabins Motel, pendant que les ressorts du lit grinçaient et couinaient avec lubricité derrière la porte close, fit sourire Ralph. Ce fut plus fort que lui. L'instant suivant, l'idée inquiétante que ses pensées intimes étaient peut-être radiodiffusées par son aura lui vint à l'esprit, et il claqua aussitôt la porte sur cette image. Est-ce que Lois ne le regardait pas avec une expression légèrement amusée ?

Il reporta son attention sur Clotho.

[*Atropos sert l'Aléatoire. Toutes les morts que les michrones appellent « idiotes », « inutiles » ou « tragiques » ne sont pas forcément son œuvre, mais elles le sont souvent. Quand une douzaine de personnes âgées meurent dans l'incendie de leur maison de retraite, il y a de bonnes chances pour qu'Atropos ait été dans le secteur, à subtiliser des souvenirs et à couper des cordons. Lorsqu'un bébé meurt dans son berceau sans raison apparente, Atropos et son scalpel rouillé y sont souvent pour quelque chose. Lorsqu'un chien — oui, même un chien, car la destinée de presque toutes les choses vivantes, dans le monde des michrones, tombe dans le domaine de l'Intentionnel ou de l'Aléatoire — est écrasé sur la route parce que le chauffeur de la voiture a mal choisi le moment de consulter sa montre…*]

Lois : [« *C'est ce qui est arrivé à Rosalie ?* »]

Clotho : [*C'est Atropos qui est arrivé à Rosalie. Joe Plussaj, l'ami de Ralph, a simplement été ce que nous appelons l'« agent opérant ».*]

Lachésis : [*Et Atropos est aussi ce qui est arrivé à votre ami, feu William McGovern.*]

Lois parut ressentir la même chose que Ralph : affligée, mais pas vraiment surprise. On était maintenant vers la fin de l'après-midi, et quelque chose comme dix-huit heures de michrones s'étaient écoulées depuis qu'ils avaient vu Bill pour la dernière fois ; or, Ralph se souvenait que le temps qui lui restait était extrêmement bref, même la veille. Lois, qui avait machinalement repris la main de Ralph, le savait sans doute encore mieux.

Ralph : [« *Quand est-ce arrivé ? Combien de temps après que nous l'avons vu ?* »]

Lachésis : [*Il n'y a pas longtemps. Au moment où il quittait l'hôpital. Je suis désolé pour vous, ainsi que de vous donner cette nouvelle d'une manière aussi maladroite. Nous parlons si rarement aux michrones que nous oublions comment nous y prendre. Je n'avais aucune intention de vous blesser ni l'un ni l'autre.*]

Lois lui répondit qu'il n'y avait pas de mal, qu'elle comprenait, mais des larmes coulaient sur ses joues et Ralph sentit qu'elles lui brûlaient aussi les yeux. L'idée que Bill n'était plus, que ce petit bâton merdeux en blouse crasseuse avait pu l'avoir, était difficile à accepter. Comment imaginer que McGovern ne hausserait plus jamais son épais sourcil ironique ? Ne râlerait plus sur ce qu'il y avait d'horrible à vieillir ? Impossible. Il se tourna soudain vers Clotho.

[« *Montrez-nous.* »]

Clotho, surpris, presque affolé : [*Je... je ne crois pas...*]

Ralph : [« *Pour des crétins de michrones comme nous, voir, c'est croire. On ne vous l'a jamais dit, les gars ?* »]

Lois prit la parole de manière inattendue. [« *Oui, montrez-nous. Mais seulement ce qu'il faut pour que nous puissions comprendre et accepter. Essayez d'éviter de nous rendre plus malheureux que nous ne le sommes déjà.* »]

Clotho et Lachésis se regardèrent, puis donnèrent l'impression de hausser leurs épaules étroites — sans avoir bougé. Lachésis brandit l'index et le majeur de sa main droite en l'air, créant un éventail lumineux couleur queue-de-paon. Ralph vit dedans une représentation minuscule mais surnaturellement parfaite du couloir des soins intensifs. Une infirmière poussant un chariot de médicaments franchit cet arc et donna l'impression de s'incurver un instant avant de disparaître.

Lois, en dépit des circonstances, ne put s'empêcher de s'émerveiller : [« *On dirait qu'on regarde un film sur une bulle de savon !* »]

McGovern et M. Prune sortirent de la chambre de Bob Polhurst. Le premier venait d'enfiler un vieux chandail de collège et le deuxième remontait la fermeture Éclair d'un blouson ; manifestement, ils repoussaient à plus tard la veillée funèbre. McGovern marchait lentement et traînait derrière M. Prune. Ralph se rendait compte que son voisin et parfois ami n'avait pas l'air bien du tout.

Il sentit les doigts de Lois remonter le long de son avant-bras et serrer fort. Il posa une main sur la sienne.

À mi-chemin des ascenseurs, McGovern s'immobilisa, s'appuya d'une main contre le mur et baissa la tête. Il avait l'air d'un coureur complètement hors d'haleine à la fin d'un marathon. M. Prune continua d'avancer de quelques pas. On voyait sa bouche bouger et Ralph pensa : *M. Prune ne sait pas qu'il parle pour des prunes… pas encore, en tout cas.*

Soudain, il n'eut plus du tout envie de voir la suite.

Dans l'arc bleu-vert, McGovern porta une main à sa poitrine et l'autre à sa gorge, où elle se mit à frotter, comme s'il cherchait à masser ses fanons. Ralph n'en aurait pas juré, mais il croyait lire de la peur dans les yeux de son vieil ami. Il se souvint de la grimace de haine sur le visage de Doc Chauve #3 lorsqu'il s'était aperçu qu'un michrone s'était permis de se mêler de ses affaires, à propos d'un chien vagabond. Qu'avait-il dit, déjà ?

[*Je vous aurai ! Je vous aurai tous les deux ! Espèces d'emmerdeurs de michrones qui vous mêlez de ce qui ne vous regarde pas ! JE VOUS BAISERAI TOUS LES DEUX !*]

Une idée terrible, presque une certitude, germa dans l'esprit de Ralph tandis qu'il voyait McGovern s'effondrer lentement au sol.

Lois : [« *Faites-le partir ! Je vous en prie, faites-le partir !* »]

Elle enfouit son visage contre l'épaule de Ralph. Clotho et Lachésis échangèrent des regards embarrassés, et Ralph se rendit compte qu'il venait de sérieusement réviser son jugement sur leur omniscience et leur omnipotence. Il s'agissait peut-être de créatures surnaturelles, mais elles avaient aussi leurs limites. Il avait l'impression qu'elles ne valaient pas grand-chose non plus dans le domaine de la prédiction de l'avenir ; des types disposant de boules de cristal réellement efficaces n'avaient sûrement pas des expressions aussi effarées à leur répertoire.

Ils avancent au petit bonheur la chance, exactement comme nous, se dit Ralph ; et il ne put s'empêcher de ressentir, à contrecœur, une certaine sympathie pour MM. C. & L.

L'arc de lumière bleu-vert qui flottait devant Lachésis disparut soudain, avec les images qu'il contenait.

Clotho, sur la défensive : [*S'il vous plaît, n'oubliez pas que c'est vous qui avez décidé de regarder. Nous ne vous avons pas montré cela de notre propre gré.*]

Ralph l'entendit à peine. La terrible idée qu'il venait d'avoir continuait à faire son chemin, comme une photo qu'on ne voudrait pas voir mais dont on ne peut détourner le regard. Il pensait au chapeau de Bill… au foulard d'un bleu délavé de Rosalie… et aux boucles d'oreilles manquantes de Lois.

[*Je vais te foutre en l'air, michrone. Je vais vous démolir, toi et tes amis. Tu piges ? Est-ce que tu…*]

Il regarda tour à tour Clotho et Lachésis et sentit s'évanouir sa sympathie, remplacée par une sinistre montée de colère. Lachésis avait déclaré que les morts accidentelles n'existaient pas, et cela incluait donc celle de McGovern. Ralph n'avait aucun doute sur le fait qu'Atropos s'en était pris à McGovern à ce moment précis pour une seule raison : faire mal à Ralph, le punir pour s'être mêlé des affaires… comment avait dit Dorrance, déjà ? Des affaires des machrones.

Le vieux Dor lui avait suggéré de rester en dehors de tout ça — excellent conseil, sans nul doute, mais Ralph n'avait pas eu le choix… car ces deux demi-portions aux crânes en boules de billard s'étaient mêlées des siennes. C'était, dans un sens très réel, directement à cause d'eux que McGovern était mort.

Clotho et Lachésis sentirent sa colère et reculèrent d'un pas (ce qu'ils semblèrent faire sans avoir à remuer les pieds), prenant une expression plus embarrassée que jamais.

[« *C'est à cause de vous deux que Bill McGovern est mort. C'est la vérité, n'est-ce pas ?* »]

Clotho : [*Je vous en prie… si seulement vous nous laissiez finir d'expliquer…*]

Lois regardait Ralph, inquiète, apeurée.

[« *Ralph ? Qu'est-ce qui ne va pas ? Pourquoi es-tu en colère ?* »]

[« *Tu ne comprends pas ? Leur petit stratagème a coûté la vie à Bill. Nous sommes ici soit parce que Atropos a fait quelque chose qui ne leur a pas plu, soit parce qu'il était prêt à…* »]

Lachésis : [*Vous sautez trop vite aux conclusions, Ralph, et…*]

[« *… mais il y a un problème tout à fait fondamental : il sait que nous le voyons ! Atropos sait que nous le voyons !* »]

Les yeux de Lois s'agrandirent sous l'effet de la terreur… et de la compréhension.

CHAPITRE 18

1

Une petite main blanche vint se poser sur l'épaule de Ralph et y resta, légère comme de la fumée.

[*Je vous en prie... si vous nous laissiez seulement expliquer...*]

Il sentit de nouveau le changement — ce clin d'œil ou de quelque chose — se produire dans son corps avant même d'avoir eu pleinement conscience de le désirer. Il retrouvait le vent, surgissant de l'obscurité comme un couteau froid, et il frissonna. Le contact de la main de Clotho n'était plus qu'une vibration fantôme juste en dessous de son épiderme. S'il voyait toujours les trois autres, ils étaient réduits à des silhouettes laiteuses et incertaines. Des fantômes.

J'ai décroché. Je ne suis pas complètement revenu au niveau de départ, mais à un autre, intermédiaire, où ils ne peuvent pratiquement avoir aucun contact physique avec moi. Mon aura, mon panache... oui, ils doivent pouvoir y accéder, mais la partie physique qui vit la vie réelle des michrones ? Sûrement pas.

La voix de Lois lui parvint, lointaine comme un écho qui s'affaiblit : [«*Ralph ! Qu'est-ce que tu fais, Ralph ?*»]

Il regarda les deux petites silhouettes fantomatiques de Clotho et Lachésis ; ils n'avaient plus l'air simplement mal à l'aise ou un peu coupables, mais carrément terrorisés. Leurs visages déformés étaient difficiles à distinguer, mais leur peur était évidente.

Clotho, d'une voix distante mais cependant audible : [*Revenez, Ralph ! Je vous en prie, revenez !*]

« Si je reviens, allez-vous arrêter de tourner autour du pot et jouer franc jeu avec nous ? »

Lachésis, d'une voix de plus en plus ténue : [*Oui, oui !*]

Ralph provoqua de nouveau le clignement. Le temps reprit sa course : il vit le croissant de lune dégringoler à l'autre bout du ciel comme une goutte brillante de mercure. Lois lui jeta les bras autour du cou et un instant, il put se demander si elle voulait l'embrasser ou l'étrangler.

[« *Grâce à Dieu ! J'ai cru que tu allais m'abandonner !* »]

Ralph lui donna un baiser et pendant un instant il se sentit envahi de sensations désordonnées mais agréables : le goût du miel frais, une texture comme de la laine peignée, et l'odeur des pommes. Une pensée lui traversa l'esprit :

(Quel effet ça ferait, de faire l'amour ici ?),

mais il la chassa aussitôt. Il lui fallait penser avec concentration et s'exprimer avec soin au cours des prochaines

(minutes ? heures ? journées ?)

et s'attarder sur ce genre de considérations ne ferait que rendre les choses plus difficiles. Il se tourna vers les petits docteurs chauves et les toisa.

[« *J'espère que vous êtes sérieux, cette fois. Parce que*

sinon, on annule tout de suite la compétition et chacun rentre chez soi. »]

Clotho et Lachésis ne prirent pas la peine d'échanger un regard, cette fois ; tous les deux hochèrent vigoureusement la tête. Quand Lachésis reprit la parole, ce fut sur la défensive. Ralph se dit qu'il était beaucoup plus agréable d'avoir affaire à ces deux nabots qu'à Atropos, mais qu'ils n'avaient cependant pas davantage l'habitude d'être interrogés que lui — d'être poussés dans leurs derniers retranchements, comme aurait dit la mère de Ralph.

[*Tout ce que nous vous avons dit est vrai, Ralph. Nous n'avons peut-être pas mentionné la possibilité qu'Atropos ait une compréhension légèrement meilleure de la situation que ce que nous aimerions, mais...*]

Ralph : [« *Et si nous refusions d'écouter plus longtemps toutes ces sornettes ? Si nous faisions simplement demi-tour ?* »]

Aucun des deux ne répondit, mais Ralph crut voir une expression atterrée dans leurs regards : ils savaient qu'Atropos détenait les boucles d'oreilles de Lois et savaient que lui le savait aussi. La seule qui l'ignorait — espérait-il — était l'intéressée elle-même.

Celle-ci le tirait maintenant par la manche.

[« *Ne fais pas ça, Ralph, je t'en prie. Nous avons besoin de savoir ce qu'ils ont à dire.* »]

Ralph se tourna vers les deux petits bonshommes et leur fit signe, d'un geste sec, de continuer.

Lachésis : [*En temps normal, nous n'intervenons pas dans ce que fait Atropos, et lui n'intervient pas dans ce que nous faisons. Nous ne pourrions interférer avec lui, même si nous le voulions, car l'Aléatoire et l'Intentionnel sont comme les cases blanches et noires d'un échiquier, qui se définissent mutuellement par leur contraste de couleur. Mais Atropos cherche à interférer avec la manière dont fonctionnent les choses — interférer étant au fond très précisément la fonction pour laquelle il a été créé — et, exceptionnellement, l'occasion se présente de le faire d'une manière spectaculaire. Les efforts pour contrer ces interventions sont rares...*]

Clotho : [*La vérité est un peu plus catégorique, Ralph : jamais, pour autant que nous le sachions, on n'a cherché à l'empêcher d'agir ou à le contrer.*]

Lachésis : [*... et ne sont décidés que si la situation dans laquelle il veut intervenir est délicate ; une situation comportant des questions nombreuses et sérieuses en suspens. Nous sommes dans une de ces situations. Atropos a coupé un cordon vital auquel il aurait mieux fait de ne pas toucher. Cela va provoquer de nombreux problèmes à tous les niveaux, sans parler d'un sérieux déséquilibre entre l'Intentionnel et l'Aléatoire — à moins que la situation ne soit rectifiée. Nous ne sommes pas en mesure de faire face à ce qui se passe ; le problème est au-delà de nos faibles moyens. Nous ne voyons plus clairement, et agissons encore moins clairement. Dans ce cas, néanmoins, notre incapacité à voir n'a guère d'importance, car en fin de compte, seuls les michrones peuvent s'opposer à Atropos. C'est pour cette raison que vous êtes ici, tous les deux.*]

Ralph : [« *Voulez-vous dire qu'Atropos a coupé le cordon de quelqu'un qui aurait dû mourir de mort naturelle... ou, du moins, de mort intentionnelle ?* »]

Clotho : [*Pas exactement. Certaines vies — très rarement — n'ont pas de définition précise. Lorsque Atropos s'en prend à elles, il faut toujours s'attendre à des ennuis. « Les jeux sont faits », dites-vous. Ces vies sans désignation sont comme...*]

Clotho écarta les mains et une image de cartes à jouer

apparut soudain entre elles. Une rangée de sept cartes qu'une main invisible retournait vivement l'une après l'autre. Un as, un deux, un joker, un trois, un sept et une dame. La dernière carte que retourna la main invisible était vierge.

Clotho : [*Cette image vous aide-t-elle ?*]

Ralph fronça les sourcils. Il se demandait si, oui ou non, il avait bien compris. Quelque part dans la nature, se baladait quelqu'un qui n'était ni une carte normale ni un joker. Une personne parfaitement neutre, bonne à prendre d'un côté comme de l'autre. Atropos avait coupé le cordon métaphysique de ce type et maintenant quelqu'un — ou quelque chose — avait demandé un temps mort.

Lois : [« *C'est d'Ed que vous parlez, n'est-ce pas ?* »]

Ralph lui adressa un regard aigu, mais elle avait les yeux fixés sur Lachésis.

[« *La carte vierge, c'est Ed Deepneau ?* »]

Lachésis acquiesça.

[« *Comment l'as-tu compris, Lois ?* »]

[« *De qui d'autre pouvait-il s'agir ?* »]

Elle ne lui souriait pas, mais Ralph sentit qu'il y avait en elle quelque chose qui souriait. Il revint vers Clotho et Lachésis.

[« *Bon, d'accord ; au moins on arrive quelque part. Mais qui a lancé l'alerte rouge ? Je ne crois pas que ce soit vous, les gars. Quelque chose me dit que dans cette affaire, au moins, vous n'êtes guère plus que des seconds couteaux.* »]

Les deux têtes disproportionnées s'inclinèrent l'une vers l'autre et les deux docs chauves s'entretinrent un moment à mi-voix ; Ralph vit une nuance légèrement ocrée faire son apparition à l'endroit où leurs auras mordorées se recouvraient et sut qu'il avait raison. Finalement, ils firent de nouveau face à Ralph et Lois.

Lachésis : [*Oui, c'est fondamentalement le cas. Vous avez une façon de mettre les choses en perspective, Ralph... Cela fait bien mille ans que nous n'avons pas eu une conversation comme celle-ci...*]

Clotho : [*Si nous en avons jamais eu une.*]

Ralph : [« *Il suffit que vous nous disiez la vérité, les gars.* »]

Lachésis, d'un ton geignard d'enfant : [*C'est ce que nous avons fait !*]

Ralph : [« *Toute la vérité !* »]

Lachésis : [*Très bien, toute la vérité. Oui, c'est bien le cordon vital d'Ed Deepneau qu'Atropos a coupé. Nous ne le savons pas parce que nous l'aurions vu — nous avons perdu l'aptitude à y voir clair, comme je vous l'ai dit — mais parce que c'est la seule conclusion logique. Deepneau est indéfini, n'appartient ni à l'Aléatoire ni à l'Intentionnel, pour autant que nous le sachions, et il devait avoir un maître cordon, pour provoquer autant d'agitation et d'inquiétude. Le seul fait qu'il ait vécu aussi longtemps après la coupure suffit à indiquer son pouvoir et son importance. Lorsque Atropos a coupé ce cordon, il a mis en branle un terrible enchaînement d'événements.*]

Lois frissonna et se rapprocha de Ralph.

Lachésis : [*Vous avez dit de nous que nous étions des seconds couteaux. Vous avez encore plus raison que vous ne pensez, car nous ne sommes même, dans cette affaire, que de simples messagers. Notre tâche est de vous faire prendre conscience à tous les deux de ce qui se passe et de ce que l'on attend de vous, et ce travail est maintenant presque achevé. Quant à celui qui a sonné l'alerte rouge, nous ne pouvons répondre à la question car nous ne le savons pas vraiment.*]

[« *Je ne vous crois pas.* »]

Mais il entendit le manque de conviction dans sa propre voix (s'il s'agissait bien de voix).

Clotho : [*Ne soyez pas stupide — bien sûr que vous nous croyez ! Pensez-vous que le patron d'une grande entreprise de construction automobile inviterait un OS à assister au conseil d'administration pour lui expliquer ses décisions ? Ou peut-être justifier les raisons qu'il a de fermer tel ou tel atelier ?*]

Lachésis : [*Nous sommes un peu plus haut placés que ceux qui travaillent sur les chaînes de montage, mais nous n'en sommes pas moins des ouvriers, Ralph.*]

Clotho : [*Contentez-vous de ça : au-delà du niveau d'existence des michrones et des machrones sur lequel nous existons, Lachésis, Atropos et moi, il y a d'autres niveaux. Ils sont habités par des créatures que nous pourrions appeler des pantachrones, puisqu'elles ont tout le temps devant elles, étant soit éternelles, soit si près de l'être que cela ne fait guère de différence. Michrones et machrones vivent dans des sphères d'existence qui se superposent, des étages différents d'un même bâtiment qui communiquent, si vous préférez, sphères régies par l'Aléatoire et l'Intentionnel. Au-dessus de ces étages, qui nous sont inaccessibles mais font néanmoins tout autant partie de la même tour d'existence, vivent d'autres entités. Certaines sont merveilleuses, extraordinaires ; d'autres sont hideuses au-delà de notre faculté de compréhension, et encore plus de la vôtre. On pourrait appeler ces entités l'Intentionnel supérieur et l'Aléatoire supérieur… ou peut-être n'y a-t-il plus d'aléatoire au-delà d'un certain niveau ; nous le soupçonnons, mais sans pouvoir l'affirmer avec certitude. Nous savons que quelque chose de ces hautes sphères s'est intéressé à Ed et que quelque chose d'autre, de ces mêmes sphères, a lancé une contre-attaque. Cette contre-attaque, c'est vous deux.*]

Lois adressa à Ralph un regard abattu qu'il remarqua à peine. L'idée qu'ils étaient manipulés comme les pièces dans le tournoi d'échecs de Faye Chapin — idée qui l'aurait rendu furieux en d'autres circonstances — lui parut parfaitement s'imposer, pour le moment. Il se souvint du jour où Ed l'avait appelé au téléphone. *Vous êtes en train de vous enfoncer en eau profonde, Ralph*, lui avait-il dit, *et il y a des choses qui rôdent, là au fond, des choses que vous ne pourriez même pas concevoir.*

Des entités, autrement dit.

Trop hideuses pour être comprises, selon M. C. ; et M. C. était quelqu'un qui avait pour tâche de donner la mort. *Elles ne vous ont pas encore vraiment remarqué, pour le moment*, avait ajouté Ed lors de ce même coup de fil, *mais si vous continuez à faire l'idiot avec moi, ça ne va pas tarder. Et il vaudrait mieux pas. Croyez-moi.*

Lois : [« *Comment avez-vous fait pour nous amener à ce niveau, d'abord ? Par les insomnies, hein ?* »]

Lachésis, prudent : [*Fondamentalement, oui. Nous sommes capables d'introduire de petits changements dans les auras des michrones. Ces ajustements provoquent une forme particulière d'insomnie qui altère la manière de rêver et celle dont vous percevez le monde à l'état d'éveil. Ces modifications d'auras sont délicates à conduire, c'est un travail redoutable. On court toujours le risque de la folie.*]

Clotho : [*Vous avez pu avoir parfois l'impression de devenir fous, mais aucun de vous deux n'a vraiment frôlé la folie. Vous êtes l'un et l'autre beaucoup plus coriaces que vous ne le pensez.*]

Ces enfoirés s'imaginent sincèrement qu'ils sont réconfortants, s'émerveilla Ralph, mais il repoussa ce nouvel accès de colère. Il n'avait tout simplement plus le temps de se mettre en colère. Plus tard, peut-être, pourrait-il se laisser aller. Pour l'instant, il se contenta de tapoter la main de Lois et de s'adresser de nouveau à Clotho et Lachésis.

[« *L'été dernier, après avoir battu sa femme, Ed m'a parlé d'un être qu'il a appelé le Roi Pourpre. Est-ce que cela signifie quelque chose pour vous ?* »]

Clotho et Lachésis échangèrent un nouveau regard que Ralph, sur le coup, prit pour de la solennité.

Clotho : [*Vous ne devez pas oublier qu'Ed est fou, Ralph, et qu'il vit dans un état d'illusion...*]

[« *Justement, parlez-m'en.* »]

[... *mais nous croyons que son Roi Pourpre existe, sous une forme ou une autre, et que lorsque Atropos lui a coupé le cordon vital, Ed Deepneau est tombé directement sous la coupe de cet être.*]

Les deux petits docteurs chauves se regardèrent encore une fois et ce coup-ci, Ralph comprit ce que signifiait l'expression qu'ils arboraient l'un comme l'autre : non pas la solennité, mais la terreur.

2

Une aube nouvelle s'était levée — celle de mardi — et filait maintenant vers midi. Ralph avait vaguement l'impression que la vitesse à laquelle passaient les heures au niveau des machrones ne faisait qu'augmenter ; s'ils n'en finissaient pas rapidement, ils risquaient de survivre à d'autres de leurs amis que le seul Bill McGovern.

Clotho : [*Atropos savait que l'Intentionnel supérieur*

enverrait quelqu'un essayer d'enrayer ce qu'il avait mis en branle ; à l'heure actuelle, il sait de qui il s'agit. Mais vous ne devez pas vous laisser détourner par Atropos ; il faut vous souvenir qu'il n'est guère plus qu'un pion sur cet échiquier. Ce n'est pas réellement Atropos qui s'oppose à vous.]

Il marqua un temps d'arrêt, hésita et consulta son collègue. Lachésis lui fit signe de poursuivre, l'air d'être sûr de lui, mais Ralph n'en sentit pas moins son cœur se serrer un peu. Il ne doutait pas que les deux petits docteurs chauves eussent les meilleures intentions, mais ils naviguaient manifestement au radar.

Clotho : [*Vous ne devez pas non plus approcher Atropos directement. Je ne saurais assez insister là-dessus. Il a été entouré de forces bien plus grandes que lui-même, des forces mauvaises et puissantes, des forces qui sont conscientes et qui ne reculeront devant rien pour vous arrêter. Nous pensons cependant que même en restant loin de lui, vous serez capables d'empêcher la chose terrible qui est sur le point de se produire... qui, en un sens très réel, a déjà commencé à se produire.*]

Ralph n'apprécia pas tellement le sous-entendu selon lequel lui et Lois allaient faire ponctuellement ce que ces deux petits rigolos voulaient qu'ils fissent, mais le moment ne lui parut pas très bien choisi pour le leur dire.

Lois : [« *Qu'est-ce qui est sur le point de se produire ? Qu'attendez-vous de nous ? Devons-nous essayer de convaincre Ed de ne pas faire quelque chose de mal ?* »]

Clotho et Lachésis affichèrent une expression identique, consternée et horrifiée.

[*N'avez-vous donc pas écouté...*]

[*Vous ne devez même pas penser à...*]

Ils s'interrompirent et Clotho fit signe à Lachésis de continuer.

[*Si vous n'avez pas fait attention à ce que nous vous avons déjà dit, Lois, écoutez bien ceci : tenez-vous éloignés d'Ed Deepneau ! Comme pour Atropos, cette situation inhabituelle lui a conféré de grands pouvoirs. Le seul fait de l'approcher vous ferait courir le risque d'une visite de l'entité qu'il a baptisée le Roi Pourpre… et de toute façon, il ne se trouve plus à Derry.*]

Lachésis jeta un coup d'œil vers le ciel, lequel annonçait déjà le crépuscule de ce mardi, puis revint sur Lois et Ralph.

[*Il est parti pour*

[-----------]

Aucun mot, mais Ralph fut envahi d'un ensemble de sensations, en partie olfactives (huile, graisse, fumées d'échappement, sel marin), en partie sonores (le vent qui faisait claquer quelque chose, peut-être un drapeau) et en partie visuelles (un gros bâtiment rouillé avec une porte énorme, ouverte, montée sur un rail d'acier).

[« *Il est sur la côte, non ? Ou bien il y va.* »]

Les deux docteurs chauves acquiescèrent et leur expression laissait entendre que la côte, à cent vingt kilomètres de Derry, était un endroit très bien pour Ed Deepneau.

Lois tira de nouveau sur la manche de Ralph.

[« *As-tu vu le bâtiment, Ralph ?* »]

Il hocha affirmativement la tête.

[« *Ce ne sont pas les laboratoires Hawking, mais ce n'est pas loin. Il me semble que c'est un endroit que je connais…* »]

Lachésis se mit à parler rapidement, comme pour changer de sujet : [*Où il se trouve et ce qu'il peut préparer en ce moment, ça n'a pas d'importance. Votre tâche est ailleurs, en eaux plus sûres, mais il se peut néan-*

moins que vous ayez à vous servir de vos pouvoirs de michrones, pouvoirs tout à fait considérables, pour l'accomplir. Il se peut aussi que vous couriez de grands dangers.]

Lois regarda Ralph avec nervosité.

[« *Dis-leur que nous refusons de faire du mal à qui que ce soit, Ralph. Que nous sommes peut-être d'accord pour les aider, si nous pouvons, mais qu'il n'est pas question de faire de mal à qui que ce soit.* »]

Ralph, cependant, ne leur dit rien de tel. Il pensait à la manière dont les diamants avaient brillé aux oreilles d'Atropos et méditait sur la perfection du piège dans lequel il s'était fait prendre — et Lois avec lui, évidemment. Oui, il se sentait capable de faire mal à quelqu'un, si c'était pour récupérer ces boucles d'oreilles. Mais jusqu'où serait-il capable d'aller ? Tuerait-il, s'il le fallait ?

Ne voulant pas s'attarder sur cette question — ni même regarder Lois, au moins pour le moment — il se tourna de nouveau vers Clotho et Lachésis. Il ouvrit la bouche pour parler, mais Lois le précéda :

[« *Il y a une autre chose que je tiens à savoir avant qu'on aille plus loin.* »]

Ce fut Clotho qui répondit, paraissant légèrement amusé — ayant même tout à fait l'expression qu'aurait eue Bill McGovern. Ralph apprécia moyennement.

[*Et quoi donc, Lois ?*]

[« *Ralph n'est-il pas en danger, lui aussi ? Atropos ne détient-il pas un objet à lui qu'il faudra récupérer plus tard ? Quelque chose comme le chapeau de Bill ?* »]

Les deux nabots, comme d'habitude, échangèrent un coup d'œil rapide et craintif. Ralph eut l'impression que Lois ne le remarqua pas, mais il ne lui avait pas échappé. *Elle se rapproche désagréablement près de ce qu'il vaut mieux qu'elle ne sache pas*, disait ce coup d'œil. Puis les deux visages identiques reprirent leur aspect lisse et se tournèrent de nouveau vers Lois.

Lachésis : [*Non. Atropos n'a rien pris à Ralph, jusqu'ici, parce que cela ne lui aurait servi à rien.*]

Ralph : [« *Que voulez-vous dire par* jusqu'ici *?* »]

Clotho : [*Vous avez passé votre vie comme* partie intégrante *de l'Intentionnel, Ralph, mais cela a changé.*]

Lois : [« *Et quand ce changement a-t-il eu lieu? Lorsque nous avons commencé à voir les auras, n'est-ce pas ?* »]

Échange de regards, puis ils reviennent à Lois et — non sans nervosité — à Ralph. Ils ne répondent rien, et une idée intéressante vient à l'esprit de Ralph : comme le George Washington de la légende dorée, Clotho et Lachésis sont incapables de mentir… et, en un tel moment, ils doivent sans doute le regretter. La seule échappatoire était celle qu'ils employaient : rester bouche cousue, avec l'espoir que la conversation allait entrer dans des eaux plus calmes. Ralph décida, lui, de ne pas bouger, au moins pour l'instant, même s'ils étaient dangereusement près de faire comprendre à Lois où étaient passées ses boucles d'oreilles… en supposant, bien entendu, qu'elle ne le sache pas déjà, possibilité qui ne lui paraissait pas tellement farfelue. Un vieux dicton de bonimenteur de foire lui revint en mémoire : *Allez, plus vite, messieurs… mais si vous voulez jouer, il vous faudra payer !*

[« *Oh non, Lois, le changement ne s'est pas produit quand j'ai commencé à voir les auras. Je crois que beaucoup de gens ont l'occasion d'avoir un aperçu du monde des machrones, à un moment ou un autre, et rien de grave ne leur arrive pour autant. À mon avis, je n'ai été viré du monde de l'Intentionnel qu'à partir du moment où nous avons commencé à parler avec ces deux charmants bonshommes. Qu'en dites-vous, charmants bonshommes ? Vous avez fait tout ce qu'il fallait, il ne manquait qu'une piste de miettes de pain, même si vous saviez parfaitement bien ce qui allait se passer. En gros, c'est à peu près ça, non ?* »]

Les deux docs chauves se regardaient les pieds ; lentement, à regret, ils relevèrent la tête. Ce fut Lachésis qui répondit.

[*En effet, Ralph. Nous vous avons attiré à nous tout en sachant que cela altérerait votre* ka. *C'est malheureux, mais la situation l'exigeait.*]

Lois va maintenant demander ce qu'il en est d'elle. Elle va forcément le demander, se dit Ralph.

Elle n'en fit rien, cependant. Elle se contenta de regarder les deux petits docteurs chauves avec une expression indéchiffrable, tout à l'opposé de ses mimiques « cette sacrée Lois » habituelles. Ralph se demanda une fois de plus ce qu'elle savait ou ce qu'elle soupçonnait, s'émerveilla encore de ne pas en avoir la moindre idée… puis une nouvelle vague de colère balaya ces spéculations.

[« *Hé, les mecs !… Bon Dieu de bon Dieu, les mecs !* »]

Il n'en dit pas davantage, mais l'aurait fait si Lois n'avait pas été à ses côtés : *Vous avez fait bien plus que manipuler notre sommeil, les mecs, hein ? Je ne sais pas pour Lois, mais moi, j'avais une gentille petite niche dans l'Intentionnel… ce qui veut dire que vous avez délibérément fait une exception aux règles que vous avez passé votre vie à mettre en vigueur. D'une certaine manière, je suis devenu aussi neutre que ce type que nous sommes supposés rechercher. Comment Clotho nous a dit ça, déjà ? « Les jeux sont faits. » Parbleu, rien n'est plus vrai !*

Lois : [« *D'après ce que vous avez dit, nous devrions nous servir de nos pouvoirs. Quels pouvoirs ?* »]

Lachésis se tourna vers elle, manifestement ravi de ce changement de sujet. Il appuya les paumes des mains l'une contre l'autre, puis les ouvrit en un geste étrange, oriental. Deux images rapides apparurent entre elles : Ralph déclenchant un éclair bleu et froid avec un atémi de karaté, et l'index de Lois produisant des boulettes de lumière bleu-gris qui avaient l'air de particules nucléaires.

Ralph : [« *Oui, d'accord, nous en avons, mais on ne peut pas compter dessus. C'est comme...* »]

Il se concentra et créa lui-même une image : des mains ouvraient l'arrière d'un transistor et en retiraient une paire de batteries revêtues d'une croûte gris-bleu. Clotho et Lachésis froncèrent les sourcils, perplexes.

Lois : [« *Il essaie de vous dire qu'on ne peut pas toujours le faire et que lorsqu'on le peut, ce n'est pas pour longtemps. Nos batteries sont vite à plat, voyez-vous.* »]

Un mélange de compréhension et d'incrédulité amusée se peignit sur leurs visages.

Ralph : [« *Qu'est-ce qu'il y a de si drôle ?* »]

Clotho : [*Rien... tout. Vous ne pouvez vous figurer à quel point vous nous paraissez étranges, tous les deux — d'une subtilité et d'une perspicacité incroyables à un moment donné, d'une incroyable naïveté le moment suivant. Vos batteries, comme vous dites, ne devraient jamais être à plat, vu que vous vous tenez tous les deux à côté d'une réserve de puissance illimitée. Puisque vous aviez déjà puisé tous les deux dedans, nous avons supposé que vous deviez forcément en connaître l'existence.*]

Ralph : [« *Mais de quoi diable parlez-vous donc ?* »]

Lachésis refit son geste oriental étrange et cette fois, Ralph vit Mme Perrine qui avançait de sa démarche raide, le dos bien droit, dans son aura couleur uniforme des cadets de West Point. Il vit aussi un rayon argenté, aussi fin et droit qu'une épine de porc-épic, jaillir de cette aura.

À cette image se superposa celle d'une femme maigre, prise dans une aura brunâtre. Elle regardait par la fenêtre d'une voiture. Une voix (celle de Lois), s'éleva : *Oooh, Mina, cette petite maison n'est-elle pas charmante ?*, suivie, un instant plus tard, par un sifflement léger d'aspiration ; un rayon étroit jaillit de l'aura brunâtre, à hauteur de la nuque de la femme.

Une troisième image suivit, brève mais forte : Ralph passant la main par l'ouverture de la vitre de séparation, à l'accueil de l'hôpital, et agrippant le poignet de la femme à l'aura orange épineuse... laquelle aura changea instantanément de couleur autour de son bras, pour adopter le turquoise délavé qui était maintenant pour lui le bleu Ralph Roberts.

L'image s'évanouit. Lachésis et Clotho regardaient Ralph et Lois, l'air interrogateur, et Ralph et Lois les regardaient, l'expression horrifiée.

[« *Oh non, nous ne pouvons pas faire ça ! C'est comme...* »]

Image : Deux hommes en tenue de bagnard rayée, portant des loups et s'éloignant sur la pointe des pieds vers un coffre de banque, des sacs gonflés de billets jetés sur l'épaule.

Ralph : [« *Non, c'est encore pire. C'est comme...* »]

Image : Une chauve-souris surgit d'une meurtrière, décrit deux cercles virevoltants dans un rayon argenté de clair de lune puis se transforme pour devenir Ralph Lugosi, en cape et smoking à l'ancienne. Il s'approche d'une femme endormie — non pas une jeune vierge toute rose, mais la vieille Mme Perrine dans sa solide chemise de nuit en flanelle — et se penche sur elle pour sucer son aura.

Lorsque Ralph leva les yeux sur Clotho et Lachésis, tous les deux secouaient la tête avec véhémence.

Lachésis : [*Non, absolument pas ! Vous vous trompez complètement ! Ne vous êtes-vous jamais demandé pour quelle raison vous étiez des michrones, dont la vie s'étend sur quelques décennies et non pas sur des siècles ? Vos existences sont courtes car vous brûlez comme des feux de joie ! Lorsque vous tirez de l'énergie des autres michrones, c'est comme si...*]

Image : Un enfant au bord de la mer, une délicieuse petite fille, ses boucles d'or rebondissent sur ses épaules, elle court sur la plage en direction des vagues qui se brisent. Elle tient un petit seau rouge en plastique à la main. Elle s'agenouille et le remplit d'eau gris-bleu prélevée à l'Atlantique.

Clotho : [*Vous êtes comme cet enfant, Ralph, et vos contemporains michrones sont comme l'océan. Comprenez-vous, maintenant ?*]

Ralph : [« *Il y a vraiment autant d'énergie que cela dans les auras humaines ?* »]

Lachésis : [*Vous ne comprenez toujours pas. C'est autant qu'il y en a dans...*]

Lois l'interrompit. Sa voix tremblait, mais Ralph n'aurait su dire si c'était de peur ou d'extase.

[« *C'est autant qu'il y en a dans chacun de nous, Ralph. Autant que dans chacun des êtres humains à la surface de la terre !* »]

Ralph siffla doucement et regarda tour à tour Lachésis et Clotho, qui hochaient tous les deux affirmativement la tête.

[« *Vous prétendez qu'on peut emprunter cette énergie*

à la première personne venue ? Que c'est sans danger pour celles auxquelles nous l'empruntons ? »]

Clotho : [*Oui. Vous ne risquez pas plus de l'épuiser que vous ne pouvez vider l'Atlantique avec un seau.*]

Ralph espérait que le petit doc disait vrai, car il avait l'impression que lui et Lois, inconsciemment, avaient follement emprunté : c'était la seule explication vraisemblable à tous les compliments qu'on lui avait adressés. Tous ces gens lui assurant qu'il avait l'air en pleine forme ! Qu'il devait en avoir terminé avec ses insomnies, il le fallait bien, tant il avait l'air reposé et pétant de santé ! Qu'il paraissait avoir rajeuni, même !

Bon sang, pensa-t-il, *je suis plus jeune.*

La lune venait de nouveau de se coucher, et Ralph comprit brusquement que le soleil allait se lever sur vendredi matin. Il était grand temps de revenir au sujet principal de la discussion.

[« *Arrêtons de tourner autour du pot, les gars. Pourquoi vous êtes-vous donné tout ce mal ? Que sommes-nous supposés arrêter ?* »]

Et soudain, avant que l'un ou l'autre eussent pu répondre, il fut frappé d'une révélation trop puissante et éclatante pour être ignorée.

[« *C'est Susan Day, n'est-ce pas ? Il a l'intention de la tuer. De l'assassiner.* »]

Clotho : [*Oui, mais…*]

Lachésis : [… *mais ce n'est pas ce qui compte…*]

Ralph : [« *Allons, les gars, ne croyez-vous pas que le moment est venu de mettre cartes sur table ?* »]

Lachésis : [*Oui, Ralph. Ce moment est venu.*]

Il n'y avait pratiquement plus eu de contact entre eux depuis le moment où ils avaient formé le cercle pour s'élever jusqu'au toit de l'hôpital. Lachésis posa une main légère comme une plume sur le bras de Ralph et

Clotho en fit autant avec Lois — on aurait dit un gentleman du temps passé invitant une dame à gagner la salle de bal.

Odeur de pomme, goût de miel, texture de laine vierge… cette fois-ci, néanmoins, le ravissement de Ralph devant cette invasion sensorielle ne put masquer la profonde inquiétude qu'il ressentait tandis que Lachésis le faisait pivoter sur la gauche et le conduisait jusqu'au bord du toit plat de l'hôpital.

Comme nombre de villes plus importantes et plus vastes qu'elle, Derry paraissait avoir été construite par ses fondateurs à l'endroit qui, géographiquement, convenait le moins bien. Le centre grimpait les pentes raides d'une vallée ; la Kenduskeag serpentait paresseusement à travers le fouillis végétal des Friches-Mortes au niveau le plus bas de cette vallée. De leur point de vue élevé, Derry avait l'air d'une ville dont le cœur serait percé d'une dague verte à la lame effilée… sauf que, dans l'obscurité, la lame était noire.

Sur un côté de la vallée s'étendait Old Cape, site d'un lotissement chic datant de l'après-guerre qui venait de se doter d'un somptueux centre commercial flambant neuf. L'autre côté contenait ce à quoi la plupart des gens faisaient allusion quand ils parlaient du « centre-ville ». Le centre en question s'étendait autour de la colline dite « Up-Mile Hill » ; Witcham Street était la rue en pente raide, qui s'attaquait le plus directement à cette hauteur avant de se diviser en une multitude de rues au plan confus (parmi lesquelles Harris Avenue) pour constituer le quartier ouest. Main Street, la grand-rue, quittait Witcham à mi-côte pour se diriger vers le sud-ouest par le flanc le plus bas de la vallée. Ce secteur comprenait entre autres un jardin public, le Bassey Park. Et près du point le plus haut de Main Street…

Lois, d'une voix qui était presque un gémissement : [« *Mon Dieu, qu'est-ce que c'est ?* »]

Ralph essaya de tenir un propos réconfortant et ne réussit qu'à émettre un faible croassement. Près du sommet de la colline de Main Street un couvercle noir énorme, en forme de parapluie, flottait au-dessus du sol et faisait disparaître les étoiles qui commençaient à pâlir. Ralph tenta de se rassurer en se disant que ce n'était que de la fumée, un entrepôt du secteur qui avait dû prendre feu… qu'il s'agissait peut-être même du dépôt de chemin de fer abandonné, tout au bout de Neibolt Street. Mais les entrepôts se trouvaient beaucoup plus loin à l'ouest et si ce champignon à l'aspect malsain avait réellement été de la fumée, les vents dominants l'auraient éparpillée en lambeaux et bannières dans le ciel. Or il n'en était rien. Au lieu de se dissiper, la pustule silencieuse restait suspendue dans le ciel, plus ténébreuse que les ténèbres.

Et personne ne la voit, se dit Ralph. *Sauf moi… et Lois… et les petits docteurs chauves. Ces bon Dieu de bon Dieu de petits docteurs chauves.*

Il plissa les yeux pour mieux distinguer la forme qui se trouvait dans ce linceul géant ; effort qui était en réalité inutile car, ayant passé l'essentiel de sa vie à Derry, il aurait pu se déplacer dans les rues les yeux fermés (pourvu que ce ne fût pas au volant de sa voiture). Malgré tout, il arrivait à apercevoir la forme de l'édifice emprisonné dans le linceul, en particulier maintenant que le jour commençait à poindre à l'horizon. Le toit plat circulaire qui couronnait la façade incurvée de brique et de verre était un indice irréfutable. Ce rappel des années cinquante conçu avec ironie par le célèbre architecte (et natif de Derry) Benjamin Hanscom était le nouveau centre municipal de Derry, qui avait remplacé celui qu'avait emporté l'inondation de 1985.

Clotho se tourna vers Ralph.

[*Vous voyez, Ralph, vous avez raison, il a bien l'intention d'assassiner Susan Day… mais pas seulement elle.*]

Il se tut un instant, jeta un coup d'œil à Lois, puis tourna vers Ralph son visage à l'expression grave.

[*Ce nuage — ce que vous appelez fort justement tous les deux un linceul — signifie que, dans un sens, il a presque accompli ce qu'Atropos l'a poussé à faire. Il y aura plus de deux mille personnes rassemblées ici ce soir… et Ed Deepneau a l'intention de les tuer toutes. Si le cours des événements n'est pas changé, il le fera.*]

Lachésis vint rejoindre son collègue.

[*Vous êtes tous les deux, Ralph et Lois, les seules personnes qui puissent l'en empêcher.*]

3

En esprit, Ralph revit l'affiche de Susan Day collée sur la vitrine de la boutique vide, entre la pharmacie Rite Aid et le restaurant « Point du Jour/Soleil Couchant ». Il n'avait pas oublié les mots tracés à côté dans la poussière : À MORT ! Et quelque chose de ce genre risquait fort bien de se produire à Derry, tel était le problème. Car Derry n'était pas une ville exactement comme les autres. Ralph avait eu l'impression que l'ambiance s'était pourtant beaucoup améliorée depuis la grande inondation, huit ans auparavant, mais Derry n'en restait pas moins subtilement différente. La ville avait un côté mauvais et quand ses habitants étaient un peu trop remontés, il leur arrivait de commettre des actes excessivement horribles.

Il s'essuya les lèvres et fut momentanément distrait

par l'impression soyeuse et distante que lui firent ses doigts. Il lui était constamment rappelé, de manières diverses, qu'il se trouvait dans un état radicalement transformé.

Lois, horrifiée : [« *Mais comment devons-nous faire ? Si nous ne pouvons même pas nous approcher d'Atropos et d'Ed, comment voulez-vous que nous arrêtions quoi que ce soit ?* »]

Ralph se rendit compte qu'il pouvait parfaitement distinguer ses traits ; la lumière du jour s'accroissait à la vitesse d'un film en accéléré.

[« *On va téléphoner pour annoncer un attentat à la bombe, Lois. Ça devrait marcher.* »]

Clotho parut déconfit, et Lachésis se frappa le front de la paume de la main avant de se tourner nerveusement vers le ciel qui blanchissait. Lorsqu'il revint à Ralph, il y avait sur son petit visage une expression qui pouvait fort bien être de la panique contenue.

[*Cela ne marchera pas, Ralph. Écoutez-moi bien, tous les deux. Écoutez-moi attentivement : quoi que vous fassiez au cours des quatorze heures à venir, vous ne devez jamais sous-estimer la puissance des forces qu'a libérées Atropos lorsqu'il a découvert Ed et coupé son cordon vital.*]

Ralph : [« *Et pourquoi ça ne marcherait pas ?* »]

Lachésis, à la fois en colère et apeuré : [*Nous ne pouvons pas répondre comme ça à toutes vos questions, Ralph ; à partir de maintenant, il va falloir nous croire sur parole. Vous savez à quelle vitesse passe le temps, à ce niveau ; si nous restons trop longtemps ici, vos chances d'empêcher le massacre du centre municipal deviennent de plus en plus minces. Vous et Lois devez retourner tout de suite en bas. Tout de suite !*]

Clotho leva la main en direction de Lachésis, puis s'adressa à Ralph et Lois.

[*Je vais répondre à cette question, même si, en y réfléchissant un peu, vous auriez pu le faire vous-même. Il y a déjà eu vingt-trois alertes à la bombe concernant l'événement de ce soir. La police a passé tout le centre municipal au peigne fin, avec des chiens renifleurs d'explosifs, et depuis quarante-huit heures, tous les paquets envoyés et toutes les livraisons faites au centre ont été passés aux rayons X. Ils s'attendent à des menaces de ce genre, et ils les prennent au sérieux, mais ils partent du principe qu'elles sont le fait de groupes de Laissez-les-vivre qui veulent empêcher Susan Day de prendre la parole.*]

Lois, morose : [« *Comme dans l'histoire de Pierre qui crie au loup...* »]

Clotho : [*Exactement, Lois.*]

Ralph : [« *Est-ce qu'il a déjà dissimulé une bombe ? C'est ça, hein ? Il en a déjà mis une !* »]

Une lumière brillante vint inonder le toit, étirant l'ombre portée des conduits de ventilation comme de la guimauve. Clotho et Lachésis regardèrent ces ombres, puis à l'est, où l'arc supérieur du soleil crevait l'horizon, avec une même expression de désespoir.

Lachésis : [*Nous l'ignorons, et ça n'a pas d'importance. Vous devez empêcher la manifestation d'avoir lieu et il n'y a qu'un moyen d'y parvenir : convaincre la femme qui est responsable de son organisation de l'annuler. Comprenez-vous ? Susan Day ne doit absolument pas venir ce soir au centre municipal. Vous ne pouvez arrêter Ed, et vous n'oserez pas approcher Atropos ; il faut donc intercepter Susan Day.*]

Ralph : [« *Mais...* »]

Ce ne fut pas l'éclat renforcé de la lumière qui lui

ferma la bouche, ni l'expression de plus en plus affolée et épuisée, sur le visage des deux petits docteurs chauves. Ce fut Lois. Elle lui mit une main sur la joue et eut un petit mouvement de tête impérieux.

[« *Arrête. Nous devons redescendre, Ralph. Tout de suite.* »]

Les questions tourbillonnaient dans sa tête comme un essaim de moustiques, mais si Lois disait qu'il n'était plus temps, il n'était plus temps. Il jeta un coup d'œil au soleil, vit qu'il était déjà au-dessus de l'horizon, et acquiesça. Il passa un bras autour de la taille de Lois.

Clotho, d'un ton anxieux : [*Ne nous décevez pas, Ralph, ni vous, Lois.*]

Ralph : [« *Épargnez-nous votre baratin, macro-machins. Ce n'est pas une partie de foot.* »]

Avant qu'aucun des deux eût pu répondre, Ralph ferma les yeux et se concentra sur le retour dans le monde des michrones.

CHAPITRE 19

1

Il eut cette sensation de clignement de quelque chose, et une brise matinale glacée le frappa au visage. Il ouvrit les yeux et regarda la femme qui se tenait à ses côtés. Un bref instant, il vit son aura qui, emportée derrière elle comme le voile de tulle d'une robe de bal, se dissipait et s'évanouissait. Et ce fut Lois, simplement Lois, l'air d'avoir vingt ans de moins qu'une semaine auparavant… et paraissant aussi quelque peu déplacée, dans son manteau léger de demi-saison et sa tenue austère de visite-aux-malades, sur le toit goudronné de l'hôpital.

Ralph la serra contre lui et elle frissonna. Aucune trace de Lachésis et Clotho.

Si ça se trouve, ils se tiennent encore à côté de nous. C'est d'ailleurs sans doute le cas, songea-t-il.

Il repensa soudain à cette litanie des bonimenteurs de foire devant leur stand, disant qu'il fallait payer pour jouer — avancez, messieurs, et payez votre écot… Mais en règle générale, on était davantage joué que l'on ne jouait, dans ces combines. On était quoi, au juste ? Un gogo, évidemment. Et comment se faisait-il qu'il éprouvât ce sentiment, maintenant ?

Parce qu'il y a beaucoup de choses qui sont restées

dans l'ombre, fit la voix de Carolyn dans sa tête. *On t'a promené sur de nombreux chemins secondaires et on t'a empêché d'aller à la chose principale, jusqu'au moment où il était trop tard pour que tu puisses poser les questions auxquelles ils n'auraient pas eu envie de répondre... et je ne crois pas qu'un truc comme ça se produise par hasard, n'est-ce pas ?*

Lui non plus ne le croyait pas.

La sensation d'être poussé par des mains invisibles dans un tunnel obscur où n'importe quoi pouvait l'attendre était plus forte que jamais. Impression d'être manipulé. Il se sentait petit... vulnérable... Ras-le-bol !

« Eh b-bien, on est de r-retour, bégaya Lois, dont les dents claquaient violemment. Quelle heure est-il, d'après toi ? »

Au jugé, il aurait répondu six heures, mais lorsqu'il consulta sa montre, il ne fut pas surpris de constater qu'elle était arrêtée. Il ne se rappelait plus quand il l'avait remontée pour la dernière fois ; mardi matin, sans doute.

Il suivit le regard de Lois, tourné vers le centre municipal dressé comme une île au milieu de son parking. Avec les rayons du soleil matinal qui venaient se refléter en grandes bandes aveuglantes sur ses parois de verre incurvées, on aurait dit une version surdimensionnée de l'immeuble de bureaux dans lequel travaillait George Jetson. L'immense linceul qui l'entourait encore un instant auparavant avait disparu.

Oh non, il n'a pas disparu. Ne te raconte pas d'histoires, mon pote. Tu n'es pas capable de le voir, pour le moment, mais il est bel et bien là.

« Tôt », répondit-il, la serrant un peu plus contre lui sous une rafale de vent plus forte qui repoussait ses cheveux — ses cheveux où l'on voyait maintenant presque autant de noir que de blanc — vers l'arrière de son crâne. « Mais il va être rapidement tard, j'en ai peur. »

Elle comprit ce qu'il voulait dire. « Où sont passés Lachésis et C-C…

— Sur un niveau où le vent ne leur gèle pas les fesses, je suppose. Viens. Trouvons une porte et fichons le camp de ce toit. »

Elle resta cependant un moment de plus là où elle se trouvait, frissonnant, le regard perdu sur la ville. « Qu'est-ce qu'il a pu inventer ? demanda-t-elle d'une petite voix. S'il n'a pas caché une bombe, qu'est-ce qu'il a bien pu inventer ?

— Peut-être a-t-il planqué une bombe et les chiens renifleurs ne l'ont pas encore trouvée. Ou peut-être est-ce quelque chose que l'on n'a pas entraîné les chiens à trouver. Une boîte planquée dans les poutres, une petite saloperie bien dégueulasse goupillée par Ed dans sa salle de bains. Après tout, c'est un chimiste professionnel, au départ… ou du moins il l'était jusqu'à ce qu'il change de boulot et devienne barjot à plein temps. Il peut très bien avoir prévu de les gazer comme des rats.

— Oh, bon Dieu, Ralph ! » Elle porta une main à sa poitrine, juste au-dessus du renflement des seins, et le regarda avec deux grands yeux pleins d'angoisse.

« Allez, viens, Lois. Tirons-nous de cette foutue terrasse. »

Cette fois-ci, elle le suivit docilement. Ralph se dirigea vers la porte qui donnait sur le toit…, espérant avec ferveur qu'elle n'était pas verrouillée.

« Dcux mille personnes », marmonna-t-elle d'un ton gémissant. Ralph constata avec soulagement que la poignée tournait librement, mais Lois saisit sa main de ses doigts glacés avant qu'il ait eu le temps d'ouvrir le battant et leva vers lui un regard plein d'un espoir frenétique. « Ces petits bonshommes mentaient peut-être, Ralph. Ils ont peut-être leurs propres intérêts à préserver, quelque chose que nous ne pouvons même pas envisager de comprendre, et ils mentaient !

— Je ne crois pas qu'ils puissent mentir, répondit-il lentement. C'est bien là le diable, Lois... Je ne crois pas qu'ils le puissent. Et il y a ça », ajouta-t-il avec un geste en direction du centre municipal et de la membrane fuligineuse qu'ils ne pouvaient voir, mais qu'ils savaient tous les deux être là. Lois ne se tourna pas pour regarder. Au lieu de cela, elle mit sa main froide sur celle de Ralph, ouvrit la porte, et s'engagea dans l'escalier.

2

Au bas des marches, Ralph poussa le battant qui donnait sur le couloir du cinquième, jeta un coup d'œil discret, vit qu'il n'y avait personne, et entraîna Lois hors de la cage d'escalier. Ils se dirigèrent vers les ascenseurs, mais s'arrêtèrent en même temps devant la porte marquée SALLE DU PERSONNEL en lettres rouge vif. C'était la pièce qu'ils avaient vue au cours de leur ascension avec Clotho et Lachésis — des gravures de Winslow Homer de guingois sur les murs, une bouilloire sur une plaque chauffante, un mobilier suédois hideux. Personne ne s'y trouvait, mais la télévision était tout de même branchée et leur vieille amie Lisette Benson présentait les nouvelles de la matinée. Ralph se souvint du jour où, ayant rejoint Bill dans le séjour de Lois, ils avaient mangé des macaronis au fromage en regardant la présentatrice rapporter l'incident des poupées remplies de sang factice, à WomanCare. Cela faisait moins d'un mois. Il se rappela brutalement que Bill ne reverrait plus jamais Lisette

Benson, n'oublierait plus de verrouiller la porte de devant, et un sentiment de perte plus violent qu'une bourrasque de novembre s'abattit sur lui. Il n'arrivait pas à y croire tout à fait, du moins pas encore. Comment Bill avait-il pu mourir de façon aussi rapide, avec aussi peu de cérémonie ? *Il aurait détesté cela*, songea Ralph, *et non seulement il aurait trouvé de très mauvais goût de mourir d'une crise cardiaque dans un couloir d'hôpital, mais il aurait considéré ça comme une mauvaise pièce de théâtre.*

Pourtant il avait vu l'événement se produire et Lois avait réellement senti que quelque chose le dévorait de l'intérieur. Ce qui fit lui penser au linceul surplombant le centre municipal, et à ce qui se produirait s'ils n'empêchaient pas la manifestation. Il voulut repartir vers l'ascenseur, mais Lois le retint. Elle regardait la télé, fascinée.

« … éprouveront beaucoup de soulagement ce soir, quand le discours que Susan Day doit prononcer au centre municipal sera du passé, disait Lisette Benson, mais les policiers ne sont pas les seuls. Apparemment, les partisans des deux camps, ceux qui sont pour l'IVG comme ceux qui sont contre, semblent commencer à pâtir de la tension que provoque le fait de vivre constamment aux limites de la confrontation. John Kirkland est en direct au centre municipal de Derry, ce matin, et il a quelque chose à nous dire. John ? »

L'homme blême au visage fermé qui se tenait à côté du reporter était Dan Dalton. Sur la chemise de ce dernier figurait un insigne sur lequel on voyait un scalpel s'approcher d'un bébé en position fœtale, le tout entouré d'un cercle rouge et barré d'une diagonale, rouge aussi. On apercevait, au second plan, une douzaine de voitures de police et deux camionnettes des médias, dont l'une portait le logo de NBC sur le côté. Un flic en uniforme se promenait sur la pelouse avec deux chiens en laisse — un saint-hubert et un berger allemand.

« C'est exact, Lisette, je suis bien au centre municipal, où l'on pourrait dire que règne une ambiance faite d'inquiétude et de ferme détermination. J'ai avec moi Dan Dalton, président de l'organisation les Amis de la Vie, qui s'est si véhémentement opposée à la venue de Mme Susan Day. Êtes-vous d'accord, monsieur Dalton, avec mon appréciation de la situation ?

— Quand vous dites qu'il y a de l'inquiétude et de la détermination dans l'air ? demanda Dalton, avec un sourire qui parut à la fois dédaigneux et nerveux à Ralph. Oui, on peut présenter les choses ainsi. Nous nous inquiétons du fait que Susan Day, l'une des plus grandes criminelles impunies de ce pays, puisse réussir dans ses efforts pour embrouiller la question fondamentale qui se pose ici, à Derry : le meurtre, chaque jour, de douze ou quatorze enfants à naître.

— Mais, monsieur Dalton…

— Et, le coupa l'autre, nous sommes bien déterminés à montrer à la nation tout entière que nous ne voulons pas être de bons nazis, que la religion du *politically correct* ne nous ferme pas la bouche.

— Monsieur Dalton, je…

— Nous sommes aussi déterminés à montrer à toute la nation que certains d'entre nous, au moins, sont capables de se comporter en accord avec leurs convictions et de remplir la responsabilité sacrée qu'un Dieu aimant a…

— Monsieur Dalton, est-ce que les Amis de la Vie envisagent une forme quelconque d'action violente ? »

La question eut le mérite de le laisser muet pendant quelques instants et de faire disparaître temporairement la vitalité factice qui animait son visage. Sous celle-ci, on découvrait le spectacle affligeant d'un Dan Dalton mortellement effrayé.

« Action violente ? » dit-il enfin. Il prononça les termes avec soin, comme s'il risquait de se couper les lèvres en les manipulant avec maladresse. « Seigneur, non ! Les Amis de la Vie rejettent l'idée que de deux mauvaises actions puisse naître un bienfait. Nous avons l'intention d'organiser une manifestation massive — nous aurons l'appui des Laissez-les-vivre d'Augusta, de Portland, de Portsmouth et même de Boston — mais il n'y aura pas de violences.

— Et Ed Deepneau ? Pouvez-vous parler pour lui ? »

Les lèvres de Dalton, déjà réduites à peu de chose, donnèrent l'impression de disparaître complètement. « M. Deepneau ne fait plus partie des Amis de la Vie », répondit-il. Ralph crut déceler de la peur et de la colère dans le ton de Dalton. « Pas plus que n'en font partie Frank Felton, Sandra McKay et Charles Pickering, au cas où vous me poseriez la question. »

Le coup d'œil que Kirkland jeta à la caméra fut bref mais expressif. Il disait que Dan Dalton était aussi fou que le chapelier d'Alice.

« Seriez-vous en train de nous dire qu'Ed Deepneau et ces autres personnes — je suis désolé, mais je ne sais pas qui elles sont — auraient formé leur propre groupe anti-avortement ? Une sorte de dissidence ?

— Nous ne sommes pas anti-avortement, nous sommes pour la vie ! s'écria Dalton. Il y a une grande différence, mais vous autres, journalistes, vous entêtez à l'ignorer !

— Autrement dit, vous ignorez où se trouve Ed Deepneau et ce qu'il mijote éventuellement ?

— J'ignore où il se trouve, en effet, et je m'en moque, et je ne me soucie pas davantage de ces… dissidents. »

Tu as la frousse, pensa Ralph. *Et si un crétin de puritain moralisateur comme toi a la frousse, moi je suis terrifié !*

Dalton s'éloigna. Le journaliste, se disant apparemment qu'il ne l'avait pas complètement pressuré, lui courut après en agitant son micro pour en dégager le cordon.

« Mais n'est-il pas vrai, monsieur Dalton, qu'à l'époque où Ed Deepneau était membre des Amis de la Vie, il a été l'instigateur de plusieurs manifestations à caractère violent, y compris celle, le mois dernier, au cours de laquelle des poupées pleines d'un sang artificiel furent jetées sur…

— Vous êtes bien tous les mêmes ! protesta Dalton. Je prierai pour vous, mon ami. » Il partit à grandes enjambées sur cette réplique.

Kirkland le regarda un instant s'éloigner, amusé, puis se tourna vers la caméra. « Nous avons essayé d'entrer en contact avec l'adversaire de M. Dalton, Gretchen Tillbury, qui s'est chargée de la tâche redoutable de coordonner cet événement pour WomanCare. On peut supposer qu'elle et son équipe sont occupées à mettre au point les dernières mesures pour ce qu'ils espèrent être une réunion sans incidents ni violences au centre municipal, ce soir. »

Ralph jeta un coup d'œil à Lois et dit : « Bon, au moins nous savons où nous allons, maintenant. »

L'image revint sur Lisette Benson, au studio. « Certains indices vous permettent-ils de penser qu'il y a un risque de violences, ce soir, John ? »

Kirkland réapparut à l'écran. Il était retourné à son premier emplacement, devant les voitures de flics. Il tenait un petit bristol blanc avec un texte imprimé dessus à hauteur de sa cravate. « Les agents de la sécurité privée ont trouvé des centaines de cartes semblables éparpillées sur les pelouses qui entourent le centre municipal, dès les premières lueurs du jour, ce matin. L'un des hommes prétend avoir vu le véhicule d'où elles ont été jetées ; ce serait une Cadillac de la fin des années soixante, marron ou noire. Il n'a pu déchiffrer la plaque minéralogique, mais rapporte qu'il y avait un autocollant sur le pare-chocs arrière sur lequel on lisait : L'AVORTEMENT C'EST LE MEURTRE, PAS LE CHOIX. »

Retour au studio, où Lisette Benson paraissait extrêmement intéressée. « Qu'y a-t-il sur ces cartes, John ? »

Kirkland à l'image.

« Je crois qu'on pourrait dire qu'il s'agit d'une sorte de devinette, répondit-il en jetant un coup d'œil à la carte. *Si vous avez un revolver avec seulement deux balles et que vous vous trouviez dans une pièce avec Hitler, Staline et un avorteur, que faites-vous ?* » Kirkland regarda de nouveau la caméra et ajouta : « La réponse est imprimée de l'autre côté, Lisette, et dit : *Vous tirez deux fois sur l'avorteur*. Ici John Kirkland, en direct du centre municipal de Derry. »

3

« Je meurs de faim », dit Lois pendant que Ralph négociait les différentes rampes, dans le parking, au bout desquelles se trouvait la liberté — à condition qu'il ne manquât pas l'une des indications SORTIE. « J'exagère peut-être, mais pas de beaucoup.

— Je suis affamé, moi aussi. Et si l'on considère que nous n'avons pas mangé depuis mardi dernier, ça n'a rien de bien étonnant. On va s'offrir un bon petit déjeuner en route, avant d'arriver à High Ridge.

— On aura le temps ?

— Nous le prendrons. Après tout, un soldat ne combat bien que le ventre plein.

— Je veux bien te croire, même si je ne me sens pas tellement soldate. Est-ce que tu sais…

— Tais-toi une seconde, Lois. »

Il arrêta l'Oldsmobile, mit le levier en position parking et tendit l'oreille. Il y avait un claquement, en provenance du capot, qui ne lui disait rien qui vaille. Bien entendu, les parois en béton qui les entouraient avaient tendance à amplifier les bruits, néanmoins…

« Ralph ? Ne me dis pas que la voiture va tomber en panne. Surtout pas ça !

— Je crois que ça va, fit-il, reprenant lentement la direction de la lumière du jour. C'est simplement que j'ai un peu perdu le contact avec la vieille Nellie depuis la mort de Carolyn. J'ai oublié les bruits qu'elle fait. Tu voulais me demander quelque chose, non ?

— Oui, si tu savais où se trouve le refuge de High Ridge. »

Ralph secoua négativement la tête. « Aux limites de la ville de Newport, c'est tout ce que je peux dire. En principe, si j'ai bien compris, les hommes n'ont pas à être au courant. J'espérais plus ou moins que tu le saurais peut-être. »

Ce fut au tour de Lois de faire non de la tête. « Je n'ai jamais eu besoin de ce genre d'endroit, grâce à Dieu. Il va falloir l'appeler. Je veux parler de cette Tillbury. Tu l'as rencontrée, avec Helen, et tu devrais pouvoir lui parler. Elle t'écoutera. »

Elle lui adressa un bref coup d'œil, de ceux qui réchauffent le cœur — *Quiconque ayant un peu de bon sens t'écouterait, Ralph*, disait-il, mais il secoua la tête. « Je suis prêt à parier que les seuls appels qu'elle prend, aujourd'hui, sont ceux du centre municipal ou de Susan Day. Tu sais, cette bonne femme ne manque pas de courage, en venant ici. Ou alors c'est qu'elle est complètement inconsciente.

— Un peu les deux, probablement. Si Gretchen Tillbury refuse de prendre les appels téléphoniques, comment entrer en contact avec elle ?

— Eh bien, je vais te dire. J'ai été vendeur pendant une bonne partie de ce que Faye Chapin appellerait ma vie réelle et je te parie que je peux encore faire preuve d'imagination s'il le faut. » Il pensa à la femme de l'accueil à l'aura orange et sourit. « Persuasif, même.

— Ralph ? fit Lois d'une petite voix.

— Oui ?

— Moi, ça me fait l'effet d'être très réel, tout ça. »

Il lui tapota la main. « Je vois ce que tu veux dire. »

4

À la sortie du parking, émergea de la cabine de péage un visage émacié connu, éclairé par un sourire auquel il manquait une bonne demi-douzaine de dents.

« Hééééé, Ralph, c'est vous ? Que j'sois pendu si c'est pas vous ! Nom de nom de nom d'un chien !

— Trigger ? demanda Ralph lentement. Trigger Vachon ?

— Eh, pardi, oui, qui d'autre ? » Il chassa les mèches plates qui lui retombaient sur la figure pour mieux voir la passagère. « Et qui c'est, c'te belle plante, là à côté ? J'suis sûr que j'la connais de quéq'part, nom de nom de nom d'un chien !

— Lois Chassey, répondit Ralph en prenant le ticket

de parking coincé dans le pare-soleil. Vous avez peut-être connu son mari, Paul…

— Et comment, le bougre ! s'écria Trigger. On f'sait la tournée des grands-ducs ensemble, c'était dans les années soixante-dix, soixante et onze, pt'être bien ! J'peux vous dire qu'on a fait la fermeture chez Nan dix fois plutôt qu'une, tous les deux ! Nom de nom de nom d'un chien ! Et comment y va de ces temps-ci, le Paul, ma'ame ?

— M. Chassey est mort il y a un peu plus de deux ans, répondit Lois.

— Ah, fichtre, j'suis désolé d'apprendre ça ! C'était un sacré bonhomme, Paul Chassey. Un bon Dieu de sacré bonhomme. Tout le monde l'aimait bien. » Trigger paraissait aussi navré que si elle lui avait dit que c'était arrivé le matin même.

« Merci, monsieur Vachon. » Elle consulta la montre du tableau de bord puis regarda Ralph. Son estomac gargouilla, comme pour ajouter un argument final à la démonstration.

Ralph tendit son ticket par la fenêtre ouverte de la voiture ; mais lorsque Trigger le prit, il pensa brusquement que le compostage allait montrer que lui et Lois étaient ici depuis mardi dernier — presque soixante heures.

« Et votre boulot à la teinturerie, Trigger, qu'est-ce qui s'est passé ? demanda-t-il à la hâte.

— Ahhh, y m'ont fichu dehors, j'vous avais pas dit ? Y z'ont fichu presqu' tout le monde dehors. D'abord, j'étais découragé, mais j'ai trouvé çui-là en avril dernier et… ouais, y m'plaît fichtrement plus que l'autre. J'ai ma p'tite télé pour quand y a personne, et y a personne pour me klaxonner aux fesses si j'pars pas dès que le feu devient vert, ou qui m'coupe la route sur Extension. On dirait qu'y sont tous pressés d'arriver ailleurs, j'me demande bien pourquoi, j'sais vraiment pas. Pis, faut que j'vous dise, Ralph : c'te foutue camionnette était plus froide qu'un téton de sorcière en hiver — j'vous demande pardon, ma'ame. »

Lois ne répondit pas. Elle avait l'air d'étudier le dos de ses mains avec le plus grand intérêt. Ralph, pendant ce temps, vit à son grand soulagement Trigger froisser le ticket et le jeter dans la corbeille à papier, sans même jeter un coup d'œil sur le tampon de la date et de l'heure. Il appuya sur un bouton de la caisse enregistreuse, qui afficha $0,00.

« Bon Dieu, Trigger, c'est vraiment gentil de votre part, dit Ralph.

— Hééé, y a pas de quoi », répondit Trigger en appuyant sur une autre commande. La barrière se leva devant la voiture. « M'a fait plaisir de vous voir. Dites, vous vous rapp'lez c't'affaire à l'aéroport ? Nom d'un chien ! y faisait une de ces chaleurs ! Et ces deux types qui ont failli se rentrer dedans ! Après quoi, il a plu comme vache qui pisse. De la grêle, aussi. Vous étiez à pied, et j'vous ai reconduit un bout de chemin. J'vous ai aperçu une ou deux fois, depuis, c'est tout. » Il examina Ralph attentivement. « V'z'avez l'air fichtrement mieux qu'à l'époque, Ralph, faut vous dire. Bon sang, z'avez pas l'air d'avoir plus de cinquante-cinq ans, nom de nom de nom d'un chien ! »

L'estomac de Lois gargouilla une deuxième fois, plus bruyamment ; elle continuait d'étudier le bout de ses doigts.

« Je me sens tout de même un peu plus vieux que ça, répondit Ralph. Écoutez, Trigger, ça m'a fait plaisir de vous voir, mais nous devons…

— Bon Dieu, le coupa Vachon, le regard distant, y m'semble que j'avais quéq'chose à vous dire, Ralph.

Y m'semble bien. À propos de c'te journée. Fichtre, j'ai plus toute ma tête ! »

Ralph attendit encore un instant, pris entre sa curiosité et son impatience. « Oh, il ne faut pas dire ça, Trig. Cela date d'un bout de temps.

— Que diable… ? » se demanda Trigger, les yeux perdus au plafond de sa minuscule cabine, comme si la réponse pouvait y être écrite.

« Il faut y aller, Ralph, intervint Lois. Et pas seulement pour prendre un petit déjeuner.

— Oui, tu as raison. » Et, démarrant lentement, il lança à Vachon : « Si ça vous revient, Trig, appelez-moi. Je suis dans l'annuaire. J'ai été content de vous revoir. »

Mais l'homme ne prêta aucune attention à ce que Ralph lui disait ; il paraissait même l'avoir complètement oublié. « Quéq'chose qu'on a vu ? demandait-il au plafond. Quéq'chose qu'on a fait ? Nom de nom de nom d'un chien ! »

Il avait toujours la tête tournée en l'air et continuait à se gratter la nuque lorsque Ralph tourna à gauche et, après un dernier virage, engagea l'Oldsmobile sur Hospital Drive, en direction du bâtiment bas qui abritait WomanCare.

5

Maintenant qu'il faisait grand jour, il n'y avait qu'un seul vigile et aucun manifestant. Cette absence fit penser à Ralph aux films d'aventures qu'il avait vus dans sa jeunesse, et en particulier à cet épisode obligé où les tambours indigènes cessent soudain de battre et où le héros s'adresse à son porteur de tête pour lui dire qu'il n'aime pas ce silence, qu'il ne présage rien de bon. Le garde prit le bloc-notes qu'il avait sous le bras, scruta l'Oldsmobile de Ralph et écrivit quelque chose, sans doute le numéro de la plaque minéralogique. Puis il s'approcha d'eux le long de l'allée jonchée de feuilles mortes.

À cette heure matinale, Ralph avait tout le choix entre les places de parking, en face du bâtiment. Il se gara, descendit et fit le tour de son véhicule pour ouvrir la portière de Lois, comme on lui avait appris qu'il fallait faire avec les dames.

« Comment penses-tu t'y prendre ? demanda-t-elle tandis qu'il lui tendait la main pour l'aider.

— Il va sans doute falloir faire preuve d'un peu de doigté, mais ne nous laissons pas emporter. D'accord ?

— D'accord. » D'une main nerveuse, elle tapota le devant de son manteau tandis qu'ils traversaient l'allée, et brancha un sourire d'un mégawatt au vigile. « Bonjour, monsieur l'agent.

— Bonjour. » L'homme jeta un coup d'œil à sa montre. « Je crois bien qu'il n'y a encore personne, mis à part la standardiste et la femme de ménage, dit-il.

— C'est justement la standardiste que nous voulons voir, répondit Lois d'un ton joyeux, au grand ébahissement de Ralph. Barbie Richards. Sa tante Simone a un message à lui transmettre. C'est très important. Dites-lui simplement que c'est Lois Chassey. »

Le vigile réfléchit, puis eut un signe de tête en direction des portes. « Ce ne sera pas nécessaire. Allez-y, madame. »

Le sourire de Lois devint plus éclatant que jamais. « Nous n'en avons que pour deux minutes, n'est-ce pas, Norton ?

— Une minute et demie, tout au plus », répondit Ralph. Tandis qu'ils approchaient du bâtiment, laissant le vigile derrière eux, il se pencha vers elle et murmura :

« Norton ? Bon Dieu, Lois, Norton ! Où as-tu été pêcher ce prénom ?

— Je crois que c'est le premier qui m'est venu à l'esprit. Je devais penser à ce film, *The Honeymooners* — Ralph et Norton, tu te souviens ?

— Oui. *Un de ces jours Alice... Pan ! Directement dans la lune !* »

La plupart des portes étaient verrouillées, sauf la dernière à gauche. En entrant, Ralph étreignit la main de Lois, qui la lui pressa à son tour. Il éprouva en même temps un accroissement de sa concentration, un raidissement de sa volonté et une intensification de sa conscience des choses. L'œil du monde, autour de lui, parut tout d'abord cligner, puis s'ouvrir en grand. Tout autour de lui et d'elle.

Le hall d'accueil était d'une banalité presque ostentatoire. Les affiches, sur les murs, ressemblaient à celles des agences de voyages. Une seule exception, à la droite du bureau de la réceptionniste : une grande photo en noir et blanc sur laquelle on voyait une jeune femme au septième ou huitième mois de sa grossesse, assise à un tabouret de bar, un apéritif à la main. QUAND VOUS ÊTES ENCEINTE, VOUS NE BUVEZ JAMAIS SEULE, lisait-on sous la photo. Rien n'indiquait que, dans l'une ou l'autre des pièces qui donnaient sur cet espace agréable et fonctionnel, se pratiquaient des avortements.

À quoi donc t'attendais-tu, mon vieux ? songea Ralph. *Qu'ils fassent de la pub ? À une affiche avec un fœtus avorté dans un seau en tôle galvanisée, entre l'île de Capri et les Alpes italiennes ? Sois réaliste, Ralph !*

À leur gauche, une femme d'une cinquantaine d'années, bien charpentée, nettoyait le plateau d'une table basse ; un petit chariot chargé de produits d'entretien attendait à côté. Elle était enfouie dans une aura bleu foncé tachetée de points noirs malsains qui grouillaient comme des insectes à hauteur du cœur et des poumons ; elle adressa un regard franchement soupçonneux aux nouveaux arrivants.

Devant eux, une autre femme les observait avec attention, mais sans l'expression méfiante de la femme de ménage. Ralph la reconnut pour l'avoir vue aux informations télévisées, le jour de l'incident des poupées gonflées de sang factice. La nièce de Simone Castonguay, âgée d'environ trente-cinq ans, avait une chevelure noire et était d'une beauté qui frôlait la perfection, même à cette heure matinale. Elle était assise derrière un bureau métallique gris qui lui allait admirablement bien, au milieu d'une aura d'un vert végétal qui paraissait beaucoup plus saine que celle de la femme de ménage. Un vase en verre taillé trônait à l'angle de son bureau, rempli de fleurs d'automne.

Elle leur adressa un sourire réservé, et n'eut pas l'air de reconnaître Lois sur le coup ; elle montra du doigt l'horloge sur le mur. « Nous n'ouvrons pas avant huit heures, dit-elle, et je ne crois pas que nous pourrions vous aider aujourd'hui, de toute façon. Les médecins ne sont pas là et même si le Dr Hamilton est techniquement d'astreinte, je ne suis pas sûre de pouvoir la joindre. Il se passe des tas de choses, c'est un grand jour pour nous.

— Je sais », répondit Lois, qui pressa de nouveau la main de Ralph avant de la lâcher. En esprit, il entendit sa voix pendant un instant — très faible, comme dans une mauvaise communication téléphonique à distance, mais audible : [« *Reste où tu es, Ralph, elle a...* »]

Lois lui envoya une image encore plus faible que sa pensée, et qui disparut dès que Ralph l'eut entrevue. Ce genre de communication se pratiquait avec beaucoup plus de facilité dans les niveaux supérieurs, mais ce qu'il avait compris lui suffisait. La main avec laquelle Barbara Richards leur avait montré l'horloge reposait maintenant sur le bureau, mais l'autre était en dessous, à proximité d'un petit bouton blanc monté près du trou de serrure du tiroir. Que l'un ou l'autre manifeste la moindre bizarrerie de comportement, et elle appuierait sur le bouton, ce qui ferait tout d'abord venir l'ami au bloc-notes qui attendait dehors, puis toutes les forces de sécurité disponibles à Derry.

Et c'est moi qu'elle surveille le plus attentivement, parce que je suis un homme, songea Ralph.

Tandis que Lois s'approchait du bureau, une idée dérangeante vint à l'esprit de Ralph : étant donné l'atmosphère qui régnait actuellement à Derry, ce genre de discrimination sexuelle — inconsciente mais très réelle — pouvait coûter cher à cette ravissante brune, pouvait même lui coûter la vie. Il se souvenait de Leydecker lui disant que l'un des membres de la petite escouade de cinglés qui entourait Deepneau était une femme. *Un teint de pâte à tarte avant cuisson, de l'acné en veux-tu en voilà, des verres tellement épais que ses yeux ressemblent à des œufs pochés*... Elle s'appelait Sandra Quelque-chose. Et si Sandra Quelque-chose s'était approchée du bureau de Mme Richards comme Lois le faisait en ce moment, c'est-à-dire tout en ouvrant son sac à main puis en y plongeant la main, la femme à l'aura forestière aurait-elle appuyé sur le bouton ?

« Vous ne vous souvenez probablement pas de moi, Barbara, dit Lois, parce que je ne vous ai plus beaucoup revue depuis l'époque du collège, quand vous sortiez avec le fils Sparkmeyer...

— Oh, mon Dieu, Lennie Sparkmeyer ! Cela fait des années que je n'ai pas pensé à lui, répondit Barbara

Richards avec un petit rire gêné. Mais je me souviens de vous. Vous êtes Lois Delancey, la partenaire de bridge de tante Simone. Jouez-vous toujours, toute la bande ?

— Lois Chassey, pas Delancey, et nous jouons toujours, oui. » Lois paraissait ravie d'avoir été reconnue, et Ralph espéra qu'elle n'allait pas en oublier ce qu'ils étaient venus faire ici. Il avait tort de s'inquiéter. « Bref, c'est Simone qui m'envoie, j'ai un message pour Gretchen Tillbury. » Elle exhiba le morceau de papier qu'elle avait pris dans son sac. « Je me demandais si vous ne pourriez pas le lui donner.

— J'ai bien peur de ne même pas pouvoir l'avoir au bout du fil, aujourd'hui. Elle est aussi occupée que nous toutes. Davantage, même.

— Ça ne m'étonne pas. » Lois partit d'un petit rire cristallin d'une stupéfiante authenticité. « En réalité, je crois qu'il n'y a rien d'urgent dans cette affaire. Gretchen a une nièce qui vient de se voir attribuer une bourse d'études à l'université du New Hampshire. Les gens font beaucoup plus d'efforts pour vous joindre pour vous annoncer de mauvaises nouvelles, vous ne trouvez pas ? Bizarre, non ?

— Sans doute, admit Barbara Richards, tendant la main vers le papier. De toute façon, je mettrai avec plaisir ce message dans le casier de... »

Lois la saisit au poignet, et un éclair de lumière verte — si brillant que Ralph dut plisser les yeux pour ne pas être aveuglé — bondit vers le bras de la femme qu'il remonta jusqu'à l'épaule et au cou. Il s'élargit en un bref halo autour de sa tête et disparut.

Non, il n'a pas disparu, pensa Ralph. *Il a pénétré en elle.*

« Qu'est-ce que c'était ? demanda la femme de ménage d'un ton soupçonneux. Qu'est-ce que c'était que ce bruit ?

— Une voiture qui a pétaradé, répondit Ralph, c'est tout.

— Ouais... Ah, ces mecs qui croient tout savoir ! Vous avez entendu, Barbie ? »

— Oui », répondit Barbara. Elle parlait d'un ton qui paraissait parfaitement normal et Ralph savait en outre que la femme de ménage n'était pas capable de voir la brume gris perle qui avait envahi ses yeux. « Je crois qu'il a raison, mais vous devriez aller vérifier avec Peter, dehors. On n'est jamais trop prudent.

— Et un peu, que je vais y aller », maugréa la femme, qui reposa son flacon de Windex, partit vers les portes, non sans avoir décoché à Ralph un dernier regard qui disait : *Vous êtes vieux, mais je suis prête à parier que vous avez toujours un pénis qui traîne quelque part dans le fond de votre pantalon*, et sortit.

Dès qu'elle ne fut plus là, Lois se pencha sur le bureau. « Nous devons absolument parler avec Gretchen ce matin, mon ami et moi, Barbara. En tête à tête.

— Elle n'est pas ici, mais à High Ridge.

— Dites-nous comment nous y rendre. »

Le regard de Barbara se porta lentement sur Ralph, qui trouva profondément dérangeante la vue de ces orbites grises et sans pupilles. On aurait dit un exemplaire de statuaire classique devenu vivant. Son aura vert foncé avait beaucoup pâli.

Non, elle est temporairement recouverte par celle de Lois, qui est grise, c'est tout.

Lois jeta un bref coup d'œil qui suivait le regard de Barbara, vit Ralph et revint à la jeune femme. « Oui, c'est un homme, mais avec lui il n'y a aucun problème. Je m'en porte garante. Aucun de nous deux n'a l'intention de faire le moindre mal à Gretchen Tillbury ni à aucune femme de High Ridge, mais il faut que nous lui parlions ; vous allez donc nous dire comment y aller. » Elle toucha de nouveau la main de Barbara et un nouvel éclair gris lui remonta le bras.

« Ne lui fais pas de mal, dit Ralph.

— Je ne lui en fais aucun, mais elle va parler. » Elle se pencha un peu plus vers la jeune femme : « Où se trouve High Ridge ? Je vous écoute, Barbara.

— Vous prenez la route 33, à la sortie de Derry. L'ancienne route de Newport. Au bout d'environ une quinzaine de kilomètres, vous verrez une grosse ferme rouge sur votre gauche, avec deux granges derrière. Après cela, vous prenez la première à gauche… »

La femme de ménage rentra à ce moment-là. « Peter n'a rien enten… » Elle s'interrompit brusquement, n'aimant peut-être pas beaucoup la façon dont Lois était penchée sur le bureau, et peut-être encore moins le regard vide qu'avait son amie. « Barbara ? Ça va, Barbara ?

— Chut, fit Ralph d'un ton bas et amical. Elles parlent. » Il prit la femme de ménage par le coude, sentant aussitôt un jaillissement d'énergie bref mais puissant. Un moment, les couleurs du monde qui l'entourait devinrent plus éclatantes. La femme de ménage s'appelait Rachel Anderson. Mariée une fois, à un homme qui l'avait battue violemment et souvent avant de disparaître, huit ans auparavant. Elle avait maintenant un chien et ses amies de WomanCare, et cela lui suffisait.

« Oui, bien sûr, dit Rachel Anderson d'une voix rêveuse, songeuse. Elles parlent, et Peter a dit que tout allait bien ; je crois que je ferais mieux de me taire.

Quelle bonne idée. » Ralph la tenait toujours légèrement par le coude.

Lois jeta un nouveau coup d'œil à Ralph pour s'assurer qu'il avait la situation bien en main, puis revint à Barbara Richards. « On prend à gauche après la grosse ferme rouge et ses deux granges. OK, c'est clair. Et ensuite ?

— Vous allez vous retrouver sur un chemin de terre. Il escalade une colline pendant environ deux kilomètres, et se termine sur un bâtiment de ferme blanc. C'est High Ridge. On a une vue absolument raviss…

— Je veux bien le croire. Barbara, c'était sympa de vous revoir. Mon ami et moi, nous allons maintenant…

— Sympa aussi de vous voir, Lois, répondit Barbara d'une voix lointaine, indifférente.

— Mon ami et moi allons maintenant partir. Tout va très bien.

— Parfait.

— Vous n'aurez pas besoin de vous souvenir de tout ça.

— Absolument pas. »

Lois commença à se retourner, puis revint au bureau pour ramasser le morceau de papier qu'elle avait pris dans son sac, et qui lui avait échappé lorsqu'elle avait saisi la jeune femme au poignet.

« Et si vous retourniez à votre travail, Rachel ? » dit Ralph à la femme de ménage. Il lui lâcha délicatement le bras, prêt à le reprendre si elle paraissait avoir besoin d'un renforcement de conviction.

« Oui, je crois que je ferais mieux de retourner travailler, admit-elle, d'un ton beaucoup plus amical. Il faut que tout soit terminé à midi. Je dois aller à High Ridge aider à faire les banderoles. »

Lois rejoignit Ralph au moment où Rachel Anderson revenait à son chariot de produits d'entretien. « Elles vont aller bien, n'est-ce pas ? » lui demanda Lois, qui paraissait à la fois stupéfaite et un peu secouée.

« Oui, j'en suis sûr. Et toi, tu te sens comment ? Tu ne vas pas t'évanouir ou un truc comme ça, par hasard ?

— Non, ça va. Tu te souviens de ses indications ?

— Bien entendu. Elle a parlé d'une ferme qui portait autrefois le nom de Barrett's Orchard. On y allait tous les automnes avec Carolyn pour ramasser des pommes et acheter du cidre, jusqu'au jour où ils ont vendu, au début des années quatre-vingt. Dire que c'est devenu High Ridge !

— Tu t'attendriras plus tard, Ralph. Je meurs littéralement de faim, cette fois.

— Très bien. C'était quoi, ce bout de papier, au fait ? Celui avec le soi-disant message sur la nièce et sa bourse d'études ? »

Elle lui adressa un petit sourire et lui tendit le document. Sa facture d'électricité pour le mois de septembre.

6

« Avez-vous pu laisser votre message ? leur demanda le vigile lorsqu'ils sortirent.

— Oui, merci », lui répondit Lois, affichant de nouveau son sourire d'un mégawatt. Elle ne s'arrêta pas, cependant, et elle continua de serrer très fort la main de Ralph. Il comprenait ce qu'elle ressentait : ni lui ni elle ne savaient combien de temps tiendrait l'effet de suggestion sur les deux femmes.

« Parfait, dit l'homme en les accompagnant jusqu'au bout de l'allée. La journée va être drôlement longue et je serai bien content quand elle sera terminée. Savez-vous combien de vigiles nous allons avoir ici, entre midi et minuit ? Une douzaine. Et seulement pour WomanCare. Ils seront plus de quarante au centre municipal — sans compter les flics de la ville, bien entendu. »

Ce qui ne changera fichtrement rien, de toute façon, songea Ralph.

« Et pourquoi, tout ça ? Pour qu'une espèce de poseuse puisse l'ouvrir à son aise. » Il regarda Lois comme s'il s'attendait à être accusé de machisme aggravé, mais elle ne fit que lui renouveler son sourire.

« J'espère que tout se passera bien pour vous, monsieur l'agent », conclut Ralph en entraînant Lois jusqu'à l'Oldsmobile. Il lança le moteur et manœuvra laborieusement pour faire demi-tour dans l'allée de WomanCare, s'attendant à tout instant à voir Barbara Richards ou Rachel Anderson, sinon les deux, se précipiter dehors, l'œil exorbité, tendant un doigt accusateur. Il finit par pointer la grosse voiture dans la bonne direction et poussa un soupir de soulagement. Lois lui adressa un regard de sympathie.

« Et dire que je m'imaginais que le vendeur, c'était moi ! dit-il. Bon sang, jamais je n'ai vu une affaire aussi rondement menée ! »

Lois eut un sourire de sainte-nitouche et croisa les mains sur ses cuisses.

Ils approchaient du parking de l'hôpital lorsque Trigger jaillit de sa minuscule guérite, agitant les bras. Ralph pensa tout d'abord que question sortie discrète, c'était fichu — que le vigile, devant WomanCare, avait flairé quelque chose de louche et téléphoné à Trigger de les intercepter ; puis il vit l'expression — hors d'haleine mais enjouée — qu'arborait le gardien du parking et reconnut l'objet qu'il agitait à la main : un portefeuille noir, très vieux, en piteux état. Il s'ouvrait et se refermait comme une bouche édentée à chacun de ses mouvements.

« Ne t'inquiète pas, dit Ralph en ralentissant. Je ne sais pas ce qu'il veut, mais je suis à peu près sûr qu'on ne risque rien. En tout cas, pas pour le moment.

— Je me moque pas mal de ce qu'il veut, lui. Tout ce que je veux, moi, c'est qu'on fiche le camp d'ici et qu'on aille manger. Si jamais il commence à te montrer des photos de ses poissons, je monte sur la pédale d'accélérateur.

— Amen », répondit Ralph qui savait que ce n'étaient pas les photos de ses poissons que Trigger Vachon voulait exhiber. Tout était loin d'être clair, mais il avait au moins compris ceci : rien n'arrivait par hasard. Plus maintenant. L'Intentionnel répliquait et mettait le paquet. Il s'arrêta à hauteur de l'homme et commanda l'ouverture de la vitre, qui s'abaissa avec un grincement râleur.

« Hééé, Ralph ! J'ai bien cru qu'j'allais vous rater !

— Qu'est-ce qui se passe, Trig ? Nous sommes pressés…

— Ouais, ouais, j'en ai pour une seconde. J'ai just'ça dans mon portefeuille, Ralph. J'garde tout là-dedans et j'ai jamais rien perdu. »

Il ouvrit les mâchoires fatiguées de son antiquité, révélant quelques billets froissés, un accordéon de photos protégées par du plastique craquelé (et du diable si on ne voyait pas Trigger, sur l'une d'elles, brandissant triomphalement une truite !) et ce qui paraissait être un lot d'une bonne quarantaine de cartes de visite, la plupart cornées et ramollies par le temps. Le vieil homme se mit à les faire défiler avec l'habileté d'un caissier au bout de vingt ans de banque.

« Moi, j'balance jamais ces trucs-là. C'est au poil pour écrire dessus, mieux qu'un carnet, et c'est gratuit. Juste une seconde… une seconde… bonté divine, où j'l'ai donc foutue ? »

Lois eut un regard impatient et soucieux et montra la route à Ralph — lequel ignora et son expression et son geste. Il commençait à ressentir un étrange picotement dans la poitrine. Il se revit dessiner quelque chose dans la buée du pare-brise de Trigger, quinze mois auparavant, la buée due à une pluie froide par une journée chaude.

« Vous vous souv'nez du foulard qu'avait Deepneau, ce jour-là, Ralph ? Avec des signes rouges dessus ?

— Oui, je m'en souviens. » *Bouffeur de chattes !* avait-il lancé à Gros Balèze. *Baise ta mère et lèche-lui la chatte !* Et bien entendu, il n'avait pas oublié le foulard non plus. Les marques rouges qu'il portait n'étaient pas de simples taches dépourvues de signification, mais un ou plusieurs idéogrammes. Le creux soudain qu'il eut à l'estomac lui fit clairement savoir que Trigger pouvait arrêter de fouiller partout : il savait de quoi il s'agissait. Il le savait.

« Vous avez fait la guerre, Ralph ? La grande ? La Deuxième ?

— En un certain sens, oui. J'ai passé presque tout mon temps au Texas. J'ai été de l'autre côté au début de 45, mais je suis toujours resté à l'arrière. »

Trigger hocha la tête. « C'était en Europe, alors. Y avait pas de bases arrière dans le Pacifique.

— L'Angleterre. Puis l'Allemagne. »

Trigger continuait à acquiescer, ravi. « Si vous aviez été dans le Pacifique, vous auriez su que ce truc, sur le foulard, c'était pas du chinois.

— Du japonais, n'est-ce pas ? C'est ça, Trig ? »

Trigger fit oui de la tête, sortant enfin une carte du lot. Sur le côté blanc, Ralph vit dessiné, approximativement, le double symbole qu'il avait lui-même représenté dans la buée du pare-brise.

« Mais enfin, de quoi s'agit-il ? » demanda Lois d'une voix où l'impatience avait clairement cédé la place à la peur.

« J'aurais dû m'en douter, dit Ralph d'une voix blanche, horrifiée. J'aurais dû m'en douter.

— Te douter de quoi ? » Elle le prit par l'épaule et le secoua. « Te douter de quoi ? »

Il ne répondit pas. Avec l'impression de rêver, il prit la carte que lui tendait Trigger Vachon. Celui-ci ne souriait plus, et étudiait le visage de Ralph, une expression grave dans ses yeux sombres. « Je l'ai recopié avant que ça fonde, sur le pare-brise. Parce que je savais que je l'avais déjà vu quelque part. Le temps de rentrer à la maison, je savais où. Mon grand frère, Marcel, était dans le Pacifique pendant la dernière année de la guerre. Il a ramené quelques trucs. Et justement, un foulard avec les mêmes marques dessus, rouges, pareilles. Je lui ai demandé, just' pour être sûr, et il l'a écrit sur cette carte. » Trigger la montra du doigt. « J'voulais vous l'dire dès qu'on se reverrait, sauf que j'ai oublié jusqu'à aujourd'hui. J'étais content d'm'en souvenir, mais à voir vot'tête, j'aurais peut-êt' mieux fait d'continuer d'oublier.

— Non, ça va. »

Lois lui prit la carte des mains. « Qu'est-ce que c'est ? Qu'est-ce que ça veut dire ?

— Je t'expliquerai plus tard », répondit-il en passant une vitesse. Il avait le cœur comme une pierre dans la poitrine. Lois étudiait le symbole sur le côté non imprimé de la carte ; de l'autre côté, on lisait : R.H. FOSTER, PUISATIER, TERRASSEMENT. En dessous, le grand frère de Trigger avait écrit un seul mot, en lettres capitales :

KAMIKAZE

TROISIÈME PARTIE

LE ROI POURPRE

« Nous, les vieux de la vieille, tenons chacun un rasoir fermé » (Robert Lowell, *Walking in the Blue*).

CHAPITRE 20

1

Ils n'eurent qu'un échange, fort bref, tandis que la vieille Oldsmobile remontait Hospital Drive.

« Ralph ? »

Il lui jeta un coup d'œil rapide et revint à la route. Le claquement se faisait de nouveau entendre dans le moteur, mais Lois n'avait rien dit, et il espérait qu'elle n'allait pas lui en parler.

« Je crois que je sais où il est. Je veux parler d'Ed. J'étais déjà à peu près certaine, sur le toit, d'avoir reconnu l'espèce de bâtiment de fortune qu'ils nous ont montré.

— De quoi s'agit-il ? Où est-il situé ?

— C'est un garage d'avions — comment on appelle ça, déjà ? Un hangar.

— Oh, mon Dieu, soupira Ralph. Coastal Air, sur la route de Bar Harbor ? »

Elle acquiesça. « Ils ont des avions de location, organisent des balades en mer, des trucs comme ça. Un samedi où on se promenait par là avec M. Chassey, on s'est arrêtés et il a demandé à un mécanicien combien coûtait un petit tour des îles en avion. Le type a dit quarante dollars, beaucoup plus que ce qu'on pouvait se permettre de dépenser, et en été je suis sûre qu'il aurait refusé de nous faire un prix. Mais nous étions en avril, et M. Chassey a marchandé et l'a fait baisser de moitié. Je trouvais ça encore trop cher pour une balade de moins d'une heure, mais je suis contente de l'avoir faite. J'avais la frousse, mais c'était beau.

— Comme les auras.

— Oui, comme… (sa voix s'étrangla ; Ralph jeta un coup d'œil et vit des larmes couler sur ses joues rebondies)… comme les auras.

— Ne pleure pas, Lois. »

Elle prit un Kleenex dans son sac et s'essuya les yeux. « Je n'y peux rien. Ce mot en japonais sur la carte… il veut dire *kamikaze*, n'est-ce pas ? Vent divin… » Ses lèvres tremblaient. « Pilote-suicide. »

Ralph acquiesça. Il s'agrippait au volant. « Oui. C'est bien ça. Pilote-suicide. »

2

La route 33, plus connue sous le nom de route de Newport, passait à moins de quatre carrefours de Harris Avenue, mais Ralph n'avait aucune intention de rompre leur jeûne prolongé dans la partie ouest de la ville, pour une raison simple mais impérieuse : ni lui ni Lois ne pouvaient courir le risque d'être vus par l'un de leurs vieux amis, maintenant qu'ils paraissaient avoir entre quinze et vingt ans de moins que lundi dernier.

L'un de ces vieux amis aurait-il déjà signalé leur disparition à la police ? Ce n'était pas à exclure, mais Ralph estimait raisonnable d'espérer que jusqu'ici ils avaient échappé à l'attention et à la sollicitude du groupe qu'il fréquentait ; Faye et les autres Vieux Croulants qui se retrouvaient à l'aire de pique-nique devaient déjà être tellement en émoi d'avoir perdu non pas un, mais deux de leurs collègues, qu'ils ne devaient guère penser à se demander où Ralph Roberts pouvait bien traîner ses vieilles guêtres.

Si ça se trouve, Bill et Jimmy ont déjà eu leur veillée funèbre, leurs funérailles et leur enterrement.

« Si on a le temps de prendre un petit déjeuner, Ralph, tâche de trouver un restaurant aussi vite que possible. J'ai tellement faim que je pourrais bouffer un cheval avec sa selle ! »

Ils se trouvaient maintenant à près de deux kilomètres à l'ouest de l'hôpital — distance de sécurité qui lui parut raisonnable — et un petit établissement, le Derry Diner, se trouvait à une centaine de mètres. Ralph mit son clignotant avant de s'engager dans le parking et se fit alors la réflexion qu'il n'y était pas venu depuis plus d'un an, depuis que Carolyn était tombée malade.

« Nous y voilà, dit-il à Lois. Et on va manger autant qu'on pourra, parce qu'on n'aura peut-être pas l'occasion de se remettre à table de la journée. »

Lois lui sourit comme une écolière. « C'est justement l'un de mes grands talents, Ralph. » Elle se tortilla un peu sur son siège. « Sans compter que j'irais bien mouiller la pelouse. »

Ralph hocha la tête. S'ils n'avaient pas mangé depuis mardi dernier, ils n'étaient pas non plus passés par les toilettes. Lois pouvait bien arroser la pelouse ; lui, c'était toute une prairie qu'il avait l'intention d'inonder.

« Allons-y, dit-il en coupant le moteur, ce qui fit taire le désagréable claquement. Les toilettes d'abord, les ripailles ensuite. »

En chemin, elle lui dit, d'un ton que Ralph trouva juste un peu trop désinvolte pour être authentique, qu'elle ne pensait pas que Mina ou Simone aient signalé sa disparition, en tout cas pas encore. Lorsque Ralph se tourna vers elle pour lui demander pourquoi, il vit avec étonnement et amusement qu'elle rougissait.

« Elles savent toutes les deux que j'en pince pour toi depuis des années.

— Tu plaisantes !

— Sûrement pas, répliqua-t-elle, un peu dépitée. Carolyn le savait aussi. Il y en a qui l'auraient mal pris, mais elle voyait bien que c'était sans danger, que j'étais inoffensive. Elle était un tel chou, Ralph.

— Oui, c'est vrai.

— Bref, elles vont probablement supposer que… que nous avons…

— Filé ensemble à l'anglaise ? »

Lois se mit à rire. « Quelque chose de ce genre.

— Ça te dirait, si nous filions tous les deux à l'anglaise, Lois ? »

Elle se mit sur la pointe des pieds et lui mordilla l'oreille, sans insister. « Si nous en sortons vivants, tu n'auras qu'à me reposer la question. »

Il l'embrassa sur le coin des lèvres avant d'ouvrir la porte. « Vous pouvez compter là-dessus, chère madame. »

Ils allèrent aux toilettes et, lorsque Ralph la rejoignit, Lois avait l'air à la fois songeuse et un peu secouée. « Je n'arrive pas à le croire, lui dit-elle à voix basse. Je viens de passer au moins deux minutes à me regarder dans la glace, et je n'arrive toujours pas à le croire ! Les pattes-d'oie ont complètement disparu au coin de mes yeux, Ralph ! Et mes cheveux… » Ses yeux sombres d'Andalouse étaient tournés vers lui, pleins d'éclat et d'émerveillement. « Et toi ! Mon Dieu, j'ai l'impression que même à quarante ans, tu n'avais pas l'air aussi en forme !

— Exact, mais tu aurais dû me voir quand j'en avais trente. J'étais une vraie bête. »

Elle pouffa. « Viens-t'en, idiot. Allons nous asseoir et nous goinfrer de calories. »

3

« Lois ? »

Elle leva les yeux du menu qu'elle venait de prendre, entre poivrière et salière.

« Quand j'étais dans les toilettes, j'ai essayé de faire revenir les auras. Ça n'a pas marché, cette fois-ci.

— Mais pourquoi as-tu essayé ? »

Il haussa les épaules, se refusant à lui faire part du sentiment de paranoïa qu'il avait ressenti au moment où, se lavant les mains au lavabo, il avait vu se refléter, dans le miroir tacheté d'éclaboussures savonneuses, son visage étrangement rajeuni. Il avait brusquement eu l'impression de ne pas être tout seul. Pis, que Lois n'était pas non plus toute seule dans les toilettes des dames. Qu'Atropos se faufilait en catimini derrière elle, invisible, les éclats de diamant scintillant à ses minuscules oreilles... le scalpel tendu...

Puis, au lieu des boucles d'oreilles de Lois ou du panama de McGovern, son esprit avait évoqué la corde à sauter que Doc Chauve #3 utilisait lorsque Ralph l'avait remarqué pour la première fois

(cinq-dix-vingt, l'oie boit son vin...)

dans le bout de terrain vague entre la boulangerie et le salon de bronzage, la corde à sauter, naguère jouet préféré d'une petite fille qui avait trébuché pendant une partie de chat perché en chambre et était tombée par la fenêtre du premier étage pour mourir, le cou fracturé (*quel horrible accident, elle qui avait toute la vie devant elle, s'il y a un Dieu, comment tolère-t-il de telles choses !* et ainsi de suite, et patati et patata).

Il s'était donné l'ordre d'arrêter, se rappelant à lui-même que les choses étaient déjà suffisamment difficiles et qu'il n'avait pas besoin, en plus, de laisser son imagination lui présenter des scénarios macabres dans lesquels Atropos tranchait le panache de Lois, mais en vain..., surtout parce qu'il savait qu'Atropos pouvait très bien se trouver avec eux dans le restaurant et leur faire ce qu'il voulait. Exactement ce qu'il voulait.

Lois, par-dessus la table, vint lui toucher la main. « Ne t'inquiète pas, les couleurs reviendront. Elles reviennent toujours.

— Sans doute. » Il prit à son tour un menu, l'ouvrit et jeta un coup d'œil à la liste des plats proposés pour le petit déjeuner. Il eut l'impression, sur le coup, de tous les vouloir.

« La première fois que tu as vu Ed se comporter bizarrement, il sortait de l'aéroport de Derry, observa Lois. Nous savons ce qu'il y faisait maintenant : il prenait des leçons de pilotage, n'est-ce pas ?

— Bien entendu. Pendant que Trig me ramenait à la maison, il m'a même dit qu'il fallait un passe pour emprunter ce portail de service. Il m'a demandé si je savais comment Ed s'en était procuré un, et je lui ai répondu que non. Cette fois-ci, je le sais ; ils doivent en donner un à tous les élèves pilotes de General Aviation.

— Crois-tu que Helen était au courant de ce passe-temps ? Sans doute pas, à mon avis.

— Certainement pas, je dirais. Je suis aussi prêt à parier qu'il a changé pour Coastal Air tout de suite après son altercation avec le type de West Side Gardeners. Cet incident l'a sans doute convaincu qu'il perdait les pédales, et qu'il valait mieux aller prendre ses leçons un peu plus loin de chez lui.

— Ou c'est peut-être Atropos qui l'en a convaincu, lui fit remarquer Lois d'un ton sinistre. Atropos, ou quelqu'un de plus haut placé. »

Hypothèse qui n'était pas trop du goût de Ralph, mais qui, néanmoins, était tout à fait plausible. *Des entités*, se dit-il avec un frisson. *Le Roi Pourpre*.

« Ils le font danser comme une marionnette au bout d'un fil, tu ne trouves pas ? demanda Lois.

— Tu veux parler d'Atropos ?

— Non. Atropos est un ignoble petit salopard, mais à part cela, il n'est guère différent de Clotho et Lachésis. Ces messieurs sont des exécutants de bas étage, peut-être tout juste un degré au-dessus de la main-d'œuvre non spécialisée dans la grande hiérarchie des choses.

— Des balayeurs.

— Oui, peut-être, admit Lois. Des balayeurs et des lampistes. Atropos est sans doute celui qui a fait le plus de véritable travail sur Ed et je suis prête à parier un dollar que c'est un boulot qui lui plaît, mais je suis aussi prête à parier ma maison qu'il prend ses ordres bien plus haut. Est-ce que ça te paraît coller ?

— Oui. On ne saura probablement jamais à quel point il était cinglé avant que tout cela ne commence, ni quand exactement Atropos lui a coupé le cordon vital, mais la chose qui me préoccupe pour l'instant est nettement plus triviale. J'aimerais fichtrement savoir comment il a pu payer la caution de Charlie Pickering et ses foutues leçons de pilotage. »

Avant que Lois pût répondre, une serveuse s'approcha, sortant carnet de commande et crayon de la poche de son tablier. « On peut vous aider, m'sieur-dame ?

— Pour moi, ce sera une omelette aux fromage et champignons, dit Ralph.

La femme approuva d'un grognement et fit passer son chewing-gum de la joue droite à la gauche. « Deux ou trois œufs, mon chou ?

— Quatre, si c'est possible. »

Elle arqua légèrement un sourcil et griffonna quelque chose sur son calepin. « C'est parfait pour moi, si c'est parfait pour vous. Autre chose, avec ça ?

— Oui, s'il vous plaît. Un grand verre de jus d'orange, du bacon, des saucisses, et une portion de frites. Ou plutôt, une *double* portion de frites. » Il marqua une pause, réfléchit, puis sourit. « Oh… et est-ce que vous auriez par hasard encore des pâtisseries ?

— Il me semble qu'il doit nous rester une part de gâteau au fromage et une autre de tarte aux pommes. » Elle lui adressa un coup d'œil. « Vous avez une petite faim, mon chou ?

— J'ai l'impression de ne pas avoir mangé depuis une semaine, répondit Ralph. D'accord pour le gâteau au fromage. Et du café pour commencer. Des litres de café noir. Vous avez tout noté ?

— Oh, et comment, mon chou. Je tiens simplement à voir comment vous serez en repartant. » Elle se tourna vers Lois : « Et pour vous, m'dame ? »

Lois lui adressa un sourire suave. « Pour moi ? Exactement la même chose. *Mon chou.* »

4

Tandis que la serveuse s'éloignait, Ralph regarda en direction de l'horloge, sur le mur, mit sa montre à l'heure et la remonta. Il n'était que sept heures dix : pas si mal. Il leur faudrait moins d'une demi-heure pour se rendre à Barrett's Orchard, et en faisant converger leurs lasers mentaux sur Gretchen Tillbury, ils pouvaient espérer obtenir l'annulation du discours — l'avortement de la manifestation, si on préférait — de Susan Day dès neuf heures du matin. Mais au lieu de soulagement, il ne cessait de se sentir rongé d'anxiété. Comme une démangeaison en un endroit que la main ne pouvait atteindre.

« Très bien, dit-il. Essayons d'y voir clair. Je crois qu'on peut supposer que depuis longtemps le problème de l'avortement tracassait Ed ; que depuis plusieurs années il était dans le camp des anti-IVG. Puis il a commencé à perdre le sommeil… à entendre des voix…

— … à voir des petits hommes chauves…

— Un en particulier, en tout cas. Atropos est devenu son gourou, le gavant d'histoires de Roi Pourpre, de Centurions, et tout le bazar. Lorsque Ed m'a parlé du roi Hérode…

— … il pensait à Susan Day, acheva Lois. Atropos l'a… comment dit-on, à la télé, déjà ? lui a lavé le cerveau. L'a transformé en missile téléguidé. D'après toi, où a-t-il dégotté ce foulard ?

— Atropos a dû le lui donner. Je soupçonne Atropos de posséder beaucoup d'objets semblables.

— Et à ton avis, qu'est-ce qu'il y aura dans l'avion qu'il pilotera ce soir ? demanda Lois d'une voix tremblante. Des explosifs, des gaz toxiques ?

— Les explosifs me paraissent plus vraisemblables s'il veut vraiment avoir tout le monde ; un vent un peu fort pourrait lui valoir des difficultés, avec le gaz. » Ralph prit une gorgée d'eau et constata avec intérêt que sa main n'était pas parfaitement assurée. « Par ailleurs, nous ignorons le genre de potion infâme qu'il a pu concocter dans son laboratoire, n'est-ce pas ?

— En effet », admit Lois d'une petite voix.

Ralph reposa son verre. « Ce qu'il envisage d'utiliser ne m'intéresse pas tellement.

— Et qu'est-ce qui t'intéresse ? »

La serveuse revint avec du café et sa seule odeur parut électriser Ralph. Ils se jetèrent tous les deux sur leur tasse dès que la femme eut tourné le dos. Le breuvage était fort et chaud au point de leur brûler les lèvres, mais c'était céleste. Lorsque Ralph reposa sa tasse, elle était à moitié vide et il avait une boule brûlante au milieu du corps, comme s'il venait d'avaler des braises. Lois le regardait, soucieuse, par-dessus sa tasse.

« Ce qui m'intéresse, reprit-il, c'est *nous*. Tu as dit qu'Atropos avait fait d'Ed un missile téléguidé. La comparaison est juste ; c'est exactement ce qu'étaient les kamikazes, pendant la guerre. Hitler avait ses V-2, Hirohito ses Vent-Divin. *Ce qui me tracasse, c'est que Clotho et Lachésis nous ont fait la même chose*. On nous a équipés d'un tas de pouvoirs spéciaux et on nous a programmés pour voler jusqu'à High Ridge dans ma vieille Olds et arrêter Susan Day. J'aimerais bien savoir pourquoi.

— Mais nous le savons, objecta-t-elle. Si nous ne nous en mêlons pas, Ed Deepneau va se suicider ce soir pendant le discours de cette femme et massacrer deux mille personnes d'un coup.

— Ouais, admit Ralph, mais nous allons faire tout ce qui est en notre pouvoir pour l'arrêter, Lois, ne t'inquiète pas. » Il termina son café et reposa la tasse. Il avait l'estomac parfaitement réveillé maintenant, et qui criait famine. « Je ne peux pas davantage déclarer forfait et laisser Ed Deepneau tuer tous ces gens que je ne pourrais rester sans bouger si quelqu'un me lançait une balle de base-ball à la tête. Mais voilà, nous n'avons pas eu le temps de lire les clauses écrites en petits caractères au bas du contrat, et c'est ça qui me fiche la frousse. » Il se tut un instant. « En plus, ça me met en rogne.

— Mais de quoi parles-tu ?

— Du fait qu'on nous manipule comme deux gogos. Nous savons pour quelle raison nous allons essayer de faire annuler la prestation de Susan Day : nous ne pouvons supporter l'idée d'un cinglé tuant deux mille innocents. *Mais nous ignorons pour quelle raison ils veulent que nous le fassions*. C'est ça qui me fait peur.

— Nous avons la possibilité de sauver deux mille vies humaines… et tu me dis que, si ça nous suffit, ce n'est peut-être pas assez pour eux ?

— Exactement. Je ne crois pas que les chiffres impressionnent beaucoup ces gaillards ; quand ils font du nettoyage, ce n'est pas en dizaines ou en centaines de milliers qu'ils comptent, mais en millions. Et ils sont habitués à voir l'Intentionnel et l'Aléatoire nous écrabouiller en masse.

— Tu penses à des désastres comme l'incendie du Coconut Grove, ou l'inondation de Derry, il y a huit ans ?

— Oui, mais même des catastrophes comme celles-ci sont de la roupie de sansonnet à côté de ce qui peut se produire — et se produit — dans le monde chaque année. L'inondation de 85 a tué environ deux cent vingt personnes à Derry ; mais au printemps dernier, il y a eu une inondation au Pakistan qui en a tué trois mille cinq cents, et le dernier grand tremblement de terre de Turquie en a massacré plus de quatre mille. Et que dire de l'accident nucléaire de Tchernobyl ? J'ai lu quelque part qu'il fallait compter au moins soixante-dix mille morts. Ça fait beaucoup de panamas, de cordes à sauter et de… paires de jumelles, Lois. » Il fut horrifié de se rendre compte qu'il avait failli dire *paires de boucles d'oreilles*.

« Tais-toi, dit-elle avec un frisson.

— Ça ne me plaît pas plus qu'à toi d'y penser, mais nous n'avons pas le choix, ne serait-ce que parce que ces deux tordus tenaient tellement à ce que nous ne le fassions pas. Vois-tu où je veux en venir ? Forcément. Les grandes tragédies ont toujours été du domaine de l'Aléatoire ; qu'est-ce que cette situation présente de tellement différent ?

— Je ne sais pas, avoua Lois. Mais c'était suffisamment important, à leurs yeux, pour qu'ils nous enrôlent, et quelque chose me dit que c'est pour eux une démarche très grave. »

Ralph acquiesça. Il sentait l'effet de la caféine de plein fouet ; elle lui montait à la tête, faisait frémir ses doigts. « Très grave, j'en suis sûr. Mais repense à ce qui s'est passé sur le toit de l'hôpital. As-tu jamais entendu deux types expliquer autant de choses tout en n'expliquant rien du tout ?

— Je ne vois pas ce que tu veux dire. » Le visage de Lois, cependant, suggérait plutôt qu'elle n'avait pas trop envie de le savoir.

« Ce que je veux dire a quelque chose à voir avec cette idée centrale : *ils ne peuvent peut-être pas mentir*. Supposons que ce soit le cas. Si tu disposes de certaines informations que tu ne veux pas donner tout en étant par ailleurs incapable de mentir, que fais-tu ?

— Je cherche constamment à valser le plus loin possible de la zone dangereuse — ou des zones dangereuses, répondit Lois.

— Exactement. Et n'est-ce pas ce qu'ils ont fait ?

— Ils ont peut-être valsé, je veux bien, mais c'est souvent toi qui conduisais, Ralph. En fait, j'ai été impressionnée par toutes les questions que tu leur as posées. J'ai l'impression d'avoir passé l'essentiel de mon temps, sur ce toit, à essayer de me convaincre que tout ça était bien réel.

— D'accord, je leur ai posé pas mal de questions, mais… » Il s'interrompit, incertain sur la façon d'exprimer ce qu'il avait en tête, un concept qui lui paraissait à la fois complexe et d'une simplicité enfantine. Il tenta d'aller un peu plus loin, à la recherche de ce *clignement* intérieur, conscient que s'il était capable de communiquer directement avec l'esprit de Lois, il lui montrerait une image d'une limpidité cristalline. Rien ne se produisit et il se mit à pianoter de frustration sur la table.

« J'étais dans le même état de stupéfaction que toi, dit-il finalement. Si cette stupéfaction s'est traduite en questions, c'est parce qu'on apprend aux hommes — on l'apprenait à ceux de ma génération, en tout cas — que pousser des Oooh ! et des Aaaah ! est ce qu'il y a de plus nul. Bon pour les femmes qui choisissent des rideaux.

— Espèce de sale macho ! » Elle lui adressa cependant un sourire, que Ralph ne put lui rendre. Il se souvenait de Barbara Richards. S'il s'était avancé vers elle, elle aurait certainement appuyé sur le bouton, sous son bureau, alors qu'elle avait laissé approcher Lois parce qu'on lui avait un peu trop seriné la vieille rengaine femme-ma-sœur.

« Ouais, admit-il, je suis sexiste, vieux jeu, et parfois, ça me vaut des ennuis.

— Ralph, je voulais tout juste dire…

— Je sais ce que tu voulais dire, pas de problème. J'essaie simplement de te faire comprendre que j'étais aussi stupéfait… sidéré… que toi. Bon, j'ai posé des questions. Et alors ? Étaient-ce les bonnes ? Étaient-ce des questions utiles ?

— Pas vraiment, hein ?

— Pourtant, je n'avais pas si mal commencé que ça.

Autant que je me souvienne, la première chose que je leur ai demandée, sur le toit, ç'a été qui ils étaient et ce qu'ils voulaient. Ils ont esquivé ces questions avec tout un baratin philosophique, mais ils ont dû tout de même avoir des sueurs froides pendant un moment. Ensuite, on a eu droit à ce grand numéro sur l'Intentionnel et l'Aléatoire — fascinant, certes, mais pas exactement ce dont on avait besoin pour aller jusqu'à High Ridge persuader Gretchen Tillbury d'annuler la manifestation de Susan Day. Bon Dieu, on aurait mieux fait de leur demander où se trouvait High Ridge que d'avoir à arracher l'information à la nièce de Simone.

— Mais c'est vrai, au fond ! s'exclama Lois, surprise.

— Ouais. Et pendant tout le temps que nous parlions, les heures défilaient à toute vitesse, comme elles le font dans les niveaux supérieurs. Ils surveillaient leur montre, si je puis dire, tu peux m'en croire. Ils avaient organisé toute la scène de manière que, lorsqu'ils auraient fini de nous expliquer les choses qu'ils voulaient que nous sachions, nous n'ayons plus le temps de leur poser les questions auxquelles ils n'avaient pas envie de répondre. Je crois qu'ils cherchaient à nous persuader que toute cette affaire était une sorte de devoir civique, qu'il n'était question que de sauver toutes ces vies, mais ils ne pouvaient pas nous le dire en termes aussi simples parce que…

— Parce qu'il aurait fallu mentir, et que peut-être ils ne le peuvent pas.

— Exact ; ils ne le peuvent peut-être pas.

— Mais alors, qu'est-ce qu'ils veulent, Ralph ? »

Il secoua négativement la tête. « Je n'en ai pas la moindre idée, Lois. Pas la moindre. »

Elle finit à son tour son café, reposa soigneusement la tasse dans la soucoupe, étudia quelques instants le bout de ses doigts et releva la tête. Il fut de nouveau frappé par sa beauté — presque subjugué.

« Ils étaient bons, dit-elle. Ils *sont* bons. Je l'ai ressenti très fortement. Pas toi ?

— Si », admit-il, presque à contrecœur. Bien sûr, qu'il l'avait senti. Ils étaient tout ce qu'Atropos n'était pas.

« Et tu vas tout de même essayer d'arrêter Ed, malgré tout. Tu as toi-même dit que tu ne pouvais pas faire autrement, comme dans un réflexe pour éviter une balle de base-ball. N'est-ce pas ?

— Oui. » Il avait répondu encore plus à contrecœur.

« Dans ce cas, tu devrais laisser tomber le reste, observa-t-elle avec calme, soutenant son regard. Ça ne sert qu'à t'encombrer la tête, Ralph. Qu'à y mettre la pagaille. »

Il reconnut qu'elle avait raison, mais doutait que décider de ne plus y penser suffît à écarter le problème de ses pensées. Peut-être fallait-il atteindre l'âge de soixante-dix ans pour apprécier pleinement à quel point il est difficile d'échapper à son éducation. On avait commencé à lui inculquer comment se comporter en homme avant que Hitler prît le pouvoir et il était toujours prisonnier de la génération qui avait écouté H.V. Kaltenborn et les Andrew Sisters à la radio — une génération qui croyait aux cocktails au clair de lune et qu'un paquet de Camel méritait que l'on parcourût un mile à pied, comme le disait la publicité. Une telle éducation rejetait pratiquement les élégantes questions morales, comme de savoir qui travaillait pour les bons et qui pour les méchants ; l'important était de ne pas laisser les grosses brutes vous écraser de leur mépris. De ne pas se laisser mener par le bout du nez.

Ah bon ? demanda Carolyn, amusée et sereine. *Comme c'est fascinant ! Mais permets-moi de te confier un petit secret, Ralph : tout ça, ce sont des âneries. C'était déjà des âneries avant que Glenn Miller ne disparaisse de l'horizon, et ce sont encore des âneries aujourd'hui. Cette idée qu'un homme doit faire ce qu'il a à faire... il y a peut-être un peu de vérité là-dedans, même de nos jours. Le chemin est long pour le paradis, de toute façon, n'est-ce pas, mon cœur ?*

Oui. Très long.

« Qu'est-ce qui te fait sourire, Ralph ? »

L'arrivée de la serveuse et d'un énorme plateau couvert de plats lui évita d'avoir à répondre. Il remarqua pour la première fois que la femme portait un bouton en sautoir sur l'ourlet de son tablier. LA VIE N'EST PAS UN CHOIX, lisait-on.

« Irez-vous à la réunion du centre municipal, ce soir ? lui demanda Ralph.

— J'irai, répondit-elle en posant le plateau sur la table voisine, inoccupée, de façon à avoir les mains libres. Je resterai dehors. Avec un panneau. Et je tournerai en rond.

— Faites-vous partie des Amis de la Vie ? lui demanda Lois tandis que la femme commençait à disposer omelettes et garnitures.

— Est-ce que je vis ?

— Vous avez l'air parfaitement en vie, en effet, lui répondit poliment Lois.

— Eh bien, je crois que ça suffit à faire de moi une amie de la vie, non ? Tuer un être qui pourrait écrire un jour un grand poème ou inventer un remède qui guérit du sida ou du cancer, ça ne cadre pas du tout avec mes principes. Je vais donc brandir mon panneau de manière que les féministes en Dior et les bonnes femmes de la gauche chic puissent lire le mot MEURTRE. Elles l'ont en horreur, ce mot. Elles ne l'emploient jamais dans leurs soirées, dans les repas de collecte de fonds à deux cents dollars la place. Vous voulez du ketchup ?

— Non », répondit Ralph, qui ne pouvait détacher ses yeux de la serveuse. Une lueur verdâtre, encore faible, commençait à se répandre autour d'elle, donnant presque l'impression de monter en fumerolles de ses pores. Les auras revenaient, leur éclat augmentant progressivement.

« J'ai attrapé un deuxième nez au milieu de la figure sans m'en apercevoir, ou quoi ? » demanda la femme. Elle fit claquer son chewing-gum et le cala dans son autre joue.

« Désolé, je pensais à autre chose », s'excusa Ralph, qui sentait une chaleur lui monter au visage.

La serveuse haussa les épaules, qu'elle avait charnues, ce qui déclencha un mouvement paresseux, fascinant, de la partie supérieure de son aura. « J'essaie de ne pas trop me laisser emporter par tout ça, vous savez. En général, je me contente de faire mon boulot et de la fermer. Mais je ne suis pas non plus du genre à renoncer facilement. Savez-vous depuis combien de temps je fais des marches et des piquets devant cet abattoir, par des journées à se brûler les fesses et des nuits à se les geler ? »

Ralph et Lois secouèrent la tête.

« Depuis 1984. Neuf longues années. Et vous savez ce qui m'énerve le plus chez les pro-IVG ?

— Quoi donc ? demanda calmement Lois.

— Ce sont les mêmes qui veulent mettre les armes à feu hors la loi pour que les gens arrêtent de s'entre-tuer, les mêmes qui disent que la chaise électrique est anticonstitutionnelle parce que c'est un châtiment cruel et anormal. Ils racontent ça, et ensuite ils soutiennent des lois qui autorisent des docteurs — des docteurs ! — à planter un tube dans le ventre des femmes pour en arracher leur fils ou leur fille et les mettre en pièces. C'est ça qui m'énerve le plus. »

Elle leur avait tenu ce discours — qui donnait l'impression d'avoir été prononcé maintes et maintes fois — d'un ton égal, sans la moindre manifestation extérieure de colère. Ralph ne l'écoutait que d'une oreille distraite ; l'essentiel de son attention se portait sur l'aura vert pâle qui l'entourait. Mais pas entièrement vert pâle. Une tache jaunâtre tournoyait lentement à hauteur du côté droit de sa taille, comme une roue de chariot poussiéreuse.

Son foie, pensa Ralph. *Elle a le foie malade*.

« Vous ne voudriez tout de même pas qu'il arrive quelque chose à Susan Day ? demanda Lois, regardant la serveuse avec une expression inquiète. Vous me paraissez quelqu'un de bien, et je suis sûre que vous ne souhaitez pas que les choses en arrivent là. »

La serveuse soupira, chassant l'air par son nez, ce qui produisit deux jets fins de brume verte. « Je suis pas aussi bien que j'en ai l'air, mon chou. Si Dieu lui faisait quelque chose, je serais la première à applaudir et à dire "Que ta volonté soit faite", croyez-moi. Mais si vous voulez parler d'un cinglé et de violence, ce n'est pas pareil. C'est le genre de choses qui nous porte tort, qui nous met au même niveau que les gens qu'on essaie d'arrêter. Mais les cinglés ne voient pas les choses ainsi. Ce sont les jokers de la partie de cartes.

— Oui, dit Ralph, les jokers. Exactement.

— Je ne tiens pas à ce qu'il arrive quelque chose de mal à cette femme, reprit la serveuse, mais ça pourrait lui arriver. Ça pourrait vraiment lui arriver. Et à la façon dont je vois les choses, si jamais il lui arrivait quelque chose, elle n'aurait à s'en prendre qu'à elle. Elle court avec les loups… et les femmes qui courent avec les loups ne devraient pas trop jouer les étonnées quand elles se font mordre. »

5

Ralph se demanda si cette tirade n'allait pas lui faire perdre l'appétit, mais celui-ci survécut sans problème aux considérations de la serveuse sur l'avortement et sur Susan Day. Les auras l'aidèrent ; jamais nourriture ne lui avait paru aussi bonne, même pas lorsqu'il était adolescent et dévorait ses cinq repas par jour — six, si l'occasion se présentait.

Lois ne fut pas en reste, au moins pendant un bon moment. Elle repoussa finalement son assiette, dans laquelle il n'y avait plus que quelques frites et deux tranches de bacon. Ralph, pour sa part, entama donc seul, bon joueur, l'ultime ligne droite. Il enroula le dernier morceau de toast autour du dernier bout de saucisse, glissa le tout dans sa bouche, avala, et se laissa aller dans son siège en poussant un vaste soupir.

« Ton aura est plus sombre d'une ou deux nuances, Ralph. Je ne sais pas si ça veut dire que tu as finalement eu assez à manger ou que tu vas mourir d'indigestion.

— Les deux, peut-être. Tu les revois donc toi aussi, hein ? »

Elle acquiesça.

« Tu veux que je te dise ? reprit Ralph. Il n'y a rien au

monde qui me ferait plus plaisir, en ce moment, qu'une petite sieste. » Certes. Maintenant qu'il avait chaud et qu'il était repu, les quatre derniers mois de nuits passées éveillé semblaient lui tomber dessus comme des sacs de sable et il avait l'impression d'avoir les paupières lestées de plomb.

« Je crois que ce serait une mauvaise idée, pour l'instant, une très mauvaise idée, répondit Lois, l'air un peu inquiet.

— Sans doute. »

Elle commença à lever la main pour demander la note, puis la rabaissa. « Et si tu appelais ton ami le policier ? Leydecker, c'est bien cela ? Il pourrait peut-être nous aider. Crois-tu qu'il le ferait ? »

Ralph réfléchit aussi sérieusement à cette proposition que le lui permettait son cerveau embrumé, puis secoua négativement la tête, à contrecœur. « J'ai peur de le contacter. Si nous essayons de lui dire quoi que ce soit, comment veux-tu que nous ne soyons pas impliqués ? Et ce n'est qu'un aspect du problème. Si lui s'implique à son tour, mais de la mauvaise façon, il risque d'aggraver encore les choses.

— D'accord. » Lois fit signe à la serveuse. « On va partir d'ici toutes vitres baissés, et on s'arrêtera au Dunkin Donuts d'Old Cape prendre un café double ou triple. C'est moi qui régale. »

Ralph sourit. Il avait l'impression d'afficher une expression béate quelque peu idiote. « Comme il vous plaira, ma'ame. »

Lorsque la serveuse vint poser la note à l'envers devant lui, Ralph remarqua que le bouton anti-IVG avait disparu de la frange de son tablier.

« Écoutez, dit-elle avec un sérieux qu'il trouva presque pathétique, je suis désolée si je vous ai offensés. Vous êtes venus ici pour prendre un petit déjeuner, pas pour recevoir une leçon de morale.

— Vous ne nous avez pas offensés », répondit Ralph, avec un coup d'œil en direction de Lois, laquelle approuva d'un signe de tête.

La serveuse eut un bref sourire. « Merci de me le dire, mais il n'empêche que je vous suis plus ou moins tombée dessus. Ça ne serait pas arrivé un autre jour, mais nous avons notre propre réunion cet après-midi à quatre heures et je dois présenter M. Dalton. On m'a dit que je pourrais avoir trois minutes, et je crois que c'est à peu près ce à quoi vous avez eu droit.

— Il n'y a pas de problème, intervint Lois en lui tapotant la main. Vraiment. »

La serveuse eut un sourire plus chaud et authentique, cette fois, mais au moment où elle s'éloignait, Ralph vit s'évanouir l'expression de sympathie sur le visage de Lois ; elle regardait la tache jaunâtre qui flottait juste au-dessus de la hanche de la femme.

Il prit le stylo qu'il portait toujours dans sa poche de poitrine, retourna son dessous-de-plat en papier et écrivit dessus quelques mots rapides. Cela fait, il prit un billet de cinq dollars dans son portefeuille et le disposa soigneusement en dessous de ce qu'il venait de rédiger. Lorsque la serveuse prendrait son pourboire, elle ne pourrait pas ne pas voir le message.

Il ramassa ensuite la note et l'agita en direction de Lois. « Notre premier rendez-vous, dit-il, et j'ai bien peur qu'on doive partager. Il me manque trois dollars si je lui laisse le billet de cinq. Je t'en prie, ne me dis pas que tu n'as pas un sou sur toi.

— Qui, moi ? La reine du poker de Ludlow Grange ? Ne soyez pas ridicule, mon cher ! » Elle ouvrit son sac et lui tendit une poignée de billets. Tandis qu'il les triait pour prendre ce dont il avait besoin, elle lut ce qu'il venait d'écrire sur le set de table :

Madame,

Vous souffrez d'un problème d'atrophie des fonctions hépatiques et devriez consulter immédiatement un médecin. Je vous conseille aussi très vivement de ne pas approcher du centre municipal, ce soir.

« C'est stupide, je sais. »

Elle l'embrassa sur le bout du nez. « Essayer d'aider les gens n'est jamais stupide.

— Merci. Mais elle ne va pas y croire. Elle va rester persuadée que nous lui en voulons à cause du bouton à slogan et de son petit discours, en dépit de ce que nous lui avons dit. Ce que j'ai écrit est juste une manière tordue d'essayer de lui rendre la monnaie de sa pièce.

— Il y a peut-être un meilleur moyen de la convaincre. »

Lois fixa la serveuse (la femme se tenait à côté du passe-plat et parlait au cuisinier tout en buvant un café), le regard sombre. Concentrée. À ce moment-là, l'aura gris-bleu de Lois prit une nuance plus profonde et se rétrécit sur elle, l'encapsulant étroitement.

Il ne voyait pas très bien ce qu'elle voulait faire… mais devinait qu'il se passait quelque chose. Il sentit les cheveux se dresser sur sa nuque et la chair de poule lui hérisser les bras. *Elle monte en pression,* se dit-il, *elle enclenche tous les commutateurs, lance toutes les turbines, et tout ça pour une femme qu'elle n'a jamais vue et qu'elle ne reverra sans doute jamais.*

Au bout d'un moment, la serveuse sentit aussi quelque chose. Elle se tourna et les regarda comme s'ils l'avaient appelée. Lois eut un sourire anodin et lui adressa un petit signe du bout des doigts ; mais, lorsqu'elle s'adressa à Ralph, l'effort faisait trembler sa voix. « J'y suis presque… j'y suis presque parvenue.

— Parvenue à quoi ?

— Je ne sais pas. À ce qu'il faut. Ça va venir dans une seconde. Elle s'appelle Zoë, avec un tréma sur le *e*. Va régler la note. Distrais-la. Essaie de l'empêcher de me regarder. Ça rend les choses plus difficiles. »

Il lui obéit et réussit assez bien, en dépit des tentatives que faisait Zoë pour regarder en direction de Lois pardessus l'épaule de Ralph. La première fois qu'elle fit sonner sa caisse, elle arriva à un montant de 234,20 dollars. Elle effaça le total d'un coup de doigt impatient et, lorsqu'elle leva les yeux vers Ralph, elle avait pâli et paraissait bouleversée.

« Qu'est-ce qu'elle a, votre femme ? demanda-t-elle à Ralph. Je me suis excusée, non ? Pourquoi elle n'arrête pas de me regarder comme ça ? »

Il savait que, d'où elle était, Zoë ne pouvait voir Lois car il faisait tout ce qui lui était possible — mis à part des claquettes — pour lui masquer la vue, mais il savait aussi qu'elle avait raison : Lois la fixait.

Il esquissa un sourire. « Je ne vois pas ce que vous… » La serveuse sursauta et lança un regard surpris et chargé d'irritation au cuisinier. « Si tu arrêtais un peu de faire tout ce pétard avec tes casseroles, hein ? » lui cria-t-elle, alors que Ralph n'entendait venir, de la cuisine, qu'une mélodie sirupeuse de supermarché. Zoë se tourna de nouveau vers Ralph. « Bon Dieu, on se croirait au Viêtnam, là-dedans. Si vous pouviez dire à votre femme qu'il est malpoli de…

— De quoi faire ? De fixer les gens ? Mais elle ne le fait pas. Absolument pas. » Il s'écarta d'un pas. Lois s'était avancée jusqu'à la porte et regardait dans la rue, leur tournant le dos. « Vous voyez ? »

La serveuse resta silencieuse pendant quelques secondes, sans toutefois quitter Lois des yeux. Finalement elle revint sur Ralph. « Évidemment, je vois. Et maintenant, si vous disparaissiez tous les deux ?

— Très bien. Toujours amis ?

— Tout ce que vous voudrez », répondit Zoë, mais sans le regarder.

Lorsque Ralph rejoignit Lois, il remarqua que son aura avait repris son état diffus, mais qu'elle était plus brillante qu'auparavant.

« Toujours fatiguée, Lois ? lui demanda-t-il doucement.

— Non. En réalité, je me sens très bien maintenant. »

Il commença à ouvrir la porte, puis arrêta son geste. « Tu as mon stylo ?

— Flûte, non. Je crois qu'il est resté sur la table. »

Ralph alla le chercher. En dessous de son message, Lois avait ajouté un post-scriptum en script :

> En 1989, vous avez mis au monde un enfant que vous avez donné pour adoption. Hôpital Sainte-Anne, Providence, Rhode Island. Allez voir votre médecin avant qu'il ne soit trop tard, Zoë. Ce n'est ni une blague ni un canular. Nous savons de quoi nous parlons.

« Bon Dieu, dit Ralph lorsqu'il la rejoignit. Ça va lui ficher une peur bleue.

— Si elle va voir un toubib avant que son foie ne déclare forfait, je m'en fiche. »

Il acquiesça et ils sortirent.

6

« Est-ce que tu as trouvé ce truc sur l'enfant qu'elle a eu quand tu as plongé dans son aura ? » lui demanda Ralph tandis qu'ils traversaient le parking couvert de feuilles mortes.

Lois acquiesça. Au loin, tout l'est de Derry flamboyait d'une lumière kaléidoscopique éclatante. Le phénomène recommençait, fort, très fort, un tourbillon de plus en plus violent de couleurs. Ralph posa la main sur le côté de sa voiture ; le contact lui donna l'impression de goûter un sirop pour la toux, gluant, parfumé à la guimauve.

« Je ne crois pas avoir pris beaucoup de sa matière, dit Lois, mais c'était comme si je l'avalais tout entière. »

Ralph se souvint d'un article qu'il avait lu peu de temps auparavant dans une revue scientifique. « Si chaque cellule de notre corps contient un plan complet de la façon dont nous sommes constitués, observa-t-il, pourquoi un fragment de l'aura de quelqu'un ne contiendrait-il pas un plan complet de ce qu'il est ?

— Ça ne me paraît pas très scientifique, Ralph.

— Tu as sans doute raison. »

Elle lui serra le bras et sourit. « Et pourtant ça sonne juste. »

Il lui rendit son sourire.

« Il faut que tu prennes un peu plus de matière, toi aussi, reprit-elle. Je continue à trouver cette méthode discutable — c'est comme voler —, mais si tu ne le fais pas, tu vas tomber dans les pommes.

— Dès que je le pourrai. Pour l'instant, il faut absolument que nous arrivions à High Ridge. » Une fois derrière le volant, cependant, sa main relâcha la clef de contact dès qu'elle l'eut touchée.

« Qu'est-ce qui t'arrive, Ralph ?

— Rien… tout. Je ne peux pas conduire dans cet état. Je serais capable de nous faire grimper à un poteau ou de rentrer dans une maison. »

Il leva les yeux au ciel et aperçut un de ces énormes oiseaux, transparent celui-ci, juché sur une parabole au sommet d'un immeuble d'appartements, non loin de là. Une brume légère, jaune citron, s'élevait de ses ailes préhistoriques repliées.

Est-ce que tu le vois vraiment ? s'interrogea une partie de lui-même, prise de doute. *Est-ce que tu en es sûr, Ralph ? Vraiment, vraiment sûr ?*

Je le vois, d'accord. Malheureusement ou heureusement, je le vois très bien… mais le moment est particulièrement mal choisi pour ce genre de vision, en admettant qu'il y en ait de meilleurs.

Il se concentra et sentit se produire ce *clignement* intérieur, dans son esprit. L'oiseau se dissipa comme une image fantôme sur un écran de télévision. La chatoyante palette de couleurs chaudes qui embrasait le matin perdit de son intensité. Il continua à percevoir l'autre monde assez longtemps pour voir les couleurs se mêler et créer la brume scintillante gris-bleu qu'il avait admirée pour la première fois le jour où il était allé prendre un café avec Joe Plussaj au « Point du Jour/Coucher de Soleil ». Puis il n'y eut plus rien. Il ressentit une envie presque insurmontable de se rouler en boule, la tête dans les bras, et de s'endormir. Au lieu de cela, il se mit à respirer lentement et à fond, chaque inspiration allant un peu plus loin que la précédente ; sur quoi, il tourna la clef de contact. Le moteur se mit à gronder, accompagné du même claquement, un peu plus fort maintenant.

« Qu'est-ce que c'est ? demanda Lois.

— Aucune idée », répondit-il, pensant cependant en

avoir une : une soupape ou un piston. Des ennuis en perspective au cas où il ne ferait rien. Finalement, l'intensité des claquements diminua et Ralph passa une vitesse. « Si jamais tu me vois dodeliner de la tête, donne-moi un bon coup dans les côtes, Lois.

— Sois tranquille. Et maintenant, allons-y. »

CHAPITRE 21

1

Le Dunkin Donuts, sur Newport Avenue, était un établissement rose bonbon charmant, situé dans un quartier sinistre de maisons construites pour la plupart la même année — 1946 — et toutes plus délabrées les unes que les autres. Tel était Old Cape, à Derry : d'antiques voitures aux pots d'échappement rafistolés avec du fil de fer, aux pare-brise étoilés, ornées d'autocollants proclamant par exemple : NE M'EN VEUILLEZ PAS SI J'AI VOTÉ PEROT et DÉFENDONS LA NRA [1] ; des maisons auxquelles ne manquait jamais, sur la pelouse pelée, un tricycle Fisher-Price abandonné ; des filles qui étaient de vraies bombes sexuelles à seize ans et se retrouvaient trop souvent fessues, ventrues et mères de trois enfants à vingt-quatre.

Deux garçons, casquette à l'envers, juchés sur des bicyclettes fluo aux guidons extravagants, décrivaient des boucles serrées dans le parking, se coupant mutuellement la trajectoire avec une virtuosité qui laissait deviner

1. *National Rifle Association* : le grand lobby des marchands d'armes qui milite contre l'interdiction du port d'armes aux USA *(N.d.T.)*.

beaucoup d'entraînement aux jeux vidéo et un avenir doré, éventuellement, comme contrôleurs aériens… pour peu qu'ils réussissent à éviter et la drogue, et de se faire écraser par une voiture, cela va de soi. Ralph se demanda fugitivement pourquoi ils n'étaient pas à l'école un vendredi matin pour conclure qu'il s'en fichait. Les deux gamins devaient également s'en moquer.

Soudain les deux bicyclettes, qui jusqu'ici s'étaient facilement évitées, se heurtèrent de plein fouet. Les deux garçons tombèrent sur l'asphalte pour se relever presque immédiatement. Ralph constata avec soulagement qu'aucun des deux n'était blessé ; leur aura n'avait même pas eu l'ombre d'un vacillement.

« Espèce de gogol ! s'écria celui des deux qui portait un T-shirt aux couleurs du groupe Nirvana. (Il devait avoir à peu près onze ans.) Qu'est-ce que tu fous ? T'es vraiment nul !

— J'ai entendu quelque chose, se défendit l'autre en remettant soigneusement en place la casquette sur ses cheveux filasse. Un grand bruit. Va pas me dire que t'as rien entendu !

— Pas même un pet ! » dit Nirvana. Il lui tendit les mains ; elles s'étaient salies — ou un peu plus salies — et quelques gouttes de sang coulaient de deux ou trois égratignures sans gravité. « Regarde ça, cycliste à la manque !

— T'en mourras pas.

— Ouais, mais… » Nirvana remarqua alors Ralph, adossé à sa baleine rouillée d'Oldsmobile qui les observait, les mains dans les poches. « Qu'est-ce que vous branlez là ?

— Je vous regarde, toi et ton copain, c'est tout.

— C'est tout, hein ?

— Ouais, c'est tout. »

Nirvana lança un coup d'œil à son ami, puis revint à

Ralph. Il y avait dans son regard une méfiance soupçonneuse d'une qualité qu'on ne trouvait guère qu'à Old Cape, d'après l'expérience de Ralph. « Vous avez un problème ?

— Moi ? Non. » Il avait inhalé une grande bouffée de l'aura rousse du jeune Nirvana et se sentait maintenant comme Superman dopé aux amphétamines. Il se sentait aussi d'humeur à molester des galopins. « Je me disais simplement que nous ne parlions pas comme toi et ton copain, quand j'étais môme. »

Nirvana le toisa avec insolence. « Ah ouais ? Et comment vous parliez ?

— Je ne me rappelle pas exactement, mais on ne donnait pas autant l'impression d'être des petits trous-du-cul. » Sur quoi il fit demi-tour au bruit de la porte-moustiquaire du Dunkin qui claquait ; Lois arrivait, tenant un gobelet géant de café dans chaque main. Les garçons sautèrent sur leurs bicyclettes et filèrent, Nirvana lançant à Ralph un dernier regard chargé de suspicion par-dessus l'épaule.

« Crois-tu que tu pourras boire ton café tout en conduisant ? lui demanda Lois.

— J'en ai bien l'impression. Mais je n'en ai plus vraiment besoin. Je suis en pleine forme. »

Elle jeta un coup d'œil aux deux garçons et acquiesça. « Eh bien, allons-y. »

2

Le monde flamboyait autour d'eux tandis qu'ils roulaient sur la route 33, en direction de ce qui était autrefois Barrett's Orchard, et ils n'avaient pas eu besoin de grimper d'un seul barreau sur l'échelle de la perception pour le voir. Ils quittèrent bientôt la ville et traversèrent un bois que l'automne avait enflammé. Le ciel formait une voie d'azur au-dessus de la route et l'ombre de l'Oldsmobile zigzaguait sur les feuilles et les rameaux, à côté d'eux.

« Mon Dieu, que c'est beau ! dit Lois. Tu ne trouves pas, Ralph ?

— Oui. Splendide.

— Tu sais ce que j'aimerais ? Plus que tout ? »

Il fit non de la tête.

« Que nous puissions nous arrêter quelque part, laisser la voiture et aller faire un tour dans la forêt. On trouverait une clairière, on s'assoirait au soleil et on regarderait les nuages. Toi tu dirais : "Regarde celui-là, Lois, on dirait un cheval." Et moi je te répondrais : "Et celui-ci, Ralph, un homme avec un balai." Ce serait bien, non ?

— Oui. » Sur leur gauche s'ouvrait une trouée étroite au milieu de laquelle des pylônes électriques grimpaient vers les hauteurs, alignés comme des soldats. Les câbles à haute tension, fins comme des toiles d'araignées, avaient l'éclat du vif-argent dans le soleil matinal. Les pieds des pylônes s'enfonçaient dans des fourrés de sumac vénéneux d'un pourpre incendiaire, et lorsque Ralph leva les yeux, il aperçut un faucon qui planait, porté par un courant aérien aussi invisible que le monde des auras. « Oui, répéta-t-il. Ce serait bien. On aura peut-être même l'occasion de le faire un jour, mais…

— Mais quoi ?

— "Chaque chose que je fais, je la fais à la hâte pour pouvoir faire autre chose."

Elle le regarda, un peu étonnée. « Quelle idée terrible !

— Ouais. Je crois que la plupart des idées vraies sont terribles. C'est tiré d'un recueil de poèmes intitulé *Cemetery Nights*. Dorrance Marstellar me l'a donné le jour même où il est venu dans mon appartement mettre la bombe lacrymogène dans la poche de ma veste. »

Il jeta un coup d'œil dans le rétroviseur et vit au moins trois kilomètres de route, voie rectiligne et noire qui fendait la houle des arbres aux couleurs de feu. Le soleil faisait miroiter des chromes. Une voiture. Peut-être deux ou trois. Qui avaient l'air d'arriver vite.

« Le vieux Dor, dit-elle, songeuse.

— Oui. Tu sais, Lois… Je crois qu'il joue un rôle là-dedans, lui aussi.

— Cette idée m'était venue à l'esprit. Ce que je trouve le plus intéressant dans son cas, c'est que je ne crois pas que Clotho et Lachésis soient au courant. C'est comme s'il avait des origines entièrement différentes.

— Qu'est-ce que tu veux dire ?

— Ce n'est pas très clair pour moi. Mais Clotho et Lachésis n'en ont pas parlé une seule fois… Ça me semble… »

Il regarda de nouveau dans le rétroviseur. Il y avait maintenant un quatrième véhicule derrière les autres, mais qui roulait plus vite et on voyait les éclairs bleus d'un gyrophare. Des voitures de police. En route pour Newport ? Non, probablement pour un endroit plus proche.

C'est peut-être nous qu'ils poursuivent, se dit Ralph. *Barbie Richards n'a peut-être pas obéi à l'ordre de Lois de tout oublier, en fin de compte.*

Soit. Mais la police lancerait-elle quatre véhicules de patrouille à la poursuite de deux Âge-d'Or dans une vieille Oldsmobile rouillée ? Il n'en avait pas l'impression. Il éprouva un creux à l'estomac tout en dirigeant la voiture vers le bas-côté.

« Ralph ? Qu'est-ce que… » Lois entendit alors le ululement des sirènes et se retourna sur son siège, les yeux agrandis par l'inquiétude. Les trois premières voitures passèrent en trombe à plus de cent vingt kilomètres à l'heure, bombardant l'Oldsmobile de débris et soulevant des derviches tourneurs de feuilles mortes dans leur sillage.

« Ralph ! s'écria-t-elle. Et si c'était High Ridge ? Helen est là-bas ! Helen et la petite !

— Je sais. » Et au moment où le quatrième véhicule de la police les frôlait d'assez près pour faire danser la vieille Olds sur ses amortisseurs fatigués, il sentit le clignement intérieur se produire de nouveau. Il porta la main vers le levier de vitesse, mais interrompit son geste quelques centimètres au-dessus. Il avait les yeux fixés sur l'horizon. La tache qui s'y épanouissait était moins spectrale que l'ombrelle noire obscène dont ils avaient eu la vision depuis le toit de l'hôpital, au-dessus du centre municipal, mais il savait que c'était la même chose : un linceul.

3

« Plus vite ! lui cria Lois. Va plus vite !

— Je ne peux pas », répondit-il. Il serrait les dents et les mots qui sortirent de sa bouche paraissaient écrasés. « Elle a été bridée. » *Sans compter*, omit-il d'ajouter, *que je n'ai jamais roulé aussi vite depuis trente-cinq ans et que j'ai une frousse bleue.*

L'aiguille du compteur de vitesse tremblotait d'un cheveu en dessous de la marque des cent vingt à l'heure ; les bois défilaient dans un brouillard de rouges, de jaunes et de bleus ; sous le capot, le moteur ne se contentait plus d'émettre un simple claquement : on aurait cru le martèlement d'un peloton de forgerons déchaînés. Malgré cela, les trois nouvelles voitures de police que Ralph venait d'apercevoir dans le rétroviseur gagnaient facilement du terrain.

Devant eux, la route s'incurvait dans un virage très serré. En dépit de ce que lui commandait son instinct, Ralph n'appuya pas sur le frein, se contentant de lever le pied de l'accélérateur au moment où ils s'engageaient dans la courbe… pour l'enfoncer à nouveau lorsqu'il sentit le train arrière sur le point de décrocher. Il était penché sur le volant, les dents du haut lui écrasant la lèvre inférieure, les yeux exorbités sous la broussaille poivre et sel de ses sourcils. Les pneus arrière hurlèrent et Lois lui tomba dessus, s'efforçant de se raccrocher comme elle pouvait au dossier de son siège. Lui continua à s'agripper au volant, les mains en sueur, et attendit que la voiture dérapât. L'Olds, cependant, était l'un des derniers monstres de la route produits par Detroit : large, pesante et basse. Elle triompha du virage et, de l'autre côté, ils virent une ferme rouge sur leur gauche, avec deux granges derrière.

« C'est là qu'il faut tourner, Ralph !

— Je vois. »

La nouvelle escadrille de voitures de police venait de le rejoindre et déboîtait pour le dépasser. Ralph se rangea autant qu'il le put, priant pour qu'aucune d'elles ne l'emboutît à cette vitesse. Ses craintes n'étaient pas fondées. Elles le doublèrent comme l'éclair, en formation serrée, pare-chocs contre pare-chocs ou presque, virèrent à gauche et entamèrent la longue montée vers le sommet de High Ridge.

« Accroche-toi, Lois.

— Je ne fais que ça, bon sang, je ne fais que ça ! »

L'Oldsmobile se mit en travers lorsque Ralph tourna à son tour à gauche, pour emprunter la voie que lui et

Carolyn appelaient entre eux la route du Verger. Si la chaussée avait été goudronnée, la grosse berline aurait probablement exécuté un tonneau digne d'un spectacle de cascadeurs. Mais elle ne l'était pas, et au lieu de rouler sur elle-même, l'Olds se contenta d'un dérapage qui n'en finit pas, dans de grands tourbillons de poussière. Lois laissa échapper un cri étranglé et Ralph lui jeta le plus bref des coups d'œil.

« Continue ! » lui dit-elle avec un geste impatient de la main vers la route, devant eux. En cet instant-là, elle lui parut avoir une ressemblance tellement stupéfiante avec Carolyn qu'il eut presque l'impression de voir un fantôme. Il eut même le temps de se demander ce que Carol, qui avait eu si longtemps pour spécialité de lui dire d'aller plus vite, aurait pensé de cette petite balade dans la campagne. « T'occupe pas de moi mais de la route ! »

Une nouvelle fournée de voitures de police s'engagea sur Orchard Road. Cela faisait combien, en tout ? Ralph l'ignorait, il en avait perdu le compte — une douzaine, peut-être. Il se rabattit sur la droite jusqu'à ce que les roues fussent aux limites d'un fossé qui ne lui disait rien de bon, et les renforts — trois véhicules portant DERRY POLICE en lettres d'or sur les flancs et deux de la police d'État — les doublèrent à toute allure dans des gerbes de poussière et de gravillons. Un instant, Ralph vit un policier en tenue qui, penché par une vitre ouverte, lui adressait des signes, puis la vieille Olds se trouva enfouie dans un nuage de poussière jaune. Ralph lutta contre une nouvelle envie, plus puissante que jamais, d'écraser le frein, en pensant à Helen et Natalie. Au bout de quelques instants, il voyait de nouveau clair — enfin, presque. Les cinq dernières voitures de police étaient déjà à mi-pente.

« Le flic te faisait signe de repartir, non ? demanda Lois.

— Tu parles !

— Ils ne vont même pas nous laisser nous approcher. » Elle regardait la tache noire qui surmontait la colline avec une expression désespérée.

« Nous nous approcherons autant qu'il le faudra. » Il consulta de nouveau le rétroviseur, mais ne vit plus que la poussière en suspension au-dessus de la route blanche.

« Ralph ?

— Quoi ?

— Es-tu branché ? Vois-tu les couleurs ? »

Il la regarda brièvement. Elle lui paraissait toujours aussi belle, merveilleusement rajeunie, mais il n'y avait pas trace d'aura. « Non, répondit-il. Et toi ?

— Je ne sais pas. En tout cas, je vois toujours *ça*. » À travers le pare-brise, elle lui montra le nuage noir au-dessus de la colline. « Qu'est-ce que c'est ? Si ce n'est pas un linceul, de quoi s'agit-il ? »

Il ouvrit la bouche pour lui répondre que c'était sans doute de la fumée, et qu'il n'y avait là-haut qu'une chose qui pouvait brûler, mais une formidable explosion en provenance du moteur l'empêcha de proférer un seul mot. Le capot tressaillit et se déforma même en un endroit, comme heurté de l'intérieur par un poing agressif. La voiture sursauta violemment, comme si elle avait le hoquet, puis les stupides voyants rouges s'allumèrent tous, sur le tableau de bord, et le moteur cala.

Avec l'élan, Ralph dirigea l'Oldsmobile sur l'accotement instable ; et au moment où les roues de droite les entraînaient vers le fossé, il éprouva le pressentiment on ne peut plus clair qu'il venait de mettre un point final à sa carrière de chauffeur de véhicule automobile. Pas le moindre regret n'accompagna cette constatation.

« Qu'est-ce qui s'est passé ? s'écria Lois.

— On a coulé une bielle. Il me semble qu'on n'est plus très loin du sommet de la colline. Sors de mon côté pour ne pas marcher dans la boue. »

4

Une brise d'ouest assez vive soufflait et, une fois sortis de la voiture, l'odeur de la fumée en provenance du sommet de la colline leur parvint avec toute son âcreté. Ils n'y firent pas allusion lorsqu'ils s'élancèrent, main dans la main et d'un pas vif, pour couvrir les quatre cents mètres qui restaient à parcourir. Ils virent la voiture de la police d'État se mettre en travers du chemin, au bout de la route, tandis que la fumée s'élevait en tourbillonnant au-dessus des arbres ; Lois haletait.

« Ça va, Lois ?

— Très bien. C'est simplement que je suis un peu trop grosse pour… »

Pan-pan-pan ! Des coups de feu éclatèrent, en provenance du véhicule qui bloquait le chemin, suivis par des aboiements rauques et rapides que Ralph reconnut facilement : il avait trop vu d'informations sur les guerres civiles des pays du tiers-monde et les fusillades des rues du tiers-monde américain à la télé pour s'y tromper : une rafale d'arme automatique en tir rapide. Il y eut de nouvelles détonations d'armes de poing, puis celle, plus forte, d'un fusil. Et un hurlement de douleur qui fit grimacer Ralph et lui donna envie de se boucher les oreilles. Il avait eu l'impression que c'était un cri de femme et il se rappela brusquement quelque chose qu'il croyait avoir oublié : le nom de la militante anti-avortement dont lui avait parlé Leydecker. McKay, Sandra McKay.

Ce souvenir qui lui revint en un tel instant le remplit d'une horreur irrationnelle. Il tenta de se convaincre qu'il avait pu s'agir de n'importe qui — même d'un homme, car il arrive qu'un homme blessé pousse des cris aussi aigus que ceux d'une femme — mais il n'y crut pas. C'était elle. C'étaient *eux*. La bande à Deepneau. Ils avaient lancé un assaut en règle sur High Ridge.

D'autres sirènes retentirent derrière eux. L'âcreté de la fumée prenait à la gorge. Lois avait du mal à respirer et c'est un regard de peur et de désespoir qu'elle adressa à Ralph ; ce dernier aperçut un peu plus haut, en bordure de route, la classique boîte aux lettres rurale en métal. Elle ne portait évidemment aucun nom. Les femmes qui dirigeaient High Ridge avaient fait de leur mieux pour conserver un profil bas et leur anonymat, même si cela ne semblait guère leur avoir servi. Le petit drapeau rigide était en position relevée : quelqu'un avait déposé aujourd'hui une lettre pour le facteur. Ralph pensa du coup à celle que lui avait envoyée Helen, précisément depuis High Ridge — lettre prudente, mais en même temps pleine d'espoir.

Nouvelle fusillade. Sifflement d'un ricochet. Bris de verre. Un hurlement qui aurait pu être de colère mais était sans doute de douleur. Craquements affamés des flammes qui dévorent le bois sec. Ululement des sirènes. Et les yeux sombres d'Andalouse de Lois fixés sur lui parce qu'il est l'homme et qu'on l'a élevée avec l'idée que les hommes savent ce qu'il faut faire dans des situations semblables.

Alors fais quelque chose ! s'intima-t-il. *Pour l'amour de ce bon Dieu de Dieu, fais quelque chose !*

Oui, mais quoi ? *Quoi ?*

« PICKERING ! » mugit une voix amplifiée par un porte-voix, depuis un endroit invisible, au-delà d'un virage qui donnait dans un bosquet de jeunes sapins de la taille d'arbres de Noël. On voyait maintenant des étincelles rouges et des flammèches orange au milieu de la fumée qui s'épaississait au-dessus des sapins. « IL Y A DES FEMMES LÀ-DEDANS, PICKERING ! LAISSEZ-NOUS SAUVER LES FEMMES ! »

« Il sait bien qu'il y a des femmes, murmura Lois. Ils ne comprennent donc pas qu'il le sait ? Mais ce sont des imbéciles, Ralph ! »

Un cri étrangement modulé répondit au flic au porte-voix, et il fallut une ou deux secondes à Ralph pour se rendre compte qu'il s'agissait d'une sorte de rire. Il y eut une nouvelle rafale de pistolet-mitrailleur, à laquelle répondit un tir de barrage d'armes de poing et de fusils.

Lois écrasait la main de Ralph entre ses doigts glacés. « Qu'est-ce qu'on va faire, Ralph ? Qu'est-ce qu'on va faire ? »

Il regarda les tourbillons gris-noir de la fumée qui s'élevaient au-dessus des arbres, puis les voitures de police — une demi-douzaine, ce coup-ci — qui grimpaient la côte à toute allure, et finalement les traits pâles et tendus de Lois. Son esprit s'était un peu éclairci — suffisamment, en tout cas, pour prendre conscience qu'il n'y avait qu'une seule réponse à cette question.

« On y va. »

5

Il y eut le clignement intérieur — *blink !* — et les flammes passèrent de l'orange au vert. Les craquements gloutons devinrent un bruit étouffé, comme des pétards qui éclateraient à l'intérieur d'une boîte. Tenant toujours

Lois par la main, Ralph l'entraîna devant la voiture de patrouille restée en travers de la route.

Les derniers véhicules arrivés s'arrêtèrent derrière ce barrage improvisé, et des hommes en uniformes bleus en jaillirent avant même qu'ils fussent complètement immobilisés. Plusieurs d'entre eux tenaient à la main des fusils anti-émeutes et la plupart portaient des gilets pare-balles noirs. Le premier passa en courant à travers Ralph (qui n'eut pas le temps de s'écarter) comme une bouffée de vent tiède : c'était un jeune homme du nom de David Wilbert qui s'imaginait que sa femme avait une liaison avec le patron de l'agence immobilière dans laquelle elle travaillait comme secrétaire. La question de la fidélité de son épouse était cependant reléguée au deuxième plan (au moins temporairement) dans l'esprit du jeune policier, tant il était obnubilé par une forte envie de pisser, d'une part, et par une rengaine montée en boucle dans sa tête, de l'autre :

[« *Faut te conduire comme un homme, faut te conduire comme un homme, faut te conduire comme un homme, faut te conduire comme un homme.* »]

« PICKERING ! » gronda la voix amplifiée. Ralph se rendit compte que les mots prenaient un goût dans sa bouche, comme des petites pastilles d'argent. « VOS AMIS SONT MORTS, PICKERING ! JETEZ VOTRE ARME ET AVANCEZ-VOUS DANS LA COUR ! LAISSEZ-NOUS SAUVER LES FEMMES ! »

Ralph et Lois débouchèrent du virage, invisibles pour les hommes qui couraient tout autour d'eux, et arrivèrent à hauteur d'un enchevêtrement de véhicules de patrouille ; ils étaient garés à l'endroit où la route devenait une simple allée, bordée de chaque côté de jardinières qui débordaient de fleurs aux couleurs vives.

Cette touche féminine est tellement typique, songea Ralph.

L'allée donnait elle-même sur la porte d'entrée d'une ferme, bâtiment biscornu peint en blanc, vieux d'au moins soixante-dix ans. Il comprenait deux étages, deux ailes et un porche qui courait tout le long de la façade, et jouissait d'une vue fabuleuse en direction de l'ouest, où l'on distinguait, dans la lumière du matin, la silhouette de montagnes bleutées. Cette maison et son splendide paysage avaient autrefois abrité la famille Barrett et son verger de pommiers et, plus récemment, des douzaines de femmes battues et terrifiées ; mais il suffisait d'un coup d'œil pour se rendre compte qu'elle n'abriterait plus personne à la même heure, demain matin. L'aile sud était en flammes, et l'incendie se communiquait au porche par ce côté ; des langues de feu jaillissaient des fenêtres et venaient lécher lascivement les chéneaux, faisant sauter les bardeaux en débris incandescents. Un fauteuil à bascule en osier prit feu sous le porche ; un ouvrage de tricot inachevé était posé sur l'un des bras du siège, les aiguilles qui en retombaient rougies à blanc. Quelque part, un carillon éolien répétait inlassablement son agaçant tintinnabulement.

Le cadavre d'une femme en treillis vert et gilet pare-balles gisait, la tête renversée sur les marches qui conduisaient au porche, foudroyant le ciel de son regard aveugle à travers les verres barbouillés de sang de ses lunettes. De la boue dans les cheveux, elle tenait un pistolet à la main et avait un trou noir au milieu du corps. Un homme était resté accroché à la balustrade du porche, côté nord, un pied botté posé sur une tondeuse à gazon. Il portait une tenue identique à celle de la femme. Un fusil d'assaut, son chargeur de forme recourbée encore dans le magasin, était tombé dans un massif de fleurs voisin. Du sang dégoulinait le long de ses doigts et dégouttait de ses ongles ; la vision surmultipliée de Ralph le lui faisait voir noir et mort.

Felton, pensa-t-il. *Si la police continue de hurler le nom de Pickering — et s'il est à l'intérieur —, ça doit être Frank Felton. Et Susan Day ? Ed est quelque part sur la côte, Lois en semble certaine et je crois qu'elle a raison... Mais si jamais Susan Day était là-dedans ? Bon Dieu, est-ce possible ?*

Il s'avoua que oui, mais pour l'instant ce n'était pas cette possibilité qui comptait le plus. Helen et Natalie se trouvaient presque certainement dans la maison, ainsi que d'autres malheureuses femmes impuissantes, terrorisées, et c'était cela qui comptait.

Il y eut un bruit de verre brisé en provenance de l'intérieur, suivi d'une explosion étouffée, presque un gros soupir. Ralph vit de nouvelles flammes s'élever derrière les panneaux de la porte d'entrée.

Des cocktails Molotov. Charlie a finalement eu l'occasion d'en balancer quelques-uns. Il doit s'amuser comme un petit fou.

Ralph ignorait combien de flics étaient tapis derrière les voitures garées en haut de l'allée — on aurait dit qu'il y en avait une bonne trentaine — mais il reconnut sans difficulté les deux qui avaient arrêté Ed Deepneau. Chris Nell était accroupi derrière la roue de la voiture la plus proche de la maison, et John Leydecker se tenait agenouillé à côté de lui. C'était Nell qui tenait le porte-voix et au moment où Ralph et Lois approchaient de la redoute improvisée de la police, il jeta un coup d'œil à Leydecker. Ce dernier acquiesça, indiqua la maison puis eut un geste, paume ouverte, que Ralph identifia sans peine : *Fais gaffe*. Il déchiffra quelque chose de plus inquiétant dans l'aura de Nell : le jeune policier était dans un tel état d'excitation qu'il en perdait toute notion de prudence. Trop remonté. Et à cet instant, comme si cette pensée de Ralph avait provoqué le phénomène, l'aura de Nell commença à changer de couleur. Elle passa du bleu pâle au gris foncé, puis au noir absolu, à une vitesse terrifiante.

« LAISSEZ TOMBER, PICKERING ! » cria Nell sans savoir que, même s'il respirait encore, il était déjà un homme mort.

La crosse en gros fil de fer d'un fusil d'assaut fit voler en éclats la vitre d'une fenêtre, au rez-de-chaussée de l'aile nord, puis disparut à l'intérieur. Au même moment, l'imposte située au-dessus de la porte explosa, éparpillant une pluie de verre sur le porche. Les flammes rugirent à travers l'ouverture. Une seconde plus tard, la porte elle-même s'ouvrait spasmodiquement, comme poussée par une main invisible. Nell se pencha un peu plus en avant, croyant peut-être que le tireur avait enfin décidé d'être raisonnable et de se rendre.

Ralph hurla : [« *Ramenez-le, Johnny, Ramenez-le !* »]

Le fusil émergea de nouveau par la fenêtre, le canon le premier, cette fois.

Leydecker tendit la main vers le col de Nell, mais il fut trop lent. Le fusil automatique lâcha une bordée d'aboiements rapides et secs, et Ralph entendit les *pank ! pank ! pank !* métalliques des balles qui foraient des trous dans la carrosserie de la voiture. L'aura de Chris Nell était maintenant entièrement noire, devenue un linceul. Il eut un soubresaut de côté lorsque l'une des balles le transperça à hauteur du cou, faisant lâcher prise à Leydecker, et il s'effondra, l'une de ses jambes donnant des coups spasmodiques. En tombant, le porte-voix émit un bref couinement de protestation. Un policier, placé derrière une autre voiture, poussa un cri de surprise et d'horreur. Celui de Lois fut beaucoup plus fort.

Une volée de balles vint poinçonner le sol autour de Nell et ouvrit des trous noirs dans son pantalon d'uniforme, à hauteur des cuisses. Ralph distinguait difficilement l'homme, à l'intérieur du linceul qui le suffoquait ; il déployait des efforts aveugles pour rouler sur lui-même et se relever. Il y avait quelque chose d'étrangement horrible dans cette lutte ; Ralph avait l'impression d'assister à l'agonie d'une créature prise dans un filet et se noyant dans une flaque d'eau sale. Leydecker bondit de l'abri de la voiture et lorsque ses doigts s'enfoncèrent dans la membrane noire qui entourait Chris Nell, Ralph crut entendre le vieux Dor lui disant : *Je ne toucherais pas si j'étais toi, Ralph. Je ne peux plus voir tes mains.*

Lois : [«*Arrêtez, ne faites pas ça ! Il est mort !*»]

Le canon qui pointait par la fenêtre avait commencé à pivoter vers la droite. Il revenait maintenant sans se presser sur Leydecker, l'homme qui le tenait nullement ébranlé (et apparemment pas atteint) par la grêle de balles dirigée sur lui par les autres policiers. Ralph leva la main et l'abattit d'un geste tranchant — son atémi de karaté ; mais cette fois-ci, au lieu d'un javelot de lumière, ce fut une sorte de grosse larme bleue qui jaillit du bout de ses doigts. Elle traversa l'aura jaune citron de Leydecker juste au moment où l'homme dans la maison ouvrait le feu. Ralph vit deux balles frapper l'arbre qui se trouvait à la droite du policier ; des éclats d'écorce volèrent en l'air et des trous noirs apparurent dans le bois clair. Une troisième balle heurta l'enveloppe bleue venue se superposer à l'aura de Leydecker, provoquant un bref pétillement rouge foncé juste à la gauche de la tempe du détective, accompagné d'un bourdonnement bas lorsqu'elle ricocha, ou glissa, à la manière dont un caillou plat ricoche à la surface d'une eau calme.

Leydecker entraîna Nell derrière la voiture, l'examina, ouvrit violemment la portière côté conducteur, et se jeta sur le siège avant. Ralph ne pouvait plus le voir, mais il l'entendait qui hurlait à la radio, demandant : « Bordel ! Où sont passés les renforts ? »

Nouveau bruit de verre ; Lois prit frénétiquement Ralph par le bras et lui montra quelque chose : une brique qui roulait dans la cour, en provenance de l'un des vasistas, à la base de l'aile nord. Ces fenêtres basses étaient presque entièrement dissimulées par les plates-bandes de fleurs qui entouraient la maison.

« À l'aide ! » cria une voix suraiguë à travers la fenêtre brisée, alors que l'homme au fusil d'assaut tirait par pur réflexe sur la brique, qu'il pulvérisa en multiples éclats au milieu d'une poussière rougeâtre. Ni Ralph ni Lois n'avaient jamais entendu cette voix pousser un tel hurlement, ils la reconnurent néanmoins sur-le-champ : c'était celle d'Helen Deepneau. « À l'aide, je vous en supplie ! On est dans le sous-sol ! On a les enfants ! Je vous en prie, ne nous laissez pas brûler vives, NOUS AVONS LES ENFANTS ! »

Ralph et Lois échangèrent un seul regard — l'un et l'autre l'œil exorbité — puis coururent vers la maison.

6

Deux silhouettes en uniforme, ayant davantage l'allure de joueurs de football américain que de policiers, dans leurs volumineux gilets pare-balles en Kevlar, chargèrent tout droit sur le porche depuis l'abri d'une voiture de patrouille, le fusil anti-émeutes à la hanche. Pendant qu'ils traversaient la cour en diagonale, Charlie Pickering se pencha à sa fenêtre, toujours secoué de son rire dément, les mèches de ses cheveux gris plus follement tire-bouchonnées que jamais. Il fut accueilli par un véritable tir de barrage qui fit pleuvoir sur lui de multiples éclats de bois, finissant même par décrocher la gouttière rouillée au-dessus de sa tête — la tôle heurta le porche avec un son creux —, mais pas une seule balle ne l'atteignit.

Comment diable est-il possible qu'il ne soit pas touché ? se demanda Ralph, tandis que lui et Lois escaladaient les marches du porche et se dirigeaient vers les flammes qui montaient maintenant par la porte d'entrée. *Mais, nom de Dieu, ils le canardent presque à bout portant, par quel miracle ils ne l'atteignent pas ?*

Il connaissait cependant la réponse, le *pourquoi* comme le *comment*. Clotho leur avait dit qu'Atropos et Ed Deepneau étaient entourés de forces mauvaises mais protectrices. N'était-il pas logique que ces mêmes forces prissent maintenant soin de Charlie Pickering, tout comme Ralph avait pris soin de Leydecker lorsque le détective avait quitté la protection de la voiture pour mettre son collègue mourant à couvert ?

Pickering ouvrit le feu sur les hommes de la garde d'État, l'arme réglée sur le tir en rafales rapides. Il visa bas pour éviter les gilets pare-balles et les faucha aux jambes. Le premier s'effondra en un tas silencieux ; le deuxième repartit en rampant dans l'autre sens, hurlant qu'il avait été touché, touché, oh merde, salement touché !

« Barbecue ! s'exclama Pickering entre deux éclats de rire. Barbecue ! Barbecue ! Sainte Cuisson, priez pour nous ! Brûlez ces salopes ! Le feu de Dieu ! Le feu sacré de Dieu ! »

D'autres cris semblaient parvenir directement d'au-dessous des pieds de Ralph et Lois. Ralph baissa les yeux et vit une chose terrible : un mélange d'auras fuyait par-dessous les planches du porche comme de la vapeur, leurs diverses couleurs annulées par le rutilement écarlate qui s'élevait avec elles… et les entourait. Cette forme rouge sang n'était pas tout à fait la même que le cumulus qui s'était constitué au-dessus du combat des deux garçons, devant le Red Apple, mais Ralph devina qu'elle lui était étroitement apparentée ; leur seule différence tenait à ce que celle-là était née de la peur au lieu de la colère et de l'agression.

« Barbecue ! » hurlait Charlie Pickering, ajoutant qu'il fallait tuer ces connes diaboliques. Soudain, Ralph se sentit pris pour lui d'une haine comme il n'en avait jamais éprouvé pour personne.

[« *Viens, Lois ! Allons régler son compte à ce fumier !* »]

Il la prit par la main et l'entraîna dans la maison en feu.

CHAPITRE 22

1

La porte d'entrée donnait sur un couloir central qui traversait l'ensemble de la bâtisse ; il était la proie des flammes sur toute sa longueur. À leurs yeux, ces flammes étaient d'un vert brillant et quand ils passèrent au travers, ils éprouvèrent une impression de fraîcheur, comme s'ils se glissaient au milieu de membranes diaphanes parfumées au menthol. Les craquements de l'incendie étaient étouffés, son rugissement réduit à quelque chose d'aussi lointain que le roulement du tonnerre entendu par un plongeur sous-marin… ce qui était d'ailleurs, pensa Ralph, la meilleure manière de traduire l'impression qu'ils ressentaient, lui et Lois, deux êtres invisibles nageant dans une rivière de feu.

Il montra d'un geste une porte sur sa droite et interrogea Lois du regard. Elle acquiesça. Il voulut saisir la poignée et fit une grimace de dégoût lorsque sa main passa directement au travers. Ce qui valait mieux : si jamais il avait effectivement pu saisir le foutu bouton de porte, il y aurait laissé le derme et l'épiderme de ses doigts, complètement carbonisés.

[«*Il faut passer au travers, Ralph !*»]

Il la regarda, vit beaucoup de peur et d'inquiétude

dans son regard mais pas de panique, et lui adressa un signe d'assentiment. Ils passèrent ensemble à travers la porte au moment où le lustre placé au milieu du couloir s'effondrait, dans un vacarme discordant de pendeloques de cristal brisées et de chaînes.

Ils débouchèrent dans un salon et le spectacle qui les accueillit tordit l'estomac de Ralph. Deux femmes gisaient là, appuyées contre un mur sur lequel figurait un grand poster de Susan Day, en jean et chemise western. (NE LE LAISSE PAS T'APPELER *MA COCOTTE* SI TU NE VEUX PAS QU'IL TE TRAITE COMME UNE POULE, conseillait le texte.) Toutes deux avaient été abattues à bout portant d'une balle dans la tête ; de la cervelle, des fragments de cuir chevelu et des éclats d'os étaient restés collés sur le papier peint et les bottes de cow-boy décorées de Susan Day, sur l'affiche. L'une des femmes était enceinte ; quant à la seconde, c'était Gretchen Tillbury.

Ralph se souvint du jour où elle était venue chez lui avec Helen pour le mettre en garde et lui donner un aérosol d'un produit qui s'appelait Bodyguard ; se souvint que ce jour-là, il l'avait trouvée très belle… Mais évidemment, ce jour-là, sa tête aux traits si finement ciselés était intacte, et la moitié de sa jolie chevelure blonde n'avait pas été roussie par un coup de feu tiré à bout portant. Quinze ans après avoir manqué de peu être assassinée par un mari brutal, un autre homme lui avait collé un revolver sur la tempe pour l'expédier dans l'autre monde. Jamais plus Gretchen Tillbury ne raconterait à ses sœurs d'où provenait la cicatrice qu'elle avait à la cuisse.

Pendant un instant épouvantable, Ralph crut qu'il allait s'évanouir. Il se concentra et se ressaisit en pensant à Lois ; son aura avait pris une nuance rouge sombre d'indignation et était traversée de lignes noires en zigzag. On aurait dit l'électrocardiogramme d'une crise cardiaque.

[« *Mon Dieu, Ralph, mon Dieu !* »]

Quelque chose explosa, à l'angle sud de la maison, avec suffisamment de violence pour souffler la porte qu'ils venaient de franchir. Ralph pensa qu'il devait s'agir d'un ou de plusieurs réservoirs de propane... de toute façon, au vu de la situation, c'était sans véritable importance. Des fragments de papier en flammes arrivèrent en voletant depuis le couloir, et il vit les rideaux mais aussi les cheveux de Gretchen Tillbury soulevés par l'appel d'air provoqué par le feu. Combien de temps avant que l'incendie ne transformât les femmes et les enfants réfugiés au sous-sol en un magma carbonisé ? Aucune idée, mais cela non plus n'avait pas d'importance : Ralph croyait savoir qu'ils mourraient d'asphyxie bien avant de commencer à brûler.

Lois regardait les deux cadavres, frappée d'horreur. Des larmes lui coulaient sur les joues, et laissaient derrière elles une vapeur spectrale d'un gris lumineux rappelant celle qui s'élève de la glace sèche. Ralph l'entraîna vers la double porte fermée, de l'autre côté de la pièce, s'arrêta devant le temps de prendre une profonde inspiration, passa un bras autour de la taille de Lois et franchit avec elle les battants de bois.

Il y eut un bref instant d'obscurité pendant lequel non seulement ses narines mais tout son corps se trouva imprégné de l'odeur douce de la sciure ; puis ils se retrouvèrent dans la pièce voisine, la plus au nord de la maison. Peut-être un ancien bureau, converti depuis en salle de thérapie de groupe. Au milieu, environ une douzaine de chaises pliantes étaient placées en cercle ; les murs portaient des panneaux sur lesquels on lisait des aphorismes comme : JE NE PEUX M'ATTENDRE AU RESPECT

DE PERSONNE SI JE NE ME RESPECTE PAS MOI-MÊME. Sur un tableau noir, dans un angle de la pièce, une main avait écrit, en lettres capitales : NOUS SOMMES UNE FAMILLE, TOUTES MES SŒURS SONT AVEC MOI. Et accroupi non loin de là, à côté de l'une des fenêtres donnant à l'est, sur le porche, son gilet pare-balles passé par-dessus un sweat-shirt Snoopy que Ralph aurait reconnu n'importe où, se tenait Charlie Pickering.

« Faut griller toutes ces impies ! » hurlait-il. Une balle passa en sifflant à hauteur de son épaule ; une autre alla s'enfoncer dans l'encadrement de la fenêtre, sur sa droite, et expédia un éclat de bois sur ses lunettes à monture d'écaille. L'idée qu'il était protégé resurgit dans l'esprit de Ralph avec, cette fois, la force de la conviction. « Bande de lesbiennes ! Vais vous faire goûter à votre propre médecine, moi ! Vais vous apprendre l'effet que ça fait ! »

[« *Ne bouge pas, Lois, reste où tu es.* »]

[« *Qu'est-ce que tu vas faire ?* »]

[« *M'occuper de lui.* »]

[« *Ne le tue pas, Ralph ! Je t'en prie, ne le tue pas !* »]

Et pourquoi pas ? se demanda-t-il, amer. *Le monde n'en serait que plus propre.* C'était incontestablement vrai, mais le moment était mal choisi pour discuter.

[« *D'accord, je ne le tuerai pas. Mais ne bouge pas, maintenant, Lois. Il y a beaucoup trop de balles qui circulent dans le secteur pour qu'on prenne tous les deux le risque de se faire descendre.* »]

Avant qu'elle ait pu répondre, il se concentra, provoqua le clignement — *blink !* — et se retrouva au niveau des michrones. Le passage fut si rapide et violent, ce coup-ci, qu'il en eut le souffle coupé, comme s'il venait de sauter d'un premier étage et d'atterrir sur un sol en béton. Les couleurs perdirent une partie de leur éclat, remplacées par un vacarme infernal : les craquements de l'incendie n'étaient plus lointains et étouffés, mais proches et violents ; les coups de feu des fusils d'assaut et des pistolets se succédaient, assourdissants. L'odeur de suie était omniprésente et il régnait une chaleur insupportable. Quelque chose comme un insecte ronfla aux oreilles de Ralph. La bestiole, soupçonna-t-il, devait être de calibre 45.

Tu ferais mieux de te grouiller, mon chou, lui souffla Carolyn. *À ce niveau, les balles sont mortelles. Tu ne l'aurais pas oublié, par hasard ?*

Non, il ne l'avait pas oublié.

Ralph, plié en deux, courut jusqu'à l'homme qui lui tournait le dos. Ses pieds écrasèrent les éclats de verre et de bois dispersés un peu partout, mais Pickering ne se retourna pas. En plus de l'arme automatique qu'il tenait, il avait un revolver à la taille et un petit sac de sport à ses pieds ; la fermeture Éclair, ouverte, laissait voir un certain nombre de bouteilles de vin, dont le goulot était fermé à l'aide de chiffons humides.

« Faut bousiller ces salopes ! » hurla Pickering en arrosant la cour d'une autre rafale. Il dégagea le chargeur et souleva son sweat-shirt : il en avait trois ou quatre autres coincés dans la ceinture. Ralph se pencha sur le sac de sport, prit l'une des bouteilles pleines d'essence et la balança contre la tête de l'homme — comprenant à cet instant pour quelle raison celui-ci ne l'avait pas entendu approcher : il avait les oreilles bouchées par des coupeson de stand de tir. Avant que Ralph ait eu le temps de s'amuser de ce qu'il y avait d'ironique dans la situation d'un homme en mission-suicide qui prend la peine de protéger son ouïe, la bouteille explosa contre le crâne de Pickering, l'aspergeant d'un liquide ambré et d'éclats de verre. Il partit à reculons, portant une main à son cuir chevelu, entaillé en deux endroits différents. Du sang se mit à couler entre ses doigts allongés — des doigts qui auraient mieux convenu à un peintre ou à un pianiste, songea Ralph — et le long de son cou. Il se tourna, les yeux écarquillés, l'air effaré derrière les verres maculés de ses lunettes, les cheveux dressés sur la tête comme un personnage de dessin animé qui vient de recevoir une décharge électrique massive.

« Vous ! s'égosilla-t-il. Centurion envoyé du diable ! Assassin de bébés, impie ! »

Ralph pensa aux deux femmes massacrées dans l'autre pièce et fut une fois de plus submergé par la colère… mis à part que le terme de colère fût trop doux, beaucoup trop doux. Il avait l'impression que sous sa peau, les nerfs le brûlaient. Et la pensée qui lui martelait le crâne était : *L'une d'elles était enceinte : qui est donc l'assassin de bébés ici ? l'une d'elles était enceinte, qui est donc l'assassin de bébés ici ? l'une d'elles était enceinte, qui est donc l'assassin de bébés ici ?*

Une autre balle de fort calibre vrombit à son oreille. Il n'y fit pas attention. Pickering relevait le canon de l'arme avec laquelle il avait dû tuer Gretchen Tillbury et son amie enceinte. Ralph lui arracha celle-ci des mains et la retourna contre lui ; l'homme poussa un cri de terreur qui eut le don de rendre Ralph encore plus furieux. Il en oublia la promesse faite à Lois. Il brandit le fusil avec l'intention avérée de le décharger sur l'homme, qui se recroquevillait maintenant de façon abjecte contre le mur (dans leur énervement, il ne vint à l'esprit ni de l'un ni de l'autre que l'arme n'avait pas de chargeur), mais avant qu'il ait eu le temps d'appuyer sur la détente, il eut conscience d'un grouillement intense de lumière qui se matérialisait dans l'air à côté de lui, tout d'abord flou et vague, pour se métamorphoser en un fabuleux kaléidoscope dont les couleurs auraient jailli du tube supposé les contenir, et devenir enfin une forme féminine avec un long panache gris arachnéen s'élevant de sa tête.

[«*Ne le tue pas…*»]

«… Je t'en prie, Ralph, ne le tue pas ! »

Un instant, il vit le texte écrit à la craie sur le tableau noir à travers elle ; puis les couleurs devinrent des vêtements, des cheveux, de la peau. Pickering était tellement terrifié que ses yeux exorbités louchaient. Il hurla de nouveau et son pantalon treillis prit une nuance plus sombre à la hauteur de la braguette. Il se mit les doigts dans la bouche, comme pour étouffer son cri : « Un 'antôme ! s'étrangla-t-il. Un 'entu'ion et un 'antôme ! »

Lois l'ignora et saisit l'arme par le canon. « Ne le tue pas, Ralph, ne le tue pas ! » répéta-t-elle.

Ralph fut soudain furieux contre elle aussi. « Tu n'as pas compris, Lois ? Tu n'as rien vu ? Il sait très bien ce qu'il fait ! À un certain niveau, il en a conscience ! Je l'ai vu dans sa putain d'aura !

— Ça ne fait rien, répondit-elle tout en maintenant le canon dirigé vers le sol. Qu'il comprenne ou pas n'y change rien. Nous ne devons pas faire ce qu'ils font. Nous ne devons pas être ce qu'ils sont.

— Mais…

— Je voudrais bien lâcher ce canon, Ralph. Il me brûle les doigts.

— Très bien », dit-il, ne retenant plus l'arme qui tomba au sol entre eux deux. Pickering, qui jusqu'ici avait glissé lentement le long du mur auquel il était adossé, les doigts toujours dans la bouche, sans détacher un instant son regard à l'éclat vitreux des yeux de Lois, fonça sur le fusil à la vitesse d'un serpent à sonnettes qui attaque.

Le mouvement qu'exécuta alors Ralph n'eut rien de prémédité et ne devait certainement rien à la colère : il agit par pur instinct. Il prit le visage de Pickering à deux mains, tandis que quelque chose se mettait à flamboyer dans son esprit, quelque chose qui lui donnait l'impression d'un puissant microscope. Il escalada brusquement les niveaux, montant pendant une fraction de seconde beaucoup plus haut qu'il n'avait jamais été. Au sommet de son ascension, il sentit une force terrible se décharger dans sa tête et exploser le long de ses bras. Puis, tandis qu'il retombait, il entendit un *bang*, un bruit creux et retentissant qui n'avait rien à voir avec les coups de feu qui claquaient toujours à l'extérieur.

Le corps de Pickering se mit à tressaillir comme s'il était soumis à une énergie galvanique, ses jambes s'agitant tellement qu'il en perdit une chaussure. Ses fesses se soulevaient et retombaient ; ses dents s'étaient refermées sur sa lèvre inférieure et du sang coulait de sa bouche. Un instant, Ralph eut l'impression de voir de minuscules étincelles bleues jaillir de la pointe de ses cheveux hirsutes. Puis il n'y eut plus rien et Pickering retomba contre le mur. Il regardait Lois et Ralph avec une expression dépourvue de tout intérêt.

Lois hurla. Ralph crut tout d'abord que c'était à cause de ce qu'il venait de faire à Pickering, puis il vit qu'elle se tapait le sommet du crâne. Un morceau de papier peint enflammé lui était tombé dessus et avait mis le feu à ses cheveux.

Il vint à son aide, étouffant les flammèches de la main, et la protégea de sa carcasse en entendant une nouvelle rafale de coups de feu en provenance de l'aile nord. Il avait la main gauche appuyée contre le mur, doigts écartés, et il vit un trou de balle apparaître entre le majeur et l'annulaire, comme par magie.

« Il faut remonter, Lois, remonter… »

[« *… tout de suite !* »]

Ils le firent ensemble, se transformant en fumée de couleur sous le regard vide de Pickering… puis disparurent.

2

[« *Qu'est-ce que tu lui as fait, Ralph ? Tu as disparu pendant une seconde — tu étais monté — et puis… et puis… qu'as-tu fait, au juste ?* »]

Elle regardait Charlie Pickering avec stupéfaction et horreur ; l'homme était affaissé contre le mur, dans une position presque identique à celle des deux femmes, dans l'autre pièce. Sous leurs yeux, une bulle de bave rosâtre gonfla entre ses lèvres relâchées, puis éclata.

Ralph se tourna vers Lois, lui prit les bras juste au-dessus des coudes et créa une image dans son esprit : celle du coupe-circuit d'un compteur électrique ; une main s'avance et fait passer le commutateur de la position marche à la position arrêt. Il n'était pas sûr de la validité de cette comparaison, tant les choses s'étaient déroulées vite, mais il avait l'impression de ne pas être très loin de la vérité.

Lois eut une expression étonnée, puis acquiesça, regardant tour à tour Ralph et Pickering.

[« *Il l'a produit de lui-même, n'est-ce pas ? Tu ne l'as pas fait exprès…* »]

Ralph lui fit oui de la tête ; à ce moment-là, de nouveaux cris montèrent du sol, des cris qu'ils n'entendaient certainement pas avec leurs oreilles.

[« *Lois ?* »]

[« *Oui, Ralph, tout de suite.* »]

Il lui lâcha les bras pour lui saisir les mains et ils se tinrent comme ils l'avaient fait pour monter sur le toit de l'hôpital : mais pour descendre. Ils s'enfoncèrent à travers le plancher comme si c'était la surface d'un lac. Ralph ressentit une fois de plus la coupure aiguë de ténèbres, puis ils se retrouvèrent dans la cave, se rapprochant lentement d'un sol en béton malpropre. Il aperçut vaguement une tuyauterie de chauffage central, un chasse-neige domestique sous une grande bâche de plastique transparente et sale, du matériel de jardinage aligné à côté d'un gros cylindre qui était probablement le chauffe-eau, des cartons empilés contre un mur de brique et contenant des boîtes de soupe, de haricots, de sauce à spaghettis, de café, ainsi que des rouleaux de sacs-poubelles et de papier-toilette. Tous ces objets présentaient un aspect hallucinatoire, comme s'ils n'avaient pas été réellement là, et Ralph songea tout d'abord qu'il s'agissait d'un effet secondaire du changement de plan de réalité. Puis il comprit que c'était simplement la fumée, qui remplissait rapidement le sous-sol.

Une vingtaine de personnes, des femmes pour la plupart, se trouvaient agglutinées dans un angle de la cave obscure et tout en longueur. Ralph remarqua un petit garçon d'environ quatre ans qui s'accrochait aux genoux de sa mère (laquelle portait au visage des ecchymoses en voie de guérison qui devaient sans doute résulter de violences et non d'un accident), une petite fille plus âgée d'un an ou deux, le visage enfoncé dans le sein de sa maman… et vit Helen. Elle tenait la petite Natalie dans ses bras et lui soufflait au visage, comme si elle avait pu, ainsi, dégager la fumée de l'air que l'enfant respirait. Natalie toussait et poussait des cris désespérés et étranglés. Derrière les femmes et les enfants, Ralph crut distinguer des marches qui s'élevaient dans l'obscurité.

[« *Il faut qu'on redescende, Ralph, non ?* »]

Il eut un mouvement d'approbation, provoqua le

clignement dans sa tête et se retrouva soudain à son tour en train de tousser, tant était âcre la fumée qui lui remplissait les poumons. Ils se matérialisèrent directement en face du groupe, au pied de l'escalier, mais seul le petit garçon qui tenait sa mère par les genoux réagit. À cet instant, Ralph fut pratiquement sûr d'avoir déjà vu cet enfant quelque part, sans savoir où — il faut dire que la journée, vers la fin de l'été, où il l'avait vu jouer à roule-barrique avec sa mère dans Strawford Park, était bien la dernière chose qui pouvait lui venir à l'esprit en ce moment.

« Regarde, maman ! s'écria l'enfant. Des anges ! »

Ralph, dans sa tête, entendit la voix de Clotho disant : *Nous ne sommes pas des anges*, *Ralph*, puis il s'avança vers Helen à travers la fumée, sans lâcher la main de Lois. Ses yeux le piquaient déjà douloureusement et il entendait Lois qui toussait. Helen le regardait sans le reconnaître, hébétée — avec la même expression vide qu'elle avait eue cette journée d'août où Ed l'avait si férocement battue.

« Helen !

— Ralph ?

— Où mène cet escalier, Helen ?

— Qu'est-ce que vous faites ici, Ralph ? Comment avez-vous pu… » Elle fut interrompue par une quinte de toux qui la plia en deux. Natalie commença à lui échapper et Lois prit la fillette hurlante dans ses bras avant qu'elle ne tombât.

Ralph se tourna vers la femme qui se tenait à la gauche d'Helen, se rendit compte qu'elle paraissait encore plus inconsciente de ce qui se passait, puis revint à Helen qu'il secoua par un bras en lui répétant : « Mais où mène cet escalier ? »

Elle jeta un coup d'œil par-dessus son épaule. « La sortie extérieure de la cave, mais ça ne sert à rien… »

Elle se plia de nouveau en deux, toussant de plus belle. Le bruit avait quelque chose d'étrangement semblable à celui de l'arme automatique de Pickering. « … c'est fermé à clef, acheva-t-elle. C'est la grosse femme qui nous a enfermés. Je l'ai vue mettre la clef dans sa poche. Pourquoi a-t-elle fait ça ? Comment pouvait-elle savoir qu'on descendrait ici ? »

Où, sinon dans la cave, pouviez-vous vous réfugier ? songea amèrement Ralph, se tournant vers Lois. « Vois ce que tu peux faire, d'accord ?

— D'accord. » Elle lui passa Natalie, qui continuait de tousser et de pousser des cris, et se fraya un chemin au milieu du groupe de femmes. Pour autant que Ralph pouvait en juger, Susan Day ne se trouvait pas parmi elles. À l'autre bout du sous-sol, une partie du plancher s'effondra dans un tourbillon d'escarbilles, provoquant une vague de chaleur suffocante. La fillette au visage enfoui dans le sein de sa mère se mit à son tour à hurler.

Lois grimpa quatre des marches, puis leva les mains, paumes ouvertes, comme un prêtre qui donne sa bénédiction. À la lumière des tourbillons d'étincelles, Ralph devinait la masse sombre du battant incliné. Les mains de Lois le touchèrent ; un instant, rien ne se produisit, puis elle s'évanouit dans une gerbe lumineuse, colorée comme un arc-en-ciel. Il entendit ensuite une violente explosion — celle que pourrait faire une bouteille aérosol jetée dans les flammes — et Lois fut de retour. Au même moment, il crut voir une pulsation lumineuse blanche, juste au-dessus de sa tête.

« Qu'est-ce que c'est, maman ? Qu'est-ce que c'est ? » demanda le petit garçon qui avait pris Ralph et Lois pour des anges. Mais avant que sa mère ait eu le temps de répondre, une pile de rideaux posés sur une table de jeu, à moins de dix mètres du groupe, prit brusquement feu, projetant sur le visage des femmes prises au piège les violents contrastes de noir et d'orange de masques de Halloween.

« Ralph ! Viens m'aider, Ralph ! » lui cria Lois.

Il se faufila au milieu des femmes hébétées et escalada à son tour les marches. « Quoi ? » Il avait l'impression, en parlant, de se gargariser avec du kérosène. « Tu n'as pas pu l'avoir ?

— Si, je l'ai, et la serrure a cédé, mais cette maudite porte est trop lourde pour moi. À toi de jouer. Donne-moi la petite. »

Il la laissa reprendre Natalie puis, de la main, éprouva la masse du battant en position inclinée. D'accord, il était lourd, mais Ralph marchait à l'adrénaline pure et lorsqu'il pesa dessus de tout son poids, son coup d'épaule fit voler la pesante masse. Un flot de lumière et d'air frais s'engouffra dans l'escalier étroit. Dans les films que Ralph adorait, des cris de triomphe et de soulagement saluaient d'ordinaire ce genre de moments, mais sur le coup, aucune des femmes du groupe n'émit le moindre son. Elles restèrent silencieuses, tournant un visage ahuri vers le rectangle de ciel bleu que Ralph venait de faire apparaître dans le plafond de ce qu'elles s'étaient résignées à considérer comme leur dernière demeure.

Et que vont-elles raconter plus tard ? se demanda Ralph. *Si elles s'en sortent vivantes, qu'est-ce qu'elles vont raconter ? Qu'un grand échalas aux sourcils en broussaille et une femme du genre plutôt rondelette (mais avec de splendides yeux andalous) se sont matérialisés dans la cave, ont rompu la serrure de la porte et leur ont sauvé la vie ?*

Les parcourant du regard, il vit le petit garçon qui lui paraissait si étrangement familier l'observer de ses grands yeux graves. Il avait une cicatrice en forme de crochet sur le nez. Ralph eut l'impression qu'il avait été le seul à les voir vraiment, même lorsqu'ils étaient retombés au niveau des michrones, et savait très bien ce qu'il dirait : que des anges étaient arrivés, un monsieur-ange et une dame-ange, et qu'ils les avaient sauvés. *Voilà qui ferait un scoop sensationnel pour le bulletin d'information, ce soir*, pensa Ralph. *Lisette Benson et John Kirkland adoreraient ça.*

Lois frappa l'un des montants inclinés de la porte. « Allez, on se presse, là-dedans ! Sortez d'ici avant que le feu n'arrive au réservoir de fioul ! »

La femme à la petite fille fut la première à réagir. Elle souleva l'enfant en pleurs dans ses bras et s'engagea d'un pas chancelant dans l'escalier, toujours secouée par la toux et pleurant. Les autres se mirent à la suivre. Le petit garçon leva des yeux admiratifs vers Ralph, lorsqu'il passa avec sa mère à côté de lui. « Super », dit-il.

Ralph lui sourit — il ne put s'en empêcher — se tourna vers Lois et montra l'issue. « Si je ne me fiche pas dedans, on va se retrouver derrière la maison. Ne les laisse pas s'avancer devant. Les flics sont capables d'en descendre la moitié avant de se rendre compte qu'ils tirent sur les personnes qu'ils sont venus sauver.

— Entendu. » Elle n'ajouta pas un mot, pas une question, rien, ce qui plut infiniment à Ralph. Elle escalada l'escalier, ne s'arrêtant que pour changer Natalie de bras et aider une femme qui trébuchait.

Il ne restait plus que Ralph et Helen Deepneau. « C'était Lois ? demanda-t-elle.

— Oui.

— Elle a Natalie ?

— Oui. »

Un autre morceau important du plafond s'effondra dans la cave dans une nouvelle flambée d'escarbilles incandescentes, et des langues de feu s'étirèrent avec agilité en direction de la chaudière, suivant les poutres.

« Vous en êtes sûr ? » Elle l'agrippa par la chemise et le regarda de ses yeux gonflés à l'expression affolée. « Vous êtes sûr qu'elle a Nat ?

— Tout à fait. Allons-y, maintenant. »

Helen regarda autour d'elle et parut faire un compte dans sa tête. L'inquiétude se peignit sur son visage. « Gretchen ! s'exclama-t-elle. Et Merrilee ! il faut retrouver Merrilee, Ralph, elle est enceinte de sept mois !

— Elle est là-haut », lui répondit-il en la prenant par le bras, lorsqu'elle fit mine de vouloir retourner dans le sous-sol en feu. « Avec Gretchen. Il n'y en a pas d'autres ?

— Non, je ne crois pas.

— Bien. Venez. On sort d'ici. »

3

Ralph et Helen surgirent de la cave dans un nuage de fumée noirâtre, comme le point final du meilleur tour d'un illusionniste. Ils se trouvaient effectivement à l'arrière de la maison, près du séchoir à linge. Des robes, des pantalons, des sous-vêtements et des draps se soulevaient et claquaient dans la brise rafraîchissante. Un bardeau embrasé s'abattit sur l'un des draps et l'embrasa ; des flammes sortaient par les fenêtres de la cuisine. La chaleur était intense.

Helen s'affaissa contre Ralph, non pas inconsciente mais simplement parce qu'elle n'en pouvait plus. Il dut la rattraper par la taille pour l'empêcher de tomber ; elle s'agrippa à lui d'une main sans force et voulut dire quelque chose à propos de Natalie. Puis elle la vit dans les bras de Lois et se calma un peu. Ralph affermit sa prise et l'éloigna de la porte de la cave. Ce faisant, il vit ce qui restait d'un cadenas flambant neuf sur le sol ; l'objet, en deux morceaux bizarrement tordus, donnait l'impression d'avoir été démoli par des mains d'une force inimaginable.

Les femmes se tenaient à une quinzaine de mètres, massées contre l'angle de la maison, et Lois, qui leur faisait face, les exhortait à ne pas aller plus loin. Ralph estima qu'avec une certaine préparation et un peu de chance, ils s'en sortiraient le moment venu ; si le mitraillage par les forces de police ne s'était pas arrêté, il avait cependant beaucoup diminué.

« PICKERING ! » On aurait dit la voix de Leydecker mais Ralph n'aurait pu en jurer, tant elle était déformée par le porte-voix. « FAITES DONC PREUVE D'INTELLIGENCE, POUR UNE FOIS DANS VOTRE VIE, ET SORTEZ D'ICI TANT QUE C'EST ENCORE POSSIBLE ! »

D'autres sirènes se rapprochaient, avec parmi elles le ululement caractéristique d'une ambulance. Ralph conduisit Helen auprès des autres femmes. Lois rendit Natalie à sa mère, puis se tourna dans la direction de la voix amplifiée et mit les mains en coupe autour de sa bouche. « Hé, là-bas, cria-t-elle de toutes ses forces. Hé, là-bas, est-ce que vous ne pourriez pas… » Elle s'interrompit, toussant tellement fort qu'elle fut sur le point de vomir, et dut se plier en deux, mains sur les genoux, tandis que des larmes jaillissaient de ses yeux irrités par la fumée.

« Ça va, Lois ? » demanda Ralph, qui, du coin de l'œil, vit Helen en train de couvrir le visage du Bébé Extraordinaire de baisers.

« Non, mais ça ira, dit-elle en s'essuyant le visage.

C'est cette maudite fumée, c'est tout. » Elle mit de nouveau les mains en porte-voix. « Vous m'entendez ? »

La fusillade s'était réduite à quelques coups de revolver isolés. Néanmoins, il suffisait de l'une de ces petites détonations au mauvais moment pour faire une victime innocente de plus.

« Leydecker ! cria-t-il à son tour à pleins poumons. John Leydecker ! »

Il y eut un temps mort, puis la voix amplifiée donna un ordre qui réjouit le cœur de Ralph : « HALTE AU FEU ! »

Il y eut une dernière détonation, puis on n'entendit plus que le ronflement de l'incendie.

« QUI ME PARLE ? IDENTIFIEZ-VOUS ! »

Ralph estimait toutefois avoir déjà assez de problèmes sans y ajouter encore celui-ci.

« Les femmes sont ici, derrière la maison ! cria-t-il, pris à son tour d'une forte envie de tousser. *Je vous les envoie devant !*

— NON ! NE FAITES PAS ÇA ! dit précipitamment Leydecker. IL Y A UN TYPE ARMÉ DANS UNE DES PIÈCES DU BAS ! IL A DÉJÀ DESCENDU PLUSIEURS PERSONNES ! »

Une des femmes poussa un gémissement et se cacha le visage dans les mains.

Ralph, la gorge en feu, s'éclaircit la voix comme il put (en cet instant, il aurait échangé l'intégralité de sa pension de retraite contre une bouteille de Coca glacé) et hurla en réponse : « Ne vous inquiétez pas pour Pickering ! Pickering est… »

Mais au fait, il était quoi, exactement, Pickering ? Fichue bonne question, non ?

« M. Pickering est inconscient ! C'est pour ça qu'il a arrêté de tirer ! » cria Lois à son tour. Ralph songea que "inconscient" n'était pas le terme exact, mais qu'il ferait l'affaire. « Les femmes vont arriver par l'angle de la maison, les mains levées ! Ne tirez pas ! Dites-nous que vous ne tirerez pas ! »

Il y eut un moment de silence. Puis : « ON NE TIRERA PAS, MAIS ON ESPÈRE QUE VOUS SAVEZ CE QUE VOUS FAITES, MADAME ! »

Ralph fit signe à la maman au petit garçon. « Allez-y, maintenant. Vous conduirez la parade.

— Vous êtes certain qu'ils ne nous feront rien ? » Les bleus en voie de disparition, sur le visage de la jeune femme (visage que Ralph avait aussi vaguement l'impression de reconnaître), laissaient entendre que la question de savoir si quelqu'un allait leur faire du mal, à elle et à son fils, constituait un problème vital dans son existence. « Vous en êtes certain ?

— Oui, intervint Lois, qui toussait et larmoyait toujours. Levez simplement les mains. Tu sais faire ça, grand garçon ? »

L'enfant leva les mains avec l'enthousiasme d'un pro du jeu des gendarmes et des voleurs, mais ses yeux brillants ne quittèrent pas Ralph un seul instant.

Rose bonbon, pensa Ralph. *Si je pouvais voir son aura, elle serait rose bonbon.* Il ne savait trop s'il s'agissait d'une intuition ou d'un souvenir, mais il était sûr de lui.

« Et ceux qui sont à l'intérieur ? demanda une autre femme. S'ils se mettent à tirer ? Ils avaient des armes… S'ils se mettent à tirer ?

— Plus personne n'est en état de tirer depuis la maison, répondit Ralph. Allez-y, maintenant.

La mère du petit garçon eut un dernier regard dubitatif pour Ralph, puis se tourna vers son fils : « Prêt, Pat ?

— Oui ! » répondit l'enfant avec un sourire.

Sa mère acquiesça et leva une main, posant l'autre sur l'une des épaules de Pat, en un geste futile de protection qui toucha Ralph. Ils s'avancèrent ainsi jusqu'à l'angle de la maison. « Ne tirez pas ! cria-t-elle ; on a les mains en l'air et mon petit garçon est avec moi, alors ne tirez pas ! »

Les autres attendirent un moment, puis la femme qui avait porté les mains à son visage s'avança à son tour, et la maman à la petite fille lui emboîta le pas (l'enfant était dans ses bras, mais, obéissante, levait néanmoins les siens en l'air). Le reste du groupe suivit ; presque toutes toussaient, ayant du mal à garder les mains en l'air. Au moment où Helen s'apprêtait à fermer la marche, Ralph la toucha à l'épaule. Elle tourna vers lui des yeux rougis, mais calmes et songeurs.

« C'est la deuxième fois que vous vous trouvez là au moment exact où Nat et moi avons besoin de vous, Ralph. Seriez-vous notre ange gardien ?

— Peut-être bien... peut-être bien. Écoutez, Helen. Il ne nous reste que peu de temps. Gretchen est morte. »

Elle hocha la tête et se mit à pleurer. « Je le savais. Je ne voulais pas le croire, mais je le savais.

— Je suis absolument désolé.

— On s'amusait tellement, quand ils sont arrivés ! C'est vrai, nous étions toutes un peu nerveuses, mais qu'est-ce qu'on riait, qu'est-ce qu'on se racontait ! On devait passer la journée à se préparer pour la réunion de ce soir. Celle avec Susan Day.

— C'est justement à propos de ce soir que j'ai des questions à vous poser, dit Ralph, aussi délicatement qu'il le put. Croyez-vous que l'on va toujours...

— On préparait le petit déjeuner quand ils sont arrivés », le coupa-t-elle comme si elle ne l'avait pas entendu (c'est d'ailleurs ce qu'il se dit : qu'elle ne l'avait pas entendu). Natalie passait son petit museau curieux pardessus l'épaule de sa mère, toussant encore un peu ; mais elle ne pleurait plus. Dans la sécurité des bras de celle-ci, elle regardait tour à tour Ralph et Lois avec intérêt.

« Helen…, voulut intervenir Lois.

— Regardez ! Vous voyez, là ? » La jeune femme leur montrait une vieille Cadillac marron, garée à côté du hangar branlant où l'on pressait autrefois le cidre, à l'époque où Ralph et Carolyn venaient chercher leurs pommes ; sans doute servait-il de garage à High Ridge. La Cadillac était en piteux état, avec son pare-brise craquelé, sa carrosserie cabossée, l'un de ses phares maintenu par des bandes adhésives. Le pare-chocs était recouvert de slogans contre l'avortement.

« C'est avec cette voiture qu'ils sont venus. Ils ont fait le tour de la maison comme s'ils voulaient la mettre dans le garage. À mon avis, c'est ce détail qui nous a trompées. Ils sont allés directement derrière, comme des habitués. » Elle contempla le véhicule quelques instants, puis tourna ses yeux rougis et malheureux vers Ralph et Lois. « C'est dommage que personne n'ait remarqué les autocollants sur ce tas de ferraille. »

Ralph pensa soudain à Barbara Richards, là-bas, à WomanCare, à la façon dont elle s'était détendue en voyant Lois s'approcher d'elle. Elle n'avait pas jugé important que l'inconnue glissât une main dans son sac, mais qu'elle fût une femme. Sandra McKay devait avoir été la conductrice de la Cadillac, Ralph n'avait même pas besoin de poser la question. Les résidantes de High Ridge avaient vu une femme et n'avaient pas prêté attention aux slogans. Nous sommes une famille, toutes les femmes sont nos sœurs.

« Lorsque Deanie a dit que les gens qui descendaient de voiture étaient habillés comme des soldats et tenaient des armes, on a cru qu'elle plaisantait. Toutes, sauf Gretchen. Elle nous a dit de descendre à la cave aussi vite que possible. Puis elle est allée au salon. Pour appeler la police, je suppose. J'aurais dû rester avec elle.

— Non, dit Lois, qui enroula autour de son doigt une boucle des fins cheveux auburn de Natalie. Vous deviez veiller sur la petite, n'est-ce pas ? Et vous le devez encore.

— Sans doute, répondit-elle, lugubre. Sans doute. Mais c'était mon amie, Lois, mon amie…

— Je comprends. »

Le visage d'Helen se déforma et elle commença à pleurer. Natalie regarda sa mère pendant un instant avec une expression comique d'étonnement, puis se mit à son tour à pleurer.

« Écoutez-moi, Helen, dit Ralph. Écoutez-moi bien. J'ai une question à vous poser. C'est extrêmement important. Est-ce que vous m'écoutez ? »

Elle hocha affirmativement la tête, sans cesser de pleurer. Ralph ignorait si elle lui prêtait réellement attention ou non. Il jeta un coup d'œil en direction de l'angle de la maison, se demandant combien de temps allait attendre la police avant de charger, puis prit une profonde inspiration. « Croyez-vous que la réunion aura tout de même lieu ce soir ? Vous étiez très proche de Gretchen. Dites-moi ce que vous en pensez. »

Helen s'arrêta de pleurer et le regarda avec de grands yeux, calmement, comme si elle n'arrivait pas à croire ce qu'elle venait d'entendre. Puis son expression changea, laissant place à une colère d'une intensité effrayante.

« Comment pouvez-vous poser une pareille question ? Comment osez-vous… ?

— Eh bien… parce que… » Il se tut, incapable de continuer. Une réaction d'une telle férocité était bien la dernière chose à laquelle il s'était attendu.

« S'ils nous arrêtent maintenant, ils ont gagné, reprit Helen. Vous ne voyez pas ? Gretchen est morte, Merrilee est morte, High Ridge réduit en cendres avec tout ce que possédaient la plupart de ces femmes *et s'ils nous arrêtent maintenant, ils ont gagné !* »

Une partie de l'esprit de Ralph — partie enfouie très loin — fit alors une comparaison terrible. Une autre partie, celle qui aimait Helen, chercha bien à s'interposer, mais intervint trop tard. Les yeux de la jeune femme brillaient du même éclat que ceux de Charlie Pickering lorsque l'homme s'était assis à côté de lui, dans la bibliothèque, et il n'existait aucun moyen de raisonner avec quelqu'un qui avait ce regard.

« *S'ils nous arrêtent, ils ont gagné !* » hurla-t-elle. Natalie se mit à pleurer plus fort. « *Vous n'y comprenez donc rien ? Vous n'y comprenez donc foutrement rien ? Jamais on ne le tolérera ! Jamais, vous m'entendez ? Jamais ! Jamais ! Jamais !* »

Elle leva brusquement le bras qui ne tenait pas le bébé et fonça vers l'angle du bâtiment. Ralph tendit la main vers elle et le bout de ses doigts effleura le dos du corsage de la jeune femme. Ce fut tout.

« *Ne tirez pas !* cria Helen à la police, de l'autre côté de la maison. *Ne tirez pas, je suis une des femmes ! Ne tirez pas, je suis une des femmes ! Ne tirez pas, je suis une des femmes !* »

Ralph fit mine de se précipiter à sa suite — sans réfléchir, par pur réflexe — mais Lois l'empoigna par la ceinture : « Il ne vaut mieux pas que tu te montres, Ralph. Tu es un homme, et ils risquent de penser…

— Bonjour, Ralph, bonjour, Lois ! »

Ils se tournèrent tous les deux vers cette voix qui sortait de Dieu sait où. Ralph l'avait reconnue sur-le-champ, et il se sentit à la fois surpris et pas du tout surpris. Derrière la corde à linge et son chargement de draps en feu se tenait Dorrance Marstellar, habillé d'un vieux pantalon de flanelle et chaussé de baskets fatiguées, réparées avec du fil électrique. Ses cheveux, aussi fins, en blanc, que ceux de Natalie, s'ébouriffaient dans le vent d'octobre qui balayait le sommet de la colline. Comme d'habitude, il tenait un livre à la main,

« Venez vite, tous les deux, reprit-il avec un geste de la main, tout en leur souriant. Dépêchez-vous. Nous n'avons pas beaucoup de temps. »

4

Il les entraîna dans un chemin envahi d'herbes et manifestement peu fréquenté qui s'éloignait de la maison en direction de l'ouest, non sans faire de nombreux détours. Il serpentait tout d'abord au milieu d'un potager de belle taille où tout avait été récolté, mis à part les citrouilles, puis traversait ensuite un verger où les pommes étaient pratiquement à maturité, avant de s'engager enfin dans un taillis plein de mûriers dont les épines semblaient surgir de partout pour s'accrocher à leurs vêtements. Lorsqu'ils quittèrent les ronces pour pénétrer dans un bosquet sombre de vieux pins et de sapins, Ralph se dit qu'ils devaient maintenant se trouver sur le territoire de Newport.

Dorrance marchait d'un bon pas, pour un homme de son âge, sans que son sourire placide quittât son visage. Le livre qu'il tenait à la main, *For Love*, *Poems*, *1950-1960*, était d'un certain Robert Creely. Ralph n'en avait jamais entendu parler, mais sans doute M. Creely, de son côté, n'avait-il jamais entendu parler de Mme Elmer Leonard, Ernest Haycox ou Louis L'Amour. Il n'essaya qu'une fois d'adresser la parole à Dorrance, lorsqu'ils atteignirent le pied d'une pente qu'un tapis d'aiguilles de pin rendait glissante et dangereuse. Devant eux, écumait un petit torrent froid et clair.

« Qu'est-ce que vous faites par ici, Dorrance ? Et au fait, comment êtes-vous parvenu jusqu'à High Ridge ? Et où diable allons-nous ?

— Oh, c'est rare que je réponde aux questions », répliqua le vieillard, dont le sourire s'élargit. Il parcourut le cours d'eau des yeux, puis montra un endroit du doigt ; une petite truite brune bondit hors de l'eau, lança des gouttes cristallines d'un coup de queue et retomba dans le torrent. Ralph et Lois se regardèrent avec une expression identique qui disait : *Ai-je bien vu ce que j'ai l'impression d'avoir vu ?*

« Non, non, poursuivit Dor en s'avançant sur un rocher mouillé. Presque jamais. Trop difficile. Trop de possibilités. Trop de niveaux… Hé, Ralph, le monde est plein de niveaux, n'est-ce pas ? Et vous, Lois, comment allez-vous ?

— Bien », répondit-elle d'un ton distrait. Elle observait Dorrance qui franchissait le cours d'eau sur des pierres judicieusement placées, bras écartés, ce qui le faisait ressembler au plus vieux danseur de corde du monde. À l'instant même où il atteignait l'autre rive, il y eut un bruit qui n'était pas tout à fait une explosion mais une sorte de puissante exhalaison, en provenance de la crête, derrière eux.

Et autant pour les réservoirs de fioul, pensa Ralph.

Dor se tourna pour leur faire face et leur adressa son sourire de bouddha. Cette fois-ci, Ralph changea de niveau sans même en avoir conscience, sans cette sensation de clignement intérieur. La couleur se mit à envahir le monde, mais à peine le remarqua-t-il ; toute son attention se concentrait sur Dorrance, au point qu'il en oublia de respirer pendant peut-être dix secondes.

Ralph avait vu nombre d'auras, au cours du dernier mois, mais aucune n'approchait, même de loin, la splendeur de celle qui entourait de sa mandorle le vieillard que Don Veazie avait qualifié naguère de vieux crétin (tout en reconnaissant par ailleurs qu'il était charmant). On aurait dit que l'aura de Dor subissait l'effet d'un prisme, une métamorphose d'arc-en-ciel. Elle rayonnait d'arcs éblouissants, bleu, magenta, rouge, rose, jusqu'au jaune crémeux d'une banane mûre.

Il sentit que Lois lui avait pris la main et la serrait.

[« *Mon Dieu, Ralph, comme il est beau ! Est-ce que tu le vois ?* »]

[« *Et comment !* »]

[« *Qu'est-ce qu'il est ? Est-il seulement humain ?* »]

[« *Je ne sais p…* »]

[« *Arrêtez, tous les deux. Redescendez.* »]

Dorrance souriait toujours, mais la voix autoritaire qu'ils entendirent dans leur tête n'avait rien d'hésitant. Et avant que Ralph eût seulement eu le temps de redescendre, il sentit une poussée. Les couleurs et les sonorités exacerbées disparurent sur-le-champ.

« Nous n'avons pas le temps pour ça, reprit Dor. Il est déjà midi.

— Midi ? fit Lois, étonnée. Ce n'est pas possible ! Il n'était même pas neuf heures lorsque nous sommes arrivés à High Ridge. Il n'a pas pu se passer plus d'une heure et demie !

— Le temps s'écoule plus vite au niveau supérieur. » Dor s'exprimait d'un ton solennel, mais ses yeux pétillaient. « Demandez donc à ceux qui passent la soirée du samedi soir à boire de la bière en écoutant de la musique country. Venez, dépêchez-vous ! L'heure tourne ! Traversez la rivière ! »

Lois s'engagea la première, passant avec précaution

d'une pierre à l'autre, bras écartés, comme l'avait fait Dorrance. Ralph la suivit, la tenant par les hanches, prêt à la rattraper si elle lui donnait l'impression de trébucher, mais c'est lui, en fin de compte, qui faillit bien tomber à l'eau. Il réussit à ne pas perdre l'équilibre, mais au prix d'un pied mouillé jusqu'à la cheville. Il lui sembla entendre quelque part, tout au fond de sa tête, le rire joyeux de Carolyn.

« Vous ne pouvez rien nous dire, Dor ? demanda-t-il une fois de l'autre côté. On commence à être un peu perdus ». *Et pas seulement sur un plan mental et spirituel*, ajouta-t-il en lui-même. Il n'avait jamais parcouru ces bois, même pas à l'époque où, jeune homme, il chassait la perdrix et le daim. Si jamais le sentier sur lequel ils se trouvaient tournait court, ou si le vieux Dor perdait ce qui lui restait de son sentiment des choses terrestres, que feraient-ils ?

« Si. Je peux vous dire une chose, répondit Dor sans hésiter, une chose absolument sûre et certaine.

— Et quoi donc ?

— Ce sont les meilleurs poèmes que Robert Creely a jamais écrits. » Il brandit le livre et, avant que l'un ou l'autre eût le temps de réagir, il avait fait demi-tour et s'engageait dans le sentier, réduit à une simple piste, qui s'enfonçait dans les bois en direction de l'ouest.

Ralph et Lois se regardèrent, affichant tous les deux une fois de plus la même expression perplexe. Puis elle haussa les épaules. « Eh bien, allons-y, mon vieux, dit-elle. On n'a pas intérêt à le perdre. J'ai oublié d'emporter des miettes de pain. »

5

Ils escaladèrent une autre colline, du sommet de laquelle Ralph constata que leur sentier aboutissait à un vieux chemin forestier au milieu duquel repoussait l'herbe ; ce sentier se terminait lui-même une cinquantaine de mètres plus loin, dans une gravière à ciel ouvert envahie par la végétation. Une voiture, moteur tournant au ralenti, attendait à l'entrée de l'ancienne carrière. Une Ford récente d'un modèle totalement anonyme mais que Ralph crut cependant reconnaître. Lorsque la portière s'ouvrit et que le conducteur en descendit, tout se mit en place. Évidemment qu'il reconnaissait la voiture ; la dernière fois qu'il l'avait vue, c'était mardi soir, depuis les fenêtres de la maison de Lois. Elle était en travers de Harris Avenue, le conducteur agenouillé dans la lumière des phares à côté du chien agonisant qu'il venait de heurter. Joe Plussaj les entendit venir, leva les yeux et les salua de la main.

CHAPITRE 23

1

« Il m'a demandé de le conduire », leur dit Joe Plussaj, tandis qu'il faisait un demi-tour précautionneux dans l'entrée de la gravière.

« Où ça ? » voulut savoir Lois. Elle était assise à l'arrière, avec Dorrance. Ralph occupait le siège du passager, à l'avant. Joe Plussaj n'avait plus très bien l'air de savoir où il était, ni même qui il était. Ralph avait fait un saut de niveau — le plus bref possible — pendant qu'il serrait la main du pharmacien, voulant jeter un coup d'œil sur son aura. Elle était bien là, avec son panache, l'une et l'autre ayant un aspect tout à fait sain, mais le brillant de sa couleur jaune-orangé paraissait atténué… probablement, se dit Ralph, sous l'influence du vieux Dor.

« Bonne question », répondit Plussaj. Il eut un petit rire de confusion. « Je n'en ai vraiment pas la moindre idée. Je viens de passer la journée la plus *démente* de toute ma vie. Là-dessus, pas le moindre doute. »

Le chemin forestier rejoignait une route goudronnée à deux voies ; Plussaj s'arrêta, regarda des deux côtés et tourna à gauche. Ils dépassèrent un panneau indiquant la proximité de l'autoroute 1-95 et Ralph supposa que Plussaj l'emprunterait en direction du nord ; il savait maintenant où ils se trouvaient — à environ trois kilomètres au sud de la route 33. D'ici, ils pouvaient être de retour à Derry en moins d'une demi-heure et il lui paraissait évident que c'était ce qu'ils allaient faire.

Il éclata soudain de rire : « Marrant, tout de même. On dirait un trio en goguette ! Allez, disons un quatuor. Bienvenue dans le monde merveilleux de l'hyperréalité, Joe. »

Le pharmacien lui jeta un regard aigu, puis retrouva le sourire. « C'est donc ça ? » et avant même que Ralph ou Lois aient pu répondre, il ajoutait lui-même : « Oui, je suppose que c'est ça.

— As-tu lu ce poème ? demanda Dorrance dans le dos de Ralph. Celui qui commence par *Chaque chose que je fais, je la fais à la hâte pour pouvoir faire autre chose* ? »

Ralph se retourna ; le vieillard affichait toujours son grand sourire placide. « Oui, je l'ai lu. Dites-moi, Dor…

— C'est quelque chose, non ? Vraiment excellent. Stephen Dobyns me rappelle Hart Crane, la prétention en moins. À moins que ce ne soit *Stephen* Crane, mais il ne me semble pas. Évidemment, il n'a pas la musicalité de Dylan Thomas, mais est-ce si grave ? Probablement pas. La poésie moderne ne relève pas de la musique, mais d'un certain sang-froid. Il y a ceux qui l'ont et ceux qui ne l'ont pas.

— Nom d'un chien ! commenta Lois, roulant des yeux.

— Il pourrait probablement nous dire tout ce que nous avons besoin de savoir si on montait de quelques niveaux, observa Ralph, mais ce n'est pas ce que vous voulez, n'est-ce pas, Dor ? Parce que plus on monte, plus le temps passe vite.

— Tout juste », répondit Dorrance. Les panneaux

bleus annonçant les entrées nord et sud de l'autoroute brillèrent au loin. « Je suppose que vous aurez encore besoin de monter, toi et Lois, et il est donc important de sauver autant de temps que possible, pour le moment. De sauver… du temps. » Il eut un geste curieusement évocateur, l'index se repliant sur le pouce, comme pour indiquer un passage qui irait en se resserrant.

Joe Plussaj mit son clignotant et s'engagea dans la rampe d'accès nord, en direction de Derry.

« Comment avez-vous été embringué dans cette histoire, Joe ? lui demanda Ralph. Pour quelle raison Dorrance vous a-t-il enrôlé comme chauffeur, et non quelqu'un d'autre de la rive ouest de Derry ? »

Le pharmacien secoua la tête et lorsqu'ils arrivèrent sur l'autoroute, la Ford se mit à dériver tout de suite vers les voies rapides. Ralph corrigea la trajectoire d'un geste vif, en se disant que Joe, ces temps-ci, avait dû sérieusement manquer de sommeil. Il fut très soulagé de constater que la circulation était presque nulle sur l'autoroute, au moins à cette distance de la ville : autant d'anxiété en moins et, par les temps qui couraient, tout était bon à prendre.

« Nous avons tous un lien commun, qui est l'Intentionnel, déclara soudain Dorrance. *Ka-tet*, ce qui signifie *un fait de plusieurs*. Comme plusieurs vers composent un poème. Vous comprenez ?

— Non. » Ralph, Lois et Joe avaient répondu en même temps, aussi parfaitement coordonnés qu'un chœur, et tous rirent nerveusement. *Les Trois Insomniaques de l'Apocalypse*, songea Ralph. *Que Dieu ait pitié de nous !*

« Ce n'est pas un problème, reprit Dor sans se départir de son grand sourire, croyez-moi simplement sur parole. Toi et Lois… Helen et sa petite fille… Bill… Faye

Chapin… Trigger Vachon… et moi ! On est tous partie intégrante de l'Intentionnel.

— Tout ça c'est parfait, Dor, observa Lois. Mais où l'Intentionnel nous entraîne-t-il, pour le moment ? Et qu'est-ce que nous devrons faire quand nous y serons ? »

Dorrance se pencha pour murmurer dans l'oreille de Joe Plussaj, abritant sa bouche de sa main noueuse tachée de cholestérol. Puis il s'enfonça de nouveau dans son siège, l'air profondément satisfait de lui.

« Il dit que nous allons au centre municipal.

— Au centre municipal ! s'exclama Lois, inquiète. Non, ce n'est pas possible ! Les deux petits hommes nous ont dit —

— Peu importe pour le moment, intervint Dorrance. Contentez-vous de vous souvenir que l'essentiel, c'est le sang-froid. Qui en a, qui n'en a pas. »

2

Le silence régna dans la Ford pendant plus d'un kilomètre. Dorrance ouvrit son livre et commença la lecture d'un poème de Creely, suivant chaque vers d'un doigt sans âge à l'ongle jauni. Ralph se surprit à évoquer le souvenir d'un jeu auquel il avait joué, enfant — un jeu pas très charitable. Il s'appelait la chasse à la bécassine. Il fallait s'adresser à des enfants un peu plus jeunes et beaucoup plus crédules que soi-même, auxquels on racontait une histoire à dormir debout à propos d'une bécassine mythique ; on leur donnait ensuite un grand sac et on les expédiait tout un après-midi dans les taillis et les marais, où ils s'exténuaient à chercher l'introuvable oiseau. Jeu également appelé chasse au dahu ; soudain, il se sentit gagné par la conviction que Clotho et Lachésis les avaient envoyés, lui et Lois, chasser ce genre de gibier.

Il se retourna et regarda Dorrance droit dans les yeux. Le vieillard corna le haut de sa page, referma le livre et rendit son regard à Ralph avec un intérêt poli.

« Ils nous ont dit que nous ne devions à aucun prix nous approcher d'Ed Deepneau ou de Doc Chauve #3, dit Ralph, s'exprimant avec lenteur, en articulant bien. Ils ont insisté et ajouté qu'il ne fallait même pas y penser, car cette situation les avait investis d'une grande puissance, et qu'ils pouvaient nous écraser comme des mouches. En fait, il me semble que Lachésis a même précisé que si nous tentions d'approcher Ed ou Atropos, nous pourrions bien avoir la visite d'un des manitous des étages supérieurs... un type qu'Ed appelle le Roi Pourpre. Type qui n'est pas particulièrement sympathique, d'après tout ce qu'on sait.

— Oui, ajouta Lois d'une petite voix. C'est ce qu'ils nous ont dit, sur le toit de l'hôpital. Et aussi qu'il fallait convaincre les responsables d'annuler la réunion avec Susan Day. C'est pour cette raison que nous sommes allés à High Ridge.

— Et avez-vous réussi à les convaincre ? demanda Plussaj.

— Non. La bande à Deepneau était arrivée avant nous. Ils avaient mis le feu et abattu au moins deux des femmes. L'une d'elles était celle à qui nous voulions parler.

— Gretchen Tillbury, compléta Ralph.

— Oui, Gretchen Tillbury. Mais je crois que la question est réglée, maintenant ; je ne vois pas comment on pourrait maintenir la manifestation après ce qui s'est passé. Mon Dieu, vous vous rendez compte ? Il y a au moins quatre morts ! Sans doute davantage ! Il faut annuler la réunion, ou au moins la repousser à plus tard. Non ? »

Ni Dorrance ni Joe ne répondirent. Pas plus que Ralph, qui revoyait les yeux rougis à l'expression furibonde d'Helen. *Comment osez-vous poser la question ? S'ils nous arrêtent maintenant, ils ont gagné !*

La police disposait-elle de moyens légaux d'interdire la manifestation ? Probablement pas. Le conseil municipal, alors ? Pas impossible. Il pouvait peut-être convoquer une réunion d'urgence et annuler l'autorisation de tenir la réunion donnée à WomanCare. Mais le ferait-il ? S'ils se retrouvaient avec deux mille femmes en colère et pleines de chagrin sous les fenêtres de l'hôtel de ville hurlant *Si on arrête, ils ont gagné*, les conseillers oseraient-ils annuler ?

Ralph sentit son estomac se nouer douloureusement.

Helen estimait manifestement que la réunion de ce soir était plus importante que jamais, et elle ne serait pas la seule. Il ne s'agissait plus seulement de la liberté de choisir et de savoir qui avait le droit de décider de ce qu'une femme devait faire de son corps ; c'était maintenant une cause qui méritait que l'on mourût pour elle ; il fallait aussi honorer celles qui l'avaient déjà fait. Ce n'était plus de stratégie politique qu'il était question, mais d'une sorte de requiem athée.

Lois l'avait attrapé par l'épaule et le secouait vigoureusement. Ralph retomba dans le présent, mais lentement, comme si on venait de le réveiller au beau milieu d'un rêve d'un incroyable réalisme.

« Elles vont annuler, n'est-ce pas ? Et si elles ne le font pas, si pour quelque raison démente elles décident de maintenir la réunion, les gens vont rester chez eux, hein ? Après ce qui s'est passé à High Ridge, ils auront peur d'y aller ! »

Ralph réfléchit, puis secoua la tête. « La plupart des gens vont penser que le danger est passé. Aux informations, ils vont dire que deux des extrémistes qui ont attaqué High Ridge sont morts et que le troisième est dans un état catatonique, ou un truc comme ça.

— Mais Ed ! Ed ? s'écria-t-elle. C'est lui qui les a poussés à attaquer, nom d'un chien ! C'est lui qui les a envoyés là-bas ! C'est lui le principal responsable !

— C'est peut-être vrai, c'est probablement vrai, mais comment vas-tu le prouver ? Sais-tu ce que les flics vont trouver, à mon avis, dans la turne où Charlie Pickering avait ses pénates ? Un mot expliquant que l'idée était entièrement de lui. Un mot dédouanant complètement Deepneau, probablement sous la forme d'une accusation… disant par exemple qu'Ed les avait lâchés au moment où ils avaient le plus besoin de lui. Et s'ils ne trouvent pas le message dans le meublé de Pickering, il sera chez Felton ou chez McKay.

— Mais c'est… c'est… » Lois s'interrompit, se mordillant la lèvre supérieure. Puis elle se tourna vers Plussaj, une lueur d'espoir dans le regard : « Et Susan Day ? Où est-elle ? Quelqu'un le sait-il, au moins ? Vous le savez, vous ? On pourrait l'appeler au téléphone et…

— Elle est déjà à Derry, répondit Joe, mais je suis prêt à parier que la police ne sait même pas où. En revanche, d'après ce que j'ai entendu à la radio pendant que nous étions sur la route avec le vieux monsieur, la manifestation aura bien lieu ce soir… déclaration due à Susan Day elle-même, paraît-il. »

Évidemment, pensa Ralph. *Évidemment. Le spectacle continue, le spectacle doit continuer, et elle le sait bien. Une femme qui est à la pointe du mouvement féministe depuis des années — depuis la convention de Chicago, en 68, ça fait un bout de temps ! — sait parfaitement ce que c'est qu'une crise majeure. Elle a évalué les risques et les a trouvés acceptables. Ou bien elle a évalué la situation et en a conclu que sa perte de crédibilité atteindrait un niveau inacceptable si elle se dérobait. Ou peut-être les deux. Dans un cas comme dans l'autre, elle est prisonnière des événements — du* ka-tet, *— comme nous.*

Ils venaient d'atteindre les faubourgs de Derry. À l'horizon, on voyait se détacher le centre municipal.

Lois se tourna vers le vieux Dor : « Où est-elle ? Vous le savez, vous ? Peu importe le nombre de types de la sécurité qui l'entourent. Ralph et moi, on peut devenir invisibles quand on veut… et on est très forts pour faire changer les gens d'avis.

— Oh, faire changer d'avis Susan Day ne changerait rien », répondit le vieillard sans se départir de son grand sourire, au point que ça en devenait agaçant. « Les gens viendront ce soir au centre municipal, quoi qu'il arrive. S'ils trouvent les portes fermées en arrivant, ils les forceront et entreront pour tenir leur réunion. Pour montrer qu'ils n'ont pas peur.

— Quand le vin est tiré, il faut le boire, marmonna Ralph, morose.

— Exactement, Ralph ! » fit joyeusement Dorrance, lui tapotant le bras.

3

Cinq minutes plus tard, la Ford passait au pied de la hideuse statue de Paul Bunyan, devant le centre municipal, et suivait le panneau qui indiquait : PARKING TOUJOURS GRATUIT DANS VOTRE CENTRE MUNICIPAL !

L'emplacement de quatre mille mètres carrés s'étendait entre le bâtiment du centre et l'hippodrome de Bassey Park. S'il y avait eu un concert de rock, des courses ou des rencontres de catch, ce soir, le parking aurait été désert à cette heure-là ; mais l'événement attendu était à des années-lumière d'un match de basket ou d'un concours de remorquage de poids lourds. On comptait déjà cinquante ou soixante voitures, et des petits groupes s'étaient formés ici et là, surveillant le bâtiment. Ils étaient pour la plupart constitués de femmes. Certaines tenaient des paniers de pique-nique, plusieurs pleuraient, et presque toutes avaient un brassard noir au bras. Ralph vit une femme d'âge mûr, au visage intelligent sous une masse opulente de cheveux gris, l'air fatigué, qui distribuait les rubans contenus dans un sac. Elle portait un T-shirt où l'on voyait le portrait de Susan Day avec ce slogan : N♀US L'EMP♀RTER♀NS !

L'animation était encore plus grande dans la zone de circulation, juste en face des portes du centre municipal ; on n'y comptait pas moins de six fourgonnettes de télévision, et les équipes techniques attendaient en petits groupes sous la marquise triangulaire en béton, discutant de la manière dont elles allaient retransmettre l'événement. Et à en croire la bannière (un drap de lit) qui pendait de cette marquise, mollement agitée par le vent, il s'agissait bien d'un événement. LA RÉUNION A LIEU, lisait-on en grosses lettres dont la peinture avait coulé. VENEZ MONTRER VOTRE SOLIDARITÉ — EXPRIMER VOTRE INDIGNATION — RÉCONFORTER VOS SŒURS.

Joe immobilisa la Ford, puis se tourna vers le vieux Dor, un sourcil levé. Dor lui répondit d'un signe de tête et le pharmacien regarda alors Ralph : « Je crois que c'est ici que vous descendez, Lois et vous. Bonne chance. Je vous aurais bien accompagné, si je l'avais pu — je lui ai même demandé —, mais il m'a dit que je n'étais pas équipé.

— Pas de problème. Nous apprécions tout ce que vous avez fait pour nous, n'est-ce pas, Lois ?

— Tout à fait, oui. »

Ralph tendit la main vers la portière, puis s'interrompit et se tourna pour faire face à Dorrance. « En réalité, demanda-t-il, qu'est-ce qui se passe ? Ce n'est certainement pas pour sauver les deux mille personnes qui vont se rassembler ici ce soir ; d'après Clotho et Lachésis, c'est évident. Aux yeux des pantachrones dont ils nous ont parlé, des maîtres du temps, deux mille vies humaines ne sont qu'un peu d'huile dans les rouages. D'où ma question : de quoi s'agit-il, en fait, Alfie ? Pourquoi sommes-nous ici ? »

Le sourire de Dorrance avait fini par s'évanouir ; sans lui, il paraissait plus jeune et étrangement impressionnant. « Job a posé la même question à Dieu, sans recevoir de réponse. Tu n'en auras pas davantage, mais je peux au moins te dire ceci : tu es devenu l'axe autour duquel se joueront de grands événements et où s'affronteront de grandes forces. L'ouvrage des univers plus élevés est presque au point mort depuis que ceux de l'Intentionnel et de l'Aléatoire observent ta progression.

— Génial, mais ça ne m'avance pas beaucoup, dit Ralph, davantage résigné qu'en colère.

— Je suis d'accord, mais ces deux mille vies me suffisent, observa Lois tranquillement. Je ne pourrais plus jamais me regarder dans une glace si je n'essayais pas au moins d'empêcher ce qui va se produire. Je rêverais du linceul noir au-dessus de ce bâtiment jusqu'à la fin de mes jours. Et même avec une seule heure de sommeil par nuit, j'en rêverais. »

Ralph médita cette réflexion, puis acquiesça. Il ouvrit la portière et mit un pied dehors. « Très juste. Et Helen sera là. Elle amènera peut-être même Natalie. Pour de vulgaires michrones comme nous, ça devrait suffire. »

Sans compter que j'ai aussi peut-être envie de prendre ma revanche sur Atropos.

Voyons, Ralph, intervint la voix de Carolyn. *Clint Eastwood, encore ?*

Non, pas Clint Eastwood. Ni Sylvester Stallone, ni Arnold Schwarzenegger. Ni même John Wayne. Il n'avait rien d'un grand aventurier ou d'un héros de Hollywood ; il n'était que ce bon vieux Ralph Roberts, de Harris Avenue. Ce qui n'enlevait pas la moindre réalité au ressentiment qu'il nourrissait contre Doc Chauve #3 et son scalpel rouillé. Et maintenant, ce ressentiment se fondait sur des motifs beaucoup plus graves que le sort d'un chien errant et celui d'un professeur d'histoire à la retraite. Ralph n'arrêtait pas de penser au salon de High Ridge, aux deux femmes tassées contre le mur, sous l'affiche de Susan Day. Ce n'était pas sur le ventre de femme enceinte de Merrilee que son œil intérieur s'attardait, mais sur la chevelure de Gretchen Tillbury, cette belle chevelure blonde que le coup de feu, tiré à bout portant, avait presque entièrement brûlée. C'était certes Charlie Pickering qui avait appuyé sur la gâchette, et peut-être Ed Deepneau qui lui avait mis le fusil dans les mains ; mais c'était Atropos, aux yeux de Ralph, qui en portait toute la responsabilité, Atropos, le voleur de corde à sauter, Atropos le voleur de chapeau, Atropos, le voleur de peigne.

Atropos, le voleur de boucles d'oreilles.

« Allons-y, Lois, dit-il. Il faut… »

Mais elle posa une main sur son bras et secoua la tête : « Pas encore. Reprends ta place et ferme la portière. »

Il la regarda attentivement, puis fit ce qu'elle lui demandait. Elle garda quelques instants le silence, rassemblant ses idées, et lorsqu'elle reprit la parole ce fut en s'adressant directement au vieux Dor :

« Je ne comprends toujours pas pourquoi on nous a envoyés à High Ridge. Ils ne nous ont jamais dit clairement que c'était là que nous devions aller ; cependant, nous savions — n'est-ce pas, Ralph ? — que c'était ce qu'ils attendaient. *Mais moi, je tiens à comprendre.* Pourquoi, après avoir dû nous rendre là-bas, faut-il venir ici ? Bon, d'accord, nous avons sauvé plusieurs vies, et j'en suis heureuse, mais je pense que Ralph a raison : une poignée de vies humaines ne signifient pas grand-chose pour ceux qui ont monté le spectacle. »

Il y eut un moment de silence, puis Dor répondit : « Clotho et Lachésis vous ont-ils particulièrement frappés par leur vaste intelligence et leur immense savoir, Lois ?

— Heu… ils n'étaient pas stupides, mais on ne peut pas dire qu'ils avaient l'air de génies, admit-elle après avoir réfléchi quelques instants. À un moment donné, ils se sont eux-mêmes qualifiés d'ouvriers au bas de l'échelle, très loin du conseil d'administration où sont prises les décisions. »

Le vieillard acquiesça avec un sourire : « Clotho et Lachésis sont presque des michrones eux-mêmes, dans le grand ordre des choses. Ils ont leurs peurs bien à eux et souffrent d'une certaine cécité mentale. Il peut leur arriver de prendre de mauvaises décisions… mais en fin de compte, c'est sans importance, parce qu'ils servent aussi l'Intentionnel. Et le *ka-tet*.

— Ils estimaient que nous n'avions aucune chance si nous attaquions Atropos de face, n'est-ce pas ? demanda Ralph. C'est pourquoi ils se sont convaincus que nous pourrions exécuter notre mission en passant par la porte de derrière… la porte en question étant High Ridge.

— Oui, dit Dor, c'est bien ça.

— Génial. J'adore qu'on me fasse confiance. En particulier lorsque…

— Non, le coupa Dor, ce n'est pas ça. »

Ralph et Lois échangèrent un regard de stupéfaction.

« Que voulez-vous dire ?

— Que c'est les deux choses en même temps. C'est très souvent ainsi que ça se passe avec l'Intentionnel. Vous voyez… heu… » Il soupira. « J'ai ces questions en horreur. Je n'y réponds pratiquement jamais, je crois vous l'avoir déjà dit !

— En effet.

— Oui. Et maintenant, hop ! Une avalanche de questions. Malsain. Inutile ! »

Ralph et Lois échangèrent de nouveau un regard. Ni l'un ni l'autre ne firent mine de vouloir descendre de voiture.

Dor poussa un soupir. « Bon, très bien… Mais c'est la dernière chose que je vais vous dire, alors faites attention. Clotho et Lachésis vous ont peut-être envoyés à High Ridge pour de mauvaises raisons, mais l'Intentionnel vous y a envoyés pour les bonnes. Vous y avez accompli votre tâche.

— En sauvant les femmes », observa Lois.

Mais Dorrance secoua la tête.

« Alors, qu'avons-nous fait ? s'exclama-t-elle, criant presque. Qu'avons-nous fait ? N'avons-nous pas le droit de savoir le rôle que ce bon Dieu d'Intentionnel nous fait jouer ?

— Non. Ou du moins, pas encore. Parce que vous n'en avez pas terminé.

— Mais c'est insensé ! protesta Ralph.

— Pas du tout. » Le vieillard serrait avec force le livre contre sa poitrine, le pliant et le dépliant, et regardait Ralph de l'air le plus sérieux. « L'Aléatoire est insensé. L'Intentionnel est rationnel. »

Très bien, pensa Ralph. *Qu'avons-nous fait à High Ridge, en dehors de sauver les femmes et les enfants enfermés dans la cave ? Ainsi que John Leydecker, au fait. Pickering lui aurait fait subir le même sort qu'à Chris Nell, si je n'étais pas intervenu. Cela aurait-il quelque chose à voir avec le détective ?*

Pas impossible, mais il n'arrivait pas à le croire.

« S'il vous plaît, Dorrance, ne pouvez-vous pas nous donner un peu plus d'informations ? Je voudrais…

— Non, répondit Dor, sans méchanceté. Plus de questions, plus de temps. Nous ferons un bon repas ensemble quand tout cela sera terminé… si on est toujours dans le secteur, bien entendu.

— Vous avez vraiment l'art de remonter le moral de vos troupes, Dor. » Ralph ouvrit sa portière, Lois l'imita, et ils descendirent tous les deux. Ralph se pencha pour regarder Joe Plussaj. « Autre chose ? N'importe quoi, qui vous viendrait à l'esprit ?

— Non, je ne vois p… »

Dor se pencha et murmura à l'oreille du pharmacien, lequel écouta et fronça les sourcils.

« Eh bien ? fit Ralph lorsque le vieillard s'enfonça de nouveau dans le siège arrière. Qu'est-ce qu'il a dit ?

— De ne pas oublier mon peigne, répondit Joe. Je n'ai pas la moindre idée de ce que cela signifie, mais ce n'est pas une nouveauté, hein ?

— Non, c'est clair, dit Ralph avec un léger sourire. C'est justement l'une des rares choses que je comprends. Allons-y, Lois. Allons nous mêler à la foule, histoire de voir ce qu'on pourrait glaner. »

Ils étaient au milieu du parking lorsque Lois donna si vigoureusement du coude contre Ralph qu'il en trébucha. « Regarde ! dit-elle à voix basse. Juste devant nous. Ce n'est pas Connie Chung ? »

En effet ; la femme en manteau beige qui se tenait entre deux techniciens portant le logo de CBS sur leur veste était très certainement Connie Chung. Ralph avait trop souvent admiré son joli visage intelligent et son agréable sourire, pendant bien des dîners, pour nourrir le moindre doute.

« Ou alors, c'est sa sœur jumelle. »

Lois paraissait avoir tout oublié du vieux Dor, de High Ridge et des petits docteurs chauves ; en cet instant, elle était redevenue celle que Bill McGovern aimait à appeler *cette sacrée Lois*. « Saperlipopette ! Qu'est-ce qu'elle fabrique ici ?

— Eh bien, répondit Ralph, la main devant la bouche pour dissimuler un bâillement à se décrocher la mâchoire, c'est sans doute parce que les événements de Derry intéressent les chaînes nationales. Elle a dû venir faire un reportage devant le centre municipal pour le journal de ce soir. De toute façon… »

D'un seul coup, sans prévenir, les auras étaient revenues. Ralph en eut le souffle coupé.

« Bon Dieu, Lois ! Est-ce que tu vois… ? »

Non, elle ne voyait pas, se dit Ralph, sans quoi Connie Chung serait devenue le dernier de ses soucis. Le spectacle était d'une horreur indicible et pour la première fois, Ralph se rendit compte que même l'univers flamboyant des auras possédait une face sombre, sombre au point de donner envie de se jeter à genoux et de remercier Dieu de n'avoir qu'une perception limitée des choses.

Et cela sans même grimper d'un échelon, se dit-il. *En tout cas, il ne me semble pas. Je ne fais que regarder cet univers plus vaste, comme à travers une vitre. Je ne suis pas réellement dedans.*

Et il n'avait aucun désir d'y passer. Le seul fait de voir ce qu'il avait sous les yeux donnait presque envie d'être aveugle.

Lois fronçait les sourcils. « Quoi, les couleurs ? Non. Dois-je essayer ? Quelque chose ne va pas ? »

Il essaya de répondre et n'y parvint pas. L'instant suivant, il sentit la main de Lois qui l'étreignait douloureusement au-dessus du coude et comprit qu'une explication n'était pas nécessaire. Pour le meilleur ou pour le pire, elle voyait par elle-même, maintenant.

« Oh, mon Dieu, gémit-elle d'une voix étranglée qui était presque un sanglot. Oh, mon Dieu, mon Dieu, mon Dieu ! »

Vue depuis le toit de l'hôpital, l'aura suspendue au-dessus du centre municipal leur avait fait l'effet d'une sorte d'immense parapluie affaissé — le logo d'une célèbre compagnie d'assurances qu'un enfant aurait barbouillé de noir, disons. Depuis le parking, on avait en revanche l'impression d'être pris dans un filet à papillons gigantesque et malsain, indescriptible, tellement vieux et mal entretenu que des moisissures d'un vert noirâtre s'étaient accumulées dans ses replis de gaze. Le soleil éclatant du mois d'octobre se réduisait à un disque maladif d'argent terni. L'air avait une épaisseur brumeuse crépusculaire qui faisait penser aux images du Londres de la fin du XIXe siècle. Ils ne faisaient pas que regarder le linceul enveloppant le centre municipal : ils y étaient enterrés vivants. Ralph avait l'impression de le sentir peser sur lui, affamé, et s'efforçait de surmonter ses sentiments dépressifs, deuil, chagrin, désespoir.

Pourquoi s'en faire ? se demanda-t-il tout en suivant des yeux, apathique, la Ford de Joe Plussaj qui s'engageait sur Main Street, Dorrance toujours assis à l'arrière. *Ouais, vraiment, à quoi bon s'en faire, en fin de compte ? On ne peut rien changer à cela. Absolument rien. On a peut-être fait quelque chose, à High Ridge, mais la différence entre ce qui se passait là-bas et ce qui arrive ici est la même qu'entre une tache d'encre et un trou noir. Si jamais on tente d'interférer, on va se faire écraser comme des mouches.*

Il entendit gémir à côté de lui et prit conscience que Lois pleurait. Mobilisant ce qui lui restait d'énergie, il passa un bras autour des épaules de sa compagne. « Tiens le coup, Lois. On est capables de faire face. » Ce dont il était loin d'être persuadé.

« On respire ça, sanglota-t-elle. C'est comme si on respirait la mort ! Oh, Ralph, fichons le camp d'ici ! Je t'en prie, fichons le camp ! »

L'idée lui parut aussi séduisante que doit l'être celle de l'eau pour l'homme qui meurt de soif dans le désert, mais il secoua la tête : « Deux mille personnes vont mourir ici ce soir si nous ne faisons pas quelque chose. Pour le reste, je n'y comprends à peu près rien, mais ça, je n'ai aucun mal à le voir.

— D'accord, murmura-t-elle. Garde simplement un bras autour de moi ; ça m'évitera de m'ouvrir le crâne si je m'évanouis. »

L'ironie des choses, tout de même, pensa Ralph. Maintenant qu'ils avaient l'aspect et le tonus de personnes vigoureuses entrant dans l'âge mûr, voilà qu'ils traînaient la patte au milieu du parking comme un couple d'ancêtres aux muscles réduits à l'état de ficelles et aux os fragiles comme du verre. Lois avait la respiration haletante et laborieuse d'une personne sérieusement blessée.

« Je te ramène, si tu veux », dit Ralph. Il y avait un arrêt de bus avec son banc orange, de l'autre côté du parking ; rien de plus facile que de monter dans le premier véhicule qui se présenterait et de la reconduire à Harris Avenue.

Il sentait toujours sur lui la pression de l'aura mortelle qui essayait de l'étouffer comme un sac en plastique, et il se souvint de ce que McGovern avait dit à propos de May Locher et de son emphysème : que c'était une maladie qui vous harcelait constamment. Il lui semblait maintenant se faire une idée assez juste de ce que May avait enduré pendant les dernières années de sa vie. Il avait beau aspirer l'air fuligineux de toutes ses forces, inhaler le plus profondément possible, il se sentait toujours étouffer. Son cœur cognait dans sa poitrine, et le sang lui martelait le crâne comme s'il avait souffert de la pire migraine de toute sa vie.

Il ouvrait la bouche pour lui répéter sa proposition, lorsqu'elle parla, en phrases courtes, entrecoupées de petits halètements. « Je crois que je peux y arriver... mais j'espère... que ça ne prendra pas... trop de temps, Ralph. Comment pouvons-nous... sentir une présence aussi mauvaise sans même voir les couleurs ? Et eux... comment ne sentent-ils rien ? » ajouta-t-elle avec un geste vers le personnel des équipes de télé qui allait et venait autour d'eux. « Les michrones sont-ils... à ce point insensibles ? C'est une idée... qui me fait horreur. »

Il secoua la tête pour signifier qu'il ne le savait pas, mais il nourrissait des doutes ; les équipes de la télé et les vigiles de sécurité rassemblés en petits groupes autour des portes et sous la marquise sentaient quelque chose. Beaucoup de mains tenaient un gobelet de café, mais personne ne le portait à ses lèvres. Un carton de beignets était posé sur le capot d'une voiture, mais le seul qu'on y avait pris attendait, sur une serviette en papier, entamé seulement d'une bouchée. Ralph parcourut des yeux deux douzaines de visages sans apercevoir un seul sourire. Les gens vaquaient à leurs occupations, préparant leurs caméras, repérant des emplacements, déroulant des câbles qu'ils collaient avec de l'adhésif sur le ciment — mais sans l'excitation à laquelle on aurait pu s'attendre avant un événement de cette ampleur.

Connie Chung quitta l'abri de la marquise en compagnie d'un cameraman barbu et bel homme — que son badge identifiait comme étant MICHAEL ROSENBERG. CBS — et cadra de ses petites mains l'image qu'elle voulait avoir du drap de lit transformé en bannière. Rosenberg acquiesça. Chung avait les traits pâles et l'air grave et, pendant sa conversation avec le cameraman, elle porta à un moment donné la main à sa tempe, comme quelqu'un qui a perdu le fil de ses pensées ou qui ne se sent pas bien.

Il semblait y avoir une certaine similitude entre toutes les expressions que Ralph observait — comme si tous étaient au diapason — et il crut savoir pourquoi : tous souffraient de ce qu'on appelait mélancolie quand il était petit garçon, et la mélancolie n'était qu'un terme recherché pour dire qu'on avait le cafard.

Ralph se souvint de moments de son existence où il s'était heurté à l'équivalent émotionnel d'une zone glacée lorsqu'on nage, ou de brusques turbulences lorsqu'on vole. Après avoir navigué tranquillement, se sentant parfois merveilleusement bien, parfois juste bien, mais sans problème particulier, tout d'un coup, apparemment sans raison aucune, voilà qu'on était descendu en flammes et qu'on s'écrasait. Un sentiment de *Bon Dieu, à quoi ça sert tout ça ?* vous envahissait — sans rapport avec les événements réels de votre vie à ce moment-là, mais pas moins puissant pour autant — et l'on n'avait qu'une envie, se glisser dans son lit, les couvertures tirées par-dessus la tête.

C'est peut-être ceci qui provoque ce genre de sentiments. Quand on tombe dans un truc comme ça — un vaste gâchis de mort et de chagrin sur le point de se produire, déployé comme une tente de banquet faite de toiles d'araignées et de larmes, et non de toile et de cordes. On ne la voit pas, pas à notre niveau de michrones, mais nous la sentons. Oh oui, nous la sentons. Et maintenant...

5

Et maintenant, la chose essayait de les sucer à mort. Ils n'étaient peut-être pas des vampires, comme ils l'avaient tout d'abord craint tous les deux, mais *ce machin-là*, si. Le linceul mortel vivait d'une vie paresseuse, à demi consciente, et les sucerait à mort s'il pouvait. S'ils le laissaient faire.

Lois trébucha contre lui et Ralph eut le plus grand mal à les empêcher de s'étaler tous les deux par terre. Puis elle releva la tête (lentement, comme si elle avait eu les cheveux plongés dans le ciment), porta une main en cornet à sa bouche et inhala vivement. En même temps, elle eut une sorte de bref clignotement et, dans d'autres circonstances, Ralph se serait peut-être cru la victime de son imagination ; mais pas cette fois. Elle était montée. Juste un peu. Juste assez pour se nourrir.

Il n'avait pas vu Lois puiser dans l'aura de la serveuse, mais là, tout se passa sous ses yeux. Les auras des gens de la télé étaient comme de petites lanternes japonaises brillamment colorées, dispensant courageusement leur lueur dans une vaste caverne ténébreuse. Un rayon serré de lumière violette jaillit de leur groupe — du cameraman barbu de Connie Chung, en fait. Il se divisa en deux à quelques centimètres du visage de Lois ; la branche supérieure se divisa de nouveau en deux, et se glissa ainsi dans ses narines, tandis que la branche inférieure s'introduisait entre ses lèvres entrouvertes. Le rayon rendit un instant ses joues vaguement translucides, les éclairant de l'intérieur comme une bougie une citrouille évidée.

L'étreinte de la main de Lois se relâcha et soudain il ne sentit plus le poids de sa compagne peser sur lui. Puis le rayon violet disparut. Elle se tourna vers Ralph ; ses joues plombées reprenaient un peu de couleur.

« Ça va mieux, beaucoup mieux. Maintenant, à toi, Ralph ! »

Il répugnait à l'imiter (il avait toujours le sentiment de commettre un larcin) mais il le fallait s'il ne voulait pas s'effondrer sur place ; il avait presque l'impression de sentir ce qui lui restait d'énergie — celle empruntée au garçon Nirvana — fuir par tous ses pores. Il mit la main en cornet autour de sa bouche, comme il l'avait fait le matin même, et se tourna sur sa gauche, à la recherche d'une cible. Connie Chung s'était rapprochée d'eux de plusieurs pas ; elle regardait toujours le drap de lit-bannière qui pendait de la marquise, tout en adressant ses commentaires à Rosenberg (lequel ne semblait nullement affecté par l'emprunt dont il avait été victime un instant plus tôt). Sans y penser davantage, Ralph inhala avec force entre le tuyau de ses doigts recourbés.

L'aura de Chung était de la même nuance ivoire de robe de mariée que celle d'Helen et Natalie, le jour où elles étaient venues lui rendre visite à l'appartement, avec Gretchen Tillbury. Au lieu d'un rayon de lumière, ce fut une sorte de long ruban droit qui s'élança de la mandorle de Chung. Ralph se sentit presque tout de suite pénétré d'une énergie qui chassait la douloureuse fatigue de ses articulations et de ses muscles. Il pouvait de nouveau penser clairement, comme si venait de se dissiper le gros nuage bourbeux qui avait envahi son esprit.

Connie Chung s'interrompit, se tourna un instant vers le ciel, puis reprit sa conversation avec le cameraman. Ralph vit Lois qui l'observait, inquiète. « Tu te sens mieux ? murmura-t-elle.

— À tous points de vue, mais j'ai toujours l'impression d'être enfermé dans un de ces sacs en plastique qu'ils ont à la morgue.

— Il me semble... » Elle avait les yeux fixés sur un point à gauche des portes du centre. Elle poussa un cri et se réfugia contre Ralph, les yeux tellement écarquillés qu'ils paraissaient sur le point de jaillir de leurs orbites. Il suivit son regard et sentit sa respiration s'arrêter. Les architectes s'étaient efforcés d'adoucir les lignes rigides de l'édifice en briques en plantant des buissons de persistants sur les côtés. Soit on avait négligé de les tailler, soit on les avait laissé pousser exprès jusqu'à ce qu'ils menacent de couvrir complètement l'étroite bande herbeuse qui courait le long de l'allée. Des bestioles géantes, qui ressemblaient à des trilobites préhistoriques, allaient et venaient par douzaines au milieu de ces buissons, se montant les unes sur les autres, se heurtant de front, faisant parfois marche arrière, les pattes antérieures souvent enchevêtrées comme des cerfs entremêlant leurs bois à la saison des amours. Elles n'étaient pas transparentes, comme l'oiseau posé sur la parabole, mais elles présentaient néanmoins un aspect plus ou moins fantomatique et irréel. Leurs auras scintillaient fiévreusement (et sans trace de pensée, soupçonna Ralph) de tout un spectre de couleurs ; elles étaient tellement brillantes et cependant si éphémères qu'on pouvait les comparer à de fantastiques lucioles.

Sauf que ce ne sont pas des lucioles et que tu sais de quoi il s'agit, en fait.

« Hé ! » C'était Rosenberg, le cameraman, qui les interpellait, mais la plupart de ceux qui se tenaient devant le bâtiment les observaient. « Elle ne va pas bien, la dame ?

— Si, dit Ralph qui avait encore la main en cornet devant la bouche et l'abaissa vivement. C'est simplement…

— J'ai vu une souris ! » lança Lois, arborant un sourire nunuche et ahuri dans le plus pur style « cette sacrée Lois ». Il fut très fier d'elle. Elle montra les buissons d'un doigt qui ne tremblait pratiquement pas : « Elle est passée là-dedans. Bon sang ! Une grosse ! Tu l'as vue, Norton ?

— Non, Alice.

— Restez dans le coin, repartit Rosenberg, et vous verrez toutes sortes d'animaux sauvages, ce soir. » Il y eut quelques rires moqueurs, presque forcés, et tous retournèrent à leurs occupations.

« Bon Dieu, Ralph ! murmura Lois. Ces… ces choses… »

Il lui prit la main et la serra. « Du calme, Lois.

— Elles savent, hein ? C'est pour ça qu'elles sont là. Ce sont des sortes de charognards. »

Ralph acquiesça. Sous leurs yeux, plusieurs des trilobites émergèrent des buissons et commencèrent à errer sans but sur le mur. Ils se déplaçaient avec une lenteur hébétée, comme des mouches s'acharnant contre une vitre, en novembre, et laissaient derrière eux une piste colorée gluante qui s'atténuait et disparaissait rapidement. D'autres, en dessous, s'avançaient sur la bande herbeuse.

L'un des journalistes de la presse locale commença à se diriger vers le secteur infesté ; Ralph reconnut John Kirkland. Il était accompagné d'une jolie fille accoutrée en femme d'affaires, tenue que Ralph (du moins en temps normal) trouvait extrêmement sexy. Il supposa qu'il s'agissait de la productrice de Kirkland, et il se demanda si l'aura de Lisette Benson ne virait pas au vert quand cette femme était dans les parages.

« Ils vont droit sur ces cochonneries ! fit Lois d'une voix contenue. Il faut les en empêcher, Ralph, il le faut !

— Nous ne ferons rien du tout.

— Mais...

— Écoute, Lois, on ne va pas se mettre à pousser les hauts cris pour des espèces de bestioles que personne ne peut voir, à part nous... Sinon, on est bons pour l'asile. De toute façon, ils ne risquent rien... il me semble. »

Ils regardèrent Kirkland et sa séduisante collègue s'avancer sur l'herbe et s'enfoncer dans une gelée magmatique de trilobites, un grouillement agité de tressaillements. L'une de ces monstruosités glissa sur la chaussure parfaitement cirée de Kirkland, attendit que le journaliste arrêtât de bouger et commença à grimper dans la jambe de son pantalon.

« Je me fiche pas mal de Susan Day, de toute façon, disait Kirkland. Le fond de l'histoire, c'est WomanCare, pas cette femme. Des bonnes femmes hurlantes avec des brassards noirs.

— Tu devrais faire attention, John. Tu cèdes un peu trop à tes sentiments.

— Ah bon ? Nom de Dieu... » Le trilobite semblait avoir l'entrejambe du journaliste comme objectif. Ralph se dit que si Kirkland avait soudain eu la capacité de voir ce qui n'allait pas tarder à ramper sur ses couilles, il aurait sans doute perdu les pédales sur-le-champ.

« D'accord, mais arrange-toi pour parler à celles qui dirigent le réseau local. Maintenant que Tillbury est morte, il faut s'adresser à Maggie Petrowsky, à Barbara Richards ou au Dr Roberta Harper. Je crois que c'est Warper qui présentera le grand sachem, ce soir… ou plutôt la grande sachemette, devrais-je dire. » La femme fit un pas de côté dans l'herbe et l'un de ses talons transperça un trilobite qui rampait par là. Il en jaillit un arc-en-ciel d'entrailles, ainsi qu'une substance d'un blanc cireux qui ressemblait à de la purée de pommes de terre pas très fraîche. Ralph se dit qu'il devait s'agir d'œufs.

Lois enfouit le visage dans son bras.

« Et gardez l'œil ouvert pour une nana du nom d'Helen Deepneau », reprit la productrice, se rapprochant du bâtiment ; la bestiole accrochée à son talon se tortillait mollement à chacun de ses pas.

« Deepneau, répéta Kirkland en se tapotant le front de ses doigts repliés. Quelque part, très loin, ça déclenche une sonnerie d'alarme.

— Mais non, c'est ta dernière cellule cérébrale en état de marche qui vient de disjoncter. C'est la femme d'Ed Deepneau, idiot. Ils sont séparés. Si tu veux des larmes, il ne devrait pas y avoir mieux. Elle et Tillbury étaient d'excellentes amies. Peut-être même des amies un peu particulières, si tu vois ce que je veux dire. »

Kirkland partit d'un ricanement qui contrastait tellement avec son attitude habituelle à l'écran que Ralph se sentit légèrement désorienté. L'un des trilobites colorés, en attendant, après avoir réussi à grimper sur le soulier de la jeune femme, entreprenait l'escalade de sa jambe. Ralph le vit, fasciné, disparaître sous l'ourlet de la jupe. Ensuite, on aurait dit un chaton qui se promenait sous une serviette de toilette. Ralph eut une fois de plus l'impression que la supposée productrice sentait quelque chose ; tout en parlant des interviews à faire autour du discours de Susan Day, elle gratta d'une main distraite le renflement, sous sa jupe, qui venait presque d'atteindre sa hanche. Ralph n'entendit pas le bruit écœurant d'éclatement que produisit le fragile mollusque, mais il n'eut pas de mal à l'imaginer — fut incapable de ne pas l'imaginer, aurait-on dit. Il se représenta les entrailles dégoulinant comme du pus sur la cuisse gainée de nylon ; elles y resteraient, invisibles, ignorées et insoupçonnées, au moins jusqu'à ce qu'elle prît sa douche, ce soir.

Les deux journalistes discutaient maintenant de la meilleure manière de couvrir la réunion que devaient tenir les adversaires de l'avortement, l'après-midi même... en supposant qu'elle eût réellement lieu. La femme était d'opinion que même les Amis de la Vie ne seraient pas stupides au point de venir faire une apparition au centre municipal après ce qui s'était passé à High Ridge. Kirkland, lui, considérait que l'imbécillité des fanatiques pouvait être insondable et qu'il ne fallait pas sous-estimer des individus capables d'attaquer un bâtiment avec des poupées gonflées de sang factice. Pendant qu'ils parlaient, échangeant des traits d'esprit, des ragots et des idées, le nombre des bestioles multicolores ne cessait de s'accroître ; elles leur grouillaient maintenant non seulement sur les jambes, mais sur le buste ; l'une d'elles, plus audacieuse que les autres, agrippée à la cravate rouge de Kirkland, se dirigeait apparemment vers le visage du journaliste.

Un mouvement de foule se produisit et Ralph, se tournant vers les portes, eut le temps d'apercevoir l'un des techniciens qui attirait l'attention d'un collègue sur lui et Lois. Il comprit instantanément ce que voyaient les deux hommes : deux personnes n'ayant apparemment aucune raison de se trouver là (elles ne portaient pas de brassard et n'appartenaient visiblement pas aux équipes des médias), qui traînaient à la périphérie du parking. La dame avait déjà crié une fois et gardait la tête enfouie contre la poitrine du monsieur... le monsieur en question restant bouche bée, l'air idiot, comme s'il avait vu quelque chose d'extraordinaire.

Ralph parla doucement, du coin de la bouche, comme un taulard se préparant à se faire la belle dans un film d'évasion des années cinquante : « Relève la tête. Nous attirons beaucoup trop l'attention et nous n'avons pas les moyens de nous le permettre. »

Un instant, il crut qu'elle n'y parviendrait pas ; mais finalement elle surmonta sa répugnance et se dégagea. Elle jeta un dernier coup d'œil aux buissons — un regard involontaire, horrifié — puis se tourna résolument vers Ralph et seulement vers lui. « Aucun signe d'Atropos ? demanda-t-elle. C'est bien pour lui que nous sommes ici, n'est-ce pas ? Pour retrouver sa trace ?

— Peut-être. Sans doute. Je n'ai même pas encore regardé, à dire la vérité. Il se passe trop de choses à la fois. Je crois qu'on devrait se rapprocher du bâtiment. » Il n'en avait aucune envie, mais il lui paraissait très important d'agir. Il sentait le vaste linceul qui les engluait de sa présence sinistre, suffocante, leur opposant une force passive paralysante. C'était contre cela qu'il leur fallait lutter.

« Très bien, dit-elle. Je vais aller demander son autographe à Connie Chung, et je vais faire l'idiote et rire bêtement pour ça. Tu pourras le supporter ?

— Oui.

— Bien. Parce que de cette façon, c'est moi qu'ils vont regarder.

— Bien vu, on dirait. »

Il jeta un ultime coup d'œil à John Kirkland et à la jeune femme ; ils discutaient maintenant des événements inopinés qui pourraient les obliger à intervenir en direct dans le programme de la soirée, absolument inconscients de la présence des trilobites qui grouillaient sur leurs visages. L'un d'eux se coulait laborieusement dans la bouche de Kirkland.

Ralph détourna rapidement les yeux et laissa Lois l'entraîner vers l'endroit où se tenaient Connie Chung et Rosenberg, le cameraman barbu. Ils jetèrent en même temps un coup d'œil à Lois, puis échangèrent un regard que Ralph n'eut pas de mal à traduire : un quart d'amusement, trois quarts de résignation (en voilà encore *une*). Sur quoi Lois lui étreignit brièvement la main comme pour dire : *Ne t'en fais pas pour moi, Ralph ; occupe-toi de tes affaires, je m'occupe des miennes.*

« Excusez-moi… Vous êtes bien Connie Chung, n'est-ce pas ? demanda Lois d'un ton exubérant, style je-n'en-crois-pas-mes-yeux. Je vous ai vue de loin et j'ai dit à Norton : Ma parole, c'est la dame qu'on voit avec Dan Rather, je ne suis pas folle, tout de même ! Et alors…

— Je suis effectivement Connie Chung et je suis ravie de vous rencontrer, mais nous sommes en train de préparer le journal de ce soir. Alors si vous voulez bien nous excuser…

— Oh, bien sûr, je ne veux surtout pas vous déranger, mais si je pouvais avoir votre autographe, juste une signature… je suis votre fan numéro un, au moins dans le Maine. »

La journaliste regarda son cameraman, lequel tenait déjà un stylo à la main, comme une bonne infirmière de salle d'op tient l'instrument dont le chirurgien va avoir besoin avant même qu'il le demande. Ralph s'intéressa au secteur qui s'étendait devant le centre municipal, haussant à peine son niveau de perception.

La première chose qu'il aperçut devant les portes et qui l'intrigua fut une substance noirâtre à demi transparente ; elle avait une épaisseur d'environ cinq centimètres et présentait vaguement l'aspect d'un dépôt géologique. Mais il ne pouvait s'agir de cela, évidemment : sans quoi, si ce magma avait eu quelque réalité (au sens de la réalité dans l'univers des michrones, bien sûr), il aurait empêché les portes de s'ouvrir, ce qui n'était pas le cas. Sous les yeux de Ralph, deux techniciens s'enfoncèrent jusqu'aux chevilles dans la substance noirâtre, qui ne semblait pas avoir plus de consistance qu'un brouillard au sol.

Ralph se souvint des empreintes de pas de la même nature que les auras que les gens laissaient derrière eux — celles qui ressemblaient aux pas de danse des leçons d'Arthur Murray — et soudain, il comprit. Ces empreintes se dissipaient comme de la fumée de cigarette… à cette différence près que cette fumée ne disparaissait pas réellement ; elle déposait un résidu sur les murs, sur les fenêtres, dans les poumons. Apparemment, les auras humaines laissaient leurs propres résidus derrière elles. Difficiles à voir quand c'était la trace décolorée d'une seule personne : mais on se trouvait ici devant le lieu de réunion le plus important de la quatrième ville du Maine. Ralph pensa à toutes les personnes qui avaient franchi ces portes, à tous ces banquets, toutes ces conventions et expositions, tous ces concerts et ces tournois de basket, et comprit l'origine de ce dépôt à demi transparent. L'équivalent de l'usure qui creuse les marches d'un escalier que l'on emprunte beaucoup.

Ne t'occupe pas de ça pour le moment, mon chou, tu as des choses plus urgentes à faire.

Non loin de là, Connie Chung griffonnait son nom au

dos de la facture d'électricité de Lois. Pendant ce temps, Ralph examinait le résidu bourbeux sur la dalle de béton, devant les portes du centre, à la recherche des empreintes d'Atropos ; des empreintes qu'il sentirait davantage qu'il ne les verrait, des empreintes chargées de relents lourds, carnés, comme ceux qu'exhalait l'allée derrière la boucherie Huston, lorsqu'il était enfant.

« Merci beaucoup ! bredouillait Lois. J'ai dit à Norton, elle est tout à fait comme à la télé, exactement comme une de ces petites poupées chinoises… c'est ce que je lui ai dit !

— Vous êtes trop aimable, mais il faut que je me remette au travail.

— Donnez le bonjour pour moi à Dan Rather, d'accord ? Dites-lui "courage" de ma part.

— Je n'y manquerai pas. » La journaliste sourit, acquiesça d'un signe de tête et rendit son stylo à Rosenberg. « Si vous voulez bien nous excuser… »

S'il a laissé des empreintes ici, elles doivent être à un niveau supérieur, pensa Ralph. *Il va falloir monter encore un peu.*

Oui, mais il allait devoir faire très attention, et pas seulement parce que le temps devenait une denrée de plus en plus précieuse. Si jamais il grimpait trop haut, il disparaîtrait du monde des michrones, phénomène susceptible de distraire même les gens des médias de la manifestation imminente des Laissez-les-vivre… au moins pendant quelques instants.

Ralph se concentra, et lorsque le spasme indolore se produisit dans sa tête, ce ne fut pas sous la forme d'un *blink !* mais plutôt comme un claquement de fouet étouffé. Les couleurs jaillirent en silence dans le monde ; autour de lui, tout exultait d'un éclat incomparable. La plus puissante de toutes ces couleurs, néanmoins, l'accord dominant qui oppressait tout, restait le noir du linceul, négation de toutes les autres. Un sentiment dépressif, accompagné d'une sensation de faiblesse débilitante, s'abattit de nouveau sur lui, s'agrippant à son cœur comme le crochet d'un grappin. Il comprit que s'il avait quelque chose à faire à ce niveau, il avait intérêt à s'en débarrasser rapidement pour retourner illico au niveau des michrones, avant d'être vidé de toute sa force vitale.

Il examina de nouveau le secteur des portes. Tout d'abord, il ne vit rien d'autre que les traces d'auras de michrones comme lui-même… puis ce qu'il cherchait devint soudain évident et lui sauta aux yeux comme un message écrit à l'encre sympathique devient soudain visible, lorsque le papier est chauffé à la flamme d'une bougie.

Il s'était attendu à quelque chose ayant l'aspect et l'odeur d'entrailles en putréfaction, comme ce qui montait des poubelles, derrière la boucherie de M. Huston, mais la réalité était encore pire, peut-être par ce qu'elle avait aussi d'inattendu. On voyait des éclaboussures d'une sorte de mucus sanguinolent sur les portes elles-mêmes (marques sans doute dues aux doigts impatients d'Atropos), ainsi qu'une grande flaque répugnante de la même substance, qui s'enfonçait dans le résidu coalescent, sur la dalle de béton. Substance qui avait quelque chose de tellement effrayant, de tellement étranger à l'univers connu que les trilobites colorés, à côté, paraissaient presque normaux. On aurait dit la flaque de vomi laissé par un chien atteint d'une forme nouvelle et particulièrement dangereuse de rage. Des traces de cette sanie infâme s'éloignaient de la flaque, tout d'abord en grumeaux desséchés et en éclaboussures, puis sous la forme de gouttelettes, comme celles qui tombent d'un pinceau.

Évidemment, songea Ralph. *Voilà pourquoi nous devions venir ici. Ce petit salopard ne peut pas s'éloigner du centre. C'est pour lui comme de la cocaïne pour un drogué.*

Il s'imaginait Atropos ici même, observant... souriant... puis allant poser ses mains sur les portes. Les caressant. Donnant naissance à ces marques répugnantes. Il l'imaginait encore qui puisait des forces et de l'énergie dans ces mêmes ténèbres qui privaient Ralph de sa propre vitalité.

Il faut qu'il aille à d'autres endroits, et il a d'autres choses à faire, évidemment — toutes les journées d'un barjot surnaturel comme lui doivent être bien remplies —, mais il doit avoir du mal à s'éloigner trop longtemps du centre, aussi occupé qu'il soit par ailleurs. Et comment se sent-il ? Il doit bicher, l'animal.

Lois le tira par la manche et il se tourna vers elle. Elle souriait toujours, mais l'intensité fiévreuse de son regard et l'expression de ses lèvres serrées laissaient plutôt deviner un cri rentré. Derrière elle, Connie Chung et Rosenberg retournaient à pas lents vers le bâtiment.

« Il faut que tu me fasses sortir de là, Ralph. Je ne peux plus le supporter. Je sens que je vais perdre les pédales. »

[« *D'accord, pas de problème.* »]

« Je ne t'entends pas, Ralph. J'ai l'impression de voir le soleil à travers toi ! Bon Dieu, je le vois ! »

[« *Oh, attends* ! »]

Il se concentra, et sentit l'univers glisser autour de lui. Les couleurs s'atténuèrent ; l'aura de Lois fit l'effet de se rétracter et de rentrer dans sa peau.

« Ça va mieux ?

— Moins mal, en tout cas. »

Il sourit brièvement. « Bien. Allons-y. »

Il la prit par le coude et l'entraîna vers l'endroit où

Joe Plussaj les avait déposés ; c'était la même direction que suivaient les empreintes sanglantes.

« As-tu trouvé ce que tu cherchais ?

— Oui. »

Son visage s'illumina : « Sensationnel ! Je t'ai vu monter, tu sais. C'était très bizarre, comme une photo qui devient sépia. Et ensuite... j'ai eu l'impression de voir le soleil briller à travers toi... c'était vraiment spécial. » Elle le regardait d'un air sérieux.

« Ça devait te faire un sale effet, non ?

— Non, pas exactement. Juste spécial. Par contre, ces cochonneries de bêtes, voilà qui faisait un sale effet. Beurk !

— Je suis bien d'accord. Je crois cependant qu'il n'y en a que dans ce coin.

— Je veux bien, mais on n'est pas encore sortis de l'auberge, hein ?

— Ouais, le paradis est encore loin, comme aurait dit Carolyn.

— Ne me lâche pas d'une semelle, Ralph Roberts, et ne te perds pas.

— Ralph Roberts ? Jamais entendu parler de lui. Je m'appelle Norton. »

Ce qui, constata-t-il avec plaisir, eut le don de la faire rire.

CHAPITRE 24

1

Ralph et Lois traversèrent lentement le parking et sa grille d'emplacements délimités par des lignes jaunes. Ce soir, comme ils le savaient, ces emplacements seraient occupés. Venir, écouter, voir, être vu… et surtout, montrer à tous ses concitoyens, ici et dans tout le pays, qu'aucun Charlie Pickering au monde ne pourrait vous impressionner. Quant aux personnes que la peur aurait retenues chez elles, elles risquaient bien d'être remplacées par celles que pousserait une curiosité morbide.

Se diriger vers l'hippodrome était aussi se rapprocher des limites du linceul. Il y devenait plus épais et on y distinguait des tourbillonnements lents, comme s'il était constitué de minuscules particules de matière calcinée. On aurait plus ou moins dit l'ondoiement de chaleur de l'air, au-dessus d'un incinérateur, avec ses fragments de papier brûlé.

On entendait également deux bruits qui se superposaient. Le premier évoquait un soupir argentin, celui que pourrait pousser le vent, se dit Ralph, s'il savait pleurer. Bruit inquiétant, mais beaucoup moins que l'autre, une très désagréable mastication baveuse, comme si une gigantesque bouche édentée, non loin de là, engloutissait d'invraisemblables quantités d'un magma flasque.

Lois s'arrêta à l'approche du bord du suaire et tourna un regard effrayé et coupable vers Ralph. Et ce fut d'une voix de petite fille qu'elle lui dit : « Je ne crois pas que je vais arriver à passer à travers ça. » Elle marqua un temps et dut faire un gros effort pour ajouter : « Tu comprends, ça vit. Tout ce truc. Il les voit (du pouce, elle montra, derrière elle, les gens éparpillés dans le parking et les techniciens des chaînes de télé), ce qui est déjà assez terrible. Mais ça nous voit aussi, ce qui est encore pire… parce que ça sait qu'on le voit. Et ça n'aime pas être vu. Senti, éprouvé, peut-être, mais pas vu. »

Le bruit le plus bas — le répugnant broiement de mastication — ressemblait presque, maintenant, à des mots articulés ; et plus Ralph tendait l'oreille, plus cela lui paraissait évident.

[*Ba-é-vous. Faire fout. Du balai.*]

« Ralph ? Tu as entendu, Ralph ? » murmura Lois.

[*Vous hais. Vous tuer. Vous bouffer.*]

Il acquiesça et la prit de nouveau par le coude. « Allez, viens.

— Pour aller où ?

— Il faut redescendre. Complètement. »

Un instant, elle le regarda sans comprendre ; puis la lumière se fit et elle accepta d'un signe de tête. Ralph sentit le clignement intérieur — légèrement plus marqué que le simple battement de paupières de tout à l'heure — et le jour, autour d'eux, s'éclaircit. La barrière mouvante et bourbeuse s'évanouit devant eux. Ils fermèrent malgré tout les yeux et retinrent leur respiration, au moment de traverser l'endroit où ils savaient que retombaient les pans du linceul noir. Ralph sentit la main de Lois se contracter dans la sienne quand elle franchit, avec précipitation, l'invisible frontière ; et au moment où lui-même en faisait autant, un mélange sinistre de souvenirs — la lente progression vers la mort de sa femme, la perte d'un chien bien-aimé quand il était enfant, la vue de Bill McGovern plié en deux, une main pressée contre sa poitrine —, après avoir paru simplement effleurer son esprit, s'abattit sur lui comme une main cruelle. Les sanglots au tintement d'argent lui remplirent les oreilles, bruit sans modulation d'un vide effrayant, la voix pleurnicharde d'un idiot congénital.

Puis ils se retrouvèrent de l'autre côté.

2

Dès qu'ils furent passés sous l'arche de bois, à l'autre bout du parking (NOUS SOMMES AUX COURSES À BASSEY PARK ! lisait-on le long de sa courbure), Ralph entraîna Lois jusqu'à un banc et la fit asseoir, en dépit de ses protestations : « Je t'assure, je me sens très bien !

— Tant mieux, mais j'ai besoin de quelques secondes pour réfléchir. »

Elle repoussa la mèche de cheveux qui retombait sur la tempe de Ralph et l'embrassa à cet endroit. « Prends tout le temps qu'il te faut, mon cœur. »

Il s'avéra qu'il lui fallut environ cinq minutes. Lorsqu'il se sentit à peu près sûr de pouvoir se mettre debout sans être trahi par ses genoux, il lui reprit la main et ils se levèrent ensemble.

« Tu l'as trouvé, Ralph ? Tu as trouvé sa trace ? »

Il acquiesça. « Si on veut le voir, il faut s'élever d'environ deux sauts. J'ai essayé tout d'abord de me contenter de voir les auras, parce que le temps ne semble pas s'accélérer, à ce niveau, mais ça n'a pas marché. Il fallait monter un peu plus.

— Je vois.

— Nous devons cependant faire attention, car quand nous pouvons voir…

— Nous pouvons être vus. Oui. On ne peut pas non plus se permettre de perdre la notion du temps.

— Absolument pas. Es-tu prête ?

— Presque. Je crois que j'ai juste besoin d'un baiser, avant. Un petit suffira. »

Avec un sourire, il l'embrassa.

« Voilà, je suis prête, maintenant.

— Très bien, c'est parti ! »

Blink !

3

Les taches rougeâtres de la piste d'empreintes leur firent traverser le secteur en terre battue où se tenait le marché hebdomadaire du comté, puis les entraînèrent à travers l'hippodrome où, de mai à septembre, couraient les trotteurs. Lois s'arrêta près de la barrière, qui lui arrivait à hauteur de poitrine, regarda autour d'elle pour s'assurer qu'il n'y avait personne dans les gradins, et se hissa dessus. Elle s'y était prise avec l'agilité d'une jeune fille, mais resta immobile une fois à cheval sur la barrière. Son visage exprimait à la fois l'étonnement et l'ennui.

[« *Lois ? Ça ne va pas ?* »]

[« *Si, très bien. C'est ma maudite petite culotte ! J'ai dû perdre du poids, parce qu'elle ne veut pas rester en place ! Bon sang de bonsoir !* »]

Ralph se rendit compte que non seulement il devinait

l'ourlet de dentelle du slip, mais également une certaine longueur de nylon rose. Il retint son sourire tandis que Lois, toujours à califourchon sur la poutre épaisse, tirait comme elle pouvait sur le tissu. Il pensa bien lui dire qu'elle était mignonne à croquer, comme ça, mais préféra finalement s'en abstenir.

[« *Tourne-toi pendant que je la remets en place, Ralph. Et tant que tu y es, arrête de faire cette mimique stupide.* »]

Il lui tourna donc le dos et regarda le centre municipal. S'il avait eu une expression quelque peu ironique sur le visage (elle l'avait plus vraisemblablement repérée dans son aura), la vue du linceul noir en orbite pesante sur lui-même l'effaça sur-le-champ de ses traits.

[« *Tu ferais peut-être mieux de carrément l'enlever, Lois.* »]

[« *Tu voudras bien m'excuser, Ralph Roberts, mais on ne m'a pas appris à enlever mes sous-vêtements pour les laisser traîner sur les champs de courses, et si par hasard tu as connu une fille capable de le faire, j'espère que c'était avant de rencontrer Carolyn. Si seulement j'avais une...* »]

Vague image d'une épingle de nourrice dans la tête de Ralph.

[« *Je suppose que tu n'en as pas sur toi, Ralph ?* »]

Il secoua la tête et lui envoya une image de son cru, celle du sable défilant dans un sablier.

[« *Très bien, très bien, j'ai compris. Bon, ça y est ; ça devrait tenir un moment. Tu peux te retourner.* »]

Elle se laissa glisser de l'autre côté de la barrière, avec adresse et confiance, mais son aura avait considérablement pâli et Ralph s'aperçut qu'elle avait de nouveau des cernes noirs sous les yeux. La Révolte des

Sous-Vêtements en Folie était matée, au moins pour le moment.

Ralph franchit à son tour l'obstacle en deux temps, trois mouvements. L'exercice lui plut ; dans son corps, de vieux souvenirs paraissaient s'être réveillés.

[« *On ne va pas tarder à avoir besoin de se recharger, Lois.* »]

Elle acquiesça d'un air fatigué. [« *Je sais. Allez, ne traînons pas.* »]

4

La piste traversait le champ de courses, franchissait de nouveau la barrière, de l'autre côté, puis descendait au milieu d'une pente envahie de buissons qui donnait sur Neibolt Street. Lois, la mine farouche, retenait son slip à travers le tissu de sa robe et Ralph se dit de nouveau qu'elle serait moins gênée si elle s'en débarrassait définitivement, mais il décida de ne pas s'en mêler. Si le problème devenait aigu, elle saurait ce qu'elle aurait à faire sans avoir besoin de ses conseils.

La principale inquiétude de Ralph — celle de voir la piste d'Atropos s'évanouir — se révéla tout d'abord sans fondement. Les taches rose foncé les conduisirent directement au revêtement rapiécé et creusé d'ornières de la rue, entre des bicoques qu'aucune peinture n'égayait plus depuis des années et qui auraient dû être rasées depuis longtemps. Du linge troué et effiloché voletait sur des fils mal tendus ; dans les cours poussiéreuses, des enfants crasseux au nez enchifrené les regardaient passer. Un superbe petit garçon aux cheveux filasse d'environ trois ans, assis sur la marche d'un seuil, se mit à se tripoter l'entrejambe d'une main et leur tendit son majeur obscènement levé de l'autre.

Neibolt Street se terminait en cul-de-sac derrière l'ancienne gare de triage et c'est à cet endroit que Lois et Ralph perdirent momentanément la piste. Ils s'arrêtèrent à côté de chevaux de frise qui interdisaient l'accès à une vieille construction cubique — tout ce qui restait de l'ancienne gare de voyageurs — et examinèrent le grand terrain vague. Les rails rouillés des voies de garage étaient enfouis dans un fouillis de tournesols et de plantes épineuses ; les éclats de centaines de bouteilles cassées scintillaient dans le soleil de l'après-midi. Peints à la bombe en lettres fluo roses, sur le flanc de l'ancien abri du moteur diesel, on lisait ces mots : SUZY A SUCÉ MA GROSSE PINE. Cette déclaration sentimentale était entourée d'une bordure de croix gammées.

Ralph : [« *Où diable est-il passé ?* »]

[« *Par là-bas, non ?* »]

Elle lui montrait une voie ferrée, demeurée ligne principale jusqu'en 1963, puis ligne unique jusqu'en 1983, réduite maintenant à sa plus simple expression : deux rails rongés de rouille partant vers nulle part au milieu des herbes. Jusqu'aux traverses qui avaient disparu, pour la plupart, brûlées par les clochards du coin ou par les ouvriers agricoles itinérants, en route pour les champs de pommes de terre d'Aroostook ou les vergers de pommes et les bateaux de pêche de la côte. Sur l'un des aiguillages qui restaient, Ralph aperçut des éclaboussures rosâtres. Elles paraissaient plus récentes que celles qu'ils avaient suivies dans Neibolt Street.

Il étudia la voie ferrée à demi dissimulée, essayant de se souvenir. Si sa mémoire était bonne, elle contournait le golf municipal avant de revenir vers… eh bien, avant de revenir vers la partie ouest de la ville. Il devait s'agir du prolongement de la ligne désaffectée qui longeait l'aéroport et passait à côté de l'aire de pique-nique, où Faye Chapin était peut-être en train de méditer sur l'imminent tournoi d'échecs, la Classique de la piste 3.

Tout ça se réduit à une foutue grande boucle, songea-t-il. *Il nous aura fallu presque trois jours, mais j'ai l'impression que l'on va retomber à l'endroit exact où tout a commencé... non pas au paradis mais sur Harris Avenue.*

« Hé, les gars, comment ça va ? »

Ralph crut bien reconnaître cette voix ; sentiment renforcé par le premier regard qu'il jeta sur l'homme qui venait de les interpeller. Il se tenait derrière eux, à l'endroit où le trottoir de la Neibolt Street s'évanouissait. On lui aurait donné une cinquantaine d'années, mais Ralph avait l'impression qu'il devait sans doute compter cinq ou dix ans de moins. Il portait un sweat-shirt et un jean en haillons. Son aura était aussi verte qu'une bière de la Saint-Patrick — et c'est ce qui permit finalement à Ralph de l'identifier. Il s'agissait de l'ivrogne qui les avait approchés, Bill et lui, le jour où il avait trouvé McGovern à Strawford Park en train de gémir sur le sort de son vieux pote Bob Polhurst... lequel, en fin de compte, lui avait survécu. La vie est parfois plus marrante que Groucho Marx.

Une bizarre impression de fatalité envahit Ralph, accompagnée d'une compréhension intuitive des forces qui, maintenant, les entouraient. Il s'en serait bien passé. Peu importait que ces forces soient bonnes ou mauvaises, relèvent de l'Intentionnel ou de l'Aléatoire ; elles étaient titanesques, voilà ce qui comptait ; et à côté d'elles, les déclarations de Clotho et Lachésis sur la liberté de choisir se réduisaient à une vaste plaisanterie. Il avait la sensation que lui et Lois étaient attachés aux rayons d'une roue démesurée, roue qui les entraînait de l'endroit où ils étaient partis pour s'enfoncer de plus en plus profondément dans cet horrible tunnel.

« Vous auriez pas encore une petite pièce, m'sieur ? »

Ralph descendit un peu, de manière à être sûr que l'ivrogne l'entendît.

« Je parie que votre oncle vous a appelé de Dexter pour vous dire que vous pouviez reprendre votre ancien travail, à l'usine... sauf qu'il faut que vous y soyez aujourd'hui. C'est bien ça, non ? »

L'ivrogne cligna des yeux, surpris et inquiet. « Euh... ouais. Quéq'chose comme ça. » Il tâtonna, à la recherche de son histoire (à laquelle il devait croire plus que quiconque, à l'heure actuelle) et en retrouva le fil éraillé : « C't'un bon boulot, vous savez. J'pourrais l'ravoir. Y a un bus pour Bangor à deux heures, mais y en a pour cinquante-cinq cents et j'en ai juste vingt-cinq.

— Vous avez soixante-seize cents sur vous, intervint Lois. Deux pièces de vingt-cinq, deux de dix, une de cinq et un penny. Vu ce que vous picolez, vous avez une aura rudement saine, il faut l'avouer. Vous devez être solide comme un bœuf. »

L'ivrogne lui jeta un coup d'œil intrigué, recula d'un pas et s'essuya le nez de la paume de la main.

« Ne vous inquiétez pas, dit Ralph. Ma femme voit des auras partout. Elle a une forte spiritualité.

— Ah, c'est donc ça...

— Oui. Elle est aussi très généreuse, et je crois qu'elle va faire bien mieux que vous donner juste un peu de monnaie. N'est-ce pas, Alice ?

— Il va simplement boire cet argent. Il n'y a aucun travail pour lui à Dexter.

— Non, probablement pas, insista Ralph en la fixant

des yeux, mais son aura paraît extrêmement saine. Extrêmement !

— Vous aussi, question spiritualité, vous en connaissez un rayon, on dirait. » Les yeux de l'ivrogne allaient avec prudence de Lois à Ralph, non sans conserver une petite lueur d'espoir mal dissimulée.

« Figurez-vous que c'est vrai, répondit Ralph. Depuis quelque temps elle est même passée au premier plan, chez moi. » Il mit la bouche en cul-de-poule, comme si une idée intéressante lui était venue brusquement à l'esprit, et inhala. Un rayon d'un vert éclatant jaillit du clochard, franchit les trois mètres qui les séparaient et pénétra dans la bouche de Ralph. Il avait un goût net, parfaitement identifiable : le « vin de pomme » Boone's Farm. Goût rude et peu raffiné, mais pas désagréable, dans son genre, avec son côté boisson d'ouvrier. Sensation accompagnée d'un retour de vigueur, ce qui était bien, et d'une clarté de pensée aiguë, ce qui était encore mieux.

Lois, pendant ce temps, avait tiré un billet de vingt dollars de son sac. L'ivrogne, toutefois, ne le vit pas tout de suite ; il levait un sourcil froncé et accusateur vers le ciel. À cet instant, un deuxième rayon vert brillant fusa de son aura, franchit l'espace comme le faisceau d'une lampe-torche puissante et pénétra dans la bouche et le nez de Lois. Dans sa main, le billet frémit un instant.

[« *Oh, bon Dieu, qu'est-ce que c'est bon !* »]

« Ces foutus pilotes de jet ! Ils viennent de la base de Charleston ! s'exclama l'ivrogne d'un ton réprobateur. Y z'ont pas l'droit de franchir le mur du son avant d'être au-d'ssus d'la mer ! J'ai bien failli me pisser dess... » Ses yeux tombèrent sur le billet, dans la main de Lois, et ses sourcils se froncèrent encore plus. « Hé, dites, c'est pas des blagues à faire, ça. J'suis pas stupide, vous savez. Bon, d'accord, j'aime bien boire un coup de temps en temps, mais c'est pas pour ça que j'suis stupide ! »

Continue à picoler assez longtemps, pensa Ralph, *et ça viendra.*

« Personne n'a dit que vous l'étiez, dit Lois, et ce n'est pas une blague. Prenez cet argent, monsieur. »

Le clochard essaya de conserver son expression courroucée, mais après avoir jeté un regard scrutateur à Lois (et un rapide coup d'œil de côté à Ralph), elle fut remplacée par un grand sourire de triomphe. Il s'avança vers Lois et tendit la main pour prendre l'argent qu'il avait gagné sans le savoir.

Lois retira la main juste avant que les doigts de l'homme ne se referment sur la coupure. « Simplement, n'oubliez pas de vous acheter aussi quelque chose à manger, et pas seulement à boire. Et ça ne serait pas mal de vous poser la question de savoir si la vie que vous menez vous satisfait.

— Vous avez absolument raison ! s'écria l'ivrogne avec enthousiasme, sans quitter un instant le billet des yeux. Absolument raison, m'dame ! Y z'ont un programme, de l'autre côté de la rivière, désintoxication, réhabilitation. J'y pense, vous savez, j'y pense souvent. J'y pense chaque foutu jour. » Il avait cependant les yeux toujours fixés sur le billet et en bavait presque. Lois adressa à Ralph un bref regard qui exprimait le doute, puis elle haussa les épaules et laissa le billet passer dans la main de l'homme. « Merci ! Merci, m'dame ! » Il regarda Ralph : « Cette dame est une vraie princesse ! J'espère que vous le savez ! »

Il y avait de la tendresse dans le coup d'œil que Ralph

eut pour Lois. « À la vérité, j'étais déjà au courant », répondit-il.

5

Une demi-heure plus tard, Ralph et Lois s'avançaient entre les rails rouillés de la voie qui s'incurvait doucement derrière le golf municipal ; mais ils étaient légèrement « montés » après leur rencontre avec l'ivrogne (peut-être parce qu'il était lui-même dans un état avancé d'ébriété), et on ne pouvait pas dire exactement qu'ils marchaient. Ils avaient l'impression de progresser presque sans effort et de plus, même si leurs pieds bougeaient, de glisser plutôt que de marcher. Ralph n'était même pas tout à fait sûr qu'ils fussent visibles dans le monde des michrones ; des écureuils gambadaient à leurs pieds avec insouciance, tout affairés à mettre des provisions de côté pour l'hiver, et il vit Lois faire un brusque mouvement de tête, à un moment donné, pour éviter une mésange apparemment décidée à ouvrir une raie dans ses cheveux. L'oiseau vira sèchement comme s'il ne s'était rendu compte qu'au dernier moment qu'il y avait un être humain sur son chemin. Les joueurs de golf ne leur prêtèrent pas davantage attention. De l'avis de Ralph, les joueurs de golf étaient des gens absorbés jusqu'à l'obsession par leur partie, mais il trouva tout de même ce désintérêt poussé à l'extrême. S'il avait vu, *lui*, un couple d'adultes bien habillés se promener sur unc voie de chemin de fer désaffectée au milieu de la journée, il aurait fort probablement pris le temps de se demander ce qu'ils fabriquaient là et où ils pouvaient bien aller. *Je crois même que j'aurais été intrigué par ce que la femme ne cessait de grommeler — « Reste donc en place, espèce de saleté » — en tirant sur sa jupe*, songea Ralph avec un sourire. Mais les joueurs de golf ne leur adressèrent même pas un regard ; et pourtant, un groupe de quatre hommes en route pour le trou numéro neuf passa tellement près d'eux que Ralph les entendit commenter la faiblesse actuelle du marché boursier. L'idée que lui et Lois étaient de nouveau invisibles (ou presque) lui paraissait de plus en plus plausible. Plausible… et inquiétante. Car plus on montait, plus le temps filait.

La piste devenait de plus en plus fraîche au fur et à mesure qu'ils avançaient vers l'ouest, et Ralph trouvait les éclaboussures dont elle était faite répugnantes. Là où elles étaient tombées sur les rails, elles avaient dévoré la rouille comme un acide corrosif. Les herbes qu'elles avaient touchées étaient noires et mortes, même les plus résistantes. Au moment où ils passèrent le troisième green du golf pour entrer dans un fouillis d'arbres rabougris et de fourrés, Lois lui tira la manche, pointant devant eux. De grandes taches de la piste d'Atropos brillaient comme une peinture malsaine sur le tronc des arbres qui se pressaient de part et d'autre de la voie ferrée, ou formaient des flaques dans les dépressions entre les rails usés — sans doute les anciens emplacements des traverses, pensa Ralph.

[« *On approche de l'endroit où il habite, Ralph.* »]

[« *Oui.* »]

[« *S'il revient et nous trouve chez lui, qu'est-ce qu'on fera ?* »]

Il haussa les épaules. Comment savoir ? Et avait-il envie de le savoir ? Autant laisser les forces qui les manipulaient comme des pions sur un échiquier — celles que ces messieurs, Lachésis et Clotho, avaient qualifiées d'« Intentionnel supérieur » — se soucier de cela. Si jamais ce petit salopard se montrait, Ralph essaierait de lui arracher la langue pour l'étrangler avec. Et si jamais cela dérangeait les plans de quelqu'un, il n'en avait rien à foutre. Non mais ! Il ne pouvait prendre la responsabilité des grandioses planifications et des affaires des pantachrones ; son rôle était de veiller sur Lois, qui courait un danger, et d'essayer de prévenir le carnage qui allait se produire non loin d'ici, dans quelques heures. Et qui sait ? Peut-être aurait-il même un peu de temps en rab pour essayer de protéger sa propre peau récemment rajeunie. Voilà ce qu'il avait à faire, et si jamais ce répugnant avorton se mettait en travers, l'un d'eux devrait morfler. Et si cela ne cadrait pas avec les objectifs des patrons, qu'ils se démerdent.

Lois suivait l'essentiel de ses réflexions *via* l'aura de Ralph — ce qu'il déchiffra lui-même dans la sienne lorsqu'elle le toucha au bras ; il se tourna pour la regarder.

[« *Qu'est-ce que tu veux dire, Ralph ? Que tu as l'intention de le tuer ?* »]

Il réfléchit un instant et acquiesça.

[« *Ouais, c'est exactement ça.* »]

Ce fut au tour de Lois de méditer quelques secondes.

[« *Ralph ?* »]

Il la regarda, le sourcil arqué.

[« *S'il faut le faire, je t'aiderai.* »]

Il se sentit bêtement touché… et eut le plus grand mal à lui dissimuler le reste de ce qu'il pensait : à savoir qu'elle était encore à ses côtés pour la seule et unique raison qu'il pouvait ainsi mieux la surveiller et la protéger. Pensée qui le ramena aux boucles d'oreilles dont il repoussa vivement l'image, car il ne fallait pas risquer qu'elle la vît — ou même la soupçonnât — dans son aura.

Les réflexions de Lois avaient cependant pris une autre direction, légèrement moins dangereuse.

[« *Même si on visite son antre sans le rencontrer, il saura que quelqu'un est venu, non ? Et il saura aussi probablement qui.* »]

Difficile de dire le contraire, mais Ralph considérait que c'était sans importance ; pour le moment, en tout cas, ils n'avaient pas d'autre choix. Il fallait avancer étape par étape, en espérant simplement que lorsque le soleil se lèverait, demain, ils seraient là pour le voir. *Cela dit, si j'avais le choix, je crois que je préférerais faire la grasse matinée*, pensa-t-il avec l'esquisse d'un sourire mélancolique au coin des lèvres. *Seigneur, j'ai l'impression que je n'ai pas fait de grasse matinée depuis des années.* Cette image évoqua le dicton favori de Carolyn — long est le chemin du paradis… — et il eut l'impression que le paradis risquait bien d'être aux abonnés absents jusqu'à midi, sinon plus tard.

Il prit la main de Lois et ensemble, ils se remirent à suivre la piste d'Atropos.

6

La voie de chemin de fer venait mourir à une quinzaine de mètres de la barrière anticyclone de l'aéroport. La piste d'Atropos se poursuivait, elle, mais pas longtemps ; Ralph était à peu près sûr de déjà voir l'endroit où elle s'interrompait et la métaphore dans laquelle lui et Lois étaient attachés aux rayons d'une roue géante lui revint à l'esprit. S'il avait raison, le terrier du Doc Chauve #3 se trouvait seulement à un jet de pierre de l'endroit où Deepneau s'était jeté sur la camionnette chargée de fertilisant de Gros Balèze.

Il y eut une rafale de vent, chargée d'une odeur malsaine et nauséabonde et, d'un peu plus loin, leur parvint la voix de Faye Chapin, en train de haranguer quelqu'un sur son sujet favori : « … C'est toujours ce que je dis ! le mah-jong est comme les échecs, les échecs sont comme la vie, si bien que si tu es capable de jouer à l'un de ces jeux… » Le vent retomba. Ralph arrivait encore à distinguer la voix de Faye, en tendant bien l'oreille, mais pas ses paroles. Peu importait, d'ailleurs : il l'avait déjà tellement entendu répéter son couplet qu'il savait très bien comment il finissait.

[« *Cette odeur est ignoble, Ralph.* »]

Il acquiesça, mais Lois ne le vit sans doute pas. Elle lui serrait farouchement la main et regardait droit devant elle, les yeux écarquillés. La piste d'éclaboussures qui partait du centre municipal s'achevait au pied d'un chêne mort au tronc fortement incliné, à une cinquantaine de mètres d'eux. La raison de son état était évidente : la vénérable relique avait eu tout un côté pelé comme une banane par la foudre. Les craquelures, crénelures et bosses de son écorce grise semblaient dissimuler la forme de visages enfouis poussant des cris silencieux, et l'arbre tendait au ciel des branches dénudées et noirâtres comme de sinistres idéogrammes… idéogrammes qui présentaient — au moins dans l'imagination de Ralph — une désagréable ressemblance avec les signes japonais signifiant *kamikaze*. L'éclair qui avait tué l'arbre n'avait toutefois pas réussi à l'abattre complètement. Ce n'était pas faute d'avoir essayé. La partie de son vaste réseau de racines qui faisait face à l'aéroport, soulevée du sol et arrachée, avait couru sous terre jusqu'au grillage de la barrière, qui, du coup, s'élevait au-dessus du sol, déformé en cloche. Cette image évoqua dans l'esprit de Ralph, pour la première fois depuis des années, le souvenir d'un petit camarade du nom de Charles Engstrom.

« Ne joue pas avec Chuck, lui répétait souvent sa mère. Il n'arrête pas de faire des saletés. » Ralph ne voyait pas très bien de quelles « saletés » il s'agissait, mais il savait en revanche que Chuck était maboul, c'était indéniable. Son grand plaisir était de se cacher derrière un arbre, devant sa maison, tenant à la main une longue branche qu'il appelait sa Baguette Reluqueuse. Lorsqu'une femme en robe ou en jupe passait, Chuckie lui emboîtait discrètement le pas et soulevait l'ourlet du bout de sa Baguette Reluqueuse. La plupart du temps il arrivait à distinguer la couleur des sous-vêtements de la dame (la couleur des sous-vêtements féminins semblait exercer une grande fascination sur Chuckie) avant que la dame en question eût compris ce qui se passait et se mît à poursuivre le morveux qui caquetait d'un rire dément, le menaçant de tout raconter à sa mère. Le grillage de l'aéroport, tel qu'il était soulevé et déformé par les racines arrachées, rappelait à Ralph l'aspect qu'avait la robe des victimes de Chuck, quand il maniait sa Baguette Reluqueuse.

[« *Ralph ?* »]

Il se tourna vers elle.

[« *Qui c'est, ce petit cochon ? Et pourquoi penses-tu à lui en ce moment ?* »]

Il éclata de rire.

[« *Tu l'as vu dans mon aura ?* »]

[« *Je crois... je ne sais plus exactement. Qui est-ce ?* »]

[« *Je te raconterai, un jour. Allons-y.* »]

Il la reprit par la main et ils se dirigèrent lentement

vers le chêne au pied duquel aboutissait la piste d'Atropos, dans l'odeur écœurante de putréfaction féroce qui était son parfum.

CHAPITRE 25

1

Ils examinèrent le sol au pied du chêne. Lois se mordillait nerveusement la lèvre inférieure.

[« *Tu crois qu'il faut vraiment descendre là-dedans, Ralph ?* »]

[« *Oui.* »]

[« *Mais pourquoi ? Qu'est-ce qu'on est supposés faire ? Reprendre quelque chose qu'il a volé ? Le tuer ? Quoi ?* »]

En dehors de la récupération du peigne du pharmacien et des boucles d'oreilles de Lois, il ignorait s'il devait faire autre chose… mais il avait la certitude qu'il le saurait, que tous les deux le sauraient, le moment venu.

[« *Je pense que pour l'instant, il vaut mieux continuer à avancer, Lois.* »]

La foudre, de sa main puissante, avait violemment renversé le tronc vers l'est et ouvert un grand trou à son pied, côté ouest. Aux yeux d'un michrone ordinaire, cette faille devait certainement paraître obscure, voire même un peu inquiétante, avec ses rebords qui s'effritaient et ses racines qui s'enfonçaient en se tortillant comme autant de serpents dans les ténèbres ; sinon, elle ne présentait rien de particulier.

Un enfant à l'imagination fertile en verrait davantage, songea Ralph. *Cette ouverture obscure au pied d'un arbre pourrait lui faire penser à un trésor de pirate... à une cache de bandits... à un terrier de troll...*

Mais même un petit michrone très imaginatif, estimait-il, n'aurait pas été capable de voir la lueur rougeâtre étouffée qui sourdait d'en dessous de l'arbre, ni de se rendre compte que ces racines qui se tortillaient étaient en réalité les barreaux grossiers d'une échelle conduisant en un lieu inconnu et sans aucun doute peu accueillant.

Non... même un enfant à l'imagination débridée ne verrait rien de tout cela... mais il pourrait le sentir.

Exact. Et après quoi, s'il avait été un peu malin, il aurait fait demi-tour et pris ses jambes à son cou comme s'il avait eu tous les démons de l'enfer à ses trousses. Ce qu'ils auraient dû faire tous les deux, s'il leur était resté la moindre jugeote. Sauf qu'il y avait les boucles d'oreilles de Lois. Et le peigne de Plussaj. Sauf qu'il y avait aussi sa place dans l'Intentionnel, perdue pour l'instant. Et, bien entendu, sauf qu'il y aurait Helen (et peut-être même Natalie) et deux mille autres personnes qui mourraient ce soir au centre municipal. Lois avait raison. On attendait d'eux qu'ils fissent quelque chose, et s'ils reculaient maintenant, ce vin déjà tiré ne serait jamais bu.

Et telles sont les cordes. Les cordes que les puissances supérieures utilisent pour nous attacher, nous autres, pauvres michrones myopes, à leur grande roue.

Il se représentait maintenant Clotho et Lachésis à travers le prisme éclatant de la haine et si les deux docs s'étaient trouvés présents, ils auraient échangé l'un de leurs regards gênés et reculé d'un ou deux pas rapides.

Et ils auraient eu raison de le faire. Bougrement raison.

[«*Ralph ? Qu'est-ce qui ne va pas ? Pourquoi es-tu aussi en colère ?*»]

Il lui souleva la main pour y déposer un baiser.

[«*Ce n'est rien. Allons-y… allons-y tant que nous en avons le courage.*»]

Elle le regarda encore un instant et acquiesça. Et lorsque Ralph s'assit et passa les jambes dans le trou qui béait au pied du chêne, avec son entrelacs de racines, elle n'hésita pas à le suivre.

2

Ralph se glissa sur le dos en dessous de l'arbre, se protégeant les yeux, avec sa main libre, de la terre qui s'émiettait. Il s'efforça de ne pas grimacer lorsque les nodosités d'une racine lui caressèrent le cou et s'enfoncèrent dans le bas de son dos. L'odeur, à ce niveau, était un remugle de cage de singe qui lui soulevait le cœur. Il se paya quelques instants de l'illusion qu'il finirait par s'y habituer, le temps qu'il arrive au fond. Il se redressa sur les coudes, sentant les racines les plus petites lui labourer le crâne et des pelures d'écorce lui chatouiller les joues, et rejeta tout ce que son estomac contenait encore de son petit déjeuner. Il entendit, sur sa gauche, Lois en faire autant.

Il se sentait envahi d'une faiblesse, doublée d'un vertige, qui roula dans sa tête comme une vague qui se brise. La puanteur était tellement forte qu'il avait presque l'impression de la manger, et il voyait le magma rougeâtre — le même que celui qui les avait conduits jusqu'en ce lieu de cauchemar — partout sur ses mains et ses bras. Le seul fait de regarder cette cochonnerie était pénible, et voilà qu'il en prenait un bain !

Il y eut un tâtonnement sur sa main et il faillit se laisser gagner par la panique, le temps de se rendre compte que c'était Lois. Ils entrecroisèrent leurs doigts.

[« *Ralph ! Monte un peu ! On respirera mieux !* »]

Il comprit sur-le-champ ce qu'elle voulait dire et il dut se retenir, au dernier moment ; sinon, il aurait escaladé l'échelle des perceptions comme une fusée lancée à plein régime.

Tout ondula autour de lui et il eut soudain l'impression qu'il faisait plus clair dans la tanière puante… qu'il y avait également davantage de place. L'odeur n'avait pas entièrement disparu, mais au moins était-elle supportable ; c'était celle, plus ou moins, d'une tente pleine de gens aux pieds crasseux et aux aisselles en sueur. Pas très agréable, mais tolérable, au moins pendant un moment.

Ralph se représenta soudain une montre de gousset dont les aiguilles auraient couru trop vite. On se sentait mieux sans le remugle qui remontait à la gorge et vous étouffait, mais l'endroit n'en était pas moins dangereux : et s'ils en ressortaient demain matin, pour trouver le centre municipal réduit à un cratère fumant sur Main Street ? On ne pouvait l'exclure. Impossible de garder la notion du temps, ici, qu'il fût court, moyen ou long ; le seul fait de l'espérer était une plaisanterie.

Laisse tomber, Ralph, mon vieux ; *tu ne peux rien y faire et il faut bien que tu respires, alors laisse tomber.*

Il essaya et il lui vint à l'esprit que le vieux Dor avait eu cent pour cent raison, le jour où Deepneau avait jeté sa voiture contre la camionnette de West Side Gardeners : mieux valait ne pas se mêler des affaires des maîtres du temps, des pantachrones. Et pourtant, c'était exactement ce qu'ils faisaient, lui, le plus vieux Peter Pan du monde, et Lois, la plus vieille Wendy, en se glissant sous l'arbre magique pour pénétrer dans un univers souterrain dont ils auraient préféré tout ignorer.

Lois le regardait, ses traits pâles illuminés par l'éclat rougeâtre maladif du lieu, ses yeux expressifs pleins de crainte. Il vit deux filets noirs qui lui avaient coulé sur le menton et se rendit compte qu'il s'agissait de sang : elle avait cessé de se mordiller les lèvres pour y planter carrément les dents.

[« *Ça va, Ralph, tu tiens le coup ?* »]

[« *Quoi ? je me glisse en rampant sous un vieux chêne en compagnie d'une jolie fille et tu oses me poser la question ? Je vais très bien, Lois. Mais il vaudrait mieux ne pas traîner.* »]

[« *Très bien.* »]

Tâtonnant du bout du pied, il trouva une racine qui dépassait. Il y fit porter son poids et glissa le long de la pente caillouteuse, s'écrasant au passage contre une autre racine et tenant Lois par la taille. La jupe de cette dernière lui remonta jusqu'aux cuisses et Ralph repensa brièvement à Chuckie Engstrom et à sa Baguette Reluqueuse. Il fut à la fois amusé et exaspéré de voir qu'elle essayait de la faire redescendre.

[« *Je sais qu'une dame doit veiller à ce que sa jupe reste toujours pudiquement baissée, mais il me semble qu'on peut oublier la bienséance quand on descend un escalier de troll sous un vieux chêne. D'accord ?* »]

Elle eut un petit sourire aussi gêné qu'effrayé.

[« *Si j'avais su ce que nous allions faire, j'aurais mis un pantalon. Je croyais qu'on allait simplement à l'hôpital.* »]

Si j'avais su ce que nous allions faire, pensa Ralph, *j'aurais vendu toutes mes actions, marché à la baisse ou pas, et on aurait pris le premier avion pour Rio, mon chou.*

Il tâtonna de son autre pied, tout à fait conscient que s'il tombait, ils avaient toutes les chances d'atterrir hors de portée des services d'urgence de la ville. Juste au-dessus de ses yeux, un ver de terre rougeâtre surgit du sol, faisant tomber de petits débris sur son front.

Pendant ce qui lui sembla durer une éternité il ne ressentit rien, puis son pied trouva du bois lisse — non pas une racine, cette fois, mais une surface qui évoquait plutôt une véritable marche. Il se laissa glisser sans lâcher Lois, attendant de voir si ce nouveau support allait tenir ou lâcher sous leurs poids combinés.

Il tint, et s'avéra suffisamment large pour tous les deux. Ralph abaissa les yeux et constata qu'il s'agissait de la première marche d'un escalier étroit qui s'incurvait dans la pénombre rougeâtre. Il avait été construit pour une créature (et peut-être par elle-même) beaucoup plus petite qu'eux, et ils étaient obligés de se plier en deux, mais c'était mieux que le cauchemar qui avait précédé.

Ralph regarda le rectangle écorné de lumière du jour, au-dessus d'eux ; au milieu d'un visage strié de boue et de sueur, ses yeux exprimaient une nostalgie hébétée. Jamais cette lumière naturelle ne lui avait paru aussi lointaine, aussi douce. Il se tourna vers Lois et lui adressa un signe de tête qu'elle lui rendit, lui serrant aussi la main. Courbés en deux, frissonnant à chaque fois qu'une racine pendante effleurait leur cou ou leur dos, ils s'engagèrent dans l'escalier.

3

La descente paraissait ne pas avoir de fin. La lumière rouge devint plus intense, la puanteur d'Atropos s'accentua et Ralph se rendit compte qu'ils avaient tendance à « monter » tout en descendant ; mais c'était cela ou bien être broyés par l'odeur. Il continuait à se dire qu'ils faisaient ce qu'ils avaient à faire et que quelqu'un devait bien garder l'œil sur une horloge, dans le cadre d'une opération de cette importance — et être chargé de les bousculer un peu lorsque le minutage deviendrait trop serré —, mais cela ne l'empêchait pas de s'inquiéter. Parce que rien ne lui prouvait qu'il y eût un chronomètre, un juge, ou une équipe d'arbitres en maillot rayé quelque part. *Tous les paris sont ouverts*, avait déclaré Clotho.

Au moment même où Ralph se demandait si l'escalier ne descendait pas carrément jusqu'en enfer, il s'interrompit. Un couloir taillé dans la pierre, qui ne mesurait pas plus de cinq ou six mètres de long et un mètre de hauteur, débouchait sur une arche au-delà de laquelle la lueur rouge pulsait et vacillait comme par une porte de four laissée ouverte.

[« *Viens, Lois, et tiens-toi prête pour n'importe quoi. Tiens-toi prête pour lui.* »]

Elle lui fit signe qu'elle avait compris, remonta son slip en déroute, et s'engagea à côté de lui dans l'étroit passage. Ralph heurta du pied un objet qui n'était pas une pierre et se pencha pour le ramasser. C'était un cylindre de plastique rouge, plus large à l'une de ses extrémités qu'à l'autre. Il lui fallut un instant pour se rendre compte qu'il s'agissait d'une poignée de corde à sauter. *Cinq-dix-vingt*, mon chou, *l'oie boit son vin.*

Ne te mêle pas de ce qui ne te regarde pas, *michrone*, lui avait dit Atropos ; mais voilà, il s'en était mêlé, et pas seulement à cause de ce que les petits docteurs chauves appelaient le *ka*. Il s'en était mêlé parce que ce que mijotait Atropos le regardait, justement, même si cette petite ordure pensait le contraire. Derry était sa ville, Lois

Chassey était son amie, et il était animé du désir sincère que Doc Chauve #3 regrettât un jour amèrement d'avoir vu les boucles d'oreilles de Lois.

Il jeta la poignée et reprit sa progression. Ils passèrent tous les deux sous l'arche et se retrouvèrent dans l'appartement souterrain d'Atropos. Ouvrant de grands yeux, se tenant par la main, ils avaient plus que jamais l'air de deux enfants dans un conte de fées — non plus Peter Pan et Wendy, mais Hänsel et Gretel qui seraient tombés sur la maison en sucre de la sorcière après avoir erré des jours dans la forêt.

4

[« *Oh, Ralph ! Oh, mon Dieu, Ralph !... est-ce que tu vois ?* »]

[« *Chut. Tais-toi, Lois.* »]

Juste devant eux se trouvait une petite pièce minable qui semblait servir de chambre et de cuisine ; elle était à la fois sordide et angoissante. Au centre, il y avait une table basse ronde, sans doute la moitié supérieure d'un tonneau, supposa Ralph. Les restes d'un repas — une sorte de gruau grisâtre, rance, faisant l'effet d'une cervelle liquéfiée en train de se pétrifier dans un brouet où flottaient toutes sortes de débris — traînaient sur cette table. On ne voyait qu'une chaise, un modèle pliant crasseux. À la droite de la table se trouvaient des toilettes primitives faites d'un baril métallique rouillé sur lequel était posé en équilibre un siège classique. L'odeur qui en montait était absolument épouvantable. La seule décoration de la pièce se résumait à un grand miroir bordé de cuivre qui couvrait tout un mur, et dont la surface réfléchissante était tellement noircie par le temps que Lois et

Ralph paraissaient y nager dans trois ou quatre mètres d'eau.

À gauche du miroir, enfin, se trouvait une literie sommaire constituée d'un matelas malpropre et d'un sac de jute bourré de plumes ou de paille. Édredon et matelas luisaient de toutes les sueurs nocturnes malsaines de celui qui les utilisait. *Les rêves qui hantent cette couche me rendraient fou*, pensa Ralph.

Quelque part, Dieu sait à quelle distance sous la terre, de l'eau tombait goutte à goutte avec un son creux.

De l'autre côté de la pièce, une autre arche s'ouvrait sur un espace qui ressemblait à une remise — un capharnaüm de proportions surréalistes. Ralph cligna plusieurs fois des yeux pour être sûr qu'il voyait réellement ce qu'il croyait voir.

C'est bien l'endroit, pensa-t-il. *Quoi que nous soyons venus chercher, c'est fatalement ici.*

Lois commença à se diriger vers la deuxième arche, comme hypnotisée. Le désarroi faisait trembler sa bouche, mais elle ne pouvait empêcher ses yeux de briller de curiosité — l'expression, Ralph en était convaincu, que devait avoir eue l'épouse de Barbe-Bleue lorsqu'elle s'était servie de la clef ouvrant sur la pièce interdite. Ralph eut soudain la conviction qu'Atropos était tapi de l'autre côté de l'arche, tenant son scalpel bien en main. Il se précipita pour arrêter Lois juste avant qu'elle ne franchît le seuil ; il la saisit par le haut du bras tout en portant un doigt à ses lèvres et secoua la tête avant qu'elle ne pût parler.

Il s'accroupit, le bout des doigts posés sur le sol de terre battue comme un sprinter qui attend le signal du départ. Puis il s'élança à travers l'arche (jouissant au passage, même en cet instant, de la vigueur avec laquelle son corps réagissait), et roula sur une épaule, renversant un carton d'où s'éparpillèrent une multitude d'objets divers : gants et chaussettes dépareillés, deux livres de poche d'un autre âge, un bermuda, un tournevis taché de marron — du sang ? de la peinture ?

Il se mit à genoux, tourné vers Lois qui se tenait sur le seuil du passage, les mains serrées sous la gorge, et le regardait d'un œil rond. Il n'y avait personne de l'autre côté, et en fait pas assez de place pour cela. Des piles de cartons s'entassaient partout et c'est avec un étonnement amusé que Ralph lut les marques inscrites dessus : Jack Daniel's, Gilbey's, Smirnoff, J&B. Atropos, semblait-il, était amateur de cartons de boissons fortes, comme toute personne incapable de jeter quoi que ce soit.

[«*Il n'y a pas de danger, Ralph ?*»]

La question était idiote, mais il fit non de la tête et lui tendit la main. Elle se précipita vers lui, tirant une fois de plus sèchement sur son slip, avant de se mettre à regarder autour d'elle avec des yeux de plus en plus stupéfaits.

Depuis la minable pièce d'habitation d'Atropos, cette aire de rangement leur avait paru grande. Ils se rendaient compte maintenant qu'il s'agissait de beaucoup plus : d'un véritable entrepôt. Des allées zigzaguaient entre de grandes piles branlantes d'objets de rebut. En fait, ils n'avaient été mis en cartons que près de la porte ; le reste s'entassait n'importe comment, avec pour résultat un lieu qui était pour un tiers labyrinthe et pour deux tiers une jungle piégée. Ralph ne tarda pas à se dire que le terme d'entrepôt était encore en deçà de la réalité, qu'il s'agissait en fait d'une cité souterraine dans laquelle Atropos pouvait se dissimuler n'importe où… et s'il était sur place, il devait certainement les observer.

Lois ne lui demanda pas ce que c'était ; l'expression de son visage montrait qu'elle l'avait compris. Quand elle prit la parole, ce fut d'un ton rêveur qui fit courir un frisson dans le dos de Ralph.

[« *Il doit être tellement vieux, Ralph...* »]

Oui, tellement vieux...

À une vingtaine de mètres, dans la salle qu'éclairait la même lueur rougeâtre diffuse sans autre source apparente que l'escalier, une grande roue à rayons était posée sur un fauteuil canné, lui-même juché sur une antique armoire à linge fort endommagée. Cette roue lui valut un nouveau frisson, plus violent, comme si la métaphore qu'avait utilisée son esprit pour se représenter le concept de *ka* venait de se matérialiser sous ses yeux. Puis il remarqua la rouille déposée sur la bande extérieure de roulement, faite en métal, et comprit qu'elle provenait sans doute d'un grand bi, ces vélocipèdes démesurés qui dataient de la Belle Époque.

Bon, d'accord, c'est une roue de bicyclette, et si elle n'a pas cent ans, elle n'a pas deux jours. Il se demanda du coup combien de gens — combien de milliers ou de dizaines de milliers — étaient morts à Derry et dans ses environs depuis qu'Atropos avait remisé cette roue ici. Et sur ces milliers, combien étaient morts aux mains de l'Aléatoire ?

Et à quand tout cela remonte-t-il ? À combien de siècles ?

Impossible à dire, évidemment ; peut-être au tout début, peu importait quand — et qui. Et pendant tout ce temps, Atropos avait subtilisé un petit quelque chose à tous ceux qu'il avait baisés... et c'était ici qu'il entassait ses larcins.

Tous ses larcins.

[« *Ralph !* »]

Lois lui tendait les deux mains ; dans l'une, il y avait un panama au bord entamé d'un coup de dents, dans l'autre, un peigne de poche en plastique noir, le modèle bon marché que l'on trouve partout pour moins de deux dollars. Il en émanait encore une lueur jaune orange affaiblie, ce qui n'étonna pas beaucoup Ralph. Chaque fois que le propriétaire du peigne l'avait utilisé, il devait avoir recueilli un peu de cette lueur dans son aura et son panache, en même temps que des pellicules. Il ne fut pas étonné non plus que le peigne fût avec le chapeau de McGovern ; la dernière fois qu'il avait vu les deux objets, ils étaient ensemble. Il n'avait pas oublié le sourire sarcastique d'Atropos, tandis qu'il faisait semblant de peigner son crâne d'œuf.

Après quoi il avait sauté en l'air en claquant des talons.

Lois lui montrait un vieux fauteuil à bascule avec un patin brisé.

[«*Le chapeau était posé là-dessus, et cachait le peigne. C'est bien celui de M. Plussaj, hein ?*»]

[«*Oui.*»]

Elle le lui tendit aussitôt.

[«*Prends-le. Je ne suis pas aussi étourdie que Bill aimait à le raconter, mais il m'arrive de perdre des choses. Je crois que je ne me pardonnerais jamais d'égarer ce peigne.*»]

Il prit l'objet, voulut le mettre dans sa poche revolver, puis songea avec quelle aisance Atropos l'avait attrapé, au même endroit. Facile comme bonjour. Il le glissa donc dans la poche de devant de son pantalon, puis regarda de nouveau Lois, perdue dans la contemplation mélancolique du chapeau de McGovern ; on aurait dit Hamlet tenant le crâne de son vieux pote Yorick. Lorsqu'elle leva les yeux, ils étaient embués de larmes.

[«*Il adorait son chapeau. Il s'imaginait qu'il lui donnait une allure chic et débonnaire. Évidemment pas : il avait toujours l'air d'être ce bon vieux Bill. Mais lui se croyait plus élégant avec, et c'était ça l'important. Tu ne penses pas, Ralph ?* »]

[« *Si.* »]

Elle jeta le chapeau sur le siège du vieux rocking-chair et alla examiner un carton dans lequel on aurait dit que traînaient des vêtements en solde — troisième démarque. Dès qu'elle eut le dos tourné, Ralph se mit à quatre pattes et examina le dessous du fauteuil, dans l'espoir de voir de petits éclats brillants dans l'obscurité. Si le chapeau de Bill et le peigne de Joe étaient ici, alors les boucles d'oreilles de Lois, peut-être...

Mais il ne vit rien, sinon de la poussière et un chausson rose de bébé.

J'aurais bien dû me douter que ça ne serait pas aussi facile, songea-t-il en se remettant debout. Il se sentit soudain épuisé. Ils avaient trouvé le peigne du pharmacien sans la moindre difficulté, ce qui était bien, absolument parfait, mais il commençait à se dire que ce n'était qu'un exemple de plus des coups de chance que connaissent parfois les débutants. Restait à retrouver les boucles d'oreilles de Lois et, bien entendu, à faire ce qu'on les avait envoyés faire. Quoi, au juste ? Il l'ignorait, et si quelqu'un, là-haut, lui envoyait des instructions, lui ne les recevait pas.

[« *Dis-moi, Lois, est-ce que tu* — »]

[« *Chut !* »]

[« *Qu'est-ce qu'il y a ? C'est lui ?* »]

[« *Non ! Tais-toi, Ralph ! Et écoute !* »]

Il tendit l'oreille. Au début, il n'entendit rien, puis il eut cette sensation de clignement intérieur — le *blink !* — dans sa tête. Sensation très lente et prudente, cette fois. Il monta légèrement plus haut, aussi légèrement qu'une plume entraînée par un courant d'air chaud. Il prit alors conscience d'un bruit, un grognement bas et prolongé, comme une porte qui grincerait sans jamais s'arrêter. Ce qui lui semblait familier n'était pas tant le son lui-même que ce qui s'y associait. C'était comme…

… comme une alarme antivol, ou bien un détecteur de fumée. Qui nous dit où ça se trouve. Ça nous appelle.

La main de Lois, quand il la lui prit, était glacée.

[« *C'est ça, Ralph, c'est ce que nous cherchons. Tu entends ?* »]

Évidemment, il entendait. Mais peu importait ce qu'était ce bruit : il n'avait rien à voir avec les boucles d'oreilles de Lois… et sans les boucles d'oreilles de Lois, il ne quitterait pas l'endroit.

[« *Allez, viens, Ralph ! Il faut le trouver !* »]

Il la laissa finalement l'entraîner plus loin dans la salle. Les souvenirs d'Atropos s'empilaient presque partout à plus d'un mètre au-dessus de sa tête. Comment un avorton comme lui avait pu réussir ce tour de force restait un mystère — la lévitation, peut-être — mais le résultat fut qu'ils perdirent rapidement tout sens de l'orientation, tant leur chemin zigzaguait, tournait et semblait parfois les faire revenir sur leurs pas. Une seule chose était sûre, le grognement bas allait s'amplifiant dans leurs oreilles ; et lorsqu'ils commencèrent à se rapprocher de sa source, il se transforma en une stridulation d'insecte que Ralph trouvait de plus en plus désagréable. Il s'attendait à déboucher, au détour d'une allée, sur une sauterelle géante qui l'aurait regardé avec des yeux brunâtres de la taille de pamplemousses.

Même si les auras individuelles des objets accumulés s'étaient estompées comme le parfum des fleurs entre les pages d'un livre, elles étaient toujours présentes sous la puanteur d'Atropos ; et au niveau de perception auquel ils se tenaient, tous leurs sens en alerte, réglés à l'intensité maximale, il leur était impossible de ne pas sentir ces auras, de ne pas être affectés par elles. Ces rappels muets des morts par l'Aléatoire, à la fois terribles et pathétiques, disaient que ce lieu était plus qu'un musée ou qu'un trou à rat, comprit Ralph : une église profane dans laquelle Atropos pratiquait son propre rituel de communion. Le chagrin comme pain et les larmes comme vin.

Leur course zigzagante au milieu des allées étroites et sinueuses fut une expérience éprouvante, atroce. À chacun de ces détours, qui n'était jamais le dernier, ils tombaient sur cent autres objets de plus que Ralph aurait préféré n'avoir jamais vus et ne pas avoir à se rappeler ; de chacun montait un minuscule sanglot de chagrin abasourdi. Il n'avait pas besoin de se demander si Lois partageait ses sentiments : elle pleurait silencieusement à côté de lui.

Là gisait une luge d'enfant, la corde pour la tirer encore enroulée autour d'un montant. Le garçon auquel elle avait appartenu était mort de convulsions par une belle journée de janvier, en 1953.

Ici un bâton de majorette avec des rubans violets et blancs enroulés en spirale autour du manche — les couleurs de l'Académie Grant. Elle avait été violée, puis battue à mort avec un galet à l'automne de 1967. Son assassin, que l'on n'avait jamais pris, avait dissimulé le cadavre dans une petite caverne où ses os — en compagnie de ceux de deux autres malheureuses victimes — gisaient encore.

Ce camée monté en broche avait appartenu à une femme tuée par la chute d'une brique alors qu'elle avait emprunté Main Street pour aller acheter le dernier numéro de *Vogue* ; aurait-elle quitté son domicile quelques secondes plus tôt ou plus tard qu'il ne lui serait rien arrivé.

Ce couteau, dans son étui, avait orné la ceinture d'un homme tué dans un accident de chasse en 1937.

Là, c'était la boussole d'un boy-scout qui avait fait une chute mortelle pendant une randonnée au mont Katahdin.

Ici, la tennis d'un petit garçon du nom de Gage Creed, écrasé par un camion-citerne roulant à trop vive allure sur la route 15, à Ludlow.

Des bagues et des revues, des porte-clefs et des parapluies, des chapeaux et des verres, des hochets et des radios. Des objets différents, apparemment, mais en réalité tous identiques, songea Ralph : la voix affligée et lointaine de gens chassés de la scène au beau milieu du deuxième acte, alors qu'ils en étaient encore à apprendre les répliques du troisième, des gens que l'on avait virés *manu militari* avant qu'ils eussent pu achever leur travail ou remplir leurs obligations, des gens dont le seul crime avait été de naître sous le signe de l'Aléatoire… et d'accrocher le regard du cinglé au scalpel.

Lois, en sanglots : [« *Je le hais ! Je le hais tellement !* »]

Il ne la comprenait que trop bien. Il y avait un monde entre entendre dire par Clotho et Lachésis qu'Atropos faisait lui aussi partie du Grand Dessein, qu'il servait à sa façon un Objectif plus grand encore, et voir la casquette aux couleurs fanées (les Boston Bruins) d'un petit garçon tombé dans le trou d'une ancienne cave dissimulée par les broussailles, et qui était mort dans les ténèbres et l'angoisse, mort sans voix après avoir crié « Maman ! » pendant six heures.

Ralph effleura la casquette de la main gauche. Billy Weatherbee l'avait portée ; sa dernière pensée avait été pour une crème glacée.

Il étreignit la main de Lois.

[« *Qu'est-ce qu'il y a, Ralph ? Je t'entends bien penser, mais c'est comme si tu grommelais dans ta barbe.* »]

[« *Je me disais que j'avais sérieusement envie de lui caresser les côtes, à ce petit salopard. Histoire qu'il sache l'effet que ça fait, d'attendre dans le noir sans pouvoir dormir. Qu'est-ce que tu en penses ?* »]

Elle lui rendit sa pression de la main. Et acquiesça.

5

Ils atteignirent un endroit où l'étroit couloir se divisait en plusieurs embranchements. Le bourdonnement bas et régulier venait de leur gauche ; au bruit, il ne paraissait plus très loin. Il leur était impossible de marcher côte à côte, maintenant, et plus ils avançaient, plus le passage devenait étroit, si bien que Ralph dut effacer les épaules pour continuer.

L'exsudat rougeâtre laissé derrière lui par Atropos était très épais, ici ; il dégoulinait le long des empilements de souvenirs et formait de petites flaques sur le sol de terre. Lois serrait tellement fort la main de Ralph qu'elle lui faisait mal, mais il ne dit rien.

[« *C'est comme devant le centre municipal, Ralph. Il passe beaucoup de temps ici.* »]

Il acquiesça. La question était de savoir à quel genre de communion le sieur Atropos se livrait lorsqu'il venait au bout de cette allée. Car ils approchaient de son extrémité, fermée par un véritable mur de débris divers, et il ne voyait toujours pas d'où émanait le bourdonnement. Ce bruit commençait à le rendre fou ; il avait l'impression d'avoir un taon au milieu de la tête. Plus ils avançaient, plus il avait la certitude que ce qu'ils cherchaient se trouvait de l'autre côté de la paroi de détritus ; soit ils allaient devoir tenter de la contourner en revenant sur leurs pas, soit il faudrait s'ouvrir un passage au milieu. Dans un cas comme dans l'autre, ils perdraient du temps, une denrée qui devenait de plus en plus rare. Ralph sentit le désespoir pointer le bout de son nez tout au fond de lui.

En fait, le couloir ne se terminait pas en impasse ; sur la gauche s'ouvrait un espace étriqué entre les pieds d'une table de salle à manger sur laquelle s'empilaient de la vaisselle et des tas de papier vert et…

Du papier vert ? Non, pas exactement. Des tas de billets de banque. De dix, vingt, cinquante dollars, qui s'accumulaient à profusion dans les plats. Une poignée de coupures de cinquante dollars débordait d'une saucière fêlée, et un billet de cinq cents, roulé, traînait dans un verre à vin poussiéreux.

[« *Mon Dieu, Ralph, mais il y a une fortune !* »]

Ce n'était pas la table qu'elle regardait, mais l'autre paroi de l'allée ; sur un mètre cinquante, elle était constituée de billets, en liasses empilées comme des briques. Une paroi littéralement montée en coupures. Ralph eut aussitôt la réponse à l'une des questions qui l'avaient troublé : où Deepneau avait-il trouvé son pognon ? Atropos nageait dans l'argent… mais quelque chose disait à Ralph que le petit fumier chauve devait encore avoir du mal à filer des rancards.

Il s'inclina pour avoir une meilleure vue de l'espace, sous la table ; une autre pièce, toute petite, existait apparemment de l'autre côté. Une lumière rouge y pulsait comme un cœur qui bat. Elle projetait de répugnants éclats rougeâtres sur leurs chaussures.

Ralph indiqua le passage à Lois, qui acquiesça. Il se mit à genoux et rampa sous la table et son chargement de vaisselle et d'argent, et se retrouva dans le sanctuaire bâti par Atropos autour de la chose posée au centre, à même le sol. C'était bien celle qu'on les avait envoyés chercher, aucun doute, même s'il n'avait pas la moindre idée de ce que c'était. L'objet, à peine plus gros que ces billes que les enfants appellent des berlons, était emmitouflé dans un linceul aussi impénétrable que le centre d'un trou noir.

Oh, vraiment merveilleux ! Et maintenant, qu'est-ce qu'on fait ?

[«*Ralph ? tu n'entends pas chanter ? C'est très faible...* »]

Il lui jeta un coup d'œil dubitatif, puis regarda autour de lui. Déjà il avait ce lieu oppressant en horreur ; et, bien que n'étant pas d'un naturel claustrophobe, il sentit un désir de ficher le camp proche de la panique s'infiltrer dans son esprit. Une voix très lointaine s'éleva au fond de son crâne : *Ce n'est pas seulement ce que je veux, Ralph, c'est ce dont j'ai besoin. Je ferai de mon mieux pour ne pas péter les plombs, mais si tu n'en finis pas très, très vite avec le foutu truc que tu es venu faire ici, peu importera ce que nous voulons toi ou moi : je prendrai les commandes et me mettrai à courir comme si j'avais l'enfer à mes trousses.*

La terreur contrôlée de cette voix ne l'étonna pas, car l'endroit était vraiment épouvantable ; ce n'était pas une pièce, mais un cul-de-basse-fosse aux murs circulaires faits d'un amoncellement d'objets volés : grille-pain, tabourets, radios-réveils, appareils photo, livres, caisses, chaussures, râteaux. Suspendu presque à hauteur de ses yeux par un cordon effiloché, il y avait un saxophone en piteux état, le nom JAKE gravé en strass dessus. Ralph tendit la main avec l'intention d'écarter le fichu instrument de musique. Puis il imagina que le seul fait de déplacer cet objet risquait de provoquer un écroulement général qui les enterrerait vivants tous les deux, et il ne le toucha pas. En même temps, il ouvrit son esprit le plus possible et, un instant, crut entendre quelque chose — un soupir affaibli, comme le murmure de l'océan dans un coquillage —, puis il n'y eut plus rien.

[« *S'il y a des voix là-dedans, Lois, je n'arrive pas à les distinguer. Cette foutue saloperie noie tout.* »]

Il lui montra l'objet au milieu du cercle — objet d'un noir au-delà de toute définition du noir, un suaire de mort qui était l'apothéose de tous les linceuls. Mais Lois secouait la tête.

[« *Non, elle ne les noie pas, mais aspire leur substance.* »]

Elle contempla la chose noire gémissante avec autant d'horreur que de mépris.

[« *Cette saleté aspire la vie de toutes les affaires empilées autour d'elle... et elle essaie aussi de nous sucer la nôtre.* »]

Oui, elle avait raison ; maintenant que Lois le lui avait dit, il sentait le linceul — ou l'objet qu'il contenait — attirer à lui quelque chose qui se trouvait tout au fond de sa tête, pousser dessus, le tordre, le manipuler, le secouer comme un arracheur de dents qui s'en prendrait à une molaire récalcitrante.

Ça essayait de leur sucer la vie ? Presque, mais ce n'était pas tout à fait cela. Ce n'était ni leur vie, ni leur âme, croyait Ralph, que la chose dissimulée dans le linceul fuligineux voulait d'eux ; ou du moins, pas exactement. C'était leur force vitale. Leur *ka*.

Les yeux de Lois s'élargirent lorsqu'elle suivit sa réflexion, puis se portèrent soudain sur un point au-dessus de l'épaule droite de Ralph. À genoux, elle se pencha et tendit la main.

[« *Ne fais pas ça, Lois ! Tu risques de tout faire dégringoler !* »]

Trop tard. Elle arracha quelque chose, le regarda avec une expression de compréhension horrifiée et le lui montra.

[« *C'est toujours vivant ! Tout ce qu'il y a ici est encore vivant ! Je ne sais pas comment c'est possible, mais... mais d'une certaine manière, ces choses vivent. À peine. Comment se fait-il qu'elles soient aussi affaiblies ?* »]

Elle tenait une chaussure de sport de petite taille, ayant appartenu à une femme ou un enfant. Lorsque Ralph la prit, il entendit chantonner doucement une voix très lointaine. Une voix au timbre aussi mélancolique qu'un vent de novembre un jour de ciel couvert, mais incroyablement suave, aussi ; un antidote au braiment sans fin qui montait de la chose noire sur le sol.

Une voix qu'il connaissait. Il en était certain.

Il y avait une tache marron sur le bout de la chaussure. Ralph la prit tout d'abord pour du chocolat, puis la reconnut pour ce qu'elle était : du sang séché. Il se retrouva brusquement devant le Red Apple, rattrapant Natalie avant que sa mère ne la lâchât. Il se souvint de la manière dont Helen s'était emmêlé les pieds, avant de trébucher et de se rattraper à la porte du magasin comme un ivrogne à un lampadaire, lui tendant les mains. *Donnez-moi mon bébé, donnez-moi Natalie*, avait-elle balbutié.

Il avait reconnu la voix parce que c'était celle d'Helen. Elle avait eu cette chaussure au pied, ce jour-là, et la tache de sang provenait soit de son nez écrasé, soit de sa joue entaillée.

Elle chantait, chantait, d'une voix que ne noyait pas complètement le bourdonnement de la chose dans le linceul ; et maintenant que les oreilles de Ralph (ou ce qui lui servait d'oreilles dans le monde des auras) étaient complètement aux aguets, il entendait les voix provenant de tous les autres objets. Elles chantaient comme un chœur perdu.

Vivantes.

Elles *pouvaient* chanter, et toutes les choses alignées contre les parois chantaient parce que leurs propriétaires le pouvaient encore.

Parce qu'ils étaient vivants.

Ralph releva de nouveau les yeux, remarquant cette fois que si certains des objets étaient anciens (le vieux saxophone alto, par exemple), la grande majorité étaient récents. Pas de roue de grand bi dans cette petite alcôve. Il vit trois radios-réveils, tous à cadran numérique. Un nécessaire pour se raser qui paraissait avoir à peine servi. Un tube de rouge à lèvres sur lequel était encore collée l'étiquette indiquant le prix.

[« *Lois ? Atropos a pris tous ces objets aux gens qui iront ce soir au centre municipal, non ?* »]

[« *Oui. C'est certainement ça.* »]

Il lui montra le cocon noir qui hurlait sur le sol, noyant presque toutes les voix qui s'élevaient autour de lui… les noyant parce qu'il les dévorait.

[« *Et quelle que soit la chose à l'intérieur du linceul, elle a un rapport avec ce que Clotho et Lachésis appellent l'accord majeur. C'est elle qui relie tous ces objets différents, toutes ces vies différentes.* »]

[« *Ce qui en fait des* ka-tet. *Oui.* »]

Ralph lui tendit la chaussure de sport.

[« *Celle-ci, on l'emporte avec nous. Elle appartient à Helen.* »]

[« *Je sais.* »]

Lois l'examina un instant, puis fit quelque chose que Ralph trouva très astucieux : elle défit en partie le lacet et attacha la tennis à son poignet gauche, comme un bracelet.

Il s'avança encore un peu plus près du linceul noir et se pencha dessus. S'en rapprocher était difficile, rester à côté, plus dur encore ; comme de mettre l'oreille à proximité d'une perceuse à percussion lancée à fond, ou de regarder une lumière éblouissante sans cligner des yeux. Cette fois-ci, il eut l'impression de distinguer des mots au milieu du bourdonnement, les mêmes que ceux qu'il avait entendus lorsqu'il s'était rapproché du grand linceul suspendu au-dessus du centre municipal. *Fous le camp. Va te faire foutre…*

Ralph porta les mains à ses oreilles, mais évidemment, cela n'y changea rien. La voix ne provenait pas de l'extérieur, pas vraiment. Il laissa retomber ses mains et se tourna vers Lois.

[« *Qu'est-ce que tu en penses ? As-tu une idée de ce que nous devons faire, maintenant ?* »]

Il n'aurait trop su dire ce qu'il attendait d'elle, mais ce n'était pas, en tout cas, la réponse immédiate qu'elle lui fit sans hésiter :

[« *Ouvre ça et prends ce qu'il y a dedans. Tout de suite. C'est une chose dangereuse. Elle risque aussi d'appeler Atropos, il ne faut pas l'oublier. Il ne s'agit pas de perdre son temps en bavardages comme la poule avec Jack dans l'histoire du Haricot magique.* »]

Ralph avait bien déjà envisagé cette possibilité, mais pas en termes aussi crus. *Bon, très bien. Ouvrons le linceul et prenons le trésor. Mais voilà… comment dois-je procéder ?*

Il se souvint de l'éclair qu'il avait lancé sur Atropos, lorsque la petite ordure avait essayé d'attirer Rosalie de l'autre côté de la rue. Un bon procédé, mais qui pouvait faire davantage de mal que de bien, ici : et s'il pulvérisait la chose dont il était supposé s'emparer ?

Ça m'étonnerait.

Très bien, d'accord — de toute façon, il ne pensait pas qu'il y parviendrait... mais lorsqu'on était entouré d'objets appartenant à des gens qui risquaient de tous être morts le lendemain matin au lever du soleil, prendre des risques paraissait une mauvaise idée. Une très mauvaise idée.

Ce qu'il me faut, ce n'est pas un éclair, mais une bonne paire de ciseaux, comme ceux que Clotho et Lachésis utilisent pour...

Il se mit à regarder Lois fixement, surpris par la clarté de cette image.

[«*Je ne sais pas à quoi tu viens de penser, mais dépêche-toi de le faire, quoi que ce soit.* »]

6

Ralph abaissa les yeux sur sa main droite — une main d'où avaient maintenant disparu les rides et les premiers signes d'arthrite, une main prise dans une brillante couronne de lumière bleutée. Se sentant un peu idiot, il replia l'annulaire et le petit doigt contre sa paume et tendit l'index et le majeur, pensant au jeu auquel il avait joué, enfant, *ciseaux*, *papier*, *caillou*.

Devenez ciseaux, pensa-t-il. *J'ai besoin d'une paire de ciseaux. Aidez-moi.*

Rien. Il regarda Lois. Elle l'observait avec une sérénité qui avait un je-ne-sais-quoi de terrifiant. *Oh, Lois, si seulement tu savais...* Puis il chassa cette pensée de son esprit. Car il avait bien senti quelque chose, non ? Oui, quelque chose.

Cette fois, il ne forma pas de mots dans sa tête, mais une image : non pas celle des ciseaux dont s'était servi Clotho sur Jimmy V., mais ceux en acier de la trousse de couture de sa mère ; deux lames longues et effilées, à la pointe presque aussi aiguë que celle d'un couteau. Au fur et à mesure qu'augmentait sa concentration, il en venait même à voir les minuscules lettres gravées sur le métal, juste au-dessus de l'axe : SHEFFIELD STEEL. C'est alors qu'il sentit cette force dans son esprit — non pas le *blink* mais une sorte de muscle —, une force immensément puissante, qui se contractait lentement. Il fixait ses doigts des yeux et, dans son esprit, fit s'ouvrir et se refermer les lames, tout en mimant le geste.

Il sentait l'énergie empruntée au garçon Nirvana et au clochard de Neibolt Street qui, après s'être concentrée dans sa tête, se propageait jusqu'à ses doigts à travers son bras, comme une crampe.

L'aura qui entourait son index et son majeur tendus commença à s'épaissir et à s'allonger. À prendre la forme effilée et nette de lames. Ralph attendit de les voir dépasser d'environ quinze centimètres et fit de nouveau jouer ses doigts. Les lames s'ouvrirent et se refermèrent.

[« *Vas-y Ralph ! Tout de suite !* »]

Non, il ne pouvait se permettre d'attendre ou de s'exercer. Il était comme un batterie de voiture à laquelle on demanderait de lancer un moteur beaucoup trop puissant pour elle. Il sentait toute son énergie — celle qu'il avait empruntée ainsi que la sienne propre — courir le long de son bras pour aller se jeter dans ces lames. Il ne tiendrait pas longtemps ainsi.

Il se pencha à nouveau, les deux doigts collés l'un à l'autre pointés vers le linceul, et y enfonça la pointe des ciseaux. Il s'était tellement concentré sur la création puis le maintien des ciseaux qu'il en avait oublié le bourdonnement rauque et constant — consciemment, du moins ; mais lorsque la pointe des lames pénétra dans la surface noire, le linceul se mit à hurler en surrégime, un cri aigu qui mêlait souffrance et angoisse. Ralph vit des gouttes d'un liquide pâteux, épais, noirâtre, sourdre du suaire et tomber sur le sol. On aurait dit de la morve putréfiée. Il sentit en même temps doubler sa dépense d'énergie mentale. Il la voyait s'écouler, se rendit-il compte, sa propre aura qui parcourait son bras et le dos de sa main en vagues lentes et péristaltiques. Il la sentait aussi qui se réduisait autour de son corps, tandis que s'amenuisait cette protection essentielle.

[« *Dépêche-toi, Ralph ! Dépêche-toi !* »]

Il déploya des efforts colossaux pour écarter les doigts ; les lames d'un bleu chatoyant s'écartèrent aussi, entaillant légèrement l'œuf noir. Il hurla, et deux éclairs dentelés éclatant de lumière rouge parcoururent sa surface. Ralph resserra les doigts et les lames se refermèrent, ouvrant une fente dans ce qui était une matière à moitié coquille, à moitié chair. Il poussa un cri. Ce n'était pas tant de la douleur, qu'il ressentait, qu'une immense fatigue. *C'est l'impression que l'on doit avoir lorsqu'on saigne à mort*, se dit-il.

Il y eut un reflet d'or éclatant à l'intérieur du sac noir.

Il rassembla toutes ses forces et tenta d'ouvrir de nouveau les doigts pour recommencer. Il crut tout d'abord qu'il n'y parviendrait pas — on aurait dit qu'ils étaient collés avec de la Super-Glue — puis ils s'écartèrent et il agrandit la fente. Il arrivait presque à distinguer l'objet, à l'intérieur, une forme ronde, petite et brillante. *Il ne peut y avoir qu'une seule chose là-dedans*, se dit-il, et soudain son cœur palpita, les lames bleutées vacillèrent.

[« *Lois, à l'aide !* »]

Elle le saisit au poignet. Ralph sentit l'énergie gronder en lui en survoltage. Il vit, stupéfait, les lames se solidifier de nouveau. Seule l'une d'entre elles était bleue ; l'autre avait pris maintenant une nuance gris perle.

Lois, hurlant dans la tête de Ralph : [« *Coupe ! Coupe, maintenant !* »]

Il resserra les doigts, et cette fois-ci les lames entaillèrent complètement le linceul, qui laissa échapper un ultime hurlement chevrotant, devint entièrement rouge et disparut. Les lames d'acier s'évanouirent avec un pétillement au bout des doigts de Ralph. Il ferma un instant les yeux, soudain conscient des grosses gouttes de transpiration qui lui coulaient sur les joues comme des larmes. Dans la chambre noire de ses paupières, il voyait des images rémanentes démentes qui ressemblaient à des lames de ciseaux prises d'une agitation frénétique.

[« *Lois ? Ça va ?* »]

[« *Oui… mais je suis épuisée. Je ne sais vraiment pas comment je vais faire pour regagner cet escalier, sous l'arbre, et encore moins pour l'escalader. Je ne me sens même pas capable de tenir debout.* »]

Ralph rouvrit les yeux, posa les mains sur ses cuisses et se pencha une fois de plus. Là où se trouvait le linceul noir encore un instant auparavant, était posée, à même le sol, une alliance d'homme. On pouvait facilement lire ce qui était gravé à l'intérieur : HD-ED, 8.5.87.

Helen Deepneau et Edward Deepneau. Mariés le 5 août 1987.

C'était pour cela qu'il était venu. Le gage de Deepneau. Il ne restait plus qu'à le cueillir… à le glisser dans le gousset de son pantalon… à retrouver les boucles d'oreilles de Lois… et à ficher le camp d'ici.

7

Au moment où il tendait la main pour saisir l'anneau, quelques vers lui revinrent à l'esprit ; non pas ceux de Stephen Dobyns, cette fois, mais un fragment emprunté à J.R.R. Tolkien, l'inventeur des hobbits auxquels Ralph avait pensé pour la dernière fois dans le confort douillet de la maison de Lois. Cela faisait presque trente ans qu'il avait lu l'histoire de Frodo, Gandalf, Sauron et du Seigneur Noir — histoire qui comportait un objet très semblable à celui-ci, maintenant qu'il y pensait — mais les vers furent pendant un instant aussi clairs dans son esprit que les lames l'avaient été sous ses yeux quelques secondes avant :

Un anneau pour les gouverner tous.
Un anneau pour les trouver,
Un anneau pour les amener tous et dans les ténèbres
Les lier au Pays de Mordor où s'étendent les ombres[1].

Je ne vais pas arriver à le soulever, pensa-t-il. *Il va être aussi solidement attaché à la roue du* ka *que Lois et moi, et je ne vais pas pouvoir le détacher. Ou alors, ce sera comme d'attraper un câble à haute tension à pleines mains, et je serai mort avant de savoir ce qui m'arrive.*

Il ne parvenait cependant pas à le croire. Si l'anneau n'avait pas été en danger d'être pris, pourquoi l'avoir protégé de ce linceul ? S'ils n'avaient pas eu pour mission de le récupérer, pour quelle raison les forces qui se tenaient derrière Clotho et Lachésis et derrière Dorrance, il ne fallait pas oublier Dorrance — les auraient-elles lancés dans cette aventure, lui et Lois ?

1. Traduction F. Ledoux. *(N.d.T.)*

Un anneau pour les gouverner tous, *un anneau pour les trouver*, pensa Ralph en refermant ses doigts sur l'alliance d'Ed. Un instant, il ressentit une douleur aiguë, en éclats de verre, qui lui remonta la main, le poignet et l'avant-bras ; en même temps, les voix qui psalmodiaient doucement, les voix des objets qu'Atropos avait entassés, s'élevèrent en un grand soupir harmonieux.

Ralph émit un son qui n'était ni tout à fait un cri ni tout à fait un gémissement et souleva l'anneau, solidement enfermé dans sa main droite. Un sentiment de victoire chanta dans ses veines, comme un vin capiteux ou comme…

[« *Ralph…* »]

Il se tourna vers elle, mais Lois regardait l'endroit où avait été posée l'alliance d'Ed, une expression de peur et d'incrédulité sur le visage.

L'endroit où l'alliance d'Ed avait été posée, et où elle l'était toujours. Exactement au même endroit, petit anneau à l'intérieur duquel était gravé ceci : HD-ED 8.5.87.

Ralph éprouva un sentiment troublant de désorientation et dut faire un effort pour le contrôler. Il ouvrit la main, s'attendant presque que la bague eût disparu, en dépit de ce que lui disaient ses sens ; mais elle se trouvait toujours au milieu de sa paume, encadrant impeccablement la croisée de sa ligne de vie et de sa ligne d'amour, brillant de l'éclat de l'or dans la sinistre lumière rougeâtre du lieu. HD-ED 8.5.87.

Les deux bagues étaient identiques.

8

Une dans la main, une sur le sol ; aucune différence. Aucune, du moins, qu'il pût voir.

Lois tendit la main vers l'anneau qui avait remplacé celui que tenait Ralph, hésita un instant et le prit. Sous leurs yeux une lueur dorée fantomatique apparut au-dessus du sol, puis se matérialisa en un troisième anneau. Comme pour les deux autres, HD-ED 8.5.87 était inscrit à l'intérieur.

Ralph pensa alors à une autre histoire ; non plus au *Seigneur des anneaux* de Tolkien, mais à celle qu'il avait lue à l'un des enfants de la sœur de Carolyn, autrefois, dans les années cinquante. Cela faisait longtemps, mais il ne l'avait jamais complètement oubliée, car c'était une histoire plus riche et plus sombre que les habituelles absurdités de son auteur, le Dr Suess, sur des rats, des chats et des chauves-souris. Elle était intitulée *Les Cinq Cents Chapeaux de Bartholomew Cubbins*, et il n'y avait rien d'étonnant à ce qu'elle lui fût venue à l'esprit en ces circonstances.

Le pauvre Bartholomew était un cul-terreux qui avait eu le malheur de se trouver en ville lors du passage du roi. On devait enlever son chapeau en présence de Sa Majesté et Bartholomew avait certainement essayé, mais pas de chance : à chaque fois qu'il l'enlevait, un autre, identique au premier, prenait sa place.

[« *Ralph ? Qu'est-ce qui t'arrive ?* »]

Il secoua la tête sans répondre, tandis que ses yeux ne cessaient d'aller de l'une à l'autre des trois bagues. Trois alliances, toutes identiques, exactement comme le chapeau que Bartholomew s'efforçait de soulever. Ce pauvre garçon n'avait cessé d'essayer de faire preuve de courtoisie envers son roi, se souvenait Ralph, même pendant que le bourreau le poussait sur les marches qui montaient à l'échafaud où il allait être décapité pour crime de lèse-majesté…

À cette petite différence près, cependant, qu'au bout

d'un moment les chapeaux, sur la tête du pauvre diable, avaient commencé à se transformer, devenant de plus en plus fabuleux et baroques.

Les alliances sont-elles absolument identiques, Ralph ? En es-tu sûr ?

Eh bien non, il n'en était pas sûr. Lorsqu'il avait pris la première, il avait senti une douleur, profonde mais brève, lui remonter une partie du bras comme un rhumatisme ; Lois n'avait manifesté aucun signe de souffrance en ramassant le deuxième anneau.

Et les voix… Je ne les ai pas entendues crier, la deuxième fois.

Ralph se pencha pour prendre la troisième bague. Il ne ressentit aucun élancement douloureux, aucun cri ne lui parvint des objets qui constituaient les parois, autour d'eux ; ils continuèrent simplement à psalmodier doucement. Un quatrième anneau se matérialisa à la place du troisième, exactement comme un autre chapeau sur la tête du malheureux Bartholomew Cubbins, mais c'est à peine si Ralph y jeta un coup d'œil. C'était le premier qu'il regardait, celui qui était au creux de sa main droite, avec en son milieu la croisée de ses lignes de vie et d'amour.

Un anneau pour les gouverner tous, pensa-t-il. *Un anneau pour les lier… et à mon avis, c'est toi, ma beauté. À mon avis, les autres ne sont que d'habiles contrefaçons.*

Et il existait même peut-être un moyen de le vérifier. Ralph porta les deux alliances qu'il tenait à ses oreilles. Celle qui était dans sa main gauche était silencieuse ; celle qui était dans sa main droite, la bague qu'il avait arrachée au linceul noir, émettait un écho affaibli, presque inaudible, du hurlement final lancé par le suaire déchiré.

Celle de la main droite était vivante.

[« *Ralph ?* »]

Elle posa une main glacée sur son bras, avec de l'urgence dans le geste. Ralph la regarda, jeta l'anneau qu'il tenait dans la main gauche et brandit l'autre ; il regarda le visage tendu et étonnamment jeune de Lois à travers, comme si c'était un télescope.

[« *C'est celui-ci le bon. Les autres sont juste des figurants, il me semble, un peu comme les zéros dans un problème de math compliqué.* »]

[« *Tu veux dire qu'ils sont sans importance ?* »]

Il hésita, ne sachant trop que répondre… parce qu'ils n'étaient pas totalement dépourvus d'importance, il en avait la conviction. Simplement, il ne voyait pas comment mettre en mots son intuition. Tant que les faux anneaux continueraient d'apparaître dans cette immonde petite pièce, comme les chapeaux sur la tête de Bartholomew Cubbins, l'avenir que représentait le linceul de mort autour du centre municipal resterait le seul véritable. Mais la première alliance, celle qu'Atropos avait volée à l'annulaire d'Ed Deepneau (peut-être pendant qu'il dormait aux côtés d'Helen, dans leur petite maison Cape Cod maintenant désertée) pouvait changer tout cela.

Les duplicatas étaient des signes qui préservaient la forme du *ka*, de même que les rayons d'une roue en préservent la forme. L'original, néanmoins…

Ralph pensait que l'original était le moyeu : un anneau pour les lier.

Il étreignit l'anneau d'or et sentit sa courbure ferme s'enfoncer dans la paume de sa main. Puis il le glissa dans le gousset de son pantalon.

Il y a une chose qu'ils ne nous ont pas dite à propos du ka, pensa-t-il, *c'est qu'il est glissant. Glissant comme une vieille anguille immonde qui ne veut pas se décro-*

cher de l'hameçon et n'arrête pas de gigoter dans vos mains.

C'était aussi un peu comme escalader une dune ; on redescendait d'un pas pour deux que l'on arrivait à faire péniblement en avant. Ils étaient allés à High Ridge et y avaient accompli quelque chose — quoi, exactement, Ralph l'ignorait, mais Dorrance leur avait affirmé que c'était vrai : d'après lui, ils avaient rempli leur tâche. Puis, venus ici, ils s'étaient emparés du signe d'Ed, mais cela ne suffisait toujours pas, et pourquoi ? Parce que le *ka* était comme une anguille, le *ka* était comme une dune de sable, le *ka* était comme une roue qui ne veut pas s'arrêter, seulement continuer de rouler, rouler, en écrasant tout ce qui se trouve sur son passage. Une roue avec de nombreux rayons.

Mais plus que tout, peut-être, le *ka* était comme un anneau.

Comme une alliance.

Il comprit soudain ce que la longue discussion sur le toit de l'hôpital et ce que tous les efforts de Dorrance n'avaient pas réussi à lui faire toucher du doigt : que le statut sans définition de Deepneau, joint au fait qu'Atropos avait découvert ce malheureux en proie à la plus grande confusion, lui conférait une puissance phénoménale. Une porte s'était ouverte, et un démon appelé le Roi Pourpre s'y était engouffré, un être bien plus fort que Clotho, Lachésis ou Atropos. Et qui n'avait pas l'intention de se laisser arrêter par un Vieux Croulant de Derry comme Ralph Roberts.

[« *Ralph ?* »]

[« *Un anneau pour les gouverner, Lois, un anneau pour les trouver.* »]

[« *De quoi parles-tu ? Que veux-tu dire ?* »]

Il tapota le gousset, y sentant le relief peu prononcé

mais décisif de l'alliance d'Ed. Il saisit Lois par les épaules.

[« *Les substitutions — les fausses alliances — sont des rayons, mais celle-ci est le moyeu. Enlève le moyeu, une roue ne peut plus tourner.* »]

[« *Tu en es sûr ?* »]

Oui, sûr. Mais comment agir ?

[« *Oui. Allons-y, maintenant. Sortons d'ici tant que nous le pouvons.* »]

Ralph la fit passer devant, entre les pieds de la table surchargée ; puis il se mit à genoux et la suivit. Il jeta un dernier coup d'œil derrière à mi-chemin et vit un spectacle étrange et terrible : si le bourdonnement insupportable n'avait pas recommencé, le linceul noir se reconstituait autour de la fausse alliance, et l'éclat de l'or n'était déjà plus qu'un reflet fantomatique.

Il regarda quelques secondes, fasciné, presque hypnotisé, et dut s'arracher à cette contemplation pour suivre Lois.

9

Ralph redoutait de perdre un temps précieux à essayer de retrouver leur chemin dans le véritable labyrinthe que constituait la remise aux multiples allées d'Atropos : le problème ne se posa même pas. Leurs empreintes de pas, estompées mais encore visibles, leur servirent de guide.

Il commença à se sentir un peu plus fort en quittant cet horrible sanctuaire, mais Lois traînait sérieusement la jambe. Le temps d'atteindre l'arche qui séparait l'immonde pièce de séjour d'Atropos de la remise, elle s'appuyait déjà lourdement sur lui. Il lui demanda comment elle allait. Elle haussa les épaules et eut un petit sourire fatigué.

[« *Le gros du problème, c'est cet endroit. Aussi haut que l'on monte, il est toujours aussi ignoble et je l'ai en horreur. J'irai beaucoup mieux dès que je pourrai respirer un peu d'air frais. Vraiment.* »]

Il espéra qu'elle avait raison. Tout en se penchant pour passer sous l'arche, il essaya d'imaginer un prétexte pour l'envoyer en avant, ce qui lui donnerait le temps de procéder à une fouille rapide de l'endroit ; s'il ne retrouvait pas les boucles d'oreilles, il devrait supposer qu'Atropos les portait toujours.

Il remarqua que le slip dépassait à nouveau de l'ourlet de sa robe et ouvrit la bouche pour le lui dire, mais aperçut du coin de l'œil, au même instant, un léger mouvement. Il se rendit compte qu'ils avaient été beaucoup moins prudents pendant le retour — en partie du fait de leur fatigue — et qu'ils risquaient de payer le prix fort pour avoir baissé leur garde.

[« *Attention, Lois !* »]

Trop tard. Ralph sentit le bras de Lois se détacher violemment de lui, tandis que la créature ricanante la saisissait par la taille et l'entraînait en arrière. La tête d'Atropos n'arrivait qu'à hauteur des aisselles de Lois, mais cela lui suffisait pour tenir le scalpel rouillé au-dessus de sa tête. Lorsque Ralph fit mine de bondir, Atropos mit la lame en contact avec le panache gris perle qui montait de la tête de Lois, découvrant les dents sur un sourire immonde.

[*Pas un pas de plus, michrone… pas un !*]

Au moins, plus besoin de se demander où pouvaient se trouver les boucles d'oreilles baladeuses de Lois. Elles brillaient d'une lueur trouble, rouge tirant sur le rose, aux lobes des oreilles minuscules du nabot. Ce fut davantage leur vue que la mise en garde d'Atropos qui le paralysa.

Le scalpel s'éloigna légèrement — à peine, en fait — du panache de Lois.

[*Voyons, michrone, tu viens bien de prendre quelque chose qui m'appartient, non ? Inutile de nier, je le sais. Et tu vas me le rendre.*]

La lame vint se poser contre le panache de Lois, qu'elle caressa comme si Atropos aiguisait un rasoir.

[*Tu me le rends, ou bien cette salope va mourir sous tes yeux. Tu pourras voir son sac devenir tout noir. Alors, qu'est-ce que t'en dis, michronillon ? Allez, donne.*]

CHAPITRE 26

1

Atropos arborait un sourire plein d'un répugnant triomphe, mais aussi de…

… de peur. Il t'a pris la culotte baissée, il tient Lois d'une main par la gorge, son scalpel lui effleure le panache et il a néanmoins une frousse de tous les diables. Pourquoi ?

[*Allez ! Ne perdons pas de temps, connard ! donne-moi l'anneau !*]

Ralph porta lentement la main à son gousset et y prit la bague, se demandant pourquoi Atropos n'avait pas tué Lois tout de suite. Il n'avait certainement pas l'intention de la laisser repartir — de *les* laisser repartir.

Il redoute peut-être que je ne lui envoie encore un de mes atémis télépathiques. Mais ce n'est pas tout. Je crois aussi qu'il a peur de déconner. Qu'il a peur de la chose — de l'entité — qui le manipule. Qu'il a peur du Roi Pourpre. Tu as la frousse du patron, hein, petite ordure ?

Il tint l'anneau entre le pouce et l'index de sa main droite et regarda de nouveau au travers.

[«*Eh bien, viens donc le chercher ! Ne sois pas si timide.*»]

La fureur tordit le visage d'Atropos. Son agaçant sourire de triomphe se transforma en une grimace de dessin animé.

[*Je vais la tuer, michronillon, t'as pas compris ? C'est ce que tu veux ?*]

Lentement, délibérément, Ralph leva la main gauche et fit le geste de hacher. Il vit avec satisfaction le visage du nabot se tordre un peu plus, lorsque le bord de sa main se tourna vers lui.

[« *Si tu lui fais la plus petite entaille avec cette lame, je t'en file une qui t'obligera à prendre un tournevis pour déloger tes dents du mur. Je ne plaisante pas !* »]

[*Donne-moi l'anneau, michrone !*]

Ils ne sont pas capables de mentir, se dit tout à coup Ralph. *Je ne me souviens plus si on nous l'a dit ou si c'est juste une intuition, mais je suis sûr que c'est vrai. Ils ne peuvent pas mentir. Mais moi, si.*

[« *Je te propose un marché, monsieur A. Promets-moi qu'il n'y aura pas d'arnaque et je te la donnerai.* »]

Doc Chauve #3 le regarda avec doute et suspicion.

[*Une arnaque ? Qu'est-ce que tu veux dire, une arnaque ?*]

[« *Non, Ralph !* »]

Il jeta un coup d'œil à Lois et revint sur Atropos, se grattant machinalement la joue de la main gauche sans songer à la manière dont le nabot allait interpréter son geste. Le scalpel vint immédiatement s'appuyer contre le panache de Lois, avec assez de force pour s'y enfoncer un peu et y former une ecchymose sombre qui faisait penser à un bleu. De grosses gouttes de sueur perlaient au front d'Atropos et c'est sur un timbre aigu et paniqué qu'il parla.

[*Ne lance pas tes saletés d'éclairs sur moi ! Sinon la femme est morte !*]

Ralph rabaissa vivement la main et mit les deux bras

derrière le dos, comme un enfant pris en faute. Presque sans y penser, il en profita pour glisser l'alliance d'Ed dans la poche revolver de son pantalon. Ce n'est qu'à cet instant qu'il sut avec certitude qu'il n'avait aucune intention de lui restituer l'anneau. Même si cela devait coûter la vie à Lois — et lui coûter aussi la sienne —, il n'avait aucune intention de rendre la bague.

Mais peut-être n'aurait-il pas besoin d'en venir à de telles extrémités.

[« *Cela signifie qu'on fait un simple échange, monsieur A. Je te rends l'anneau, tu me rends mon amie. Tu dois simplement me promettre de ne pas lui faire de mal. Qu'est-ce que tu en dis ?* »]

[« *Non, Ralph, non !* »]

Atropos, sur le moment, ne dit rien. Une impuissance haineuse et de la peur faisaient briller les regards qu'il lançait à Ralph. Jamais de sa vie Ralph n'avait autant souhaité être doué pour mentir. Il lui suffirait d'entendre l'autre dire : *D'accord, marché conclu*, et la balle serait aussitôt dans son camp. Mais *le nabot ne pouvait pas le dire, parce qu'il ne pouvait pas le faire.*

Il sait qu'il est dans de sales draps. Qu'il lui coupe le cordon ou qu'il la lâche n'a pas réellement d'importance ; il doit se dire que, dans un cas comme dans l'autre, j'ai l'intention de le faire griller, et il n'a pas tort.

Et tu t'imagines pouvoir lui faire bien mal ? fit, d'un ton dubitatif, la voix de Carolyn dans le recoin de sa tête où elle demeurait. *Combien d'énergie te reste-t-il, depuis que tu as dû ouvrir le linceul qui entourait l'alliance ?*

La réponse, malheureusement, était : pas beaucoup. Assez, peut-être, pour lui cramer le haut du crâne, mais pas suffisamment pour le faire rissoler. Et…

Ralph vit à cet instant quelque chose qui ne lui plut pas : la nuance de panique, dans le rictus d'Atropos, laissait peu à peu la place à une confiance en soi prudente. Et il sentait les yeux fous du nabot qui l'exploraient avidement de la tête aux pieds, mais étudiaient surtout son aura. Il eut soudain la vision d'un mécanicien vérifiant, avec un étalon, le niveau d'huile d'un moteur.

Fais quelque chose, le suppliait Lois du regard. *Je t'en prie, fais quelque chose !*

D'accord, mais quoi ? Il ne lui venait pas la moindre idée à l'esprit.

Le sourire d'Atropos redevint triomphant.

[*Tu es déchargé, michronillon, c'est bien ça, hein ? Hé, c'est triste !*]

[« *Fais-lui mal et tu vas voir, espèce de bâton merdeux !* »]

Le sourire du doc chauve ne fit que s'élargir.

[*Tu ne serais même pas foutu de réchauffer un dé à coudre avec ce qui te reste. Sois un bon garçon et donne-moi simplement l'anneau avant que...*]

[« *Oh, le salopard !* »]

C'était Lois. Elle ne regardait plus Ralph, mais le miroir, de l'autre côté de la pièce, dans lequel Atropos devait sans nul doute s'assurer de la bonne présentation de ses dernières rapines — le foulard de Rosalie, par exemple, ou le chapeau de McGovern. À son expression sauvage et furieuse, Ralph comprit ce qu'elle voyait.

[« *Elles sont à* MOI, *espèce de sale petit voleur !* »]

Elle exerça une violente poussée en arrière, utilisant son poids supérieur pour écraser Atropos contre le montant de l'arche. Le nabot laissa échapper un grognement de surprise. La main qui tenait le scalpel alla heurter le mur, auquel la lame arracha des fragments de terre séchée. Lois se tourna vers lui, une expression de colère tellement farouche sur le visage — et tellement étrangère à *cette sacrée Lois* — que McGovern en serait probablement tombé à la renverse s'il l'avait vue. Elle lui griffa les joues en essayant d'atteindre les boucles d'oreilles, et Atropos poussa un jappement de chien sur la patte duquel on vient de marcher, puis la reprit par la taille et réussit à la faire pivoter.

Il raffermit sa prise sur le scalpel, prêt à frapper. Ralph brandit un index menaçant vers le doc chauve, et un rayon lumineux en jaillit, tellement pâle qu'il était à peine visible. Il alla frapper la pointe du scalpel, l'éloignant momentanément du panache de Lois. Et ce fut tout ; Ralph sentit qu'il venait de tirer sa dernière cartouche.

Atropos lui montra les dents, par-dessus l'épaule de Lois qui se débattait et se tortillait. Elle n'essayait nullement de lui échapper, mais bien de se retourner pour l'attaquer. Ses pieds dérapèrent quand elle voulut de nouveau peser de tout son poids sur lui pour l'écraser contre le mur, et, sans avoir la moindre idée de ce qu'il faisait, Ralph se jeta à genoux, tendant les mains — l'air d'un prétendant dément lancé dans une demande en mariage frénétique —, et l'un des pieds de Lois faillit bien l'atteindre à la gorge. Il attrapa le slip par l'ourlet et tira dessus, le libérant dans un sifflement soyeux de nylon rose. Lois hurlait toujours.

[« *Sale petit voleur ! Prends ça, tiens, prends ça !* »]

Atropos eut un couinement de douleur et lorsque Ralph leva les yeux, il vit que Lois le mordait au poignet droit. La main gauche, celle qui tenait l'arme blanche, s'agita à l'aveuglette en direction du panache gris perle, ne le manquant que de quelques centimètres. Ralph bondit sur ses pieds et, toujours sans idée précise de ce qu'il envisageait, enfonça ce qui restait du slip de Lois, emprisonnant à la fois la main qui tenait le scalpel et la tête du nabot.

[« *Fiche le camp d'ici, Lois, cours !* »]

Elle recracha la petite main blanche et partit d'un pas titubant vers la table ronde, au milieu de la pièce, essuyant le sang d'Atropos qui avait coulé dans sa bouche avec une répulsion atavique. Mais l'expression qui dominait encore sur son visage n'en était pas moins la colère. Atropos, réduit pour l'instant à une forme braillante qui se tordait sous le demi-slip rose, essaya de la rattraper de sa main libre. Ralph lui donna une claque dessus et repoussa le nabot contre le côté de l'arche.

[« *Non, mon petit vieux, c'est terminé de faire joujou !* »]

[*Lâche-moi ! Lâche-moi, salopard ! Tu n'as pas le droit de faire ça !*]

Et le plus bizarre dans tout ça, songea Ralph, *c'est qu'il le croit. Cela fait tellement longtemps que les choses se plient à sa fantaisie qu'il en a complètement oublié ce que peuvent faire les michrones. Mais je vais lui rafraîchir la mémoire.*

Il se rappela de quelle manière Atropos avait tranché le panache de Rosalie, alors que la chienne venait de lui lécher la main, et la haine qu'il ressentait pour cette créature ricanante, toujours à plastronner et folle à lier, explosa soudain dans sa tête comme un feu de détresse d'un vert marécageux. Il saisit l'un des côtés du slip de Lois et le tordit sauvagement à plusieurs reprises, le serrant tellement que les traits d'Atropos ressortaient comme ceux d'un masque mortuaire en nylon rose.

Puis, au moment où la lame du scalpel perça le tissu et commença à le couper, Ralph fit virevolter Atropos, se servant du slip comme d'une fronde, et l'envoya valser à travers l'arche. L'avorton chauve s'en serait mieux tiré s'il était tombé, mais il réussit à ne pas s'emmêler les pieds, si bien qu'il heurta l'arête de l'arche et poussa un cri étouffé avant de s'effondrer à genoux. Des taches sanglantes se mirent à fleurir, comme des pétales de fleur, à travers le tissu du slip. Le scalpel avait disparu. Ralph se jeta sur Atropos au moment où il réapparaissait pour agrandir la fente, d'où surgit le visage affolé de la petite créature. Son nez saignait, ainsi que son front et sa tempe droite. Avant qu'il ait pu se redresser, Ralph l'attrapait par les deux choses roses proéminentes qui étaient ses épaules.

[*Arrête ! Je t'avertis, michrone ! Je vais te faire regretter d'avoir* —]

Ralph ne prêta pas attention à la menace et aplatit Atropos sur le sol. Le doc avait les bras encore emmêlés dans le slip et il heurta la terre battue avec la tête, de plein fouet. Il poussa un cri où il y avait de la stupéfaction, mais surtout de la douleur. Ralph n'en crut pas son oreille intérieure lorsqu'il entendit dans sa tête la voix de Lois qui lui demandait d'épargner le psychotique de poche qui venait juste d'essayer de la tuer. Atropos tenta de rouler sur lui-même. Ralph se laissa tomber sur lui, genoux en avant, et le cloua ainsi au sol.

[« *Ne bouge pas, mon vieux. Je te préfère comme ça.* »]

Il se tourna vers Lois et constata que sa colère s'était évanouie aussi rapidement qu'elle s'était manifestée — comme un orage qui se serait formé et aurait éclaté dans un ciel bleu pour en disparaître en quelques minutes, ou une tornade venue de nulle part pour arracher le toit d'une grange et filer vers l'horizon. Elle montrait Atropos.

[« *Il a mes boucles d'oreilles, Ralph. Cette espèce de sale petit voleur a mes boucles d'oreilles ! Il les porte, même !* »]

[«*Je sais, je les ai vues.*»]

Une partie du visage grimaçant de Doc Chauve #3 dépassait de la fente du slip comme la tête du bébé le plus laid du monde au moment de sa naissance. Ralph sentait les muscles de la petite créature trembler sous ses genoux et se souvint d'un vieux proverbe qu'il avait lu quelque part (peut-être bien sur l'étiquette d'un sachet de thé !) : *Qui tient un tigre par la queue n'ose plus le lâcher*. Dans cette invraisemblable tanière souterraine, tel le protagoniste d'un conte de fées élucubré par un fou, Ralph eut l'impression d'avoir atteint à une compréhension quasi divine de cet aphorisme. Par la combinaison de la rage soudaine de Lois et d'un coup de chance insolent, il se retrouvait, au moins temporairement, maître de cette ignoble petite ordure. La question, qui n'avait rien d'académique, était de savoir ce qu'il fallait faire ensuite.

Atropos porta un coup de la main qui tenait le scalpel, mais faiblement et à l'aveuglette. Ralph n'eut aucun mal à l'éviter. Sanglotant, jurant, nullement terrorisé mais ayant très mal et surtout consumé d'une rage impuissante, le nabot renouvela sa tentative.

[*Lâche-moi, espèce de salopard de michrone monté en graine ! Vieille tignasse blanche imbécile ! Gueule de pomme ridée !*]

[«*J'ai un peu meilleure mine, depuis quelque temps, mon vieux. T'as pas remarqué ?*»]

[*Trou-du-cul ! Trou-du-cul de michrone débile ! Tu vas le regretter ! Tu vas fichtrement le regretter !*]

Eh bien, il ne me supplie même pas, pensa Ralph. *J'aurais pourtant cru qu'à ce stade, c'était ce qu'il allait faire.*

Atropos continua de donner ses dérisoires coups de scalpel au petit bonheur la chance. Ralph les évita sans peine et glissa une main vers la gorge de la créature qu'il clouait au sol.

[« *Ralph, non !* »]

Il secoua la tête sans trop savoir si elle allait se sentir rassurée ou croire qu'elle l'embêtait — ou les deux. Il toucha la peau d'Atropos et le sentit qui frissonnait. Le docteur chauve poussa un cri de dégoût étouffé et Ralph sut exactement ce qu'il éprouvait. L'impression était répugnante pour l'un comme pour l'autre, mais il n'en retira pas pour autant sa main, essayant même, au contraire, de la refermer sur la gorge du nabot ; il ne fut guère surpris de se rendre compte qu'il n'y parvenait pas. Et cependant, Lachésis lui avait bien dit que seuls des michrones pouvaient s'opposer à la volonté d'Atropos, non ? La question était donc : comment ?

Sous lui, la petite créature partit d'un rire féroce.

[« *Je t'en prie, Ralph ! Attrape mes boucles d'oreilles et partons d'ici ! Ça suffira !* »]

Atropos roula des yeux dans la direction de Lois, puis loucha pour voir Ralph.

[*Alors comme ça, tu croyais pouvoir me tuer ! Essaie encore, pour voir !*]

Non, il ne l'avait pas pensé, mais il avait envie de s'en assurer.

[*Quelle vacherie la vie, tout de même, hein, michronillon ? Pourquoi ne pas me rendre tout de suite la bague ? De toute façon, je finirai par la récupérer, tu peux être tranquille.*]

[« *Ta gueule, face de rat.* »]

Fortes paroles, mais simples paroles. La question la plus pressante restait toujours sans réponse. Que diable devait-il faire de ce modèle réduit de monstre, maintenant ?

Quoi que tu en fasses, tu n'y arriveras pas tant que tu

auras Lois comme spectatrice, lui souffla une voix au ton froid qui n'était pas tout à fait celle de Carolyn. *Elle était parfaite tant qu'elle était en colère, mais c'est fini maintenant. Elle a trop bon cœur pour ce qui va suivre, Ralph. Il faut t'en débarrasser.*

Il se tourna vers elle ; elle avait les yeux mi-clos et paraissait près de s'effondrer au sol pour dormir.

[« *Pars d'ici tout de suite, Lois. Tout de suite. Remonte l'escalier et attends-moi au pied du...* »]

Le scalpel brilla à nouveau et faillit bien couper le bout du nez de Ralph, cette fois-ci. Dans le mouvement de recul qu'il fit, il glissa sur le nylon. Atropos poussa de toutes ses forces, et il s'en fallut de peu qu'il ne se dégageât de la prise dans laquelle le tenait Ralph — qui, à la dernière seconde, lui aplatit de nouveau la tête sur le sol et lui enfonça solidement le genou dans les reins ; les règles obscures de ce combat semblaient au moins autoriser cela.

[*Aïe ! Aïe ! Arrête ! Tu vas me tuer !*]

Ralph ignora ces protestations et s'adressa à Lois :

[« *Vas-y, Lois ! Repars ! J'arrive dès que je peux !* »]

[« *Je ne parviendrai jamais à grimper là-haut toute seule... Je suis trop fatiguée.* »]

[« *Mais si. Il le faut, et tu en es capable.* »]

Atropos arrêta de s'agiter — du moins pour l'instant —, réduit à un petit moteur hoquetant au ralenti sous le genou de Ralph. Tout cela, cependant, était bien loin de suffire. Le temps passait là-haut, passait à toute allure, et pour l'instant, c'était lui son véritable ennemi, pas Ed Deepneau.

[« *Mes boucles d'oreilles...* »]

[« *Je te les ramènerai, je te le promets.* »]

Dans ce qui parut un effort suprême, Lois se redressa et regarda Ralph solennellement.

[« *Il ne faut pas lui faire de mal, Ralph, si tu n'es pas obligé. Ce n'est pas chrétien.* »]

Non, pas du tout, répéta en se gaussant une petite créature tout au fond de la tête de Ralph. *Pas chrétien du tout et pourtant... il me tarde fichtrement de commencer !*

[« *File, Lois. Laisse-moi m'occuper de lui.* »]

Elle le regarda tristement.

[« *Il ne servirait à rien de te demander la promesse de ne pas lui faire de mal, hein ?* »]

Il réfléchit une seconde et secoua la tête.

[« *Non, mais je peux toujours te promettre que ça dépendra de lui. Ça te suffit ?* »]

Après avoir elle aussi réfléchi, elle acquiesça.

[« *Oui, je crois. Et je pourrai peut-être arriver à remonter, en y allant doucement. Mais toi ?* »]

[« *Je m'en sortirai très bien. Attends-moi sous l'arbre.* »]

Il la regarda traverser la pièce crasseuse, la chaussure de sport d'Helen ballottant à son poignet. Elle se glissa sous l'arche qui séparait la pièce de séjour du bout de couloir et de l'escalier, dans lequel elle s'engagea. Ralph attendit de voir ses pieds disparaître et revint à Atropos.

[« *Alors, mon pote, enfin seuls... deux vieux copains qui se retrouvent. Qu'est-ce qu'on fait, hein ? On fait joujou ? T'aimes bien faire joujou, hein ?* »]

Le nabot se remit à se débattre, agitant le scalpel qu'il tenait toujours pour essayer d'atteindre Ralph.

[*Lâche-moi ! Arrête de me tripoter, espèce de vieux pédé !*]

Il se tortillait si violemment que Ralph avait l'impression de retenir un serpent sous son genou. Mais il ne s'alarma ni de ses cris, ni de son agitation, ni de la lame qui donnait des coups au hasard. Toute la tête d'Atropos était maintenant sortie du slip, ce qui rendait les choses beaucoup plus faciles. Il saisit les boucles d'oreilles et tira. Elles restèrent en place, mais Atropos poussa un hurlement de souffrance d'une grande sincérité. Ralph se pencha, une esquisse de sourire aux lèvres.

[« *Ce sont bien des boucles d'oreilles pour oreilles percées, hein, mon pote ?* »]

[*Oui, bon Dieu, oui !*]

[« *C'est pas toi qui disais tout à l'heure que la vie était une vacherie ?* »]

Ralph saisit de nouveau les deux bijoux et les arracha. Deux petites éclaboussures de sang se déployèrent en éventail, tandis que les lobes des oreilles d'Atropos se déchiraient et se mettaient à pendre. Le cri que poussa le nabot était aussi aigu que celui d'une perceuse dotée d'une mèche neuve. Ralph éprouva un mélange de pitié et de mépris.

Ce petit salopard a l'habitude de faire mal aux gens, mais pas qu'on lui fasse mal. Peut-être même n'a-t-il jamais eu mal de toute sa vie. Eh bien, bienvenue au club, mon vieux.

[*Arrêtez ! Arrêtez ! Vous n'avez pas le droit de me faire ça !*]

[« *Eh, j'ai une information pour toi, mon pote. Comme je ne l'ai pas, je le prends, vu ? Les temps changent, faudra te faire une raison.* »]

[*Qu'est-ce que tu crois que tu vas pouvoir faire, de toute façon, michronillon ? Les choses arriveront, en dépit de tout, mets-toi ça dans la tête. Tous ces gens, au centre municipal, vont passer l'arme à gauche, et ce n'est pas le fait de prendre la bague qui y changera quoi que ce soit.*]

Comme si je ne le savais pas, se dit Ralph.

Atropos continuait de haleter mais avait arrêté de se

débattre. Ralph se permit de le lâcher des yeux pour faire un tour rapide de la pièce. En fait, soupçonna-t-il, c'était l'inspiration, qu'il cherchait, et même une toute petite aurait suffi.

[«*Est-ce que je peux me permettre une suggestion, monsieur A. ? En tant que ton nouveau copain et compagnon de jeu ? Je sais que tu es très occupé, mais tu devrais tout de même prendre le temps de ranger un peu cette pièce. Il ne s'agit pas de passer dans les revues genre* Votre Maison, *mais tout de même ! Quelle porcherie !*»]

Atropos, d'un ton à la fois boudeur et fatigué : [*J'en ai rien à foutre, de ce que tu penses, michrone.*]

Il ne voyait qu'un moyen de procéder. Un moyen qui ne lui plaisait pas, mais qu'il était bien obligé d'employer. Il le fallait, il n'avait pas le choix. Il avait une image en tête qui le garantissait. Celle d'Ed Deepneau volant vers Derry à bord d'un avion léger, un avion chargé d'un explosif à haute intensité ou d'une bonbonne de gaz toxiques.

[«*Alors, monsieur A. ? Qu'est-ce que je dois faire de toi ? T'aurais pas une idée, par hasard ?*»]

La réponse fut instantanée et sans équivoque :

[*Lâche-moi, c'est la réponse ; la seule réponse. Je vous laisserai tranquilles, tous les deux. Je vous laisserai à l'Intentionnel. Vous vivrez encore dix ans. Ou peut-être même vingt, ça n'a rien d'impossible. Tout ce que vous avez à faire, toi et la petite dame, c'est de vous sortir du chemin. Rentrez chez vous, et quand la fête commencera, vous n'aurez qu'à regarder ça à la télé.*]

Ralph fit semblant d'envisager sérieusement cette proposition.

[«*Et tu nous ficherais la paix ? Tu promets que tu nous ficherais la paix ?*»]

[*Oui !*]

Le visage du docteur chauve arborait une expression pleine d'espoir et Ralph voyait les premiers indices d'une aura en train de se former autour de lui. Elle était du même rouge terne et malsain que celui qui illuminait toute la tanière.

[« *Veux-tu que je te dise, mon pote ?* »]

L'espoir s'accrut sur le visage d'Atropos.

[*Oui, quoi ?*]

Ralph lança la main, saisit le poignet gauche du nabot et le tordit violemment. Atropos poussa un hurlement. Ses doigts se desserrèrent sur le manche du scalpel et Ralph put le prendre avec l'aisance d'un pickpocket chevronné qui subtilise un portefeuille.

[« *Je te crois.* »]

2

[*Rends-le-moi ! Rends-le-moi ! Rends-le-moi ! Rends-...*]

Dans son hystérie, Atropos aurait pu continuer à hurler ainsi pendant des heures, si bien que Ralph y mit un terme de la manière la plus directe qui lui vint à l'esprit. Il entailla d'un coup de rasoir vertical, superficiellement, la peau du crâne qui dépassait du slip de Lois. Aucune main invisible ne chercha à le repousser et la sienne n'hésita pas. Du sang — en quantité étonnamment importante — jaillit de la coupure. Un rouge malsain de blessure infectée envahit l'aura d'Atropos, qui hurla à nouveau.

Ralph se pencha et lui parla d'un ton amical à l'oreille.

[« *Je ne peux peut-être pas te tuer, mais en revanche, je peux t'en faire baver, hein ? Et je n'ai pas besoin d'une provision d'énergie psychique pour ça. Ton petit coupe-chou est amplement suffisant.* »]

Il pratiqua, en travers de la première, une deuxième entaille qui donna vaguement une forme de T à la blessure à l'arrière du crâne d'Atropos, dont les hurlements redoublèrent. Il se mit à se débattre frénétiquement. À son grand dégoût, Ralph découvrit qu'une partie de lui-même — le gnome capricant — y prenait le plus grand plaisir.

[« *Si tu veux que je continue à te charcuter, continue à t'agiter. Si tu veux que j'arrête, alors arrête.* »]

Atropos se tint immédiatement coi.

[« *Très bien. Je vais maintenant te poser quelques questions. Je crois qu'il y va de ton intérêt de me répondre correctement.* »]

[*Demande-moi ce que tu veux ! Ce que tu veux ! Ne me fais plus mal !*]

[« *Voilà une excellente réaction, mon pote, mais on doit pouvoir faire encore mieux, il me semble. Tu ne crois pas ? Voyons ça.* »]

Ralph l'entailla à nouveau, une longue coupure sur le côté du crâne ; de la peau retomba comme du papier peint mal collé. Atropos ulula. Ralph sentit une vague de dégoût lui soulever l'estomac — éprouvant, du coup, un certain soulagement. Mais lorsqu'il adressa verbo-mentalement la parole à Atropos, il prit grand soin de ne pas laisser percer ce sentiment.

[« *Bon, la séance de mise au point est terminée, Doc. Ne m'oblige pas à recommencer, sans quoi tu auras besoin de plusieurs tubes de Super-Glue pour que la peau de ton crâne ne s'envole pas au moindre souffle de vent. Suis-je assez clair ?* »]

[*Oui ! Oui !*]

[« *Tu me crois ?* »]

[*Oui, espèce de salopard à cheveux blancs, oui !*]

[« *C'est bien. Voici ma question, monsieur A. : Quand tu fais une promesse, es-tu obligé de la tenir ?* »]

Atropos hésita à répondre, ce qui était bon signe. Ralph appuya la lame du scalpel contre sa joue pour l'encourager à parler, et fut récompensé par un cri et une coopération instantanés.

[*Oui, oui ! Mais ne me fais plus mal ! Je t'en supplie, ne me fais plus mal !*]

Ralph éloigna le scalpel. La forme de la lame brûlait sur la peau lisse de la petite créature comme une marque de naissance.

[« *Entendu, mon mignon. Alors, écoute. Je veux que tu promettes de nous laisser tranquilles, Lois et moi, jusqu'à la fin de la manifestation du centre municipal. Tu ne nous poursuivras pas, tu ne couperas rien du tout, pas de connerie. Promets-le-moi.* »]

[*Va te faire foutre ! Prends ta promesse et cale-la-toi dans le cul !*]

Cette réaction ne mit pas Ralph en colère ; au contraire, son sourire s'agrandit. Car Atropos n'avait dit ni qu'il ne voulait pas ni — plus important encore — qu'il ne pouvait pas la faire. Seulement non. En d'autres termes, il atermoyait, chose à laquelle il était facile de remédier.

Se raidissant, Ralph fit courir la lame le long du dos d'Atropos. La tunique crasseuse se fendit, et la peau, dessous, en fit autant. Un flot de sang en jaillit, écœurant, et Atropos laissa échapper un hurlement torturé assourdissant.

De nouveau, il se pencha sur la petite créature pour lui murmurer à l'oreille, évitant le sang du mieux qu'il pouvait :

[« *Ça ne m'amuse plus, mon pote… encore deux ou*

trois coups de scalpel et je crois que je vais dégueuler. Mais il faut que tu saches que je peux recommencer, et que je recommencerai autant qu'il le faudra, tant que tu ne m'auras pas fait cette promesse, ou jusqu'à ce que la force qui m'a empêché de t'étrangler vienne encore m'arrêter. J'ai bien peur que si c'est ce que tu attends, tu sois réduit en lanières avant. Alors, qu'est-ce que tu en dis ? La promesse, ou être pelé comme une orange ? »]

Atropos gargouillait quelque chose, un bruit ignoble, révoltant.

[*Tu ne comprends pas ! Si tu arrives à arrêter ce qui a commencé — ce n'est pas impossible, même si tes chances sont minces —, je serai puni par la créature que tu appelles le Roi Pourpre !*]

Ralph serra les dents et frappa encore, les lèvres tellement pincées que sa bouche avait l'air d'une cicatrice ancienne. La lame rencontra une certaine résistance quand elle entama le cartilage, et l'oreille droite d'Atropos tomba au sol. Le sang gicla de la plaie ouverte sur le côté de la tête chauve et le cri, cette fois, fit mal aux oreilles de Ralph.

Ils sont fichtrement loin d'être des dieux, pas de doute, pensa celui-ci. Il se sentait malade, révulsé, horrifié. *La seule véritable différence avec nous est qu'ils vivent plus longtemps et qu'ils sont un peu plus difficiles à voir. Quant à moi, je ne me sens pas très aguerri. Rien que la vue de tout ce sang me donne envie de m'évanouir. Merde !*

[*Très bien, je te le promets ! Mais arrête de me charcuter ! Arrête ! Je t'en supplie, arrête !*]

[*« C'est un bon début, mais il va falloir être plus précis. Je veux t'entendre dire que tu promets de n'approcher ni de Lois ni de moi — ni même d'Ed — tant que le rassemblement ne sera pas terminé au centre municipal.* »]

Il s'attendait à de nouveaux atermoiements, mais Atropos le surprit :

[*Je le promets ! Je promets de ne pas t'approcher, ni d'approcher la pute avec laquelle tu traînes…*]

[« *Lois. Dis son nom. Lois.* »]

[*Oui, oui, elle, Lois Chassey ! D'accord pour ne pas m'approcher d'elle, pas plus que d'Ed Deepneau. Je ne m'approcherai d'aucun d'entre vous, pourvu que tu ne me fasses plus mal. T'es content ? Ça va comme ça, mon salaud ?*]

Ralph estima qu'il était content… dans la mesure où il pouvait l'être, écœuré d'avoir dû employer de telles méthodes. Il ne pensait pas qu'il y eût une échappatoire à la promesse faite par Atropos ; le petit homme chauve risquait de payer le prix fort, plus tard, pour avoir cédé, mais en fin de compte, cette perspective n'avait pas suffi à lui faire surmonter la souffrance et la terreur qu'il ressentait.

[« *Oui, monsieur A., je crois que ça ira.* »]

Ralph se détacha de sa victime avec une sensation bizarre au creux de l'estomac et celle, encore plus bizarre (vraie ou fausse ?), que sa gorge s'ouvrait et se refermait comme les coquilles d'un bivalve. Il regarda un instant le scalpel ensanglanté puis leva le bras et le lança aussi loin qu'il put. Il passa sous l'arche en tournoyant et disparut dans la remise, de l'autre côté.

Bon débarras. Au moins, je ne m'en suis pas trop mis sur moi. C'est toujours ça. Il n'avait plus envie de vomir, mais plutôt de pleurer.

Atropos se mit lentement à genoux et regarda autour de lui avec l'expression hébétée de quelqu'un qui vient de survivre à un cyclone. Il vit son oreille sur le sol, la ramassa, et la tourna et la retourna dans ses petites mains, examinant les fils de cartilage qui en pendaient. Puis il leva les yeux sur Ralph. Ils étaient larmoyants, pleins de souffrance et d'humiliation, mais on y lisait aussi autre chose : une fureur mortelle d'une telle intensité que Ralph sentit qu'il se rétractait intérieurement. Toutes ses précautions paraissaient dérisoires et ridicules devant tant de rage. Il fit un pas maladroit en arrière, pointant un doigt qui tremblait légèrement en direction d'Atropos :

[« *N'oublie pas ta promesse !* »]

Atropos découvrit les dents en un sourire atroce. Le morceau de peau qui retombait sur le côté de son visage se balançait comme une voile qui faseye et du sang sourdait en filets de la chair à vif, en dessous.

[*Oh, je ne risque pas de l'oublier, tu n'as rien à craindre. Je vais même t'en faire une deuxième. Deux pour le prix d'une, si je puis dire.*]

Doc Chauve #3 fit un geste que Ralph reconnut pour l'avoir déjà vu sur le toit de l'hôpital : l'index et le majeur de la main droite en V, tenus verticalement, créant un arc de cercle rougeâtre en l'air. À l'intérieur, Ralph distingua une silhouette humaine ; derrière, on devinait vaguement, comme à travers une brume sanglante, le Red Apple. Il voulut demander qui se tenait ainsi devant le magasin, sur le trottoir de Harris Avenue… puis, soudain, sut de qui il s'agissait. Il se tourna vers Atropos, stupéfait.

[« *Bon Dieu, non ! Tu ne peux pas !* »]

Le sourire mauvais s'élargit sur le visage d'Atropos.

[*Tu sais, c'était exactement ce que je me disais à propos de toi, michrone. Sauf que je me trompais. Mais toi aussi, tu te trompes. Regarde.*]

Atropos écarta un peu plus les doigts. Ralph vit un

autre personnage, affublé d'une casquette des Red Sox de Boston, sortir du magasin ; cette fois, il sut tout de suite à qui il avait affaire. Cette personne appela celle qui se trouvait de l'autre côté de la rue, et quelque chose de terrible commença alors à se produire. Ralph se détourna, malade à vomir, de l'avenir tel que le décrivait l'arc de cercle ensanglanté, entre les petits doigts d'Atropos.

Mais il l'entendit quand il se produisit.

[*Le premier personnage appartient à l'Aléatoire, michronillon — autrement dit, à moi. Et voilà ma promesse : si tu continues à me mettre des bâtons dans les roues, ce que je viens de te montrer se produira. Tu ne pourras rien y faire. Tous tes avertissements n'y changeront rien. Mais si tu laisses tomber, si toi et la femme vous contentez de laisser les événements suivre leur cours, alors je retiendrai ma main.*]

Les grossièretés qui constituaient l'ordinaire des propos d'Atropos avaient disparu, abandonnées comme un déguisement, et pour la première fois, Ralph eut une vision un peu précise du degré d'intelligence malveillante de cette créature ancienne.

[*Pense à ce que disent les drogués, michrone : mourir est facile, c'est vivre qui est dur. Un dicton plein de profondeur. Et si quelqu'un le sait bien, c'est moi. Alors, qu'est-ce que tu en penses ? Tu ne changes pas d'avis ?*]

Ralph restait au milieu de cette pièce dégoûtante, la tête penchée, les poings serrés. Les boucles d'oreilles de Lois brûlaient l'un d'eux comme de petits charbons ardents. L'alliance d'Ed semblait aussi brûler contre sa fesse, mais il savait qu'il n'y avait rien au monde qui aurait pu l'empêcher de la sortir de sa poche et de la lancer dans l'autre pièce, à la suite du scalpel. Il se souvint d'une histoire qu'il avait lue à l'école — il y avait mille ans de cela. *La Dame ou le Tigre ?*, tel en était le titre, et il comprenait maintenant quel effet ça faisait, de détenir un aussi terrible pouvoir… et de devoir faire un choix aussi terrible. Vu de l'extérieur, cela paraissait aisé : après tout, que valait une vie, contre deux mille autres ?

Mais cette seule vie-là…

Et pourtant, ce n'était pas comme si tout le monde devait le savoir, pensa-t-il froidement. *Sauf peut-être Lois… mais Lois serait d'accord avec ma décision. Carolyn ne l'aurait peut-être pas été, mais elle était bien différente de Lois.*

Oui, mais avait-il le droit ?

Atropos avait lu dans l'aura de Ralph — effrayant, ce que déchiffrait cette créature.

[*Évidemment, tu l'as, Ralph. C'est ça, la véritable question de la vie et de la mort : qui a le droit. Cette fois-ci, c'est toi. Alors, qu'est-ce que tu en dis ?*]

[« *Je ne sais pas ce que je dis. Je ne sais pas ce que je pense. Je ne sais qu'une chose : je regrette fichtrement que, tous les trois, vous ne m'ayez pas foutu la paix !* »]

Ralph Roberts tourna la tête vers le plafond crevé de racines et hurla.

CHAPITRE 27

1

Cinq minutes plus tard, la tête de Ralph surgit du trou sombre, sous le vieux chêne. Il aperçut tout de suite Lois qui, agenouillée en face de lui, scrutait d'un œil inquiet le réseau de racines. Il lui tendit une main salie et ensanglantée qu'elle saisit fermement, l'aidant à garder l'équilibre pendant qu'il franchissait les dernières marches — ces racines noueuses qui avaient tout, en fait, de barreaux d'échelle.

Il se hissa par l'ouverture en se tortillant et s'allongea sur le dos, aspirant l'air pur à grandes bouffées. Jamais de sa vie il ne l'avait trouvé aussi doux. En dépit de tout ce qui s'était passé, il éprouvait une immense gratitude à se retrouver dehors. Libre.

[« *Ralph ? Ça va, Ralph ?* »]

Il lui retourna la main pour y déposer un baiser, puis il posa les boucles d'oreilles dans sa paume.

[« *Oui, très bien. Ces trucs là sont à toi, non… ?* »]

Elle regarda les bijoux avec curiosité, comme si c'était la première fois qu'elle voyait des boucles d'oreilles, puis elle les glissa dans la poche de sa robe.

[« *Tu les as aperçues dans le miroir n'est-ce pas ?* »]

[« *Oui, et c'est ça qui m'a mise en colère... mais au fond, je n'étais pas tellement surprise.* »]

[« *Parce que tu savais déjà...* »]

[« *Oui, probablement. Peut-être depuis le moment où j'ai vu Atropos avec le chapeau de Bill. C'est comme si... tu sais... comme si je l'avais gardé au fond de ma tête.* »]

Elle l'observait attentivement, le regard évaluateur.

[« *Laisse tomber les boucles d'oreilles... Qu'est-ce qui s'est passé, là en dessous ? Comment t'en es-tu sorti ?* »]

Ralph craignait qu'elle n'en comprît trop si elle continuait à le regarder de cette façon. Il commençait aussi à se dire que s'il ne se remuait pas rapidement, il risquait de ne plus jamais pouvoir bouger ; sa fatigue atteignait de telles proportions qu'elle était comme un grand objet pétrifié — un transatlantique coulé depuis longtemps, par exemple — gisant en lui, l'appelant, essayant de l'attirer par le fond. Il se mit debout. Pas question, pour l'un comme pour l'autre, de se laisser ainsi entraîner. Pas maintenant. Les nouvelles qui leur venaient du ciel n'étaient pas trop mauvaises — mais pas brillantes non plus : il était au moins six heures de l'après-midi. Partout dans Derry, les gens qui se fichaient de la question de l'avortement comme de leur première chemise (autrement dit, la grande majorité) passaient à table pour le dîner. Au centre municipal, on était sur le point d'ouvrir les portes, baignées dans la lumière des projecteurs de dix kilos, tandis que des caméras portatives retransmettaient l'arrivée des premiers partisans de l'IVG et leur passage devant Dan Dalton et sa cohorte anti-avortement, panneaux brandis. Non loin de là, des gens psalmodiaient le refrain préféré d'Ed Deepneau — celui qui disait : *Hé, hé, Susan Day, combien d'enfants tués aujourd'hui ?* Ralph et Lois ne savaient pas ce qu'ils avaient à faire, seulement qu'il leur restait entre soixante et quatre-vingt-dix minutes pour le faire. Le compte à rebours avait commencé.

[« *Allez, viens, Lois. Faut y aller.* »]

[« *On retourne au centre municipal ?* »]

[« *Non, pas tout de suite. Je crois qu'il vaudrait mieux commencer par...* »]

Ralph se rendit compte qu'il ne pouvait attendre que sa bouche lui apprît où il voulait en venir. Où donc pensait-il qu'il devait commencer par aller ? À l'hôpital ? Au Red Apple ? Chez lui ? Où va-t-on, lorsqu'on a besoin de retrouver deux types bien intentionnés mais loin de tout savoir et par la faute desquels vous êtes plongés, vous et votre petite amie, dans un pétrin carabiné ? Pouvaient-ils espérer raisonnablement être retrouvés par eux ?

Ils n'ont peut-être aucune envie de vous revoir, mon chou. Qui sait même s'ils ne font pas tout pour vous éviter ?

[« *Ralph ? Es-tu bien sûr que...* »]

Il pensa tout d'un coup à Rosalie, et sut.

[« *Le parc, Lois. Il faut aller à Strawford Park. Oui, là. Mais un arrêt en cours de route s'imposera.* »]

Il l'entraîna, le long de la barrière anticyclone, et ils entendirent bientôt le bruit d'une conversation paisible. Ralph sentit aussi l'odeur de hot-dogs grillés, des effluves paradisiaques après l'innommable puanteur de la tanière d'Atropos. Une ou deux minutes plus tard, ils parvenaient à proximité de l'aire de pique-nique, près de la piste 3.

Dorrance se trouvait là, au cœur de sa stupéfiante aura multicolore, et regardait un petit appareil descendre vers la piste d'atterrissage. Derrière lui, Faye Chapin et Don Veazie, installés à une table, jouaient aux échecs, une bouteille de Blue Nun entamée à portée de la main. Stan et Georgina Eberly buvaient de la bière et maniaient des fourchettes sur lesquelles étaient empalées des saucisses dans les vagues de chaleur (vagues qui prenaient une étrange nuance rose sec, comme celui d'un sable corallien, aux yeux de Ralph) montant du barbecue.

Un instant, Ralph resta immobile, paralysé par tant de beauté, beauté éphémère et puissante qui était sans doute la raison d'être essentielle des michrones, songea-t-il. Des bribes d'une chanson qui devait avoir au moins vingt-cinq ans lui revinrent à l'esprit : *Nous sommes de la poussière d'étoile, nous sommes d'or*. L'aura de Dorrance était différente — fabuleusement différente — mais même la plus prosaïque des autres scintillait de feux qui rivalisaient avec les pierres précieuses les plus rares et les plus désirables.

[« *Oh, Ralph, est-ce que tu vois comme ils sont beaux ?* »]

[« *Oui.* »]

[« *Quel dommage qu'ils ne le sachent pas...* »]

Disait-elle vrai ? À la lumière de ce qui s'était passé, il n'en était pas totalement convaincu. Et il éprouvait l'intuition — une intuition puissante qu'il n'aurait su mettre en mots — que seul le moi conscient était aveugle à la beauté réelle, laquelle était l'objet d'une progression constante, un état plutôt que quelque chose de visible.

« Allez, bougre d'âne, fais ton mouvement », dit une voix. Ralph sursauta, croyant sur l'instant qu'on s'adressait à lui, mais c'était Faye qui apostrophait Don Veazie. « Tu es plus lent qu'un escargot !

— Fiche-moi la paix, je réfléchis.

— Tu peux réfléchir jusqu'à ce que l'enfer gèle, tu seras quand même mat en six coups. »

Don se servit un peu de vin dans un gobelet en carton

et roula des yeux. « Oh, là ! là ! je ne savais pas que je jouais contre Boris Spassky soi-même ! Je croyais que c'était contre ce bon vieux Faye Chapin ! Veuillez accepter mes excuses les plus raplapla, cher Boris !

— Ça, c'est un numéro ! Tu devrais faire une tournée, t'empocherais un million de dollars ! Tu vas pouvoir partir bientôt, d'ailleurs — dans six mouvements, exactement.

— Qu'est-ce que t'es fort, tout de même, répliqua Don. Tu ne sais même pas…

— Chut ! l'interrompit vivement Georgina Eberly. Vous n'avez pas entendu ce bruit ? On aurait dit une sorte d'explosion. »

Le bruit en question, c'était Lois qui venait d'aspirer un flot de l'aura vibrante, d'un beau vert tropical, de Georgina.

Ralph mit à son tour la main en cornet devant sa bouche et inhala un flux similaire de l'aura d'un bleu éclatant de Stan Eberly. Il se sentit immédiatement envahi par une énergie toute neuve ; comme si des néons s'allumaient partout dans son esprit. Mais le grand paquebot coulé, lequel n'était rien d'autre que quatre bons mois de nuits sans sommeil, gisait toujours par le fond, essayant de l'attirer à lui.

La décision, néanmoins, restait toujours à prendre, dans un sens ou un autre. Remise à plus tard.

Stan regarda autour de lui. En dépit de l'emprunt que Ralph lui avait fait (et il avait pris une fameuse inspiration), son aura était aussi dense et brillante qu'avant. Apparemment, ce qu'on leur avait dit sur ces réservoirs inépuisables d'énergie qui entouraient tous les êtres humains devait être vrai, littéralement vrai.

« J'ai bien entendu quelque chose, commença Stan.

— Pas moi, l'interrompit Faye.

— Évidemment pas, vu que t'es sourd comme un pot, répliqua Stan. Arrête de m'interrompre tout le temps, veux-tu ? Je voulais dire que c'était pas un réservoir de gazole, parce qu'il n'y a pas de fumée. C'est pas non plus Don qui a pété, vu qu'y a pas un écureuil de tombé raide mort d'un arbre avec la fourrure cramée. À mon avis, c'est un des gros camions de la garde nationale qui a eu un raté. T'en fais pas, ma chérie, je te protégerai.

— Protège plutôt ça », répondit Georgina en lui faisant un bras d'honneur. Mais elle souriait.

« Oh, bon sang, s'exclama Faye, visez-moi donc le vieux Dor ! »

Ils se tournèrent tous vers Dorrance, qui souriait et agitait la main en direction de Harris Avenue Extension.

« À qui dis-tu bonjour, l'ancêtre ? lui demanda Don Veazie, goguenard.

— À Ralph et Lois, répondit le vieillard, radieux. Je vois Ralph et Lois. Ils viennent tout juste de sortir de sous le vieux chêne.

— Ouais », dit Stan. Il s'abrita les yeux d'une main et, de l'autre, pointa directement sur eux. Le système nerveux de Ralph se mit en alerte rouge, le temps de se rendre compte que Stan indiquait simplement l'endroit vers lequel Dorrance était tourné. « Hé, regardez ! C'est Glenn Miller, juste derrière eux ! Nom de Dieu ! »

Georgina donna un coup de coude à Stan, qui l'esquiva adroitement en souriant.

[« *Salut, Ralph ! Salut, Lois !* »]

[« *Dorrance ! Nous allons à Strawford Park. Tu crois que c'est ce que nous devons faire ?* »]

Dorrance, arborant un grand sourire : [« *Je ne sais pas, c'est une affaire qui concerne entièrement les machrones, maintenant ; moi, j'en ai terminé. Je vais bientôt rentrer chez moi et lire du Walt Whitman. Il va y avoir du vent cette nuit, et par un temps pareil, Whitman est toujours mieux.* »]

Lois, d'une voix proche de la panique : [« *Aidez-nous, Dorrance !* »]

Le sourire, sur le visage du vieillard, s'évanouit ; il les regarda, l'air solennel. [« *Impossible. Ce n'est plus de mon ressort. Ce qui reste à accomplir devra l'être par toi et Ralph, maintenant.* »]

« Je déteste le voir regarder fixement comme ça, observa Georgina. On a presque l'impression qu'il voit réellement quelqu'un. » Elle prit sa fourchette à long manche et retourna une saucisse sur le gril. « Au fait, est-ce que quelqu'un a vu Ralph et Lois, ces temps derniers ?

— Pas moi, dit Don.

— Ils ont dû aller s'enfermer dans un motel zéro étoile de la côte, avec une caisse de bières et un tube de vaseline, lança Stan. Le modèle économique géant. Je te l'ai déjà dit hier.

— Espèce de vieux cochon », protesta Georgina, dont le coup de coude fut cette fois plus sec et plus précis.

Ralph : [« *Ne pouvez-vous pas nous aider ne serait-ce qu'un peu, Dorrance ? Nous dire si nous sommes au moins sur la bonne piste ?* »]

Un instant, il crut bien que le vieux Dor allait répondre. Puis on entendit un bourdonnement venu du ciel qui allait croissant, et Dorrance leva les yeux. Le beau sourire idiot s'étala de nouveau sur ses traits. « Regardez ! s'écria-t-il. Un vieux Gruman Yellow Bird ! Il est splendide. » Il trottina jusqu'au grillage pour regarder atterrir le petit avion jaune, leur tournant le dos.

Ralph prit Lois par le bras et essaya lui aussi de sourire. Ce n'était pas facile — il ne s'était jamais senti aussi terrifié et autant en proie à la confusion de toute sa vie, lui semblait-il — mais il fit néanmoins de son mieux.

[« *Allez, mon chou. On y va.* »]

2

Ralph se souvint avoir pensé, tandis qu'ils suivaient l'ancienne voie de chemin de fer qui les avait ramenés dans le secteur de l'aéroport, que leur déplacement ressemblait davantage à une glissade au-dessus du sol qu'à de la marche. Ils se rendirent de l'aire de pique-nique à Strawford Park sur le même mode, mais plus vite et d'une manière encore plus coulée ; comme si un tapis roulant invisible les entraînait.

Pour voir, il arrêta de bouger les jambes ; les maisons et les magasins continuèrent de défiler tranquillement. Il regarda ses pieds pour confirmation : ils étaient bien immobiles. On aurait dit que c'était le trottoir qui bougeait, et non pas lui.

Voici qu'arrivait M. Dugan, patron de la société de prêt Derry Trust's Loan, dans son éternel costume trois-pièces, ses lunettes sans monture sur le nez. Comme toujours, il donnait à Ralph l'impression d'être le seul homme, dans l'histoire de l'humanité, à être né sans trou du cul. Il avait rejeté une fois une demande de prêt des Roberts, ce qui, se doutait bien Ralph, devait quelque peu compter dans les sentiments négatifs qu'il nourrissait pour l'individu. Il constata que l'aura de Dugan était du même gris sinistre qu'un bâtiment de guerre, ce qui ne le surprit pas particulièrement non plus. Il se boucha le nez comme s'il devait traverser à la nage un canal pollué et passa directement à travers le banquier. Lequel ne broncha même pas.

C'était drôle, mais lorsque Ralph se tourna vers Lois, il oublia tout de suite son amusement. Il lut de l'inquiétude sur son visage, ainsi que les questions qu'elle se posait. Des questions auxquelles il n'avait pas de réponse satisfaisante à donner.

Ils arrivaient à Strawford Park. À cet instant, les lampadaires s'allumèrent. Le petit terrain de jeu où, avec McGovern, mais aussi avec Lois, ils avaient si souvent observé les enfants, était presque désert. Deux adolescents s'étaient installés sur des balançoires voisines et fumaient en discutant, mais les petits enfants et les mamans étaient tous partis.

Ralph pensa à McGovern — à ses bavardages incessants et morbides, à sa manière de s'apitoyer sur lui-même, choses si difficiles à supporter quand on ne le connaissait pas, qui vous manquaient tellement si on ne l'avait pas vu de quelque temps, ses jérémiades rendues plus légères et presque comiques par son humour impertinent et ses gestes inattendus et spontanés de bonté — et se sentit envahi par une grande tristesse. Les michrones avaient beau être de la poussière d'étoile, dorée par-dessus le marché, une fois disparus, ils l'étaient tout autant que les jeunes mamans venues faire jouer leurs enfants ici pendant une heure ou deux, les jours d'été ensoleillés.

[« *Qu'est-ce qu'on est venus fabriquer ici, Ralph ? Le linceul est au-dessus du centre municipal, pas au-dessus du parc…* »]

Ralph l'entraîna jusqu'au banc où il l'avait trouvée en larmes, plusieurs siècles auparavant, à cause de la dispute qu'elle avait eue avec son fils et sa belle-fille… et de ses boucles d'oreilles perdues. En bas de la pente, les sanisettes brillaient dans le début du crépuscule.

Ralph ferma les yeux. *Je suis en train de devenir fou, et c'est plutôt l'express que le tortillard. Ce sera quoi ? La dame ou le tigre ?*

[« *Ralph ? Il faut faire quelque chose. Ces personnes… ces milliers de personnes…* »]

Dans l'obscurité de ses paupières closes, il vit quelqu'un sortir du Red Apple. Un personnage habillé d'un pantalon de velours et portant une casquette des Red Sox. La chose terrible n'allait pas tarder à se produire et, comme il ne voulait pas la voir, il ouvrit les yeux pour regarder la femme assise à côté de lui.

[« *Chaque vie est importante, Lois, tu n'es pas d'accord ? La moindre existence compte.* »]

Il ne savait pas ce qu'elle avait vu dans son aura, mais cela la terrifiait manifestement.

[« *Qu'est-ce qui s'est passé, en bas, après que je t'ai laissé ? Qu'est-ce qu'il t'a dit ? Qu'est-ce qu'il t'a fait ? Dis-le-moi, Ralph ! Il faut me le dire.* »]

Alors, que faire ? L'un ou l'autre ? La dame ou le tigre ? S'il ne choisissait pas rapidement, le seul passage du temps choisirait pour lui. Alors, lequel ? *Lequel ?*

« Ni l'un… ni l'autre ! » dit-il d'une voix étranglée, sans se rendre compte, dans sa terrible agitation, qu'il avait parlé à voix haute et sur plusieurs niveaux en même temps. « Je ne choisirai ni l'un ni l'autre. Je refuse. Tu m'entends ? »

Il bondit du banc et jeta autour de lui des regards frénétiques.

« Tu m'entends ? cria-t-il. Je refuse un tel choix ! J'aurai les deux, ou je n'en aurai aucun ! »

Sur l'un des sentiers, non loin d'eux, un ivrogne qui fouillait une poubelle à la recherche de bouteilles consignées à récupérer jeta un coup d'œil en direction de

Ralph et prit ses jambes à son cou. Il avait cru voir un homme qui brûlait.

Lois se leva à son tour et lui prit le visage à deux mains.

[« *De qui s'agit-il, Ralph ? De moi ? De toi ? Parce que si c'est de moi... si c'est à cause de moi que tu tergiverses, je ne veux pas...* »]

Il prit une profonde inspiration, cherchant à se calmer, et s'appuya du front contre le front de Lois, la regardant dans les yeux.

[« *Ce n'est ni toi ni moi, Lois. S'il s'agissait de l'un de nous, j'aurais pu choisir. Ce n'est pas le cas, et que je sois pendu, mais on ne me traitera plus comme un pion dorénavant !* »]

Il s'ébroua pour se détacher d'elle et s'éloigna d'un pas. Son aura brillait avec un tel éclat que Lois s'abrita les yeux de la main ; on aurait dit une explosion au ralenti. Et lorsque la voix de Ralph s'éleva de nouveau dans sa tête, elle y résonna comme le tonnerre.

[« *CLOTHO, LACHÉSIS ! VENEZ ICI, BON DIEU, TOUT DE SUITE !* »]

3

Il fit deux ou trois pas de plus et s'immobilisa, tourné vers le pied de la colline. Les deux adolescents assis sur les balançoires le regardaient avec une même expression de surprise et de peur. À peine Ralph eut-il posé les yeux sur eux qu'ils se levaient et déguerpissaient vers les lumières de Witcham Street comme deux daims surpris, laissant leur cigarette finir de se consumer dans l'ornière creusée par leurs pieds, sous les balançoires.

[« *CLOTHO ! LACHÉSIS !* »]

Il brûlait comme un arc électrique, et soudain Lois sentit ses jambes devenir en coton. Elle recula d'un pas et s'effondra sur le banc. La tête lui tournait, elle avait le cœur serré de terreur — le tout sur un fond d'épuisement général. Ralph avait pensé à un bateau coulé ; Lois se voyait forcée à tourner en rond autour d'un trou, en spirales de plus en plus resserrées, un trou dans lequel elle finirait par tomber.

[« *CLOTHO ! LACHÉSIS ! VOTRE DERNIÈRE CHANCE ! JE SUIS SÉRIEUX !* »]

Pendant un instant, rien ne se produisit ; puis les portes des deux sanisettes s'ouvrirent exactement en même temps. Clotho sortit de celle marquée MESSIEURS et Lachésis de celle marquée DAMES. Leur auras, ces auras qui avaient l'éclat vert mordoré des libellules en été, chatoyaient vigoureusement dans le crépuscule couleur de cendre. Ils se déplacèrent jusqu'à ce que leur deux mandorles fussent superposées puis se dirigèrent lentement, côte à côte, se touchant presque des épaules, vers le haut de la petite colline. On aurait dit deux enfants apeurés.

Ralph se tourna vers Lois ; son aura flamboyait encore vivement.

[« *Reste où tu es.* »]

[« *Entendu, Ralph.* »]

Elle le laissa s'avancer jusqu'à mi-pente, puis rassembla ce qui lui restait d'énergie pour l'appeler.

[« *Mais j'essaierai d'arrêter Ed si tu n'y arrives pas. Moi aussi, je suis sérieuse.* »]

Il n'en doutait pas, et son cœur fut sensible à tant de courage de sa part… Elle ne savait pas, cependant, ce qu'il savait. N'avait pas vu ce qu'il avait vu.

Il la regarda un instant, puis repartit vers les deux petits docteurs chauves qui levaient vers lui des yeux lumineux et pleins de frayeur.

4

Lachésis, nerveux : [*Nous ne vous avons pas menti. Absolument pas.*]

Clotho, encore plus nerveux (si c'était possible) : [*Deepneau est en route. Il faut l'arrêter, Ralph. Au moins essayer.*]

Le fait est que je n'y suis nullement obligé, et que votre visage le montre, pensa-t-il. Il se tourna vers Lachésis et eut le plaisir de voir le petit bonhomme tressaillir et baisser ses yeux sombres sans pupilles.

[« *Ah bon ? Sur le toit de l'hôpital, vous nous avez dit de ne pas approcher d'Ed, monsieur L. Vous avez beaucoup insisté là-dessus.* »]

Lachésis se dandina, mal à l'aise, se tripotant nerveusement les doigts : [*Je... c'est-à-dire nous... Il nous arrive de nous tromper. C'est ce qui s'est passé.*]

Mais Ralph savait que *se tromper* devait être plutôt pris dans son sens de *se tromper soi-même*. Il avait envie de les enguirlander pour cela — à dire la vérité, il avait envie de les enguirlander surtout pour l'avoir mis dans un merdier aussi infâme — sans pouvoir y parvenir. Parce que, à en croire le vieux Dor, ils servaient l'Intentionnel même lorsqu'ils se racontaient des histoires ; l'expédition à High Ridge n'avait nullement été une diversion inutile. Quelle en était la raison, il l'ignorait, mais il avait l'intention de la découvrir, si c'était possible.

[« *Oublions ce détail pour le moment, messieurs, et*

expliquez-moi plutôt la cause de tout ce micmac. Si vous voulez nous aider, Lois et moi, je crois que vous feriez bien d'être clairs. »]

Ils se regardèrent de leurs grands yeux effrayés, puis revinrent à Ralph.

Lachésis : [*N'êtes-vous pas convaincu que tous ces gens vont réellement mourir, Ralph ? Parce que dans ce cas...*]

[« *Non, je n'en doute pas, mais j'en ai assez que vous agitiez leur sort sous mon nez. Si un tremblement de terre prévu par l'Intentionnel touchait cette région et que la note du boucher s'élève à dix mille morts au lieu de deux mille, sans compter la monnaie, vous n'en auriez pas des palpitations, hein ? Mais alors, qu'est-ce que cette situation a de tellement spécial ? Parlez !* »]

Clotho : [*Ce n'est pas nous qui sommes responsables des règles du jeu, Ralph. Je croyais que vous l'aviez compris.*]

Ralph poussa un soupir.

[« *Vous répondez encore à côté et vous ne faites que perdre du temps.* »]

Clotho, mal à l'aise : [*Très bien. Le tableau que nous vous avons présenté n'était peut-être pas très clair, mais nous manquions de temps et nous avions peur. Et vous devez comprendre qu'indépendamment de tout le reste, ces gens mourront à coup sûr si vous n'arrêtez pas Deepneau !*]

[« *Ne me ramenez pas toujours cette histoire ; je veux savoir ce qui concerne l'une de ces futures victimes, celle qui appartient à l'Intentionnel et à laquelle il ne peut renoncer sous prétexte qu'un enfoiré quelconque qui a disjoncté va débarquer avec un avion chargé d'explosifs. Qui est cette personne qu'on ne peut abandon-*

ner à l'Aléatoire ? Qui ? Susan Day ? Oui, ça doit être ça, Susan Day. »]

Lachésis : [*Non. Susan Day fait partie de l'Aléatoire. Ce qui lui arrive ne nous regarde pas.*]

[« *Qui, alors ?* »]

Clotho et Lachésis échangèrent de nouveau un regard. Clotho fit un léger signe de tête et les deux petits docs se tournèrent ensemble vers Ralph. Lachésis brandit une fois de plus ses deux doigts en V, créant un arc de cercle lumineux aux reflets de queue de paon. Ralph n'aperçut pas McGovern, cette fois, mais un petit garçon avec des boucles blondes lui retombant sur le front et une cicatrice en forme de crochet sur le nez. Ralph le reconnut immédiatement : le gosse du sous-sol de High Ridge, celui dont la mère portait des traces de coups. Celui qui avait dit que Lois et Ralph étaient des anges.

Et un petit enfant les conduira, pensa-t-il, complètement estomaqué. *Oh, mon Dieu !* Incrédule, il regarda Clotho et Lachésis.

[« *Ai-je bien compris ? Tout ça à cause de ce petit garçon ?* »]

Il s'attendait à une réponse vague, mais Clotho fut très direct : [*Oui, Ralph.*]

Lachésis : [*Il est au centre municipal, en ce moment. Sa mère, à qui vous et Lois avez sauvé la vie ce matin, vient de recevoir un coup de téléphone de la personne qui devait garder l'enfant, lui disant qu'elle s'était gravement coupée avec un morceau de verre et qu'en fin de compte, elle ne pourrait pas venir. Il était trop tard pour trouver une autre baby-sitter, évidemment, et cette femme est farouchement déterminée, depuis des semaines, à voir Susan Day. Elle voudrait lui serrer la main, et même l'embrasser, si possible. Elle l'idolâtre.*]

Ralph, qui se souvenait des traces de coups sur le

visage de la femme, se dit que c'était une idolâtrie qu'il pouvait comprendre. Il y eut aussi quelque chose qu'il comprit encore mieux : la blessure de la babysitter n'était pas due au hasard. *Quelque chose* était bien déterminé à ce que le petit garçon aux boucles blondes en broussaille et aux yeux rougis par la fumée fût ce soir au centre municipal, et ce *quelque chose* était prêt à remuer ciel et terre pour y parvenir. Sa mère l'avait emmené avec elle non pas par insouciance, mais parce qu'elle partageait les faiblesses de tout être humain, et qu'elle tenait absolument à voir Susan Day. C'était tout.

Non, ce n'est pas tout... Elle l'a aussi pris avec elle en pensant qu'il n'y aurait pas de danger, maintenant que Pickering et sa bande de barjots de Notre Pain Quotidien étaient morts. Elle s'est sans doute dit qu'elle aurait tout au plus à protéger son fils d'un groupe d'excités brandissant des panneaux, et que la foudre ne pouvait pas tomber deux fois au même endroit le même jour.

Ralph, dont les yeux erraient vers Witcham Street, revint sur Clotho et Lachésis.

[« *Vous êtes sûrs qu'il y est ? Absolument sûrs ?* »]

Clotho : [*Oui. Il est assis au balcon, côté nord, auprès de sa mère, avec des images à colorier et un livre d'histoires. Serez-vous surpris si je vous dis que l'une de ces histoires est celle des* Cinq Cents Chapeaux de Bartholomew Cubbins *?*]

Ralph secoua la tête ; à ce stade, plus rien ne pouvait le surprendre.

Lachésis : [*C'est le flanc nord du centre municipal que l'appareil de Deepneau viendra heurter. Ce petit garçon mourra sur-le-champ si l'on ne prend pas des mesures pour empêcher le crash... On ne peut permettre cela. Ce garçon ne doit pas mourir avant ce qui a été prévu pour lui.*]

5

Lachésis regardait Ralph, la mine sérieuse. L'éventail lumineux avait disparu, entre ses doigts.

[*On ne peut pas continuer à discuter comme ça, Ralph. Il a déjà pris l'air et il est à moins de vingt kilomètres d'ici. Il sera bientôt trop tard pour l'arrêter.*]

Ralph se sentait devenir frénétique ; pourtant, il ne bougea pas d'un pouce. Car c'était exactement ce qu'ils attendaient, qu'il devînt frénétique. Ce qu'ils attendaient tous les deux.

[«*Je vous répète que tout ça m'est égal tant que je n'aurai pas compris quel est le véritable enjeu. Je ne changerai pas d'avis.* »]

Clotho : [*Écoutez, alors. De temps en temps apparaît un homme ou une femme dont la vie affectera non seulement ses proches, ou même tous ceux qui existent dans le monde des michrones, mais aussi des êtres qui sont sur de nombreux niveaux au-dessus ou au-dessous de ce niveau. Ces personnes d'exception servent l'Intentionnel. Si elles meurent avant leur heure, tout est changé. Les plateaux de la balance ne sont plus en équilibre. Pouvez-vous imaginer, par exemple, ce que serait le monde si Hitler, enfant, s'était noyé dans l'eau de son bain ? Sans doute vous dites-vous que le monde serait mieux ainsi, mais je peux vous affirmer qu'il aurait complètement cessé d'exister si cet accident s'était produit. Supposons que Winston Churchill soit mort empoisonné avant d'avoir été Premier ministre ? Supposons que Jules César ait été un bébé mort-né, étranglé par son cordon ombilical ? Eh bien, la personne que nous voulons sauver est bien plus importante encore.*]

[« *Bon Dieu, nous avons déjà sauvé cet enfant une fois, Lois et moi ! Cela ne suffit-il pas à refermer le livre, à le rendre à l'Intentionnel ?* »]

Lachésis, d'un ton patient : [*Non, parce qu'il n'est toujours pas à l'abri d'Ed Deepneau, pour la bonne raison que Deepneau n'a aucune assignation, ni de l'Intentionnel ni de l'Aléatoire. Il est le seul être humain au monde à pouvoir faire du mal à cet enfant avant que son temps ne soit venu. Si Deepneau échoue, il sera de nouveau en sécurité — il poursuivra son existence sans encombre jusqu'à ce que vienne le moment où il jouera un rôle bref, mais d'une importance cruciale.*]

[« *Une seule vie peut-elle avoir autant de valeur ?* »]

Lachésis : [*Oui. Si l'enfant meurt, la Tour des Existences s'écroulera, et les conséquences d'un tel effondrement sont au-delà de votre compréhension. Au-delà aussi de la nôtre, d'ailleurs.*]

Ralph contempla ses chaussures pendant un moment. Sa tête lui faisait l'effet de peser une tonne. Il y avait quelque chose d'ironique, dans la situation, qu'il percevait, en dépit de sa fatigue. Atropos avait apparemment mis Ed en branle en s'appuyant sur une sorte de complexe du Messie qui devait plus ou moins préexister chez lui… qui était peut-être un sous-produit de son statut sans assignation. Ce que Deepneau ne voyait pas (et ne croirait jamais, même si on le lui expliquait) était qu'Atropos et ses patrons des niveaux supérieurs avaient l'intention de se servir de lui non pas pour sauver le Messie, mais au contraire pour le tuer.

Il se tourna de nouveau vers les visages anxieux des deux petits docteurs chauves.

[« *D'accord, je ne sais pas comment je dois m'y prendre pour arrêter Ed Deepneau, mais je vais tout de même essayer.* »]

Clotho et Lachésis échangèrent un regard et affichèrent un même grand sourire de soulagement qui était tout à fait humain. Ralph leva la main pour freiner leur enthousiasme.

[« *Un instant. Je n'ai pas fini.* »]

Leurs sourires s'évanouirent.

[« *Je veux quelque chose en échange. Une vie. J'échangerai la vie de votre gamin contre celle de...* »]

6

Lois n'entendit pas les derniers mots, qu'il prononça en dessous du seuil d'audibilité pour elle, mais quand elle vit Clotho puis Lachésis secouer tour à tour négativement la tête, elle sentit son cœur se serrer.

Lachésis : [*Je comprends d'autant mieux votre détresse qu'Atropos peut effectivement mettre ses menaces à exécution. Mais de votre côté, vous devez comprendre que cette vie est loin d'être aussi importante que...*]

[« *Justement, je ne le comprends pas, voyez-vous. Pour moi, l'une est aussi importante que l'autre. Ce que vous devez vous fourrer dans la tête, tous les deux, c'est ça : pour moi, ces deux vies se valent et...* »]

Elle perdit de nouveau le fil, mais n'eut pas de problème à entendre la réponse de Clotho, tellement angoissé qu'il en gémissait presque.

[*Mais c'est différent ! La vie de ce garçon n'a pas la même valeur !*]

Elle entendit de nouveau clairement Ralph, s'exprimant (terme plus proche de la vérité que *parlant)* avec une logique implacable, impavide, qui lui fit penser à son père.

[« *Toutes les vies sont différentes, mais toutes ont de la valeur, ou aucune n'en a. C'est ma vision des choses de michrone myope, évidemment, mais je crois que vous allez devoir faire avec, les gars, vu que c'est moi qui tiens le marteau. Résumons-nous : la vie de votre protégé contre celle du mien. Vous n'avez qu'à me le promettre et l'affaire est conclue.* »]

Lachésis : [*Je vous en supplie, Ralph ! Comprenez que nous ne devons vraiment pas !*]

Il y eut un long moment de silence. Lorsque Ralph reprit la parole, ce fut d'une voix calme, mais perceptible — la dernière chose, néanmoins, audible pour Lois dans cette conversation.

[« *Il y a un monde de différence entre* nous ne pouvons pas *et* nous ne devons pas, *vous ne croyez pas ?* »]

Clotho dit quelque chose, mais Lois ne retint qu'une bribe

[*échange pourrait peut-être*]

de phrase. Lachésis secoua violemment la tête. Ralph répliqua et Lachésis eut un geste sinistre (mimant un coup de ciseaux avec les doigts) en réponse.

À l'étonnement de Lois, Ralph réagit avec un rire et un acquiescement.

Clotho, une main sur le bras de son collègue, parla à ce dernier d'un ton sérieux, puis se tourna vers Ralph.

Lois serra les poings sur les genoux, comme pour les obliger à parvenir à un accord — n'importe quel accord qui empêcherait Ed Deepneau de massacrer tous ces gens réunis là pour simplement bavarder et écouter.

Soudain, le flanc de la colline s'illumina d'une lumière blanche éclatante. Lois crut tout d'abord qu'elle provenait du ciel, très certainement parce que les mythes et la religion lui avaient appris à croire que le ciel était la source de toutes les émanations surnaturelles. En réalité, elle semblait naître de partout, en plus du ciel : des arbres, du sol, même d'elle-même, se détachant de son aura comme des rubans de brume.

Une voix s'éleva alors… ou plutôt la Voix s'éleva. Elle ne proféra que quelques mots, mais ils retentirent en elle comme des cloches de fer :

[IL PEUT EN ÊTRE AINSI.]

Elle vit Clotho, son petit visage devenu un masque de terreur et de vénération, tirer les ciseaux de la poche de sa blouse. Il faillit les laisser échapper, maladresse qui toucha Lois et lui fit sentir leur parenté. Puis il les brandit en l'air, une poignée dans chaque main, lames ouvertes.

La Voix répéta les cinq mots :

[IL PEUT EN ÊTRE AINSI.]

Ils furent suivis, cette fois-ci, d'une lumière si éblouissante que Lois crut un instant avoir été aveuglée. Elle porta les mains à ses yeux mais vit — au moment où elle recommençait à distinguer quelque chose — que la lumière s'était abattue sur les ciseaux que Clotho tenait comme un paratonnerre à deux fourches.

Il n'y avait aucun moyen d'échapper à cette lumière, qui conférait une transparence de verre à ses paupières et à ses doigts, et dessinait le contour des os de sa main comme une projection de rayons X. Quelque part, très loin, elle entendit une voix qui ressemblait d'une manière suspecte à celle de Lois Chassey, se mettre à hurler au maximum de son timbre mental :

[« *Arrêtez ça ! Mon Dieu, arrêtez ça avant que ça ne me tue !* »]

Et finalement, alors qu'elle pensait ne plus pouvoir supporter le phénomène un instant de plus, la lumière se mit à baisser. Lorsqu'elle se fut évanouie (si l'on met à part la violente lueur bleue rémanente qui flotta dans l'obscurité brusquement revenue comme une paire de ciseaux fantôme), Lois ouvrit lentement les yeux. Elle continua de ne rien distinguer pendant un moment, sinon cette brillante croix bleue, et crut vraiment être devenue aveugle. Puis, comme une photo plongée dans son révélateur, le monde commença à refaire surface autour d'elle. Elle vit Ralph, Clotho et Lachésis abaisser leurs mains et regarder autour d'eux avec cette expression d'affolement aveugle d'un groupe de taupes que le soc d'une charrue vient de retourner.

Lachésis contemplait les ciseaux, dans les mains de son collègue, comme s'il les voyait pour la première fois, et Lois était prête à parier qu'il ne les avait effectivement jamais vus comme ça. Les lames brillaient toujours et envoyaient des reflets mystérieux, féeriques, en gouttelettes brumeuses.

Lachésis : [*Ralph, c'était…*]

Lois perdit le reste, mais le doc chauve parlait sur le ton d'un pauvre paysan qui va répondre à un coup frappé à sa porte, et découvre que c'est le pape en personne qui vient de s'arrêter dans le coin pour prier et faire une petite séance de confessions.

Clotho continuait de regarder fixement ses ciseaux. Ralph aussi, mais il fut le premier à en détacher les yeux pour se tourner vers les deux docs chauves.

Ralph : [« *… la douleur ?* »]

Lachésis, s'exprimant comme s'il sortait d'un rêve intense : [*Oui… durera pas longtemps, mais… l'angoisse sera intense… changez d'avis, Ralph ?* »]

Lois eut soudain peur de ces ciseaux brillants. Elle eut envie de crier à Ralph de laisser tomber son protégé, de leur donner le leur, le petit garçon ; de lui dire de faire tout ce qu'il fallait pour que disparaissent enfin ces ciseaux.

Mais pas un mot ne sortit de sa bouche, pas un message de son esprit.

Ralph : [« *... au moins... voulais juste savoir à quoi il fallait m'attendre.* »]

Clotho : [*... prêt ?... doit être...*]

Dis-leur non, Ralph, dis-leur NON *!*

Ralph : [« *... prêt.* »]

Lachésis : [*Comprends... termes qu'il a... et le prix ?*]

Ralph, impatient : [« *Oui, oui. S'il vous plaît, pourrait-on enfin...* »]

Clotho, avec une gravité absolue : [*Très bien, Ralph. Qu'il en soit ainsi.*]

Lachésis passa un bras autour des épaules de Ralph et l'entraîna, avec Clotho, vers le bas de la pente, à l'endroit où les petits enfants, l'hiver, s'élançaient sur leurs luges. Il y avait là une petite zone plate de forme circulaire, grande comme une piste de danse dans une boîte de nuit. Ils s'y arrêtèrent et Lachésis fit pivoter Ralph de façon qu'il soit face à Clotho.

Lois eut soudain envie de fermer les yeux mais en fut incapable. Elle pouvait seulement regarder et prier, avec l'espoir que Ralph savait ce qu'il faisait.

Clotho murmura quelque chose. Ralph acquiesça, enleva son chandail qu'il plia et posa soigneusement sur le gazon jonché de feuilles mortes. Lorsqu'il se releva, Clotho le prit par le poignet droit et lui fit tendre le bras, puis adressa un signe de tête à Lachésis. Celui-ci déboutonna la manche de Ralph et la roula sur son bras en trois tours rapides. Clotho, enfin, tourna le bras de façon à présenter le poignet au ciel. Le réseau de veines bleues, juste sous la peau, était bien visible, sa fragilité rendue encore plus évidente par les nuances délicates de son aura. Pour Lois, il y avait quelque chose d'horriblement familier dans ces préparatifs : on aurait dit une émission médicale sur une opération.

Sauf qu'on n'était pas à la télé.

Lachésis se pencha un peu et parla de nouveau. Même si Lois n'entendit rien, elle comprit qu'il disait à Ralph que c'était sa dernière chance.

Ralph acquiesça, et si son aura trahissait sa terreur devant ce qui l'attendait, il réussit néanmoins à ébaucher un sourire. Lorsqu'il se tourna vers Clotho pour lui parler, il parut non pas chercher à être rassuré mais plutôt lui adresser un mot d'encouragement ; le petit doc essaya bien de lui rendre son sourire, mais sans succès.

Lachésis entoura le poignet de Ralph de sa main, davantage pour le maintenir que pour réellement l'immobiliser, crut voir Lois. Il lui rappelait une infirmière au moment de faire une piqûre douloureuse. Puis il regarda son partenaire et hocha la tête, de la peur dans les yeux. Clotho lui rendit son signe, prit une inspiration, se pencha sur l'avant-bras de Ralph et son réseau délicat de veines bleues. Il marqua un temps d'arrêt avant d'ouvrir lentement la mâchoire des ciseaux avec lesquels lui et son vieil ami donnaient la mort.

7

Lois se mit maladroitement debout et resta ainsi, oscillant sur place, avec l'impression d'avoir les jambes en coton. Elle aurait voulu rompre la paralysie qui l'avait enfermée dans un silence cruel, crier à Ralph d'arrêter, lui dire qu'il ne savait pas ce qu'ils avaient l'intention de lui faire.

Justement si : il le savait. On le lisait à la pâleur de ses traits, à ses yeux mi-clos, à ses lèvres réduites à une ligne serrée. Mais c'était encore plus évident aux taches rouges et noires qui zigzaguaient dans son aura comme des météores et à l'aura elle-même, resserrée sur lui comme une coquille bleue et dure.

Ralph fit signe à Clotho, qui avança la pointe inférieure des ciseaux contre un point du bras situé juste avant le creux du coude. Un instant, la peau résista, puis une perle de sang noir jaillit quand la lame glissa sous la peau. Lorsque les ciseaux se refermèrent, la peau s'ouvrit avec la soudaineté d'un store à ressort. La graisse sous-cutanée brillait comme de la glace en train de fondre dans la violente lumière bleue de l'aura. Lachésis affermit sa prise sur le bras de Ralph bien que, pour autant que Lois pût en juger, celui-ci n'eût eu aucun mouvement de recul, même instinctif ; il s'était contenté d'incliner la tête, le poing gauche serré et brandi en l'air — ce qui lui donnait l'aspect d'un Noir faisant le salut du Black Power. Les tendons, dans son cou, saillaient comme des câbles. Il ne laissa pas échapper un seul son.

Maintenant que cette affreuse opération était commencée, Clotho la poursuivit avec une célérité à la fois brutale et miséricordieuse. Il entailla rapidement le milieu de l'avant-bras jusqu'au poignet, se servant des ciseaux comme pour découper l'emballage d'un colis enrubanné d'adhésif, guidant la lame des doigts et appuyant dessus avec le pouce. À l'intérieur du bras de Ralph, les tendons brillaient comme des steaks entaillés. Du sang coulait en filets, et il y avait un petit jaillissement écarlate à chaque fois qu'une artère ou une veine était sectionnée. Les éclaboussures qui ne tardèrent pas à consteller les blouses blanches de Clotho et Lachésis les faisaient plus que jamais ressembler à des médecins.

Lorsque les lames eurent enfin coupé les plis de peau à hauteur du poignet (l'opération prit moins de trois secondes mais parut durer une éternité aux yeux de Lois), Clotho retira les ciseaux dégoulinants et les confia à son collègue. Un sillon noir courait tout le long de l'avant-bras de Ralph. Clotho referma la main sur le point d'origine de ce sillon et Lois pensa : *L'autre va maintenant prendre le chandail de Ralph et lui fabriquer un tourniquet.* Mais Lachésis n'en fit rien, se contentant de tenir les ciseaux et de regarder.

Le sang continua de couler pendant un moment entre les doigts de Clotho, puis son flux se tarit. Le petit doc fit lentement glisser sa main le long du bras de Ralph ; au fur et à mesure, la peau réapparaissait, intacte, solide, simplement marquée par une cicatrice blanche en relief.

[*Lois… lo-issss…*]

Cette voix ne provenait ni de l'intérieur de sa tête, ni du bas de la pente, mais de derrière elle. Une voix douce, presque cajolante. Atropos ? Non, pas du tout. Elle se vit alors prise dans une étrange lumière, d'un vert atténué, qui ondoyait tout autour d'elle, lançant ses rayons entre son corps et ses bras, son corps et ses jambes, même entre ses doigts. Jusqu'à l'ombre qu'elle projetait au sol qui ondulait, décharnée et déformée comme celle d'un pendu. Cette lumière la caressait avec des mains sans chaleur de la couleur de la mousse espagnole.

[*Tourne-toi, Lo-isss…*]

En cet instant, la dernière chose au monde qu'elle avait envie de faire était de se tourner pour contempler la source de la lumière verte.

[*Tourne-toi, Lo-isss… regarde-moi, Lo-isss… viens dans la lumière, Lo-isss… viens dans la lumière… regarde-moi et viens dans la lumière…*]

Ce n'était pas une voix à laquelle on pouvait désobéir. Lois pivota avec la lenteur d'une ballerine de boîte à musique dont le ressort est à bout, et ses yeux parurent se remplir du feu Saint-Elme.

Lois entra dans la lumière.

CHAPITRE 28

1

Clotho : [*Vous portez votre signe, Ralph. Êtes-vous satisfait ?*]

Il regarda son bras. L'agonie de la douleur, qui l'avait englouti comme la baleine l'avait fait de Jonas, ne lui paraissait plus qu'un rêve, un mirage. Il devait sans doute s'agir du même genre de distanciation qui permet aux femmes d'avoir plusieurs enfants en oubliant les violents et douloureux efforts physiques qu'implique chaque accouchement. La cicatrice faisait l'effet d'un bout de corde effiloché qui courait en ondulant sur les renflements de sa musculature réduite.

[« *Oui, vous avez été courageux, et très rapides. Je vous remercie tous les deux.* »]

Clotho sourit sans répondre.

Lachésis : [*Êtes-vous prêt, Ralph ? Il ne reste presque plus de temps.*]

[« *Oui, je suis…* »]

[« *Ralph ! Ralph !* »]

C'était Lois qui, du haut de la pente, lui faisait signe. Un instant, il eut l'impression que son aura, habituellement gris perle, avait pris une nuance plus sombre, impression sans doute provoquée par le choc et la fatigue, car elle passa tout de suite. Il se dirigea vers elle.

Elle avait un regard lointain et éberlué, comme si elle venait d'apprendre une nouvelle tout à fait stupéfiante.

[« *Qu'est-ce qui se passe, Lois ? C'est mon bras ? Il n'y a aucune inquiétude à avoir. Regarde : il est comme neuf !* »]

Il le tendit pour qu'elle pût en juger, mais elle continua à le regarder dans les yeux, et il mesura alors à quel point elle était en état de choc.

[« *Un homme vert est venu, Ralph.* »]

Un homme vert ? Il lui saisit les mains, soudain pris d'inquiétude.

[« *Vert ? Tu es sûre ? Ce n'était pas Atropos, ou…* »]

Il n'acheva pas sa pensée ; c'était inutile.

Lois secoua lentement la tête.

[« *C'était un homme vert. Je ne sais pas de quel bord… de quel bord était cette… personne, si tant est qu'il y ait des bords, dans cette histoire. Il paraissait bon, mais je peux me tromper. Je n'arrivais pas à le distinguer. Son aura était trop brillante. Il m'a dit de te les rendre.* »]

Elle dégagea une de ses mains, l'ouvrit, et lui tendit deux petits objets scintillants : ses boucles d'oreilles. On voyait une minuscule tache marron sur l'une, sans doute, se dit-il, le sang d'Atropos. Quand il referma la main dessus, une sensation de piqûre le fit grimacer.

[« *Tu as oublié les fermoirs.* »]

Elle répondit lentement, du timbre atone d'une femme qui rêve.

[« *Non, je les ai jetés. C'est ce que l'homme vert m'a dit de faire. Fais attention. Il… il dégageait une impression de chaleur… mais je ne sais pas trop. M. Chassey disait toujours que j'étais la reine des naïves, que j'étais prête à avaler n'importe quoi de n'importe qui... de n'importe qui.* »]

Elle le prit par les poignets d'un geste lent, sans le quitter des yeux.

« Je ne sais pas. »

Parler à voix haute parut la réveiller, et elle se mit à battre des paupières. Ralph se dit qu'il n'était pas impossible qu'elle se fût réellement endormie et eût rêvé cette histoire d'homme vert. Qui sait s'il ne serait pas judicieux de prendre les boucles d'oreilles ? Peut-être ne signifiaient-elles rien, mais le fait de les avoir dans sa poche ne pouvait lui faire de mal... sauf s'il se piquait dessus, évidemment.

Lachésis : [*Qu'est-ce qui se passe, Ralph ? Quelque chose ne va pas ?*]

Lui et Clotho ne l'avaient pas suivi tout de suite et avaient donc manqué son échange avec Lois. Ralph secoua la tête, retournant la main pour leur dissimuler les boucles d'oreilles. Clotho avait ramassé le chandail emprunté à McGovern et chassait les quelques feuilles aux couleurs éclatantes qui s'étaient accrochées dessus ; il le tendit à Ralph, qui mit discrètement les bijoux dans sa poche avant de l'enfiler.

Il était grand temps de partir et cette ligne de chaleur qui lui courait sur le bras, le long de la cicatrice, lui rappelait qu'il aurait déjà dû être en route.

[« *Lois ?* »]

[« *Oui, Ralph ?* »]

[« *J'ai besoin de t'emprunter de ton aura, d'en prendre beaucoup. Tu comprends ?* »]

[« *Oui.* »]

[« *Ça ira tout de même ?* »]

[« *Bien sûr.* »]

[« *Sois courageuse. Ça ne prendra pas longtemps.* »]

Il lui passa les bras autour des épaules et joignit les mains à hauteur de sa nuque. Elle l'imita, et ils s'inclinèrent lentement l'un vers l'autre jusqu'à ce que leurs fronts fussent en contact et leurs bouches à moins de cinq centimètres l'une de l'autre. Il sentait encore une trace de parfum qui s'était attardée autour d'elle, peut-être en provenance du creux délicat, derrière ses oreilles.

[« *Prête, ma chérie ?* »]

Il trouva la réponse qu'elle lui fit à la fois bizarre et réconfortante.

[« *Oui. Regarde-moi. Viens dans ma lumière. Viens dans ma lumière et prends-la.* »]

Ralph mit la bouche en cul-de-poule et inhala. Un ruban d'une fumée scintillante commença à couler de la bouche et des narines de Lois pour pénétrer dans la bouche et les narines de Ralph. L'aura de ce dernier prit instantanément de l'éclat, éclat qui alla s'amplifiant pour se métamorphoser en une grande mandorle éblouissante tout autour de lui. Il continuait à inhaler, respirant avec un organe au-delà de ses poumons, sentant la cicatrice de son bras devenir de plus en plus brûlante, jusqu'à lui donner l'impression d'avoir un filament électrique enfoui sous la peau. Il n'aurait pu s'arrêter, même s'il l'avait voulu… et il ne le voulait pas.

Elle vacilla. Il vit ses yeux devenir vagues et sentit ses mains se desserrer un instant sur sa nuque. Puis le regard de Lois, brillant, plein de confiance, accommoda de nouveau sur lui et sa prise se raffermit. Finalement, au moment où cette inhalation titanesque atteignit son zénith, Ralph se rendit compte que l'aura de Lois était devenue d'une telle pâleur qu'il la voyait à peine. Elle avait les joues d'une blancheur de lait et du gris était réapparu dans ses cheveux, au point qu'il n'y avait presque plus de fils noirs. Il fallait s'arrêter, il le devait — sinon, il risquait de la tuer.

Il parvint à dégager sa main gauche de la main droite de Lois, et ce fut comme s'il avait actionné un coupe-circuit, car il put reculer aussitôt d'un pas. Lois vacilla sur elle-même et serait tombée sans Clotho et Lachésis qui, l'air (un peu) de deux Lilliputiens sortis tout droit des *Voyages de Gulliver*, la saisirent chacun par un bras, pleins d'attention, pour l'aider à se rasseoir sur le banc.

Ralph se laissa tomber à genoux devant elle. Il était bourrelé de remords et de culpabilité, mais en même temps débordait d'un sentiment de puissance tellement gigantesque qu'il avait l'impression d'être sur le point d'exploser au moindre contact, comme une bouteille de nitroglycérine. Il aurait pu détruire tout un bâtiment — voire tout un pâté de maisons — d'un seul atémi de karaté.

Néanmoins, il avait affaibli Lois. Terriblement affaibli.

[«*Lois ! Tu m'entends ? Je suis désolé !*»]

Elle le regarda, l'air dans les vapes : elle venait de prendre vingt ans d'un coup, sinon trente, dépassant son âge réel comme un missile qui manque sa cible. Elle essaya de sourire, sans grand résultat.

[«*Je suis désolé, Lois. Je ne savais pas, et quand j'ai compris, il était trop tard.*»]

Lachésis : [*Si vous voulez avoir la moindre chance de réussir, Ralph, vous devez y aller tout de suite. Il est presque arrivé.*]

Lois, d'accord, hochait la tête.

[«*Vas-y, Ralph. Je suis faible, c'est tout. Mais ça va aller très bien. Je resterai simplement assise ici, en attendant que les forces me reviennent.*»]

Elle tourna les yeux vers la gauche et il suivit son regard. Il aperçut l'ivrogne auquel ils avaient fait peur, un moment plus tôt. Il était revenu poursuivre l'inspection des poubelles, toujours à la recherche de bouteilles consignées et de choses à récupérer, et même si son aura ne présentait pas la robustesse de celle du clochard de Neibolt Street, Ralph dut admettre qu'elle pouvait faire l'affaire, le cas échéant… et pour Lois c'était véritablement le cas.

Clotho : [*On va s'arranger pour qu'il s'approche d'ici, Ralph ; nous n'avons guère de pouvoir sur les aspects physiques de l'univers des michrones, mais je crois que nous pourrons obtenir cela.*]

[« *Vous en êtes sûrs ?* »]

[*Oui.*]

[« *D'accord. Parfait.* »]

Ralph jeta un rapide coup d'œil aux deux petits hommes, nota leur anxiété et leur peur, et acquiesça. Puis il se pencha et embrassa la joue froide et ridée de Lois. Elle eut pour lui le sourire d'une grand-mère bien fatiguée.

C'est moi qui lui ai fait ça, songea-t-il. *Moi.*

Eh bien, arrange-toi au moins pour que ça n'ait pas été pour rien, rétorqua la voix de Carolyn d'un ton acerbe.

Il adressa au trio — Lachésis et Clotho flanquaient maintenant Lois sur le banc, protecteurs — un dernier regard, puis repartit en direction du bas de la pente.

Une fois à hauteur des toilettes, il s'arrêta un instant et inclina la tête contre la porte en plastique bleue marquée DAMES. Aucun son n'en parvenait. Quand il en fit autant contre celle marquée MESSIEURS, en revanche, il entendit une voix lointaine et monotone chanter ces paroles :

Qui croit que mes rêves les plus fous
Et mes plans les plus insensés se réaliseront ?
Toi, chérie, personne d'autre que toi.

Nom de Dieu, il est encore plus cinglé que tout un hôpital psy !

Hé, c'est pas vraiment une surprise, si ?

Ralph se dit que non. Il ouvrit la porte de la sanisette. Il entendait également, encore lointain lui aussi, le bourdonnement de guêpe d'un moteur d'avion ; sinon, il n'y avait rien d'autre à voir que ce qu'il avait vu des douzaines de fois ; le siège des toilettes fêlé posé de travers sur le trou, un rouleau de papier à l'aspect soufflé étrange et quelque peu menaçant et, sur la gauche, un urinoir en plastique qui avait la forme d'une larme. Les murs disparaissaient sous un enchevêtrement de graffitis. Le plus grand — et le plus exubérant — s'étalait en lettres rouges de trente centimètres au-dessus de l'urinoir : TONY BOYNTON A LES PETITES FESSES LES PLUS SERRÉES DE DERRY ! L'odeur écœurante d'un désodorisant aromatisé au pin se superposait aux relents de pisse, de merde et de pets d'ivrogne, comme un maquillage sur la figure d'un cadavre. La voix qui chantonnait paraissait provenir du trou des chiottes, ou bien émaner des murs :

Du moment où je me mets au lit
Jusqu'à ce qu'arrive le matin,
C'est de toi que je rêve, mon chou, de toi seulement...

Où est-il ? se demanda Ralph. *Et comment diable dois-je faire pour le rejoindre ?*

Ralph sentit soudain une chaleur contre sa hanche, comme si quelqu'un venait de glisser un charbon ardent dans son gousset. Il commença à froncer les sourcils, puis se souvint de ce qui s'y trouvait. Il glissa un doigt dans la minuscule poche et y pêcha l'anneau d'or. Puis il le déposa dans la paume de sa main, à l'endroit où ligne de vie et ligne d'amour divergeaient, et appuya dessus à petits coups prudents. Il s'était refroidi. Ralph n'en fut pas surpris outre mesure.

HD-ED 8-5-87.

« Un anneau pour les gouverner tous, un anneau pour les lier », murmura-t-il, glissant l'alliance à l'annulaire de sa main gauche. Elle s'y adaptait parfaitement, et il la poussa jusqu'à ce qu'elle entrât en contact avec celle que Carolyn avait passée à ce même doigt, quarante-cinq ans auparavant. Sur quoi il leva les yeux et se rendit compte que la paroi du fond de la sanisette avait disparu.

2

Ce qu'il découvrit alors, encadré par les murs restants, fut un ciel de début de crépuscule et une portion de paysage du Maine qui disparaissait dans un horizon brumeux et gris. Il estima qu'il le dominait d'une hauteur d'environ trois mille mètres. Il voyait des lacs et des étangs à la surface lumineuse, et de vastes étendues boisées vert sombre qui venaient mourir vers le siège des toilettes avant de disparaître. Loin devant lui — à la hauteur du toit de la cabine — il apercevait un scintillement de lumières qui devait probablement être Derry, à tout au plus dix minutes de vol, maintenant. Dans le quart en bas à gauche de cette vision figurait un tableau de bord avec ses instruments. La vue d'une petite photo en couleurs, scotchée à l'altimètre, coupa la respiration à Ralph. C'était Helen, superbe, respirant un bonheur impossible, avec dans les bras le Bébé de Rêve qui dormait à poings fermés, âgé tout au plus de quatre mois.

Il tient à ce que ce soit la dernière chose qu'il voie en ce bas monde, pensa Ralph. *Il s'est transformé en monstre, mais sans doute même les monstres n'oublient pas tout à fait ce qu'est l'amour.*

Un instrument se mit à produire des bips-bips. Une main apparut et manipula un interrupteur. Avant qu'elle eût disparu, Ralph eut le temps de voir, sur l'annulaire, le creux à peine visible mais encore bien présent qui marquait l'emplacement d'une alliance portée pendant six ans. Il vit aussi autre chose. L'aura qui entourait cette main était identique à celle qui avait plané au-dessus du bébé au crâne fracassé, dans l'ascenseur de l'hôpital : une membrane prise d'une agitation frénétique comme celle qui règne dans l'atmosphère des géantes gazeuses.

Ralph regarda derrière lui et leva la main. Clotho et Lachésis répondirent à son salut du même geste. Lois lui envoya un baiser. Ralph fit un mouvement comme pour l'attraper, puis entra résolument dans la sanisette.

3

Il hésita un instant devant le siège des toilettes puis se souvint de la civière de l'hôpital qui lui était passée sur la tête sans l'écrabouiller, et se dirigea sans hésitation vers le fond de la cabine. Il serra les dents, s'attendant à s'écorcher les tibias — savoir est une chose, mais soixante-dix années d'expérience en sont une autre — et passa à travers l'objet comme s'il était en fumée (ou comme si lui-même était en fumée).

Il eut une inquiétante sensation de vertige et d'absence de poids et crut pendant un instant qu'il allait vomir. Sensation accompagnée de l'impression de se vider, comme si une grande partie du pouvoir qu'il avait pris à Lois venait de se volatiliser. C'était sans doute le cas ; il venait de pratiquer une forme de téléportation, après tout, un vrai truc de science-fiction qui devait forcément consommer d'énormes quantités d'énergie.

La sensation de vertige passa, remplacée par une autre encore pire, celle d'avoir été plus ou moins fendu à hauteur du cou. Il avait maintenant devant lui toute une portion de la planète, et sa vue n'était plus limitée par rien.

Nom de Dieu de nom de Dieu, qu'est-ce qui m'arrive ? Qu'est-ce qui cloche ?

Comme à contrecœur, ses sens lui rapportèrent qu'il n'y avait rien qui clochait, à la vérité, qu'il se trouvait simplement dans une situation qui aurait dû être impossible. Lui qui mesurait un mètre quatre-vingt-trois se tenait dans une carlingue faisant un mètre cinquante du plancher au plafond. Ce qui signifiait que tout pilote un peu plus grand que Clotho ou Lachésis devait se plier en deux pour s'y asseoir. Or, Ralph avait pénétré dans l'avion non seulement pendant qu'il était en vol, mais encore *debout*, et il se tenait toujours debout, entre et légèrement derrière les deux sièges de la carlingue. La raison pour laquelle rien ne gênait sa vue était aussi simple qu'horrible : sa tête dépassait du fuselage.

Il lui vint à l'esprit une image cauchemardesque de son vieux chien, Rex, qui adorait voyager en voiture la tête passée par la portière, ses oreilles hirsutes agitées par le vent. Il ferma les yeux.

Et si je tombe ? Si je peux passer ma tête à travers

cette foutue carlingue, qu'est-ce qui m'empêche de passer à travers le plancher et de dégringoler jusqu'au sol ? Voire, peut-être, à travers le sol ! Jusqu'au centre même de la Terre !

Mais rien de semblable ne se produisit et rien de semblable ne se produirait, pas à ce niveau ; il n'avait qu'à se rappeler la manière dont ils s'étaient élevés sans effort à travers les étages de l'hôpital et l'aisance avec laquelle ils s'étaient tenus ensuite sur le toit. Il fallait garder cet exemple à l'esprit, et tout irait bien. Il essaya de se concentrer sur cette idée, et lorsqu'il sentit qu'il avait repris son sang-froid, il rouvrit les yeux.

Juste au-dessous de lui s'allongeait le pare-brise de l'appareil et, au-delà, le nez, avec le brouillard argenté créé par le tournoiement de l'hélice. L'amas de points lumineux qu'il avait observé depuis la porte de la sanisette s'était rapproché.

Il plia les genoux, et sa tête glissa sans peine à travers le toit de la carlingue. Un instant, il eut un goût d'huile dans la bouche et les poils minuscules de son nez lui firent l'impression de se hérisser comme sous l'effet d'un courant électrique. Puis il se retrouva agenouillé entre les sièges du pilote et du copilote. Il ignorait ce qu'il s'était attendu à ressentir en revoyant Ed après tout ce temps et dans des circonstances aussi extravagantes et démentes, mais il fut surpris par la vague de regret — pas seulement de pitié — qui le submergea. Comme ce jour de l'été 92 où il s'était jeté contre la camionnette du jardinier, Deepneau portait un vieux T-shirt, et non une chemise de marque boutonnée jusqu'au cou et fermée d'une cravate. Il avait perdu beaucoup de poids, ce qui faisait un effet extraordinaire : son aspect émacié lui donnait un air véritablement héroïque, gothico-romanesque ; Ralph ne put qu'évoquer l'un des poèmes préférés de Carolyn, *The Highwayman*[1], d'Alfred Noyes. Dans le visage d'une pâleur mortelle, ses yeux verts avaient la luminosité sombre d'émeraudes au clair de lune (pensa Ralph) derrière les petites lunettes rondes à la John Lennon, et ses lèvres étaient tellement écarlates qu'on aurait dit qu'il avait mis du rouge. Il avait noué le foulard de soie orné de caractères japonais à son front, et les extrémités retombaient dans son dos. Au cœur des tourbillons de foudre de son aura, le visage mobile et intelligent de l'homme exprimait des regrets terribles et une détermination farouche. Il était beau — vraiment beau — et Ralph éprouva une sensation de déjà-vu. Il comprenait enfin ce qu'il avait entrevu lorsqu'il s'était interposé entre Ed et le gros jardinier, car il le retrouvait maintenant. À le contempler ainsi, au milieu d'une aura comme un typhon d'où ne montait aucun panache, on avait l'impression de voir un vase Ming brisé en mille morceaux.

Au moins ne peut-il pas me voir, pas à ce niveau. Du moins, je ne crois pas.

Comme en réponse à cette réflexion, Ed tourna la tête et regarda directement vers Ralph. Il avait l'œil agrandi, avec quelque chose d'insensé et de prudent à la fois dans l'expression ; un tremblement agitait les commissures de ses lèvres finement ciselées, entre lesquelles brillaient des bulles de salive. Ralph eut un mouvement de recul, certain d'avoir été vu, mais Ed ne réagit pas, se contentant de jeter un regard soupçonneux sur les trois autres

1. Voleur de grands chemins, détrousseur : « ... *Le vent était un torrent de ténèbres au milieu des arbres agités, / la lune un galion fantomatique secoué sur les mers nuageuses / ... et le voleur de grands chemins arriva chevauchant, / chevauchant, chevauchant / Le voleur arriva en chevauchant jusqu'à la porte de la vieille auberge...* » (extrait de *The Highwayman*). *(N.d.T.)*

sièges de la cabine, comme s'il avait entendu le déplacement furtif d'un passager clandestin. En même temps, passant le bras à travers Ralph, il alla toucher un carton maintenu par la ceinture de sécurité sur le siège du copilote. Sa main caressa brièvement la boîte, puis revint à son front pour réajuster le foulard qui le ceignait. Cela fait, il reprit son fredonnement, mais sur un air différent cette fois, et Ralph sentit un frisson lui courir dans le dos :

Une pilule te fait grandir
Une pilule te rapetisse
Et celle que Maman te donne
Ne te fait rien du tout...

Exact, songea Ralph. *Va donc demander à Alice, quand elle mesure trois mètres de haut.*

Son cœur battait la triple chamade dans sa poitrine : d'avoir vu Ed se retourner brusquement l'avait davantage terrifié que le fait de se retrouver à trois mille mètres d'altitude, la tête dépassant de la carlingue. Ed ne le voyait pas, Ralph en était à peu près certain, mais celui qui a affirmé que les fous avaient des sens exacerbés et plus développés que les gens sains d'esprit devait savoir de quoi il parlait, car Deepneau s'était rendu compte que *quelque chose* avait changé.

La radio se mit à japper, les faisant sursauter tous les deux. « Message au Cherokee au-dessus de South Haven. Vous entrez dans l'espace aérien de Derry à une altitude qui exige un dépôt préalable de plan de vol. Je répète, vous entrez dans un espace aérien contrôlé au-dessus d'un secteur habité. Sortez votre cul de là et grimpez à quatre mille mètres, Cherokee, cap 170, un sept zéro. Et tant que vous y êtes, identifiez-vous... »

Ed se mit à marteler la radio du poing ; des éclats de verre s'envolèrent, bientôt suivis d'éclaboussures sanglantes qui allèrent s'étaler sur le tableau de bord, la photo d'Helen et Natalie et le T-shirt gris d'Ed. Il continua à donner des coups de poing jusqu'à ce que la voix, à la radio, se transformât en un rugissement aigu avant de s'interrompre d'un seul coup.

« Bien, dit-il du timbre bas de quelqu'un habitué à parler tout seul. C'est beaucoup mieux. J'ai horreur de toutes ces questions. Elles me font… »

Il se rendit compte qu'il saignait et n'acheva pas sa phrase. Il éleva la main à la hauteur des yeux pour l'examiner de près, puis la referma de nouveau en poing. Une écharde de verre dépassait de son petit doigt, à hauteur de la troisième phalange. Il la retira avec les dents et la recracha de côté, puis fit quelque chose qui glaça Ralph : il porta le poing à son visage et déposa une marque sanglante sur chacune de ses joues. Tirant ensuite un petit miroir du vide-poche de la porte, à sa gauche, il examina cette peinture de guerre improvisée. Il dut la trouver réussie, car il sourit et hocha la tête avant de ranger le miroir.

« N'oublie pas ce que le loir a dit, c'est tout », se conseilla Ed à lui-même du même ton de voix. Puis il poussa sur le manche à balai. Le nez de l'appareil piqua et l'aiguille de l'altimètre commença à descendre. On voyait Derry droit devant. La ville ressemblait à une poignée d'opales que l'on aurait éparpillées sur du velours bleu nuit.

On distinguait un trou dans le flanc du carton installé sur le siège du passager. Deux fils en sortaient. Ils rejoignaient une sonnette de porte retenue par de l'adhésif au bras du siège du pilote. Ralph supposa que dès que le centre municipal serait en vue et que commencerait la partie kamikaze du vol, Ed poserait un doigt sur le bouton blanc, au milieu du rectangle de plastique ; et qu'à l'instant où il s'écraserait, il appuierait dessus. *Ding-dong*, c'est le facteur.

Il faut arracher ces fils, Ralph ! Arrache-les !

Excellente idée, qui n'avait qu'un inconvénient : il ne pourrait rompre ne serait-ce qu'une toile d'araignée tant qu'il resterait à ce niveau. Cela signifiait qu'il lui fallait redescendre en pays michrone, et c'était ce qu'il s'apprêtait à faire lorsqu'une voix douce et familière, à sa droite, l'appela par son nom.

[*Ralph ?*]

À sa droite ? Impossible. Il n'y avait rien, à sa droite, sinon le siège du copilote, puis le flanc de la carlingue, puis des lieues et des lieues de l'atmosphère crépusculaire de la Nouvelle-Angleterre.

La cicatrice, le long de son bras, se mit à le picoter comme le filament d'un radiateur électrique.

[*Ralph !*]

Ne regarde pas. N'y fais pas attention. Ignore cette voix.

Mais il n'y arrivait pas. Une force immense, pesante, faisait pression sur lui et sa tête commença à se tourner. Il lutta, conscient que l'appareil piquait de plus en plus du nez, mais cela n'y changea rien.

[*Regarde-moi, Ralph, n'aie pas peur.*]

Il fit un dernier effort pour désobéir à la voix, sans résultat. Sa tête continua son mouvement de rotation et il se trouva soudain face à sa mère, morte d'un cancer du poumon vingt-cinq ans auparavant.

4

Bertha Roberts, assise dans son rocking-chair à environ un mètre cinquante de la paroi du Cherokee, tricotait tout en se balançant tranquillement dans l'air à un peu moins de deux kilomètres au-dessus du sol. Elle avait aux pieds les pantoufles — bordées de vison véritable (loufoque, non ?) — qu'il lui avait offertes pour son cinquantième anniversaire. Un châle rose entourait ses épaules. Un badge portant un slogan politique antédiluvien — TOUS AVEC WILLKIE — retenait le châle.

C'est vrai, elle les portait comme des bijoux. C'était sa petite coquetterie personnelle. J'avais oublié ça.

La seule fausse note qu'il releva (en dehors du fait qu'elle était morte et en train de se balancer à six mille pieds d'altitude dans son fauteuil) fut le couvre-pieds d'un rouge éclatant sur ses genoux. Ralph n'avait jamais vu sa mère tricoter, et se demandait même si elle avait su : mais là, elle manipulait furieusement ses aiguilles, qui brillaient par intermittence entre les points.

[« *Maman ? Maman ? C'est bien toi ?* »]

Les aiguilles s'arrêtèrent et elle détacha les yeux de la couverture écarlate. Oui, c'était bien sa mère — telle qu'elle était, du moins, lorsqu'il avait lui-même dix ans. Visage étroit, front haut d'intellectuelle et un chignon de cheveux poivre et sel bien serré sur la nuque. Une petite bouche à l'expression dure et sans générosité, du moins tant qu'elle ne souriait pas.

[*Voyons, Ralph Roberts, je m'étonne que tu poses la question !*]

Ce n'était pas véritablement une réponse, cependant, non ? Il ouvrit la bouche pour en faire la remarque, puis songea qu'il serait peut-être plus sage, au moins pour le moment, de ne rien dire. Une forme laiteuse commençait à se matérialiser à la droite de sa mère. Sous les yeux de Ralph, elle se solidifia pour devenir le porte-revues en merisier qu'il lui avait fabriqué en atelier de menuiserie, pendant sa dernière année au lycée de Derry. L'objet débordait d'exemplaires du *Reader's Digest* et de *Life*. Le sol, loin sous le rocking-chair, commença à son tour à se transformer en un motif de carrés bruns et rouge sombre qui se déployait et s'étendait en cercles concentriques, comme une vaguelette sur un étang. Ralph le reconnut immédiatement : le linoléum de la cuisine, dans la maison de Richmond Street, à Mary Mead. La maison dans laquelle il avait grandi. Au début, il vit encore le sol à travers, la forme géométrique des champs et, non loin devant, les méandres de la Kenduskeag avant son entrée dans Derry. Puis tout se solidifia. Une forme fantomatique évoquant une fleur de pissenlit devint le vieux chat angora de sa maman, Futzy, qui, depuis le bord de la fenêtre, surveillait le mouvement des mouettes au-dessus de l'ancien dépôt d'ordures des Friches-Mortes. Futzy était mort à peu près à l'époque où Dean Martin et Jerry Lewis avaient arrêté de tourner ensemble.

[*Ce vieil homme avait raison, Ralph. On n'a pas à se mêler des affaires des machrones. Fais attention à ce que te dit ta mère et ne te mêle pas de ce qui ne te regarde pas. N'oublie pas ce que je te dis.*]

Fais attention à ce que te dit ta mère... n'oublie pas ce que je te dis. Ces formules résumaient assez bien la conception que Bertha Roberts se faisait de l'art d'élever et d'éduquer les enfants, non ? Qu'il s'agisse de l'obligation impérative d'attendre une heure après un repas avant de pouvoir se baigner ou de s'assurer que cette vieille fripouille de Butch Bowers n'avait pas glissé des pommes de terre pourries au fond du panier de légumes qu'elle vous avait envoyé chercher, le prologue *(Fais attention à ce que dit ta mère)* et l'épilogue *(N'oublie pas ce que je te dis)* étaient invariablement les mêmes. Et si jamais on ne faisait pas attention, si jamais on oubliait, on avait affaire au courroux maternel — que Dieu vous vînt alors en aide !

Elle reprit ses aiguilles et se remit à tricoter, montant des points écarlates avec des doigts qui semblaient légèrement rouges eux-mêmes. Ralph supposa que ce n'était qu'une illusion. Ou alors, la couleur n'était pas de très bonne qualité et lui déteignait sur les doigts.

Pourquoi, quand il s'était dit *les doigts*, avait-il pensé à une main masculine ? Stupide, non ?

Sauf que…

Sauf qu'il y avait des poils de moustache au coin de sa bouche. De longs poils. Des poils répugnants. Et dont il n'avait aucun souvenir. Il se rappelait bien un léger duvet sur sa lèvre supérieure, oui. Mais une moustache ? Sûrement pas. C'était récent.

Récent ? Quoi, récent ? À quoi penses-tu ? Elle est morte deux jours après l'assassinat de Robert Kennedy à Los Angeles ! Comment pourrait-elle avoir quelque chose de récent ?

Deux murs convergents s'étaient matérialisés de part et d'autre de Bertha Roberts, recréant le coin de cuisine où elle avait passé tant de temps. Sur l'un d'eux était accroché un tableau que Ralph connaissait bien. On y voyait une famille attablée : le papa, la maman et les deux enfants. Les pommes de terre et le maïs circulaient, et ils avaient l'air de discuter de leurs journées respectives. Aucun d'eux ne remarquait la présence d'un cinquième personnage dans la pièce, un homme en robe blanche, à la barbe couleur de sable et aux longs cheveux. Il se tenait dans un angle et les regardait. JÉSUS-

CHRIST, LE VISITEUR INVISIBLE, lisait-on sur la petite plaque en dessous. Sauf que le Christ dont Ralph se souvenait avait une expression de bonté, et l'air un peu gêné de les espionner ainsi. Dans cette version, il paraissait songeur… calculateur… un vrai procureur. Et il avait le visage intensément coloré, l'expression coléreuse, comme s'il venait d'entendre quelque chose qui l'avait rendu furieux.

[« *Maman ? Est-ce que tu…* »]

Elle reposa les aiguilles sur la couverture rouge — ce rouge si étrangement brillant — et leva la main pour l'arrêter.

[*Il n'y a pas de maman qui tienne, Ralph, fais simplement attention à ce que je te dis, et ne l'oublie pas. Ne te mêle pas de ça ! C'est trop tard pour que tu t'immisces dans ces affaires ! Tu ne peux que rendre les choses encore pires !*]

La voix était juste, mais le visage n'allait pas et allait de moins en moins. La peau, surtout. Une peau lisse et sans rides avait été la grande fierté de Bertha Roberts, sa seule vanité. Celle de la créature qui se balançait dans le rocking-chair était rude… plus que rude. *Écailleuse.* Et elle présentait deux excroissances (ou des plaies ?) sur les côtés du cou. À leur vue, un terrible souvenir

(enlève-moi ça, Johnny, je t'en supplie enlève-moi ça !)

s'agita tout au fond de son esprit. Et…

Eh, oui, l'aura. Où était son aura ?

[*Fiche-moi la paix avec mon aura et fiche-moi la paix avec cette grosse pouffiasse avec laquelle tu traînes… même si j'ai l'impression que Carolyn est en train de se retourner dans sa tombe.*]

La bouche de la femme

(non ce n'est pas une femme, la chose n'est pas une femme)

n'était plus une petite bouche. La lèvre inférieure s'était allongée et gonflée, vers l'avant et le bas. La bouche retombait avec une expression ricanante. Une expression ricanante qui lui était étrangement familière.

(Johnny ça me mord, ça me mord !)

Il y avait aussi quelque chose d'horriblement familier dans les moustaches qui se hérissaient au coin de la bouche.

(Johnny, je t'en prie, ces yeux noirs, ces yeux noirs)

[*Johnny ne pourra pas t'aider, mon garçon. Il ne t'a pas aidé à l'époque et il ne pourra pas t'aider aujourd'hui.*]

Évidemment, qu'il ne le pouvait pas. Son grand frère Johnny était mort six ans auparavant. Ralph avait suivi son enterrement. Johnny était mort d'une crise cardiaque, peut-être bien tout autant due à l'Aléatoire que celle qui avait terrassé Bill McGovern et…

Ralph regarda sur la gauche, mais l'autre côté de la carlingue avait aussi disparu, ainsi qu'Ed Deepneau. Ralph vit la vieille cuisinière bois-gaz sur laquelle sa mère préparait leurs repas, dans la maison de Richmond Street (tâche qui l'ennuyait profondément et qu'elle n'avait accomplie qu'à contrecœur et mal toute sa vie) et l'arche qui donnait sur la salle à manger. Il vit la table en bois d'érable. Un pichet d'eau était posé au centre, rempli d'un bouquet de roses rouges criardes. Chacune paraissait avoir un visage… un visage rouge sang, haletant…

Mais c'est faux, pensa-t-il. *Entièrement faux. Elle n'a jamais eu de roses dans la maison ; elle était allergique à la plupart des fleurs, et les roses étaient les pires. Elle éternuait comme une folle quand il y en avait. La seule chose qu'elle ait jamais posée sur cette table était un bouquet indien, autrement dit, rien d'autre que des herbes d'automne sèches. Je vois des roses parce que...*

Il revint à la créature assise dans le rocking-chair, aux doigts rouges qui se confondaient maintenant en appendices évoquant des nageoires ; il regarda la masse écarlate posée sur les genoux de la créature et la cicatrice, sur son bras, le picota à nouveau.

Au nom du Ciel, qu'est-ce qui se passe ?

Il le savait, cependant ; il n'avait qu'à voir la chose rouge dans le siège à bascule et le tableau sur le mur, avec le Jésus au visage malveillant et empourpré surveillant la famille attablée, pour en avoir confirmation. Il n'était pas dans la vieille maison familiale de Mary Mead et il n'était pas non plus exactement dans un avion au-dessus de Derry.

Mais dans la cour du Roi Pourpre.

CHAPITRE 29

1

Sans réfléchir aux raisons qui le poussaient à agir ainsi, Ralph glissa une main dans la poche de son chandail et saisit maladroitement l'une des boucles d'oreilles de Lois. Sa main lui donnait l'impression d'être très loin, d'appartenir à quelqu'un d'autre. Il prit aussi conscience de quelque chose de très intéressant : jamais, jusqu'à ce jour, il n'avait réellement connu la peur. Pas une fois. Il s'était *imaginé* avoir eu peur, bien entendu, mais ce n'avait été qu'illusion. La seule fois où il avait failli avoir vraiment peur remontait à ce jour, dans la bibliothèque de Derry, où Charlie Pickering lui avait enfoncé un couteau entre les côtes en le menaçant de répandre ses entrailles sur le sol. Mais cela n'avait guère été qu'un instant légèrement désagréable à passer, comparé à ce qu'il ressentait maintenant.

Un homme vert est venu… il paraissait bon, mais je peux me tromper…

Pourvu, au contraire, qu'elle ait eu raison ! Il le souhaitait ardemment. Car l'homme vert était pratiquement le seul espoir qui lui restait.

L'homme vert et les boucles d'oreilles de Lois.

[*Ralph ! Arrête de bayer aux corneilles ! Regarde ta*

mère quand elle te parle ! Soixante-dix ans et tu te comportes encore comme un gamin de seize ans travaillé par ses glandes !]

Il se tourna vers l'entité aux nageoires rouges vautrée dans le rocking-chair. Elle n'avait plus maintenant qu'une vague ressemblance avec sa mère.

[« *Vous n'êtes pas ma mère, et je suis toujours dans l'avion !* »]

[*Non, mon garçon, tu n'y es plus. Et ne va surtout pas t'imaginer le contraire ! Un pas hors de ma cuisine et tu es bon pour une chute qui n'en finira pas.*]

[« *Inutile de continuer à forcer votre talent. Je vois très bien qui vous êtes.* »]

L'entité répondit d'une voix étranglée, gargouillante, qui fit passer un courant glacé le long de l'épine dorsale de Ralph.

[*Tu ne vois rien du tout. Encore quelque chose que tu t'imagines. Et il vaut mieux pas pour toi. Il vaut beaucoup mieux que tu ne me voies jamais sans mes déguisements. Crois-moi, Ralph, beaucoup mieux.*]

Avec une horreur croissante, il se rendit compte que la chose qui avait eu un moment l'aspect de sa mère venait de se transformer en un énorme silure femelle, un poisson-chat affamé aux chicots de dents qui brillaient de part et d'autre de babines pendantes, avec des barbillons retombant presque jusqu'à la hauteur du col de la robe qu'elle portait encore. Les ouïes, dans le cou, s'ouvraient et se refermaient comme des plaies au rasoir, révélant des chairs intérieures d'un rouge malsain. Les yeux étaient devenus bulbeux et violacés et Ralph vit les orbites s'éloigner jusqu'à ce qu'elles fussent de part et d'autre de la tête écailleuse de la créature.

[*Ne fais pas l'ombre d'un mouvement, Ralph. Tu vas probablement mourir dans l'explosion, peu importe le niveau auquel tu te trouves — l'onde de choc se propagera jusqu'ici comme elle le fera dans tout le bâtiment —, mais cette mort sera infiniment plus supportable que la mienne.*]

Le silure ouvrit la bouche ; ses dents encadraient une gueule couleur de sang qui semblait déborder d'entrailles et de tumeurs étranges. On aurait dit qu'il se moquait de lui.

[« *Qui êtes-vous ? Le Roi Pourpre ?* »]

[*C'est le nom que m'a donné Ed. Il serait bon que nous ayons le nôtre, tu ne crois pas ? Voyons. Si tu ne veux pas que je sois maman Roberts, pourquoi ne pas m'appeler le Roi-Poisson ? Tu te souviens bien du Roi-Poisson, dans cette émission de radio, hein ?*]

Certes, il s'en souvenait. Mais le véritable Roi-Poisson n'avait jamais été dans le programme *Amos and Andy*, et de toute façon il ne s'était jamais agi d'un Roi-Poisson. Le Roi-Poisson véritable était une Reine, et avait vécu dans les Friches-Mortes.

2

L'été de ses sept ans, Ralph Roberts avait ferré un énorme poisson-chat dans la Kenduskeag, pendant qu'il pêchait avec son frère John. À cette époque, les poissons que l'on attrapait dans les Friches-Mortes étaient encore comestibles. Ralph avait demandé à son aîné de décrocher l'animal agité de soubresauts, pour le mettre dans le seau d'eau qui leur servait de vivier. John avait refusé, se réfugiant, hautain, derrière ce qu'il appelait le credo du pêcheur : les bons pêcheurs montent leurs mouches, déterrent leurs asticots et décrochent leurs prises. Ce n'est que plus tard que Ralph prit conscience que Johnny avait sans doute essayé, par ce biais, de dissimuler la peur que lui inspirait l'énorme créature à l'aspect peu engageant que son frère venait de tirer de l'eau boueuse et chaude comme de la pisse de la Kenduskeag.

Ralph avait fini par trouver le courage de saisir le corps agité de soubresauts du silure ; un corps qui était à la fois gluant, écailleux et hérissé de piquants. Et Johnny n'avait fait qu'ajouter à sa terreur en lui disant à ce moment-là : *Ils sont venimeux. Bobby Theriault dit que si tu te fais piquer tu peux rester paralysé. Passer le reste de ta vie dans un fauteuil roulant. Alors fais attention, Ralphie.*

Ralph avait tourné la créature dans tous les sens pour essayer de libérer l'hameçon accroché dans la gorge sombre et humide, tout en évitant de trop approcher la main des barbillons (ne croyant pas ce que lui avait dit Johnny sur leur propriété venimeuse et le croyant en même temps complètement), obnubilé à l'extrême par les ouïes, les yeux et l'odeur de marée qui lui faisait l'effet de s'infiltrer un peu plus profondément dans ses poumons à chaque fois qu'il respirait.

Il entendit enfin un bruit de cartilage qui se déchirait et sentit l'hameçon qui se libérait. Des filets de sang se mirent à ruisseler des coins de la bouche souple de la bête mourante. Ralph poussa un petit soupir de soulagement qui s'avéra en fait prématuré. Le poisson-chat donna un coup de queue fulgurant à l'instant où l'hameçon sortait. La main avec laquelle Ralph le retirait glissa et la bouche ensanglantée du monstre se referma sur deux de ses doigts. Avait-il eu mal ? Un peu, beaucoup, énormément ? Pas du tout ? Il ne s'en souvenait pas. Ce qu'il n'avait pas oublié, en revanche, c'était le cri de terreur absolument pas simulé de son frère Johnny, et comment il avait été certain que le silure allait lui faire payer en lui dévorant l'index et le majeur de la main droite.

Il se rappelait aussi avoir lui-même hurlé, secoué sa main et supplié Johnny de l'aider, mais Johnny avait battu en retraite, le visage blême, une grimace de répulsion à la bouche. Ralph faisait décrire de grands arcs à sa main, mais le poisson-chat y restait accroché comme un poids mort, tandis que ses barbillons

(moustaches venimeuses un fauteuil roulant le reste de ma vie)

lui fouettaient le poignet et que ses yeux noirs globuleux le regardaient.

Il avait fini par le frapper contre un arbre et lui rompre le dos. Le silure était tombé au sol, encore agité de soubresauts, et Ralph l'avait écrasé d'un coup de pied — geste qui provoqua l'horreur finale. L'animal vomit une partie de ses entrailles et, de l'endroit éclaté où avait frappé le talon de Ralph, jaillit un torrent gluant d'œufs ensanglantés. C'est à cet instant qu'il avait compris que le Roi-Poisson était en fait une Reine sur le point de pondre.

Ralph avait regardé tour à tour ce magma monstrueux et sa main incrustée d'écailles et couverte de sang, et s'était mis à hurler comme un porc qu'on égorge. Lorsque Johnny lui avait touché le bras dans un effort pour le calmer, il était parti comme l'éclair et ne s'était arrêté de courir qu'une fois chez lui. Il avait refusé de sortir de sa chambre de toute la journée et il avait fallu attendre un an avant qu'il ne se remît à manger du poisson. Quant aux silures, il n'en avait pas approché un depuis ce jour-là.

Jusqu'à maintenant, du moins.

3

[« *Ralph !* »]

C'était la voix de Lois... mais lointaine, terriblement lointaine !

[« *Il faut que tu agisses tout de suite ! Ne le laisse pas t'en empêcher !* »]

Ralph se rendit compte que ce qu'il avait pris pour un couvre-pieds, sur les genoux de sa mère, était en réalité un amas d'œufs ensanglantés posé dans le giron du Roi Pourpre. Ce dernier se penchait vers Ralph au-dessus de cette couverture animée de pulsations, ses lèvres épaisses frémissant d'une inquiétude feinte.

[*Quelque chose qui ne va pas, Ralphie ? Où as-tu mal ? Raconte à maman.*]

[« *Vous n'êtes pas ma mère.* »]

[*Non ! Que je sois la Reine-Poisson ! Que je sois noble et fière ! Je possède les outils, je possède les mots ! En vérité, je peux être ce que je veux ! Tu ne le sais peut-être pas, mais les métamorphoses sont une coutume ancestrale à Derry !*]

[« *Connaissez-vous l'homme vert qu'a vu Lois ?* »]

[*Évidemment ! Je connais tous les voisins du quartier !*]

Ralph, cependant, détecta une incertitude momentanée sur cette tête écailleuse.

La sensation de chaleur, le long de son avant-bras, grimpa d'un cran et Ralph se rendit brusquement compte que si Lois avait été présente ici, elle aurait à peine pu le voir. La Reine-Poisson dégageait une luminescence animée de pulsations de plus en plus brillantes qui l'entourait peu à peu. Cette lumière diffuse était rouge, et non pas noire, mais n'en était pas moins un linceul de mort et il savait maintenant l'effet que cela faisait de s'y trouver pris, pris dans un filet tissé de ses peurs les plus ignobles et de ses expériences les plus traumatisantes. Il n'y avait aucun moyen de s'en arracher, aucun moyen de le déchirer comme il avait déchiré au scalpel le linceul entourant l'alliance d'Ed.

Pour m'en sortir, pensa-t-il, *il va falloir foncer à toute vitesse, brusquement, pour pouvoir déchirer l'autre côté.*

Il tenait toujours la boucle d'oreille à la main. Il la déplaça de manière que la pointe ouverte de l'attache dépasse des deux doigts que le silure avait essayé d'avaler, soixante-trois ans auparavant. Puis il adressa une courte prière non pas à Dieu, mais à l'homme vert de Lois.

4

Le silure se pencha encore plus en avant, un sourire de dessin animé s'étalant sur sa figure sans nez. Les dents qui encadraient ce ricanement flasque paraissaient plus longues et plus effilées. Ralph aperçut des gouttes incolores qui perlaient à l'extrémité des barbillons et pensa : *Du venin. Passer le reste de ses jours en fauteuil roulant. Bon Dieu, que j'ai la trouille ! Une putain de trouille !*

La voix de Lois, hurlant très loin : [«*Dépêche-toi, Ralph ! Il faut que tu te dépêches !*»]

Un petit garçon hurlait aussi, beaucoup plus près ; hurlait et agitait son bras droit pour se débarrasser du poisson, de la monstruosité grosse d'œufs qui le retenait par les doigts et ne voulait pas lâcher.

Le poisson-chat se pencha encore ; sa robe rouge froufroutait. Ralph sentit le parfum de sa mère — *St. Elena*

— se mélanger, non sans obscénité, avec les remugles de poubelles émanant de ce fouilleur de vase.

[*J'ai bien l'intention que la mission d'Ed Deepneau soit couronnée de succès, Ralph ; j'ai bien l'intention que ce petit morpion dont tes amis t'ont parlé meure dans les bras de sa mère et je veux en être le témoin. J'ai travaillé très dur ici, à Derry, et je ne crois pas que ce soit trop demander, mais cela signifie qu'il faut que j'en finisse sur-le-champ avec toi. Je...*]

Ralph s'avança d'un pas dans la puanteur de poubelle de la chose. Il vit alors apparaître une autre silhouette derrière celle de sa mère, derrière celle de la Reine-Poisson. Celle d'un homme rutilant, un homme *rouge* aux yeux froids et à la bouche impitoyable. Cet homme ressemblait au Christ qu'il venait de voir quelques instants auparavant... mais pas à celui dont l'image ornait un mur de la cuisine de sa mère.

Une expression de surprise naquit dans les yeux noirs sans paupières de la Reine-Poisson... ainsi que dans les yeux froids de l'homme en dessous.

[*Que crois-tu pouvoir faire ? Éloigne-toi de moi ! Tu tiens donc tant que ça à passer le reste de tes jours dans un fauteuil roulant ?*]

[« *Il pourrait m'arriver bien pire, Machin. L'époque où je jouais troisième ligne est révolue depuis longtemps, de toute façon.* »]

La voix s'éleva, devenant celle de sa mère quand elle était en colère.

[*Fais attention à ce que je te dis, mon garçon ! N'oublie pas ce que je te dis !*]

Un instant, l'ancien ton de commandement, la voix si surnaturellement identique à celle de sa mère le firent hésiter. Puis il continua son mouvement. La Reine-Poisson se recroquevilla dans le rocking-chair, tandis que sa queue donnait des coups frénétiques sous la vieille robe d'intérieur.

[*MAIS QU'EST-CE QUE T'IMAGINES POUVOIR FAIRE ?*]

[« *Je n'en sais rien. Seulement te tirer les moustaches, peut-être. Vérifier si elles sont bien réelles.* »]

Sur quoi, tout ce qui lui restait d'énergie et de volonté mobilisé pour ne pas ficher le camp en hurlant, il tendit la main droite. La boucle d'oreille de Lois lui faisait l'effet d'un petit galet tiède au creux de son poing. Lois elle-même lui semblait très proche, et Ralph ne trouva pas cela étonnant, étant donné la quantité d'aura qu'il lui avait empruntée. Peut-être même faisait-elle en quelque sorte partie de lui, en ce moment. Cette présence était profondément réconfortante.

[*Non, tu n'oseras pas ! Tu seras paralysé !*]

[« *Les poissons-chats ne sont pas venimeux… c'était simplement les racontars d'un gamin de dix ans qui avait peut-être encore plus peur que moi.* »]

La main de Ralph se rapprocha encore des barbillons, la pointe de métal toujours dissimulée, et la tête massive et écailleuse eut un mouvement pour l'esquiver, comme il avait pensé qu'elle le ferait sans doute. Le monstre commença à onduler et à se transformer, et la redoutable aura rouge se mit à passer au travers de l'enveloppe. *Si la souffrance et la maladie avaient une couleur, ce serait celle-là*, pensa Ralph. Et avant que la transformation ne s'achevât, avant que l'homme qu'il distinguait maintenant — grand, d'une beauté glaciale, avec ses cheveux blonds et ses yeux rouges qui cherchaient à le foudroyer — pût franchir le miroitement de l'illusion qu'il avait créée, Ralph enfonça la pointe aiguë du fermoir dans l'un des yeux noirs exorbités.

5

L'entité émit une effroyable stridulation — comme une cigale, pensa Ralph — et essaya de reculer. Ses battements de queue frénétiques produisaient un ronflement de feuille de papier pris dans les pales d'un ventilateur. Elle s'affaissa dans le fauteuil, lui-même en train de se transformer en une sorte de trône sculpté dans une roche d'un rouge-orangé assourdi. Puis il n'y eut plus ni queue de poisson ni reine des silures, mais le Roi Pourpre siégeant là, son beau visage déformé par une grimace de douleur et de stupéfaction. L'une de ses pupilles chatoyait de la lueur rouge d'un œil de lynx reflétant la lumière d'un feu ; l'autre rayonnait du flamboiement fractionné et violent d'un amas de diamants.

Ralph, de la main gauche, arracha la couverture d'œufs des genoux de l'entité, mais ne vit, de l'autre côté de cet avortement, que des ténèbres absolues. Le revers du linceul de mort. La sortie.

[*Je t'aurais averti, petit salopard de michrone ! Tu crois pouvoir me tirer impunément les moustaches ? Eh bien, essaie un peu pour voir !*]

De nouveau, le Roi Pourpre s'inclina en avant dans son trône, la bouche béante, son œil épargné rutilant. Ralph lutta contre l'envie d'éloigner sa main droite, maintenant vide. Au lieu de cela, il la lança vers le mufle du Roi Pourpre qui s'ouvrit encore plus largement pour l'engloutir, comme l'avait fait, longtemps auparavant, le poisson-chat pêché dans les Friches-Mortes.

Il sentit tout d'abord des choses — qui n'étaient pas de la chair — s'agiter et se bousculer contre sa main, puis commencer à le piquer comme des taons. En même temps, il éprouva la sensation de dents — non, de crocs —

s'enfonçant dans son bras. Le Roi Pourpre était sur le point de lui trancher le poignet et de lui avaler la main.

Ralph ferma les yeux et put aussitôt trouver le mécanisme de pensée qui permettait de circuler d'un niveau à l'autre ; ni sa peur ni la douleur ne pourraient l'en empêcher. Si ce n'est que cette fois-ci, le but n'était pas de se déplacer, mais de déclencher quelque chose. Clotho et Lachésis avaient placé un piège dans son bras, et le moment était venu de s'en servir.

Ralph sentit ce clignement intérieur, ce *blink !* La cicatrice de son bras chauffa immédiatement à blanc et atteignit une température critique. La chaleur ne lui brûla pas le bras mais en jaillit en une vague d'énergie qui allait croissant. Il eut conscience d'un éclair vert titanesque, tellement éclatant que pendant un instant on aurait dit que tout la ville d'Oz avait explosé autour de lui. Il y eut un hurlement indéterminé, un son suraigu et haché qui aurait rendu fou quiconque l'aurait entendu trop longtemps, mais qui ne dura pas. Il fut suivi par un bruit d'explosion creux, énorme, qui fit penser à Ralph au jour où il avait eu l'idée de lancer un super-pétard M-80 dans une cuve d'acier.

Un torrent d'énergie passa près de lui, son souffle déployé en éventail, sa lueur verte allant en s'estompant. Il eut une brève vision oblique d'un Roi Pourpre étrange, qui avait perdu toute sa beauté et toute sa jeunesse, devenu vieux et tors et moins humain que la plus bizarre des créatures à avoir jamais hanté le niveau d'existence des michrones. Puis quelque chose s'ouvrit au-dessus d'eux, une trappe de ténèbres dans lesquelles tourbillonnaient des rayons conflictuels de couleur. Le vent parut soulever le Roi Pourpre, comme une feuille, pour l'emporter dans ce conduit de cheminée. Les couleurs devinrent plus éclatantes et Ralph en détourna le visage, une main devant les yeux pour s'en abriter. Il comprit qu'un passage venait de s'ouvrir entre le niveau où il se tenait et l'un des niveaux inimaginables empilés au-dessus ; il comprit également que s'il regardait trop longtemps cette lumière éblouissante, ces tourbillons de couleurs mortelles, la mort, loin d'être la pire chose qui pourrait lui arriver, serait au contraire la meilleure. Il ne se contenta pas de fermer fortement les yeux ; il ferma aussi son esprit.

Puis en un instant tout cela disparut : la créature qui s'était présentée à Ralph comme le Roi Pourpre, la cuisine de la vieille maison de Richmond Street, le fauteuil à bascule de sa mère. Ralph se retrouva agenouillé au beau milieu de l'air, à la droite du nez du Cherokee, les bras levés dans l'attitude d'un enfant fréquemment battu à l'approche d'un parent cruel ; et lorsqu'il regarda entre ses genoux, il vit le centre municipal et son parking juste au-dessous de lui. Il crut tout d'abord être victime d'une illusion d'optique, car les lampadaires à arc de sodium du parking lui donnaient l'impression de s'écarter les uns des autres — un peu comme si un groupe de gens très maigres et très grands commençait à se disperser, une fois retombées les raisons d'une agitation quelconque. Et le parking lui-même semblait s'étirer dans tous les sens.

Non, il ne s'agrandit pas, il se rapproche, songea froidement Ralph. *Il descend. Il a entamé son piqué de kamikaze.*

6

Ralph resta un instant pétrifié sur place, comme sous le charme puissant de son extraordinaire situation. Il était devenu l'une de ces créatures intermédiaires mythiques, certainement pas un dieu (jamais un dieu n'aurait été aussi terrifié et épuisé qu'il l'était en ce moment), mais tout aussi certainement pas un homme dans ce qu'il a de dépendant avec la terre. Voilà ce qu'était réellement voler, voir la terre d'en haut, sans rien pour limiter votre champ de vision. C'était…

[« *Ralph !* »]

Le cri de Lois retentit comme la détonation d'un fusil de chasse contre son oreille. Il tressaillit et, son regard détourné de la vision hypnotique du sol qui montait vers lui, fut aussitôt capable de bouger. Il se releva et revint vers l'avion, avec autant d'aisance que s'il avait remonté l'allée de sa maison. Aucun vent ne lui cinglait le visage ou ne l'échevelait et lorsque son épaule gauche passa à travers l'hélice du Cherokee, les pales ne lui firent pas plus d'effet que s'il avait été de la fumée.

Un instant il vit la belle figure blême d'Ed — le visage du bandit de grands chemins dans le poème qui faisait pleurer Carolyn — et le mélange de pitié et de regret qu'il avait ressenti un moment auparavant céda la place à la colère. Il était difficile d'être vraiment furieux contre Deepneau, car après tout, il n'était qu'un pion sur un échiquier, mais le bâtiment sur lequel il dirigeait son appareil n'en était pas moins rempli de gens bien réels. De personnes innocentes. Dans l'expression dissociée de drogué d'Ed, Ralph lut quelque chose d'hésitant, d'enfantin et d'entêté ; et lorsqu'il franchit l'enveloppe mince de la carlingue, il se dit : *J'ai l'impression qu'à un certain niveau, Ed, tu sais que tu as affaire au diable. J'ai aussi l'impression que tu aurais pu ne pas jouer son jeu… Lachésis et Clotho n'ont-ils pas dit qu'on a toujours le choix ? Si cela est vrai, tu portes ta part de responsabilité dans cette affaire et dans ce cas, maudit sois-tu !*

La tête de Ralph dépassa un instant de l'appareil et il

s'agenouilla à nouveau. Le centre municipal, maintenant, remplissait entièrement le pare-brise de l'avion et il comprit qu'il était trop tard pour empêcher Ed de faire *quelque chose.*

Il avait détaché la sonnette de porte de ses adhésifs et la tenait à la main.

Ralph prit dans sa poche la boucle d'oreille restante et la tint entre ses doigts, laissant dépasser la pointe de l'attache. Il plaça son autre main autour des fils qui reliaient le carton et la sonnette. Puis il ferma les yeux et se concentra, créant au milieu de sa tête, une fois de plus, la sensation de clignement. Elle fut suivie d'un haut-le-cœur violent et il eut le temps de penser : *Houlà ! C'est l'ascenseur express !*

Et il se retrouva au niveau des michrones, celui où ne sévissent ni dieux, ni diables, ni docs chauves armés de ciseaux ou de scalpels magiques, ni auras. Au niveau où il est impossible de passer à travers les murailles ou d'échapper à un avion sur le point de s'écraser. Au niveau des michrones où l'on redevenait visible… et Ed, justement, le vit.

« Ralph ? » Il avait la voix pesante d'un homme que l'on vient de réveiller alors qu'il n'avait jamais aussi bien dormi de sa vie. « Ralph Roberts ? Qu'est-ce que vous fabriquez ici ?

— Oh, j'ai vu de la lumière en passant et je suis venu faire une petite visite. Me tirer un siège, si vous voulez. » Sur quoi il referma la main sur les fils et tira.

7

« Non ! hurla Ed. Oh, non, vous allez tout gâcher ! »

Et comment, pensa Ralph en tendant son autre main

vers le manche à balai par-dessus les genoux du pilote. Le centre municipal était maintenant peut-être à huit cents mètres d'eux, peut-être moins. Ralph ne savait pas avec certitude ce qui se trouvait dans le carton attaché au siège du copilote, mais il soupçonnait fortement qu'il s'agissait du fameux plastic qu'utilisent toujours les terroristes dans les films d'arts martiaux avec Chuck Norris et Steven Seagal. Un explosif en principe tout à fait stable — rien à voir avec la nitroglycérine du *Salaire de la peur* de Clouzot — mais ce n'était pas exactement le moment de placer toute sa foi dans l'évangile selon Hollywood. Même un explosif réputé stable pouvait fort bien détoner sans détonateur, s'il tombait de plusieurs centaines de mètres.

Il repoussa le manche à balai autant qu'il le put vers la gauche. En dessous, le centre municipal se mit à tournoyer à lui en donner la nausée, comme s'il était monté sur l'axe d'une toupie géante.

« Non, espèce de salopard ! » rugit Ed. Quelque chose comme la tête d'un petit marteau heurta Ralph sur le côté ; la douleur le paralysa presque, il n'arrivait plus à respirer. Sa main lâcha le manche à balai au deuxième coup de marteau, qui atterrit cette fois au creux de son coude. Ed reprit le manche et redressa brutalement. Le centre municipal, qui avait commencé à s'éloigner du milieu du pare-brise, revint prendre sa position initiale.

Ralph tenta de s'accrocher au manche. Ed, appuyant la main sur le front de Ralph, s'efforça de le repousser. « Qu'est-ce qui vous a pris de vous en mêler ? gronda-t-il. Vous pouviez pas rester chez vous bien tranquille ? » Il montrait les dents, ses lèvres étirées en un ricanement animal. L'apparition de Ralph dans le cockpit aurait dû complètement le paralyser, mais il n'en était rien.

Évidemment, il est cinglé, pensa Ralph qui, soudain pris de panique, éleva sa voix intérieure :

[« *Clotho ! Lachésis ! Pour l'amour du ciel, aidez-moi !* »]

Rien. Son appel lui avait fait l'impression de n'aller nulle part. Normal : il était de retour sur le niveau des michrones, ce qui signifiait qu'il devait se débrouiller tout seul.

Le centre municipal ne se trouvait plus qu'à cinq cents mètres. Ralph en distinguait chaque brique, chaque fenêtre, chacune des personnes qui se tenaient devant — il aurait presque pu dire qui portait une pancarte et qui n'en portait pas. Tout le monde levait la tête, essayant de comprendre ce que faisait cet avion fou. Ralph ne lisait pas encore la peur sur les visages, mais d'ici deux ou trois secondes…

Il se lança de nouveau sur Ed sans tenir compte des élancements qu'il ressentait dans le côté gauche, le poing droit en avant, la boucle d'oreille calée par le pouce de manière à diriger la pointe de l'attache.

Le vieux truc des boucles d'oreilles avait marché avec le Roi Pourpre, mais Ralph était alors à un niveau plus élevé et l'élément de surprise avait joué en sa faveur. Il chercha cette fois aussi à atteindre l'œil, mais Ed détourna la tête au dernier moment. La pointe de métal l'entailla au-dessus de la pommette. Ed chassa la main de Ralph comme si c'était un moustique qui l'importunait, toujours solidement accroché au manche à balai de la main gauche.

Ralph tenta de nouveau de s'emparer de la commande. Ed réagit par un coup de poing qui atteignit son ancien ami à l'œil gauche et le repoussa. Un son monocorde bruyant, d'une pureté argentine, remplit l'oreille de Ralph. On aurait dit que l'on venait de frapper un diapason gigantesque quelque part entre eux deux. Le monde devint aussi gris et granuleux qu'une photo de journal.

[« *RALPH ! DÉPÊCHE-TOI !* »]

C'était Lois, de la terreur dans la voix. Il savait pourquoi : le compte à rebours s'achevait. Il lui restait dix secondes, vingt tout au plus. Il se jeta de nouveau en avant, visant cette fois-ci non pas Ed mais la photo d'Helen et Natalie collée à l'altimètre qu'il arracha et roula en boule dans son poing. Il ne savait trop à quelle réaction il lui fallait s'attendre, mais celle qu'il obtint dépassa ses espérances les plus folles.

« RENDEZ-LES-MOI ! » hurla Ed. Oubliant le manche à balai, il chercha à reprendre la photo. À cet instant, Ralph revit l'homme qu'il avait entr'aperçu le jour où Ed avait battu Helen — un homme malheureux jusqu'au désespoir et terrifié par les forces qu'on avait lâchées en lui. Les larmes débordaient de ses yeux, lui coulaient sur les joues, et Ralph eut vaguement cette pensée : *Aurait-il pleuré depuis le début ?*

« RENDEZ-LES-MOI ! » rugit-il à nouveau. Ralph eut l'impression que ce n'était plus tellement à lui que s'adressait le cri de son ancien voisin, mais plutôt à la chose qui avait fait irruption dans sa vie, l'avait jaugé pour voir s'il ferait l'affaire et s'était emparée de lui sans vergogne. La boucle d'oreille plantée dans sa joue scintillait comme un ornement funéraire barbare. « RENDEZ-LES-MOI, ELLES SONT À MOI ! »

Ralph maintenait la photo roulée en boule juste hors de portée de la main d'Ed. Celui-ci voulut se retourner, mais sa ceinture lui serra le ventre et Ralph le frappa à la gorge, aussi fort qu'il le put, ressentant un indescriptible mélange de satisfaction et de répugnance lorsque le coup atteignit la protubérance cartilagineuse et dure de la pomme d'Adam. Ed alla rebondir contre la paroi de la carlingue, les yeux exorbités, submergé par la douleur, l'incrédulité et l'effroi, portant les mains à sa gorge. Il émit un gargouillement épais, venant de loin, qui faisait penser à une pesante machinerie sur le point d'être paralysée par la rupture d'un élément.

Ralph se précipita sur les genoux d'Ed et vit le centre municipal bondir littéralement à la rencontre de l'avion. Il fit pivoter une fois de plus le manche sur la gauche, à fond, et sous lui, directement sous lui, le centre municipal se déplaça vers le bord du pare-brise (qui ne serait bientôt plus qu'un souvenir) du Cherokee... mais avec une lenteur désespérante.

Ralph se rendit compte de la présence d'une odeur dans la cabine — un arôme léger, mais doux et qui lui était familier. Avant de comprendre de quoi il s'agissait, il fut complètement distrait par un spectacle inattendu : celui du véhicule du marchand de crèmes glacées qui patrouillait parfois dans le quartier de Harris Avenue, en faisant retentir son joyeux carillon.

Mon Dieu, pensa Ralph, plus émerveillé qu'affolé, *je crois que je vais me retrouver dans le congélo avec les esquimaux et les Hoodsie Rockets.*

Le parfum se faisait plus insistant, et quand des mains saisirent son épaule, Ralph se rendit compte que c'était celui de Lois.

« Bouge-toi ! cria-t-elle. Espèce d'idiot, il faut que tu... »

Il ne réfléchit pas, il agit. La chose à l'intérieur de sa tête cligna — *blink !* — et il entendit la suite de ce qu'elle lui disait de cette manière surnaturelle, pénétrante, plus proche de la pensée que du langage.

[« *... que tu remontes ! Pousse avec tes pieds !* »]

Trop tard, pensa-t-il, mais il fit néanmoins comme elle

le lui demandait, pesant de tout son poids contre le tableau de bord basculé presque à la verticale. Il sentit Lois s'élever avec lui dans la colonne d'existence tandis que le Cherokee parcourait les cinquante derniers mètres qui le séparaient du sol ; et pendant qu'ils reprenaient de l'altitude, il sentit une bouffée puissante d'énergie venue de Lois l'envelopper et le tirer en arrière comme une corde de saut à l'élastique ; il fut pris d'une sensation nauséeuse, mais brève, due à l'impression d'être entraîné simultanément dans deux directions différentes.

Il aperçut une dernière fois Ed Deepneau affalé contre la paroi de la carlingue — en réalité, il ne vit rien du tout. L'aura gris-jaune foudroyée avait disparu. Ed aussi, enfoui dans un linceul de mort aussi noir que minuit en enfer.

Puis lui et Lois se retrouvèrent en train de tomber et de planer.

CHAPITRE 30

1

Juste avant l'explosion, debout dans l'éblouissante lumière blanche des projecteurs, sur l'estrade du centre municipal, et vivant les ultimes secondes de sa vie aussi fabuleuse que provocatrice, Susan Day déclarait : « Je ne suis pas venue à Derry pour vous prodiguer des soins, vous faire la morale, ou vous inciter à quoi que ce soit, mais pour partager votre chagrin, car nous sommes dans une situation qui dépasse, et de beaucoup, toutes les considérations politiques. Rien de juste ne sort de la violence, et on ne peut se draper dans ses principes moraux. Je suis ici pour vous demander de laisser de côté vos opinions et vos arguments, et de trouver un moyen de vous aider mutuellement. De vous détourner de l'attrait de… »

Les hautes fenêtres de la façade sud de l'auditorium s'illuminèrent soudain, devinrent aveuglantes, puis furent soufflées vers l'intérieur du bâtiment.

2

Le Cherokee rata le camion du marchand de glaces, mais cela ne le sauva pas. L'avion fit un dernier demi-tonneau en l'air et s'écrasa dans le parking, à quelques mètres de la barrière où, un peu plus tôt ce même jour, Lois avait dû s'arrêter pour remonter son slip devenu trop grand. Les ailes se détachèrent et la carlingue s'enfonça brutalement dans le reste du fuselage — lequel explosa comme une bouteille de champagne placée dans un four à micro-ondes. Du verre vola. La queue de l'appareil se replia vers l'avant comme le dard d'un scorpion mourant, et alla s'empaler dans le toit d'un van Dodge portant les mots PROTÉGEONS LE DROIT DE CHOISIR DES FEMMES au stencil sur les côtés. Il y eut un craquement et des grincements à vriller les tympans, comme l'effondrement d'un tas de ferraille.

« Sainte merde ! » s'exclama l'un des flics qui se tenaient à l'entrée du parking. À cet instant, le carton se trouva écrasé contre ce qui restait du tableau de bord et plusieurs fils en charge entrèrent comme des pointes de seringue dans l'explosif, qui ressemblait à une grosse masse de flegme. Le plastic explosa avec un bruit assourdissant, carbonisa les installations de l'hippodrome et transforma le parking en un ouragan de lumière blanche et de débris volants. John Leydecker, qui se tenait sous la marquise et parlait avec un flic de la police d'État, fut propulsé à travers l'une des portes ouvertes jusque dans le hall d'entrée. Il alla heurter le mur du fond au pied duquel il s'effondra, inconscient, au milieu du verre brisé : celui de la vitrine qui contenait les trophées remportés en trot attelé dans l'hippodrome voisin. Il eut cependant plus de chance que l'homme avec lequel il s'entretenait ; le flic fut projeté sur l'un des piliers, entre les portes ouvertes, et littéralement coupé en deux.

Les voitures alignées protégèrent cependant le centre municipal du gros de l'effet de souffle, mais ce n'est que par la suite que l'on prit conscience de cet heureux hasard. À l'intérieur, les quelque deux mille personnes assises restèrent dans un premier temps frappées de paralysie, hébétées, ne sachant trop ce qu'elles devaient faire et n'arrivant pas à croire ce que la plupart d'entre elles venaient pourtant de voir : la féministe la plus célèbre des États-Unis avait été décapitée par un énorme éclat de verre volant. Sa tête alla atterrir au milieu de la sixième rangée, comme une étrange boule de bowling qui aurait eu une perruque blonde collée dessus.

La panique ne se déclencha que lorsque les lumières s'éteignirent.

3

Soixante et onze personnes périrent piétinées pendant la ruée effrénée vers les issues et, dans son édition du lendemain, le *Derry News* claironna l'événement en lettres énormes le qualifiant de *terrible tragédie*. Ralph Roberts aurait pu leur expliquer que tout bien considéré, ils avaient eu de la chance. Beaucoup de chance, même.

4

Au balcon côté nord, une certaine Sonia Danville — une femme sur le visage de laquelle commençaient à disparaître les traces des derniers coups qu'un homme allait jamais lui porter — restait assise, entourant de ses bras son fils, Patrick. L'image à colorier de Patrick, sur laquelle on voyait Ronald, le maire McCheese et d'autres personnages McDo en train de danser le boogie-woogie, était encore sur les genoux de l'enfant, mais il n'avait guère été plus loin que le barbouillage des arches dorées avant de retourner l'affiche du côté vierge. Non pas parce que le coloriage de la scène ne l'intéressait plus, mais parce qu'il avait eu une autre idée, celle d'une œuvre de son cru, qui s'était comme d'habitude imposée à lui avec une force irrésistible. Il avait passé la moitié de la journée à réfléchir à ce qui s'était passé dans la cave de High Ridge — la fumée, la chaleur, les femmes apeurées et les deux anges qui étaient venus les sauver —, mais cette idée splendide avait chassé toute ces pensées dérangeantes et il s'était mis au travail dans un enthousiasme silencieux. Bientôt, Patrick eut presque l'impression de vivre dans le monde qu'il dessinait avec ses crayons de couleur.

L'enfant était déjà un artiste incroyablement compétent, qu'il eût quatre ans ou pas (« Mon petit génie », l'appelait parfois Sonia), et son dessin était bien supérieur à l'image à colorier, de l'autre côté de la feuille. Ce qu'il avait réussi à produire, avant que ne s'éteignissent les lumières, aurait pu faire la fierté légitime d'un étudiant (doué) en première année des Beaux-Arts. Au milieu, s'élevait une tour sombre couleur de suie, dans un ciel bleu pommelé de nuages blancs ventrus. Au pied de la tour s'étendait un champ de roses d'un rouge tellement intense qu'il donnait l'impression de hurler. Sur un côté, se tenait un homme en jean délavé, portant autour des hanches deux ceinturons d'où pendaient deux étuis à revolver. Tout en haut de la tour, un autre homme, en robe rouge, regardait l'assaillant avec une expression de peur et de haine sur le visage. Ses mains posées sur le parapet paraissaient égalcment rouges.

Hypnotisée par la présence de Susan Day qui écoutait, assise derrière les micros, la présentation que l'on faisait d'elle, Sonia avait jeté un coup d'œil au dessin de son fils juste avant la fin de l'allocution. Elle savait depuis deux ans que Patrick était ce que les psychologues appellent un surdoué, et il lui arrivait de se dire qu'elle finissait par s'habituer aux dessins élaborés et aux sculptures en pâte à modeler qu'il désignait sous le nom de famille Argile. C'était peut-être en partie vrai, mais ce dessin-ci lui fit passer dans le dos un frisson glacé qu'elle ne put entièrement attribuer à l'état de tension nerveuse dans lequel l'avait mise cette longue et terrible journée.

« Qui est-ce ? avait-elle demandé en tapotant le minuscule personnage qui fronçait un œil jaloux en haut de la tour noire.

— Lui, c'est le Roi Rouge.

— Oh, le Roi Rouge, je vois. Et celui avec les revolvers ? »

Au moment où il ouvrait la bouche pour répondre, Roberta Harper, la personne qui prononçait l'allocution, montra d'un geste (il y avait un crêpe de deuil à son bras) la femme assise derrière elle : « Mes amis, Susan Day ! » Si bien que la réponse que Patrick Danville fit à sa mère se perdit dans un tonnerre d'applaudissements.

Lui son nom c'est Roland, maman. Je rêve de lui, des fois. Lui, c'est un roi aussi.

5

Ils étaient maintenant assis tous les deux dans le noir, un tintement dans les oreilles, tandis que deux pensées tournaient en rond dans la tête de Sonia, se pourchassant comme des rats dans un tourniquet : *Cette journée ne va-t-elle pas finir, je n'aurais jamais dû l'amener. Cette journée ne va-t-elle pas finir, je n'aurais jamais dû l'amener. Cette journée ne va-t-elle pas finir…*

« Maman ! Tu écrases mon dessin ! » protesta l'enfant.

Il donnait l'impression d'être un peu hors d'haleine et elle se rendit compte qu'elle devait l'écraser, lui aussi. Elle desserra son étreinte. Un brouhaha désordonné de cris, d'exclamations et de questions bredouillées monta de la fosse sombre, en dessous, là où on avait installé, sur des chaises pliantes, les gens assez riches pour faire une « contribution » de quinze dollars. Un terrible hurlement de douleur domina brusquement tout ce tapage et Sonia sursauta.

Le grand bruit sourd qui avait accompagné la première explosion leur avait fait mal aux tympans et avait ébranlé le bâtiment. Les détonations qui suivirent — celles des voitures qui éclataient comme des pétards dans le parking — paraissaient faibles et sans gravité, en comparaison, mais Sonia sentit son fils se contracter à chacune d'entre elles.

« Reste tranquille, Pat. Il vient d'arriver quelque chose, mais j'ai l'impression que c'est dehors. » Sonia avait eu le regard attiré vers la lumière éclatante des fenêtres, si bien que la vue de la décapitation de son héroïne lui avait miséricordieusement été épargnée. Elle savait néanmoins que, d'une manière ou d'une autre, la foudre était tombée à cet endroit

(Je n'aurais pas dû l'amener, je n'aurais pas dû l'amener)

et qu'il y avait des personnes, en dessous, prises de panique. Mais si *elle* paniquait, elle et le jeune Rembrandt risquaient de se trouver dans une situation dangereuse.

Je ne vais pas paniquer. Je ne me suis pas sortie de ce piège mortel, ce matin, pour me mettre à m'affoler maintenant. Que je sois pendue si seulement je m'énerve !

Elle prit l'une des mains de Patrick (celle qui ne tenait pas le dessin) et la trouva très froide.

« Dis, maman, tu crois que les anges vont encore venir nous sauver ? demanda-t-il d'une voix qui tremblait légèrement.

— Mais non. À mon avis, nous allons mieux nous en tirer, cette fois. On est capables de s'en sortir tout seuls. C'est vrai, non ? On n'a rien !

— C'est vrai », admit l'enfant, qui se laissa aller contre elle. Un terrible instant, elle crut qu'il s'était évanoui et qu'elle allait devoir le transporter à l'extérieur du centre municipal, mais il se redressa. « Mes livres étaient par terre. Je veux pas laisser mes livres. Surtout le livre avec le garçon qui peut pas enlever son chapeau. On s'en va, maman ?

— Oui. On va partir dès que les gens arrêteront de courir partout. Il y aura des lumières dans le hall, des lumières de secours, même si ici il n'y en a pas. Je ne vais pas te porter, mais je vais marcher juste derrière toi en te tenant par les épaules. Tu as bien compris ?

— Oui, maman. » Aucune question, pas de jérémiades. Juste ses livres, bien serrés contre lui. Il tenait aussi son dessin. Elle l'étreignit brièvement et lui donna un baiser.

Ils attendirent cinq minutes — elle compta au ralenti jusqu'à trois cents. Elle sentit que ses voisins immédiats partaient avant d'arriver à cent cinquante, mais se força à patienter. Elle commençait à distinguer quelque chose, assez pour se rendre compte qu'il y avait un violent incendie à l'extérieur, mais de l'autre côté du bâtiment. Voilà qui était un hasard fort heureux. Elle entendait le ululement des voitures de police, des ambulances et des pompiers qui se rapprochait.

Elle se leva. « Allez, viens. Reste bien devant moi. »

Pat Danville s'avança dans l'allée, les mains de sa mère solidement appuyées sur les épaules. Il la conduisit ainsi par les marches jusqu'aux lumières jaunes qui indiquaient le corridor desservant le balcon, ne s'arrêtant qu'une fois, lorsque la silhouette sombre d'un homme lancé au pas de course fonça sur eux. Les mains de Sonia se crispèrent sur les épaules de l'enfant lorsqu'elle l'écarta brusquement de la trajectoire de l'homme.

« Ces bon Dieu de salopards de Droit à la Vie ! criait-il. Fumiers ! Tas de merde prétentieux ! Je voudrais tous les descendre ! »

Puis il disparut et Pat reprit sa marche. Elle sentait en lui un calme, une absence fondamentale de peur qui, s'ils la bouleversèrent, lui firent aussi éprouver un sombre pressentiment. Il était si différent, son fils, si spécial… mais le monde n'aimait pas les gens comme lui. Le monde cherchait à s'en débarrasser, comme un jardinier arrache l'ivraie de son jardin.

Ils émergèrent enfin dans le corridor. Quelques personnes, choquées, hébétées, erraient de-ci, de-là, l'œil hagard, bouche bée, l'air de zombies dans un film d'horreur. Sonia les regarda à peine, se contentant de cornaquer Pat jusqu'à l'escalier. Trois minutes plus tard, ils sortaient dans la nuit enflammée sans une égratignure et, à tous les niveaux de l'univers, les affaires reprirent leur cours ordinaire, aussi bien pour l'Intentionnel que pour l'Aléatoire. Des mondes qui avaient un moment tremblé sur leur orbite reprirent leur assiette et dans l'un d'eux, au milieu d'un désert, paradigme de tous les déserts, un homme du nom de Roland se retourna sur sa couche et se rendormit d'un sommeil paisible sous des constellations inconnues.

6

De l'autre côté de la ville, dans Strawford Park, la porte de la sanisette MESSIEURS s'ouvrit violemment et Lois Chassey et Ralph Roberts en jaillirent à reculons, accrochés l'un à l'autre, dans un nuage de fumée. De l'intérieur leur parvint le bruit du Cherokee qui s'écrasait puis du plastic qui explosait. Il y eut un éclair de lumière blanche et les parois des toilettes se déformèrent comme si un poing géant les martelait de l'intérieur. Une seconde plus tard, ils entendirent de nouveau l'explosion, dans un grand roulement de tonnerre véhiculé par l'air, cette fois. Si cette seconde version était moins forte, elle était en revanche plus réelle.

Lois s'emmêla les pieds et s'effondra sur l'herbe du bas de la pente, poussant un cri qui contenait aussi du soulagement. Ralph atterrit à côté d'elle, mais se mit aussitôt en position assise. Il regardait, incrédule, en direction du centre municipal, la boule de feu serrée comme un poing qui en indiquait l'emplacement à l'horizon. Une bosse violacée de la taille d'une poignée de porte grossissait à son front à l'endroit où Ed l'avait frappé. Il ressentait des élancements dans son côté gauche ; il pensait toutefois avoir les côtes seulement froissées, et non cassées.

[« *Tout va bien, Lois ?* »]

Elle le regarda tout d'abord sans comprendre puis se mit à se tâter le visage, le cou, les épaules. Il y avait quelque chose de tellement caractéristique de « cette sacrée Lois » dans ce geste qu'il éclata de rire. Il ne put se retenir. Lois esquissa un sourire.

[« *Je crois que ça va. En fait, j'en suis certaine.* »]

[« *Qu'est-ce que tu es venue faire là-bas ? Tu aurais pu y rester !* »]

Lois, qui paraissait de nouveau rajeunie (l'ivrogne qu'il avait aperçu devait y être pour quelque chose, pensa Ralph), le regarda droit dans les yeux.

[« *Je suis peut-être vieux jeu, Ralph, mais si tu crois que je vais passer les vingt prochaines années à m'évanouir ou avoir des vapeurs comme les héroïnes des romans de gare que lit Mina, tu ferais mieux de te trouver tout de suite une autre bonne femme comme petite amie.* »]

Il resta un instant bouche bée, puis l'aida à se relever et la prit dans ses bras. Elle lui rendit son étreinte. Il se sentit envahi par sa chaleur, et plus encore par sa présence. Un instant, il se fit la réflexion qu'il existait une similitude entre la solitude et l'insomnie : deux phénomènes insidieux, cumulatifs, sources de discorde, amis du désespoir, ennemis de l'amour, puis il chassa ces pensées et l'embrassa.

Clotho et Lachésis, qui attendaient au sommet de la petite hauteur et paraissaient aussi angoissés qu'un ouvrier qui a parié sa prime de fin d'année sur un canard boiteux, se précipitèrent vers le couple qui s'étreignait encore, front contre front, et se regardait dans les yeux comme deux adolescents amoureux. Venant de l'autre côté des Friches-Mortes, leur parvenait le ululement des sirènes, semblable aux voix que l'on entend dans ses mauvais rêves. La colonne de feu qui s'élevait des décombres de l'obsession de Deepneau était maintenant tellement éblouissante qu'on ne pouvait la regarder sans plisser les yeux. On entendait aussi le bruit sourd des voitures qui explosaient et Ralph pensa à la sienne, abandonnée quelque part dans la nature. Aussi bien comme ça, estima-t-il. De toute façon, il était trop vieux pour conduire.

7

Clotho : [*Vous allez bien, tous les deux ?*]

Ralph : [« *Très bien. Lois m'a ramené. Elle m'a sauvé la vie.* »]

Lachésis : [*Oui. Nous l'avons vue faire. C'était très courageux.*]

Ça vous a aussi pas mal intrigués, hein ? pensa Ralph. *Vous l'avez vue faire, vous l'avez admirée... mais à mon avis, vous n'avez pas la moindre idée des raisons qui l'ont poussée à agir ainsi. Quelque chose me dit que le concept de porter secours à quelqu'un doit vous être tout aussi étranger que l'amour, à tous les deux.*

Pour la première fois, Ralph éprouva une sorte de pitié pour les petits docteurs chauves et comprit ce que leur existence avait d'ironique : ils se rendaient compte que les michrones dont ils avaient la charge de mesurer l'existence menaient une vie intérieure exaltante, sans pouvoir comprendre la réalité de cette vie, ni les émotions qui en étaient le moteur, ni les comportements — parfois nobles, parfois insensés — qui en découlaient. MM. C. et L. avaient fait leurs études en michronie comme ces Anglais riches mais timides étudiaient les cartes que leur rapportaient les explorateurs de l'époque victorienne — explorateurs que ces mêmes hommes riches et timides avaient souvent eux-mêmes subventionnés. Avec leurs ongles bien taillés et leurs mains délicates, ces philanthropes suivaient, sur le papier, le cours de rivières qu'ils ne remonteraient jamais, et parcouraient des jungles dans lesquelles ils ne s'aventureraient certainement pas. Ils vivaient dans une perplexité tissée de peur qu'ils mettaient sur le compte de leur imagination.

Clotho et Lachésis les avaient enrôlés et utilisés avec

une certaine efficacité brutale, mais ils ne comprenaient ni la joie de courir des risques, ni le chagrin d'avoir subi une perte ; en matière d'émotion, tout au plus s'étaient-ils montrés capables d'éprouver une frousse agaçante à l'idée que Lois et Ralph pussent s'en prendre directement au chercheur en chimie préféré du Roi Pourpre et se faire écraser comme deux vieilles mouches pour leur peine. Les petits docteurs chauves vivaient très longtemps, mais Ralph soupçonnait qu'en dépit de leurs auras éclatantes de libellules, ils menaient des vies essentiellement grises. Il regarda leurs visages sans rides, bizarrement enfantins, depuis le havre des bras de Lois, et se souvint de la peur qu'ils lui avaient inspirée lorsqu'il les avait vus pour la première fois, sur le seuil de la maison de May Locher, aux petites heures du matin. La peur, avait-il découvert, ne survit pas à de simples rapports, encore moins à la connaissance, et il bénéficiait maintenant d'un peu des deux.

Il y avait, dans le regard que Clotho et Lachésis lui rendirent, une gêne que Ralph n'éprouva absolument pas le besoin de dissiper. Il lui semblait tout à fait juste qu'ils ressentissent ce qu'ils ressentaient.

Ralph : [« *Oui, elle est très courageuse et je l'aime beaucoup, et je crois que nous serons très heureux ensemble jusqu'à ce que...* »]

Il n'alla pas plus loin, et Lois fit un mouvement dans ses bras. Il se rendit compte, avec un amusement mêlé de soulagement, qu'elle s'était presque assoupie.

[« *Jusqu'à ce que quoi, Ralph ?* »]

[« *Jusqu'à ce que, point. Quelque chose me dit qu'il y a toujours un jusqu'à ce que, quand on est un michrone, et c'est peut-être aussi bien comme ça.* »]

Lachésis : [*Je crois que c'est le moment de se dire adieu.*]

Ralph ne put s'empêcher de sourire, à ce rappel involontaire du programme de radio *Le Ranger solitaire* qui se terminait presque toujours sur une réplique similaire. Il tendit la main et vit avec un amusement teinté d'amertume le petit docteur avoir un mouvement de recul.

Ralph : [« *Attendez une minute… ne soyez pas si pressés, les gars.* »]

Clotho, avec une pointe d'inquiétude : [*Quelque chose ne va pas ?*]

[« *Ce n'est pas la question. Mais après avoir reçu des coups sur la tête et dans les côtes et après avoir fichtrement failli mourir grillé vif, je crois avoir le droit de m'assurer que tout est bien terminé. Alors, ça y est ? Votre garçon est en sécurité ?* »]

Clotho, souriant et manifestement soulagé : [*Oui. Vous ne le sentez pas ? Dans dix-huit ans, juste avant sa mort, il sauvera la vie de deux hommes qui, sans lui, seraient morts… et l'un de ces deux hommes ne doit pas mourir, pour que persiste l'équilibre entre l'Intentionnel et l'Aléatoire.*]

Lois : [« *Ça, on s'en fiche. On veut juste savoir si on peut redevenir des michrones comme les autres.* »]

Lachésis : [*Non seulement vous le pouvez, mais vous le devez, Lois. Si vous et Ralph restiez trop longtemps sur ce niveau, vous ne pourriez plus redescendre.*]

Ralph serra Lois plus fort contre lui.

[« *Voilà qui ne me plairait pas trop.* »]

Les deux petits docteurs se tournèrent l'un vers l'autre et échangèrent un regard subtil, perplexe *(Comment peut-on ne pas aimer être à ce niveau ?)*, puis revinrent à Lois et Ralph.

Lachésis : [*Nous devons réellement partir. Je suis désolé, mais —*]

Ralph : [« *Une seconde, les amis — pour l'instant, vous n'allez encore nulle part.* »]

Ils se regardèrent avec inquiétude tandis que Ralph remontait lentement la manche de son chandail, dont le poignet était raidi par un épanchement visqueux, peut-être venu du poisson-chat (mais il préférait ne pas le savoir), et leur montrait la chair ourlée de la cicatrice qui courait sur son avant-bras.

[« *Arrêtez de prendre cet air constipé, les gars. Je voulais juste vous rappeler que vous m'avez donné votre parole. N'oubliez pas ce que vous avez à faire.* »]

Clotho, manifestement soulagé : [*Vous pouvez y compter, Ralph. Ce qui était votre arme est maintenant le lien qui nous unit. Cette promesse ne sera pas oubliée.*]

Ralph commençait à croire que c'était réellement terminé. Et, si fou que cela parût, quelque chose en lui le regrettait. C'était maintenant la vraie vie — la vie telle qu'elle se déroulait sur le plancher des vaches, au niveau inférieur — qui lui faisait presque l'effet d'être un mirage, et il comprit ce qu'avait voulu dire Lachésis lorsqu'il avait affirmé qu'ils ne pourraient plus y revenir s'ils restaient trop longtemps à ce niveau supérieur.

Lachésis : [*Nous devons vraiment partir. Portez-vous bien, Ralph et Lois. Nous n'oublierons jamais le service que vous nous avez rendu.*]

Ralph : [« *Avons-nous eu le choix ? Réellement le choix ?* »]

Lachésis, très doucement : [*C'est ce que nous vous avons dit, n'est-ce pas ? Pour les michrones, il y a toujours le choix. Nous trouvons cela effrayant... mais beau, également.*]

[« *Dites, les gars, vous ne vous serrez jamais la main ?* »]

Les deux petits docteurs échangèrent un coup d'œil,

surpris, et Ralph sentit qu'un dialogue télépathique se déroulait entre eux en abrégé. Lorsqu'ils revinrent à Ralph, ils arboraient un même sourire nerveux — celui d'un adolescent arrivé à la conclusion qu'il ne serait jamais tout à fait un homme s'il n'était pas capable de faire un tour dans le grand huit le plus haut de la foire, cet été.

Clotho : [*Nous avons souvent observé cette coutume, évidemment, mais nous ne la pratiquons pas, en effet.*]

Ralph vit que Lois souriait, mais qu'une larme brillait aussi au coin de son œil.

Il tendit la main tout d'abord à Lachésis, car celui-ci paraissait moins nerveux que son collègue.

[« *Topez là, monsieur L.* »]

Lachésis regarda tellement longtemps la main qui lui était tendue que Ralph commença à croire qu'il n'allait pas être capable de la lui prendre, même s'il en avait manifestement envie. Puis, avec timidité, il tendit sa petite main et laissa Ralph l'enfermer dans la sienne. Ralph ressentit un léger picotement tandis que leurs auras se mélangeaient, puis se confondaient..., produisant une série de motifs argentés, splendides et fugitifs ; ils lui rappelèrent les caractères japonais du foulard d'Ed.

Il secoua par deux fois la main de Lachésis, avec lenteur et gravité, puis la relâcha. L'expression d'inquiétude du petit docteur avait laissé la place à un grand sourire idiot. Il se tourna vers son collègue.

[*Il baisse presque toutes ses défenses pendant la cérémonie ! Je l'ai senti ! C'est absolument merveilleux !*]

Clotho tendit à son tour une main hésitante et, au moment où elle allait toucher celle de Ralph, ferma les yeux comme s'il se préparait à recevoir une piqûre désagréable. Lachésis, pendant ce temps, échangeait une poignée de main avec Lois et souriait comme un cabotin de vaudeville qui a un rappel.

Clotho parut se raidir et prit la main de Ralph. Il la secoua une fois, avec fermeté. Ralph sourit.

[« *Faites plus doucement avec celle de Lois, monsieur C.* »]

Clotho retira sa main. Il semblait chercher quelle réaction avoir.

[*Merci, Ralph. Je la prendrai comme je pourrai. Correct ?*]

Ralph éclata de rire. Clotho, qui se tournait pour serrer la main de Lois, lui adressa un sourire intrigué et Ralph lui donna une claque sur l'épaule.

[« *Vous avez raison, monsieur C., absolument raison !* »]

Il passa un bras autour de la taille de Lois et eut un dernier regard plein de curiosité pour les deux petits docteurs chauves.

[« *Nous nous reverrons, les gars, n'est-ce pas ?* »]

[*Oui, Ralph.*]

[« *Eh bien, c'est parfait. Dans environ soixante-dix ans d'ici, voilà qui me conviendrait ; si vous mettiez ça tout de suite sur vos tablettes, hein ?* »]

Ils réagirent par un sourire de politicien, ce qui ne le surprit pas beaucoup. Ralph leur adressa une petite courbette, puis mit le bras autour des épaules de Lois et regarda les deux docs repartir pour le pied de la colline. Lachésis ouvrit la porte légèrement déformée de la sanisette marquée MESSIEURS ; Clotho, celle marquée DAMES. Lachésis sourit et leur adressa un adieu de la main. Clotho brandit ses longs ciseaux et les salua bizarrement ainsi.

Ralph et Lois leur rendirent leur salut.

Les docteurs chauves entrèrent dans les minuscules édifices et en refermèrent la porte.

Lois s'essuya les yeux et se tourna vers Ralph.

[« *Ça y est, c'est fini ?* »]

Ralph acquiesça.

[« *Et qu'est-ce qu'on fait, maintenant ?* »]

Il lui tendit le bras.

[« *Puis-je vous reconduire chez vous, chère madame ?* »]

Avec un sourire, elle le saisit juste en dessous du coude.

[« *Merci, monsieur. Oui, vous pouvez.* »]

Ils quittèrent ainsi Strawford Park, retournant au niveau des michrones au moment où ils abordèrent Harris Avenue, reprenant leur place ordinaire, sans faire d'histoire ni s'inquiéter, dans le cadre normal des choses. Ne s'en rendant compte, en réalité, que lorsque ce fut fait.

8

Un vent de panique soufflait sur Derry, tandis que montait l'agitation. Des sirènes ululaient, des personnes criaient depuis le premier étage à des amis dans la rue, et à chaque carrefour les gens se regroupaient pour regarder l'incendie, de l'autre côté de la vallée.

Ralph et Lois ne prêtèrent aucune attention au tapage et au tohu-bohu. Ils remontèrent lentement Up-Mile Hill, sentant de plus en plus la fatigue ; elle semblait s'empiler doucement en eux comme autant de sacs de sable. La lumière blanche qui inondait le parking du Red Apple leur paraissait briller à une distance impossible, même si Ralph savait qu'ils n'en étaient qu'à trois coins de rues — et de rues proches entre elles, encore.

Pour rendre les choses encore pires, le thermomètre

avait bien baissé de cinq degrés depuis le matin, le vent s'était levé et ni l'un ni l'autre n'étaient convenablement vêtus pour ce temps. Ralph se dit qu'il s'agissait peut-être des prémices de la première véritable tempête d'automne et que l'été indien venait de s'achever à Derry.

Faye Chapin, Don Veazie et Stan Eberly descendaient à leur rencontre d'un pas vif, se dirigeant manifestement vers Strawford Park. Les jumelles que le vieux Dor utilisait parfois pour regarder les avions atterrir ou décoller rebondissaient autour du cou de Faye. Avec Don — gros, le crâne dégarni — au milieu, leur ressemblance avec un trio beaucoup plus célèbre sautait aux yeux. *Les Trois Poussifs de l'Apocalypse*, pensa Ralph avec un sourire.

« Ralph ! » s'exclama Faye. Il respirait fort, haletant presque. Le vent lui chassait les cheveux dans les yeux et il ne cessait de les repousser en arrière d'un geste impatient.

« Ce bon Dieu de centre municipal a sauté ! Il a été bombardé depuis un avion de tourisme ! Il paraît qu'il y aurait un millier de morts !

— C'est aussi ce que j'ai entendu dire, lui répondit Ralph, le ton grave. Nous revenons tout juste du parc et d'où on voit très bien de l'autre côté de la vallée.

— Bordel, je le sais bien ! J'ai vécu ici toute ma foutue vie, non ? Où crois-tu qu'on aille ? Venez avec nous !

— On voulait aller chez Lois voir ce qu'ils racontaient à la télé. On vous rejoindra peut-être plus tard.

— D'accord. Nous... Nom de Dieu, Ralph, qu'est-ce que tu t'es fait à la tête ? »

Pendant un moment, Ralph eut un trou : qu'est-ce qu'il s'était fait à la tête ? Puis, brusquement, un souvenir cauchemardesque lui revint à l'esprit, la bouche ricanante et les yeux fous d'Ed Deepneau, dont le hurlement s'éleva dans sa tête : *Oh, non, vous allez tout gâcher !*

« On courait pour mieux voir et Ralph s'est cogné à un arbre, dit Lois. Il a de la chance de ne pas être à l'hôpital. »

Don eut le petit rire un peu distrait de quelqu'un qui a autre chose de plus sérieux à faire. Faye, de son côté, ne faisait même pas attention à eux — contrairement à Stan Eberly qui, lui, ne riait pas. Il les regardait attentivement, avec une curiosité intriguée.

« Lois ? dit-il.

— Quoi ?

— Tu as vu que tu avais une tennis accrochée au poignet ? »

Elle regarda la chaussure, imitée par Ralph. Puis elle releva les yeux vers Stan et lui adressa un sourire à faire fondre un iceberg. « Bien sûr ! C'est pas mal, non ? Un peu comme un porte-bonheur grandeur nature !

— Ouais… si on veut. » Cependant, ce n'était plus la chaussure qu'il regardait, mais le visage de Lois. Ralph se demanda comment diable ils allaient expliquer leur aspect, demain, quand ils ne pourraient plus se réfugier dans l'ombre, entre les lampadaires.

« Allons-y, s'écria Faye, impatient. Dépêchons-nous ! »

Ils s'éloignèrent d'un pas vif, tandis que Stan leur lançait un dernier regard dubitatif par-dessus l'épaule. Ralph les suivit des yeux, s'attendant presque à entendre Don lâcher un pet ou deux.

« Bon sang, c'était vraiment stupide, remarqua Lois, mais il fallait bien dire quelque chose, non ?

— Tu t'en es très bien sortie.

— Qu'est-ce que tu veux, à chaque fois que j'ouvre la bouche, on dirait qu'il en tombe toujours un truc. L'un de mes deux grands talents. L'autre est ma capacité à vider toute une boîte de chocolats en deux heures de télé. » Elle délaça la chaussure d'Helen et la regarda. « Elle ne craint plus rien, n'est-ce pas ?

— Non », admit Ralph, tendant la main vers la chaussure de sport. Il serrait le poing depuis si longtemps qu'il déplia les doigts avec peine, dans un craquement d'articulations. La trace de ses ongles s'était imprimée dans sa paume. Il remarqua tout d'abord que s'il avait toujours son alliance autour de l'annulaire, celle d'Ed avait disparu. Elle lui avait donné l'impression de bien tenir, et pourtant elle avait apparemment glissé de son doigt au cours de la demi-heure précédente, d'une manière ou d'une autre.

Peut-être pas, murmura une voix qui (Ralph le constata avec amusement) n'était pas celle de Carolyn. Cette fois, la voix dans sa tête appartenait à Bill McGovern. *Il n'est pas impossible qu'elle ait disparu juste comme ça. Pouf !*

Il n'y croyait pas, cependant. Quelque chose lui disait que l'alliance d'Ed avait été investie de pouvoirs qui ne s'étaient pas forcément évanouis avec la mort de son propriétaire. L'anneau que Bilbo Baggins donne à contrecœur à son petit-fils Frodo avait une manière bien à lui d'aller où il voulait, quand il voulait. La bague d'Ed n'était peut-être pas tellement différente.

Avant qu'il pût explorer davantage cette idée, Lois échangeait la tennis contre ce qu'il tenait à la main : une petite boule de papier raide, qu'elle déplia puis étudia. Une expression sérieuse remplaça son air curieux.

« Je me souviens de cette photo, dit-elle. Il y en avait un agrandissement sur le manteau de la cheminée, chez eux, dans un cadre doré. À la place d'honneur. »

Ralph acquiesça. « Il devait avoir celle-ci dans son portefeuille. Elle était collée sur le tableau de bord de l'avion. Jusqu'à ce que je la prenne, il essayait de me taper dessus, pas ému pour deux sous. J'ai fait la première chose qui m'est venue à l'esprit : j'ai arraché la photo. Dès lors, il a paru oublier le centre municipal pour se concentrer sur elle. La dernière chose qu'il m'a dite a été : *Rendez-les-moi, elles sont à moi.*

— Et crois-tu que c'est à toi qu'il parlait, à ce moment-là ? »

Ralph enfourna la chaussure dans une de ses poches et secoua la tête. « Non, je ne crois pas.

— Helen était au centre municipal, ce soir, non ?

— Oui. » Ralph revit l'aspect qu'elle avait à High Ridge, la pâleur de son visage, ses yeux rougis et larmoyants. *S'ils nous arrêtent maintenant, ils ont gagné, ne le voyez-vous pas ?* lui avait-elle dit.

Il voyait, maintenant.

Il reprit la photo, la froissa de nouveau et se rapprocha de la corbeille à papier, à l'angle de Harris Avenue et Kossuth Lane. « On se procurera une autre photo d'elles pour mettre sur le manteau de notre cheminée. Une photo où elles seront plus décontractées... je ne veux pas de celle-là. »

Il jeta la petite boulette dans la corbeille — elle n'était même pas à un mètre de lui, et la cible était difficile à manquer — mais il y eut une rafale de vent plus forte, à cet instant, et la photo froissée de Natalie et de sa maman fut emportée par la bise froide. Lois et Ralph la regardèrent, comme hypnotisés, s'élever en tourbillonnant dans le ciel. Ce fut Lois qui détourna les yeux la première. Elle jeta un coup d'œil à Ralph, une esquisse de sourire aux lèvres.

« Ai-je entendu une demande en mariage détournée de ta part, ou est-ce juste la fatigue ? »

Il ouvrit la bouche pour répondre, mais il y eut une deuxième rafale de vent, tellement forte, cette fois, qu'ils grimacèrent et fermèrent tous les deux les yeux. Lorsqu'il les rouvrit, Lois avait repris l'ascension de la côte.

« Tout est possible, Lois. C'est quelque chose que j'ai appris. »

9

Cinq minutes plus tard, la clef de Lois claquait dans la serrure de sa maison. Elle fit entrer Ralph et referma soigneusement la porte sur la nuit et le vent querelleur. Il la suivit jusque dans le séjour et s'y serait arrêté, mais Lois n'hésita pas. Lui tenant toujours la main (on ne pouvait pas dire qu'elle le tirait, mais qu'elle était prête à le faire si jamais il traînait), elle le poussa dans la chambre.

Il la regarda et lui rendit son regard, calmement… et soudain, il sentit se produire le *blink !* familier. Il vit l'aura de Lois s'épanouir autour d'elle comme une rose argentée. Elle était encore fragile mais renaissait, se renforçait, guérissait.

[« *Tu es bien sûre de ce que tu fais, Lois ?* »]

[« *Évidemment ! Crois-tu que j'allais te coller une bise sur la joue et te renvoyer chez toi après tout ce que nous venons de vivre, tous les deux ?* »]

Elle sourit, tout d'un coup, d'un sourire diaboliquement malicieux.

[« *Mais au fait, Ralph, as-tu vraiment envie de faire des galipettes ce soir ? Dis-moi la vérité. Et ne me flatte pas.* »]

Il réfléchit un instant, éclata de rire et l'attira dans ses bras. Ses lèvres étaient douces et légèrement humides, comme la peau d'une pêche mûre. Ce baiser lui envoya des picotements dans tout le corps, mais la sensation se concentrait surtout dans sa bouche, où elle était presque comme une décharge électrique. Lorsque leurs lèvres se séparèrent, il se sentait plus excité que jamais… mais aussi étrangement épuisé.

[«*Et si je te dis que oui ? Si je te dis que j'ai envie de faire des galipettes ?*»]

Elle se recula et le regarda, l'œil critique, comme pour déterminer s'il était sérieux ou s'il ne s'agissait que des vantardises habituelles des hommes. En même temps, ses mains allèrent aux boutons de sa robe. Tandis qu'elle commençait à les défaire, Ralph observa quelque chose de merveilleux : elle avait de nouveau l'air plus jeune. Non pas d'avoir quarante ans, il ne fallait tout de même pas exagérer, mais certainement pas plus de cinquante, et encore une cinquantaine en pleine forme. Cela venait évidemment du baiser, et ce qu'il y avait de réellement amusant, c'est qu'elle n'avait probablement pas la moindre idée de s'être envoyé une petite ration de Ralph en plus de l'emprunt qu'elle avait fait un peu plus tôt à l'ivrogne. Mais quel mal y avait-il ?

Elle finit son inspection, se pencha vers lui et l'embrassa sur la joue.

[«*On aura tout le temps de faire des galipettes plus tard, Ralph. Cette nuit, je crois qu'on ferait mieux de dormir.*»]

Elle devait sans doute avoir raison, se dit-il. Cinq minutes auparavant, il s'était senti tout feu, tout flamme — il avait toujours aimé faire l'amour, et la dernière fois remontait à bien longtemps. Mais pour l'instant, ce feu s'était éteint. Il n'en avait aucun regret : après tout, il savait à quoi il avait servi.

[«*D'accord, Lois. Ce soir, on dort.*»]

Elle passa dans la salle de bains et il entendit couler la douche puis, quelques minutes plus tard, qu'elle se brossait les dents. C'était agréable de savoir qu'elle avait toujours les siennes. En l'attendant, il commença à se déshabiller, mais ses côtes douloureuses ralentissaient l'opération. Il réussit finalement à s'extraire du chandail de McGovern et à se débarrasser de ses chaussures. Il retira ensuite sa chemise et il avait du mal avec sa boucle de ceinture lorsque Lois revint, les cheveux tirés en arrière, le visage brillant. Il fut frappé par sa beauté et se trouva soudain tout à la fois trop gros, trop stupide et, pour tout dire, trop vieux. Elle portait une longue chemise de nuit en soie rose et il sentait la lotion dont elle s'était frotté les mains. C'était un parfum agréable.

« Laisse-moi faire », dit-elle. La ceinture fut débouclée avant même qu'il eût le temps de dire quelque chose. Il n'y avait rien eu d'érotique dans le geste de Lois, accompli avec l'efficacité que pouvait y mettre une femme ayant souvent aidé son mari à s'habiller et se déshabiller, au cours des dernières années de sa vie.

« On est redescendus, constata-t-il. Je ne m'en suis même pas rendu compte, cette fois-ci.

— Moi, si. Quand j'étais sous la douche. En fait, ça m'a fait plaisir. Ce n'est pas très pratique de se laver la tête à travers une aura. »

Le vent redoublait d'efforts, à l'extérieur, secouait la maison et poussait de longues notes tremblotantes par le trou d'évacuation d'un chéneau. Ils regardèrent par la fenêtre et ils avaient beau être tous les deux au niveau des michrones, Ralph eut la conviction que Lois pensait exactement la même chose que lui : Atropos était sans doute en train de rôder dans le secteur, très certainement déçu par le tour qu'avaient pris les événements, mais nullement découragé, couvert de sang, mais nullement déconfit, affaibli, mais nullement hors jeu. *À partir de maintenant, on pourra l'appeler le vieux Qu'une-*

oreille, se dit Ralph avec un frisson. Il imaginait Atropos au milieu de la foule affolée, allant et venant dans un grand état d'excitation, comme un astéroïde à la trajectoire aberrante, surveillant, se cachant, dérobant des souvenirs, tranchant des panaches… se consolant en faisant son travail, en d'autres termes. Ralph avait le plus grand mal à croire qu'il s'était retrouvé à califourchon sur cette créature, occupé à lui entailler la peau du crâne le matin même. *Comment en ai-je trouvé le courage?* se demanda-t-il. Sans doute le savait-il. Les boucles d'oreilles en diamants qu'avait portées le petit monstre lui en avaient vraisemblablement procuré la plus grande partie. Atropos savait-il que ces boucles d'oreilles avaient constitué une erreur majeure de sa part? Probablement pas. À sa manière, Doc Chauve #3 s'était révélé plus ignorant des motivations des michrones que Clotho et Lachésis.

Il se tourna vers Lois et lui étreignit les mains. « J'ai perdu tes boucles d'oreilles. Cette fois-ci, j'ai bien peur que ce ne soit définitif. Je suis désolé.

— Ne t'excuse pas. Perdues, elles l'étaient déjà — tu t'en souviens? Et Harold et Janet ne me font plus peur, parce que j'ai maintenant un ami pour m'aider si on ne me traite pas bien, ou si simplement je ne suis pas tranquille. N'est-ce pas?

— Oui. Tu peux compter sur lui. »

Elle passa les bras autour de ses épaules et le serra étroitement, avant de l'embrasser de nouveau. Apparemment, elle n'avait rien oublié de l'art du baiser et Ralph eut l'impression qu'elle s'y connaissait même très bien. « Allez, va faire un tour sous la douche. » Il était sur le point de lui répondre qu'il allait s'endormir dès que l'eau chaude lui coulerait sur la tête, mais elle ajouta quelque chose qui le retint aussitôt : « Ne te vexe pas, mais tu as une drôle d'odeur sur toi. Sur les mains, en particulier. Celle qu'avait mon frère Vic lorsqu'il avait passé la journée à nettoyer du poisson. »

Ralph était sous la douche deux minutes plus tard, de la mousse jusqu'aux coudes.

10

Lorsqu'il en sortit, il trouva Lois enfouie sous deux édredons. On ne voyait que son visage, et encore, seulement à partir du nez. Ralph traversa la chambre rapidement, habillé de son seul caleçon et douloureusement conscient de ses jambes trop maigres et de sa bedaine trop ronde. Il souleva les couvertures et se glissa vivement dessous, surpris par la fraîcheur des draps contre la chaleur de sa peau.

Elle vint aussitôt de son côté, passant les bras autour de lui. La figure dans les cheveux de Lois, il commença à se détendre contre elle. C'était délicieux, de se trouver à deux sous les édredons, pendant que le vent gémissait et soufflait en rafales, assez violentes, parfois, pour secouer bruyamment les volets de tempête dans leur cadre. Délicieux ? Céleste, en fait.

« Grâce à Dieu, il y a un homme dans mon lit, dit Lois d'une voix déjà somnolente.

— Grâce à Dieu, c'est moi, répliqua Ralph, la faisant rire.

— Comment vont tes côtes ? Tu veux que j'aille te chercher de l'aspirine ?

— Non, ce n'est pas nécessaire. Elles me feront sans doute encore mal demain matin, mais pour le moment, l'eau chaude m'a fait beaucoup de bien. » La question de ce qui pourrait se produire ou pas dans la matinée en appela une autre, qui devait mijoter quelque part au fond de sa tête depuis un bon moment. « Lois ?

— Oui ? »

Ralph, en esprit, se voyait en train de se réveiller brutalement dans le noir, terriblement fatigué mais ne sentant plus le besoin de dormir (sans doute l'un des paradoxes les plus cruels au monde), tandis que les chiffres de l'horloge numérique passaient péniblement de trois heures quarante-sept à trois heures quarante-huit. La nuit sombre de l'âme à la Scott Fitzgerald, quand chaque heure est assez longue pour qu'on ait le temps de construire la grande pyramide de Chéops.

« Tu crois que nous allons dormir normalement ?

— Oui, répondit-elle sans hésiter. Je suis sûre qu'on va très bien dormir. »

Exactement ce qu'elle faisait moins d'une minute après.

11

Ralph resta éveillé pendant peut-être cinq minutes de plus, la tenant dans ses bras, humant les senteurs merveilleuses et mêlées qui montaient de la peau chaude de Lois, jouissant de la douceur sensuelle de la soie sous ses mains, s'émerveillant davantage de se retrouver ici que des événements qui l'y avaient conduit. Il débordait d'une émotion simple et profonde, qu'il reconnut sans pouvoir la nommer tout de suite, peut-être parce que cela faisait trop longtemps qu'il ne l'avait pas éprouvée.

Le vent continuait de faire rage et de gémir, dehors, poussant de nouveau son ululement creux dans le trou du chéneau — comme si, de sa bouche géante, il soufflait dans l'ouverture d'une bouteille démesurée — et il vint à l'esprit de Ralph qu'il n'y avait peut-être rien de mieux dans l'existence que de se retrouver au fond d'un lit douillet, une femme endormie dans les bras, pendant que le vent d'automne s'acharne en vain sur l'abri sûr de votre maison.

Si, il y avait quelque chose de meilleur encore, au moins une chose, la sensation de s'endormir, de s'enfoncer doucement dans cette nuit clémente, de se glisser dans les courants de l'inconnu comme un canoë s'éloigne du quai pour se glisser dans le courant d'une grande rivière paisible, par une belle journée d'été.

De toutes les choses qui composent nos vies de michrones, le sommeil est certainement la meilleure, pensa Ralph.

Le vent soufflait toujours (mais ses gémissements lui faisaient l'effet de lui parvenir de très loin) et, alors qu'il sentait le courant de cette grande rivière s'emparer de lui, il fut enfin capable d'identifier l'émotion qu'il ressentait depuis l'instant où Lois s'était serrée contre lui pour s'endormir avec autant de facilité et de confiance qu'un enfant. On lui donnait bien des noms — paix, sérénité, accomplissement — mais en cet instant, tandis que forcissait le vent et que Lois émettait un bruit de gorge sourd et profond qui trahissait la satisfaction du sommeil, Ralph eut le sentiment que c'était l'une de ces rares choses que l'on connaît, certes, mais qui sont fondamentalement impossibles à nommer : une texture, une aura, peut-être tout un niveau d'être, dans cette colonne de l'existence. C'était la délicate couleur rousse du repos ; c'était le silence qui suit l'achèvement d'une tâche ardue mais indispensable.

Il n'entendit pas la rafale de vent suivante, pourtant chargée du bruit des sirènes. Il dormait. Il rêva une fois qu'il se levait pour aller aux toilettes, et songea que ce n'avait peut-être pas été un rêve. À un autre moment, il rêva qu'ils faisaient l'amour, lentement, doucement, Lois et lui, et cela non plus n'était peut-être pas un rêve. S'il y en eut d'autres, ou des moments d'éveil, il ne s'en souvint pas ; et cette fois-ci, il ne s'éveilla pas en sursaut à trois ou quatre heures du matin. Ils dormirent — dans les bras l'un de l'autre une bonne partie du temps — jusqu'à dix-neuf heures passées le samedi soir, soit en tout environ vingt-deux heures.

Lois prépara un petit déjeuner au coucher du soleil — des gaufres admirablement dodues, du bacon, des frites. Pendant qu'elle cuisinait, Ralph tenta de faire jouer ce muscle enfoui tout au fond de son esprit, de produire cette sensation de *blink !* Il n'y parvint pas. Lois, lorsqu'elle s'y essaya à son tour, ne réussit pas mieux, même si elle n'en fut pas loin ; Ralph la vit en effet commencer à se dissoudre et put apercevoir la gazinière à travers elle.

« C'est tout aussi bien, remarqua-t-elle en apportant les plats sur la table.

— Sans doute », admit Ralph. Mais il éprouvait néanmoins la même chose que s'il avait perdu l'alliance que Carolyn avait passée à son doigt, au lieu de celle qu'il avait prise à Atropos : comme si un objet, minuscule mais essentiel, avait disparu de sa vie en un clin d'œil, dans un éclat doré.

12

Après encore deux nuits d'un sommeil profond et ininterrompu, les auras commencèrent aussi à se dissoudre. La semaine suivante, elles avaient disparu et Ralph commença à se demander s'il n'avait pas simplement fait un rêve étrange. Il savait qu'il n'en était rien, mais il lui devenait de plus en plus difficile de *croire* ce qu'il savait. Il y avait bien la cicatrice qui allait du coude à son poignet, sur son avant-bras droit, mais il en vint même à se demander si ce n'était pas quelque chose de plus ancien, datant d'une époque de sa vie où il n'avait pas de fils blancs dans les cheveux et croyait encore, tout au fond de son cœur, que la vieillesse était un mythe, ou un rêve, ou un sort réservé à des gens différents de lui.

ÉPILOGUE

LE TEMPS DES HEURES COMPTÉES

(II)

Par-dessus mon épaule, je vois sa silhouette
et donc m'éloigne, comme celui qui, dans les bois
la nuit entendrait l'approche d'un pas et
s'arrêterait pour écouter ; au lieu du silence,
il entend une créature qui s'essaie au silence.
Que faire d'autre que courir ? Foncer à l'aveuglette
le long du sentier, trébucher, être fouetté au visage ;
et l'autre toujours plus proche, sans pourtant se
presser ni être hors d'haleine, taquinant sa proie.

Stephen Dobyns, *Poursuite*.

Si j'avais des ailes, je volerais partout ;
Si j'avais de l'argent, je t'achèterais toute la foutue ville ;
Si j'avais des forces, peut-être t'en sortirais-je ;
Si j'avais une lanterne, je t'éclairerais le chemin,
Si j'avais une lanterne, je t'éclairerais le chemin.

Michael McDermott, *Lanterne*.

1

Le 2 janvier 1994, Lois Chassey devint Lois Roberts. Son fils, Harold, la conduisit à l'autel. Sa belle-fille n'assista pas à la cérémonie, claquemurée à Bangor à cause d'une bronchite que Ralph trouva hautement suspecte. Il garda ses réflexions pour lui, cependant, vu qu'il ne se sentait nullement désappointé de cette absence. Le garçon d'honneur du marié, John Leydecker, portait encore un plâtre au bras droit, seule trace des aléas d'une mission qui avait bien failli le tuer. Il avait passé quatre jours dans le coma, mais le policier n'en savait pas moins qu'il avait eu beaucoup de chance ; outre le collègue des forces de l'État tué à ses côtés au moment de l'explosion, six autres flics étaient morts, dont deux qui faisaient partie de l'escouade de Leydecker.

La dame d'honneur de la mariée était son amie Simone Castonguay et le premier toast, lors de la réception, fut porté par un personnage qui aimait à dire qu'autrefois il s'appelait Joe Sage mais qu'il était maintenant plus vieux et Plussaj. Trigger Vachon tint ensuite un discours quelque peu chaotique mais d'une cordialité sincère, et termina sur le vœu que les deux jeunes mariés vivent jusqu'à cent cinquante ans, « sans connaître un jour de rhumatismes ou de constipation ».

Lorsque Ralph et Lois quittèrent la réception, du riz plein les cheveux (jeté surtout par Faye Chapin et les autres Vieux Croulants de Harris Avenue), un vieillard à la tête auréolée d'un fin nuage de cheveux neigeux se dirigea vers eux, un livre à la main, un grand sourire sur le visage.

« Félicitations, Ralph, dit-il. Félicitations, Lois.

— Merci, Dorrance, répondit Ralph.

— Vous nous avez manqué, vous savez, lui fit remarquer Lois. Vous n'avez pas reçu notre invitation ? Faye m'a dit qu'il vous l'avait transmise.

— Oh, oui, il me l'a bien donnée. Oui, oui… mais je n'aime pas trop aller à ces cérémonies qui se déroulent sous un toit. On y étouffe. Les enterrements, c'est encore pire. Tenez, c'est pour vous. Je n'ai pas mis d'emballage, parce que, avec mon arthrite, c'est devenu trop difficile d'en faire un. »

Ralph prit le volume ; c'était de la poésie, *Concurring Beasts*, par Stephen Dobyns. Le nom du poète lui donna un curieux petit frisson, mais il ne sut pas très bien pourquoi.

« Merci beaucoup, Dor.

— Il n'est pas aussi bon que ses dernières œuvres, mais bon tout de même. Dobyns est un excellent poète.

— Nous nous en ferons la lecture pendant notre lune de miel, dit Lois.

— C'est un moment idéal pour lire de la poésie, observa Dorrance ; le meilleur, peut-être. Je suis sûr que vous serez très heureux, tous les deux. »

Il commença à s'éloigner, puis se retourna.

« Vous avez fait quelque chose de sensationnel, les Maîtres du temps sont très contents. »

Puis il partit.

Lois regarda Ralph. « De quoi parlait-il ? Tu vois ce qu'il a voulu dire ? »

Ralph secoua la tête. Il ne le voyait pas, en effet, mais il avait l'impression qu'il aurait dû savoir. La cicatrice de son bras avait commencé à le picoter, comme cela lui arrivait parfois, une sensation de démangeaison très profonde.

« Les Maîtres du temps, répéta Lois, songeuse. Peut-être voulait-il parler de nous, au fond. On n'est pas nés exactement de la dernière pluie, tous les deux, non ?

— C'est sans doute simplement cela qu'il voulait dire », admit Ralph. Mais il savait bien ce qu'il en était… et les yeux de Lois disaient que, tout au fond d'elle-même, elle aussi le savait.

2

Le même jour, juste à l'instant où Ralph et Lois prononçaient le oui fatidique, un certain clochard ivrogne doté d'une aura d'un vert éclatant — lequel avait effectivement un oncle à Dexter, sauf que l'oncle en question était resté depuis des années sans nouvelles de son vaurien de neveu — parcourait d'un pas lourd Strawford Park, les yeux réduits à deux fentes pour lutter contre l'éclat éblouissant du soleil sur la neige. Comme toujours, il était à la recherche de bouteilles consignées et de produits de récupération. De quoi s'acheter une pinte de whisky, voilà qui serait sensationnel ; mais une pinte de vin, genre Night Train, ferait tout de même l'affaire.

Non loin de la sanisette marquée MESSIEURS, il vit luire quelque chose de métallique. Un simple bouchon de bouteille de bière, sans doute, mais il faut toujours vérifier. C'était peut-être une pièce de dix cents... même si pour l'ivrogne, le reflet paraissait plus doré qu'argenté. C'ét...

« Sainte merde ! » s'écria-t-il, récupérant d'un geste vif l'anneau mystérieusement posé sur la neige. Il était large, et très certainement en or. Il l'inclina pour lire ce qui était gravé à l'intérieur : HD-ED 8.5.87.

Une pinte ? Que non ! Avec cette babiole, il allait pouvoir s'offrir un quart. Plusieurs quarts, même. Peut-être, qui sait, de quoi boire une semaine.

Lorsqu'il traversa d'un pas précipité le carrefour de Witcham et Jackson, celui où Ralph Roberts avait failli s'évanouir, un jour, l'ivrogne ne vit pas un instant le bus Green Line qui approchait. Le conducteur l'aperçut, lui, et freina ; mais les pneus glissèrent sur une plaque glacée.

L'homme ne sut jamais ce qui l'avait tué. Il débattait pour savoir s'il prendrait de l'Old Crow ou de l'Old Granddad quand il était brusquement passé dans les ténèbres qui nous attendent tous. L'anneau roula dans le caniveau, et de là dans les égouts, à travers une grille. Il resta là longtemps, très longtemps. Mais pas éternellement. À Derry, les choses qui disparaissent dans les égouts ont l'art (souvent déplaisant) de réapparaître un jour.

3

Ralph et Lois, par la suite, ne vécurent pas éternellement heureux.

Il n'y a d'ailleurs rien d'éternellement heureux (ou autre) dans le monde des michrones, fait que Lachésis et Clotho connaissaient sans doute fort bien. Ils vécurent cependant très heureux pendant pas mal de temps. Ni l'un ni l'autre n'avaient envie de dire tout haut que c'étaient les meilleures années de leur vie, car ils se souvenaient tous les deux de leur premier conjoint avec amour et tendresse, mais au fond de leur cœur, ils considéraient pourtant que c'étaient leurs plus belles années. Ralph n'aurait pas affirmé non plus qu'un amour automnal était le plus riche ; il en vint toutefois à considérer qu'il était en tout cas le plus tendre et le plus satisfaisant.

Cette sacrée Lois, lançait-il souvent, se mettant à rire. Lois faisait semblant d'être agacée, mais jamais davantage ; elle voyait bien le regard qu'il avait lorsqu'il le disait.

Pour leur premier Noël en tant qu'époux (ils occupaient l'impeccable petite maison de Lois, et Ralph avait mis en vente son éléphant blanc), Lois lui offrit un chiot de race beagle. « Est-ce qu'il te plaît ? demanda-t-elle, un peu craintive. J'ai failli ne pas le prendre, Dear Abby, à la télé, dit toujours qu'on ne doit jamais offrir un animal, mais quand je l'ai vu dans la vitrine de la boutique, je n'ai pas résisté… elle avait l'air si douce… et si triste… si elle ne te plaît pas, ou si tu ne tiens pas à passer le reste de l'hiver à apprendre la propreté à un chiot, tu n'as qu'à le dire. On trouvera autre —

— Lois, dit-il en soulevant un sourcil dans ce qu'il espérait être le style asymétrique ironique de Bill McGovern, tu racontes n'importe quoi.

— Ah bon ?

— Oui. En général, c'est quand tu es nerveuse. Tu n'as absolument pas besoin de l'être. Je suis déjà fou de cette petite bête. » Il n'exagérait pas ; il était tombé amoureux de la femelle beagle aux taches noires et fauves presque sur-le-champ.

« Comment va-t-on l'appeler ? demanda Lois. Tu as une idée ?

— Certainement. Rosalie. »

4

Les cinq années suivantes, dans l'ensemble, se passèrent bien, également, pour Helen et Natalie Deepneau. Elles menèrent pendant un certain temps une vie frugale dans un appartement du quartier est de la ville, vivant pratiquement du seul salaire de bibliothécaire d'Helen. La petite maison « Cape Cod » de Harris Avenue avait bien été vendue, mais l'argent avait surtout servi à payer les dettes les plus urgentes. Puis, en juin 1994, Helen avait fini par toucher quelque chose des assurances… ce qu'elle devait avant tout à John Leydecker.

La Great Eastern Insurance Company avait commencé par refuser d'honorer le contrat d'assurance-vie d'Ed Deepneau sous prétexte qu'il s'était suicidé. Puis finalement, après avoir longuement renaudé, marmonné et râlé dans leur barbe d'administrateurs, ils avaient proposé un arrangement substantiel. Un ami avec lequel Leydecker jouait souvent au poker, Howard Hayman, réussit à les persuader de payer. Quand il ne tapait pas le carton, Hayman, qui était avocat, ne détestait pas se faire les dents sur les compagnies d'assurances.

Leydecker avait revu Helen chez Lois et Ralph en février et était tombé sous son charme au point d'en rester le cul par terre (« Ce ne fut jamais tout à fait de l'amour, dit-il plus tard aux Roberts, et c'est sans doute aussi bien comme ça, vu la manière dont les choses ont tourné ») et l'avait présentée à Hayman, car il pensait que les assurances essayaient de l'arnaquer. « Il était fou, pas suicidaire », déclara Leydecker, qui s'en tint à cette version, même longtemps après que Helen lui avait rendu son chapeau et montré la porte.

Lorsqu'ils virent la perspective d'un procès dans lequel la Great Eastern jouerait le rôle du méchant Whiplash ficelant la pauvre Nelly sur la voie de chemin de fer, la compagnie d'assurance transigea avec un chèque de soixante-dix mille dollars. À la fin de l'automne 1994, Helen utilisa l'essentiel de la somme à l'achat d'une maison sur Harris Avenue, à trois portes de son ancien domicile, juste en face de celle de Harriet Bennigan.

« Je ne me suis jamais bien plu dans l'est de la ville », confia-t-elle à Lois en novembre. Les deux femmes revenaient du parc, et Natalie, dans sa poussette, dormait à poings fermés, sa présence seulement attestée par un minuscule bout de nez rose et la buée de condensation de sa respiration, sous un énorme bonnet que Lois lui avait tricoté. « Il m'arrivait souvent de rêver de Harris Avenue. C'est fou, non ?

— Je ne crois pas que les rêves soient si fous que ça », répondit Lois.

Helen et Leydecker se virent pendant une bonne partie de l'été, mais ni Lois ni Ralph ne furent particulièrement surpris lorsqu'il cessa brusquement de lui faire la cour, au début du mois de septembre, ni quand Helen commença à arborer une broche rose triangulaire discrète sur sa coquette blouse à col montant de bibliothécaire. Peut-être ne furent-ils pas surpris parce qu'ils étaient assez vieux pour avoir à peu près tout vu, au moins une fois dans leur vie ; ou peut-être, à un niveau inconscient, percevaient-ils encore les auras qui entourent de leurs mandorles êtres et choses, voie royale éclatante conduisant à la ville secrète des significations cachées, des motivations dissimulées, des objectifs camouflés.

5

Ralph et Lois gardèrent souvent Natalie, lorsque Helen fut de retour sur Harris Avenue ; ils y prenaient un immense plaisir. Natalie était l'enfant qu'ils auraient pu avoir, si leur mariage avait eu lieu trente ans plus tôt ; et la plus sinistre des journées d'hiver s'illuminait lorsque la fillette arrivait sur ses petites jambes, l'air d'un dirigeable miniature dans sa tenue matelassée rose, les moufles lui pendant aux poignets, et qu'elle s'écriait : « Oualf, O-isse ! Ze suis venue vous voir ! »

En juin, Helen s'était acheté une Volvo d'occasion. À l'arrière, elle avait placé un autocollant qui proclamait : UNE FEMME A BESOIN D'UN HOMME COMME UN POISSON D'UN VÉLO. Si ce sentiment ne surprit pas Ralph, là non plus, le fait de voir cette proclamation le rendait toujours malheureux. Il se disait souvent que cette formule cassante à l'humour amer résumait ce que Deepneau avait laissé de plus sinistre à sa veuve, et avait le don de rappeler à Ralph l'aspect qu'avait eu Ed, par cet après-midi d'été où il avait été l'affronter : assis, sans chemise, dans la brume projetée par son système d'arrosage avec une goutte de sang sur l'un des verres de ses lunettes. Sa manière de se tendre en avant, regardant Ralph de ses yeux intelligents, sérieux, pour lui dire que dès lors que la bêtise atteignait un certain niveau, elle devenait difficile à supporter.

Et après ça, des trucs ont commencé à apparaître, se disait parfois Ralph. Quels trucs exactement, il n'arrivait plus à s'en souvenir, ce qui était probablement aussi bien. Mais ce trou de mémoire (s'il s'agissait bien de cela) ne changeait en rien sa conviction que Helen avait été trahie de quelque manière obscure… qu'un sort mauvais avait attaché des casseroles à ses trousses et qu'elle ne le savait même pas.

6

Un mois après l'achat de la Volvo par Helen, Faye Chapin fut victime d'une crise cardiaque pendant qu'il établissait le calendrier de son futur tournoi d'échecs — la Classique de la piste 3. On le transporta au Derry Home Hospital, où il mourut sept heures plus tard. Ralph lui rendit visite peu de temps avant la fin, et quand il vit le numéro sur la porte — 315 — il fut envahi par un sentiment violent de déjà-vu. Il crut tout d'abord que c'était parce que Carolyn était morte dans le même couloir, un peu plus loin, puis il se souvint que c'était précisément dans cette chambre qu'avait expiré Jimmy V. Il était venu le voir avec Lois, et il avait semblé à Ralph que Jimmy les avait reconnus tous les deux, sans pouvoir en être certain ; les souvenirs de l'époque où il avait commencé à s'intéresser à Lois étaient mélangés et brumeux dans son esprit. Il supposait que c'était dû en partie à l'amour ; aussi, sans doute, au poids des ans, mais surtout, probablement, aux insomnies. Il avait connu une période vraiment terrible dans les mois qui avaient suivi la disparition de Carolyn ; mais les choses s'étaient arrangées d'elles-mêmes, comme cela arrive parfois. Toutefois, il avait l'impression que quelque chose

([*Salut femme, salut homme, nous vous attendions*])

de très éloigné de l'ordinaire s'était produit dans cette

chambre et, tandis qu'il prenait la main sèche et sans force de Faye dans la sienne et lui souriait — on lisait la peur et la confusion dans les yeux du mourant —, une pensée étrange lui vint à l'esprit : *Ils se tiennent ici, dans le coin, et nous observent.*

Il tourna la tête. Il n'y avait bien entendu personne dans le coin, mais pendant un instant… juste un instant…

7

Entre 1994 et 1998, la vie continua comme elle le fait toujours dans des villes comme Derry ; aux bourgeons d'avril succédaient en octobre les feuilles sèches et cassantes ; on installait les arbres de Noël dans les maisons vers la mi-décembre, puis on les jetait dans les bennes à ordures, des fragments de guirlandes encore tristement accrochés à leurs rameaux, pendant la première semaine de janvier ; des bébés faisaient leur entrée par la porte de devant, des vieillards leur sortie par celle de derrière. Parfois, des gens encore pleins de jeunesse franchissaient aussi la porte de sortie.

Il y eut cinq années de coupes de cheveux et de permanentes, de tempêtes et de promotions scolaires, de cafés et de cigarettes, de steaks grillés au Parker's Cove et de hot-dogs à la cantine de la petite ligue de base-ball. Des garçons et des filles tombèrent amoureux, des ivrognes tombèrent par terre et les minijupes tombèrent dans l'oubli. On remplaçait les bardeaux des toits, on faisait regoudronner les allées des maisons. Aux élections, on chassa les anciennes fripouilles pour en mettre de nouvelles à la place. C'était la vie, souvent peu satisfaisante, fréquemment cruelle, en général ennuyeuse, parfois belle, exceptionnellement captivante. Les principes fondamentaux continuaient à s'appliquer.

Au début de l'automne 1996, Ralph se convainquit qu'il avait un cancer du côlon. Il voyait depuis quelque temps des traces de sang relativement importantes dans ses selles et lorsqu'il se décida finalement à aller consulter le Dr Pickard (le remplaçant de Litchfield, un personnage joyeux et chiffonné), ce fut avec des perspectives sinistres de chambre d'hôpital et de chimiothérapie lui dansant dans la tête. En fait de cancer, il s'agissait en réalité d'une hémorroïde qui avait, selon la formule mémorable du Dr Pickard, « pété la sous-ventrière ». Il rédigea une ordonnance avec laquelle Ralph alla au Rite Aid. Joe Plussaj la lut, puis adressa un sourire joyeux à Ralph : « Casse-pieds, dit-il, mais c'est bougrement mieux qu'un cancer du côlon, vous ne croyez pas ?

— Cette idée ne m'a jamais traversé l'esprit », répondit Ralph d'un ton raide.

Un jour, pendant l'hiver 1997, Lois se mit dans la tête de descendre l'une des pentes de Strawford Park sur la soucoupe volante en plastique de Natalie. Elle dégringola « plus vite qu'un cochon dans une glissière suiffée », selon Don Veazie qui se trouvait par hasard présent lors de l'événement, et alla s'écraser sur le côté de la sanisette marquée DAMES. Elle se fit une entorse au genou et mal au dos, et, bien que Ralph sût qu'il avait tort — que son comportement était à tout le moins fort peu charitable —, il ne put s'empêcher de rire pendant une bonne partie du trajet jusqu'à l'hôpital. Le fait que Lois riait aussi à gorge déployée en dépit de la douleur ne faisait rien pour aider Ralph à reprendre le contrôle de lui-même. Il continua à s'esclaffer jusqu'à ce que les larmes lui vinssent aux yeux et qu'il se dît que s'il continuait, il allait avoir une crise cardiaque. Elle avait tellement été *cette sacrée Lois*, à descendre la pente dans cet engin qui tournait sur lui-même, assise en tailleur comme les yogis de l'Orient mystérieux et, pour couronner le tout, elle avait bien failli renverser la sanisette. Elle était tout à fait guérie au retour du printemps, mais son genou continuait à la faire souffrir quand le temps se mettait à la pluie, et elle commençait à en avoir assez d'entendre Don Veazie lui demander, presque à chaque fois qu'il la voyait, si elle n'avait pas encore démoli de chiottes, récemment.

8

La vie, quoi… se poursuivant comme elle le faisait toujours, c'est-à-dire entre les lignes et dans les marges, la plupart du temps. C'est ce qui se produit pendant que nous tirons nos plans sur la comète, comme le prétendent les sages d'ici et d'ailleurs, et si la vie fut particulièrement bienveillante pour Ralph Roberts pendant ces années-là, c'est peut-être bien parce qu'il n'avait aucun plan à tirer. Il garda des rapports d'amitié avec John Leydecker et Joe Plussaj, mais son meilleur ami, au cours de cette période, fut une meilleure amie : sa femme. Ils allaient presque partout ensemble, n'avaient aucun secret l'un pour l'autre et se disputaient si rarement qu'on aurait pu dire que cela ne leur arrivait jamais. Il avait aussi Rosalie, le rocking-chair ayant autrefois appartenu à M. Chassey, et les visites presque quotidiennes de Natalie (qui commençait à les appeler Ralph et Lois au lieu de *Oualf* et *O-iss*, changement que ni l'un ni l'autre ne considéraient comme une amélioration). Et surtout, il était en bonne santé, ce qui était peut-être le plus important. Simplement la vie, pleine des joies et des peines des michrones, et Ralph en profita avec plaisir et sérénité jusqu'à la mi-mars 1998, lorsqu'il s'éveilla un matin et vit à son horloge numérique qu'il était cinq heures quarante-neuf.

Il resta allongé sans bouger à côté de Lois pour ne pas la déranger, se demandant ce qui avait bien pu le réveiller.

Tu le sais, Ralph.

Pas du tout.

Mais si. Écoute.

Il avait donc écouté. Écouté très attentivement. Et au bout d'un moment, il avait commencé de l'entendre, émanant des murs : le lent et presque imperceptible tic-tac du compte à rebours.

9

Le lendemain matin, il s'éveilla à cinq heures quarante-sept, le surlendemain à cinq heures quarante-quatre. Et son temps de sommeil continua de s'amenuiser, minute par minute, au fur et à mesure que l'hiver desserrait son étreinte sur Derry et permettait au printemps de venir prendre sa place. En mai, il entendait partout le tic-tac du compte à rebours, mais il comprit qu'il provenait d'un seul endroit et ne faisait que se projeter, comme un bon ventriloque projette sa voix. Avant il lui parvenait de Carolyn ; maintenant, de lui-même.

Il n'éprouva rien de semblable aux terreurs qu'il avait ressenties lorsqu'il s'était cru atteint d'un cancer, ni rien de comparable aux crises de désespoir de sa précédente période d'insomnies. Il se fatiguait plus facilement et commençait à trouver plus difficile de se concentrer et de se souvenir même des choses les plus simples, mais il acceptait ce qui se passait avec calme.

« Est-ce que tu dors bien, Ralph ? lui demanda un jour Lois. Je trouve que tu as les yeux bien cernés.

— C'est parce que je me drogue.

— Très drôle, espèce de vieux machin. »

Il la prit dans ses bras et l'étreignit. « Ne t'en fais pas pour moi, mon cœur. J'ai tout le sommeil dont j'ai besoin. »

Il se réveilla une semaine plus tard à quatre heures deux, avec une intense chaleur qui courait comme un filament dans son bras — pulsant au rythme précis du compte à rebours, lequel n'était bien entendu ni plus ni moins que les battements de son cœur. Mais cette brûlure, Ralph en avait la conviction, signifiait autre chose ; il avait l'impression d'avoir un fil électrique enfoui dans l'avant-bras.

C'est la cicatrice, pensa-t-il. Puis : *Non, c'est la promesse. Le moment de la promesse est presque arrivé.*

Quelle promesse, Ralph ? Quelle promesse ?

Il l'ignorait.

10

Au début de juin, Helen et Nat débarquèrent un jour à l'improviste pour raconter à Ralph et Lois qu'elles avaient été visiter Boston en compagnie de « Tante Melanie », une caissière de banque avec laquelle Helen était devenue amie intime. Helen et Tante Melanie avaient assisté à une sorte de congrès féministe, pendant que Natalie nouait des relations avec un bon milliard de mômes de la crèche ; puis Tante Melanie était partie pour d'autres manifestations féministes à New York et Washington. Helen et Natalie avaient passé deux jours de plus à Boston, en touristes.

« On est allées voir un dessin animé, expliqua Natalie. C'était des animaux dans la forêt. Ils parlaient ! » Elle prononça cela avec une grandeur quasi shakespearienne dans le ton.

« C'est chouette, les films dans lesquels les animaux parlent, non ? demanda Lois.

— Oh oui. Et maman m'a aussi acheté cette robe !

— Elle est ravissante. »

Helen observait Ralph depuis un moment. « Vous vous sentez bien, mon vieil ami ? Vous paraissez bien pâle et vous n'avez pas dit un mot.

— Jamais aussi bien senti, répondit-il. J'étais juste en train de me dire que vous étiez bien mignonnes, toutes les deux, avec vos casquettes. Vous les avez eues à Fenway Park ? »

Helen et sa fille portaient des casquettes des Red Sox de Boston. On en voyait partout en Nouvelle-Angleterre pendant la saison chaude (« aussi banales que du caca de chat », aurait dit Lois), mais en les voyant sur la tête d'Helen et Nat, Ralph se sentit pris d'une sensation profonde, qui éveillait de mystérieux échos… une sensation liée à une image spécifique, qu'il ne comprenait absolument pas : la façade du Red Apple.

Helen, entre-temps, avait retiré sa coiffure et l'examinait. « Oui, dit-elle, nous avons été voir un match de base-ball au stade de Fenway, mais nous ne sommes restées que pendant trois tours de circuit. Des hommes qui tapent dans des balles et qui courent après… Je crois que je ne supporte pas très bien les hommes et leurs petites balles, en ce moment… mais nous aimons bien nos petites casquettes marrantes des Bosox, n'est-ce pas, Natalie ?

— Oui ! » répondit la fillette sans hésiter. Et lorsque Ralph se réveilla à quatre heures une, le lendemain matin, la brûlure pulsait en une fine ligne de chaleur tout le long de son bras et le compte à rebours paraissait avoir acquis une voix, voix qui murmurait un nom bizarre, sonnant étranger, le répétant sans fin : *Atropos… Atropos… Atropos…*

Je connais ce nom.

Crois-tu, Ralph ?

Oui, c'était le type avec le scalpel rouillé et les dispositions méchantes, celui qui m'appelait michronillon, celui qui a pris… pris…

Pris quoi, Ralph ?

Il commençait à s'habituer à ces discussions silencieuses ; elles lui faisaient l'impression de lui parvenir d'une sorte de radio mentale, d'une fréquence pirate qui ne fonctionnait qu'aux petites heures du matin, quand il gisait bien réveillé à côté de sa femme, attendant le lever du soleil.

Pris quoi ? Tu t'en souviens ?

Il ne s'attendait pas à se le rappeler ; les questions que lui posait la voix restaient la plupart du temps sans réponse, mais cette fois, il eut la surprise d'en avoir une.

Le chapeau de Bill McGovern, évidemment. Atropos a pris le chapeau de Bill et une fois, je l'ai rendu tellement furieux qu'il a arraché un morceau du bord avec les dents.

Qui est-ce ? Qui est cet Atropos ?

Cela, il l'ignorait pour l'essentiel. Il savait seulement qu'il avait quelque chose à voir avec Helen, laquelle possédait maintenant une casquette des Red Sox de Boston qu'elle paraissait beaucoup aimer, et qu'Atropos possédait un scalpel rouillé.

Bientôt, pensa Ralph Roberts, allongé dans l'obscurité, écoutant le battement régulier et discret du compte à rebours dans les murs. *Je le saurai bientôt.*

11

Au cours de la troisième semaine de juin, alors qu'il faisait une chaleur torride, Ralph vit de nouveau les auras.

12

Tandis que juin laissait la place à juillet, Ralph se surprit à éclater en sanglots de plus en plus souvent, en général sans aucune raison apparente. C'était étrange ; il ne se sentait ni déprimé ni mécontent de quoi que ce fût, mais par moments, il lui suffisait de regarder quelque chose — fût-ce un oiseau solitaire traversant le ciel — et son cœur se mettait à battre de chagrin et de deuil.

C'est presque terminé, lui disait la voix intérieure. Ce n'était ni celle de Carolyn, ni celle de McGovern, ni même la sienne quand il était plus jeune ; c'était une voix qui avait sa personnalité propre, une voix étrangère, qui n'était cependant pas forcément méchante. *C'est pour cette raison que tu es triste, Ralph. Il est parfaitement normal d'être triste lorsque les choses tirent à leur fin.*

Mais je n'en suis pas là ! protestait-il. *À ma dernière visite, le Dr Pickard m'a dit que je me portais comme un charme ! Je vais très bien ! Je n'ai jamais été aussi bien !*

La voix intérieure garda le silence. Un silence entendu.

13

« Très bien », dit Ralph à haute voix par un chaud après-midi de la fin de juillet. Il était assis sur un banc, non loin de l'endroit où s'était élevé le château d'eau de Derry jusqu'en 1985, quand la grande tempête l'avait jeté à bas. Au pied de la colline, près du bain d'oiseaux, un jeune homme (un observateur sérieux, à en juger par ses jumelles et la pile de livres répandus autour de lui sur l'herbe) prenait des notes minutieuses dans ce qui ressemblait à un journal. « Très bien, dis-moi pourquoi c'est presque terminé. Dis-moi ça. »

La réponse ne vint pas tout de suite, mais ce n'était pas un problème ; Ralph était d'accord pour attendre. Venir jusqu'ici faisait une longue promenade, la journée était chaude et il sentait la fatigue. Il se réveillait maintenant vers trois heures et demie du matin. Il s'était remis à faire de longues marches à pied, mais nullement dans l'espoir que la fatigue l'aiderait à dormir mieux et plus longtemps ; il avait plutôt le sentiment de faire des pèlerinages, de visiter une dernière fois les endroits de Derry qu'il aimait. Pour leur faire ses adieux.

Parce que le moment de la promesse est presque arrivé, lui répondit la voix, et la cicatrice se mit à palpiter dans son étroit sillon brûlant. *Celle qui t'a été faite et celle que tu as faite en échange.*

« Mais de quoi s'agissait-il ? demanda-t-il, agité. Je t'en prie, si j'ai fait une promesse, comment se fait-il que je ne m'en souvienne pas ? »

L'observateur d'oiseaux sérieux l'entendit et leva les yeux. Il vit un vieil homme assis sur un banc qui, apparemment, parlait tout seul. La bouche de l'observateur d'oiseaux sérieux se tordit en une grimace de dégoût et il se dit : *J'espère que je mourrai avant de devenir comme ça. Vraiment.* Puis il reporta à nouveau son attention sur le bain d'oiseaux et ses notes.

Tout au fond de la tête de Ralph, la sensation de clignement intérieur — le *blink !* — se produisit soudain, et même s'il ne bougea pas du banc, il se sentit néanmoins propulsé vivement vers le haut… plus vite et plus loin qu'il n'avait jamais été.

Pas du tout, dit la voix. *Une fois, tu as été beaucoup plus haut que cela, Ralph. Lois aussi. Mais tu y parviendras. Tu seras bientôt prêt.*

L'observateur d'oiseaux sérieux, qui vivait sans le savoir au milieu d'une superbe aura tissée d'or, jeta des regards prudents autour de lui, peut-être pour s'assurer que le vieillard sénile n'avait pas quitté son banc, sur la hauteur, afin de s'approcher de lui en catimini, un instrument contondant à la main. Ce qu'il vit transforma le dédain qui lui pinçait les lèvres en cul-de-poule en un étonnement qui le laissa bouche bée. Ses yeux s'agrandirent. Des rayons indigo jaillirent dans l'aura dorée de l'observateur d'oiseaux sérieux et Ralph se rendit compte que l'homme était sous le choc.

Qu'est-ce qu'il lui arrive ? Que voit-il donc ?

Il faisait erreur, cependant ; ce n'était pas ce que voyait l'observateur d'oiseaux sérieux, c'était ce qu'il ne voyait pas qui comptait. Il ne voyait plus Ralph, parce que celui-ci était monté suffisamment haut pour disparaître de ce niveau-ci — devenu l'équivalent visuel d'un ultrason sur un sifflet pour chiens.

S'ils étaient présents ici, je les verrais sans peine.

Qui ça, Ralph ? Qui ?

Clotho, Lachésis, Atropos.

Tout d'un coup, les pièces du puzzle se mirent à virevolter dans son esprit, un puzzle qui lui avait paru beaucoup plus compliqué qu'il ne l'était en réalité.

Ralph, murmurant : [« *Oh, mon Dieu.* » « *Oh, mon Dieu.* » « *Oh, mon Dieu.* »]

14

Six jours plus tard, Ralph se réveilla à trois heures et quart du matin et sut que le moment de tenir sa promesse était venu.

15

« J'ai envie de pousser jusqu'au Red Apple pour acheter un esquimau », dit Ralph. Il était presque dix heures du matin. Il avait le cœur qui battait beaucoup trop vite, et il avait du mal à penser avec cohérence, tant la terreur qui le remplissait faisait de vacarme. Jamais il n'avait eu aussi peu envie de crème glacée de sa vie, mais c'était une excuse vraisemblable pour faire un saut jusqu'au magasin ; on était dans la première semaine d'août, et la météo avait annoncé que la température atteindrait probablement trente-cinq degrés dans le milieu de l'après-midi et que des orages se déclencheraient en début de soirée.

Ralph se dit qu'il n'avait guère à se soucier des orages.

Des étagères à livres étaient disposées sur du papier journal, près de la porte de la cuisine ; Lois les peignait en rouge vif voiture de pompiers. Elle se releva, porta les mains à ses reins et s'étira. Ralph entendit les minuscules craquements de sa colonne vertébrale. « Je vais t'accompagner. J'aurai mal à la tête, ce soir, si je ne respire pas autre chose que de la peinture pendant un moment. Je me demande ce qui m'a pris de me mettre à peindre par un temps aussi moite. »

Que Lois l'accompagnât au Red Apple était bien la dernière chose au monde que souhaitait Ralph. « Ce n'est pas nécessaire, ma chérie. Je te ramènerai l'un de ces sorbets que tu aimes bien, ceux à la noix de coco. Je n'avais même pas prévu d'emmener Rosalie, tant il fait humide. Tu n'as qu'à aller t'asseoir sur le porche, tout simplement.

— Si tu me ramènes un sorbet par une chaleur pareille, il aura eu le temps de fondre avant que tu sois de retour. Allons-y donc tant qu'il y a encore un peu d'ombre de ce côté de... »

Elle n'acheva pas sa phrase. Le petit sourire s'effaça de son visage, remplacé par une expression inquiète, et le gris de son aura, devenu à peine plus foncé au bout de ces quelques années pendant lesquelles Ralph ne l'avait pas vue, se constella de taches de braise rouge-rose.

« Quelque chose ne va pas, Ralph ? Qu'est-ce que tu vas faire, en réalité ?

— Moi ? Rien de spécial », répondit-il. Mais dans son bras, la cicatrice le brûlait et le tic-tac du compte à rebours était un martèlement qui venait de partout, d'absolument partout. Il lui disait qu'il avait un rendez-vous à respecter. Une promesse à tenir.

« Si, il y a quelque chose qui cloche depuis deux ou trois mois, peut-être même davantage. Je suis une idiote. Je me rendais bien compte qu'il se passait quelque chose, mais je refusais de l'admettre. Parce que j'avais peur. Et j'avais raison d'avoir peur, n'est-ce pas ? J'avais raison.

— Écoute, Lois... »

Elle se mit soudain à traverser la pièce à grandes enjambées, tellement vite qu'elle avait presque l'air de bondir, nullement ralentie par sa vieille blessure au dos ; et avant qu'il ait pu l'arrêter, elle lui avait saisi le bras droit et l'examinait, le regard fixe.

La cicatrice brillait, rouge, éclatante.

Ralph espéra un moment qu'il s'agissait d'une manifestation de l'aura et qu'elle ne pourrait pas la voir.

Mais elle leva vers lui des yeux ronds, pleins de terreur. De terreur et de quelque chose d'autre — que Ralph interpréta comme la mémoire qui lui revenait.

« Oh, mon Dieu, murmura-t-elle. Les hommes dans le parc. Les hommes avec les noms marrants… Cloche et Lachaise, ou quelque chose comme ça… et l'un d'eux t'a fait ça. Oh, Ralph, mon Dieu, qu'est-ce que tu dois faire ?

— Écoute, Lois, il ne faut pas prendre ça…

— Ce n'est pas à toi de me dire comment je dois prendre les choses, Ralph Roberts ! s'écria-t-elle violemment. Pas à toi ! Pas à toi ! »

Dépêche-toi, murmura la voix intérieure. *Tu n'as pas le loisir de discuter tranquillement de tout ça ; les événements sont en marche, quelque part, et le compte à rebours que tu entends ne résonne peut-être pas seulement pour toi.*

« Il faut que j'y aille. » Il se tourna et fonça vers la porte. Il ne remarqua pas, dans son agitation, un détail très sherlockholmsien : la chienne, qui aboyait toujours pour manifester sa désapprobation, lorsque le ton montait, n'eut pas un jappement. Rosalie n'était pas plantée à sa place habituelle, près de la porte-moustiquaire… et cette porte était elle-même entrouverte.

Rosalie était bien la dernière chose à laquelle pensait Ralph, en ce moment. Il avait l'impression d'enfoncer dans la mélasse jusqu'aux genoux et se dit que ce ne serait déjà pas mal d'arriver jusque sur le porche ; quant au Red Apple… son cœur battait à se rompre, il avait les yeux brûlants.

« Non ! hurla Lois. Non, Ralph ! Je t'en prie ! Ne me laisse pas ! »

Elle courut après lui et le prit par le bras. Elle tenait toujours son pinceau à la main, et les gouttelettes rouges qui avaient éclaboussé son chemisier faisaient penser à du sang. Elle se mit à pleurer, et ce que son chagrin avait d'absolu et d'abject fendit presque le cœur de Ralph. Il ne voulait pas la quitter sur une telle scène ; il n'était d'ailleurs pas certain de pouvoir le faire.

Il se retourna et la saisit par les avant-bras. « Il faut absolument que j'y aille, Lois.

— Tu dors mal, je le sais et je sais aussi que ça veut dire que quelque chose ne va pas du tout ! » Elle parlait à un rythme frénétique. « Mais ça n'a pas d'importance, on partira ailleurs, on peut partir maintenant, tout de suite, on prendra juste Rosalie et nos brosses à dents, et on ira… »

Il lui étreignit les bras et elle se tut, le regardant avec des yeux pleins de larmes. Ses lèvres tremblaient.

« Écoute-moi bien, Lois. Je dois le faire.

— J'ai perdu Paul, je ne peux pas te perdre, maintenant, geignait-elle. Je ne pourrai pas le supporter ! Oh, Ralph, je ne pourrai pas le supporter ! »

Si, tu le pourras, se dit-il. *Les michrones sont beaucoup plus coriaces qu'ils n'en ont l'air. Il le faut bien.*

Il sentit deux larmes lui couler sur les joues. Il soupçonna qu'elles étaient davantage dues à la fatigue qu'au chagrin. S'il avait seulement pu lui faire comprendre que tout cela n'y changeait rien, ne faisait que rendre encore plus difficile ce qu'il avait à faire…

Il la tint à bout de bras. La cicatrice, à son bras, pulsait plus férocement que jamais et l'impression du temps qui filait le submergeait, maintenant.

« Accompagne-moi un moment, si tu veux. Tu pourras peut-être même m'aider à faire ce que j'ai à faire. J'ai eu une vie, Lois, une vie dont je n'ai pas à me plaindre, bien au contraire. Mais *elle*, elle n'a encore rien eu, en réalité, et que j'aille rôtir en enfer si je laisse cette espèce de salopard l'avoir, simplement parce qu'il a un compte à régler avec moi.

— Quel salopard ? Mais enfin, de qui parles-tu, Ralph ?

— Je parle de Natalie Deepneau. En principe, elle doit mourir ce matin, sauf que je ne vais pas laisser cela arriver.

— Nat ? Voyons, Ralph, qui pourrait vouloir faire du mal à Nat ? »

Elle avait l'air hagard, très *cette sacrée Lois*... mais n'y avait-il pas autre chose, sous cet aspect évaporé ? Un côté attentif, calculateur ? C'était l'impression qu'avait Ralph. Elle était sans doute loin d'être aussi hagarde qu'elle en avait l'air. Elle avait mystifié McGovern pendant des années avec ce numéro — et lui aussi, la plupart du temps — et il ne s'agissait que d'une variation (brillante) de plus sur le même vieux thème éculé.

Ce qu'elle tentait de faire, en réalité, c'était de le retenir. Certes, elle aimait profondément Natalie, mais pour Lois, le choix était tout fait entre son mari et la petite fille au coin de la rue. À ses yeux, ni l'âge ni l'équité n'entraient en considération dans cette affaire. Ralph était son conjoint, et pour elle, c'était tout ce qui comptait.

« Ça ne marchera pas », dit-il sur un ton sans méchanceté. Il se dégagea et reprit le chemin de la porte. « J'ai fait une promesse et j'ai tout juste le temps.

— Eh bien, ne la tiens pas ! » cria-t-elle. Le mélange de terreur et de rage, dans le ton de sa voix, le laissa stupéfait. « Je ne me souviens pas de grand-chose de cette période, mais je n'ai pas oublié qu'on a été mêlés à des histoires où on a failli perdre la vie, et pour des raisons qu'on ne pouvait même pas comprendre, en plus ! Alors je te le dis, ne la tiens pas, Ralph ! Je préfère que tu brises ta promesse que mon cœur !

— Et la petite ? Et Helen, tant qu'on y est ? Natalie est tout pour elle. Elle est sa raison de vivre. Helen ne mérite-t-elle pas autre chose, de ma part, qu'une promesse non tenue ?

— Je me fiche pas mal de ce qu'elles méritent, elle ou la petite ! ragea-t-elle, le visage déformé, grimaçant. Bon, d'accord, c'est pas vrai. Mais, et nous, Ralph ? On ne compte pas ? » Ses yeux, ces yeux sombres et éloquents d'Andalouse, le suppliaient. S'il les regardait trop longtemps, il allait se mettre à chialer, alors il détourna les siens.

— J'ai l'intention de la tenir, ma chérie. Nat aura ce que toi et moi avons déjà eu, soit soixante-dix ans ou à peu près de jours et de nuits à vivre. »

Elle le regarda, désespérée, mais ne fit pas d'autre tentative pour le retenir. Au lieu de cela, elle se mit à pleurer à chaudes larmes. « Espèce de vieux fou ! marmonna-t-elle. Espèce de vieux fou entêté !

— Oui, sans doute, admit-il, lui relevant le menton. Je suis un vieux fou entêté qui tient parole. Viens avec moi. J'aime mieux.

— Très bien. » À peine entendit-elle sa propre voix qu'elle avait la peau froide comme de l'argile. Son aura était presque complètement rouge. « Qu'est-ce qui va lui arriver ?

— Elle va être renversée par une Ford verte. Si je ne prends pas sa place, elle sera écrabouillée sur Harris Avenue… sous les yeux d'Helen. »

16

Tandis qu'ils remontaient la colline en direction du Red Apple (au début, Lois ne cessait de prendre du retard, puis elle trottina pour le rattraper, mais y renonça lorsqu'elle vit que son stratagème naïf ne le faisait pas ralentir), Ralph lui expliqua le peu qu'il savait. Elle avait quelques vagues souvenirs de ce qui s'était passé sous le chêne foudroyé, du côté d'Extension — souvenir qu'elle avait cru être, jusqu'à ce matin, celui d'un rêve — mais elle ne s'était évidemment pas trouvée là au moment de l'ultime confrontation avec Atropos. Ralph lui en parla donc, lui révélant comment Doc Chauve #3 avait menacé de faire payer Natalie, si Ralph continuait à se mettre en travers de son chemin. Il lui dit enfin comment il avait arraché à Clotho et Lachésis la promesse de faire échec à Atropos afin que Natalie fût sauvée.

« J'ai l'impression que… que la décision a été prise… très haut sur cet édifice délirant… cette tour… dont ils parlaient toujours. Peut-être même… tout en haut. » Il haletait et son cœur battait plus fort que jamais, mais cela tenait en grande partie, croyait-il, au fait qu'il marchait vite sous un soleil accablant ; sa peur l'avait presque complètement quitté. Parler à Lois avait eu cet effet bénéfique.

Il apercevait déjà le Red Apple. Mme Perrine attendait à l'arrêt de bus, un peu plus loin, droite et raide comme un général qui passe ses troupes en revue, son filet de commissions au bras. Un Abribus était installé à deux pas, procurant de l'ombre, mais elle l'ignorait superbement. Même dans l'éblouissante lumière du jour, on voyait que son aura était toujours du même gris West Point qu'en ce mois d'octobre 1993. Aucun signe d'Helen et Natalie.

17

« Si je le connaissais ? Évidemment », déclara par la suite Esther Perrine aux journalistes du *Derry News*.

« Vous me prenez pour une idiote ? Vous me trouvez sénile ? Cela faisait plus de vingt ans que je connaissais Ralph Roberts. C'était un bon garçon. Il n'était pas du même milieu que sa femme Carolyn, bien sûr, qui était une Satterwaite de Bangor, mais c'était tout de même quelqu'un de très bien. J'ai aussi tout de suite reconnu le conducteur de la Ford verte. Pete Sullivan a distribué le journal pendant six ans, et il travaillait bien. Pas comme le nouveau, le petit Morrison, qui le jette toujours sur les fleurs ou sur le toit du porche. Pete était au volant, avec sa mère à ses côtés, en conduite accompagnée, si j'ai bien compris. J'espère qu'il ne sera pas trop affecté par ce qui lui est arrivé, parce que c'est un bon petit gars, et que ce n'était vraiment pas sa faute. J'ai tout vu, et je peux l'affirmer sous serment.

« Vous vous dites sans doute que je radote. Pas la peine de me dire le contraire, je le lis sur votre figure aussi bien que je lis votre journal. Ça ne fait rien, de toute façon, j'ai dit à peu près tout ce que j'avais à dire. J'ai tout de suite reconnu Ralph, mais je vais vous dire autre chose que vous ne comprendrez pas, même si vous le mettez dans votre article… ce que vous ne ferez sans doute pas. Il est sorti de nulle part pour sauver la petite fille. »

Esther Perrine cloua sur place le jeune reporter, qui gardait un silence respectueux, d'un regard formidable — le fixant comme un chasseur de papillons transperce un vulcain ou une piéride d'une épingle après l'avoir chloroformé.

« Je ne dis pas qu'il avait simplement *l'air* de sortir de nulle part, jeune homme, même s'il y a tout à parier que c'est ce que vous allez écrire. »

Elle se pencha vers le journaliste et, sans le quitter un

instant des yeux, répéta : « Il est sorti de nulle part pour sauver la petite fille. Vous me suivez ? *De nulle part.* »

18

L'accident fit la une du *Derry News*, le lendemain. Esther Perrine s'était montrée suffisamment pittoresque pour avoir droit à un entrefilet, et le photographe du journal tira un portrait d'elle qui la faisait ressembler à Ma Joad dans *Les Raisins de la colère*. Le chapeau de l'entrefilet disait : C'EST COMME S'IL ÉTAIT SORTI DE NULLE PART.

Quand elle le lut, Mme Perrine ne fut nullement surprise.

19

« À la fin, j'ai eu ce que je voulais, dit Ralph, mais seulement parce que Clotho et Lachésis — et les forces qu'il y avait derrière eux au niveau supérieur — cherchaient désespérément à arrêter Ed.

— Les niveaux supérieurs ? Quels niveaux supérieurs ?

— Laisse tomber. Tu as oublié, mais de toute façon, ça n'y changerait rien. L'important c'est qu'ils ne voulaient pas arrêter Ed parce qu'il y aurait eu des milliers de morts s'il était tombé directement sur le centre civique, mais parce qu'il y avait une personne dont ils tenaient à préserver la vie à tout prix… selon leur point de vue, en tout cas. Lorsque j'ai finalement pu leur faire comprendre que j'éprouvais pour Natalie les mêmes sentiments qu'ils éprouvaient pour leur môme, on a pu s'entendre.

— C'est là qu'ils t'ont entaillé le bras, n'est-ce pas ? Et que tu as fait ta promesse. Celle dont tu parlais dans ton sommeil. »

Stupéfait, il ouvrit de grands yeux — un regard déchirant d'enfant. Elle soutint ce regard sans rien dire.

« Oui, admit-il, s'essuyant le front. Sans doute. » Dans ses poumons, l'air lui faisait l'effet de copeaux de métal. « Une vie contre une autre, c'était le marché. Celle de Natalie en échange de la mienne. Et… »

[*Hé, arrête de faire le mariole, Totoche, ou je te botte le cul jusqu'à ce que t'aies le trou carré !*]

Ralph s'était arrêté net en entendant cette voix aiguë, impérieuse, horriblement familière — une voix qu'aucun autre être humain ne pouvait capter sur Harris Avenue — et regarda de l'autre côté de la rue.

« Ralph ? qu'est-ce…

— Chut ! »

Il l'entraîna contre la haie desséchée par la canicule, devant la maison des Applebaum. Il ne se contentait pas de transpirer poliment comme tout le monde : tout son corps baignait dans une sueur nauséabonde aussi épaisse que de l'huile de vidange, et il sentait toutes les glandes de son corps balancer leurs stocks brûlants dans son sang. Son sous-vêtement avait l'air de vouloir lui rentrer dans le cul et y disparaître. Sa langue avait le goût d'un fusible qui vient de sauter.

Lois suivit la direction de son regard. « Rosalie ! s'écria-t-elle, méchant petit chien ! Qu'est-ce que tu fabriques ici ? »

La femelle beagle qu'elle avait offerte à Ralph pour leur premier Noël se tenait de l'autre côté de la rue, recroquevillée plutôt qu'assise sur le trottoir, en face de la maison où Helen et Nat avaient habité jusqu'à ce que Ed perdît la boule. Pour la première fois depuis qu'ils avaient la chienne, Lois Roberts lui trouva une ressemblance avec la première Rosalie, la clocharde qui s'était fait écraser dans cette même rue, le soir où Ralph avait découvert Lois Chassey pleurant toutes les larmes de son corps sur un banc du parc. Rosalie paraissait être venue seule jusqu'ici, mais cela ne changea rien à la terreur qu'éprouva soudainement Lois.

Oh, qu'est-ce que j'ai fait ? pensa-t-elle. *Qu'est-ce que j'ai fait ?*

« Rosalie ! cria-t-elle. Viens ici, Rosalie ! »

Visiblement, la chienne l'entendit, mais elle ne bougea pas.

« Mais enfin, Ralph, qu'est-ce qui se passe ?

— Chutttt ! » répéta-t-il. À ce moment-là, Lois aperçut, un peu plus loin dans la rue, quelque chose qui lui coupa la respiration. Ce qui pouvait rester de l'espoir non formulé que tout cela se passait dans la tête de Ralph et n'était qu'une sorte d'effet en retour de leur ancienne expérience s'évanouit alors, car leur chien avait maintenant de la compagnie.

Une corde à sauter au bras droit, Natalie Deepneau, six ans, arrivait au bout de son allée et regardait en direction de la maison dans laquelle elle ne se souvenait même pas avoir habité ; vers une pelouse où son père, un joueur sans assignation du nom d'Ed Deepneau, torse nu, écoutait un jour les *Jefferson Airplane* tandis qu'une tache de sang unique séchait sur ses lunettes à la John Lennon. Natalie aperçut alors Rosalie et lui sourit joyeusement ; la chienne haletait et la regarda avec des yeux effrayés, pitoyables.

Atropos ne me voit pas, pensa Ralph. *Il est concentré sur Rosie... et sur Natalie, évidemment... et il ne me voit pas.*

Tout s'était mis en place avec une sorte de perfection hideuse. La maison était là, Rosalie était là, et Atropos était aussi là, affublé d'un couvre-chef rejeté en arrière sur la tête, l'air d'un de ces journalistes dégourdis des vieux films de série B — un polar avec Ida Lupino, par exemple. Sauf que cette fois, ce n'était pas un panama au bord entamé d'un coup de dents, mais une casquette des Red Sox de Boston trop petite, même pour la tête d'Atropos, car le réglage, derrière, était déjà au dernier trou. Il fallait bien qu'elle fût trop petite, pour aller sur la tête d'une petite fille.

Nous n'avons maintenant plus besoin que de Pete le livreur de journaux, pensa Ralph. Insomnie, *scène finale, ou encore*, Une vie de michrones sur Harris Avenue, tragi-comédie en trois actes. *Tout le monde fait la révérence, sortie par la droite de la scène.*

La chienne avait peur d'Atropos, tout comme la première Rosalie, et la principale raison qui empêchait Atropos de remarquer Ralph et Lois était qu'il essayait d'empêcher Rosie de détaler avant le moment voulu. Et voici qu'avançait Nat, en direction du chien qu'elle aimait le mieux au monde, celui de Ralph et Lois, la corde à sauter

(cinq-dix-vingt, l'oie boit son vin)

sur le bras. Elle était ravissante au-delà de tout, et fragile au-delà de tout, avec sa petite chemise de marin bleue et son short assorti. Ses deux couettes rebondissaient.

Ça arrive trop vite, pensa Ralph. *Tout se passe beaucoup trop vite.*

[*Pas du tout, Ralph. Vous vous êtes comporté magnifiquement il y a cinq ans ; vous vous comporterez encore splendidement aujourd'hui. Tenez votre promesse !*]

On aurait dit la voix de Clotho, mais il n'avait pas le temps de le chercher du regard. Une voiture verte descendait Harris Avenue, arrivant de l'aéroport, avançant avec les précautions insupportables que prennent seulement les conducteurs trop jeunes ou trop vieux. Précautions insupportables ou non, c'était sans conteste *la* voiture : une membrane crasseuse lui faisait un parasol comme un linceul.

La vie est une roue, pensa Ralph, qui se dit que ce n'était pas la première fois que cette comparaison lui venait à l'esprit. *Tôt ou tard, tout ce que l'on croit avoir abandonné en cours de route fait sa réapparition. Pour le pire ou le meilleur, les choses reviennent.*

Rosalie fit une autre tentative pour se libérer, et tandis qu'Atropos la rappelait à l'ordre, perdant en même temps son chapeau, Natalie s'agenouilla à côté de la chienne et se mit à la caresser : « Tu t'es perdue, Rosie ? Tu es sortie toute seule ? Si tu veux, je vais te ramener chez toi. » Elle serra brièvement la bête dans ses bras, passant à travers Atropos, pour ce faire, son délicieux petit visage, à quelques centimètres à peine de l'affreuse trogne ricanante de Doc Chauve #3. Puis elle se releva. « Allez, viens, Rosie ! Viens, ma cocotte. »

Rosalie emboîta le pas à la fillette, se tourna pour jeter un coup d'œil au petit homme ricanant, et poussa un gémissement plaintif. De l'autre côté de la rue, Helen sortit du Red Apple et le dernier élément de la vision que Atropos avait montré à Ralph se mit en place. La jeune femme tenait une miche de pain sous le bras. Elle avait sa casquette des Red Sox sur la tête.

Ralph prit Lois dans ses bras et l'embrassa avec fougue. « Je t'aime de tout mon cœur, Lois. Ne l'oublie pas.

— Je le sais, répondit-elle calmement. Moi aussi, je t'aime. C'est pour ça que je ne peux pas te laisser faire. »

Elle le prit par le cou, les bras comme deux cercles de fer, et il sentit ses seins s'écraser contre lui comme si elle s'était empli les poumons au maximum.

« Fous le camp, espèce de fumier, salopard ! hurla-t-elle. Je ne peux pas te voir, mais je sais que tu es là ! Fous le camp et fiche-nous la paix ! »

Natalie s'immobilisa brusquement et regarda Lois avec de grands yeux étonnés. Rosalie s'arrêta derrière elle, les oreilles dressées.

« Ne va pas dans la rue, Nat ! » cria Lois à la fillette. Ne va pas — »

C'est alors que ses mains, entrelacées sur la nuque de Ralph, ne retinrent plus rien ; ses bras, qu'elle lui avait bloqués dans le dos dans une prise quasi mortelle, n'étreignaient plus que le vide.

Il avait disparu comme une fumée.

21

Atropos, entendant ces cris, se tourna et vit Lois et Ralph de l'autre côté de Harris Avenue. Plus grave encore, il vit que Ralph le voyait. Ses yeux s'agrandirent ; ses lèvres s'écartèrent en un sourire plein de haine. Il porta une main à son crâne, sur lequel on voyait encore l'entrecroisement de cicatrices, celles des blessures faites avec son propre scalpel, en un geste de défense en retard de cinq années.

[*Va te faire foutre, michronillon ! Cette morpionne est à moi !*]

Ralph vit Natalie regarder Lois avec une expression incertaine et surprise. Il entendit Lois lui crier de ne pas traverser la rue ; puis ce fut la voix de Lachésis qui lui parvint de tout près :

[*Montez, Ralph ! Aussi haut que possible ! Vite !*]

Il sentit le *blink !* au milieu de sa tête, éprouva la brève sensation de haut-le-cœur au creux de son estomac et soudain, le monde s'emplit de couleurs et d'éclat. Il vit et sentit vaguement les bras de Lois retomber dans l'espace qu'il occupait l'instant d'avant, puis il s'éloigna d'elle — ou plutôt, fut entraîné loin d'elle. Un grand courant profond l'emportait et il comprit vaguement que s'il existait quelque chose comme un Intentionnel supérieur, il venait de le rejoindre et n'allait pas tarder à être englouti en lui.

Natalie et Rosalie se trouvaient maintenant juste devant la maison qu'il avait autrefois partagée avec Bill McGovern. La fillette jeta un regard dubitatif à Lois, puis lui fit un signe hésitant de la main. « Elle va très bien, Lois. Regardez, elle est là. (Elle caressa la tête de la chienne.) Je vais la faire traverser, ne vous inquiétez pas. » Puis tandis qu'elle s'engageait dans la rue, elle lança à sa mère : « Je n'ai pas trouvé ma casquette ! On a dû me la voler ! »

Rosalie était toujours sur le trottoir. Nat se retourna, impatientée. « Allez, viens, ma cocotte ! »

La voiture verte se dirigeait vers la fillette, mais très lentement. Elle ne lui parut pas constituer un danger, sur le coup. Ralph reconnut immédiatement le chauffeur, et il ne douta pas de ses sens, ni ne se crut victime d'une hallucination. En cet instant, il lui semblait parfaitement logique que l'homme au volant du véhicule fût celui qui lui livrait naguère son journal.

« Natalie ! cria Lois de toutes ses forces, non, Natalie ! »

Atropos bondit et donna une claque sur le derrière de la chienne.

[*Bouge-toi le cul d'ici, clébard ! Fonce, avant que je change d'avis !*]

Atropos adressa un dernier ricanement mauvais à Ralph tandis que Rosie poussait un jappement et se jetait dans la rue… et dans la trajectoire de la Ford conduite par Pete Sullivan, âgé de seize ans.

Natalie ne vit pas la voiture ; elle regardait Lois, dont le visage empourpré était effrayant. La fillette venait de comprendre que ce n'était pas après elle ni après Rosie que criait la vieille dame, mais après quelque chose de tout à fait différent.

Pete enregistra bien la course du beagle ; ce fut Nat qu'il ne vit pas. Il donna un coup de volant pour éviter Rosalie, manœuvre qui eut pour effet de braquer la voiture dans la direction de la fillette. Ralph eut le temps d'apercevoir deux visages effrayés, derrière le pare-brise, et il eut l'impression que Mme Sullivan criait.

Atropos sautait de joie sur place, obscène, frénétique, comme s'il avait la danse de Saint-Guy.

[*Ouais ! Michrone ! Crétin de cheveux-blancs ! J't'avais dit que j'te ferais ta fête !*]

Helen, dans un mouvement de ralenti, laissa tomber son pain. « Natalie, ATTENTIONNNNN ! » hurla-t-elle.

Ralph courut. Il eut de nouveau la sensation très nette de se déplacer par la seule force de la pensée. Tandis qu'il se rapprochait de Natalie, mains tendues, conscient de la voiture qui s'approchait en lui lançant, à travers le linceul de mort, d'aveuglantes flèches de lumière, il provoqua le clignement dans son esprit et revint pour la dernière fois dans le monde des michrones.

Il dégringola dans un tintamarre assourdissant : les hurlements d'Helen, ceux de Lois, le crissement des pneus de la Ford, sans parler des ricanements hystériques d'Atropos qui se mêlaient au reste comme un liseron sauvage au milieu des fleurs du jardin. Ralph aperçut brièvement les grands yeux bleus de Natalie, puis il la poussa à hauteur de la poitrine et de l'estomac aussi fort qu'il le put, l'envoyant rouler d'où elle venait, bras et jambes presque à l'horizontale. Elle se retrouva assise dans le caniveau, se fit mal au coccyx en heurtant le bord, mais ne se cassa rien. D'un endroit tout à coup lointain, Ralph entendit Atropos s'égosiller, furieux, incrédule.

Puis les deux tonnes de la Ford, qui ne roulait pas à plus de trente à l'heure, heurtèrent Ralph et la bande-son fut coupée net. Il fut soulevé, repoussé, décrivit un arc plat et lent — il lui parut lent, en tout cas — et se retrouva avec la calandre imprimée dans la joue, une jambe cassée traînant par terre. Il eut le temps de voir son ombre en forme de X glissant sur le sol, au-dessous de lui ; le temps de voir jaillir des gouttelettes rouges autour de lui et de penser que Lois avait dû l'asperger de plus de peinture qu'il n'avait cru. Et il eut le temps de voir Natalie assise dans le caniveau, en larmes mais indemne… et de sentir Atropos sur le trottoir, derrière elle, secouant les poings et dansant de rage.

Je trouve que je m'en suis rudement bien sorti pour un vieux croulant, pensa-t-il. *Un petit somme ne me ferait pas de mal, vraiment.*

Puis il retomba à terre et roula, le crâne fracturé, le dos rompu, les poumons transpercés par des fragments d'os venus de la désintégration de sa cage thoracique, le foie réduit en bouillie, ses intestins se décrochant avant d'éclater.

Et rien de cela ne lui fit mal.

Absolument rien.

22

Lois ne put jamais oublier le bruit affreux que produisit le retour de Ralph dans Harris Avenue, ni les traces sanglantes qu'il laissa derrière lui avant que la voiture ne s'arrêtât. Elle n'avait qu'une envie, hurler, mais n'osa pas : une voix intérieure profonde, authentique, lui dit que si elle s'y laissait aller, les effets combinés du choc, de l'horreur et de la canicule la feraient s'écrouler sur le trottoir, inconsciente, et que lorsqu'elle reviendrait à elle, Ralph ne serait plus.

Au lieu de cela elle courut donc, perdant une chaussure, notant vaguement que Pete Sullivan descendait de la Ford, laquelle était venue s'arrêter presque exactement au même endroit que la voiture de Joe Plussaj — aussi une Ford — lorsqu'il avait écrasé la première Rosalie, bien des années auparavant. Elle avait aussi vaguement conscience que Pete criait.

Elle arriva près de Ralph et se laissa tomber à genoux à côté de lui, constatant que le véhicule avait déformé sa silhouette, que le corps pris dans le pantalon kaki familier et la chemise constellée de taches de peinture était fondamentalement différent de celui qu'elle avait serré dans ses bras quelques secondes auparavant. Il avait cependant les yeux ouverts, le regard vif et conscient.

« Ralph ?

— Oui. » Il avait répondu d'une voix nette, forte,

sans trace de confusion ou de souffrance. « Oui, je t'entends, Lois. »

Elle voulut passer un bras autour de lui et hésita, en pensant qu'on recommandait de ne pas bouger les gens sérieusement blessés car on risquait d'aggraver leur état, voire de les tuer. Puis elle le regarda de nouveau, vit le sang qui coulait du coin de sa bouche, la façon dont le bas de son corps paraissait désolidarisé du haut, et conclut qu'il était impossible de rendre les choses encore pires pour lui. Elle le prit donc dans ses bras, penchée sur lui, plongeant dans les odeurs du désastre : le sang, l'acétone douce-amère de l'adrénaline passée jusque dans son souffle.

« Tu as réussi ton coup, cette fois, non ? » demanda-t-elle. Elle l'embrassa sur la joue, embrassa aussi ses sourcils ensanglantés et son front d'où un lambeau de peau retombait, arraché. Elle se mit à pleurer. « Regarde-toi ! La chemise déchirée, le pantalon en pièces… tu crois que les affaires poussent sur les arbres ?

— Comment va-t-il ? » demanda Helen, derrière elle. Lois ne se retourna pas, mais vit une ombre double projetée sur le sol : celle d'Helen, un bras passé autour des épaules de sa fille en pleurs. Rosalie se tenait à la droite d'Helen. « Il vient de sauver la vie de Natalie et je n'ai même pas vu d'où il sortait… je vous en prie, Lois, dites-moi qu'il va bien… »

Puis les ombres bougèrent et Helen vint se placer de manière à voir Ralph, tout en enfouissant le visage de Nat dans sa blouse. La jeune femme se mit à pleurer.

Lois se pencha encore un peu plus sur Ralph, lui caressant la joue de la paume de la main, prise de l'envie de lui dire qu'elle avait eu l'intention de l'accompagner — elle l'avait sérieusement envisagé, mais il avait agi trop rapidement pour elle, en fin de compte. En fin de compte, il l'avait laissée.

« Je t'aime, mon cœur », dit Ralph. De la main droite, il imita le geste de Lois. Il voulut en faire autant de la gauche, mais il ne put la soulever du sol, sur lequel elle tressaillait encore.

Lois lui prit la main et l'embrassa. « Moi aussi, je t'aime, Ralph. Toujours. Tellement.

— Il fallait que je le fasse. Tu comprends ?

— Oui. » Elle ne savait pas si elle comprenait, ne savait pas si elle comprendrait jamais… mais se rendait compte qu'il mourait. « Oui, je comprends. »

Il poussa un soupir laborieux — il y eut une nouvelle bouffée douceâtre d'acétone — et sourit.

« Madame Cha-ssey ? Je v-veux dire… madame Roberts ? » C'était Pete, hoquetant, bafouillant. « Comment va M. R-Roberts ? Je vous en prie, dites-moi que je ne lui ai pas fait de mal !

— Éloigne-toi, Pete, répondit-elle sans se retourner. Ralph va bien. Il s'est juste un peu déchiré la chemise et le pantalon… n'est-ce pas, Ralph ?

— Oui, exactement. Faudra me tirer les or… »

Il se tut et regarda à la gauche de Lois. Personne ne s'y trouvait, mais Ralph souriait tout de même. « Lachésis ! » dit-il.

Il tendit sa main droite ensanglantée et tremblante et, sous les yeux de Lois, Helen et Pete Sullivan, l'agita par deux fois en l'air. Puis ses yeux se déplacèrent à nouveau, vers la droite, cette fois. Lentement, très lentement, il tendit la main dans cette direction. Lorsqu'il parla, ce fut d'une voix qui commençait à s'affaiblir : « Salut, Clotho. N'oublie pas : ça… ne fait… pas mal. D'accord ? »

Il eut l'air d'écouter une réponse et sourit.

« Ouais, murmura-t-il. Prenez-la comme vous voudrez. »

Sa main s'éleva dans l'air, oscilla et retomba sur sa poitrine. Il regarda Lois de ses yeux bleu pâle.

« Écoute », dit-il en faisant un grand effort. Son regard, néanmoins, flamboyait, ne la lâchait pas. « Chaque matin, en me réveillant auprès de toi, c'était comme me réveiller jeune… et tout voir de neuf. » Il tenta de nouveau de lui caresser la joue, mais sa main resta inerte. « Chaque jour, Lois.

— C'était aussi comme ça pour moi, Ralph.

— Lois ?

— Oui ?

— Le tic-tac… » Il déglutit et dut faire un important effort pour répéter : « Le tic-tac…

— Quel tic-tac ?

— Ça ne fait rien. Il s'est arrêté », répondit-il avec un grand sourire. Et Ralph aussi s'arrêta.

23

Clotho et Lachésis restèrent à regarder Lois qui pleurait sur l'homme allongé dans la rue. Clotho tenait ses ciseaux de la main droite ; il leva la main gauche à hauteur des yeux et la regarda, stupéfait.

Elle resplendissait de l'aura de Ralph.

Clotho : [*Il est là… là-dedans… c'est merveilleux !*]

Lachésis imita son geste, de la main droite ; comme la gauche de Clotho, on aurait dit qu'elle était enfouie dans une moufle bleue par-dessus l'aura vert mordoré qui l'entourait normalement.

Lachésis : [*Oui. C'était un homme merveilleux.*]

Clotho : [*Devons-nous la lui rendre ?*]

Lachésis : [*Est-ce possible ?*]

Clotho : [*Il y a un moyen très simple de le savoir.*]

Les deux petits docteurs s'approchèrent de Lois. Chacun posa la main que Ralph avait serrée sur une des joues de Lois.

24

« Mama ! » s'écria Natalie Deepneau. Dans son agitation, elle retrouvait le babil de sa petite enfance. « Qui c'est, les petits hommes ? Pourquoi ils touchent O-iss ?

— Chut ! tais-toi, ma chérie », répondit Helen, enfouissant de nouveau le visage de la fillette dans les plis de son corsage. Il n'y avait aucun homme, petit ou grand, à côté de Lois Roberts ; la vieille dame était agenouillée dans la rue à côté de celui qui venait de sauver la vie de sa fille.

25

Lois releva brusquement la tête, les yeux agrandis par la surprise, son chagrin oublié, envahie par un sentiment somptueux de

(lumière bleue lumière)

calme et de paix. Un instant, Harris Avenue disparut. Elle se trouvait dans un lieu obscur, rempli de l'odeur douce du foin et des vaches, un endroit transpercé par des centaines de rayons d'une lumière éclatante. Jamais elle n'oublia la joie violente qui s'empara d'elle à ce moment précis, aussi pure et brûlante qu'une flamme, ni la conviction qu'elle voyait représenté un univers que Ralph voulait lui faire connaître, un univers où, derrière les ténèbres, brillait une lumière éblouissante… ne la voyait-elle pas, entre les fentes ?

« Vous ne pourrez jamais me pardonner, sanglotait Pete, Oh, mon Dieu, vous ne pourrez jamais me pardonner…

— Oh si, je crois », répondit calmement Lois.

Elle passa une main sur le visage de Ralph, lui ferma les yeux et garda sa tête sur les genoux jusqu'à l'arrivée de la police. Pour elle, il paraissait s'être endormi. Elle vit alors que la longue cicatrice qui courait sur son bras droit avait disparu.

10 septembre 1990 — 10 novembre 1993.

Table

Ouvrages de Stephen King aux Éditions Albin Michel :

CUJO
CHRISTINE
CHARLIE
SIMETIERRE
L'ANNÉE DU LOUP-GAROU
LES ÉVADÉS (DIFFÉRENTES SAISONS)
BRUME
ÇA (2 volumes)
MISERY
LES TOMMYKNOCKERS
LA PART DES TÉNÈBRES
MINUIT 2
MINUIT 4
JESSIE
DOLORES CLAIBORNE
CARRIE
RÊVES ET CAUCHEMARS

Sous le nom de Richard Bachman

LA PEAU SUR LES OS
CHANTIER
RUNNING MAN
MARCHE OU CRÈVE
RAGE

Composition réalisée par INTERLIGNE

Imprimé en France sur Presse Offset par

BRODARD & TAUPIN

GROUPE CPI

La Flèche (Sarthe).
Dépôt légal Éditeur 40420-02/2004
Édition 01
LIBRAIRIE GÉNÉRALE FRANÇAISE - 43, quai de Grenelle - 75015 Paris.

ISBN : 2 - 253 - 15147 - 5 31/5147/9